雁鸣/文辉/武夫/宗义◎编

SHIJIE WENXUE MINGZHU JINGHUA

世界文学名著精华

【上册】

山西出版集团·北岳文艺出版社

目录 CONTENTS

《圣经》简介 ··· 1
    旧约 ··· 2
索福克勒斯(古希腊) ··· 11
    俄锹浦斯 ··· 12
欧里庇得斯(古希腊) ··· 16
    美狄亚 ··· 17
迦梨陀娑(印度) ··· 22
    沙恭达罗 ··· 23
薄伽丘(意大利) ··· 27
    十日谈 ··· 28
乔万尼奥里(意大利) ··· 35
    斯巴达克思 ··· 36
塞万提斯(西班牙) ·· 44
    堂·吉诃德 ··· 45
《小癞子》(西班牙)简介 ······································· 50
    小癞子 ··· 50
克罗兹(葡萄牙) ··· 58
    阿马罗神父的罪恶 ··· 59

莎士比亚(英国) ·· 63
 罗密欧与朱丽叶 ·· 64
 雅典的泰门 ·· 68
 仲夏夜之梦 ·· 73
 驯悍记 ·· 76
菲尔丁(英国) ·· 82
 汤姆·琼斯 ·· 83
狄更斯(英国) ·· 87
 雾都孤儿 ··· 88
萨克雷(英国) ·· 98
 名利场 ·· 99
夏洛蒂·勃朗特(英国) ·· 104
 简·爱 ·· 105
艾米莉·勃朗特(英国) ·· 109
 呼啸山庄 ··· 110
莫里哀(法国) ·· 115
 悭吝人 ·· 116
 贵人迷 ·· 120
斯汤达(法国) ·· 125
 红与黑 ·· 126
巴尔扎克(法国) ··· 131
 欧也妮·葛朗台 ·· 132
 搅水女人 ··· 140
雨果(法国) ·· 146
 悲惨世界 ··· 147
 笑面人 ·· 160
梅里美(法国) ·· 170

卡门 ……………………………………………………171
　　塔曼戈 …………………………………………………177
乔治·桑(法国) ……………………………………………183
　　弃儿弗朗沙 ……………………………………………184
福楼拜(法国) ………………………………………………191
　　包法利夫人 ……………………………………………192
小仲马(法国) ………………………………………………198
　　茶花女 …………………………………………………199
凡尔纳(法国) ………………………………………………215
　　气球上的五星期 ………………………………………216
　　格兰特船长的儿女 ……………………………………221
都德(法国) …………………………………………………228
　　小东西 …………………………………………………229
左拉(法国) …………………………………………………248
　　磨坊之役 ………………………………………………249
莫泊桑(法国) ………………………………………………254
　　温泉 ……………………………………………………255
歌德(德国) …………………………………………………262
　　少年维特之烦恼 ………………………………………263
　　浮士德 …………………………………………………267
海泽(德国) …………………………………………………273
　　特雷庇的姑娘 …………………………………………274
普希金(俄罗斯) ……………………………………………278
　　茨冈 ……………………………………………………279
　　叶甫盖尼·奥涅金 ……………………………………283
果戈里(俄罗斯) ……………………………………………289
　　钦差大臣 ………………………………………………290

肖像 …………………………………………………… 293
莱蒙托夫（俄罗斯） ……………………………………… 297
　　当代英雄 ………………………………………………… 298
亚历山大·奥斯特洛夫斯基（俄罗斯） ………………… 302
　　大雷雨 …………………………………………………… 303
欧文（美国） ……………………………………………… 306
　　睡谷的传说 ……………………………………………… 307
　　阿尔罕伯拉玫瑰的传说 ………………………………… 309
库柏（美国） ……………………………………………… 316
　　最后的莫希干人 ………………………………………… 317

《圣经》简介

《圣经》是基督教的经典,但揭去其宗教的外壳,实际是一部具有文学作品价值的古代以色列人的历史文献。由于两千年来基督教在欧洲广为传播,《圣经》故事已经家喻户晓,和古希腊罗马神话一样,成为欧洲文学创作的一个重要源泉。很多作家在自己的作品中随手引用《圣经》中的人物和典故,有的甚至直接改编其中的某些故事。显然,他们并非基督教的义务传教士,而只是按照自己的观念利用这种再创作来阐释某种哲理。事实上,《圣经》对欧洲文化乃至语言都产生了巨大影响。

《圣经》分为《旧约》和《新约》两部分,前者记载了古以色列的传统和历史,后者记载了耶稣·基督和基督教早期的活动。从非宗教观点来看,《旧约》显而易见地比《新约》更有意义。

《旧约》从古以色列人关于开天辟地的神话"创世纪"开始,叙述了该民族的盛衰史。从古犹太法典中我们可以看出中亚地区古代民族社会的风貌和习俗,从那些箴言、警句、谚语和诗歌中我们可以看出古以色列民族的智慧和感情。

旧　约

最初，宇宙是混沌一片的。耶和华神用了六天时间开天辟地、创造万物。第七天的时候，神休息了。至今我们规定每星期为七天，其中六天工作，一天休息，正是为了纪念耶和华神的功绩。万物造好之后，神又用泥土捏塑了一个人，给他起名叫亚当。神看亚当一个人孤零零的，便打算给他造出一个妻子作伴。

神使亚当沉睡，取下亚当的一条肋骨变为一个女人，起名叫夏娃。亚当见到她以后很高兴，说："这是我骨中之骨，肉中之肉。"男女本是一体，所以人长大之后，要离开父母，与妻子结合为一体。神把亚当和夏娃安置在伊甸的一个四季如春的大花园里，园内长满各种花草树木，开花结果，又能解饥渴又令人赏心悦目。

狡猾的蛇对夏娃教唆道："神不让你们吃园子正当中那棵智慧树上的果子，骗你们说吃了会死人。你们吃了会像神一样聪明，能分辨善恶。"夏娃动了心，违反了神的旨意，偷吃了智慧果，还让亚当也吃了。

神来到园子里，亚当和夏娃立刻藏在树丛当中。耶和华神呼唤道："你们在哪儿？"亚当在树丛中回答："我赤身裸体，不好意思见你。"神感到亚当变聪明了，察觉他们偷吃了智慧果，因此耶和华生气了。亚当解释说："是我女人给我吃的。"女人赶快说："是蛇引诱我吃的。"

耶和华愤怒地说："蛇做了该诅咒的事，我要罚它终生用肚皮走路并世代与人为仇。人打蛇的头，蛇咬人的脚。我还要加重女人怀胎的痛苦，罚女人终生依赖丈夫。我要罚男人终生劳苦，汗流满面才能馈口。"神把蛇、亚当、夏娃都轰出了伊甸园。亚当夫妻流落到世界上，在荒凉的大地上繁育了子孙。多少年之后，人类遍布了全世界。

上古时代的人类无视道德，不讲规矩，到处是暴力，弱肉强食。耶和华神对自己创造出的人类感到失望，下决心毁灭人类。有个名叫诺亚的人，是讲道德有良心的人，是唯一受到耶和华神恩典的人。耶和华吩咐诺亚造一条方形的大船，带上食物和家人，每种生物都带上一对。然后，神开始降暴雨，大雨不停地下着，地上的一切都被洪水淹没，连高山的山尖都深深地淹在水下。一切生物和人，除了在诺亚的方舟上的，全死了。方舟在滔天的大水中整整漂流了一年。雨住了，水在退去。诺亚放出一只鸽子，鸽子叼着一枝橄榄叶飞回来，这表明已有土地露出了水面，诺亚十分喜悦。直到今天，口衔绿色橄榄叶的鸽子仍被当作和平与希望的象征。

诺亚和家人到了地上，放出所带生物。耶和华看到荒凉的大地，有些后悔。神对诺亚他们说："我再也不会伤害人类了。天边的彩虹是我和你们的约定标志，我一看到彩虹就会记起我今天的誓言。"于是，洪水之后，人类和生物再次繁衍起来。诺亚有三个儿子，他们是闪、含、雅弗。闪是闪米特人的祖先，也就是希伯来人、巴比伦人、阿拉伯人的共同祖先。

又过了许多年，闪的一个后代叫亚伯兰，耶和华神多次在他面前现身并向他许愿，应许亚伯兰的后裔多如繁星，还答应把一片叫迦南的土地赐给他的后代作为建国的基业。耶和华要亚伯兰改名为亚伯拉罕（按照阿拉伯人的读法是易卜拉辛），神还要求亚伯拉罕和他的男性后代全部受割礼，作为这一家族与神立下誓约的证据（伊斯兰教和犹太教一样，也要求行割礼）。

神使亚伯拉罕百岁得子，取名叫以撒。这孩子长大娶妻生下一对双胞胎。老大浑身长着浓厚的汗毛，起名以扫，就是"有毛"的意思；老二抓着哥哥的脚生下来的，起名叫雅各，就是"抓住"的意思。

以撒也老了，临终前要用神对这个家族的许愿向长子祝福。做母亲的偏向小儿子，让雅各趁哥哥不在家时，用羊羔皮裹了身体站在老眼昏花的父亲面前。父亲摸到雅各身上的羊毛，以为站在面前的是大儿子，便祝福道："神将赐给你天上的甘露，地上的沃土。你将是你兄弟的主人，万国将向你下拜。"

大儿子回来，父子见面后才发现搞错了。大儿子哭了起来，请父亲也为他祝福。父亲没有办法，祝道："你必须侍奉你的兄弟，你必须依靠刀剑度日。当你强盛的时候，才能挣脱脖子上的枷锁。"大儿子哭道："他名叫雅各,一点也不错。他把什么都抓去了。"

雅各得到了祝福,害怕哥哥的报复,连夜逃走,到远方的舅舅家避难,为舅舅放羊。舅舅让雅各放了十四年牲畜,把两个女儿和两个女仆嫁给了他。雅各生了十二个儿子,也有了成群的牛羊。他十分怀念故乡,便告别舅舅,携家动身回去。

一天夜里渡河,家人及牲畜全过去了,只剩雅各一个人时,昏黑中走来一个人,要与雅各摔跤。一直到天快亮时,两人谁也没摔倒谁。那人见赢不了雅各,便说:"你从今后不再叫雅各,应叫以色列。"以色列就是"与神争斗"的意思,原来那人就是耶和华神。神见没打过雅各,便在他的腿窝上拂了一下,雅各便瘸了。所以到今天,以色列人不吃牲畜腿窝上的筋,以纪念此事。

以色列回乡,哥哥原谅了他,兄弟俩抱头痛哭,相诉离别之苦。以色列的十二个儿子就是这个民族十二个支派的祖先。

以色列在舅舅家放羊时,最喜欢舅舅的小女儿。娶其为妻之后,这个女人一直难于生育。很久之后,神才给了她一个儿子,取名叫约瑟。十二个儿子当中约瑟最聪明,也最受父亲钟爱。

一天,约瑟梦见日月和十一颗星星向他下拜,他把梦告诉了哥哥们。哥哥们很嫉妒:"难道他将实现神的愿望?难道父母兄长要向他下跪么?"在野外放羊时,哥哥们把约瑟卖给了一群过路的客商,商人们把约瑟带到埃及去了。哥哥们回到家,把约瑟的外衣撕破,涂上羊血,拿给父亲看。以色列以为约瑟被野兽吃掉了,又想起约瑟去世的母亲,心中悲伤不已。

约瑟在埃及给人家当奴隶。长成人之后,主人妻子见他很英俊,便引诱他。约瑟认为主人信任他,把权力交给他让他当总管,他怎么能做背信不义的事呢。主人的妻子恼羞成怒,诬告约瑟调戏了她。因此约瑟被关进监狱等待处死。

正巧,埃及的法老做了个奇怪的梦。他梦见七个干瘪的麦穗吞吃了七个饱满的麦穗,又梦见七头瘦牛吞吃了七头肥牛。法老命人圆梦,但全埃及没人能办到,只有约瑟为法老作出了解释:"你的梦表明埃及将在七个丰收年之后跟随着七个荒年,丰年的余粮将全被吃光,满地饿殍。"法老见约瑟聪明能干，就重用他，委任他当埃及的宰相，给了他极大的权力。约瑟在半年里征收全国五分之一的物产以备荒年。

果然荒年来了，受灾面积之大，超出了国境。埃及和别国的老百姓不得不用土地牲畜金银向法老换存粮，什么都换光了的人便卖身当了法老的奴隶以求活命。法老因此大大地发了财，所以更加宠信约瑟。以色列的儿子们也来到埃及换粮食吃，约瑟与他们相认，哥哥们全哭了，约瑟也很伤感。约瑟不念旧恶，把父亲和哥哥全接到埃及，同享荣华富贵。以色列人在埃及繁衍，人数众多。

又过了许多年，约瑟那一代人早已去世，埃及也换了新的法老来统治。新法老见到以色列民众很多，又很富有，心里不安。他下命令剥夺了以色列人的财产，歧视压迫他们，让他们做苦役。以色列人沦为埃及的奴隶达二百年之久，他们痛苦不堪。

一个牧羊的以色列人叫摩西，他到何烈山上去放牧，见到荆棘丛在熊熊燃烧，奇怪的是荆棘仍完好无损。火光中耶和华神现身了。神对摩西说："我见到我的百姓在埃及受苦受难。我要你去见法老，提出带领以色列人离开此地，到我许给你祖先的迦南去。你会带他们到那里的，但你本人只能见到迦南却不能踏上它的土地。"

于是摩西遵照神的指示去找法老。法老不放以色列人走。在神的帮助下，摩西向法老施展魔法：让河里的水变成血；让埃及遍地是青蛙、虱子、苍蝇、蝗虫；让天降冰雹；让牲畜生病。法老仍不放以色列人离开。耶和华神告诉摩西说："今晚你让以色列人把羊羔血抹在门框上，夜里我在全埃及杀死埃及人的长子和牲畜所生的头胎。当我见到门框上抹着血的人家，就越过去，不伤害这户人。"以色列人照神的吩咐做了，埃及人的长子与牲畜所生的头胎，均被神杀死。这天被以色列人定为"逾越节"，纪念耶和华越过以色列人家去杀埃及人。

法老这一次终于害怕了，答应以色列人离开埃及。六十万以色列民众带着家产和牲畜，随着摩西浩浩荡荡向红海出发。法老等他们离开，又产生了悔意，不愿失去几十万奴隶。他派大军追截以色列人，以色列人拼命逃跑。神把红海海水分开，露出一条通道。以色列人刚跑过去，海水便合拢了，淹死了法老的大批士兵与战马。以色列人继续往前走，耶和华始终和他们在一起。白天，他以云柱的形象出现引路；晚上，他投下光柱照亮地面。

以色列人到了西奈旷野，没吃没喝，人们埋怨摩西说："早知要死在荒郊野外，还不如留在埃及当奴隶呢。"神使大批鹌鹑飞到以色列的营地，让人们抓住当食物。后来，神又让地上长出白白的小圆块给以色列人充饥，那东西的味道好像掺了蜜的薄饼，以色列人把它叫作"吗哪"。

神为了树立摩西的威信，经常约摩西到西奈山上会面。每次会面时，西奈山上就云雾升腾，大地颤抖并伴有号角的声音。耶和华神在火光之中降临。每次与神会见之后，摩西都带回神的旨意，为民众制订法律和道德标准，规定敬神的宗教仪式和宗教禁忌，其中有十条诫训最为著名，世称"摩西十诫"。十诫包括："除耶和华之外不拜别的神；不可崇拜偶像；孝敬父母；不可杀人；不可奸淫；不可偷盗"等等。摩西有时与神会见几十天才返回，因与神接触，他的脸上能放出光芒，令民众敬畏。摩西从神那里得到启示，教民众制造出了很多器物。

为了使民众接受神的教诲，摩西领着以色列人在西奈旷野上漂泊，让民众吃了四十年的吗哪。在此期间，民众信过别的神，造过偶像，也进行过叛乱，但这样的人全被摩西杀死了。人们对耶和华从不敬到信服，对摩西从怀疑到听从，经过了四十年的光景。当以色列人成为敬奉耶和华的一个团结的整体，摩西才带领他们走出西奈旷野，渡过约旦河。

在一座高山上，以色列民众望到了遥远的目的地，那是神许给以色列人的家园，是流着牛奶和蜂蜜的地方。然而摩西太老了，他完成了自己的使命：带以色列人逃离了埃及，使以色列人崇拜了唯一的耶和华。像神所说，他看到迦南却到不了那里。摩西望见了这美丽的土地，却老死在山上。以色列人含泪前进，劫掠了当地的牛羊与妇女，壮大了自己，鼓起了信心直奔迦南。

这儿住着从希腊迁居来的菲力士人，因此有人把这片土地叫菲力斯坦（按今天的叫法是巴勒斯坦），意思是"菲力士人的地方"。以色列人坚持把它叫迦南。以色列的十二个支派分散到了迦南全境，与菲力士人发生争斗。

摩西之后，以色列换过不少首领，这些首领还不是王，人们把这样的首领叫"士师"。

有过一个叫参孙的士师，是个大力士。他爱过两个菲力士的女人，但结局都很不幸。第一个女人被她父亲另嫁了他人，第二个女人骗得了他力大无穷的秘密后出卖了他。

参孙在同菲力士人作战时杀死过不少敌人，他力大无穷的秘密在他的头发上。第二个女人哄参孙枕在她腿上睡觉，偷偷剪去了他的发辫，当他丧失了神力之后，女人把他交给了菲力士人。敌人用铜链捆住他，剜去了他的双眼，在节日里带参孙到菲力士人的神庙，由无数菲力士人戏弄这不幸的俘虏。屈辱中的参孙向耶和华祈祷，求神再一次赐给他力量与敌人同归于尽。神满足了他。参孙摸到了神殿的柱子，用力将它推倒，整个庙宇倾颓了，压死了许许多多的菲力士人。

以色列推选扫罗当首领时，以色列与菲力士之间战火又起。菲力士的勇士歌利亚，身材高大魁伟，英勇无敌，天天向以色列骂阵，以色列无人敢出战，一天从伯利恒来了个以色列牧羊少年，到前线来看望兄长，这少年叫大卫。他见无人敢迎战歌利亚，便主动向扫罗提出向歌利亚出击。歌利亚见来了个毛头小孩，不把大卫放在眼里。大卫是牧羊人，石头投得极准，他一石投去，砸在歌利亚头上，身高马大的歌利亚扑倒在地，大卫冲上去砍下了他的头。菲力士人吓坏了，一哄而散。以色列人冲杀过去，大获全胜，凯旋耶路撒冷。扫罗把女儿嫁给了大卫，让他率兵打仗。大卫英勇善战，声名远扬。凯旋式上妇女们总是唱道："扫罗杀敌成千，大卫杀敌上万。"扫罗听后十分嫉恨，不愿大卫的声望超过自己，他还怕民众拥戴大卫，便几次三番谋害他。大卫和一些忠于他的士兵向南逃去，到了十二支派之中犹太家族的领土上。这时，以色列的十二支派除与菲力士人打仗，自己兄弟间也为了些小利益互相残杀，致使十二支派只剩下两大部族，北方叫以色列，由扫罗领导，南方叫犹太，推选了大卫做首领。扫罗几次与大卫作战，神屡次把扫罗送到大卫手中，但大卫都宽恕了岳父扫罗，扫罗心里也感到惭愧。

后来扫罗与菲力士人作战时，兵败自杀，其残部全投奔了大卫，大卫被立为全以色列的王。大卫称王之后，彻底赶走了菲力士人，攻占了四邻，完成了希伯来的统一大业。十二支派合为一股,国家日益强盛。

国泰民安,大卫很得意,但他办了一件神所不允许的事。一天,他在皇宫的高台上漫步,无意中发现河边有位极美丽的妇女。他打听出这女人的丈夫正在前线打仗,于是强迫那女人进宫来陪伴他。不久,那女人怀了孕。大卫想掩盖这件事,便命令那女人的丈夫返回京城,假装询问前线情况,然后让他回家休息。那男子回答说:"陛下,以色列与犹太的健儿们正在前方浴血奋战,我怎能回家安心吃喝、探望妻子呢?"大卫见此计不行,便另生一计,故意赞许他几句,让他回到前方,密令安排他到最危险的战场上送死。女人得知丈夫战死,放声哀哭,大卫却把她娶来做妃子。那女人所生之子,便是后来著名的所罗门王。

耶和华对大卫的所作所为非常生气,派了一位先知去见大卫。先知对大卫说:"有个富人有许多只羊,有个穷人只有一只羊,而那个富人还想办法把穷人的羊抢走,你说应该怎样处置那个富人?"大卫回答道:"让他加倍偿还。"先知接着说:"你抢人家妻子,与富人抢穷人的羊有什么区别呀!你违背神的教诲,暗中害人。作为代价,你的后裔将代代有人死于非命。"大卫很后悔自己的行为,但事情已无法挽回。

在大卫众多的儿子当中,押沙龙最英俊,最有出息。神使得押沙龙产生了篡位的念头,押沙龙四下收买人心,举行了大规模叛乱。大卫仓皇出逃,越过了约旦河去躲避。不久,他站稳了脚,马上纠集大兵反攻。大卫最爱押沙龙,现在心情万分矛盾。他一方面希望迅速平定叛乱,一方面希望押沙龙早日投降,免得被忠于自己的将士杀害。军队出发平叛之前,大卫吩嘱将领说:"千万勿伤我儿。"

大军出发后,大卫焦急地坐在城门口等着战报。每来一个人他都问:"我儿押沙龙可好?"当押沙龙被杀的消息传来,他起身回到房内蒙头大哭,反复地念道:"啊,我的儿!押沙龙,我的儿啊!"神的诅咒应验了。

大卫从此衰老,临终前把王位传给了所罗门(按照阿拉伯读法是苏来曼)。

所罗门继承父辈的威风与实力,南征北战扩张领土。东起幼发拉底河,西到地中海,北自黎巴嫩,南至西奈旷野,都是以色列的国土。邻国腓尼基和叙利亚前来修好;也门女王进贡黄金与香料;埃及嫁来公主;以色列真是空前强盛。

所罗门少年时代就显露出超人的判断力和智慧。一次两个女人争夺一个小孩,都自称是孩子的母亲,谁也无法判断。所罗门让她俩把孩子劈成两半,各领一半。其中一个女人非常同意;另一女人含泪放弃了争夺,请将孩子判归对方。所罗门当时还是个少年,判断说:"放弃者才是真正的母亲,因她有慈爱之心,不忍孩子丧命。"世人听后,无不佩服。

成年后的所罗门立下丰功伟业,他的智慧与财富是本国人的骄傲,也使邻国人倾倒。所罗门有上千的后妃,来自各个国家,带来了各自的宗教和神。所罗门十分宠爱放任他们,甚至允许她们把异教的神像供在耶路撒冷的神殿里,这做法大大地惹恼了耶和华神。神不再宠爱以色列,在所罗门去世之后,国家逐渐衰微分裂了。

亚述人、巴比伦人、波斯人、马其顿人先后在邻国兴起,如海浪一样,一次次从远方冲击过来,淹没了以色列。每次亡国的时间虽然不很漫长,而且经过艰苦拼争还能一次次复国,但每次战争都给以色列的民众留下了深深的创伤,人民死亡,妇女被侮,圣城被毁,圣殿被异教徒玷污。

人们怀念大卫和所罗门为王时的强盛时代,民间流传着大量的诗篇、箴言,歌颂耶和华神,教训后人,歌唱幸福生活,呻吟亡国的悲痛。

歌颂耶和华神的诗篇有:

"耶和华在天上、地下、海中,都随自己的意行事。他使云雾从地极升腾,造雷电随雨而闪。他将埃及头胎所生,连人带畜全击杀了。他赐迦南给以色列为业。耶和华之名存到永远。"

"众城门打开!永久的门户打开!荣耀的主要进来。荣耀的主是谁?是万能的耶和华!"……

教育后人的箴言有:

"侧耳倾听智慧人的话,领会知识,那就是'美'。"

"不可因人贫穷就抢他、欺压他。耶和华心为受苦人抱屈。凡抢夺穷人的,耶和华必夺去他的命。"

"正直的人必拯救自己,奸诈的人必陷在自身的罪孽中。"

"饮自己的井水,爱结发的妻子。"

"戏笑父亲、藐视母亲的，其眼珠必被乌鸦啄出,被鹰隼所吞食。"……

记载青年男女相爱的情歌有：

"我的佳偶，你很美丽，你很美丽。你的眼睛好似鸽子眼。你的头发如卧在山旁的羊群。你的牙齿像一对对走来的剪过毛、洗干净的小羊。你的两乳像百合花中吃草的一对小鹿，是母鹿生的双胎小鹿。"

"耶路撒冷的众女子啊。不要因太阳晒黑我而轻看我。我指着羚羊和田野中的母鹿嘱咐你们，不要惊动我情郎的情感，待他自发自愿……"

描述亡国的悲怆和爱国、复仇强烈愿望的有：

"黄金失去价值，圣殿的砖石被抛在街上。锡安城的民众原比金子还珍贵，如今却似破瓦罐。野狗尚且给幼崽喂奶，我民众妇女此时反忍心如鸵鸟。婴儿因无奶吃而干渴，幼儿哭泣却无人掰给他饼。平时吃珍馐的，现流落街头。素日盖紫红锦被的，如今身卧粪堆。当我民众被毁灭之时，最慈爱的妇人也因饥饿而煮食自己的儿女。"

"我们坐在巴比伦河畔，一想到故乡的锡安城就涕泪涟涟。我们把琴挂在柳树上，因为劫掠我们的，命令我们唱歌；抢夺我们的，强令我们欢笑。他们说：'唱首锡安的歌给我们听！'被俘到巴比伦的我们，怎能在异邦唱耶和华的歌呢! 耶路撒冷啊，我要忘了你，不可忘掉弹琴的技巧。我若不把耶路撒冷当成最珍贵的，让我的舌头发不出声。耶和华神哪，记下这深仇大恨吧。巴比伦呀，如果有人像你对待我们那样待你，那人就有福。举起你的婴儿摔在磐石上的，那人就有福。"

后记：罗马兴起后，派出大批军队四出征服。攻打埃及用了少量的军团。攻占中东也仅用了一两个军团。对以色列，因遭到强烈拼死抵抗，罗马派出了十个军团，终于彻底镇压了以色列的反抗。以色列民众从此失去了家园，被迫流落到世界各地。《旧约》记载的故事到此中止。

(刘小江)

索福克勒斯

索福克勒斯(公元前496年—前406年)是古希腊三大悲剧作家之一。

他生于雅典附近,父亲是一个兵器作坊的坊主。索福克勒斯幼年时受到良好的教育和音乐、体育方面的严格训练。少年时代在希波战争中度过;中年恰逢雅典奴隶制城邦的盛世,曾积极参与政治活动:前443年当选为税务委员会主席,前440年被选为雅典十将军之一,前413年参加反民主的贵族派政变,被选为"十人委员会"成员,后为此受到控告。

索福克勒斯青年时期即开始写作,前468年以《特里普托勒摩斯》三部曲在戏剧比赛中获胜。他一生创作了一百二十三部悲剧和喜剧,但完整地留传至今的只有七部悲剧。他在剧作中表达了雅典民主制盛世的观念:尊重城邦的宗教和道德,相信自由民个人的力量,正是这种旧观念与雅典城邦衰亡的现实之间的冲突形成了他剧作中的悲剧因素。他善于用对比手法刻画人物,尤其注重描写英雄。他把演员人数从两个增加到三个,使对话和剧情复杂化了。

《俄狄浦斯》(前428年)及其姐妹篇《安提戈涅》(前422年)是他的代表作。古希腊文艺理论家亚里士多德认为《俄狄浦斯》是希腊悲剧的典范,17世纪后半叶法国古典主义悲剧代表拉辛也认为该剧是一部最完美的悲剧。弗洛伊德曾在他的心理学著作中引用过这一故事,"俄狄浦斯情结"遂成为一专门术语。

俄狄浦斯

故事发生在古希腊忒拜城。

忒拜城国王拉伊俄斯因为没有儿子,就到得尔福去问阿波罗他到底会不会绝嗣。阿波罗答应给他一个儿子,但预言他会死在他儿子手中。后来他妻子伊俄卡斯特果然生了一个儿子。三天以后,王后就把他丢在喀泰戎山上。婴儿的左右脚跟上钉着钉子——即使这残废的婴儿没有死,被人发现了,那人也不至于把他收养。

这婴儿是伊俄卡斯特亲手交给一个仆人的。曾吩咐他把孩子弄死。这人是拉伊俄斯家里的奴隶,很得主人的信任。拉伊俄斯每年叫他上喀泰戎山牧羊,从3月到9月,他都在那山上。

他在那山上结识了一个牧人,这人是科林斯国王的仆人。拉伊俄斯的仆人可怜那孩子,把他送给了科林斯牧人。这人把他带到科林斯。正好,科林斯国王和王后没有儿子,便把这婴儿作为自己的儿子抚养着,科林斯人都称他为太子。直到他长大成人,从没有怀疑过他不是国王的亲生儿子。这就是俄狄浦斯。

有一天,一位客人在宴会上喝醉了,说出俄狄浦斯并不是国王的亲生儿子;俄狄浦斯立即去问国王和王后,他们痛责那醉汉,并安慰俄狄浦斯;可是俄狄浦斯觉得到处有人在议论,便亲自去向阿波罗求问。阿波罗没有指出他的父母是谁,只说他会杀死父亲,娶母亲为妻。

他离开阿波罗的庙地的时候,决定不回科林斯。他向着东方走去,从福喀斯到玻俄提亚去。

这时候拉伊俄斯正从忒拜赴得尔福,去问他从前抛弃的婴儿到底死了没有。他只带了四个侍从。他们五个人在福喀斯境内的三岔路口,遇见了俄狄浦斯。他们因为叫他让路，和他起了冲突。俄狄浦斯竟把拉伊俄斯和他的三个侍从打死了。剩下的一个侍从逃回忒拜，撒谎说是一伙强盗把他们四个人杀死的。这生还的人正是从前伊俄卡斯特打发去抛弃那婴儿的仆人。

忒拜人曾经追究过这件凶杀案，但没有结果。国王死后不久，他们又遇着新的灾祸。天神赫拉打发了一个人面狮身的妖怪司芬克斯来为害忒拜，这妖兽坐在城外的山上，背诵一个谜语，问什么动物早晨四只脚，中午两只脚，黄昏三只脚，脚最多时最软弱。凡是回答不出的人都被它吃掉了，忒拜人正在失望的时候，那浪游的俄狄浦斯前来道破了这谜语，他说是人：因为一个人生下地时是四只脚，年老了以后加上一根拐杖，又成了三只脚。妖怪司芬克斯听了，便跳崖自杀了。那些感恩的忒拜人立俄狄浦斯为王，他娶了拉伊俄斯的寡妻伊俄卡斯特。

俄狄浦斯登位的时候，那先前逃回来的仆人恰好在城里。他跑来跪在伊俄卡斯特面前，拉着她的手，求她把他派到远方的牧场上去重操旧业。一个忠心的老仆人只有这一点小小的恳求，王后立刻就同意了。

又过了十六七年。这时候忒拜城发生了瘟疫。田间的麦穗枯萎了，牧场上的牛瘟死了，妇人流产了，到处变为一片荒凉，充满了悲叹和哭声。一群群的灾民来到王宫前向国王求救。

俄狄浦斯走出王宫来接见他们，告诉人民他已经派亲王克瑞翁——他的内兄，到福玻斯的皮托庙去求问：要怎样的言行才能拯救这城邦。正在这时，克瑞翁回来了。他告诉大家，阿波罗叫他们把藏在这里的污物清除出去，就能得救。俄狄浦斯问那污物是什么，克瑞翁说就是那杀死先王的凶手。

俄狄浦斯立即着手追查，人们说先王是在出国的路上被一伙强盗杀死的，国王的随从只活下了一个，逃了回来。

俄狄浦斯向全体公民宣布：如果谁报告了凶手的线索，给予重赏，隐瞒的，予以惩罚。抓到凶手后，不许任何人接待他，不许同他交谈，人人都得把他赶出门外，并诅咒那坏人定将过着悲惨的生活。

事情有了进展，有人说先王是被几位旅客杀死的，可是没有见到证人。俄狄浦斯请来了忒拜城的双目失明的先知，请他利用法术，找出凶手。可是先知什么也不愿意说，俄狄浦斯跪下来求他，先知说："我不暴露我的痛苦，也是免得暴露你呀！"不管俄狄浦斯怎样求他，先知就是不肯说。气得俄狄浦斯大骂先知，先知也生气了，他指着俄狄浦斯说："你就是你要寻找的杀人凶手。"俄狄浦斯认为一定是克瑞翁指使先知来陷害他。先知预言："杀害拉伊俄斯的凶手就在这里；表面上看来，他是个侨民，一转眼就会发现他是个土生的忒拜人，再也不能享受他的好运了。他将从明眼人变成瞎子，从富翁变成乞丐，到外邦去，用手杖探着路前进。他将成为他儿女的父亲和兄弟，他生母的儿子和丈夫，杀他父亲的凶手和共同播种的人。"

听了先知的话，俄狄浦斯十分不安。他认为克瑞翁要篡夺王位，决定处死克瑞翁。克瑞翁矢口否认，并向神发誓他没有搞阴谋。俄狄浦斯的夫人，克瑞翁的姐姐——伊俄卡斯特，也出面调停。俄狄浦斯原谅了他。

俄狄浦斯把先知的预言告诉了妻子，可妻说她不相信预言。因为以前她的前夫拉伊俄斯也得了个神示，说他将死在他的儿子手里。结果，拉伊俄斯是在三岔口被一伙外邦强盗杀死，而她和他的儿子出生不到三天，就被钉住左右脚跟，叫人丢在荒山里。

俄狄浦斯听了妻子这番话，魂飞魄散，连忙追问详细情形，妻子告诉他：那个三岔路口是在福喀斯，时间是在俄狄浦斯快要作国王的时候，拉伊俄斯个子很高，头上刚有白发，模样和俄狄浦斯差不多。他们一行五人，拉伊俄斯坐在马车上。俄狄浦斯心惊胆战，想起了十七年前他在福喀斯三岔路口杀死的那伙人。唯一不同的是，传说拉伊俄斯被一群人杀害，而当时他只有单身一人。他急令将原先那个仆人找回来，问清真相。他满怀忧虑地对妻子伊俄卡斯特说，他曾得到阿波罗的神示，说他将杀死生身父亲，玷污母亲的床榻，因此，他从科林斯城逃出，远离父亲，将要杀父娶母的恐惧一直纠缠着他。

不久，从科林斯来了个报信人，说俄狄浦斯的父亲科林斯国王死了。这个消息使俄狄浦斯得到一些安慰，报信人说，科林斯人民希望俄狄浦斯回国主持朝政。俄狄浦斯不愿。活着的母亲科林斯王后仍然对他是个威胁，神示说要娶母当妻呀。报信人知道了哈哈大笑，说俄狄浦斯与科林斯国王和王后并没有血缘关系，因为俄狄浦斯是经他手送给科林斯国王的。当时报信人在喀泰戎山谷牧羊，拉伊俄斯的仆人将这个孩子送给了他，孩子的脚跟上钉着钉子。

伊俄卡斯特听到这里，已经知道了她现在的丈夫俄狄浦斯，就是自己的亲生儿子。她眼见着俄狄浦斯和自己都将毁灭，阻止俄狄浦斯再询问下去。俄狄浦斯误以为是伊俄卡斯特担心暴露他的身世卑贱，执意要继续追查。

隐居的老仆人被带来了，科林斯的报信人一眼就认出就是他把婴儿交给自己的。老仆人在俄狄浦斯的威逼下，说出了实情。

俄狄浦斯大叫道："哎呀，哎呀，一切都应验了！天光呀！我现在向你看最后一眼！我成了不应当生我的父母的儿子，娶了不应当娶的母亲，杀了不应当杀的父亲。"

伊俄卡斯特发了疯，穿过门廊。双手抓着头发，直向她的卧室跑去。她进了卧房，砰的关上门，呼唤那早已死了的拉伊俄斯的名字，想念她早年新生的儿子，说拉伊俄斯死在他手中，留下作母亲的给自己的儿子生一些不幸的儿女。她为她的床榻而悲叹，她多么不幸，在那上面生了两种人，给丈夫生丈夫，给儿子生儿女。最后，她上吊自杀了。

俄狄浦斯抱着她，呼喊着妻子，呼喊着母亲，从她袍子上摘下金别针，刺瞎了自己的双眼。

他的命运他早已向全城人宣布了，谁也不能接待他，搭理他，他恳求新王克瑞翁照顾他的一对儿女，拿起探路棍，开始了新的悲惨的流浪生涯。

(文君)

欧里庇得斯

欧里庇得斯（公元前485年—前406年）是古希腊三大悲剧作家之一，当时即有"舞台上的哲学家"之誉。

他出身于雅典的贵族家庭，受过良好的教育，是哲学家阿那克萨哥拉的朋友和学生。他曾长期服兵役，却很少担任公职。曾因相信阿那克萨哥拉的学说，被加上不敬神的罪名。晚年由于他在悲剧作品中反对侵略战争、反对雅典对盟邦的暴政、对神表示怀疑，为雅典当局所不容，被迫于前408年移居马其顿。

欧里庇得斯一生共创作了九十余部戏剧，但完整地留传至今的只有十七部悲剧和一部喜剧。他是第一个在悲剧中描写日常生活，尖锐地提出社会问题，甚至把农民和奴隶作为剧中人的古希腊剧作家。他的剧作标志着旧日英雄悲剧的结束；他以擅长刻画人物心理而著称。

欧里庇得斯对古希腊的"新喜剧"和罗马文学有很大影响；后世欧洲文艺复兴及古典主义名家也对他倍感兴趣。

他十分关心妇女的命运，现存的他的悲剧中有十二部以妇女遭遇为题材。《美狄亚》即其中的代表作。《特洛伊妇女》则是他的获奖悲剧作品之一。

美 狄 亚

美狄亚原是科尔喀斯王国美丽的公主,那是一个遥远的国度。伊阿宋是希腊伊俄尔科斯国王的儿子。伊阿宋的叔叔珀利阿斯篡夺了王位,后来告诉伊阿宋,如果他肯去科尔喀斯把金羊毛取回来,就把王位让给他。于是伊阿宋漂洋过海,到了科尔喀斯王国,但国王不愿将金羊毛交给伊阿宋,却叫他驾上喷火的牛去犁地,再把龙牙种下去。多亏美狄亚用魔法帮助他,才使他免于被火烧死和被龙牙变成的武士杀死。美狄亚还刺死了那看守金羊毛的巨蟒,帮助伊阿宋取到了金羊毛,又跟他私奔到他的家乡伊俄尔科斯。私奔途中,美狄亚为了摆脱父亲的追捕,亲手杀害了自己的兄弟。回国后,伊阿宋发觉叔叔珀利阿斯已杀死了自己的父亲,就叫美狄亚为他报仇,美狄亚用魔法迷住了珀利阿斯的女儿们,让她们把自己的父亲砍成碎块,放到锅里去煮,说这样他老人家便能返老还童。结果害死了珀利阿斯。珀利阿斯的儿子们一怒之下把他们夫妇赶了出来,他们流亡到科任托斯王国。

美狄亚狂热地爱着自己的丈夫,为他生了两个可爱的孩子。流亡生活很苦,但她还是觉得自己是世界上最幸福的女人。他们过了几年夫妻恩爱的快活日子。

不料有一天美狄亚得到了丈夫已和当地国王的女儿成亲的消息,美狄亚痛不欲生。她成天躺在地上,不吃不喝,悲哀地祈求上天:"至大的宙斯啊,你们亲眼看见我的丈夫曾经用很庄严的誓言赢得了我的心,如今却这般对待我。让我亲眼看见他、他的新娘和他的家一同毁灭吧!啊,我的父亲,我的祖国啊,我现在惭愧我杀害了我的兄弟,离开了你们!"

本地国王克瑞翁,带着一大队侍从,威风凛凛地来了,他命令美狄亚带领孩子离开此地,否则便把他们驱逐出境。

美狄亚大吃一惊，她没有想到等待她的还有如此的厄运，她向克瑞翁苦苦哀求，并按照当时希腊最庄严的礼节，一手摸着他的胡须，一手抱着他的膝头发誓，说她没存什么坏心，只求克瑞翁大发慈悲，容她和孩子们在这里住下去，因为她们根本无路可走。但克瑞翁的心坚如铁石，说美狄亚要再不走，他就要动用武力了。美狄亚知道事情无法挽回，就恳请克瑞翁让她多住一天，她好决定到哪儿去，替可怜的孩儿们找个安身之处，克瑞翁勉强答应了，但他说："如果明晨重现的太阳看见你和你的儿子仍然在我的国内，那你就活不成了！"

克瑞翁走了。美狄亚陷入极端的绝望中，强烈的复仇之火在她的心中腾起，她决心要叫那新婚夫妇和国王，尝到莫大的痛苦和烦恼。她冷笑道："他以为我不会复仇，没有什么诡诈，会像羔羊一样任人宰割吗？我才不会就这么甘心呢！他竟愚蠢到在把我驱逐出境时让我多住一天，就在这一天里面，我可以叫这三个仇人，变成三具尸首！"

正在这时，伊阿宋来了。他一来就责备美狄亚脾气太坏，得罪了国王，活该被驱逐出境。美狄亚痛心地指责伊阿宋："我几次救了你的命，又替你解除了一切忧患，你居然出卖了我和孩子们。"她又悲哀地感叹道："啊，我这只右手，你曾多少次握住它亲吻；我这双膝头，你曾多少次搂抱着它乞求，它们白白地让你这坏人抱过，你真是负了我的心！"

尽管美狄亚悲痛欲绝，但伊阿宋却无动于衷，他说美狄亚过分夸张了给他的恩惠，还说美狄亚因为救了他，自己得到的反而更多：是他使美狄亚从那野蛮的地方来到希腊，过上了文明的生活；因为他，全希腊的人才知道美狄亚聪明，美狄亚才有了名声。他还夸耀，他和公主结婚这件事，做得实在高明，一来他可以摆脱穷困的境遇，二来他可以让他的孩子们得以显贵。他责问美狄亚："你不是也为孩子们着想吗？为什么要责备我呢？"美狄亚气愤地说："我不要那种痛苦的富贵和可耻的幸福！"伊阿宋又假惺惺地说："如果你愿意接受金钱上的帮助，我一定慷慨地赠与。我还要送一些物证给我的朋友，好让他们收留你。"美狄亚不屑地拒绝了，并诅咒他，咒他摊上一个倒霉的婚姻，伊阿宋见美狄亚还是这般桀骜不驯，气愤地拂袖而去。

和伊阿宋的一番谈话，使美狄亚改变了自己的复仇计划，她决定不杀伊阿宋了。她要杀两个孩子。她知道希腊人的观念,老来无子是最悲惨不过的事情,伊阿宋也最怕这一点。她切齿痛恨伊阿宋,认为让他死了是便宜了他,她要让他的心痛如刀割,活着受罪。她知道,心爱的孩子死了,她也会成为世界上最痛苦的人,但复仇第一,只要能击中伊阿宋的要害,她将不择手段!她命令保姆去把伊阿宋请来,然后假意做出回心转意的样子,求伊阿宋原谅她刚才说的话,她说她已认识到,伊阿宋娶公主是为她好,是为了给她的儿子添几个高贵的兄弟。

听了美狄亚的忏悔,伊阿宋笑逐颜开。

美狄亚叫孩子们出来吻吻他们的父亲。一想到可爱的孩子就要与世长别,她不由泪流满面。伊阿宋十分奇怪,问她为什么还这么悲伤,美狄亚掩饰道:"我是为两个孩子悲伤,小小年纪,就要出外逃亡。"她于是请求伊阿宋,去求求他的新娘,不要把孩子们驱逐出去。并说为了这个,她要送给新娘两件礼物:一件精致的袍子,一顶金冠。这两件东西是她的祖父、原始的太阳神赫利俄斯传给他的后代的,是世界上最美的无价之宝。伊阿宋同意了。她便让孩子捧着这两件送给新人的礼物,让保姆(看管小孩的老仆人)带着,随他们的父亲向皇宫走去。

一会儿,保姆领着两个孩子兴高采烈地回来报喜,说是新娘很高兴地接受了她的礼物,她的孩子不会被驱逐出去了。但美狄亚的神情使他大吃一惊,他看见美狄亚面色苍白,十分惊慌。原来那两件礼物,就是美狄亚杀害新娘的武器,她事先已将那香气馥郁的袍子和金光灿烂的金冠施了魔法,浸透了毒汁,只要新娘一穿戴起来,马上会受尽痛苦而死。

这时,一个仆人飞快地跑来,大声地叫美狄亚快逃走,并告诉她:"公主死了,她的父亲克瑞翁也叫你的毒药害死了!"美狄亚不禁喜形于色。她求仆人告诉她,那父女是怎么死的,她说:"如果他们死得很悲惨,你能叫我加倍的快乐!"仆人用颤抖的话语,向她倾诉了那悲惨的一幕。

当她的两个孩子,随着他们的父亲去到公主那里,公主一见孩子,就嫌恶地闭上眼睛。但两件美丽的衣饰又使她心花怒放,她答应了丈夫的请求。当丈夫和孩子刚离开新房,她就迫不及待地穿上那美丽的衣饰,对着明镜欣赏自己娇媚的倩影。突然,她变了脸色,站立不稳,往后面倒下。她的身体不停地发抖,嘴里吐着白沫,眼睛往上翻,过了一会儿,可怜的女人突然清醒,发出可怕的呻吟。她头上的金冠发出了毁灭的火焰,那精致的袍子,吞噬着她细嫩的肌肤,血从她头上流了下来,火向她全身蔓延。她的肌肤像松脂泪似的,一滴滴被毒药——那看不见的嘴唇吮了去。

她的父亲,克瑞翁国王,还不知道大祸已降临。他突然跑进闺房,见到女儿的惨象,惊得跌倒在她的尸体上。他双手抱住那尸身,吻着她嚷道:"我可怜的女儿啊,是哪一位神明这样残酷地害了你,使我这行将就木的人失去了心爱的女儿!"等他止住悲痛的哭号,想要立起那老迈的身体,哪知竟粘在那精美的袍子上,好像常春藤的卷须缠在桂树上那样。他每次使劲地往起立,那老朽的肌肉便从他的骨骼上分离下来一部分,最后这不幸的人也死了,那景象可真叫悲惨。

美狄亚听后下了最后的决心,马上要去实施她的计划。她鼓励自己不能畏缩,不要再想孩子们有多么可爱,留着以后再悲悼他们吧,她狠心地、狠心地举起了利剑……

伊阿宋带着仆人们匆匆跑来,他是来找孩子们的。在发生了那样的悲剧过后,他怕国王的亲族们杀害他们。但有人告诉他,他的孩子已经被母亲杀害了,他大吃一惊,不能相信。他拼命摇动那锁死的大门,想要进去看个究竟。

美狄亚带着两个孩子的尸首,自空中出现。她乘着她那原始太阳神的祖父留给她的龙车,大声地对伊阿宋说:"你想要找到孩子和我这凶手,真是白费工夫,我的祖父给了我这辆龙车,就是好让我逃避敌人的毒手。"伊阿宋骂她道:"可恶的东西,你真是众神、全人类和我最仇恨不过的敌人,你竟然忍心杀了你亲生的孩子,使我变成一个无子的人!你真该死!……啊,你这作恶的、杀害亲子的女人,去你的吧!"接着他痛哭流涕,悲叹自己的不幸:他惋惜再也享受不到新婚的欢乐,更悲叹自己孩子们的被害,一想到老来他将孤苦伶仃,他更是痛苦得浑身发抖。

美狄亚哈哈大笑,得意地说:"你的心已被我绞痛,我真觉得我这件事做得多么痛快!"

伊阿宋可怜地哀求,让他吻一吻孩子们可爱的嘴唇,摸一摸他们娇嫩的身体，却被美狄亚冷峻地拒绝了。伊阿宋伤心极了，绝望地跌倒在尘埃中，向着空中，向着美狄亚离去的方向，发出痛苦的悲鸣。

（文齐茂）

迦梨陀娑

迦梨陀娑是印度古代伟大的诗人和戏剧家。其生平不详,据推测约生活在公元350—472年之间。

现有材料仅能证明,他属于婆罗门种姓,信奉湿婆教,是笈多王朝旃陀罗笈多二世的宫廷诗人。

他留下的作品多达四十部,但对其真伪后世学者颇多争论,公认可靠的有:剧本《沙恭达罗》、《优哩婆湿》、《摩罗维迦和火友王》,叙事诗《鸠摩罗出世》、《罗怙世系》,抒情长诗《云使》,抒情短诗集《时令之环》等。

《沙恭达罗》全名为《沙恭达罗的表记》或《凭表记认出了沙恭达罗》,是一出七幕剧,是迦梨陀娑最著名的代表作,堪称世界古代文学中的瑰宝。

沙恭达罗

国王豆扇陀和他的随从来到郊外狩猎。正当他追赶一只梅花鹿并弯弓欲射时,两个修士前来阻拦,说这是净修林饲养的鹿,不能射杀。进了净修林以后,国王听见有说话声,就藏身树后,他看三个净修女郎在给花树浇水。她们个个美貌绝伦,却穿着树皮做成的衣服。国王从她们的对话中知道了她们的名字。其中一个叫沙恭达罗的最为娇美动人。

正当她们在花丛中嬉戏笑闹的时候,国王出现在她们面前。两个女友同国王热情交谈,沙恭达罗却站一旁,她在心中暗暗自责:"我为什么看见这个人以后,就对他怀着一种好感呢?这是违反净修林中的清规的。"国王也在心里暗暗爱上了沙恭达罗。于是,他向那两位姑娘打听沙恭达罗的身世。她们说,沙恭达罗是净修林的老仙人干婆的养女,是天女弥那迦的女儿。她们还说,沙恭达罗一心要净修,但师父干婆却有意要把她嫁给一个年轻漂亮的女婿。国王听了她们的叙说后,内心充满了希望。

国王回到驻地以后,立即传达他的意旨:"禁止士兵骚扰净修林。"两个净修者前来拜访,说明来意:"由于我们的大师不在家,许多罗刹就来扰乱,阻碍我们净修,请陛下带着御者去住上几天,以保护净修林。"国王马上答应。这时,太后派人来命令国王回京城过节,他借口保护净修林,让随从全部回王宫去,自己一个人去了净修林。

国王这样做,其实是为了追求到沙恭达罗。一天,他看到沙恭达罗和两个女友在树林里,沙恭达罗斜倚在一块铺满花朵的石头上,两个女友陪伴在她的身边。女友见她面容消瘦,愁思万千,就追问她究竟怎样得的病,她羞涩地说:"自从见到那位国王以后,我总是想他,就搞成现在这样子了。"她并用指甲在荷叶上刻下了一首诗:"你的心我猜不透,但是狠心的人呀,日里夜里,爱情在剧烈地燃烧着我的四肢,我的心里只有你!"躲在树后的国王偷听见她的话,偷看到她的诗,兴奋极了,不由激动地走了出来,向沙恭达罗表白自己的爱情。沙恭达罗的女友见此情景十分高兴,她们希望国王不要欺骗沙恭达罗。她们对国王说:"听说国王们都有许多妻妾,你应该始终如一,不要使我们爱友的亲人为她伤心。"国王就对天盟誓,表示忠贞不二,永不相忘。于是,女友们暗暗地为沙恭达罗祝福,并悄悄离开了。国王和沙恭达罗就以干闼婆方式,没有父母之命,也没有媒妁之言,而且不举行任何仪式,就私下结成了良缘。

婚后,国王没有久留,便告别沙恭达罗启程回京城。临别时,国王将刻有自己名字的宝石戒指送给沙恭达罗,表示不久即来接她进京。

国王离去后,沙恭达罗终日思念他。有一天,大仙人达罗婆娑来到净修林,沙恭达罗因心不在焉,惹恼了他。他脾气暴躁,生气地责备沙恭达罗。两位女友听到后,赶快走过去向大仙人求情,请他饶恕沙恭达罗对国王的痴情。但大仙人不肯饶恕她,并诅咒说,国王已经把沙恭达罗忘掉了。他说,话已说出就不能收回,除非国王看到临别时送给她的戒指,诅咒才会失去效力。这个诅咒,沙恭达罗没有听到。

不久,净修林大师干婆从巡礼圣地回来,得知养女已和国王成婚,非常高兴,让她去寻找豆扇陀。

沙恭达罗依依不舍地准备离开净修林上路。一切生灵都舍不得放她走:小鹿儿吃不下嫩草,孔雀不再舞蹈,女友们拉住她的手叮嘱说:"朋友啊,假如国王迟迟疑疑一时想不起你来,那么你就把刻有他名字的戒指给他看。"沙恭达罗听了这话,不禁心里忐忑不安。干婆叮嘱护送沙恭达罗去王宫的徒弟说:"把我的话带给国王——在他的后宫粉黛群中,要给沙恭达罗一个应得的位置。此外,一切都由命运去安排吧!"沙恭达罗已有身孕,朋友们预祝她为国王生个儿子,勇武无敌。

沙恭达罗他们来到京城时,国王正坐在王宫的宝座上,听着音乐厅的笛声悠扬,又有情意缠绵并带哀怨的歌声伴和:"蜜蜂呀,你贪吃新蜜曾吻过芒果的花苞,你愉快地呆在荷花蕊里,为什么把它忘掉?"这音乐和歌声使得国王内心很不平静。这时侍从报告:"雪山下树林里住的净修人,还有个女人，带着干婆的使命来了。"国王大吃一惊，问："净修人，还有女人……来干什么呢？"他又说："我亲自去接见她们。"

沙恭达罗来到王宫后，突然右眼皮跳了几下，她觉得这是不祥之兆。

净修人见到国王，说明来意。可豆扇陀竟惊疑地问："哎呀！这是怎么回事？"他完全否认和沙恭达罗结过婚，也不承认曾相爱过。沙恭达罗听了他的话，厉声责备道："补卢的子孙呀！以前在净修林里，你引诱我这个天真无邪的人，现在却用这些话来拒绝我，这难道合理吗？"豆扇陀掩耳不听。沙恭达罗猛然想起自己手指上戴着国王赠送的指环，可以作为证据。可是抬手一看，戒指却不见了。她只得讲述他俩在净修林里互相爱慕尽享爱情的情节，想唤起国王的回忆。但豆扇陀已失去记忆，他以为沙恭达罗是在欺骗他，说："在动物里，也是雌物机灵，何况是一个女子！"沙恭达罗听了十分恼怒。

前来送行的净修人气愤地说："知面不知心，友谊也会变成仇敌。"他们表示，不能带沙恭达罗回去，因为那样有损于师父的声誉。

国师建议国王，先让沙恭达罗留在王宫，等她生下孩子再说。国王不解其意，国师说："星象家曾预言，你生的第一个儿子，一定是统治两个世界的转轮王。如果这仙人的女儿生的儿子具备王相，那么你就先向她致贺，然后领她到宫中去，否则就送她回去。"国王这才点头答应。

不一会儿，国师又来向他报告了一件怪事，说是沙恭达罗失声痛哭，仙女庙旁边闪起一道金光，沙恭达罗就消逝得无影无踪了，豆扇陀心乱如麻。

接着，又发生了一件怪事：巡检抓到一个渔夫，因为他有一枚国王的宝石戒指。渔夫说，有一日他打上来一条红鲤鱼，剖开鱼肚，发现了这枚戒指。他正想拿出来卖掉，就被巡检逮住了。

国王听后，赏赐给渔夫一些钱，命令释放他。戒指使国王恢复了记忆，他激动不已，痛悔自己的薄情。从此，他无心做一切事情，逐渐消瘦。

他请宫中画师画了一幅沙恭达罗的像。看了画像后，国王说："以前她亲自来，我同她绝断，现在却向她的画像礼拜赞叹，正如走过了一泓解渴的河水，却向沙漠的蜃楼中寻找清泉。"

他想起沙恭达罗已怀孕在身……她到哪里去了呢？沉沉的相思竟使他昏

迷过去。

不久,天帝的御者摩多梨来到了人间,说奉天帝因陀罗的旨意,请国王帮助去战胜百头百臂的恶魔。

豆扇陀与恶魔战斗取得了胜利。他和摩多梨乘着天帝的车子,腾云驾雾,来到苦行者至高无上的幸福乐园金顶山。豆扇陀下车礼拜,忽然看见一个敢和狮子玩耍的小孩。他很喜欢这孩子,看护孩子的苦行者说,这孩子姓补卢。国王惊讶不已,这孩子怎么和我同姓呢?他疑惑起来,非常想见孩子的母亲。在苦行女的引领下,他见到了孩子的妈妈——自己朝思暮想的沙恭达罗。他悲喜交集,不敢相信这是真的。他惭愧地跪在沙恭达罗的脚下请求原谅。

这时天帝的父母来到了他们身边,为他们祝福,庆贺他们阖家团聚。

豆扇陀这才知道,是天女弥那迦——沙恭达罗的生母把受遗弃的沙恭达罗带到了仙界。

国王和沙恭达罗解除了误会和好如初,带上儿子婆罗多,欢天喜地回到了人间。

(小 雪)

薄伽丘

乔万尼·薄伽丘(1313—1375)是意大利文艺复兴最早的代表人物之一,杰出的文学家。

他生于巴黎,是一个佛罗伦萨商人和法国女人的私生子,童年饱尝家庭冷漠。后随父到那不勒斯经商,又学了法律,得以进入那不勒斯王宫,接触到贵族骑士的生活。此时他同人文主义者广泛交往,并研读古代文学典籍。他对公主的爱情在他后来的创作中留下了很深的痕迹。1340年他返回佛罗伦萨,在尖锐的政治斗争中始终站在共和政权一边,并多次完成外交使命。晚年钻研古典文学,成为博学的人文主义者。

薄伽丘是位多产的作家,写有长篇小说、史诗、叙事诗、十四行诗、论文。这些作品从古希腊、罗马诗歌和传奇中汲取题材,讴歌了纯洁的爱情和高尚的友谊,谴责禁欲主义,比较注意刻画人物充满激情的心理。他曾致力于《神曲》的诠释和讲解,所著《但丁传》是意大利研究但丁的最早学术著作之一。

他的最优秀作品是《十日谈》(1348—1353)。在十天里所讲的一百个故事,分别取材于历史事件、法国中世纪传说和东方民间故事,经作者移植,注入了人文主义思想,成为一部抒发文艺复兴初期自由思想、抨击天主教会、揭露封建特权和反映意大利现实生活的杰作。这部欧洲文学史上的第一部现实主义作品出版后,立即风行西欧各国,影响极大。

十 日 谈

公元1348年,佛罗伦萨忽然发生了一场可怕的瘟疫,使这繁荣无比的城市变得满目凄凉。由此而产生的恐怖、混乱和痛苦是如此巨大,以致所有的法律,不管是世俗的,还是神祇的,都一古脑儿被人们抛诸脑后。佛罗伦萨的每个人都自行其是。那些大胆的人往往冲进富户人家去任意占用;另外有些人则节衣缩食,把他们自己与世隔绝开来;还有些人甚至逃往那荒无人烟的地方去。许多亲人离别,骨肉难圆。

关于这座城里所发生的这些苦难,我实在不想再一一细述了。但有一件事,我倒想谈一下,就是当这座城几乎成为空城的时候,一个星期二的傍晚,有七位秀丽的少女穿着丧服聚集在一座教堂里,她们是那儿仅有的几个人了。祈祷仪式过后,她们开始商量该如何生活,因为她们现在已无依无靠了。

"我认为,"一个姑娘说,"我们该离开佛罗伦萨,住在这座城里实在太危险了。还是让我们迁到乡间去,那儿空气洁净,青山绿野,要比这儿一片凄凉快意得多!"

"我怀疑我们能办得到,"另一个姑娘说:"除非有人能帮助我们。"

"哪儿来人呢?"第三个姑娘嚷道,"我们周围的人差不多都死啦,侥幸还活着的也离开了。"

他们正谈着,忽有三个年轻骑士走进教堂里来,他们是来寻找他们的爱人的。

"瞧,"潘皮妮亚笑吟吟地说:"我们鸿运高照,幸运之神为我们引来了一位伙伴。我相信，只要我们提出，他们肯定会和我们一起同行的。"

七个姑娘和三个骑士结识了。姑娘们把所抱的愿望告诉了骑士们，于是三个骑士决意陪她们同行。次日一早，姑娘们和她们的女仆便与三骑士及他们的男仆一同出发。在行了两里多路之后，他们来到一处地方。这是一座树林密布的小山，离大路很远，山上有座庄严的王宫。王宫周围是一片绿油油的草地，上面点缀着许多花木和喷泉。

他们发现王宫里的一切似乎都为迎接他们而布置得井井有条。于是他们在花园里四处兜了一圈，一面唱歌，一面观赏景色。到了三点多钟，餐厅里摆好了筵席。餐毕，大家弹唱并起舞，直到傍晚。

次日一早，大家去到一片绿荫如盖的草地上，围着个圆圈坐下轮流讲故事，每人讲一个。这以后的十天里，天天如此。

第一天　故事之三

一段机智故事

麦尔其绥德克是个很富有的犹太人，当大苏丹撒拉丁统治时期，他正住在亚历山大。撒拉丁因连年战争而被拖得山穷水尽，于是想去掠夺麦尔其绥德克。为了寻找借口，他特地把他请了来。

"我听说你对宗教事务很精通，"撒拉丁说，"我想知道，就你看，哪种宗教才是真正的，是犹太教、回教、还是基督教？"

这位犹太人一眼看穿，撒拉丁在企图加罪于他。如果他说犹太教或基督教都是真正的，那他准会被作为异教徒而被判罪。如果他不这样说，而说回教比其他任何宗教更优越可信，那这位苏丹将会说：一位富裕的信徒该对国家的财政支出作出应有的贡献。如何避开圈套？他考虑了一下，回答说：

"陛下，以前有个人有只十分贵重而美观的戒指。他在遗嘱中宣称：这只戒指该给予当了一家之主的那个儿子，而这个儿子的下一代以至每一代都得照此行事。接连好几代人都按此遗嘱忠实地执行了。但后来这只戒指传到一个养有三个儿子的后人手中,他三个儿子对他都极尽孝道,而他对他们也都十分疼爱,毫无二致。

"究竟哪一个儿子他特别喜爱,他无法作出决定。于是他找到一个巧匠另行制造了两只戒指,其精美与原来那只毫无差异。他临终时,分别叫来三个儿子,各给予了一只。其后,三个儿子却声称有权掌管家庭大权,一面说,一面还显示出父亲给予他们的戒指。但三枚戒指是如此相似,简直无法辨明真伪,直到今天,仍然如此。大人,现在信奉上帝的这三大派信徒:犹太教徒、回教徒和基督教徒也与此相仿。各种教徒都自信是全能上帝的教义真实继承人,但这正和究竟是谁掌握了真戒指一样,很难确定谁是真正的教义继承者。"

撒拉丁对麦尔其绥德克的机智十分叹服。他放弃了用强制方法要这位犹太人拿出钱财,而改用了向他借贷的方式。麦尔其绥德克同意了。不久,贷款便归还了。撒拉丁和麦尔其绥德克因此结成终身好友。

第五天　故事之一

一段爱情故事

好多年以前,在塞浦路斯岛上住着一个很有钱势的男子,名叫阿里士提卜斯。他对儿子塞蒙感到很不称心,因为塞蒙相貌虽长得俊俏,人却较为笨拙。于是他决心不要再见到他,叫他去乡间和奴隶们一道干活。

塞蒙像奴隶一样劳动着。渐渐的他的声调像奴隶一样粗野,举止也像他们那样笨拙。可是有一天,当他在田野闲荡时,忽然遇到一位秀丽的姑娘,她正在一片草地上睡着。塞蒙以前从没见到过如此美貌的姑娘。他好奇地注视着她。心底起了一种异样的感觉。望了她好半天后,他发现她睁开了眼睛,那双眼睛如此美丽,他看了无比愉快。

"你为什么那样望着我?"她说,"请走开,你令人看了很害怕!"

他却不肯离开,直到将她送回家。随后他到父亲那里,说他要做绅士,不愿当奴隶。父亲见到他说话和举止都文雅了，感到既惊且喜，于是给他穿上整洁衣着，并安排他去上学。四年后，他成了一位很有修养的年轻绅士。不久，他去找那位名叫艾菲吉妮的姑娘的父亲，要求与他女儿结婚。但她父亲说她已被许配给罗得岛的一位名叫帕锡蒙达斯的贵族青年，他们的婚礼很快便将举行。

"啊，艾菲吉妮亚，"塞蒙听到这一令人失望的消息后自语道："现在我该向你表明我是如何爱你了。因为我爱你，我才起了极大的变化。没有你，我将无法活下去！"

随后，他请几位朋友帮他制造了一艘战艇，他驾驶着这艘战艇，将艾菲吉妮亚乘着去罗得岛的那条船在中途拦住，接着独自一人跳上那船，逼使所有的人放下武器。他说："我不是来打劫你们，而只是要娶这位小姐艾菲吉妮亚。我爱她超过世界上任何东西。将她交给我，我便不会为难你们。"

艾菲吉妮亚含泪走到他面前。他引她上了他的战艇，向克里地开去，那里他有很多亲友。可是当晚，忽然刮起狂风暴雨，把船吹得只是打转。最后船被刮进罗得岛的一个小港，那位罗得人的船恰巧也停在那里。

再度开航之前，帕锡蒙达斯忽然带领一批武装人员到来，将塞蒙逮捕，送交地方官审判。塞蒙和他的同伙被判终身监禁，罪名是海盗和诱拐。

当塞蒙在狱中感到极度消沉时，帕锡蒙达斯却在忙于准备与艾菲吉妮亚的婚礼。帕锡蒙达斯有个弟弟名叫荷密士达斯，他恰在此时打算娶一位名叫卡桑德拉的女子为妻，而这位姑娘却为当地的那位地方官所看中。帕锡蒙达斯决定要弟弟和自己一道举行婚礼，这将减少很多麻烦，还能节省金钱。地方官知道后大感震怒，他决定夺取卡桑德拉。

可是在这场搏斗中，谁来帮助他呢？他立刻想到了塞蒙和他的伙伴，于是他将他们从狱中释放出来，授给他们武器，并将他们藏在自己家里。到了婚礼那天，他将他们兵分三路：一路去海边设法夺取了一艘船只；一路看守帕锡蒙达斯的住宅；第三路由塞蒙和地方官本人亲自率领，刀剑出鞘，奔向新娘洞房，将两位新郎杀死，然后带领两位新娘上船，开往克里地岛。

到了那里，他们当着众亲友之面举行了婚礼。尽管他们的行动在两个岛屿之间引起了纷争，但最后还是取得了和解。塞蒙与艾菲吉妮亚回到了塞浦路斯,而罗得岛的那位地方官则偕同卡桑德拉回到了罗得岛。他们都很愉快地度过了一生。

第十天　故事之八

一段友情故事

当凯撒统治着罗马的时候,泰特斯去雅典学习哲学。在那儿他结识了一位名叫吉西卜斯的雅典贵族青年。他们在一起学习和生活了三年,结成了兄弟般的友情。

学习期间,吉西卜斯爱上一位年轻貌美名叫索弗洛尼亚的雅典姑娘,他们准备结婚。婚礼之前不久,吉西卜斯带着他的好友一道去看女友,这是泰特斯首次见到索弗洛尼亚。没想到,他一见她那花容月貌,不由得心有所动,竟为思念她而废寝忘食,甚至病得卧床难起。吉西卜斯为他的病至感焦虑,请求他透露心病症结。泰特斯为他一片真情所感动,含泪告诉他说:

"啊,吉西卜斯,我作为你的好友,感到十分羞愧!我爱上了索弗洛尼亚。我痛苦极了!我是多么卑鄙!我请求你饶恕我,由于我对朋友的不忠,我将以一死而受到惩处!"

吉西卜斯感到爱情和友情对他都同等重要,因而站在泰特斯床前好半天说不出话来,但最后下定决心放弃自身的幸福以挽救好友的生命。几天之后,索弗洛尼亚便被迎到他家。天黑后,他轻轻走进新娘正在躺着的新房,将烛扑灭,然后去找泰特斯,告诉他现在可去完成婚礼了。泰特斯感到羞愧无比,不肯前往,吉西卜斯一再诚挚地敦促,他才接受了。他走进那间黑魆魆的新房,低声问索弗洛尼亚是否愿意做他的妻子。索弗洛尼亚以为这人是吉西卜斯,于是回答说:"愿意。"接着泰特斯取出一只贵重的指环,戴在她手指上,然后说道,"我愿做你的丈夫。"

第二天早晨,索弗洛尼亚发觉这原来是加在她身上的圈套。她偷偷地溜出了这所屋子,回到娘家,把吉西卜斯欺骗了她的情况告诉了她爸妈。由于索弗洛尼亚出身于雅典的名门贵族，因此全雅典的人都纷纷起来责难吉西卜斯。后来，新娘的父母感到事已无法挽回，只得教泰特斯带着女儿去罗马，在那儿这一丑闻可能无人得知。谁知在泰特斯动身去后，吉西卜斯却遭到了报复。一批有权势的人结合在一起，剥夺了他所有的财产，将他驱逐出了雅典。

沦为乞丐的吉西卜斯经过长途跋涉，来到了罗马，在那里想找到泰特斯寻求一些帮助。他发现他的朋友这时已经是个有财有势的人，由于深得奥克他维厄斯王子的喜爱，现正住在一所豪华的王宫之中。吉西卜斯自惭衣着褴褛，不敢贸然入宫，于是立在门口，盼望他的好友能认出他来。谁知泰特斯进出匆匆，看也没看他一眼。吉西卜斯感到自己现在已被人鄙视，于是满怀痛苦与失望离开了。

他在街头信步闲荡，傍晚，来到一处地窖，那儿经常是小偷聚集之地。他在坚硬的地上躺下，流着泪慢慢地睡着了。当他熟睡时，有两个小偷带着赃物进来并开始争吵，结果一个小偷将另一个小偷杀了溜走了。次日早晨，巡逻发现吉西卜斯睡在那具尸体旁边，便将他逮捕。

"是的，是我杀了他，"吉西卜斯说道。他这时已决心死去。法官判决他将被钉在十字架上。说来令人难以置信：那天，泰特斯恰巧也在场，他是来为一名受他保护的平民申辩的。他偶一举目，忽然认出了吉西卜斯。他见他处境如此悲惨，惊讶不已。立即决定不惜一切代价挽救他。但是案件已临最后的阶段，改变判决已不可能，他考虑只有一个办法可行，于是他走到法官面前，大声嚷道："这人无罪，凶手是我！"全场的人都大吃一惊。

吉西卜斯惊讶地转身一望，看见了泰特斯。他立即明白这是为了友谊想援救他。但他决心绝不接受这一巨大牺牲。

"不要相信他，法官，我是凶手，让我受到惩罚。"他对法官说。

法官见他们两个人都争着承受在十字架上钉死的酷刑，感到十分惊奇。这时，一个臭名昭著的窃贼忽从人丛中走出，作了如下出人意外的声明：

"这场异乎寻常的辩论使我受到了极大的感动，我愿坦白交待全部真情，是我杀了同伙……"

第三个自我招供的罪犯的出现，使得法官更为困惑，他只得将此案送呈凯撒。凯撒把三人一起招来,泰特斯和吉西卜斯向他讲述了他们俩之间的一段奇特的友情故事。凯撒听后,决定将他们释放,同时,看在他们分上,也对那名窃贼给予了宽大处理。

泰特斯把吉西卜斯带回自己家里,坚持要他接受自己的一半财产,并将自己的妹妹芙尔菲亚嫁给了他。她是个貌美的高贵妇女。

泰特斯和索弗洛尼亚·吉西卜斯和芙尔菲亚后来都在罗马同一座王宫里生活,过得十分幸福。

(曹明远)

乔万尼奥里

拉德埃洛·乔万尼奥里(1838—1915)是意大利民族复兴运动时期的优秀作家。

他生逢奥地利占领和封建专制双重压迫时期,年轻时即满怀民族和民主的热情,投身驱逐侵略者、统一意大利、建立共和国的斗争,他曾志愿入伍,在撒丁王国任军官,参加反奥战斗。1867年,他带领三个弟弟投身民族英雄加里波第领导的起义军,由于作战勇敢,荣立战功,并被委为总参谋部军官。1870年退役后,他从事文学创作和新闻工作,亦曾在威尼斯和罗马教授文学及历史,还担任过高等师范学校校长的职务。

乔万尼奥里身兼文学家和历史学家,一方面用时代精神去研究历史和撰写历史题材的作品,另一方面又借古讽今,通过历史的重现表达对民主共和制度的向往。这是他一生所写多部历史小说、历史剧和诗歌中的共同特点。

他的主要作品有:长篇历史小说,歌颂古罗马奴隶起义的《斯巴达克思》(1874)和歌颂古罗马护民官业绩的《萨杜尔尼诺》(1879);历史著作,记述1848年意大利人民反对奥地利侵略起义的《齐雷鲁基奥和堂皮隆尼》(1894)和《佩雷格里诺和罗马革命》(1898—1911)等。

斯巴达克思

一

罗马纪元六十五年十一月十日,一大早整个罗马城的人像潮水一般涌向大斗技场,不一会儿斗技场里已坐满十万以上的人。他们既包括有钱的人也包括穷人,等待欣赏最心爱的表演:角斗士与角斗士之间、角斗士与猛兽之间的流血搏斗。在差不多靠近凯旋门(斗赢了的勇士下场的门)的地方,坐着一位绝代佳人,她是罗马著名美女、贵妃范莱丽雅。关于这位不到三十岁的美人,流传着许多风流韵事,因此丈夫与她离了婚。

突然,整个广场发出雷鸣般的掌声,"庞培万岁!"数千观众高呼道。伟大的庞培进了斗技场,在一群贞女旁边坐下,他二十八岁,高大魁梧的身材和粗犷的、线条分明的脸,给人一种刚毅之美。罗马平民对他的欢呼也宣泄了对那位虽自动放弃独裁者的职位,但事实上仍旧统治罗马的苏拉的憎恨。直到苏拉由他的友人、党徒和元老们簇拥着进入斗技场,执政官才发出表演的信号。一百个角斗士列纵队沿着斗技场行进。走在最前面的是鱼网和鱼盔角斗士。表演由他们开始,而且必须死亡一个。后面是九对绳网角斗士和九个追击角斗士,再后面才是三十对正式的角斗士,其中有三十个色雷斯人,头盔上插一对黑色羽毛。三十个沙姆尼特人,头盔上飘着白色羽毛。他们个个年轻漂亮,身材魁梧,强壮而又勇敢。最后是十对蒙面角斗士。这二十个不幸的人将要像捉迷藏般地角斗,娱乐观众。直到打手用烧红的铁条把他们赶到一块儿互相角斗死才止。

一百个角斗士在观众的掌声与喊声下,走过苏拉的座位下,就抬头按照角斗士老板阿克齐恩的嘱咐齐喊:"伟大的独裁者,我们向你致敬!""唔,不错!"苏拉对周围的人说,"为了这五十对角斗士,我被阿克齐恩要了二十二万呢!这骗子!"

角斗开始。第一场下来的结果出人意料,不等被鱼盔角斗士出手,鱼网角斗士突然攫住对方的短剑刺进自己的心窝。他的身体痛苦地痉挛着。他用那非人的可怕声音喊道:"万恶的罗马人!"倒地而死。他被用长长的挠钩从死门拉出。观众发疯般地哄闹起来。接着一场又以七个追击角斗士和五个绳网角斗士的死亡告终。幸而活命的也负着伤,流着鲜血离开。这时范莱丽雅突然走到苏拉身边,从他那件外套上抽了一根丝线,娇嗔地说:"不要发怒,我抽下这根线来是为了分享你的一丝幸福。"她发出迷人的微笑,飘然回到座位上。苏拉感到飘飘然,问旁边的人:"她是谁?"

"这是范莱丽雅,梅萨拉的女儿。"

"哦!"苏拉说,"就是那个雄辩家昆杜斯的妹妹啦。"于是他又向范莱丽雅转过身去,正好看到昆杜斯坐在一位极美丽的希腊姑娘爱芙——罗马名妓身边。这时第三场角斗快要结束了,五十个人被打死或受重伤。场上只有七个沙姆尼特人紧紧地围住三个色雷斯人。这三个还活着的色雷斯人中,有一个叫做斯巴达克思。他那巨人般的身躯有着战胜一切的英武气概。他刚满三十岁,金发浓须,淡蓝色的眼睛衬托着他那英俊威武的脸。在斗技场上,他一反平日那悲哀善良的表情而变成一头愤怒的狮子。斯巴达克思生在色雷斯的罗多帕山区中,在与侵入他祖国的罗马人作战时当了俘虏,被用角斗士的劳役代替了死刑。两年来他参加过上百次的角斗,从没受过重伤,因此名声大振。阿克齐恩用巨款将他购得,让他在学校中教剑术、角力等。今天是阿克齐恩第一次叫斯巴达克思上场角斗。因为这是苏拉付了巨款而指定的。这时,全场观众中最紧张的应该是阿老板了,他脸色发白,焦虑地注视着斯巴达克思的每一情况。几千个下了赌注的观众却不断地狂喊:"杀死他们!砍死这三个野蛮人!"

"保护我的背脊,再支撑一分钟,我们就胜了!"斯巴达克思对他的两个伙伴喊,并闪电般挥着短剑。大颗的汗珠滚下他惨白的脸。他双目燃烧着对胜利的渴望、愤怒和拼命的挣扎……

角斗已延长了一小时多,场上变成斯巴达克思孤身一个对付四个人,他明白自己的死期临近了。突然他头脑中闪过一个救命的念头。他开始拔腿逃命,沙姆尼特人紧迫过去。十万观众像大蜂巢般地哄响。这时斯巴达克思猛转身用剑一个个朝追击者刺去,转眼刺死两个打昏一个。面对最后的一个精疲力尽的人,斯巴达克思只击落他的短剑,紧紧抱住,将他按倒在地,附着他的耳朵说:"别怕,克利克萨斯,我希望能把你救出来。"斯巴达克思一只脚踏住克利克萨斯,另一只膝盖跪在被打昏的那人胸腔上等待公民们的决定。这时传来一片吼声:"让勇敢的斯巴达克思获得自由!"范莱丽雅也同样狂叫着。苏拉贪婪地盯着她问:"你要他获得自由吗?""是的,他应该获得自由!"于是苏拉一点头,斯巴达克思在轰雷般的掌声中获得了自由。而苏拉走到范莱丽雅面前说:"一个月后你就是我的妻子。"他被他的朋友们簇拥着离开了斗技场。

二

维纳斯酒店是个穷人聚集的地方。它的老板是个独眼女人。这一天,非凡的斯巴达克思当然成了这里人们议论的中心话题。谁知这时斯巴达克思和十几个伙伴走进来。他们的到来自是引起了轰动。对人们的热烈欢迎,斯巴达克思却无动于衷,英俊的脸上充满了哀愁。他默默地坐下陷入沉思之中。大家都沉默了。突然斯巴达克思缓慢而大声地唱出那首《角斗士之歌》。这时一个人出现在门旁,用洪亮的声音说:"你是应当获得自由的,不可战胜的斯巴达克思!"这个身材魁梧披着大黑罩袍的贵族叫卡提林纳,一向以残酷、暗杀手段、力量和勇敢闻名全罗马。这时他将赌角斗士赢来的钱送给了斯巴达克思,并激动地说:"我要跟你们在一起,以后也跟你们在一起……"他把斯巴达克思的右手握住,斯巴达克思立刻颤抖了一下。他不明白,这位贵族是从哪儿知道他们的暗号和切口的。于是他用握手回答了卡提林纳,同时把钱袋藏到怀里。他们的谈话被一个女人的到来打断,那是沦为奴隶的妓女、美丽的罗多帕雅。罗多帕雅恐惧地睁大眼睛盯着他们俩,脸色惨白,突然喊了一声,直向斯巴达克思扑去,"我没有认错,你,你不是我的哥哥吗?"

"什么?"斯巴达克思激动地注视着姑娘,"是你?密尔查!我的妹妹啊!

……"在死一般的沉寂中，兄妹拥抱在一起，斯巴达克思突然吼道："我诅咒那把人类划分为自由人和奴隶的第一个人！"

三

为了赎出妹妹，斯巴达克思求助于贵族朋友。最后由已作了苏拉夫人的范莱丽雅出面买走密尔查。这时的斯巴达克思则全身心地投入策划奴隶起义的事业上去。这天他正和克利克萨斯在卡杜斯拱廊，范莱丽雅的软轿正好经过。斯巴达克斯认出那是他妹妹的女主人，十分激动，而轿上的美人也对他频频注视。软轿已走得远了，他仍愣在那里。一个年轻美丽的希腊姑娘走近斯巴达克思低声说："'光明和自由'，勇敢的斯巴达克思！"色雷斯人一听这几个字眼不禁哆嗦一下，诧异地望着那姑娘，"我是妓女爱芙，一个女奴隶……"接着她媚人的一笑，伸出纤手亲热地拉起斯巴达克思的大手，握了一下。斯巴达克思又哆嗦一下。姑娘说："我住神圣街，到我家来吧，也许我对你进行的事业能有一点细微的帮助。"

"我一定来！"斯巴达克思说着和克利克萨斯离开了这位女神。谁知范莱丽雅的跟班却追上来对斯巴达克思说："密尔查今夜在苏拉夫人的府邸等你，有要事相商。""我一定按时前往！"斯巴达克思说着和克利克萨斯到卡提林纳家去开会，卡提林纳想使贵族青年和角斗士们联合起来，利用角斗士们的勇敢和牺牲来夺得罗马帝国的统治权。斯巴达克思早已看穿了他的目的，于是在会上故意说奴隶们准备放弃起义。然后坚决告辞，离开了贵族府邸。路上他对克利克萨斯说："我们决不能信任他们。你立刻到角斗学校去。把接头切口改为'坚持和胜利'；把暗号改为用右手食指在对方掌心轻轻点三下。"并约好明日在朱理乌斯角斗学校碰头。分手后他立即赶到密尔查那里。妹妹告诉哥哥，范莱丽雅非常关心他，准备让他管理库玛角斗学校。妹妹还告诉哥哥"你的自由是她在斗技场上说服了苏拉赐给你的！"斯巴达克思听了激动得浑身发抖。密尔查领着他走进范莱丽雅的密室。那美女露出殷切的笑容请客人坐下。斯巴达克思却颤抖着说："神圣的范莱丽雅，神把你的庇护赐给了我。"范莱丽雅却突然用希腊话问："听说你原是你祖国人民的领袖之一?""是的,"斯巴达克思也用希腊话回答。两人的目光交织着狂热、激情的爱的火花。

四

另一个绝世美人爱芙也深深爱上了斯巴达克思。当她知道斯巴达克思爱上了范莱丽雅,并且在库玛两人关系十分亲密时痛哭失声,用牙齿咬着自己的手低声叫道:"我要复仇!复仇!"她先给苏拉写了一封信,揭露他俩的私情。希望通过苏拉的手杀死这两个人。似乎是天意,信还未送到,苏拉却死在了库玛。苏拉死后,意大利各派骚乱了起来。这却对奴隶起义很有利。为了事业,斯巴达克思必须到加普亚角斗学校去工作,但他又为离开已怀孕的范莱丽雅而十分痛苦。正在这时范莱丽雅的哥哥将爱芙写给苏拉的信交给她。她只好对哥哥说明自己和斯巴达克思的爱,并发誓要爱到不顾一切,要爱到死!可是斯巴达克思却远远地向着范莱丽雅的府邸祈求着:"我的范莱丽雅,原谅我……我不可能自己整个儿献给你……因为我不属于自己。可是我会回来的……"他走了,为了那伟大的事业。

四年后,斯巴达克思和他的朋友们的奴隶起义准备得差不多了。但是当他们具体安排起义时却走漏了风声。消息传到凯撒那里,凯撒秘密地找到斯巴达克思,告诉他将面临着全军覆没的危险。斯巴达克思痛苦地问道:"凯撒,你是什么人——是我们的朋友还是敌人?"

"我很想做你们的朋友,但无论如何我决不是你们的敌人。"

凯撒有他的想法,他要实现统治全世界的野心,他多么希望斯巴达克思的四个军团将由他统帅啊。告别凯撒,斯巴达克思召开紧急会议,布置了应急措施,斯巴达克思与角斗士埃诺玛依策马赶到加普亚角斗学校。这是2月20日晚上,所有的角斗士都留在学校,而且有越来越多的角斗士涌来。当斯巴达克思和埃诺玛依赶到学校时,发现学校正在被罗马军团包围,他们通过小巷抢先接近围墙,爬了进去。五百名角斗士正分成两队默默地站在那儿。他们的出现使人们发出一阵满怀希望的喊声,但随着斯巴达克思的手势很快又静默下来,斯巴达克思命令角斗士们严守秩序保持肃静,然后到练武厅去,与那里的两百多名角斗士领导人商讨对策。他们决定以火炬为武器夺取武器库。斯巴达克思一马当先带领众人向武器库冲去。经过殊死的搏斗,角斗士们被打得很惨。唯一的生路就是:冲出角斗学校。在斯巴达克思的带领下,杀出一条血路。

罗马军团溃退了。但为了赢得时间,埃诺玛依留下坚守,斯巴达克思带领一部分角斗士逃往维苏威山。连他自己在内,一共剩下了七十八人。但很快就有许多奴隶和新的角斗士投奔了他的队伍。斯巴达克思又扎下了营,那地方就叫做"角斗士营盘"。深夜,埃诺玛依带领着九十个兄弟也赶了来。第一次起义就这样流产了。

五

在斯巴达克思的组织领导下,角斗士大军很快从六百人增到一万人。卡齐陵一战,他们又获全胜,斯巴达克思的名字震动了整个南意大利。又有五千角斗士来到他们驻扎的瑙拉,而且密尔查和他的好友阿尔托利克斯也来了,这使斯巴达克思非常高兴。妹妹喋喋不休地讲述着范莱丽雅对哥哥的牵挂和感情,又使斯巴达克思激动得脸色发白,这时卫兵报告说有一个罗马青年坚决要见斯巴达克思。跟着被带上来一个装束华丽、个头不高的小伙子。斯巴达克思惊诧地注视着那少年,觉得很眼熟。

"你不认得我吗?"那少年说:"是我,爱芙呀!"斯巴达克思怎么也不能从惊诧状态中醒过来,"你……到这儿来干什么?""啊,难道我不是一个奴隶吗?"说着,爱芙送给起义者两小袋黄金。她留了下来。在阿昆纳之战又获全胜时,当天深夜,斯巴达克思带着三百骑兵,秘密地去看为他生了一个女儿的范莱丽雅。整整一天,他们沉浸在爱情的幸福波浪中,但这天的黄昏又来临了,范莱丽雅痛哭着与斯巴达克思吻别。她从脖子上拽出一个金盒子,里面有她的黑发和女儿的金发。她将盒子挂到斯巴达克思的脖子上说:"这是珍贵的护身符,它能把你从任何危险中拯救出来……"斯巴达克思再一次亲吻了亲爱的人,回到队伍中去。这时他的全副武装的角斗士大军已发展到了五万人。在著名的芬提之战后一个月,罗马派来了使者,提出以同意范莱丽雅嫁给斯巴达克思为条件，让斯巴达克思归顺并解散角斗士军队。这一卑鄙无耻的要求激怒了斯巴达克思，他坚决地一挥手说："我们在战场上见吧！"这天夜里他睡得很不安稳。突然他被一个紧紧的热吻惊醒。这是爱芙。她跪在斯巴达克思的跟前，哀求地叫喊："我爱你，我爱你！求求你，不要拒绝我啊……"斯巴达克思紧紧握住胸前的纪念盒：只有这护身符，才使他有力量抵抗这位美丽的希腊姑娘的引诱。他竭力平静下来，用父亲般的神态对她说："要知道，我爱的是另一位……像女神般的女人。她是我小女孩的母亲。正如我的灵魂已经完全献给解放被压迫者的事业，我的爱情也只能献给一个女人！"

"啊，该死的范莱丽雅！"爱芙仇恨地诅咒着。斯巴达克思变了脸色："永远离开我的营帐！明天我派人把你送到埃诺玛依的司令帐中去。"

爱芙是一个非凡的女人，她是不能认输的。她向复仇女神许愿，一定要用斯巴达克思的头来作祭品。当埃诺玛依看到她站在面前时，吃惊了，"怎么！是你？斯巴达克思派来给我的传令官竟是你吗？"爱芙的美貌使他倾倒，使他服服帖帖。这一点被爱芙看在眼里。果然，没多久，她就完全控制了这个高大的日尔曼人。她能够知道所有的军事秘密。一天夜里，她终于下决心让自己的一个奴隶去罗马告密，只不过被一个角斗士指挥官发现，两人双双都死在去罗马的路上。

这时角斗士大军已壮大到六万人。斯巴达克思决定越过阿尔卑斯山，分散队伍，让每个人回到故乡去鼓动群众起来反对罗马。谁知这一计划竟遭到了与他有着兄弟般情谊的好友埃诺玛依的反对。原来爱芙编造了许多情况说服了埃诺玛依，使他相信斯巴达克思已经背叛了角斗士，要出卖他们。埃诺玛依带领他的一万名日尔曼战士离开了营垒，并对追上来的斯巴达克思高喊："他是叛徒，杀死他！"于是三十支箭向斯巴达克思飞来，他赶忙用盾牌遮住头部，才没被射中。但不久，离去的埃诺玛依和他的战士却全部牺牲在罗马军的进攻下。只有爱芙虽然也受了些轻伤，早早装死躺在地下幸免于难。她残忍地踢了埃诺玛依的尸体一脚，诅咒说："我要看到斯巴达克思和你一样痛苦地死去！"当她回到斯巴达克思的营地时，受到热烈的赞扬。军队的将领们受到埃诺玛依的影响，开始分化。这一点正好被爱芙利用，她煽动大家反对斯巴达克思,要求进攻罗马。军队的涣散迫使斯巴达克思不得不负起进攻罗马的指挥权。正当战争打得十分激烈时,那个可怕的女人爱芙潜入罗马指挥官克拉苏的营地,向他出卖了所有的军事秘密。克拉苏按照爱芙提供的情报重新布署军事力量。这一战打得十分残酷,斯巴达克思的忠实将领克利克萨斯倒下了,三个小时就牺牲了三万名角斗士。从俘虏口中,斯巴达克思终于明白了叛徒爱芙的阴谋。密尔查也穿起了铠甲,决定用死来保卫她的哥哥。她带着女仆采杜里去战神庙祈祷。不想却被化装成女奴的爱芙偷偷窥见。在爱芙跟踪想杀死密尔查的时候,被角斗士用箭射死。这个叛徒、毒蛇般美女的尸体被人唾弃。

激战仍在继续,角斗士军团中却出现了叛徒,使克拉苏更加有机可乘。角斗士又损失惨重。在斯巴达克思十分困苦的时刻,范莱丽雅派人给他送来了信。信中告诉他罗马不仅布署了强大的兵力,而且庞培也率领全军向他进军了。她恳求斯巴达克思对命运让步,结束这场毫无希望的战争。斯巴达克思哭了。他接受了谈判,但谈判破裂。斯巴达克思给范莱丽雅写了一封绝笔信,派三个人送去。他率领全部角斗士作最后的拼杀。最后角斗士大军全军覆没。这次历史上最著名的奴隶起义失败了。哀伤的范莱丽雅指着骨灰坛对小女儿说:

"这里面是你的爸爸——斯巴达克思!"

(王 扶)

塞万提斯

米盖尔·德·塞万提斯·萨阿维德拉(1547—1616)是西班牙文艺复兴时期重要的现实主义作家。

他生于西班牙中部一个破落贵族家庭,父亲是一个终生潦倒的医生。塞万提斯自幼酷爱读书,但由于贫困,只读到中学。1569年他作为红衣主教的随从到了意大利,翌年在那里参加了西班牙驻军。1571年参加对土耳其海战,身负重伤,左手残废。1575年回国途中被土耳其海盗俘虏,直至1580年才赎身回国。他无处谋差,便以写作为业,但仍无法维持生计。1587年他当上军需官,却被诬入狱,后来又当上税吏,再次代人受过坐牢。这前后十五年间他跋涉全国各地,目睹民间疾苦,深深影响了他的思想和写作。

塞万提斯最初写的是剧本,以悲剧《奴曼西亚》(1584)最为成功。其他作品有短篇小说集《惩恶扬善的故事》(1613)、长诗《巴尔纳斯游记》(1614)、《八出喜剧和八出幕间短剧集》(1615)以及一些诗歌。

他在五十多岁后开始写作的长篇小说《堂·吉诃德》是他的具有世界影响的代表作。第一部出版于1605年,当即在国内广为流传,以至出现伪劣续篇,他愤慨之中加紧完成第二部,并于1615年出版。这部作品无论在内容上还是在形式上都起到了欧洲现实主义文学里程碑的作用。书中的主人公堂·吉诃德以及桑丘更是流传百世、尽人皆知的典型。

堂·吉诃德

在西班牙的一个村子里，住着一位五十多岁的绅士。他体格强健，身材瘦削，面貌清癯。这位绅士既未结婚，又无职业，闲居没事，只顾埋头阅读骑士小说。他看得津津有味，竟变卖了好几亩耕地，把能买到的骑士小说全都搬回家去。

可怜这位绅士给这些骑士小说迷住了心窍，神魂颠倒，日日夜夜沉浸在这些书中，废寝忘食，昏头昏脑，满肚子尽是书上那些什么魔鬼呀，比武呀，打仗呀，挑战呀，创伤呀，调情呀，恋爱呀，痛苦呀，等等。他固执己见，深信他所读的那些荒唐故事，都是千真万确的。总之，他已完全失去了理性，天下的疯子从没有像他那样想入非非。他要做一个游侠骑士，漫游世界，去猎奇冒险；他要消灭一切暴行，承当种种艰苦，以期将来功成业就，名传千古。

他自得其乐，打着如意的算盘。于是把早已生锈发霉，丢在阴暗角落里，他曾祖传下来的一副盔甲，擦洗干净，又把他那匹骨瘦如柴的劣马，经过反复斟酌，取了个高贵响亮的名字，叫做驽骍难得；又苦苦思索了八天，决定自称：堂·吉诃德。

可是他还得找个意中人。骑士若没有美丽的情人，就好比大树没有绿叶和果实，躯壳缺了灵魂。他记得那些书中的骑士，都有个美人来激发他的热情和虔诚，使他勇敢，给他力量。骑士通常都将战利品呈献在自己意中人的脚下，而美人的微笑便是对他最大的嘉奖。于是他马上选中了自己的意中人，原来是他曾经单相思爱上的邻村的一个农村姑娘，并给她另取了个名字：杜尔西内娅，既与她原名相近，又有点公主贵人的味道。

在一个炎炎七月的清早，堂·吉诃德准备停当，浑身披上铠甲，头戴拼凑的头盔，手执长枪，从院子后门溜了出去，来到郊外。他口中念念有词："不知哪位博学之士，记载我的第一次出游呢……我的丰功伟绩值得镂在青铜之上，刻在大理石之中，万古留芳，那才是幸福的年代、幸福的世纪哩……"

接着他又仿佛真的痴情颠倒似的说：

"哎，杜尔西内娅公主，束缚着我这颗心的主人！你严词命我不得瞻仰你的芳容，你这样驱逐我，呵斥我，真是太残酷了。小姐啊，我听凭你辖治的这颗心，只为一片痴情，受尽折磨，请别忘掉它啊！"

堂·吉诃德跑了一整天，从早到晚，并无可记之事，只是人马都精疲力尽，饿得要命。他四面张望，只见大路上有一家客店。于是就把这客店当作城堡，把站在门口的两个跑码头的妓女当作美貌的小姐，称她们作"闺秀"，使得这两个妓女忍不住哈哈大笑。

他把胖胖的店主当作城堡的长官，双膝跪倒在他的脚下，祈求店主将他加封为骑士。店主看到这位客人脑子有病，决计迎合他，借此一晚上可以逗笑取乐，于是同意给他举行加封骑士称号的仪式。

第二天，勇士堂·吉诃德在树林中解救了一个被财主绑在树上鞭打的小佣人。可是当他蹬上驽骍难得，一阵风似的走了之后，财主又把小佣人重新绑在树上，抽得这小孩奄奄一息。但堂·吉诃德却得意非凡，觉得自己在骑士征途上迈出可喜可傲的第一步。于是他欢欢喜喜骑马回村，一路低声自言自语：

"绝世美人杜尔西内娅啊，你真是现今世界上最有福的人！英名冠绝古今的堂·吉诃德，今天消除了极恶的暴行，解救了一个无故被鞭打的孩子！"

这时堂·吉诃德碰上了一群商人，他傲然逼迫他们立刻承认他的杜尔西内娅是普天之下独一无二的美女。当商人看出他是个疯子而和他逗乐时，他就举起长枪，冲向商人。可是他的坐骑半道绊倒，把他摔在野地里滚得老远，结果被商队中一个赶骡的小伙子好打一顿，揍得他死去活来，倒在地上爬不起来。不过，堂·吉诃德还是私下庆幸，这种灾殃是游侠骑士必然遇到的。他瞧着自己实在动弹不了了，就有气无力背诵起书中那位绿林骑士受伤后的话：

"你在哪里啊?我的夫人，怎么对我的痛苦毫无怜悯?"

堂·吉诃德家乡的一个街坊路过他的身旁，用骡子把他驮了回家。

堂·吉诃德在家安静地过了十五天，养好了伤，暗地里作骑士第二次出游的准备，主要是物色了一个侍从。他叫桑丘·潘沙，是个头脑简单老实的农夫。堂·吉诃德对桑丘说，跟他出门，可能一眨眼征服个把海岛，就让桑丘做岛上的总督。桑丘听了他的话，就抛下老婆孩子，两个人在一个夜晚离开了村子。

第二天，他们走在郊野里，远远望见有三四架大风车。堂·吉诃德一见就对他的侍从说："运道的安排，比咱们要求的还好。你瞧，那边出现了三十多个大得出奇的巨人。我去跟他们交手，把他们一个个杀死。这是正义的战斗，消灭地球上这种坏东西，为上帝立大功。"

桑丘说："什么巨人呀?"

他主人说："那些长胳膊的，你没看见吗?"

桑丘说："您仔细瞧瞧吧，那不是巨人，是风车，那上面胳膊似的东西是风车的翅膀，给风吹动了就能推转石磨。"

"你真外行，不懂冒险。他们确是货真价实的巨人。你要是害怕，由我一个跟他们大伙拼命好了!"堂·吉诃德一面说，一面踢着坐骑冲向前去，嘴里嚷道："你们这伙没胆量的下流东西!不要跑!来跟你们厮杀的只是个单枪匹马的骑士!"

这时微微刮起一阵风，风车转动了它的长页。堂·吉诃德见了大声吆喝道："即使你们挥舞的胳膊比有一百条手臂的巨人布利亚瑞欧的还多，我也要和你们见个高低!"说罢，他匆匆向他那位杜尔西内娅虔诚地祷告一番，求她在这紧要关头保佑自己，然后用盾牌遮住身体，横托长枪，飞马向第一架风车冲杀上去。他一枪刺中了风车的风页，在风里转得正猛的风页把长枪迸作几段，一股劲把堂·吉诃德连人带马直扫出去。堂·吉诃德滚翻在地，狼狈不堪。桑丘赶驴来救，跑近一看，他已经不能动弹了。

桑丘说："天啊!我不是跟您说了吗?仔细着点儿，那不过是风车。除非自己的脑袋给风车转糊涂了，谁不知道这是风车呢?"

"住嘴！"堂·吉诃德喊道，"胜败乃兵家常事！一定是什么邪恶的魔法师将这些巨人变成了风车，来抢夺我胜利的光荣。"

桑丘扶他重新上马说："您准是摔得身上很疼呢。"堂·吉诃德说："是啊，痛得很呢，因为游侠骑士受了伤，就是肠子从伤口掉出来，也不作兴哼痛呢，这是骑士规则第九条上说的。"当天晚上，他们在树林里过了一宿。堂·吉诃德折了一根枯树枝充当枪柄，把枪头装上。

这以后，堂·吉诃德把羊群当作军队，把外出旅行的僧人当作劫掠公主的魔法师，浑身遭到毒打，连牙齿也一颗不剩了。为了给他的坐骑报仇——因为这牲口偶然情动，趁主人午休的时候，跑到一群小母马中去求欢，被马主人打伤在地——堂·吉诃德和他的侍从也被这帮人结结实实揍得躺在地上，像碾过的麦子一样。桑丘喊了三十声"哎呦"，叹了六十口气，把打他的人诅咒了一百二十遍，才从地上艰难地爬了起来，居然还把主人扶起，驮在他的驴子背上。

他们投宿一家客店，与一个骡夫同宿在一间屋里。不料店主的女儿与骡夫约好当晚幽会，摸黑来到屋里，却正好给堂·吉诃德紧紧搂在怀里，并对她含情低语："尊贵美丽的小姐，承你惠然光临，让我一亲你的天姿国色，但愿我能不负你的恩情。可是我浑身瘀伤，骨酸筋痛，即便要遂你的心愿，也无可奈何，而且我已对绝世无双的杜尔西内娅矢忠不二。不然的话，承你一片深情给我良机，我哪能白白放过你呢？我不是那么个呆骑士呀！"

骡夫睡在骑士旁边，看见自己的情人在堂·吉诃德怀里挣扎不得脱身，未免醋兴大发，就举臂下死劲一拳打在这位多情骑士的瘦脸上，打得他满口鲜血，还心犹不足，竟跳到堂·吉诃德身上，用跑马步伐，从他第一根肋骨踩到最后一根。那张破床经不起骡夫的重量，哗啦一声塌下地去。那店主被这声响惊醒，忙点起油灯寻声而来。那丫头瞧脾气暴躁的店主来了，慌了手脚，直往桑丘床上躲。这时桑丘睡得正熟，她就钻进他的被窝，蜷缩成一团。店主一面进屋，一面嚷道：

"婊子！你在哪里？准是你干的好事！"

这时桑丘醒来，觉得一团肉乎乎的东西压在身上，他以为是魔鬼，就挥拳四下乱打。这丫头身上不知挨了多少下。她痛极了，就还手打他。桑丘发现有人打他，就挣扎起身，揪住这姑娘对打。两个人都不要命了，打得煞是好看。骡夫在店主灯光下，眼见自己情人吃亏，忙撇下堂·吉诃德来救她。店主也来帮一手，他拿定这番大合揍都由那丫头引起，所以要收拾收拾她。这一场好打，就像西班牙童话中所说的："猫儿追耗子，耗子追绳子，绳子追棍子。"骡夫打桑丘，桑丘打丫头，丫头打他，店主打丫头，一个个忙得手脚不停。妙的是店主的那盏油灯忽被打灭，大家在黑地里恶狠狠地乱打一气，扭成一团，拳头落处，谁都没有一块完好的皮肉。

但是堂·吉诃德做骑士之心尚未悔改，在他解放了一群奉国王之命被手铐脚镣押送划船的苦役犯之后，又强迫他们集体到他的美人杜尔西内娅处去替他请安，并报告他这次侠义的行动。囚犯们拒绝了他的要求。堂·吉诃德勃然大怒骂将起来，却又被这批囚犯用石头打倒在地，把他的衣服剥去，桑丘也只剩下一身衬衣裤了。他们把抢到的东西一分而光，就各自逃走。堂·吉诃德吃了大亏。他和侍从带着一身的创伤，结束了第二次冒险的游历，回到自己的家乡休养将息。

当堂·吉诃德的劳累和创伤稍好些时，他又和桑丘作第三次冒险出游。他们受到贵族们的许多愚弄和折磨，闹了不少笑话。最后堂·吉诃德的同乡参孙学士为了治好他的骑士疯，扮成白月骑士，在比武中把他打败。

遵照战败的条件，堂·吉诃德回到了家乡。没有几天，他便卧病不起。最后，他对自己的外甥女说："上帝慈悲，饶恕我的罪孽。我现在知道了那些骑士小说都是胡说八道，只恨后悔已迟，不及再读些启发心灵的书来补救。我自己死在眼前，希望人们明白，别说我糊涂一辈子，死也是个疯子。我尽管发过疯，却不愿一疯到死！"临终前，他对世人说："我从前是疯子，现在头脑灵清了；从前是堂·吉诃德，现在我是善人阿隆索，但愿各位瞧我忏悔真诚，还像从前那样看重我。"

他的朋友参孙为他写了一首墓志铭：

邈兮斯人，勇毅绝伦，不畏强暴，不恤丧身，谁谓痴愚，震世立勋，慷慨豪侠，超凡绝尘，一生惑幻，临殁见真。

（林　芷）

《小癞子》简介

中篇小说《小癞子》是西班牙名著,大约写于 16 世纪中期,作者不详。这部小说采取自述体形式,在早期的小说形式中,用第一人称叙事是为了增加作品的真实效果。由本书开创的"流浪汉小说",后来造就了欧洲的一大批名著。

小 癞 子

人家叫我托美思河的癞子,不瞒您先生说,我还真生在河里。因为河水流过磨房,我妈在那儿生的我。八岁那年,磨房里盛麦子的口袋上出了裂口,人家控告我爹从中揩油,我爹为此吃了官司,被轰出本城。他跟一个从军的绅士去打摩尔人,结果主仆俩全死在战场上。

我妈生活无着落,便去给教区护教的军官家帮忙,给马夫洗衣裳。有个看牲口的黑人老往我家跑。我瞧他又黑又丑,心里嫌恶他。可他总给我们带来面包、肉、取暖的木柴,为此我慢慢喜欢起他来。我妈生了个小黑孩,我摇他睡觉，抱他焐暖。一天我那黑后爹逗他孩子玩，那孩子见妈和我皮肤白，他爹却另一样，就躲在妈背后，指着他爹说："妈，黑鬼！"后爹笑骂道："这婊子养的。"我年纪不大，也琢磨道："乌鸦站在猪身上，天下这么想的人不知有多少呢！"

那黑人为了养活我们，逮什么偷什么。让人发现后，又是鞭子抽，又是拿火烤。我妈也让人撵出军官家，落到一个小客店当女佣，千辛万苦拉扯我们。我已长成半截子大人，给住店的客人买酒打杂。

有个过路的瞎子住店，觉得我能给他领道儿，就向我妈要我。我妈求瞎子念我是个孤儿，多担待我，好好看顾我。瞎子一口答应，说不会把我当佣人，要把我当儿子照应。我们娘儿俩抱头哭了一场，知道今生今世再也见不到了，然后我跟瞎子上了路。

出了城，桥头有个石牛。瞎子说："癞子，牛肚子里轰隆轰隆响，你不听听？"我是个死心眼，当真把脑袋贴上去听。瞎子摸着我的头，往石牛身上使劲一撞，痛得我眼冒金花。瞎子笑着说："傻子，学个乖吧！给瞎子领道儿，得比鬼还机灵才成。"我原是个傻孩子，现在如梦初醒："可不是吗，我无依无靠，今后得贼着点，自个儿照顾自个儿。"

一路上瞎子教我江湖上的黑话，告诉我："我给不了你金银财宝，可是能教你活命的本事。"后来事实的确如此，我的命是老天爷给的，能活下去还真亏了瞎子的教诲。他虽瞎，却让我睁开了眼。其实这些小事犯不上唠叨，我只想向您表明："出身卑贱，可是能巴结着求上进，是多不易；出生高贵，却自甘堕落，是多没起色。"

言归正传，没比瞎子更精的人了。吃这碗饭他拔头分儿。他会上百种咒语、祈祷词，凡是夫妻不和什么的，他都找得着合用的咒，管保一念就好。生男生女，他也能预测。他还懂点医，牙痛昏厥、妇科百病，只要有人问，他马上答得出煮什么草、什么根。就是去教堂，他也态度端正肃然，所以哄得人家围着他转。他从女人身上一个月赚的钱，比一百个瞎子一年赚的都多。

不过，我没见过像他这么小气的人，他从没让我吃饱过。要不是我心眼活泛，兴许早让他饿死了。话说回来，任凭他老奸巨滑，也上过我几回当。

我跟您说几档子事。

瞎子的面包、钱财都放在一个麻袋里，口上箍铁圈，上着锁，拿东西时他小心翼翼，谁也伸不进手去。我把麻袋拆开一条缝儿，摸出大片的面包香肠，再把麻袋缝上。这不算偷，谁让瞎子把我饿得半死不活呢。摸出的铜钱我全换成半文的小钱。当有人出一文大钱请瞎子念经，钱一过我手，我把大钱塞嘴里，把准备好的小钱递给瞎子。瞎子常纳闷："妈的，自从你跟了我，净收小钱了，你这小子把我的财运给冲了。"

瞎子爱喝两口。我常趁他不防备，抱起酒壶吮几下。瞎子觉得酒少了，下次就把壶攥在手里。我撅根麦秆插到壶嘴里使劲吮，还是偷了老瞎子的酒。下回瞎子又换了戏：把壶夹在两腿当间，手指头摁住壶嘴。我想：你有招儿，我也有。于是抽空我在壶底钻了个眼，用薄薄一层蜡封上。吃饭时，瞎子夹着壶，我假装怕冷，坐在瞎子腿前烤火。热气熏化了蜡，我仰头接着流下的酒，一滴也没糟踏。倒霉的瞎子想喝酒时，才发现壶空了，他惊讶万分，气得乱骂。最后，他翻来覆去地摸，发现了壶底的秘密，可他没吭声。

第二天旧戏重演，我正合着双眼享受天上流下的甘露，狠心的瞎子举起壶猛地往下一砸——妈呀，砸我一个满脸花，牙也掉了，碎片扎进肉里。事后瞎子给我洗了伤，但从此开始折磨我，不是打脑袋就是揪头发。我恨死了他。你打我，我也害你。我放着好道不走，宁肯自己也吃点苦，决不让他借我的光。我专门领他走乱石头滩、烂泥坑。气得瞎子老用拐棍杵我后脑勺，杵得净是大包。

收葡萄的季节，我们到了阿尔莫若斯。有人给我们一串葡萄，要是放进麻袋准挤烂了，反正带不走，瞎子决定和我分吃，那天他已经揍了我好几下，正想哄我高兴。瞎子说："咱们轮流吃，每人每次只许吃一颗。"我答应了。黑心的瞎子却两颗一摘。我瞧这奸贼不守信用，就三颗一摘。一会儿，葡萄吃完了。瞎子拎着光杆儿说："癞子，你小子准是三颗一吃的。"我反驳道："您又冤枉我！"瞎子摇摇头；"肯定的。我两颗一摘的时候你不吱声么。"我虽是孩子，也感觉得到瞎子像睁眼人一样精明。

我和瞎子的故事说不完。长话短说，我告诉您我们是怎么分手的吧。

那回在埃斯特罗纳城住店，瞎子用铁叉子烤香肠，让我去打酒。眼见香肠没我的份儿，只能干咽唾沫。正巧我看见地上人家扔的一根细长的烂萝卜。趁瞎子掏钱，我摘下香肠插上萝卜，上街打酒去了。路上我三下五除二把香肠吞了下去，回来见瞎子正把烂萝卜往面包里夹。瞎子咬了一口，顿时变了脸："癞子！怎么回事？"我叫道："我刚回来，又怎么啦！"瞎子抓住我，掰开我的嘴，探进尖鼻子使劲闻。我又怕又恶心，"哇"地一声，物归了原主，全吐在他鼻子上了。

这下瞎子可疯喽，玩了命地揍我，要不是有人赶来，我非让他揍死不可。可恶的瞎子当众一一抖落出我的"坏事"：什么酒壶啦、葡萄啦，听得人家揉着肚子直乐，招得路人也来看热闹。瞎子见有人捧场，便卖弄嘴皮子，把我的事讲得又俏皮又逗哏，引起阵阵哄堂大笑。我浑身疼，直掉泪，可听他讲到俏皮处，也忍不住"吱"地笑上一声。

我吃尽了瞎子的苦，决心离开他。一个寒冷下雨的黄昏，瞎子淋透了，急着找店住。河对过儿才有店。我领他到广场上的石柱子前，说："大爷，这儿的河面最窄，使劲一跳就过去了。我先跳。"说完我跳到石柱后边。瞎子为了跳得远点，还退了好几步，像个打架的公羊，梗着脖子跑几步，突然一跳，只听"乓"的一声，撞在石柱上开了瓢儿。我见有人来救他，不至于躺那儿等死，便撒了丫子。

流浪到马奎达，一个教士收我当佣人，我离了狼遇上了虎。瞎大爷和这小子一比，慷慨得像亚历山大大帝。这教士有口木箱锁着吃的，给我的口粮是四天一个葱头，他却顿顿有肉。偶尔，他把吃光的羊头给我，说："吃去吧，你小子多有福气，教皇都没你过得好。"跟了他才三个礼拜，我饿得快站不住了。

想当初跟着瞎子我能欺负他看不见，可现在的主人——两眼瞪得溜圆。教堂里谁捐多少钱放在盘子里，他全瞄在眼里，容不得我打偏手。只有死了人，主人不用花钱，丧家请我们吃饭，我才能填饱一回肚子。说来罪过，我天天盼着死人，好吃顿饱饭。我想，跟教士六个月里死的二十来人，八成全是我给念叨死的。

一天，来了个配钥匙的手艺人，我请他给那口箱子配了把钥匙。打开箱子把我美坏了，抱着一个面包就啃。我享了几天福。后来主人发现面包少了，来回点了几遍，说："真奇怪，好像少了。不行，我得记个数，共有九块半面包。"第二天趁主人出门，我又开了箱。一数，还真他妈是九块半，我没辙了，只好抠点面包皮，沿着半块面包掰过的那一面揉下一些渣儿，塞到嘴里。主人回来一看，疑心闹耗子，便把面包上以为是耗子碰过的那面切下给我，说："吃吧，耗子不脏，挺干净。"

这提醒了我，趁主人不在，我就把箱子挖个窟窿，再开箱揉搓面包渣子吃，好歹活着。主人回来发现窟窿，就请木匠找木板钉上。我俩一个挖一个补，几天下来箱子就看不得了。主人借来耗子夹，放上奶酪。奶酪全下了我的肚。主人只得去请教邻居。邻居认为不是耗子是蛇。主人准备了一根大木棒，半夜一有动静就敲箱子，想把蛇吓跑。他还到处乱翻，检查蛇的踪迹。我怕钥匙让他翻出来，就把它塞到嘴里，好在和瞎大爷混的时候，我就练就拿嘴当小仓库使唤的本事。

一天夜里我睡着了，呼吸从钥匙管状的把儿上通过，发出"嘶嘶"声。主人以为是蛇，一棍子打下来，当场我就没醒来。主人拿火一照，发现我嘴里的钥匙，什么都明白了。几天后，我醒过来，教士冷冰冰地说："癞子，什么耗子长虫的，全让我一网打尽了。我用不起你，你另请高就吧。你小子以前准伺候过瞎子。"

这样我到了托雷都的省城，遇到一个穿戴整齐、光头瓦亮的侍从收我当仆人。我看他的衣服气派，觉得找这么个主人准挨不了饿，便一口答应下来。他带我满城逛。我真希望他带我上菜场买东西扛回去，可他没这意思。晃到十一点，他去望弥撒，打发时间。我想："他家吃的可能是成批买进，不像小家子一吃一买，兴许中饭早烧好了。直到下午一点，他领我来到一个小破院里，一开门，我的妈！又黑又阴，让人打冷战，除了一个石凳没别的家具，连瞎子的麻袋和教士的木箱也没有。主人说："我吃了早点，可以一天不吃别的，你自己玩会儿去吧。"

众位，我差点没背过气去。我的命太苦了，真没造化。我克制住内心悲痛，掏出怀里要来的面包，坐在门槛上嚼。主人瞧我吃东西，眼睛也大了，嗓子一动一动的。那模样我太熟悉了，我挨饿时老那样儿。我分了点面包给他，他也不推辞，只问："干净不？"我说："反正我不恶心。"他吃完，不知从哪摸出一个缺口的壶递给我。我表示有节制，说："我不喝酒。"主人笑道："哪来的酒，是河里的水。"可想而知，我的心全凉了。

天黑后，我俩挤在一张破床上，下边是硌人的芦苇，铺一块恶了巴心的脏单子。主人把大氅、外衣叠好放在石凳上。我睡不着，只求上帝让我死了得了，活什么劲!

天亮后，我伺候他穿好大氅，挎上宝剑，瞧他神气十足地上街，让人以为是伯爵的亲戚。那模样让人感到他昨晚享受过丰盛的美味，睡过温暖的软床。其实呢，他只吃了癞子讨来的在怀里揣了一宿的面包。主人走后，我拿破壶去河边舀水，看见主人正和两位戴面纱的女士热情交谈。我懂得这俩女人是"打食"的，等我主人请她们呢——当然也不白吃他的。我主人甜言蜜语还行，一提到请客，就瘪了。那两个女人是老手了，一看他那样儿就甩了他。

我捡了点白菜帮子当早点。下午两点钟主人还没回来，我锁上没有东西可偷的家，把钥匙藏在主人指定的地方，上街施展瞎大爷教我的本事，凄凄惨惨去要饭。不到四点，好几个面包下肚了，袖子里还揣着两磅面包，外加牛蹄、肠子。到家一看，主子已回。他说："等你不回，我先吃了。"我说："没事。"掏出吃的坐门口就咬。主人忙踱过来："癞子，你的吃相真好。没胃口的人瞧你吃东西也想再吃点儿。"我知道这死要面子的主人给自己找台阶，让他吃了些牛蹄、面包。他把骨头啃得比狗啃得还干净，说："瞧我好像饿了一天似的。"我心说："没错!"

这主子，每天走在街上，细溜得像条纯种狗，还拿麦秸剔牙。他牙缝里根本没东西可剔。一天，他不知从哪儿得到一块钱，美滋滋回来，像得了全威尼斯城的财宝，让我去打酒买肉。走到街上我遇见送丧的人家，那寡妇喊："我的当家人哪，他们要把你抬到凄凄惨惨、没吃没喝、阴沉沉的屋里去呀……"吓得我连忙往回跑，进屋就插门。主人问怎么啦，我说："他们要把死人抬到咱家来了。"主人疑惑道："怎会呢?"我说："凄凄惨惨没吃没喝阴沉沉的屋不正是咱家么?"主人听了笑得流出眼泪。

又有一次，他跟我瞎侃，讲他怎么为了"体面"不肯向比他有钱的人脱帽，跑到这儿来混世界，讲他怎么给贵人当差，讲讨贵人喜欢的窍门。正侃着,来人讨债。我主子真沉着,说兜里净是大票子,还得上街破开,让债主下午来。然后主人出门了。谁知他一去不回。债主叫上公差把我审了个底儿掉,我什么也说不上来。公差见我年纪太小,放了我,抄起那条脏床单抵账去了。

人家是主子辞佣人,我可好,主子把我留在家里自个儿走了。

我第四个主人是个修道士,是他的"侄女"把我介绍给他的。他不喜欢男孩子,也不爱在修道院里呆着,净往人家里钻。详细的我就不说了,不久我离开了他。

我第五个主人是个奸诈无耻之徒,保您一辈子没碰上过这么个主。这家伙是卖免罪符的,据说谁买了符,就会被赦免曾犯下的一切罪行。他是哪个城镇都跑,每到一地,先打听教士的道行深不深。碰上学问浅的,他就装腔作势用拉丁语滔滔不绝讲上两个多钟头,其实那拉丁话全是假的,只是发音有点像罢了。

他和一个公差勾结。如果有人买了免罪符交不起钱,公差就上门抄东西抵债。有一次到了萨格拉镇,一连几天没人买符,急得主人乱转,脾气很大,晚上和公差打牌还吵了起来。公差嚷嚷免罪符是假货,不少人听见了。

第二天在教堂里,主人上台宣讲,劝众人买这赐福免罪的圣符。本来人家昨天听见是假的就不想买,这时公差又跑来搅和。公差大声喊:"乡亲们,他是骗子,符是假货!我原和他狼狈为奸,现在我不愿跟他再骗人了,我要揭露他……"有身份的人怕在教堂里闹笑话,要撵公差走。我主人拦住大家,让公差喊个够。然后我主人跪下,合掌望天,虔诚得眼睛翻上去,只露出一星眼白。他祈祷说:"上帝,求您显灵!若是我骗人,请您把我连讲台隐入七七四十九尺深的地下;若是他骗人,请您惩罚他。"主人话音刚落,公差突然跌倒在地,口吐白沫,乱翻乱滚,脸上尽是怪样儿,把众人唬住了。主人道:"上帝显灵了!让我们祈祷上帝饶恕这罪人吧。"主人把免罪符放到公差头上,公差慢慢缓过来,承认自己受了魔鬼指使,干了自己都不知道的事。

事实胜于雄辩,目睹奇迹的人把消息传遍附近十几座城市。没再费主人一滴唾沫,卖出成千上万的免罪符。我原来也很当真,直到主人和公差笑谈此事，我才醒悟这家伙不知坑害过多少良民百姓。我跟了他四个月，离开了他。

我慢慢长大，一个住堂神父收我当佣人，给我一头骡子、四个瓦罐，让我上街卖水。几年下来，除了交账，还攒下点钱。我买了些半新的衣裳，居然也整整齐齐，还置了件斗篷和一把剑。我辞了主人，跟一个公差当下手。公差的活儿也不好干，一次追逃犯，差点没让逃犯要了我的命。我只好再换个活儿。

这回干什么呢？我想，为皇上效力是唯一的康庄大道，我当了喊消息的报子。什么法院判决呀、拍卖呀、寻物启事呀，全由我来宣喊。

我干得不错。简单说吧，谁想卖酒卖东西，没有托美思河的癞子插手，甭想赚钱！这时候，圣萨尔瓦多的大神父注意到了我，把他家里的一个女佣人嫁给了我。我娶了她，至今不后悔。靠了她，大神父时不时给我们些麦子、肉、破旧衣裳，有时还有上好的白面包。

大神父让我们租了间紧靠他家的房子住下，好往来方便。我老婆常去他家铺床叠被，所以引起人们嚼舌头。大神父把我找去，当着我女人的面，开导我说："癞子，谁听信流言蜚语，谁一辈子发不了迹。你老婆上我家惹起闲话，你别往心里去，自有你的好处。"我回答："大人，我早下决心要投靠有钱有势的人。其实我朋友告诉过我，我老婆婚前就有过几胎……"

这下我老婆可翻车不干了，又哭又闹，赌咒发誓，害得我后悔不该说话冒失。我发誓相信她正经，随她没日没夜在大神父家里出出进进，我一万个放心。我老婆才慢慢不哭了。从此，我、我老婆、大神父三个人处得很融洽。

后来又有人向我提到我老婆和大神父的事，我虽然明白她和全城别的女人一样"贞洁"，我还是拦住了别人的话头："你小子要够朋友，就甭跟我提这事。谁离间我们夫妻，谁他妈不够哥们。亏了我老婆我才蒙上帝恩典。谁再说她个'不'字，我跟谁玩命！"

这么一来，耳根子彻底清静了，家里也太平了。后来，皇上在咱们这座城里登基就位，想来你也知道当时的盛况。那一阵子，我过得还真不赖。

(刘小江)

克罗兹

何塞·玛利亚·埃萨·德·克罗兹(1845—1900)是近代葡萄牙小说家和文学评论家。

他在科英布拉大学读法律时,即广泛阅读法、英、德诸国文学,参加了"科英布拉派",1865年发动了反对浪漫主义保守派的论战。

他于1866年赴里斯本任律师,但仍志在文学。一年间他在《葡萄牙新闻报》上发表了许多短篇小说,后收入《粗野的散文》(1903),其中多是奇闻怪事,显然受了雨果、海涅、波德莱尔、爱伦·坡的影响。

1867年后前往埃及和巴勒斯坦等地旅行,1870年返回里斯本,即与一群进步青年交往,鼓吹社会改革,被称作"七十年代派"。他主张文学应描写现实,探讨问题,抨击葡萄牙文学缺乏独创。1871年与他人合作创办社会评论杂志《投枪》。

1872年起担任外交公职,直至逝世。但他始终未曾辍笔。

他的主要作品有:现实主义小说《阿马罗神父的罪恶》(1876)、《堂兄巴济利奥》(1878)和《马伊亚一家》(1888);表现异国情调和幻想题材的《满洲官员》(1890)、《遗物》(1887)和《短篇小说集》(1902);关于英国的《英国书简》(1903)和《伦敦纪事》(1945)等。去世后又出版了三部小说遗作:《豪门拉米雷斯》(1900)、《弗拉迪克·门德斯的通讯》(1900)和《城与山》(1901)。

阿马罗神父的罪恶

莱里亚的教区神父死了，来了一位年轻漂亮的新神父阿马罗·维埃拉。阿马罗的父母是一位侯爵夫人的仆人。阿马罗七岁的时候便成了孤儿，侯爵夫人把他养大成人。侯爵夫人打定主意要阿马罗做一名神父。阿马罗十五岁时进了神学院，被迫穿上了教士的白色法衣。他对教士的生活感到厌恶，对女人充满了好奇心和各种肮脏的念头。毕业后他被派往一个贫困地区任职，在那里就与一位牧羊女发生过关系。他向侯爵夫人生前的好友求情，把他调到富庶地区任职，终于如愿以偿，来到了莱里亚镇做教区神父。

阿马罗神父住在胡安内拉太太家。胡安内拉太太是个寡妇，待阿马罗像慈母一般，精心照料他的白衬衫白被单，为他准备美味可口的食物。胡安内拉太太有一个女儿叫阿梅丽亚，是个非常美丽的姑娘。天真的阿梅丽亚被阿马罗英俊的外表所吸引，轻易地爱上了他。若昂·埃杜瓦多爱慕阿梅丽亚已经多时，他把要娶阿梅丽亚的打算，告诉了胡安内拉太太。胡安内拉太太很赞同这门婚事，而阿梅丽亚却不置可否。她认为尽管若昂是个善良的好人，可以成为一个好丈夫，可她并不爱他。

阿梅丽亚的美搅得阿马罗心神不安，他拼命地抑制自己的情欲。一天，他无意中发现胡安内拉太太与大教堂神父有私情，她们母女的生活也是由大教堂神父供养的。一个年老力衰的神父尚且如此，一个年轻力壮、热血沸腾的青年人又该怎样呢？阿马罗决心做阿梅丽亚的情人。

一天，阿马罗和阿梅利亚在乡村嬉戏，阿马罗情不自禁地把阿梅丽亚抱在怀里，狂热地吻她。阿梅丽亚挣脱后跑开了。阿马罗被自己的行为吓坏了，他搬出了胡安内拉家，租了一幢破旧的二层楼住下。一想到因为自己是个教士不能与阿梅丽亚结婚，他就恨死了侯爵夫人。他在凄凉苦闷中度日，再也不敢到胡安内拉太太家去。阿梅丽亚发觉阿马罗爱她，处于狂喜之中。自从他搬走以后，她就心烦意乱，痛苦万分。他的身影总是出现在她的梦中，爱情的火焰燃烧得更旺盛。但是，想到她的一位同学因为做过一位神父的情妇，被抛弃后沦为妓女的往事，促使她做出与若昂结婚的决定。

阿马罗开始拜访胡安内拉太太家。每去一次，他对阿梅丽亚的爱就加深一分。若昂由于经常受到冷落，发觉了阿梅丽亚对阿马罗的爱慕之情。他看见阿马罗神父偷偷地往阿梅丽亚手里塞纸条，嫉妒和愤怒促使他写了一篇攻击教区内所有神父的文章，在《地区之声报》上发表。他在文章中不指名地攻击阿马罗神父"借圣职之便，在一位天真少女的心灵中播下邪恶的情欲之火"。这篇文章在教区内掀起了轩然大波，所有被攻击到的神父都怒火中烧，恨不能把文章作者碎尸万段。由于文章是匿名发表的，没有人怀疑是若昂。胡安内拉太太为了制止流言蜚语，决定立即让若昂与阿梅丽亚结婚。婚礼筹备期间，一位神父发现了文章的作者是若昂。阿马罗把这件事告诉了阿梅丽亚，要她解除婚姻。阿梅丽亚倒在阿马罗的怀里，任他亲吻。神父们联合起来，迫使若昂离开了莱里区。若昂失去了职业，失去了未婚妻，带着对教士的仇恨痛打了阿马罗一顿，然后流浪他乡。

在一个大雨滂沱的晚上，阿马罗神父占有了阿梅丽亚。第二天早上，女仆对他说，让人看见一个姑娘经常出入一个教士的家，是很不慎重的，他和阿梅丽亚的幽会应该在教堂司事家。阿马罗接受了这个建议。教堂司事的独生女卧病在床，阿马罗提议让阿梅丽亚教病人识字，轻易骗过了胡安内拉夫人。每次阿梅丽亚去拜访病女托托，阿马罗就同她到钟楼上的空房间寻欢作乐。他们每星期都要幽会一到两次，阿马罗神父觉得这是他一生中最幸福的时期。阿梅丽亚把自己的肉体和灵魂、意志和感情完全交给了他，她喜欢整个地献身于他，做他的奴隶。阿马罗充分地享受着这种统治权。他一直是屈从于别人的，如今有一个人匍匐在他的脚下，任他像专制君主般地进行统治。托托把他们的丑事告诉了大教堂神父，大教堂神父对阿马罗发了一通火之后，默许了他们的所作所为。

阿梅丽亚怀孕了，阿马罗不知所措，大教堂神父出了个主意："把她嫁出去，嫁给那个书记员。"于是他们派人去寻找若昂。阿梅丽亚听到这个主意，非常气愤，"不，我情愿死!"难道她是一块破布，用过之后就丢给一个乞丐?她为自己感到难过。他不再爱她了，他对她感到厌倦了。她放声大哭，毫不顾忌别人会听到。"你要我怎么样?"阿马罗愤怒地说，"我能跟你结婚吗?不能!如果你在家里把孩子生下来，不仅你完了，我也完了。我会被停职，说不定还会被送上法庭。"阿梅丽亚终于同意了这个安排。

寻找若昂的工作长时间没有结果，最后仆人报告，根据若昂的一封信判断，若昂到巴西去了。阿马罗和阿梅丽亚都绝望了。大教堂神父的姐姐病了，阿马罗想出一个主意，让大教堂神父与胡安内拉太太到海边去洗海水浴，阿梅丽亚跟着大教堂神父的姐姐到里科萨去，在那偏僻的地方生下孩子。大教堂神父很赞成这个主意，他问："你打算怎样处置那孩子?"阿马罗说："你简直想不到这事弄得我有多烦恼。我自然是把孩子交给一个女人抚养。如果生下来是死的，那就太好了。"

阿梅丽亚跟着唐娜·若塞帕到了里科萨。这位老小姐明白地让阿梅丽亚知道，她休想再得到她的友情，也别指望她会宽恕她的过错。她时时用沉默来表示她对阿梅丽亚的斥责。阿梅丽亚在阴暗的大房子里过着孤独痛苦的日子。不管是白天还是黑夜，死的念头和对地狱的恐惧，一刻也不曾离开过她。

阿马罗得到消息，若昂回来了，正在一个庄园主家里做家庭教师。他到乡下去看望阿梅丽亚，把这个消息告诉她。他还想同阿梅丽亚做爱，被阿梅丽亚坚决地拒绝了。阿马罗故意冷落阿梅丽亚，使她痛苦，使她嫉忌，终于又使她重新委身于他。

产斯临近了，为孩子找养母的事还没有着落。阿马罗打听到有一个外号叫"天使的织布工"的女人，专门收养被人遗弃的婴儿，她预收一年的养育费，接到孩子后，就把他们弄死。阿马罗最初不愿意把孩子交给这个凶恶的女人。可是他又想，孩子死了，对孩子来说未尝不是一件好事。在这个艰难的世上，一个私生子，父母都不富有，他能有什么前途呢?他自己不就是一个例子吗?如果他生下来就死掉，他就可以成为一名小天使，由天主把他接进天堂。

阿梅丽亚在恐怖中等待着孩子的降生。她怕生下一个怪胎，怕有一天母亲会突然出现在面前，发现她怀孩子的丑事。她终日流泪，想着自己的孩子应该有个合法身份。为了孩子，她愿意嫁给若昂，只要他肯收养她的孩子。她不断地患病，先是肺炎，后来又患了躁狂症。她每天呆在窗口，等待若昂带着学生从窗前经过。此时若昂并不知道她就住在离他很近的地方。

分娩的日子终于到来了。阿马罗听说代理主教已经风闻他的风流事，吃了一惊。如果孩子活着，就会成为他有罪的一个活证据。在与良心做了一番斗争之后，他决定为了自己的前途而牺牲这个孩子。孩子生下来了，是个大胖小子，他从仆人手中接过孩子，直接把他送到"天使的织布工"家里。但是，对孩子的怜爱，使他一时改变了主意。他对那女人说："我不想让他死，一定要把他抚养大。你可以在他身上发笔大财。要好好地待他。"

阿梅丽亚没有看到自己的孩子。她哭着要孩子，要抱抱孩子。在哭声中她昏厥了。医生说，她之所以这样，全是因为他们从她身边抱走了孩子，这个举动无异于将她置于死地。

阿梅丽亚死了。阿马罗听到这消息瘫倒在床上。在孤独与绝望之中，他去看望自己的儿子。女人告诉他，孩子已经死了。

阿马罗决定离开令他心碎的莱里亚镇，到里斯本去。

在法国大革命的浪潮中，阿马罗神父在里斯本碰到了大教堂神父。两人轻松地谈起了往事。阿马罗说："当时我是多么痛苦。但现在它已经过去了。"他容光焕发地与教士政治家抨击法国大革命，对自己国家的光荣伟大充满了欢乐的自豪感。

（竞　为）

莎士比亚

威廉·莎士比亚(1564—1616)是欧洲文艺复兴时期英国的伟大戏剧家和诗人。

他生于英国斯特拉特福镇一个富裕家庭,幼年在文法学校接受基础教育。十八岁婚后不久即赴伦敦谋生。当时英国正处于伊丽莎白一世统治的盛期,经济繁荣,政治稳定,民族文化尤其是戏剧随之发展。号称"大学才子"的一批戏剧家用人文主义思想武装了自己,他们吸收古希腊、罗马戏剧的营养,学习了意大利、西班牙等国的新成就,促成了"伊丽莎白戏剧"——英国第一次文艺繁荣。莎士比亚正是其中最卓越的代表。

他到达伦敦后加入剧团,先当演员,后写脚本。在二十余年中写出了三十七部戏剧、两首长诗和一百五十四首十四行诗。1610年前后,他返回家乡。有关他生平的记载凤毛麟角,至今尚有人怀疑确有其人,但他的作品却以其深刻的含义、生动的人物和隽永的诗句"属于所有的世纪"。

文学史家及莎士比亚研究者一般将他的作品分为三个时期:第一时期乐观向上,主要是反映英国三百年历史的九部历史剧和一些喜剧,如《威尼斯商人》(1596);第二时期是他创作的高峰,作品的思想性与艺术性已经成熟,以揭露深刻社会矛盾的四大悲剧《哈姆雷特》(1601)、《奥赛罗》(1604)、《李尔王》(1606)、《麦克白》(1605?)为代表;第三时期则以传奇剧为主,寄托自己的理想,如《暴风雨》(1611)。

罗密欧和朱丽叶

　　五百多年以前,在意大利北方的维罗纳城有两户贵族人家:孟塔古和加普莱特,他们之间因发生过一场争吵而成了仇敌,不管在何场合,只要一照面,便拔剑相对。维罗纳城的国王一直设法劝解两家化敌为友,但徒劳无功。结果,他制订了一项法律:"凡参加武斗的人都处以死刑。"

　　但两族中,也有一些倾向和解的人。孟塔古族中有个名叫罗密欧的青年,今年十七岁,便不赞成长期敌视下去,虽然他也精于剑术,但他并不爱动辄挥剑以对。不仅如此,他还爱上了加普莱特家族中的一位姑娘;她的名字叫罗莎琳。但由于彼此属于敌对家族,不免障碍重重。

　　罗密欧有两位朋友对他偏偏爱上加普莱特家族的罗莎琳很不理解。他们是班伏留和梅古修,两人都很勇敢。他们都劝罗密欧另找对象,但他总是听不入耳。

　　一天,梅古修听说加普莱特家将举办一场蒙面舞会,忙来通知罗密欧和班伏留,约他们到时混进去参加。他希望这一场合能使罗密欧大开眼界,看到更多漂亮姑娘,以便把罗莎琳忘掉;而罗密欧想到可以与罗莎琳相见,欣然同意参加。

　　舞会那天,罗密欧装扮得像个朝圣者,还戴上了个面罩,梅古修和班伏留也各自改头换面。三人进场以后,梅古修和班伏留便去座上饮酒,罗密欧则去寻找罗莎琳跳舞。他刚移步向前,忽见对面楼梯上走下一位美丽的姑娘,罗密欧一见,像坠入梦境似的,忙走过去一把握住她的手和她跳起舞来。一股爱的潜流顿时在他们间激荡起来。这位姑娘一下子便取代了罗莎琳在罗密欧心坎上的位置。

他们正跳得如醉如痴，姑娘的母亲忽然唤她过去与一个名叫巴里斯的青年跳舞。罗密欧问左近的人，方知这姑娘是他家仇人加普莱特的独生女，名叫朱丽叶，这天正是她与国王的亲戚巴里斯订亲的日子。朱丽叶年仅14岁，直到现在还由一位老保姆带领着。

朱丽叶遵从母亲的吩咐，走到巴里斯身边。巴里斯风度翩翩，自以为会使朱丽叶一见钟情，可是事实上，朱丽叶的一颗心已给了罗密欧了。

不一会，朱丽叶的保姆来到罗密欧面前，代朱丽叶向他致意，并问他是谁。罗密欧如实相告，保姆听了一怔，忙回到朱丽叶身边，转告了她，她却没露出害怕的神色。

舞会散时，朱丽叶伴随爸妈欢送所有来宾。当罗密欧告别时，她紧握着他的手。虽然没说出当晚还想与他再见，但罗密欧已深领其意。

加普莱特家底层灯火全熄，只剩下二楼的灯光仍亮着。室外一片沉静。罗密欧来到了这座楼房的后侧，看到楼上的一只窗子上露着灯光，显现着两个人影，一个是朱丽叶，一个是保姆，心里十分高兴。他垫着墙边一块石块，一纵身便越过了墙头，进入了花园。接着他走到了朱丽叶的阳台下面，在那儿默默地等着。

不一会，朱丽叶打开房门，走上阳台上来，嘴里轻轻地唤着罗密欧的名字，好像她知道他就在她身边似的。

"啊，罗密欧，"她嘀咕着说，"只有你的姓是我的敌人。你是你自己，不是孟塔古。什么是孟塔古呢？它不是一只手，一只脚，也不是一只臂膊或身体的任何一部分。啊，但愿你姓另一个姓，罗密欧，扔掉你原来的姓，让我们结合在一起吧！"

罗密欧在下面听得清清楚楚，忙应声说："朱丽叶，朱丽叶，我在这儿！"朱丽叶吓了一跳，但接着便镇静下来与他亲切交谈。他们互吐情爱，愿意结为终身伴侣，还表示愿看到两家的仇隙能化为乌有。

罗密欧接着告诉朱丽叶，他认得当地的神父，可要求他设法成全他们的婚事，并决定第二天一清早便去办这件事。最后朱丽叶弯下腰伸手与罗密欧的手碰了一碰，两人便分手了。

罗密欧回到家里彻夜未眠，次日一早便去找神父。神父一开始劝他不要结这门亲事，并感到朱丽叶年龄也过小，但最后还是同意了。

婚礼决定在当天早上举行。保姆知道后，还想劝阻，可是朱丽叶坚决不依。她穿上一件外衣，便赶往教堂。到了那里，她与罗密欧二人紧紧搂作一团。神父不得不将他们拉开，让他们抓紧完成仪式。仪式完成后，朱丽叶告诉罗密欧：她将在凉台上拴根绳子，以便他今后来看她。

事情的发展往往不能尽如人意。由于梅古修和班伏留说话不注意，把罗密欧曾去参加加普莱特家蒙面舞会，甚至还和加普莱特的闺女一起跳舞等情况都露了出去。朱丽叶的表哥泰伯特听到这事后怒不可遏，随即带了剑与匕首去找罗密欧决斗。

这时，梅古修和班伏留对罗密欧已和朱丽叶结婚的事还毫无所知，他们邀请罗密欧去一家酒店小酌，席上梅古修模仿那天舞会上某些人的神态，使罗密欧和班伏留都笑得连泪水也流了出来。他们正高兴得忘乎所以，泰伯特忽然冲了进来，逼着罗密欧与他斗剑。罗密欧不想伤害朱丽叶的表哥，梅古修却按捺不住给了泰伯特一个下马威，几乎一剑要将他戮死。这时罗密欧忙插上去想将他们分开，但一个不防，梅古修却已被泰伯特刺了一剑。罗密欧怒不可遏，拔出剑便向泰伯特挥去，泰伯特拔出腰间匕首来抵挡，罗密欧改用匕首来与他对抗。最后，罗密欧终于一匕首刺进了泰伯特的胸膛，使他一命呜呼。

罗密欧杀死了他新婚妻子的表哥，这当然使他备感为难，更糟的是按照维罗纳城新公布的法律，他将会被处以死刑。怎么办呢？

班伏留认为只有由他去向国王求情，同时罗密欧应去一所教堂躲避。结果国王总算对罗密欧特别宽大，允许他于二十四小时内离境，从此不许返回维罗纳。罗密欧当晚赶去朱丽叶家花园，攀上那根绳子进入了朱丽叶的卧室，将发生的一切告诉了朱丽叶。朱丽叶听到表哥被杀，很是悲伤，听到她丈夫绝处逢生，又很感慰藉。两人拥抱作一团，甜蜜地度过了一夜。次日一早，罗密欧便仓促离去。行前约定，不久将设法接她去他的逃亡地——二十五里外的曼吐尔城。

可是，就在那天早晨，朱丽叶的父母满怀高兴地走进朱丽叶的房里，告诉她，她即将与巴里斯成婚。朱丽叶一听，惊慌不知所措。幸亏保姆后来向她建议：仍去求救于神父，他既帮助过她于前，绝不会拒绝她于后的。

于是朱丽叶去教堂寻找神父，求他设法延缓她与巴里斯的成婚日期，以便她与罗密欧取得联系。神父沉思了一会儿说，办法倒是有的，不知她有无勇气。这办法是让她在结婚日前夕服一帖假死秘方，服后如同死去一样，可持续四十二小时。这样，她家里的人会以为她已服毒自杀，将把她移放到她家墓窖里去。与此同时，神父将抓紧派人去通知罗密欧，让他尽快赶回维罗纳去墓窖与朱丽叶会面，然后两人相偕去曼吐尔，那时他们便可公开成为夫妇了。

朱丽叶想到祖辈和泰伯特的尸体都不是装在棺材里，而是穿着他们生前的衣着不加掩盖地躺在墓窖里，这一阴森可怖的景象她从没见过。不过，她想她醒来时，首先见到的将是罗密欧，而且此后她将永远与他在一起，她就决心照神父的主意去做。于是她一口将药吞下，接着便迷糊入睡。

朱丽叶的保姆在次日一早，便去呼唤朱丽叶。谁知唤了半天也唤不醒，认为她已死去。全家顿时陷入一片哀痛之中。结果丧事代替了喜事。老加普莱特吩咐仆人们给朱丽叶穿上婚服迁入墓窖入葬。保姆立在一旁看到朱丽叶胸前还挂着罗密欧送她的一只银戒指，顿时想起该让罗密欧在朱丽叶进入墓窖之前见她一面；于是她赶写了封信，告诉罗密欧朱丽叶已死，将于次日安葬。她想此信只有请神父设法转交。而事实上神父早已派人去通知罗密欧了。他信中告诉罗密欧，他给朱丽叶服了一种安眠药，让她避开与巴里斯成婚；叮嘱他即回维罗纳，好接醒来之后的朱丽叶同去曼吐尔。神父不能让保姆知道药的事，否则秘密露出去，加普莱特仍会坚持要朱丽叶与巴里斯结婚。神父估计罗密欧已收到他写的信了，并且该已在来维罗纳的途中了。因此他再遣人将保姆这封信送去，也不会出什么问题。

但事情出人意料，神父派出的第一个信使因故并未能准时到达，而第二个使者却将信送到了罗密欧的手中。罗密欧阅信后知朱丽叶已死，痛不欲生。他想既不能生与朱丽叶在一起，死一定要死在一块儿，于是忙着去买了点毒药，便赶往维罗纳。

他刚到达墓窖,忽听有脚步声走来。原来是巴里斯,他是来向朱丽叶献花的。巴里斯见到罗密欧,顿时怒火中烧,拔剑相对。他认为朱丽叶是因为罗密欧杀了泰伯特而自杀的。罗密欧的剑术显然比巴里斯要高明得多,经过二三回合,罗密欧便将巴里斯刺死在地。

罗密欧随即走进墓窖,只见朱丽叶躺在一片花丛之中。这时她已到了要苏醒的时候了,但罗密欧因仅收到保姆的信,以为她真已死去。他看着朱丽叶的面容叹惜着说:"你的美貌使这阴暗的地窖灿烂生辉!我现在便追随你而来了……"说罢,将毒药一口吞下,随即倒在朱丽叶的臂旁死去。

随后朱丽叶醒了过来,她忘记了一切。过了会儿,才想起是服了药从长觉中醒来。她看见罗密欧在身旁,以为他是来接她去曼吐尔的。但她呼唤再三,他却不醒,接着她又看到他手边躺着一只药瓶,才知道他已服毒死去。她在他衣袋里摸到一张纸条,就着月光一看,原来是她保姆写给他的那张便条。现在她知道罗密欧是以为她真的死去而自杀了。她阅后放声痛哭,接着拿起罗密欧的匕首刺进自己的胸膛,倒在罗密欧的身旁。

神父见罗密欧没有回音,非常焦急,忙亲自去墓窖察看,忽见窖内横陈着三个尸体,才知道计划已告失败。天明之前,这一悲剧传遍全城,孟塔古和加普莱特两家人都挤到了墓地。这时双方已不再拔剑相对,而是相互探听信息。国王也来到现场,他举起双臂号召两家人走到一起来消除前嫌。两家人也都深感仇恨已带来了无可挽回的损失,于是相互拥抱,决心化敌为友。

(曹明远)

雅典的泰门

雅典有一个名叫泰门的贵族,他的资产多得数不清。他为人豪爽,乐善好施,挥霍起钱来就像淌海水似的。各色各样的人——无论是显贵还是寒士,无论是熟悉的还是陌生的——只要跨进泰门的客厅,都能得到他的好处。于是,一大群宾客蚁附绳逐,献媚邀宠。在一片肉麻的逢迎声中,泰门的财物源源不断地流入别人的口袋。一个诗人送上一首歪诗,一个画家送上一幅蹩脚的画,一个商人送上一颗不知道是真是假的宝石,他们便可以大模大样地坐在泰门盛大的宴会上,品尝精心烹调的佳肴,并且得到丰厚的馈赠。贵族琉息斯送来四匹乳白色的骏马,卢古勒斯送来两对猎犬,他们得到了比价值高出礼物十几倍的金子和珠宝。一个贵族赞美泰门的一匹栗色的马儿,泰门就把自己的坐骑赏赐给他。纨绔子弟文替狄斯被投进监狱,泰门就掏钱把他赎出来……于是乎,欢呼、赞美、感恩戴德,泰门感到无比幸福和快乐——他为自己有这么多肝胆相照的朋友而感到满足。

然而,大海再宽也有个边,泰门的财产终归是有限度的,毫无节制的花费终于使他的钱箱里不名一文,他现在送给人家的礼物,都是出了利息借贷来的,他的土地已经抵押出去,因此他的每一句诺言,都已经是一笔债款。忠诚的管家弗雷维斯为此忧心忡忡,可是泰门却从不想听他报告实在的情形。

这一天,泰门刚同几个贵族打猎归来,就被债主派来讨债的仆人围住了。

"究竟这是怎么一回事?"泰门叫来管家,责问道,"这些人都拿着过期的债票和我纠缠,我的脸快丢光了!"

管家这才有了机会将底细向他禀告。说到最后,管家哭起来,说:"我的好心肠的大爷,您背后也不多生一只眼睛,您用酒肉填饱了庸夫俗子的肠胃,他们哪一个人不是靠泰门养活的?可是只怕一旦酒尽樽空,这些人就会变成路人!"

"别哭了!我虽然慷慨了一些,可是我的钱财也并非用得不明不白。我有这么多朋友,还怕穷吗?"泰门不但没有懊丧,反而安慰起管家来,说:"放心吧,只要我愿意开口,谁都会把他自己和他的财产给泰门自由支配!"

泰门十拿九稳,派出仆人,分别到几个贵族那里告借,一个仆人到卢古勒斯那里,卢古勒斯以为泰门又送什么礼物来了——他昨天晚上梦见银瓶和银盘哩!等到仆人道明来意,他立即板起脸孔,说:"什么什么?相信我一定会帮助他,你的主人这样说吗?唉,好大爷,太爱摆阔了。我每次陪他吃饭,为的是劝他,他总不肯觉悟。现在可不是借钱给人家的时世。何况仅仅凭一点交情,什么保证都没有,那怎么行呀。"

另一个仆人去找琉息斯。琉息斯已听说卢古勒斯不肯借钱给泰门,正在愤愤不平地发表议论:"天理何存?我真替卢古勒斯害臊——不肯借钱给这样一位高贵的绅士!"可是,当仆人说泰门也想向他借钱时,他就装出一副很难为情的样子,咒骂自己说:"真不凑巧,我是一头畜生!我手头的钱刚好都用光了。承蒙泰门老爷给我这样一个面子,却不能应命!我适才还想叫人去向泰门老爷先借几个钱来应急呢。"

被派去找文替狄斯的仆人也遭了白眼。文替狄斯同样置曾经使他脱离缧绁之灾的泰门老爷的请求于不顾,尽管他因为继承了父亲的遗产而发了财,尽管他念叨过要报答泰门老爷的大德大恩。

最后一个仆人到森普洛涅斯那里。森普洛涅斯不但不借钱,还把泰门数落了一顿:"什么,卢古勒斯、琉息斯、文替狄斯都拒绝他,三个人?哼——,他最后才想到找我,足见他不够朋友!他明明瞧不起我,给我这样大的侮辱,我正生他的气哩!他一开始就应该同我商量,因为,凭良心说,我是第一个接受他礼物的人。现在不行了,谁轻视了我,谁就休想用我的钱。我才不做贵人们嘲笑的傻瓜呢!"

几路前往借贷的仆人都空手回来,讨债的人却挤满一屋子——他们都奉主人之命而来,这些主子中有的人胃肠还在消化着泰门赐的酒肉,有的人身上正戴着泰门给的珠宝,有的人还花着泰门的钱……现在他们都变成了冷酷凶狠的债主,一窝蜂向泰门压了上来。

"怎么!我从来不受别人的管辖,现在我自己的屋子——我举行宴会的地方,却成了拘禁我的监狱!"泰门像一头被哄骗进铁笼里的猛兽,急得团团转,暴怒地指着讨债的人说:"用你们的债票把我打倒,把我腰斩吧!剖开我的心!你,五十泰伦,把我的血一滴一滴数出来!你,五千克郎?还你五千滴血!还有你?还有他?好,扯碎我的四肢,把我的身体拿去吧!"

讨债的人被吓退了,泰门冷静了一下,敲了敲脑袋,命令管家:

"去，再把我的朋友请来，琉息斯、卢古勒斯、森普洛涅斯，通通请来——我要再一次宴请这些混帐东西！"

冷落了两天的泰门府又热闹起来了，门前车水马龙，贵族、元老，还有其他宾客，纷至沓来。他们如梦初醒：原来尊贵的泰门前天是为了试探人心而装穷的。那些拒绝借钱给泰门和向他逼债的人面带赧色，惴惴不安地解释、道歉。泰门笑容可掬，宽宏大量地安抚他们。

仆人们把酒食端上来，盆子都罩着盖。早已馋得直咽唾沫的客人们暗中猜测：一定是奇珍异味！看来又是一场盛大的欢宴了！宴会开始了，盖子揭开，没想到，所有的盆子都贮满热气腾腾的白开水。客人们面面相觑，呆了。

"舔你们的盆子吧，狗子们！"泰门把水洒向众宾客，哈哈大笑，几乎是吼着说，"蒸气和温水是你们最恰当的食物！口是心非的朋友，胁肩谄笑的奸人，花言巧语的小丑，饕餮的食客，驯良的豺狼，趋炎避冷的飞虫，蝇蛆，奴才！舔吧！"

疯狂的泰门飞盘摔碗，宾客们乱成一团，夺路而逃，狼狈不堪。

这是泰门最后的一次宴会。从此泰门就遁入山林，过着穴居野外的生活。他憎恨城市，憎恨人类，憎恨形状像人一样的东西，也憎恨自己。他祈祷上苍降祸，让雅典陆沉，让城墙内外的雅典人一起毁灭，不要管贵贱高低，不要分男女老幼。他觉得同最凶狠的野兽做伴侣，也比同最慈善的人类在一起安全得多。为了不留有人类文明的一丝痕迹，他除了赤条条的一身外，什么都没有带。

泰门奇怪自己在饱尝人类的无情之后还会感到饥饿，于是掘地找树根充饥。他意外地掘到一堆金子，但是他不但没有欣赏，反而大放悲声，仰天长啸：

"这是什么？金子！黄黄的，发光的，宝贵的金子！不，天神啊，为什么要给我这些呢？我只需要一些树根啊，这金子，只这一点点儿，就可以使黑的变成白的，丑的变成美的，错的变成对的，卑贱变成尊贵，老人变成少年，懦夫变成勇士。这些东西——可爱的凶手，帝王逃不过你的掌握，父子也会遭你离间！"

泰门正把金子重新埋回地里去，这当儿，刚好阿锡卞第斯带兵从树林子穿过——他原是雅典一名将官，因为，痛恨元老院的专权和腐化，发兵率车，就要进军雅典城。泰门非常兴奋，送给士兵一部分金子，恳请他们把居民砍尽杀绝。同时他又祈祷天神，等雅典被征服之后，就叫阿锡卞第斯也不得好死。

有一天，泰门洞穴门口来了一个人，他看到泰门蓬头垢面，形容枯槁，禁不住失声大哭起来。原来这个人就是弗雷维厄斯。自从泰门出走后，他一直为没有携带食物和用品的主人担忧，千方百计寻找主人的踪迹。现在他带来一些钱，愿意继续尽心竭力为已经破产的主人服务。泰门想不到世界上还有这么一位正直、善良、忠心的管家，狂野的心几乎被软化了。可是一看到管家还有一张人脸，又不由得憎恶起来。他把管家打发走了。

阿锡卞第斯兵临城下，雅典危在旦夕。人们这才想起功勋卓著、威名远扬的泰门——雅典最英勇的将军。从前区区雅典正是依赖他才免遭强邻鲸吞的。元老院派了两位年高德劭的元老，由泰门的管家带路，亲临山洞，向泰门问候、反省，敦请泰门接受大将的尊位，抵御逼人的叛军。然而泰门就像石头一样，无动于衷。他冷漠地说：

"要是阿锡卞第斯杀死我的同胞，我要让他知道，泰门是毫不介意的；要是雅典城遭到洗劫，善良的老人被揪着胡子带走，圣洁的处女受到糟蹋，那么随他高兴怎么办就怎么办！对我来说，那每一把血淋淋的屠刀，都比雅典最可尊敬的咽喉更能获得我的好感！"

两位元老一无所得，灰溜溜走了。

过了不几天，有人在与泰门洞穴相去不远的海边看到草草砌成的一座坟墓，石头上刻着泰门自己撰写的墓志铭：孤魂不可招，空剩臭皮囊；莫问其中谁，瘟彼满路狼！生憎举世人，死葬海之旁；悠悠行路者，速去毋相妨！

苍茫的大海卷着波涛，喷着泡沫，拍击、低吟、呜咽，永远伴随着孤零零的坟墓……

(马鸿父)

仲夏夜之梦

这是个古老的故事。希腊雅典城的统治者推维斯公爵就要和美丽的希波吕塔结婚了,他心里喜气洋洋。可是有个叫伊吉斯的老人带着女儿和两个青年突然来找公爵。那两个青年,一个叫狄米特律斯,另一个叫拉山德。

伊吉斯对公爵说:他要把女儿赫米娅嫁给狄米特律斯,可女儿不同意,她说她爱拉山德。按雅典城的法律,父亲有权替女儿选择丈夫。如果女儿不服从,父亲可以要求判女儿死刑。伊吉斯正是来要求公爵处死女儿的。

赫米娅申辩说,她只爱拉山德。她情愿死,也不嫁给狄米特律斯。拉山德也说,狄米特律斯曾跟姑娘海丽娜相好,但后来他把她抛弃了。那姑娘还等着狄米特律斯呢。

公爵是个仁慈的人。他同情赫米娅,但他无权改变法律,他给赫米娅四天时间考虑答应嫁给狄米特律斯,否则,将要判她死刑。说罢,他借口有事,把伊吉斯和狄米特律斯带走了。

只剩下赫米娅和拉山德两人了。拉山德忽然想起他有个姑妈住在离雅典六十里的地方。他俩如果逃到那里结婚,雅典的法律就管不着赫米娅了。他们约定明天晚上到郊外树林里聚集。

海丽娜是赫米娅的好朋友,赫米娅把她和拉山德准备逃跑的计划告诉了海丽娜。爱情会使姑娘们做傻事。海丽娜为了和她爱着的狄米特律斯见面,把赫米娅的秘密泄露给了他,虽然她知道这可能会害了赫米娅。

在这同时,雅典的几个工匠决定在公爵结婚的晚上演出一场描写爱情的神话剧,他们打算第二天晚上在郊外的树林里排练。

在这片树林里,还住着仙王和仙后,他们常常在这里欢宴歌舞。可是最近,仙王和王后吵架了。因为仙后不肯把她从人间偷换来的一个小男孩送给仙王作侍童。仙后一气之下回到自己的卧室去了。仙王召来他最宠信的一个小仙子。仙王叫他去摘一朵小紫花来。如果把这种小紫花的汁液滴到睡着的人的眼皮上,那人醒来头一眼看到什么就会爱什么。仙王想用这方法叫仙后着迷,他好乘机把小男孩弄到手。

小仙子闪电般飞去摘花了。

这时,狄米特律斯和海丽娜走进树林。他们是来找要逃跑的赫米娅的,可是树林里连她的影子都没有。狄米特律斯无情地斥责海丽娜欺骗他,叫她快走开。海丽娜伤心地说,狄米特律斯的心肠硬得像磁石,紧紧地吸引着她的心。所以尽管他这么残酷,她还是不离开他。狄米特律斯想摆脱海丽娜,海丽娜则拼命追赶他。

仙王看到了这一切,他同情海丽娜。当小仙子摘花回来后,他撕下一片花瓣叫小仙子趁那个傲慢的雅典小伙睡觉时把花汁滴在他的眼皮上。这样,当他醒来看到那个钟情的姑娘时,他就会爱她了。

赫米娅在树林里和拉山德碰头后,就一道朝拉山德姑妈家走去。可是还没走出树林,赫米娅就累坏了。俩人只得坐在草地上休息。纯洁的赫米娅叫拉山德不要靠她太近。

这时小仙子来了。他以为拉山德是那个傲慢的小伙子,就在他眼皮上滴了一点花汁。想不到小仙子刚走,海丽娜就跑过来了,她看见拉山德在这儿睡觉,很奇怪,就过去把他弄醒了。

拉山德的眼皮上沾了花汁,他睁开眼睛,看见了海丽娜,立刻爱上了他。他向海丽娜表白爱情,海丽娜认为他在嘲笑自己,又生气又难过,急忙走开了。拉山德丢下还在睡觉的赫米娅紧跟着海丽娜,向树林深处走去。

赫丽娅突然惊醒了,她梦见一条蛇在咬自己。她发现拉山德不见了,就在树林里到处寻找他。

这时仙王悄悄钻进仙后的卧室,见仙后睡得正香,就把花汁滴在她的眼皮上。

在仙后的卧室外,雅典的工匠们正在排戏,小仙子路过这里,调皮地把一个驴头假面扣在正打盹的演员波顿头上。波顿醒来,不知道自己变了样,就戴着驴头上场,结果把大家都吓跑了。

外面的声音吵醒了仙后，她一眼看见戴驴头的波顿，马上爱上了他。

小仙子向仙王报告说，仙后爱上了一个怪物，仙王很满意。

这时，狄米特律斯和赫米娅一路吵着走了过来。原来，赫米娅在寻找拉山德时遇到了狄米特律斯，她以为狄米特律斯把拉山德杀害了，大声痛骂他。狄米特律斯发誓说他没有害拉山德。于是赫米娅又到别处找拉山德去了。狄米特律斯懊丧地躺在地上睡起觉来。

小仙子看见这情景，对仙王说："奇怪，这个姑娘倒是没错，小伙子可不是我给滴了花汁的那个了。"

仙王说："冒失鬼，你搞错了！快去把海丽娜找来，我再在这个小伙子的眼皮上滴些花汁好让他俩相爱。"

不一会儿，小仙子用魔力把海丽娜领来了，拉山德还跟在后面缠着她。狄米特律斯一见海丽娜，就像赞美女神一样赞美起她来。海丽娜十分生气，以为两个小伙子是串通起来取笑她。

拉山德说，他可以把赫米娅让给狄米特律斯，但狄米特律斯也必须把海丽娜让给他。狄米特律斯则要拉山德自己留着赫米娅，因为他的心已回到他钟爱着的海丽娜那儿去了。

这时候，赫米娅来了。她责问拉山德为什么撇下她自己走了。拉山德说因为他是讨厌她才离开的。海丽娜以为赫米娅也在和他们合伙欺负自己，又骂赫米娅没有良心。赫米娅见拉山德和狄米特律斯都向海丽娜献殷勤而不理睬自己，也十分气愤，骂海丽娜是骗子，趁着黑夜，把拉山德的心偷走了。四个人相互谩骂了一阵，两个小伙子找地方决斗去了，两个姑娘也边拌嘴边走掉了。

仙王见状，立刻吩咐小仙子快去把夜空遮暗，使他们四个人迷路。四个人在黑暗中乱撞一气，很快就累了，一个个倒在地上睡着了。于是仙王又叫小仙子把一种能解除花汁魔力的草汁涂在了拉山德的眼皮。

再说仙后爱上了驴头波顿以后，就把那个小男孩送给了仙王。仙王于是把草汁点在仙后的眼皮上，又叫小仙子摘下了波顿的驴头，然后他们都飞走了。

天亮了。公爵推维斯带着未婚妻希波吕塔和伊吉斯等人到树林里打猎，看见两男两女睡在地上,不禁大吃一惊。伊吉斯说,这就是赫米娅、海丽娜、拉山德和狄米特律斯。公爵叫人把他们弄醒,问他们是怎么回事。拉山德已经摆脱了花汁的魔力,他说他爱赫米娅,要和赫米娅逃出雅典。伊吉斯表示反对,他说,他已答应把女儿嫁给狄米特律斯,要求公爵惩办拉山德和赫米娅。可狄米特律斯却说。他是来阻止赫米娅和拉山德逃走的,因为他的心已完全属于海丽娜了,他要和海丽娜结婚。

公爵听完了他们的话,高兴地说道:"这两对真心相爱的年轻人将和我们一起在神殿里举行婚礼。"

赫米娅和拉山德、狄米特律斯和海丽娜,都觉得自己像做了一场奇怪的梦。在跟着公爵回去的路上,他们还在讲着他们奇怪的梦境。

大家走散后,波顿也醒过来了。他喃喃地说:"我做了一个怪梦。那好像是人的眼睛没有听到过,耳朵没有见到过。舌头没有想到过的梦。"

公爵回到宫殿,听两对青年男女诉说他们的遭遇。觉得太离奇了。傍晚,婚礼之后,三对新夫妇和人们一起观看工匠们演戏。演出在热烈的掌声中结束。

仙王、仙后和小仙子们又出现了。他们祝福三对新婚夫妇。然后也消失了踪影。

(予 佳)

驯 悍 记

从前有个补锅匠,名字叫克里斯多弗·斯莱。有一天他因贪杯在个小酒馆里面睡着了。有个贵族看到他的样子,心生一计,决定开个玩笑。他想知道,一个躺在地上呼呼大睡的大老粗,一旦被尊为上等人,那他该变成什么样子。

补锅匠被带到那个贵族的住所。贵族让人说服他，使他相信他本来是个贵族，由于害上了一种疯病，他才把自己当成了补锅匠。从此，他吃好的、穿好的，过起贵族的生活来。一天，来了个戏班子，给他演一出戏开心解闷。

下面，就是那出戏的内容。

意大利帕都亚城有一位富翁，名叫巴普底士塔。他有两个女儿——凯瑟琳娜和琵央加。凯瑟琳娜尖嘴利舌，脾气暴躁；妹妹琵央加温柔美丽，谁见了谁爱。

姐妹俩都到了婚配的年纪，姐姐无人敢于问津，而妹妹的追求者不乏其人。父亲果断地做出决定：大女儿必须先结婚。姐姐出嫁前，妹妹不许会朋友。他还决定给姐妹俩请家庭教师。

琵央加的两个最热烈的追求者——年老的葛雷米奥和年轻的霍登旭也只能望洋兴叹。

一位从比萨来的富有的学生卢生梯奥无意中听到了巴普底斯塔对女儿们的婚事做出的决定。琵央加的美丽和温柔深深打动了他的心。卢生梯奥当时就打定主意，一定要设法接近可爱的琵央加。他要隐姓埋名，装成个家庭教师，谁也不会知道其中的秘密。

当时在帕都亚城的另一个旅行者是黑头发、精力旺盛的披特鲁乔。他是来看朋友霍登旭的，同时还想找个妻子。

霍登旭开玩笑地提到了泼妇凯瑟琳娜。她脾气固然不好，但却是个富有的妻子。披特鲁乔同意与凯瑟琳娜结婚。霍登旭很高兴，如果姐姐能嫁出去，琵央加就自由了。他把自己化妆成一名音乐教师，陪披特鲁乔去巴普底斯塔家求婚。

一场复杂的假面戏开场了。

登台的有"哲学教授"卢生梯奥，"音乐教师"霍登旭，还有"富翁"特兰尼奥——他是卢生梯奥的仆人，冒名卢生梯奥向琵央加求婚。

最后出场的是披特鲁乔，他直接了当地说明是向凯瑟琳娜求婚的。

巴普底斯塔非常欢迎两位求婚人——披特鲁乔和假卢生梯奥。

披特鲁乔最关心的是能得到多少嫁妆。得到的答复是父亲的一半土地还有二万克朗。

披特鲁乔随后慷慨地应允,如果他先死的话,财产全归凯瑟琳娜。

父亲虽然高兴,但对女儿终究放心不下,说要紧的是要得到女儿的同意。

披特鲁乔答道:"她固然脾气高傲,我也是生性刚强……"

巴普底斯塔意识到,这回女儿算是遇到对手了。

两人相见之后,立刻爆发了一场舌战。凯瑟琳娜越是火冒三丈,披特鲁乔越是夸她温文尔雅。两人你一句我一句,直到披特鲁乔的脸上挨了一巴掌。披特鲁乔坚定地说:"你必须嫁给我,而不是别的男人。因为我生来就是为驯服你的,凯特。"

巴普底斯塔来了,女儿向他哭闹,埋怨他要把自己嫁给一个疯疯癫癫的汉子、轻薄的恶少;而披特鲁乔却兴高采烈地宣称,凯瑟琳娜非常钟情于他。他准备回威尼斯去,星期天赶回来举行婚礼。事情就这样定下来了。人们都惊讶地发现,凯瑟琳娜第一次没说什么,回自己的房间去了。

姐姐的婚事有了着落,该赶快决定琵央加的事了。老葛雷米奥和假卢生梯奥争相炫耀自己的财富,因为巴普底斯塔要把女儿嫁给"财礼最多"的人。

巴普底斯塔对老葛雷米奥的家产十分满意。但比萨的"卢生梯奥"亮出了他父亲更加富足的财产。他是父亲的独子。人又年轻漂亮。作为琵央加的未婚夫,当然更合适。假卢生梯奥明白。在事情定下来之前,还真得找个自愿当爸爸的人。

这天是星期天。是凯瑟琳娜举行婚礼的日子。所有事情都准备好了。唯独新郎还没到。自从他去了威尼斯就再也没消息了。新娘子又羞又气,哭了起来。

就在婚礼大典开始之际,披特鲁乔露面了。他穿着破旧的服装。佩着生锈的短剑,一双靴子也是式样奇特、残破不堪。他骑一匹老马,马鞍和马镫也不知像个什么东西。他的仆人的装束也一样怪模怪样。

有人劝他换换衣服,他却说:"她嫁的是我,而不是我的衣服。"

他在婚礼大典上的表现同样令人瞠目结舌。他跳着脚又嚷又叫,又唱又闹。这样前所未有的疯狂的婚礼连凯瑟琳娜都骇得发抖。

"我必须走了,跟你们大家告别。"披特鲁乔在婚宴上向大家宣布。谁也挽留不住他。新娘起初拒绝和他同去。但他一把将她拽过去。并威胁道,谁敢动一动他的"财产",就对谁不客气。"我要主宰属于我的一切。"说着。就和凯瑟琳娜一同去了。

人们私下里议论凯瑟琳娜和披特鲁乔真是天生的一对儿。

披特鲁乔带凯瑟琳娜回他的家乡去。一路上凯瑟琳娜受了不少罪,从马上摔下来,披特鲁乔也不去扶一扶。就让她在又湿又冷的泥地上躺着。

到家后也是一样。凯瑟琳娜想洗洗、吃点东西。但披特鲁乔总是找借口大骂仆人们,使得可怜的凯瑟琳娜什么也没做成,就那样又脏、又冷、又饿地睡下了。即使这样,披特鲁乔也不让她睡安稳。每当她刚要睡着,他准要突然大叫大喊起来,埋怨仆人们没有伺候好他的娇妻。所有这些,都为的是制服她的疯癫和坏脾气。

琵央加这时也发现,那位伪装成哲学教授的年轻人——卢生梯奥才是她要嫁的人。霍登旭决定不再和这位美人纠缠,他要接受一位寡妇的爱。他还决定去看看他的朋友披特鲁乔。

巴普底斯塔还没决定把小女儿嫁给哪个——老葛雷米奥还是假卢生梯奥。假卢生梯奥的身份只是个学生。父亲有钱终归是父亲的。问题是卢生梯奥的父亲是否愿意给琵央加那大笔财礼。

事情很快圆满解决了。卢生梯奥机灵的仆人从街上拉来一位老学究。在他花言巧语的哄骗之下,答应充当卢生梯奥的父亲。巴普底斯塔很满意"父亲"的保证。卢生梯奥和琵央加的婚礼定在下个星期举行。

与此同时,在披特鲁乔家里。对凯瑟琳娜的"惩戒"还在继续。来此作客的霍登旭简直不敢相信他所看到的一切。披特鲁乔对妻子关心极了,但这些关心却使凯瑟琳娜受苦不浅,常常搞得她吃不上、睡不好。

这会儿,他总算让她吃上了东西。还答应回娘家参加妹妹的婚礼,他说让凯瑟琳娜穿上最好的衣服,让所有的人都羡慕他们。

帽商带着披特鲁乔为妻子定的帽子来了,这是顶又漂亮又时髦的帽子,凯瑟琳娜非常喜欢它,但披特鲁乔却说它太小,虽然凯瑟琳娜百般争辩,还是没用，帽子被拿回去了。袍子拿来也是一样，凯瑟琳娜眼睁睁地看着称心的袍子被裁缝拿回去了。"我们就穿家常衣服去，凯特，"她亲爱的丈夫说。"我们口袋里有钱、身上穿得寒酸点有什么？"事情只得这样决定了。他们回去参加妹妹的婚礼。

披特鲁乔继续折磨凯瑟琳娜。他说月光是多么柔和，凯瑟琳娜指出这是白天，他就骂她穷咬理。当凯瑟琳娜顺着他说时，他又骂她在撒谎。凯瑟琳娜完全服了，"随您怎么说吧，您说什么，凯瑟琳娜也说什么就是了。"

他们在路上碰到卢生梯奥的父亲文生梯奥，他去帕都亚城看他的儿子。他们一路同行。

到了帕都亚后，老人径直来到儿子的寓所。在那儿和那位假爸爸遭遇。卢生梯奥害怕事情败露，一咬牙叫来当地官员把真爸爸带去坐牢了。

婚礼结束之后，新郎新娘真诚地求两位父亲原谅。老人们虽说动了肝火，但顶不住年轻人真诚的歉意而逐渐平息了怒气。

几天之后，卢生梯奥家里举行盛大晚宴。

饭后，男人们坐下来喝酒，女人们去平台上聊天去了。卢生梯奥和霍登旭（他也刚刚娶了痴心的寡妇）取笑披特鲁乔的妻子是"最泼悍的女人"。

"我也不用多说，"披特鲁乔说，"让我们打个赌，各人去叫自己的妻子出来，谁的妻子最听话，就算谁赢。"大家都同意。

先是卢生梯奥命令仆人去叫他那位温柔美丽的新娘琵央加。仆人回来说太太很忙，不能来。

霍登旭加倍小心，叫仆人去请太太出来。披特鲁乔大笑这个"请"字。霍太太也叫人带话说不愿出来，让丈夫进去见她。

披特鲁乔大模大样地对仆人说："去见太太，说我命令她出来见我。"凯瑟琳娜马上就到了。

披特鲁乔又让凯瑟琳娜叫来了那两位新娘子。两人面露愠色。

"你那顶帽子不好看，把它摘下来丢掉。"披特鲁乔命令妻子，凯瑟琳娜马上照办。

"凯瑟琳娜，去告诉这两位女人，做妻子的应该向她的夫君尽些什么本分。"

和以前判若两人的凯瑟琳娜让大家亲眼看到了自己的变化——又长篇大论地讲起一个温顺、谦恭的妻子对丈夫应绝对服从的道理。她讲这些话时脸红没红我们可不知道。所有的人都安静地听着，深深地被打动了。披特鲁乔获得了意想不到的胜利——他驯服了一名悍妇！

这就是很多年前克里斯多弗·斯莱在那幢豪华的房子里看的那出戏。那么那位贵族对这个玩笑腻了之后会怎么样呢？

（傅嘉嘉）

菲尔丁

亨利·菲尔丁(1707—1754)是18世纪英国乃至欧洲最杰出的现实主义小说家之一。

他出身于英格兰一个破落贵族之家，中学毕业后就读于荷兰莱顿大学，因贫困辍学后到伦敦谋生。生活的磨练使他同情穷苦的人民大众，对社会上层的黑暗腐败深恶痛绝。

他的创作活动以戏剧开始，先后写了二十五个喜剧、笑剧和小歌剧，形成了尖锐辛辣的讽刺风格，如《巴斯昆》(1736)描写贿选，《一七三六年历史纪事》(1737)写政府官员如何搜刮民财，连"政治上的诚实"和"民心"都公开廉价拍卖。由于他直接影射首相，英国国会急忙通过了剧本审查法，扼杀他的创作。此后他改办《战士》杂志，换用杂文继续战斗，同时学习法律并出任律师，得以有机会体察社会黑暗，为他的小说积累了素材。

他从四十年代初致力于长篇小说的写作，所发表的四部小说——《约瑟·安德鲁传》(1742)、《大伟人江奈生·魏尔德传》(1743)、《汤姆·琼斯》(1749)和《阿米莉亚》(1751)连同他注重作品结构、情节、语言的理论，对十九世纪英国和欧洲批判现实主义小说有着巨大的影响。拜伦把他的小说比作"散文中的荷马"，肖伯纳盛赞他是莎士比亚以后最伟大的英国戏剧家。欧洲诸多名家如歌德、席勒、海涅、斯汤达、萨克雷、果戈里、别林斯基等都曾高度评价他的作品。

《汤姆·琼斯》又称《弃儿汤姆·琼斯历险记》是他的代表作。

汤姆·琼斯

在英国索美塞德州，有一位富裕绅士，叫奥尔华绥。这位忠厚长者不幸妻、子早亡，同妹妹白利姬一起生活。白利姬尚未出嫁，却已过着放纵肉欲的生活，哥哥却不知道她的堕落。

有一次，奥尔华绥去了伦敦三个月，回来后发现他的床上放着一个男婴，他和妹妹白利姬多方寻找弃儿父母，终无结果，便收养下来。后来，奥尔华绥听说仆人珍妮曾养私生子，找她盘问。珍妮承认琼斯是自己的私生子，但不肯说出弃儿父亲。奥尔华绥未作深究，把珍妮逐出庄园。珍妮的旧主人庞立支曾与她有染，被栽诬为弃儿生父。庞立支有口难辩，也被迫离家。

白利姬同一个上尉结婚后，生了个儿子布力菲。上尉觊觎奥尔华绥家族财产，蓄谋霸占，诡计未遂，中风身死。

琼斯在奥尔华绥庄园长成一位美男子，与当时许多富家子弟一样，落拓不羁，但他本性善良，为人正直，仁慈的奥尔华绥收琼斯为养子，和外甥布力菲同等待遇。布力菲是个虚伪自私的下流无赖，但却精明狡猾，尤其善于见风使舵。他恭敬顺服，骗取了舅父奥尔华绥的欢心，被立为子嗣，成了奥尔华绥家族的合法继承人。布力菲生怕琼斯将来与自己争夺奥尔华绥家族财产，始终对他怀有敌意。奥尔华绥聘请两位家庭教师教育布力菲和琼斯。两位教师势利、卑鄙，他们与布力菲一道欺负琼斯。

与奥尔华绥庄园邻接的村庄的主人魏斯登也是个殷富绅士，妻子早亡，膝下仅一爱女苏菲娅。苏菲娅秉性善良，秀外慧中，魏斯登视若掌上明珠。

苏菲娅自幼与琼斯和布力菲一起游玩,她喜欢忠实善良的琼斯,讨厌奸诈阴险的布力菲。随着年龄的增长,琼斯与苏菲娅愈益情投意合,相互倾慕。

一次,苏菲娅出猎坠马,琼斯为救她折断左臂。琼斯留在魏斯登庄园治伤,苏菲娅精心护理他。两人倾诉了衷情。

这时,布力菲的母亲白利姬由伦敦返乡,途中病故。她临终前托家庭律师道林转交一封亲笔信给哥哥奥尔华绥,信中说出了一个秘密:原来汤姆·琼斯并不是珍妮所生,而是白利姬自己生的。她在当姑娘时曾和一个大学生私通,生下琼斯,为了维护她在上流社会的"体面",白利姬不敢认养亲生儿子,却又难断骨肉之情。她得知乡村教师庞立支的女仆珍妮曾养过私生子,便重金贿赂珍妮,求她出面认琼斯为子。这样,珍妮便说琼斯是她的私生子。白利姬的这封信被律师交给了布力菲,让他交给奥尔华绥。布力菲偷看信后,为独吞奥尔华绥家族财产,把信隐瞒下来。

布力菲不是出于爱情,而是为了谋求魏斯登的家族财产,也极力追逐苏菲娅。他见苏菲娅爱琼斯,加上已知琼斯是自己同母异父的哥哥,是自己独吞奥氏家族财产的最大威胁,更把琼斯视为眼中钉。他伙同两个家庭教师,极尽阴谋陷害之能事,肆意诋毁琼斯。

正值此时,奥尔华绥患了重病,琼斯万分焦虑。不久,奥尔华绥病情有了好转,汤姆喜不自胜,开怀痛饮,不料酒后冲动和布力菲发生了争执。布力菲到舅父奥尔华绥面前进谗言,说琼斯在他病重之时还饮酒作乐。奥尔华绥一怒之下把琼斯赶出了家门。

苏菲娅有个姑母,她替苏菲娅和布力菲做媒。苏菲娅的父亲魏斯登和布力菲的舅父奥尔华绥都是大乡绅,两人觉得这门亲事门当户对,都很赞成。苏菲娅虽是个温柔孝顺的女儿,但当她恋爱的自由遭到父亲的干涉时,却表现出坚强的反抗精神,声明非琼斯不嫁。魏斯登把女儿监禁起来,强迫她在两天内和布力菲完婚。苏菲娅毅然在深夜偕女仆出走。

琼斯被逐,到处游荡。一次在路上跟人争斗受伤,有个理发师帮他治好了伤。琼斯感激之余把自己的身世告诉了理发师,理发师也说了自己的身世,原来他就是过去被疑为琼斯生父而不得不离家出走的教师庞立支。于是,二人结伴而行。他们在往伦敦途中经历种种惊险。一次在山林深处从强盗手中救出一位叫活斯特夫人的女子，巧的是她就是以前在奥尔华绥庄园被疑为琼斯生母的那个珍妮。琼斯把她安置在艾普顿旅馆里。她已沦为放荡女子，竟在旅馆里勾引琼斯。

恰巧苏菲娅去伦敦投靠亲戚，也来到琼斯住的那个旅馆，适逢琼斯正与珍妮幽会。苏菲娅愤慨万分，留字即去。琼斯见到苏菲娅留言，悔恨交加，立刻与庞立支赶到伦敦。

苏菲娅到伦敦，住在亲戚贝娜斯登夫人寓所。贝娜斯登夫人是上流社会一个荒淫无耻的贵妇。在一次舞会上，她看中了琼斯，打定主意玩弄这个美少年。在性关系上，琼斯比较随便，他对苏菲娅的爱情是忠实的，但感情一冲动，失去理智，就做了肉欲的牺牲品。琼斯找苏菲娅不到，失望悲观，且囊空如洗，经不住荡妇贝娜斯登夫人引诱，竟受她接济，被她牵住了鼻子。

贝娜斯登夫人探知苏菲娅钟情琼斯，把苏菲娅视为情敌，一面要苏菲娅嫁一个伯爵，一面继续缠住琼斯不放。琼斯在伦敦仗义行侠，做了不少好事。有个叫杰克的少年，成了琼斯要好的朋友。杰克谙熟上流社会贵妇只求情欲和虚荣，无意友谊与爱情，告诉琼斯说，如果琼斯佯作求婚，贝娜斯登夫人肯定拒绝。杰克建议琼斯，用这个办法摆脱她。琼斯真的写了求婚信，不出杰克所料，琼斯被拒绝。于是，琼斯藉此与贝娜斯登夫人断绝了关系。

贝娜斯登夫人为报复琼斯，把那封信交给苏菲娅。苏菲娅看后。要与琼斯决裂。同时，贝娜斯登夫人乘机把苏菲娅单独留在家里，让那个伯爵闯进苏菲娅房间，强迫苏菲娅就范。正在危急时刻，苏菲娅父亲魏斯登因探知女儿在此，正好从乡间赶来，把伯爵打跑了。魏斯登继续威逼女儿嫁给布力菲，苏菲娅依然拒绝。魏斯登把女儿关在旅馆里，他写信叫布力菲和奥尔华绥到伦敦来，筹备婚礼。

贝娜斯登夫人和那个伯爵互相勾结，加紧陷害琼斯。他们雇了一批流氓，企图把琼斯劫走，琼斯出于自卫，打伤其中一个流氓，被拘入狱。布力菲乘此时机，收买流氓作假证，控琼斯以杀人罪，欲致琼斯于死地。

琼斯的家庭教师之一"方正"先生病故前良心发现，给奥尔华绥写了忏悔信，说明过去他诋毁琼斯的话全属不实之词。

珍妮离开那个旅馆后也来到伦敦，并前往狱中探望琼斯。珍妮了解到琼斯与苏菲娅的爱情遭遇,决定伸张正义,成全这对有情人。她来拜访奥尔华绥,把琼斯出身的真相原原本本告诉他,并揭露布力菲和道林律师相勾结,狠毒陷害琼斯的阴谋。奥尔华绥审问布力菲和道林,证明珍妮所言属实。至此,布力菲种种阴谋诡计彻底失败。

琼斯杀人罪不能成立,因为那个受伤的流氓很快痊愈了。琼斯被宣布无罪释放。

奥尔华绥幡然猛醒,宣布琼斯是他的外甥,取消布力菲的继承权,并把他赶走,改立琼斯为自己的合法继承人。魏斯登闻讯,立刻改变对琼斯的态度,同意他和苏菲娅的婚事。苏菲娅也原谅了琼斯,和他重归于好。一对有情人终成眷属。

(邱 红)

狄更斯

查尔斯·狄更斯(1812—1870)是英国批判现实主义文学的杰出代表,维多利亚时代首屈一指的小说家。

他生于波特西近郊,由于父亲负债累累,全家曾被迫迁入债务拘留所。他十二岁开始独立谋生,当了学徒;十六岁当律师事务所的书记员,后学会速记,成为记者,得以目睹种种社会黑暗。他只读过两三年书,全靠勤奋自学获得广博知识。他从实地采访开始文学生涯,处女作是署名波兹的特写集(1836),同年年底出版的第一部长篇小说《匹克威克外传》使他一举成名。之后的三十余年内,写了十多部长篇小说,许多中短篇小说、杂文、时评及戏剧等。他的作品以深刻的人道主义精神关心社会问题,同情下层人民的疾苦。

他的创作活动分为四个时期。早期(1833—1841)的作品主要有:《尼古拉斯·尼古尔贝》(1836)、《奥列佛·退斯特》《雾都孤儿》(1838)、《老古玩店》(1841)等;国外旅行时期(1841—1847)的主要作品有:《美国杂记》(1842)、《马丁·朱述尔非特》(1843);在意大利、瑞士、法国时期(1844—1847)所写的《圣诞欢歌》、《炉边憔悴》,及《钟声》和《董贝父子》(1848)等;后期(1848—1861)即高峰期的主要作品有:《大卫·科波菲亦》(1849—1850)、《荒凉山庄》(1853)、《小杜丽》(1857)、《艰难时世》

(1859)、《双城记》(1859)、《伟大的期望》(1861)等；晚期(1861—1870)的作品主要是论文和短篇及最后一部长篇《我们共同的朋友》(1865)和未完成的小说《艾德温·杜鲁德之谜》。

雾都孤儿

1830年一个严冬的晚上，英国一个小城的街上有个可怜的姑娘在走着。她孤身一人，无家又无钱。她想找个安身之所，希望能有张床让她躺下，因为她怀孕在身，临产在即，感到十分疲惫。

"啊！"她自言自语地叹道，"我实在走不动了！"说着说着，她忽地倒了下来，不再动弹，过路的人忙将她送往贫民救济所。在那里不几天，她便养下一个男孩。她为他取名叫奥列佛。她十分疼爱这孩子。但她衰弱已极，只听她说了句："啊，我可怜的孩子，但愿他们能好好地抚养你。"说完便闭上了眼睛死了。

从此奥列佛成了孤儿。

奥列佛出生的这座救济所并不收容孩子。他们将他送到一位被称作曼恩太太的老妇人那里，给了她一些钱，托她抚养他。可是这老妇人并不喜爱他；而钱，她却是喜爱的。她对他很苛刻，仅维持他不致于饿死罢了。

就这样奥列佛与曼恩太太生活了九年。

后来有一天，救济所里的一位胖主管本伯尔先生忽然来看奥列佛。本伯尔先生对曼恩太太说："奥列佛现在已经长大了，可回到救济所去了。"

奥列佛听了很高兴，他早就巴望离开这凶狠的老婆子了。可是，当他随本伯尔先生来到救济所，瞥见那冷寂黑暗的房子时，他禁不住哭了起来。

本伯尔把奥列佛带到一间大房间里。那里有好几个肥头胖脑的人沿着一张长桌子坐着，他们都冷冷地望着他。奥列佛看到这些胖子很害怕，他哭了起来。

一位穿白色衣服的人对他说:"你不要不称心!你无父又无母,是我们在照顾你,给你一个住处。谢谢我们。不要哭!"

"谢谢你们,先生。"奥列佛低声说。

"孩子!"坐在一张高靠背椅上的人说:"你得为这儿的家工作,以偿付你的生活费用。从明天起,早晨六点钟开始,整天在菜园里劳动。"

从此可怜的奥列佛过起十分艰苦的生活。和这里其他孩子一样,他住在十分寒冷的屋子里,没有御寒棉衣。至于吃,每餐只有一小碗汤。

一天,他们当中有个孩子因饥饿而发了狂。那孩子喝完了自己盆子里的汤,望着别人说:"如果没什么好吃的,那我便把你们中的一个吃了!"

孩子们都信以为真,害怕极了,都朝着奥列佛看。"你是我们中最小的一个,"他们说,"去,去为他再要点汤。"

奥列佛捧着碗走到厨师面前。"求求您,师傅,"他说,"再给我一点汤吧。"

厨师面色铁青,用一把大汤勺往他头上"砰!"的敲了一下,接着又把本伯尔先生请来。这位主管连忙跑到那些肥头胖脑的人面前去汇报。结果奥列佛被关进一间又冷又暗的房里——孤零零的一个人。他哭了一整天,晚上就睡在石板地上。第二天一早,本伯尔先生用脚将他踢醒,然后叫他跟他去花园,要他在冷水里洗澡。

午餐时,本伯尔先生带他来到餐厅,指着围着桌子坐着的那些饿得发慌的孩子们说:"我要教会你们懂得不要吃了还要吃。让我做给你们看!"说完这管理人一面放声大嚷,一面用脚踢着奥列佛,使他在房里乱窜。

就这样连续搞了一个星期。这天晚上,奥列佛无法睡着,一直在黑暗中坐着哭泣。忽然间他想到逃走,逃往伦敦,去那儿找个工作。他推开门听了听,什么声音也没有,管理人都睡得很熟。于是,他像只猫似的在黑暗中向前摸去,先摸到花园门,轻轻将门打开,进入到园里,然后翻过墙,终于逃出了救济所。

他一口气跑了大约八公里。然后躲在一块田里睡着了。

第二天早上醒来,他看到路边一块大石头上刻的字,才知道从这儿去伦敦有一百公里远,他得完全靠步行。他又疲倦,又饿得慌,身上分文没有,只得沿途乞讨。好容易到了伦敦,他却有点害怕起来,因为他孤零零一人,一个熟人也没有。"我往哪儿去呢?这儿也没有我的家啊。"他想。

又累又饿的奥列佛坐在街旁忍不住哭了起来。路人向他望望又离去,没有人给他帮助。

后来,有个圆面孔生着一对亮晶晶眼珠的男孩向他走来。这男孩名叫"机灵鬼道吉尔",他穿着一件成人的上衣,长及膝盖,样子十分怪异。

"你好!"道吉尔向他招呼说,"你干吗哭啊?"

"我累了,饿了。"奥列佛回答,"我走了很长的一段路程,已经走了七天!"

"七天!"道吉尔惊叫起来。他问清了奥列佛的情况,得知他已无处安身,便说:"不要紧,我认识一个慈善老人,他叫法金,他会给你一块睡觉的地方。你跟我来!"

道吉尔带着奥列佛来到伦敦最穷的一角,走进一座古老屋子里。那屋子十分阴暗,有四个孩子围坐在一张桌子旁在喝着什么。有位满头长着红色长发的老人正立在火炉旁。道吉尔走到老人面前,低声在他耳边说道:"我又发现一个孩子,法金!"接着便把奥列佛介绍给他。这时孩子们都跑了过来,用臂膊搭在奥列佛肩上告诉他说:"朋友,你在这儿将会感到十分快乐!"

法金确实显得很和善。他给奥列佛吃了顿晚饭,这孩子吃得像饿兽似的。他又给他一些饮料。奥列佛一口饮下,便去睡觉了。

第二天,法金和孩子们在一起做一种游戏。他放了些钱在衣袋里,要这些孩子趁他不备时偷去。奥列佛起初不会玩这游戏,但不久便学会了。

后来有一天,道吉尔和另一个孩子查利·贝茨带奥列佛去散步。忽然间,道吉尔停了下来,目光向街对面望去,"你们瞧见那老头儿在那书店橱窗前吗?"他说,"他的钱肯定放在衣袋里。快,查利!"

道吉尔和查利忙跨过街去,不声不响地立在那老人身后。道吉尔将手插进老人的衣袋,将袋里的钱扒了出来。接着两人便溜走了。

奥列佛看在眼里,感到很害怕,暗想那绅士会不会以为是我偷的。他边想边拔腿要跑,可是为时已经太晚!那绅士伸手到衣袋里摸钱,发现钱没了,一转身正瞅见奥列佛在跑,他便放声嚷了起来:"那孩子偷了我的钱!抓住他,抓住那孩子!"

街上的人都停下来,有的甚至向奥列佛追去。可怜的奥列佛拼命跑,但终于逃脱不了。一个大胖子向他掷去的一块石头。这块石头扔得奇准,正击中奥列佛的头,他倒了下来。路人聚集在他的周围,大声叫喊:"小偷!小偷!"

那位绅士,人家都称他布朗洛先生,这时赶了过来。他看见奥列佛血流满面,叹道:"啊,可怜的孩子!你们为什么将他打成这样子?"

一名警察赶来了,他说:"不要可怜他,先生,偷你钱的就是他!"

"不是!不是!我没偷他的钱!"奥列佛嚷道,"是别人偷的。"警察不相信,拖着他沿街走,要将他关进监狱。

幸亏书店老板救助了他。他打书店窗口瞧见了偷钱的是另外两个孩子。他将实情告诉了警察,于是奥列佛被放了。

布朗洛先生对奥列佛十分怜爱,他将奥列佛带回家,安排他住下,对他很关心。奥列佛有生以来第一次感到了快慰。但很快这一切又消失了。原来法金这时感到担心起来,他担心奥列佛会去报告警局,说出他们是伙窃贼。于是他忙派了手下一个女孩去把奥列佛找回来。

这女孩名叫南希。她谎称是奥列佛的姐姐,打听到奥列佛被那位丢钱的老绅士带回了家,还打听到那老绅士叫布朗洛,住在本顿维尔。南希将情况告诉了法金。法金随即派南希和一个名叫比尔·赛克斯的小偷去本顿维尔,设法将奥列佛带了回来。

南希独自在本顿维尔的街上穿来穿去。赛克斯是个身强力壮的男人,他带着一条白毛狗,远远地跟在南希后面。南希遇见人便问:"对不起,请问您知道布朗洛先生住在哪儿吗?"被问的人都说不知道。

后来有一天,布朗洛先生给了奥列佛几本书和一张五镑的钞票,要他去书店将书与钞票交给书店老板。

奥列佛穿着一套新衣服,高兴地在街上走着。他很喜欢布朗洛先生,很想为他办好事情赶快回到家。谁知那天他却迷了路,走到一条阴暗的后街去了。忽然间,一个女孩奔了过来,一把将他抱住,"啊!我亲爱的弟弟奥列佛。我终于找到你啦!你干吗逃跑啊!走,让我们回家去,亲爱的!"

"你是谁?你拦住我干什么?"奥列佛嚷道。此时路上一片漆黑,他瞧不见这姑娘的面孔。

过路的人都站了下来,望着他们。"什么事情?"他们问。

"这孩子是我的弟弟,"女孩告诉他们说,"他离开爸妈跑走了,现在和些小偷混在一起!"

"我不认识她!"奥列佛嚷道,"我根本没有姐妹,父母也没有了。我没有和小偷混在一起!我是和一位挺和善的绅士住在一起。"

"不要相信他!"那姑娘说。然后她将手放松,将脸凑过去让他瞧。

"南希!"奥列佛惊叫道。他想逃跑,但那个带着条白狗的大汉站了出来拦住他说:"我们现在可逮住你了!"他将书从孩子手中夺去并问:"这书你是从哪儿弄到的?肯定是偷来的!你是个贼!"他厉声地嚷,还用书在奥列佛头上连敲了几下。

奥列佛向过路行人求援,但他们都相信南希的话,催促他赶快随南希和那汉子一道回去。奥列佛没办法。只得随他们又回到法金那里。孩子们见到奥列佛,团团将他围住。不断嘲笑他,嘴里还嚷道:"瞧他的衣服,他现在可是位绅士了!"

调皮鬼道吉尔忽然将手插进奥列佛的衣袋里,随手抽出了那张五英镑的纸币。"瞧!"他笑嘻嘻地说,"他还有了钱啦!"

法金忙将纸币夺了过去。

"将这钱给我!"赛克斯忽然从旁嚷道,"是我找到这孩子的!"说完便拼命去夺那张纸币。孩子们看着他们俩你争我抢,都兴奋得在一边手舞足蹈,而把奥列佛忘在一边。

奥列佛忙跑到门边,想趁机逃走。但那条狗却拦住了他,这可怜的孩子没办法,只得和这些小偷们再呆下去。

过了一天,法金对赛克斯说:"我们可不能再让这孩子逃跑了!我们要教会他偷窃。因为他成了一个小偷,便会害怕警察,这样才不会离开我们。"

"你把他交给我。"赛克斯说,"我下一行动需要有个小孩爬进一扇窗户,然后为我打开门让我进去。这屋子里住的都是很有钱的人。"

这时南希也在屋子里,他们的话她一一听到耳里。她原来很喜爱奥列佛,现在她很懊悔,不该把奥列佛又带回给了法金。她不声不响地退了出去,连忙去找奥列佛,把所听到的都告诉了他。

南希说:"赛克斯这人很凶,很坏!他有一支手枪,你不要打算逃走,否则他将会向你开枪。有一次我想逃跑,他竟用刀来割我。你看!"南希露出身上的伤痕让他看。

"哦!南希!我一直把你当作敌人哩!"奥列佛说。

"不,不!我是你的朋友!"南希嚷道,"我不想再和这些扒手继续呆下去,但我又逃脱不了,因为我没有去处。我在这世界上是孤独一身——和你一样。"

第二天晚上,赛克斯和另两个小偷把奥列佛带到一户人家门前,给了他一盏油灯,指着一扇窗说:"你从那扇窗子爬进去,然后为我们打开前门。"

"不,我不是贼!"奥列佛嚷道,"让我走!"

赛克斯连忙拿出枪对着他:"你不依我,我毙了你!"

奥列佛想起了南希对他说过的话,只好爬进了那扇窗,但他却未去开门。他想,我该去告诉屋子里的人。于是他悄悄地像只猫似的向一扇房门缓缓移动。

赛克斯从窗子里将奥列佛的动作看得很清楚,他嚷道:"回来!回来!"

奥列佛吓了一跳,手上的油灯砰的一声落在地上。随着响声,有两个人打一扇门里走了出来,其中一个还拿着一支枪,可是奥列佛在黑暗中瞧不清楚。忽然间一道强光向他面部射来,同时"砰"的一声,随后他摔倒在窗子下。

"他们向他开枪了!"赛克斯嚷道,"我看到了鲜红的血!"他翻过窗子跑了进去,将奥列佛背了出来。另两个小偷将孩子扶住走进黑暗中去。

那屋子里的人带着枪紧跟在他们身后不断追赶叫嚷。邻居人家闻声也出来紧追不放。赛克斯反身向追赶的人开枪,但他们毫不放松,而且越来越逼近了。小偷们因搀扶奥列佛,步子放不开,赛克斯嚷道:"将孩子丢下!"小偷们将奥列佛丢在路边野草上,拔腿向前逃去。

追赶的人们在黑暗中直向前跑,没发现奥列佛,奥列佛得以在野草中酣睡了一夜。第二天一早醒来,他几乎把昨夜发生的事都忘了,及至瞧见衣服上的血斑,又感到身上很疼痛,才蓦然想起昨夜那场惊险。他想:这下我可活不长啦。他奋力站起身向前走去,路上一个人也没有碰到。最后,他来到一户人家前,在门上轻轻敲了两下。一位很标致的年轻妇女打开了门。她名叫罗斯·梅利。

罗斯望着奥列佛,看到他身上有血,不禁叫道:"啊!可怜的孩子!"一边将他引进屋里,让他睡在一张床上,问他:"出了什么事啦?"奥列佛将昨夜遇到的一切详细地告诉了她,还把自己和法金以及那些小偷们的事也说了出来。他要求她不要把他送还给法金。罗斯笑了,吻他一下说:"我不会把你送回去的。你可以住在我这儿。"

罗斯对奥列佛十分和善,奥列佛也十分喜欢他的新家。

几个月过去了。一天傍晚,奥列佛坐在一扇窗子边看书,偶然抬头,瞧见窗外有个人在瞅着他。这是个黑皮肤的陌生男人。那人见奥列佛发现了他,笑了笑便跑开了。

这陌生人,别人都称呼他门克斯先生。他认识法金,也认识奥列佛。自从他在街上撞见奥列佛,望见奥列佛酷似他知道的一个女人的那张脸,便一直心怀恐惧,他多方打听奥列佛的来历,又去找贫民救济所的本伯尔先生,证实奥列佛正是他知道的那个女人的生子。于是他买通本伯尔,找到奥列佛母亲临死时留下的刻有姓名的指环,并将这能证明奥列佛身份的东西投入了河底。

做完这一切后,门克斯赶到法金那里,将情况告诉了法金。他说:"奥列佛现在被一位名叫罗斯·梅利的妇人收留。这妇人我认识。她是奥列佛已死去的妈妈的妹妹。她肯定还不知道奥列佛是谁哩!我真恨不得杀了那孩子!"

"这孩子究竟是个什么人?你为什么要杀他?"法金问。

门克斯放低声调说:"好,让我告诉你,奥列佛和我是同父异母兄弟!

我父亲早与我妈分居。他另外结识了一位姑娘。不久。那姑娘怀孕在身，恰巧这时，我爸忽患重病，临死时他写下一份遗嘱：除了给我和我妈每人留下一份年金外，将大部分遗产都给予那姑娘和她即将生下的孩子——也就是现在的奥列佛。你想，这我怎么能接受？因此后来我谎称奥列佛已死，骗得了我弟弟的那笔财产。"

"啊，我明白了！"法金说，"可是，万一这妇人发现奥列佛还活着，那怎么办？那你可糟啦！"

"请帮助我把那孩子找回来！让他重新成为一个贼，让他去谋害人，这样他就会丢掉性命。"门克斯央求说。

"你打算如何酬谢我呢？"法金问。

"给你一千镑！"

法金听了，笑容满面，与他紧紧握手，说："好！就这样办！我派赛克斯去那妇人家将那小子带回来。"

事有凑巧，南希这时恰在门外，他俩的坏主意被她听得一清二楚。她想，他们打算害死奥列佛，我可得救他！

这姑娘随即跑到罗斯家里，一见到罗斯便嚷道："哦！夫人！我有件要紧的事要告诉你：有人要杀害奥列佛！我是他的朋友。我得救助他。"

"什么！"罗斯吃了一惊，忙将南希带进屋内，继续问道："你怎么知道的？"

南希便将门克斯与法金的谈话告诉了她。南希说："门克斯是奥列佛的哥哥，他们的父亲留给奥列佛一笔钱，门克斯谎称奥列佛已死，这样，他取得了那笔钱。现在这混蛋感到担心了，他担心您，夫人！"

"担心我！担心我什么？"罗斯惊诧地问。

"您的姐姐是奥列佛的妈妈，"南希告诉她，"他担心您会发现！"

"我不知我姐姐生有孩子。"罗斯说。接着她想：我姐姐离开家后，我便一直未再见到她，难道这是事实？

"哦，夫人，请相信我，我说的完全是真话。"南希大声说，"赛克斯正打算来您家将奥列佛带走，这孩子十分危险！请赶快把奥列佛隐藏起来，不要让他落在那坏蛋手里。"说着，她一面转身走出门去，一面告诉罗斯说："我得赶快回到法金身边去，他不知道我来您这里。如果他知道了，定会弄死我！"她说罢，便放开腿向前奔去。

但可怜的南希已经迟了，法金已经有所发觉。他命令众小偷说："快！快去把南希找回来。找到后立即带她来见我！"

众小偷奉命分头去寻找。有个小偷埋伏在一条小河边，瞅着南希在飞奔，他一跃而出，赶上去一把将她揪住。南希拼命反抗，谁料那混蛋竟一刀将她杀了。

罗斯想到奥列佛绝不能再留在她这儿了。她打算将他带到布朗洛先生那里去，这孩子很喜爱布朗洛，他们在一起会生活得很幸福的。但她不知道这位绅士的住处，问奥列佛，他也忘了。

过于几天，真巧！奥列佛在街上意外地瞅见了那绅士，他尾随老人身后，终于摸清了他的住处，连忙赶回来告诉罗斯。罗斯喜出望外，随即带奥列佛去见老人。到了老人家门口，她令奥列佛等在门外，让她单独先与布朗洛交谈。她进到里面见到了布朗洛，开口便问："请问先生，您对一个名叫奥列佛·斯特的男孩很喜爱，是不是？"那老人一听到这名字，顿时两眼闪闪发光，随即反问："是奥列佛吗?他现在在哪儿？"

罗斯将奥列佛离开这里后的情况详细地告诉了那老人，接着又将门克斯想勾结法金杀害奥列佛的图谋作了叙述。

布朗洛先生听了很是激动，大声嚷道："我们得赶紧把这孩子保护起来！可以将他带到我这里，赛克斯不会来我这儿的！"

"我已经把他带来了！"罗斯笑了一下说，"他正待在门口哩。"

布朗洛先生跑出来把奥列佛带了进来，两人高兴得饱含着泪水。"啊，我只当不能再见到您了，现在总算又见到了您！"奥列佛说。

这样，奥列佛又与老人生活在一起了。

第二天，布朗洛先生去警察局报了案。他说："那些人都是暴徒！他们还不知道是个女孩救了奥列佛，如果知道了，他们肯定还会去谋害她的！"

"我们今早在河边发现有具年轻的女尸，"一名警察嚷道，"她定是南希！"说罢，他跳起身去找法金。赛克斯在家里听到风声，忙越窗逃跑，但一失足，坠地死去。法金则遭到逮捕，被关进监狱。

门克斯躲藏了起来,不久也被拘捕,进了监狱。奥列佛终于得到了他父亲的遗产。他苦难的日子总算已成过去。

布朗洛先生将奥列佛父母的事告诉了奥列佛,他说:"你父亲留给你很多钱,你绝不会再没吃没穿了。"

"是啊,"恰巧来访的罗斯在旁边笑着插嘴说,"而且你也不会再无依无靠了。你的妈是我的姐姐,因此,你是我的亲人,你该叫我……"

"我是您的亲人!"奥列佛嚷着跑到罗斯怀里连连吻她,"啊,我爱您!我爱您!我现在是世界上最幸福的孩子啦!"

(曹明远)

萨克雷

威廉·梅克皮斯·萨克雷(1811—1864)是英国19世纪批判现实主义文学大师。

他生于加尔各答一个富裕的东印度公司职员的家庭,父亲早逝,给他留下了大笔遗产。他被送回英国接受贵族化教育。他颇有才华,却不喜读书,他耽于讽刺诗和绘画,一心想当个艺术家,遂辍学出国。先到魏玛访问哥德,后定居巴黎,与一批生活浪漫的文人、艺术家为伍。以后返回伦敦,本拟完成法律学业,却因存有他全部遗产的印度银行破产而穷极潦倒。他想靠打牌来改善境况,却输得债台高筑。于是开始绘制漫画挣钱。他曾向狄更斯自荐,想接替为《匹克威克外传》作插图,但遭拒绝,一气之下便从事文学创作,后来得与狄更斯齐名。

他从30年代起开始"以行计价"的卖文生涯。在十数年间以笔名发表了大批嘲讽上流社会习俗的中、短篇小说及散文、札记、游记、书评等,其中以中篇小说《巴里·林顿》最具魅力,《势利者集》(1847)使他成为小有名气的讽刺作家。

萨克雷是一位多产作家,全集有三十五卷之多,其中著名的有《名利场》(1846)、《彭旦尼斯》(1848)、《亨利·艾斯蒙德》(1852)、《纽克谟一家》(1853—1855)等,他的作品以讽刺上流社会为特点，犀利的文笔中不时流露出感伤情调。

《名利场》是他的代表作，副标题为《没有英雄的小说》（"英雄"一词亦可理解为"男主角"），书中写尽功名利禄及勾心斗角，全无歌颂对象可言。该书模拟菲尔丁笔法，不时插入作者旁白，或感叹或反讽，读来别具一格。

名 利 场

19世纪初叶。一个晴朗的早晨，从英国平克顿女子学校的大铁门里驶出一辆豪华宽敞的私人马车。这是伦敦富商赛德里派人来接刚毕业的女儿爱米丽亚回府的。马车里还坐着另一位姑娘，她身材瘦小，头发淡黄，名叫蓓基·夏普。她是应邀到好朋友爱米丽亚家作客的。

马车沿着河边缓缓地行进着。夏普突然舒了一口气，说："谢天谢地！总算脱离了这所学校。我恨透它了！这两年，除了你爱米丽亚，没有一个人把我当朋友，也没有人对我说过一句好话。不过，拿平克顿校长开心才好玩呢，我说法语，她一个字也不懂，却死要面子。"

爱米丽亚是个性情温柔，多愁善感的姑娘，听了夏普的话，她吃惊地说："丽蓓卡！你的心思怎么这样毒，干吗老想报复呢？"

夏普冷冷地答道："爱报复也许毒，可是也很自然。我可不是一个天使！"

夏普的确不是天使。她生长在一个穷困潦倒的画师家里，母亲是法国人，所以她从小就学会一口标准的巴黎音。父亲嗜酒如命，惯于东挪西借，喝醉了就打老婆女儿。贫困凄惨的生活使夏普变得阴沉沉的，喜欢嫉妒、嘲弄别人。17岁那年，她父母双亡，被平克顿小姐雇到学校里教法语，从此过着严谨刻板的半教半读生活。桀骜不驯的夏普怎甘心做平克顿的笼中鸟呢!

马车回到坐落在拉塞尔广场上的家中。她们的归来,给全家带来了欢乐。爱米丽亚领夏普参观了每间屋子,让她看了自己的书、钢琴、衣服和全部首饰。夏普见爱米丽亚有这样丰富的享受,说不出的眼红。而令这个19岁的姑娘更为动心的是爱米丽亚那个在东印度公司任税务官的哥哥约瑟夫。她暗自盘算:约瑟夫那么有钱,又是单身,我何不嫁给他呢?她拿定主意,就极力对爱米丽亚表示亲近,找机会向约瑟夫邀宠。漂亮而羞怯的约瑟夫终于被弄得神魂颠倒,堕入了情网。

命运似乎在向夏普微笑。然而,节外生枝。老赛德里的干儿子乔治·奥斯本早就由父亲作主,同爱米丽亚订了婚。他觉得约瑟夫若娶一个没有地位的家庭教师为妻,未免玷辱了赛德里家名门望族的身分,就劝说约瑟夫打消这个念头。刚要交好运的夏普小姐,落得一场空,她对乔治的怨恨真是难以用言语表达。

婚事不成,夏普又应聘来到毕脱·克劳莱爵士家当家庭教师。毕脱是个矮小、粗俗而又吝啬的老头,时常穿着一身旧衣服,叼着臭烟斗。夏普决定在克劳莱家里巩固自己的地位,她把大部分心思都用在笼络人心上,表现得十分谦卑。不到一年,她就得到毕脱爵士的信任,俨然成了这个庄园的主妇。毕脱太太反而被丈夫冷落了。

毕脱的当牧师的弟弟别德,是这一带的体面人物。兄弟二人因为争夺异母姐姐玛蒂尔·克劳莱小姐的家产继承权,成了冤家对头。老小姐克劳莱压根儿就瞧不上他们,唯独对毕脱的二少爷罗登·克劳莱颇有好感。她出钱送罗登去剑桥大学念了书,又替他在禁卫军里捐了个上尉军衔,还许诺自己死后要把七万镑家私的大部分传给罗登。有阔姑妈的纵容,罗登玩世不恭,经常喝酒赌博、拳击决斗,为所欲为。

善用心机的夏普,看准了只有把罗登猎取到手,才可能在上流社会中占有一席之地,就一味地奉承讨好,很快赢得了老小姐的欢心和罗登的好感。

不久,老小姐因暴饮暴食,卧床不起。全家人心情激动,满以为她会一命归天,可老小姐竟养息好了,并由夏普陪着返回她在伦敦的住宅。夏普对老小姐照顾得无微不至。老小姐心里清楚,绝没有人肯白为她效劳。

有一天，刚丧妻的毕脱爵士从乡下赶来，趁四下无人，突然跪下向夏普求婚。穷得一文不名的夏普，眼看当爵士夫人的好运气降临，却不知所措。这时老小姐闯进来，这出戏不得不收场。

当老小姐还在回味那出丑剧，摸不着头脑的时候，突然传来一个惊人的消息：她那浪荡侄子罗登同夏普一起私奔了。老小姐这才醒悟过来，原来夏普与罗登早有私情。她气得尖声叫起来："罗登娶了丽蓓卡——那个低三下四的教书的，以为这样我就会把钱留给别人啦！"别德太太见有机可乘，就添油加醋地把打听到的有关罗登、夏普的种种丑闻讲给老小姐听。老小姐越听越冒火，马上找律师立了新的遗嘱，把所有财产都留给罗登的哥哥小毕脱。

现在我们应该离开克劳莱家族，去探听探听爱米丽亚小姐的消息。她的亲事可没有夏普那么浪漫。

1815年3月，被流放的拿破仑逃出厄尔巴岛，在法国登陆。这一重大事件扰乱了伦敦商界，给老赛德里带来倾家荡产的厄运。在债权人会谈中，赛德里被搞得焦头烂额，而逼他最凶的就是与他有二十多年深交的老友奥斯本先生。奥斯本靠赛德里帮助发了财，现在为了顾全自己的体面，不惜对老友和恩人下狠手。在名利场上，金钱和好名声是最要紧的，人与人之间没什么交情可讲。乔治在趋炎附势的父亲影响下，对爱米丽亚也就三心二意了。

乔治到处寻欢作乐，连爱米丽亚写给他的情书也被用来点雪茄烟。一同在部队服役的好朋友多宾上尉见了，大吃一惊，倘若让他花一大笔钱来买这张纸，他也心甘情愿啊。

老赛德里迫于窘境，只好让爱米丽亚给乔治去信解除婚约。他的家产被拍卖一空。多宾买下一架爱米丽亚心爱的钢琴，运到远离闹市区避难的赛德里家，想借此安慰一下爱米丽亚那颗悲伤寂寞的心。赛德里全家激动不已，误以为是乔治送来的。由于多宾两边说合，居然把乔治重新带回到爱米丽亚身边。

4月里一个雨天，乔治与爱米丽亚在教堂里举行了婚礼。老奥斯本闻讯，同乔治断绝了关系。

婚后，约瑟夫陪这对伉俪到布赖顿旅行。蔚蓝色的大海上像有无数酒窝在微微浅笑，水上点点白帆，令人心醉神往。在这里，他们与罗登夫妇不期而遇。蓓基·夏普不下十次地当面夸奖乔治长得漂亮。乔治用情不专，见了娇俏妩媚的蓓基，早忘掉不愉快的往事，也不时投去爱慕的眼光，爱米丽亚察觉了，只有独自痛苦伤心。两对夫妇又来到布鲁塞尔。乔治不听别人劝阻，与克劳莱夫妇打得火热。

有一次，布鲁塞尔召开盛大舞会。乔治进了舞场，撇下爱米丽亚就走，却跟蓓基翩然起舞。舞罢，他悄悄塞给蓓基一张纸条。蓓基心领神会。这幕戏，爱米丽亚只看到一部分，但这也足够她支持不住的了。

第二天，乔治、罗登和多宾都奉命奔赴前线。约瑟夫作为爱米丽亚的保护人，留了下来。可前方刚一吃紧，他就像惊弓之鸟一样独自逃走，回了印度。

在激烈的滑铁卢大战中，乔治不幸中弹身亡。噩耗传来，老奥斯本几乎被悲痛压垮，但他依旧不能宽恕儿子，对爱米丽亚更充满了恨。多宾从中调解，反遭揶揄。后来奥斯本提出领养孙子小乔治，让其继承遗产。为了儿子的前途，爱米丽亚不得不忍痛与爱子分开。多宾十分喜爱小乔治，当了他的教父。

爱米丽亚渐渐得知钢琴是多宾送的，这好心人还一直默默地从生活上给她母子以资助，她十分感动。但她还痴心眷念着死去的丈夫。

约瑟夫在印度住了十几年，健康状况不佳，任期未满便回到伦敦。赛德里夫妇相继去世，约瑟夫用从国外挣来的巨万资财，重新撑起门面。小乔治在奥斯本死后继承了一半遗产，又回到爱米丽亚身边。约瑟夫向来把妹妹看成一个好脾气、没心眼的叫花子，现在对她和有钱的小外甥变得十二分尊敬。

罗登在滑铁卢大战中立了功，荣升上校。蓓基随丈夫客居巴黎，利用老小姐的招牌混进上流社会招摇撞骗。名利场上的成功，使蓓基踌躇满志。可惜这对挥金如土的夫妇只轻松愉快地度过两三年，便负债累累。蓓基明白，他们的地位并不稳固，必须在本国替罗登谋个一官半职，或在殖民地上找个差使。于是，她对债主们编造了一个谎言，声称要回英国为罗登的阔姑妈送终，并继承一笔巨大遗产，轻而易举地逃出了巴黎，到了布鲁塞尔。居住一段时间后，又使出金蝉脱壳之计，顺利地溜回了伦敦。

蓓基与国内债主们谈判成功，使罗登免遭囹圄之苦。他们在时髦地段重新安了一个体面的家，很快地，小客厅里又挤满了挂绶带、戴宝星的人物。

无论是乘马车在林荫大道上兜风，还是在小包厢里听歌剧，都有出名的大人物簇拥着蓓基。她还进宫觐见了英王乔治十四，这使她身价百倍。

在这群上流人物中有个靠赌博发迹的斯丹恩勋爵，是荒淫无耻的好色之徒。蓓基与他眉来眼去。勋爵破费了好几千镑，蓓基成了他的情妇。罗登发现了他们的隐私，异常激愤，痛打勋爵一顿，与蓓基决裂出走。不久，罗登被任命为考文垂岛总督。

蓓基，这个仰慕虚荣的女人，终于在名利场上一败涂地。她几次三番地挣扎着，想保持体面，结果却逐渐沉沦下去。为了躲避斯丹恩的报复，她在欧洲大陆上到处流浪。艰苦的境遇，使得她对于下层生活越来越爱好，她丝毫不注意外表和顾惜名誉，有了钱就赌，赌输了就马马虎虎打发日子。

十年后，她流落到德国一个小城市，遇到了前来游历的爱米丽亚一行。她勾引小乔治赌博，被一直陪伴着爱米丽亚的多宾发觉，多宾把小乔治从那诱人堕落的地方拖开了。

一天，蓓基登门来访，多宾态度很冷淡。爱米丽亚与他争吵起来。多宾一气之下出门旅行了。爱米丽亚此刻才真正感受到，被她轻视而失去的多宾的爱情是多么纯洁美好。

蓓基又以自己的色相降服了约瑟夫，可怜的约瑟夫着了迷，倾尽了囊中所有之后死去。

走投无路的蓓基对爱米丽亚忽然产生了恻隐之心，就再次找上门，对她说："忘掉乔治吧！他是个自私自利的骗子。当初要不是多宾逼着他履行婚约，他早就把你扔了。你们结婚才一个星期，他就约我跟他一起私奔。"说完，掏出一张小纸条——正是乔治在那次盛大舞会上塞给蓓基的。爱米丽亚看完，痛心地哭了。她崇拜了一辈子的偶像被粉碎了。

两天后，多宾收到爱米丽亚的信，乘船归来，终于与一向爱恋的爱米丽亚结合了。

蓓基的儿子小罗登在父亲和伯父去世后，继承了整个克劳莱家族的产业。由于从小受蓓基虐待，他拒绝同母亲见面，只给了她一笔生活费。据说蓓基后来热心于宗教事业，在施主的名单上，总少不了她的名字。

（刘世明）

夏洛蒂·勃朗特

夏洛蒂·勃朗特(1816—1855)是英国19世纪著名的女作家之一。

她生于英格兰北部约克郡山区的一个穷苦牧师家庭。她的父亲是个鳏夫，身边带着五女一子，只好把女儿送到寄宿学校，两个大女儿即死在那里。夏洛蒂19岁时留在该校任教师，后来又去做家庭教师。当时的寄宿学校无异于贫民院与孤儿院，而家庭教师则近乎女仆。为了摆脱这种境遇，她曾到生活费用低廉的布鲁塞尔去学法文，准备回来与两个妹妹共办学校。

勃朗特姐妹自幼生活在荒僻的教区，极少与外界往来，在家随父读书，思想十分早熟，对文学、美术、音乐、政治都深感兴趣，从少年时代起就开始写作。在姐妹分头去做家庭教师时也没停笔。姐妹三人合出了一本小诗集(1847)后，弟弟勃兰威尔和妹妹艾米莉相继去世，小妹妹不久也死去。孤独的夏洛蒂在1855年婚后的数月内便病逝了，时年尚不满四十周岁。

夏洛蒂的长篇小说多以自身经历为蓝本。她所塑造的女主人公，一改以往那种大家名媛的无病呻吟类型，而是出身贫寒、自尊自重的孤女奋争反抗典型。代表作《简·爱》(1847)广为流传，为读者所喜爱；其他作品有《雪尔莉》(1844)、《维耶特》(1853)以及《教师》(实为《简·爱》的初稿，1855出版)等。

简·爱

简·爱是个孤儿。幼小时她在凶狠的舅妈家里过了一段屈辱的生活。被送进劳渥德寄宿学校后,又在这个虚伪的慈善机构中受尽摧残。她被锤炼得异常倔强和自尊。

从学校毕业后,简·爱应聘到了桑菲尔德府,做了家庭女教师。

一天下午,简·爱去镇上寄信,回来的路上,突然传来一阵马蹄声,紧接而来的显然是滑倒的声音。她回头一看:一个男人和一匹马都倒在地上,原来马在覆盖路面的薄冰上滑了一跤。

摔倒的男人慢慢从地上站起,却不能走动,他请求站在旁边的简·爱帮忙。

简·爱走近他,在月光下,她清楚地看见他的脸。他已经不算青年,但还没有到中年。她对他并不感到害怕,但有点羞怯。

他把一只沉重的手放在她的肩上,靠她支持着一瘸一拐地走到他的马前,他抓住了缰绳,上了马鞍,向她道了谢,随后两腿一夹马肚,马儿一声长鸣,后脚站起来,接着就奔腾而去。

第二天晚上,简·爱奉命来见刚从国外归来的主人。一进大厅,她一眼便认出了坐在壁炉旁安乐椅里的,正是昨晚在路上骑马摔倒的那个人。

原来他就是桑菲尔德府的主人——费尔费克斯·罗彻斯特先生。

几星期过去了。一天晚上,简·爱躺在床上刚要入睡,就被一阵可怕的声音吓醒了。这是一个女人的笑声,低沉、压抑,就像是从她房门的钥匙孔那儿发出来的。她很害怕,但又想弄清是怎么回事,于是她打开了房门。

猛然间,她闻到空气中有股浓烈燃烧的气味,她看见楼下罗彻斯特先生卧室的门微开着,烟就像云雾一般从那里冒出来。一眨眼工夫,她冲进了罗彻斯特先生的房间，把他从熟睡中喊醒，帮他扑灭了火。

之后，罗彻斯特先生问她是怎么回事。她告诉他：刚才听到了一个女人的笑声。他听后马上说："我得到三楼去一下。别动，也别叫任何人。"一会儿他回来了，脸色苍白，十分阴郁。

他走近她，凝望着她，看得出他的嘴唇在抖动——可是他的声音给抑制住了。他把一只手轻轻地搭在她的肩上，另一只紧紧握住她的手，他们在夜里站了许久……

简·爱回到自己的房间，用手重新摸着罗彻斯特先生刚才抚摸过的肩膀，感到一阵快慰和幸福……

第二天一大早，罗彻斯特出远门去了，他这样不辞而别是常有的事，但她却感到困惑。

几个星期过去后，罗彻斯特先生回来了，带来了许多尊贵的客人，其中有一位美丽的英格拉姆小姐。

简·爱听大家议论：罗彻斯特先生要娶这位小姐为妻。听到这话，她不禁地打了个寒噤，好像若有所失。

在大厅里，简·爱见到了罗彻斯特先生，他向她微笑问好，她却没有回答，只有眼泪在眼眶里闪动。她咬紧嘴唇，猝然离去。

紧接着是几个不眠之夜，简·爱内心的痛苦无法摆脱。她想到罗彻斯特先生不久就会与英格拉姆小姐结婚。而她的学生——罗彻斯特的被保护人也可以进学校上学了，这样她就没事可做了。她想离开这里，于是她向罗彻斯特先生去辞行。

罗彻斯特听后痛苦地摇着头："不，你得留下！呆在我身边。"

"真的，我得走！"她有点恼火了，反驳说，"你以为我会呆在你身边成为你无足轻重的人吗？我们虽然地位不同，但我们的心是同等的！"

"我们的心是同等的！"罗彻斯特重复着。突然一把抱住了她，把她搂在怀里。

"简，相信我，我要娶的是你，你才是我的新娘。""不，别拿我取笑了，英格拉姆小姐才是你的新娘。"

"我对英格拉姆小姐有什么爱情呢？她只不过对我的房屋、马车、土地感兴趣。我要你！简，快答应我。说爱德华——叫我的名字。"她看见了从他眼神里流露出的热切和真诚的目光，她答应了他。

四个星期后，罗彻斯特和简·爱在一个肃静而简朴的教堂里举行婚礼。正当罗彻斯特把结婚戒指戴在她手上时，突然有个叫梅森的人出现了。他对主持仪式的牧师高声喊道："罗彻斯特先生不能结婚，他已结过婚，那个女人是我的姐姐，她现在还活着，就住在桑菲尔德府。"婚礼被迫停止。

当听到梅森的喊声时，简·爱的神经大为震动，险些昏厥过去，但她支持住了。

后来她才知道，三楼那个神秘房间里的疯女人原来是罗彻斯特的妻子。由于当时罗彻斯特年轻，受骗娶了这个疯女人，新婚的第一夜她就差点儿杀死他。

简·爱这时心里很痛苦，她绝不能就这样和罗彻斯特生活在一起，于是她再次决定离开。

罗彻斯特听后，悲伤地说："不要走，不要抛下我，你要做我的妻子，我将只守着你一个人。"

"不，先生！你以为我会跟你住在一起，每天晚上从她的房间走过，偷偷地溜到你的床上，做你的情妇，那我将成为什么人？"

简·爱看到罗彻斯特的眼睛里含着痛苦和绝望，她走近他，坐在他的身旁，把脸靠在他的膝上，安慰他。炉火映照着罗彻斯特的脸，他渐渐地睡着了……

当他醒来时，简·爱已不在身边，他发疯似地来回跑着，急急地大声喊着："简！简！简——"撕人肺腑的叫声在桑菲尔德府死一般寂静的夜空中回荡。

天下着大雨，简·爱在凄风苦雨中行走了三天三夜，她又饥又渴，终于昏倒在荒原上。

一位名叫圣约翰的牧师救了她，在牧师的精心照料下，简·爱很快恢复了健康。简·爱很感激牧师，在以后的日子里帮他做了许多工作。

圣约翰对简·爱渐渐萌发了爱情，终于有一天，他对她说："简，嫁给我，我需要你做我的助手和伴侣，我们一起到印度去传教，我们会幸福的。"

"不！不！"她哭泣着说，"你我之间并没有爱情，你爱的只是上帝。"

她挣脱了他，向旷野中跑去。

忽然，她听到了哪儿有一个声音在呼唤："简！简！简——"

"哦，上帝啊！那是什么声音？"她停下来喘息着说。那是人的声音，是一个熟悉的、亲切的声音，是罗彻斯特的声音。

"我来了！"她叫道。"等着我，我就来了！"她朝着田野边的那条大路，朝着桑菲尔德府奔去。

她来到桑菲尔德府，看到的只是一堆焦黑的废墟。一个仆人告诉她，桑菲尔德府在一天夜里着了火，是那个疯女人放的，罗彻斯特先生为了救她，一根房梁倒下来，正好压在他的脸部，他的眼睛瞎了，疯女人也没有救活。目前，罗彻斯特先生住在芬丁的农庄里，那是个非常荒凉的地方。

傍晚，简·爱来到芬丁。

在暮色苍茫中有个男人坐在一块很长的石板椅子上。她一下认出了他——她的主人，爱德华·罗彻斯特。

简·爱走近他，轻轻地坐在他的身旁。

"是我，我回来了。"她说。

"简·爱——简·爱！"这是他所说的一切。

他摸索着，她的胳臂给抓住了，她的肩膀、脖子、腰，她整个给搂住了，紧紧地搂住了。

"简，你能呆多久？别这么快就离开我，是不是你已有了一个性急的丈夫在等你？"

"我还没有结婚。"她告诉他。

"那么早晚有一天会有一个傻瓜找上你的。"

"有一个傻瓜早已找过我了。"她泪流满面地说，"从今天起，我永远和你生活在一起，亲爱的爱德华。"他把脸转向她，她看见他紧闭的眼皮下流出一滴眼泪，顺着那很有男子气概的脸颊滚下来。她再也忍不住心中的激动和悲痛，一头扑进他的怀里。

他紧紧地拥抱着她，两颗受伤的心都得到了抚慰。

这时，暮色更加浓重，他们完全陶醉在爱的幸福之中。

（米　梅）

艾米莉·勃朗特

艾米莉·勃朗特(1818—1848)是英国19世纪著名的女作家之一。

她是夏洛蒂·勃朗特的妹妹,是三姐妹中最有才华的一个。她们共同出版的小诗集中主要是她的作品。她曾在为穷苦牧师的女儿开设的寄宿学校读书,也曾和姐姐一起到布鲁塞尔学习法语和德语,准备回国自办学校。由于早逝,只写出一部长篇小说——《呼啸山庄》。这部作品以其奇异的想象力而在文学史上占有突出的地位。透过"哥特式"小说的神秘色彩,人们看到的是她愤世嫉俗的深切的恨的病态表现。

呼啸山庄

1771年夏天的一个晚上，疲惫不堪的恩萧先生回到了他的呼啸山庄。他从利物浦的大街上，捡回来一个又黑又脏的野孩子，取名叫希刺克历夫。

呼啸山庄的老主妇、小少爷和女仆，都讨厌希刺克历夫。少爷辛德雷，把他当作冤家，常常刻毒地骂他、打他。除了老庄主恩萧，唯一喜欢他的是小姐凯瑟琳。他俩常在一起玩。

六年以后，老恩萧去世了。辛德雷成了山庄的新主人。希刺克历夫的地位由养子降到了一般的伙计。辛德雷折磨他和凯瑟琳，但他俩总是形影不离。

一个星期日的晚上，他俩到外面遛弯，逛到了几里外的画眉田庄。突然，一只狼狗窜出来，咬住了凯瑟琳的腿。希刺克历夫奋力与狗搏斗，却被田庄的庄客当作小偷抓去了。田庄主林惇先生弄明白他俩的身份后，留下凯瑟琳，给她治伤、洗脚、吃饭，而把希刺克历夫赶了出来。他奔回呼啸山庄，遭到辛德雷的毒打，并被禁止再同凯瑟琳来往。

五个星期后，凯瑟琳穿着华美的衣裳，像贵妇人般回到了呼啸山庄。凯瑟琳对希刺克历夫仍旧很亲热，而辛德雷却要他像仆人一般欢迎小姐。

画眉田庄的少爷埃德加·林惇到呼啸山庄做客，跟辛德雷一道凌辱希刺克历夫。希刺克历夫决心要报复。

凯瑟琳和埃德加越来越亲昵。由于门当户对和虚荣心的驱使，凯瑟琳决心嫁给埃德加。但她又不能忘怀和希刺克历夫的深沉的爱。她虽然接受了埃德加的求婚，心里却不踏实，于是同女管家耐莉讨论她的婚事：

"耐莉，你说我是不是错了？"

"最重要的是你爱不爱埃德加先生。"

"当然我爱。"

"你为什么爱他,凯蒂小姐?"

"问得真奇怪,我爱——那就够了。"

"不行,你一定要说为什么?"

"因为他漂亮,……又年轻又活泼,……因为他爱我。"

"可是世界上还有好多漂亮的、家里有钱的年轻人呀,你怎么不去爱他们呢?……而且他不会总是漂亮、年轻,也不会总是有钱的。"

"我管不了那么长远的事。"

天真的凯瑟琳以为,她嫁给埃德加,也是为希刺克历夫好,"我和希刺克历夫结婚,我们都得作乞丐;而我嫁给林惇呢,我就能够帮助希刺克历夫,把他放到我哥哥无权过问的地方。"

尽管如此,她心里明白:对林惇的爱,好比树林中的叶子,冬天一到,西北风便会把叶子扫落;对希刺克历夫的爱,就好像一块岩石,"我就是希刺克历夫!他永远永远地在我心里。"

她的这种心情,希刺克历夫并不理解。他一直在偷听她与耐莉的对话,凯瑟琳说嫁他会降低她身份的话,像尖刀般戳伤了希刺克历夫的心。他再也听不下去了,拔腿便走,离开了呼啸山庄。

暴雨倾盆。希刺克历夫的失踪,像惊雷,像闪电,在凯瑟琳的心灵上引起了极大的震动。她在黑漆漆的夜里跑到旷野里去呼唤他,放声大哭,被大雨浇得浑身湿透。结果大病了一场。

1783年春,凯瑟琳和埃德加结婚了。她带着耐莉到画眉田庄。

半年过去了。有一天,失踪了三年多的希刺克历夫回来了。他身强力壮,举止庄重,像个绅士。凯瑟琳高兴极了!可是,埃德加却把他看成逃亡的仆人,不许他进客厅。

希刺克历夫是回来报仇的。他住进呼啸山庄。而此时的辛德雷,早因爱妻产后死亡变得悲哀、绝望、浪荡。他和希刺克历夫白天睡觉,夜晚打牌、喝酒、玩骰子。他的土地和产业,一宗宗作了抵押品,落进了希刺克历夫的腰包。

事情的发展出乎意料。埃德加的妹妹伊莎贝拉,一个十八岁的娇媚小姐，对突然到来的希刺克历夫产生了爱慕之情。姑嫂之间，为了争夺希刺克历夫，互相疑忌着。希刺克历夫决定尽量利用伊莎贝拉的爱情来达到自己的目的。埃德加不能容忍这件婚事，他发现希刺克历夫是画眉田庄的祸根，下令以后不许他到田庄来。但这已经晚了，伊莎贝拉和希刺克历夫终于双双私奔。

凯瑟琳因为希刺克历夫和伊莎贝拉相好，又一次受到沉重的精神打击，得了脑膜炎，一病两个月。可是，沉醉在新婚幸福中的伊莎贝拉很快发现，她的爱情被玩弄了，她只是作为她哥哥埃德加的替身，成了希刺克历夫折磨和报复的对象。希刺克历夫真正爱的，仍是凯瑟琳。

凯瑟琳的病情加剧。一天，耐莉向她转交了希刺克历夫的一封信，说想见见她。他俩又见面了。希刺克历夫质问她："你为什么欺骗你自己的心呢？……？你有什么权利离开我呢……？"

凯瑟琳悲痛欲绝。她喘息着说："够……啦！你也……丢弃过我的，可我并不责备你！饶恕……我吧！"希刺克历夫回答说："我爱害了我的人——可是害了你的人呢？我又怎么能够饶恕他？"

当晚12点钟，一个瘦小的才怀了七个月的女婴凯蒂（即凯瑟琳·林惇）出生了。两小时以后，凯瑟琳离开了人间。希刺克历夫简直要疯了，他用脑袋对着一棵长满节疤的树干乱撞，手和前额都沾满了血。他呼天喊地："没有你的生命，我不能活下去！没有你的灵魂，我不能活下去啊！"

灵柩放在大厅里。林惇日夜守在那里。屋外，同样有一个通宵不眠的人，他就是希刺克历夫！他趁林惇极度疲劳去休息的间隙，向凯瑟琳作最后的告别，并把自己的一绺黑发，放进她脖子上挂的小金盒里。她安葬的地方，不是林惇家族的石碑下面，也不是恩萧家族的墓地。而是孤独地埋在墓园一角的青草坡上。

不久，呼啸山庄发生了一场流血事件。辛德雷终于察觉到希刺克历夫是以阴谋和暴力去剥夺恩萧家族和林惇家族的。为了对付希刺克历夫，他和伊莎贝拉建立起临时联盟。他拿着刀和手枪准备暗害希刺克历夫。但是，他没有得手。刀被希刺克历夫夺走了。希刺克历夫暴跳如雷，踢他，踩他，把他的头往石板上撞，还把餐刀掷向伊莎贝拉，划破了她的耳朵。伊莎贝拉逃往伦敦。几个月后，生下一个儿子，取名林惇。不到半年，辛德雷在酩酊大醉中结束了生命。债权人希刺克历夫成了呼啸山庄的主人。

十二年后，小凯蒂长到十二岁了。辛德雷的儿子哈里顿已是十八岁的小伙子。伊莎贝拉的儿子小林惇，在母亲死后，被舅舅埃德加从伦敦接回了画眉田庄。

希刺克历夫把报复的利箭继续射向恩萧、林惇家族的后代身上。他不顾埃德加的不满，在小林惇回来的第二天，就以父亲的身份，把这个多病而又任性的孩子领回呼啸山庄。他要让自己的后代堂皇地作恩萧家族的产业的主人，使"我的孩子用工钱雇他们的孩子种他们父亲的地。"他把小林惇当作自己更加疯狂的复仇的工具。

小凯蒂长到十六岁了。过生日这天，她头一回走出画眉田庄，踏上了希刺克历夫的土地,她知道她有个表弟在呼啸山庄。有一天在路上她和小林惇相识了，但埃德加不许她再到呼啸山庄去，她却偷偷地和小林惇通信，她爱上表弟小林惇了!

希刺克历夫步步进逼。他挑拨小凯蒂和他父亲的关系。埃德加把全部爱倾注到了小凯蒂身上，希刺克历夫却对她说："你的母亲恨你的父亲!"他迫使小凯蒂每星期和他儿子小林惇见一面，从感情上打击埃德加。

1801年8月，小凯蒂和小林惇又在野外相会了。她怎么也想不到，她的表弟的眼泪，只是诱她入陷阱的花招。她听信小林惇的话，来到呼啸山庄。她安慰了小林惇，和他情意缠绵地说了半天话，但当她要走时，发现门被锁了。希刺克历夫不许她回家。在暴雨般的一阵狠打之后，他强迫小凯蒂和小林惇结婚。小凯蒂被关了五天，才奔回画眉田庄。但她的爸爸埃德加已奄奄一息。为了不让希刺克历夫占取画眉田庄，埃德加想修改遗嘱，把本由小凯蒂支配的财产改为交给委托人，只供她使用。但是，希刺克历夫买通了律师，埃德加不可能修改遗嘱了。不几天，他便含恨而死。

埃德加的丧事草草办完那天，希刺克历夫摸黑来到墓园，挖开凯瑟琳的坟墓。他又看见了她，十八年来凯瑟琳的影子一直使他不得安宁，现在，他又看见了她，他平静了。

埃德加死后不久，多病的小林惇也死了。小林惇继承的画眉田庄终于归了希刺克历夫。他完成了报仇的夙愿。可悲的是，他却过着郁郁不乐的生活，不吃，不睡，自己摧残着自己。

又是一个倾盆大雨之夜。希刺克历夫独自一个人在呼啸山庄的一个房间里，默默地离开了人世。人们发现他时，尸体早僵了！但他的眼睛却张开着，嘴角还挂着嘲笑。他被安葬在凯瑟琳墓旁。希刺克历夫、凯瑟琳、埃德加，三块墓碑并列着。奇怪的是，在旷野里，在雷雨前的晚上，人们仍然可以看到希刺克历夫和凯瑟琳手挽着手，在山崖底下徘徊、游荡。

（中 羊）

莫里哀

　　莫里哀(1622—1673)原名让——巴蒂斯特·波克兰，是法国17世纪古典主义喜剧的创建人，古典主义文学最重要的作家。

　　他父亲是王家室内陈设商，既有地位又有钱财。他早年在贵族子弟学校读书，十五岁就承袭了家族的权利，十八岁得到了父亲为他买来的法学硕士头衔和律师职务，但他却志在戏剧。1643年他宣布放弃世袭权利，成立"光耀剧团"，后因经营负债被控入狱。出狱后又加入另一剧团，离开巴黎，在外省辗转十二年多，接触了社会，目睹了各色人物，积累了生活素材，成为出名的剧团领导人，凯旋巴黎。

　　他的创作活动可分为三个时期：1659—1663是他开创古典主义喜剧时期，作品有《可笑的女才子》、《丈夫学堂》、《太太学堂》等；1664—1668是他剧作的成熟期，几部最著名的剧本都在此时创作和上演，如《伪君子》、《堂·璜或石像的宴会》、《愤世者》、《怪吝人》等；1668以后，他写出了《乔治·唐丹或受气丈夫》、《贵人迷》、《斯卡班的诡计》、《普索雅克先生》、《艾丝卡芭雅丝伯爵夫人》、《女博士》、《没病找病》等剧本。他最后咳血倒在舞台上。

　　莫里哀一生写过近三十部喜剧，大都以讽刺手法切中时弊，与当时社会进步紧密一致。他用集中、概括和夸张手法刻画的很多人物，都成为尽人皆知的典型。他那符合人物身份的日常语言生动隽永，不少人物的独白成为后世成语。他吸收民间艺术营养，作品中富于生活气息，常有闹剧色彩。这一切成就使他在欧洲戏剧史上占有十分重要的地位。

悭 吝 人

17世纪中叶，法国巴黎有一个靠放高利贷发家的小作坊主阿尔巴贡。他爱财如命，十分吝啬，几年前死去了妻子，现在同儿子克莱昂特、女儿艾丽丝住在一起。

秋天的一个早晨，美丽温柔的艾丽丝正独坐客厅，恋人法赖尔走了进来。他曾在艾丽丝郊游不慎跌入急流时救过她的命，现隐瞒身份给阿尔巴贡当管家。法赖尔对艾丽丝说："亲爱的，现在我要讨得你父亲的欢心和信任，假意同他见解一致，以后才能提出我们的婚事，你千万不要因此而多疑。"艾丽丝温存地说："我信任你。"

法赖尔刚离开，英俊潇洒的克莱昂特带着仆人阿箭匆匆而来，他打发阿箭去找借贷的经纪人，告诉艾丽丝他爱上了镇上一位年轻美貌的姑娘玛丽雅娜。玛丽雅娜家境不好，母亲有病，他却帮不上一点忙。他气愤地说："父亲吝啬远近驰名，他只知道聚钱，却窘得我们抬不起头来，不得不到处借债。如果他不赞成我的婚事，我就远走高飞。"艾丽丝同情他。两人商量后，决定去找父亲说个明白。

这时，阿尔巴贡正在自己房里为已埋在花园匣子里的三万法郎发愁，他怕被别人发现了偷去。克莱昂特和艾丽丝进到父亲房里，刚想说明自己的心事，阿尔巴贡却告诉他们，他看中了镇上有名的美丽贤慧的姑娘玛丽雅娜，决定娶过来做他们的继母,就是不知道她有多少财产带过来;而克莱昂特,他给他相中了一个有钱的寡妇;艾丽丝呢,他为她找了十分阔气不要嫁妆的昂塞尔默爵爷,并要她明天就订婚。

克莱昂特万没想到父亲也想娶玛丽雅娜,一阵头眩,他踉跄着奔出房去。艾丽丝嚎啕痛哭,说:"我虽然尊重昂塞尔默爵爷,但我宁可去死,也不嫁给他!"

艾丽丝的哭声唤来了法赖尔。阿尔巴贡要法赖尔评理。法赖尔听了,说:"老爷,你的理由万分充足,小姐应该听从老爷安排……"话未说完,花园里传来两声狗叫,阿尔巴贡怀疑有人偷钱,说:"你们别走,我去去就来。"便急匆匆奔向花园。

艾丽丝擦着泪眼,问法赖尔怎么办,法赖尔说:"你可以先装病,把日子往后拖,万不得已,我们就逃走!"听到花园的门响了,法赖尔又高声说:"作女儿的必须尊重父亲,只要不要嫁妆……"阿尔巴贡在门外听见,十分高兴,他让法赖尔继续开导女儿。法赖尔答应一声,陪着艾丽丝走了。

克莱昂特找到阿箭,问他借贷一万五千法郎的事怎么样了。阿箭告诉他已找过贷方经纪人西蒙老板,西蒙老板说能借到,但贷方条件苛刻,月息二分五厘,一万五千法郎只付一万二千现金,余下以旧物折付。克莱昂特一心想借钱帮助玛丽雅娜,就答应了。克莱昂特不知道,其实贷方就是他父亲,西蒙老板是他父亲放高利贷的经纪人。

午后,西蒙来见阿尔巴贡,恰巧阿箭陪着克莱昂特进来。西蒙告诉阿尔巴贡,阿箭就是要借一万五千法郎的联系人,并指指克莱昂特说:"这位大概就是向你借钱的先生!"

阿尔巴贡和克莱昂特同时愕然地瞪大了眼。阿尔巴贡暴跳起来:"混帐东西!原来是你胡乱借钱,不怕败光了家业,快给我滚!"克莱昂特气呼呼地说:"真没想到是你做这种生意,我替你害臊!"说完,头也不回地走了。西蒙见势不妙,也溜之大吉。

媒人福洛席娜来找阿尔巴贡,告诉他已请玛丽雅娜前来参加明天艾丽丝小姐的订婚仪式。阿尔巴贡十分高兴,说:"我非常欢迎玛丽雅娜来参加宴会。不过,你有没有对她母亲说,姑娘出嫁,总要张罗些嫁妆才对。"福洛席娜说:"那还用说,她们有很多产业,将来自然归你管。"

第二天午后,福洛席娜陪着玛丽雅娜来了。阿尔巴贡毕恭毕敬地将客人请进客厅。他贪婪地望着玛丽雅娜,说:"美人,你是天上最美丽的星星,我日夜都在思念着你!"玛丽雅娜转身低声对福洛席娜说:"哦,他怎么这么可憎!"福洛席娜忙对阿尔巴贡说:"老爷,她转过身去,是因为她又惊又喜的缘故。其实她早就说你可爱了。"阿尔巴贡信以为真,高声呼唤儿子和女儿来见见玛丽雅娜。

玛丽雅娜万没想到在这儿会见到自己倾心相爱的人,心中无限痛苦。克莱昂特走近玛丽雅娜说:"小姐,我没想到这场巧遇。家父前不久对我说起他的打算,我感到非常意外。"玛丽雅娜抑制住自己的感情,说:"我也一样,这次相会,我事前毫无准备。"

站在一旁的阿尔巴贡着急起来,急忙说:"我的美人儿,这孩子年轻不懂事,出言无状,请你原谅他。"福洛席娜惟恐父子相争,破坏了这桩亲事,提议阿尔巴贡陪玛丽雅娜去逛集。阿尔巴贡立即派管家法赖尔叫仆人去准备马车,同时又假意对玛丽雅娜说:"美人!请原谅,我没想到请您在逛集前用点心,这是我莫大的疏忽。"

站在一旁的克莱昂特十分厌恶父亲的吝啬和虚伪,他上前说:"小姐,看我父亲手上戴的那颗钻石,您从来没有见过那么大那么亮的吧?只有您的玉手才配戴,父亲决心送给您了。"阿尔巴贡十分恼火,但在玛丽雅娜面前,只好强装着落落大方的样子,将钻石戒指摘下送给玛丽雅娜。

不一会儿,仆人来禀告马车坏了,要修一下。克莱昂特和艾丽丝便陪玛丽雅娜来到花园里。玛丽雅娜请求他们兄妹俩帮助她,说她迫于母命才来这儿的。克莱昂特说:"小姐,我一定尽最大的努力解脱您的痛苦,使我们永结百年之好。"

克莱昂特正在说话,仆人阿箭把他叫到自己房里,告诉他找到了老爷藏的三万法郎,克莱昂特又惊又喜,说:"让我父亲知道了怎么办?"阿箭说:"你偷老爷的钱不算犯罪,我们先把钱藏一下。"

这时,花园里传来阿尔巴贡的呼喊声。他发现三万法郎给人偷走了,号啕大哭,叫道:"我要拷问全家大小,把他们送到官府,让警察把小偷绞死。"

警长闻讯赶来侦查。有个仆人诬陷法赖尔。阿尔巴贡大骂法赖尔,指责他恩将仇报。法赖尔摸不到头绪,以为他和艾丽丝的婚事被老爷知道了,便招认他们已在昨天签订了婚约。这一来,简直是火上浇油,阿尔巴贡嚎叫道:"天呀!一个乱子不够又来一个乱子。警长先生,我要告他盗窃,告他诱拐!"霎间,阿尔巴贡老爷家里乱作一团,主人、客人、仆人、警察纠缠在一起,将客厅挤得水泄不通。

正乱着,阿尔巴贡尊敬的客人昂塞尔默爵爷赴约来了。阿尔巴贡仿佛看到了救星,昂塞尔默爵爷还未坐定,他便诉说道:"你看,顶倒霉的人是我。你来订婚,可我的钱匣子被人偷了。这个法赖尔偷了我的钱还不算,还要诱骗我女儿;儿子却又与我争一个姑娘,你看我怎么还能活下去?"

阿尔巴贡的诬陷,使法赖尔实难忍受,他气愤地说:"你有什么凭据说我偷了你的钱?我从小就没受过这种坏影响,不信,你可以去我家乡那波利调查。"昂塞尔默爵爷听法赖尔提到那波利,立刻说:"先生,那波利的情况我最熟悉,你说的是真是假都骗不过我!"

法赖尔说自己是那波利贵族堂·陶马的儿子,在十六年前的一场战争中,七岁的他随父母乘船逃亡,中途遇难,他被一艘西班牙船救起,船长把他收做养子,培养成人。后来他又在军队当差,不久前听说父亲还活着,便找到这儿,偏巧遇上了艾丽丝。为了证实自己的身分,法赖尔又拿出一只母亲的玛瑙手镯给昂塞尔默爵爷看。

法赖尔的叙述,使昂塞尔默爵爷和玛丽雅娜都十分惊喜。原来,昂塞尔默爵爷就是堂·陶马,而玛丽雅娜则是法赖尔的妹妹。在海难中,他们都被人救起,经历一番曲折,今日终于相逢团圆。父子三人,紧紧拥抱。大家也纷纷向他们祝贺。

正当人们高兴的时候,阿尔巴贡突然又想起了自己的钱匣子,立即板起脸对昂塞尔默说:"法赖尔偷了我的钱,你是他的父亲,你应该替他赔!"克莱昂特走到父亲面前说:"我知道钱匣子的下落。只要你答应妹妹和法赖尔,我和玛丽雅娜两桩婚事,钱匣子就还你,否则我就把它送给急需用钱的人。"

在昂塞尔默爵爷的劝说下，阿尔巴贡无可奈何地答应了，但他声明没钱给子女办婚事。昂塞尔默爵爷当即慷慨地表示愿意承担两桩婚礼的全部费用，并帮助孩子们各自安排新家。阿尔巴贡见昂塞尔默爵爷如此大方，趁机要爵爷为他做一套时髦考究的礼服，爵爷也答应了。克莱昂特说出了钱还放在老地方。

昂塞尔默带着四个年轻人走了，警长立即要阿尔巴贡交纳侦查费、车马费，阿尔巴贡推开警长，嚷道："上帝，我没功夫和你说话，我要去看我的钱匣子……"边说，边朝花园跟跄跑去。

（张企荣）

贵 人 迷

巴黎的布商茹尔丹先生想当贵人入了迷。是啊！做了半辈子生意，已是富商了，也该做个贵人，进入上流社会，出人头地，光宗耀祖。为实现这个志向，他除了拼命巴结那些上等人外，还要学学风雅。于是，他专门雇请了一些教师，教他音乐、舞蹈、礼节、击剑、哲学和诗等。

这天一大早，音乐教师送来了茹尔丹要的小夜曲，但当音乐教师演唱时，他直瞌睡。教师建议举办家庭音乐会，说贵人们都这样做。茹尔丹马上采纳，并告诉教师，今天有位贵妇人到他家进午餐，席间，要有音乐，娱悦贵宾。

舞蹈教师来了，教他跳起宫廷小步舞。这对身材矮短、体胖腰圆的茹尔丹来说十分吃力。接着，礼仪教师来教他怎样向贵夫人行礼。"你该先退一步，行鞠躬礼，然后朝她走过去，向前鞠躬三次。"

正练习着，剑术教师来了，他拿着两把剑，分一把给茹尔丹，便教他冲刺。教师告诉他，比剑的秘诀就是攻和守。茹尔丹明白了，他必须有把握弄死对方,而不让对方弄死自己。

哲学教师来到时,前面几个人都走了。茹尔丹告诉他,他爱上一位叫杜里梅娜的贵妇人,请教师帮他写一封短信,教师问他是否写成诗的形式,因为世界上的语言除了诗,就是散文。茹尔丹叫了起来:"天啊!原来我说了四五十年的散文!"他顿时十分得意。

过一会儿,裁缝师傅带着几个徒弟捧着礼服赶来。"这是宫廷最华贵的礼服!"说着,他们动手剥掉茹尔丹早晨费很大力气才穿上的瘦小的贵族衣裤,给他穿起了全套新礼服,还戴上了假发和翎毛。他们对茹尔丹致敬,尊称他"我的贵人"、"我的爵爷"。

"你们称呼我什么?贵人!"茹尔丹乐不可支了。"拿去吧,这是爵爷给你们的赏钱。"

茹尔丹太太是个讲实际的人。挣得这份家业,感到心满意足。但近来丈夫这样胡闹,她非常反感。她走进客厅,看见丈夫那套花费昂贵而又不伦不类的服饰,更加气了。家里年轻的使女妮果娜也帮着太太奚落男主人。茹尔丹只是一个劲地喊:"你们都给我住嘴。"

老两口吵了起来。茹尔丹骂妻子不学无术,连诗和散文都不懂。为了显示本领,他拿过两把剑,分一把给妮果娜,和她对剑。"我有把握自己不死。"话音刚落,妮果娜已击中了他。茹尔丹太太骂道:"简直是疯啦!这都是你钻营贵族门路的结果!"

茹尔丹毫不含糊,"我钻营贵族门路比你钻营资产阶级门路,要高明得多!"

太太责怪丈夫结交了叫化子贵族道琅特。茹尔丹马上喝道:"住口!他是一位出入宫廷的重臣。结交他,把钱借给他,不是件体面的事吗?"

正说着,道琅特伯爵来了。道琅特称赞茹尔丹穿起礼服仪表堂堂,茹尔丹心花怒放。"早上我还在国王那讲起您来。"道琅特说,接着转过话题,"先生,我借了您一共——"

"一万五千八百法郎。"茹尔丹捅了捅他的太太,意思是:怎么样?还钱了吧。到底是个爵爷!

"是的,我想您再借我二千二百法郎,凑足一万八千,如何?"道琅特说，"许多人乐意借给我钱，可我怕向别人借了，对不住您呀！"

茹尔丹忙道："您太赏脸了，先生。"他拿出了钱。道琅特避开茹尔丹太太，告诉茹尔丹，他已说服侯爵夫人杜里梅娜来赴午宴；茹尔丹托他转赠夫人的钻石戒指她也接受了；茹尔丹的痴情已打动了她的心，博得了她的好感。

茹尔丹受宠若惊。他告诉道琅特，为了请侯爵夫人，他已安排太太到他妹妹家吃饭，这样他们可以尽情欢宴。

茹尔丹太太早已吩咐妮果娜去偷听。果然如此！但她更要紧的是要老头子答应女儿的婚事。女儿露西拉喜欢克莱昂特，她也同意。妮果娜也爱着克莱昂特的听差葛薇耶勒哩！太太叫妮果娜赶快去请克莱昂特来。

不一会儿，克莱昂特来到茹尔丹家，请求茹尔丹把女儿许配给他。但克莱昂特不是贵族，尽管他有过荣誉，财产也富足，茹尔丹一口就拒绝了。他宣称："我要的是身份！我有的是财产给女儿陪嫁，我要她当侯爵夫人！"

克莱昂特主仆两个离开了茹尔丹家。聪明的葛薇耶勒忽然想出一个绝妙主意。他告诉克莱昂特，新近有人组织了一个化装舞会，何不……如此这般？给老家伙开个大大的玩笑，他准要上当的。

中午时分，道琅特挽着杜里梅娜走进茹尔丹家。这个侯爵夫人是个寡妇，经不住道琅特一味追求。道琅特对她殷勤备至，还送来名贵的钻石戒指。她哪知道这是可怜的茹尔丹托道琅特转达的对她的一片深情厚意！

茹尔丹一见她光临，心动神摇。他先请夫人后退一步让出地方，然后把早晨才学的贵人礼仪做了一遍，接着致词："敝人三生有幸，得见玉驾光临……小子不才，辱承错爱……天赐良缘……"

道琅特叮嘱茹尔丹，万万不可提给她送礼的事，否则就庸俗不堪啦。接着，道琅特邀请夫人入席，殷勤款待。茹尔丹以为道琅特热心帮他张罗，感激不尽。

席间，贵妇人称赞茹尔丹志趣高尚，是一个令她喜欢的人。茹尔丹飘飘然如入云端。没想到这个时候茹尔丹太太突然闯了回来。

"好啊！你打发我出门，却花钱宴请贵妇人！"

道琅特抢先解释："夫人，请客的是我，您丈夫不过是把房子借我用用而已。"

听了这话，茹尔丹如获救星，而杜里梅娜更感到道琅特一片真情。她怪茹尔丹太太打扰了他们的聚会，生气地走了。茹尔丹觉得今天自己才气横溢，有许多文雅话要对贵妇人讲，不想竟被太太搅散了!

几天后，茹尔丹家来了位不速之客。这人自称是茹尔丹已故父亲的好友。他说，老茹尔丹是个有身份的贵族。然后告诉茹尔丹，土耳其皇太子来到此地，他是他的翻译官。皇太子看上了巴黎贵人茹尔丹的女儿，打算登门求婚。还准备封茹尔丹一个爵位——在土耳其叫"麻拉巴巴"，就是法国古时"武士"的意思。

这正是茹尔丹梦寐以求的事，他一百个愿意。他哪里想到，这个翻译官是葛薇耶勒化装的。

过了一会儿，克莱昂特化装成土耳其皇太子来到茹尔丹家。茹尔丹上前行礼叩拜。皇太子叽哩咕噜说了一通，翻译官说："皇太子叫您快去跟他举行封爵典礼，随后和小姐相见。"

受爵仪式开始了，跟随皇太子来的一班人让茹尔丹跪下，又唱又跳闹了一通。授刀时，还说按规矩先要将受刀人痛打几下。茹尔丹被打，痛得直叫，但心里美美的。

那个骗子伯爵道琅特听到这有趣的事，邀了杜里梅娜一道来看热闹。茹尔丹又乘机向贵妇人表白情意。

茹尔丹把女儿找来，带到土耳其皇太子跟前。露西拉起初坚决拒绝，待认出皇太子就是自己心上人后，就答应了。茹尔丹大喜过望。可太太不同意。那位翻译官出面说服她，刚说了两句，太太立即转怒为喜，并要求找一位公证人来。

公证人来给露西拉和克莱昂特证了婚。

道琅特道："好极了!太太，为了使您不再对您丈夫有丝毫疑心，我们请公证人一起给侯爵夫人和我证婚。"说完他写了婚书。茹尔丹想，这是伯爵故意做给他太太看的，那写的一定是他和贵妇人的婚书。

接着，太太又把妮果娜嫁给了翻译官。妮果娜和葛薇耶勒如愿以偿，满意地笑了。

音乐响了起来,化装舞会的参加者们涌进客厅,簇拥着三对新郎新娘跳起了芭蕾舞。

"我的太太呢?谁要?谁要娶就娶了她去吧!"茹尔丹先生在舞蹈中穿来穿去,大声喊。

幸好,舞会的音乐声盖住了茹尔丹先生的喊声,太太也没有听到。

(秋　红)

斯 汤 达

斯汤达(1783—1842)是法国19世纪杰出的批判现实主义作家。

他原名亨利·贝尔,生于格勒诺布勒城的一个资产阶级家庭,母亲早亡,父亲是富有的律师,笃信宗教,思想保守。他儿时正值法国大革命高潮,深受时代激励,但在家中受到压抑,从小便憎恶父亲。在外祖父启蒙思想影响下,他很早就阅读了伏尔泰、孟德斯鸠和卢梭的著作,1796年入当地中心学校,接受进步教育,培养起科学精神;1799年以优异成绩毕业,来到巴黎,在军事部任职。从此他的经历和命运便与拿破仑帝国紧密相联,荣辱与共。他曾潜心研读唯物主义哲学,研究人物性格及心理。波旁王朝复辟后,他被迫旅居米兰,正式开始写作。他这时的作品有:《海顿、莫扎特、梅达斯太斯的生平》(1815)、《意大利绘画史》(1817)、《罗马、那不勒斯、佛罗伦萨》(1817)——在这部游记中表明了他对意大利烧炭党人的支持,致使1821年烧炭党人遭镇压时,他也被迫离开米兰,返回巴黎。他在十分清贫的境遇中撰写了极有战斗力的文章:《英国通讯集》(死后出版)、《论爱情》(1822)、《罗西尼的一生》(1823)、《拉辛与莎士比亚》(1823),以及死后才得以出版的《拿破仑传》。

之后他便潜心写作小说,他虽然在1830年的七月革命中又担任了公职,但仍不辍笔。他的小说有:《阿尔芒斯——1827年巴黎沙龙的几个场景》(1827)、《伐妮娜·伐尼尼》(1829,后于1839收入《意大利遗事》)、《红与黑》(1830)、《帕尔玛修道院》(1839)、《亨利·布吕拉尔的生活》、《吕西安·娄万》(未完成)等。

代表作《红与黑》标志着作者文学创作的最高峰。"红"指红色军装,"黑"指教士黑袍,分别代表拿破仑帝国时代和教会势力猖獗的复辟时期。作品深刻地表现了七月革命前法国社会的本质和于连这一人物的时代特征,确为传世杰作。

红 与 黑

于连十八九岁,生长在法国法朗士——孔德省的维立叶尔小城中,由于自幼体弱,干不成体力活,他受尽父兄打骂,而他也以自己的出身微贱为耻。他从一位退伍老军医那里学会了拉丁文和历史。从幼年起,于连就疯狂地梦想有朝一日能像拿破仑一样穿上红色的将军服,凭一把长剑成为世界的主宰。十四岁那年,由于封建贵族和天主教会的势力越来越大,成了法国的统治者,于连又热望穿上黑袍去当一个年俸十万法郎的大主教。他有着惊人的记忆力,很快就能把拉丁文《圣经》全部背诵出来。监护人西朗神父对他的进步大为赞赏,经常彻夜教他学习神学。于连显得百倍虔诚,可有谁知道,在这张苍白温柔的少女般的面孔后面,却隐藏着宁愿冒九死一生的危险也要飞黄腾达的野心呢?

维立叶尔市市长德·瑞那,因为于连精通拉丁文,也是出于与政敌、贫民寄养所所长哇列诺勾心斗角的需要,聘请于连做家庭教师。于连本不愿去市长家,忍受跟卑贱的奴仆们同桌吃饭的屈辱。但是为了获得似锦前程,他宁可接受更多的羞辱。

于连踏进市长家时,恰巧德·瑞那夫人从客厅出来,当她知道这个漂亮小伙子正是丈夫请来的家庭教师时,简直被迷住了。她温柔地把于连让进花园来。从夫人衣衫上散发出一股醉人的香味,令于连心荡神驰,他大着胆子拉起她的手,贴到自己唇边吻了吻。德·瑞那夫人吃了一惊,但想生气却来不及了。

于连很快以自己的学识和才干在维立叶尔出了名。城里的名流成群结队来拜访于连,于连应酬自如。不到一个月,他赢得孩子们的敬爱,连市长本人也很尊重他了。自从于连来后,这里的沉闷空气竟一扫而空。

于连却并不感到满意,他日益强烈地对这个已跻身进来的上流社会感到仇恨与恐惧,他决心向这个先前曾鄙视他的社会实行报复。

他对德·瑞那夫人的丽质天姿十分仰慕,同时又意识到这个美人是自己生命航程上的第一道暗礁,可能使自己倾覆沉没。他努力节制自己不跟她谈话,想忘记初见面时那吻手的热情。而德·瑞那夫人对于连贫穷的景况愈来愈关切,她想送他几个金路易以便买几件衬衫,不料于连傲慢已极地说:"夫人,我出身低微,可绝不卑贱。假如我这么做,那连一个仆人都不如啦!"德·瑞那夫人听了这番话脸色惨白,觉得他的心灵那么高贵,反而与他情感上更接近,待他更顺从了。

德·瑞那夫人从小在修道院里长大,对反对教会的人恨之入骨。由于她可以从姑母那里继承一大笔遗产,周围的人对她百般阿谀。她十七岁时嫁给庸俗猥琐的德·瑞那先生,一直过着没有爱情的婚姻生活,百无聊赖地打发日子,于连的出现,唤起了她做人的勇气和追求美好精神生活的信心。正当这时,她意外地听说自己的婢女爱利沙追求于连遭到拒绝,一种幸福感几乎使她丧失了理智。她心中已深深地爱上于连了。

春天,市长全家移居到风景秀丽的凡尼镇别墅。晚上乘凉时,于连挥动的手臂无意中碰到德·瑞那夫人的手。那只手很快缩回去了。第二天夜幕降临,他们又聚在菩提树下,黑暗中于连紧紧握住夫人的手不放,她只好听天由命。于连的心沉浸在幸福里。这并非是他爱这个女人,而是觉得一个可怕的苦难已经结束了。从此,他胆子越来越大,终于有一天趁夜静更深,像幽灵似的溜进德·瑞那夫人的卧室。德·瑞那夫人斥责他,用力把他推开,但顷刻间又自动地投入他的怀抱。当曙光熹微于连从她房里出来时,他已一无所思一无所欲了。他堕入疯狂的爱情里,此后每晚都要去那里幽会。

不久,皇帝驾临维立叶尔。在德·瑞那夫人的周旋下,于连担任了仪仗队队员,大出风头。这种殊荣对一个出身低微的青年来说,简直是史无前例的。于连还作为陪祭教士参加了圣骸瞻拜典礼。看到年轻的安地主教气派不凡,他非常向往。他再也不想拿破仑和军界的荣耀了。

不料,维立叶尔的人们把出身卑贱的于连当仪仗队队员视为伤风败俗,哇列诺将一封匿名信寄到了德·瑞那先生手中,它详细地披露了发生在市长家里的一切。这是他从爱利沙口中打听到的。市长想发作,可又怕丢面子被人耻笑,尤其是考虑到妻子将要继承的那笔巨大遗产,最后决定还是忍气吞声,与妻子和解为好。

西朗神父知道了这件事,把于连找去,要求他尽快离开维立叶尔,到贝尚松的神学院去,并再三嘱咐他一年之内不要回来。三天后,于连偷偷从省城溜回来看望德·瑞那夫人。德·瑞那夫人呆呆地像具死尸,喃喃地说:"世界上不会再有比我更悲惨的人……我只希望快快死去。"

于连到神学院拜会了院长彼拉神父。神父对于连在神学方面的造诣十分赏识,后来把他晋升为《圣经》课辅导教师。其实,在于连眼里,神学院无异于一座人间地狱,修道者个个是仇敌,连彼拉院长都是最危险的人。然而虚伪成了他唯一的武器,他仍选择彼拉院长作为自己的忏悔神父。对索然无味的神学,他学得很努力,参试时屡中头榜。这使彼拉神父的死对头代理主教和典试官们大伤脑筋。于是他们耍了手腕,把于连考试名次贬为神学院学生的第一百九十八名。

在教派纷争中,彼拉神父被挫败了。随之,于连被彼拉推荐去巴黎当德·拉·木尔侯爵的私人秘书。在一次宴会上,侯爵把于连引见给客人们。于连当然不会放过这个施展才华的机会,自然又赢得了众人好感。侯爵的女儿玛特儿小姐对他更是格外钟情。

于连靠自己的干练和才智,替侯爵管理外省的田产,还到伦敦出色地办理了外交事务。侯爵越来越感到自己离不开这个聪明可靠的助手,于是奖给他一枚十字勋章。此后于连随侯爵出席了一次保王党人的秘密会议，他把会议记录默记在心，冒着生命危险带到了国外。人们对于连刮目相看，连即将取代德·瑞那先生任市长的哇列诺也找上门来与于连言归于好。

于连成了花花公子，他很了解在巴黎的那种生活艺术。他发现身边的贵族青年不断地给玛特儿小姐以溢美之词，向上爬的野心促使他决定在她身上下一番功夫。

玛特儿小姐聪慧美丽，生性倨傲。她有个祖先曾经爱上过一个皇后，后来因政治事件被处死了，这个皇后就抱着死者的头颅坐上马车，亲手把它埋在坟地里。玛特儿对这个故事十分向往。为了表示自己的爱情不循习俗，她不理睬柯西尔侯爵的追求，偏要嫁给一个社会地位与自己悬殊的人。

当于连被自己对玛特儿的思恋折磨得难以自持又满腹狐疑的时候，玛特儿感情的堤坝也崩溃了。她迫切地给于连写了信，想试一下他的胆量，约他午夜时分在明亮的月光下用梯子从窗口爬进她的卧室里幽会。经过思想斗争，于连如约前往。但事过之后，玛特儿又对自己的失身大为羞恼，对于连横加指责。由于玛特儿反复无常，两人的关系在恋爱、懊悔与欢乐的交叠中发展着。为彻底把玛特儿搞到手，于连巧妙地不让自己极度幸福的感情流露出来，反而经常故作严厉，甚至故意去追逐另外一个女人，以煽起玛特儿对自己的妒心和情火。于连的诡计终于成功了。玛特儿完全被征服了，几乎到了卑躬屈膝的地步。不久，她怀了孕。

玛特儿给父亲写了一封长信，正式提出要和于连结婚。于连被侯爵叫去痛骂了一顿，最后，无可奈何的侯爵还是违心同意了爱女的婚事，并为于连谋得一个骠骑兵中尉的头衔。踌躇满志的于连计划着要在三十岁披上将军红袍，他心中充满了对荣誉的渴慕。

不幸的事突然发生了。德·瑞那夫人在教会的压迫下，给德·拉·木尔侯爵写来一封信，告发于连"使用最老练的伪善，千方百计引诱最有支配力量的女人，来替自己谋取地位，改变身份……"于连闻知此事恼羞成怒，马上从巴黎赶回维立叶尔，向正在教堂里祷告的德·瑞那夫人连开两枪。于连被投入监牢。

德·瑞那夫人并未致命，她不顾一切去探监，向于连诉说了写揭发信的真相，两人彼此宽恕了对方。

于连被以蓄意谋杀罪判处死刑。在审判厅上，于连说："先生们，我没有荣幸地属于你们那个阶级。你们看见我是个乡下人，不过对于自己处境的微贱敢作反抗的举动罢了……事实上，我决不是被我同阶级的人审判。我在陪审官的席上，没有看见一个富有的农民，而只是些令人气愤的资产阶级的人……"

临行刑那天，于连充满了勇气，他自言自语地说："前进吧，一切都很顺利，我一点也不缺乏勇气。"他那颗即将落地的头颅，那么富有诗意。

当晚，一个姑娘来到于连尸体旁，把他的头颅放在一张大理石小桌上，站在桌前吻那前额。出葬这天，她坐在一辆披着黑纱的马车里，膝盖上放着于连的头颅，随着丧葬的行列缓缓地朝墓穴走去。这个姑娘就是玛特儿。祈祷完，玛特儿亲手把于连的头颅埋在小山洞里，这是她用巨款买来意大利大理石雕刻装饰起来的，庄严而气派。

德·瑞那夫人忠实于她对于连的诺言，没有用任何方法自寻短见。但是，在于连死后三天，她抱吻着她的儿子，悄悄地离开了这个世界。

（刘世明）

巴尔扎克

奥诺雷·德·巴尔扎克(1799—1850)是法国 19 世纪伟大的批判现实主义小说家。

他生于资产阶级家庭,儿时在教会学校就读;1814 年到巴黎后,曾入保王党人办的寄宿学校;1816—1819 年间学习法律并作见习生。他在那里见识到各种案例,认识了社会,为日后的创作积累了素材。他热衷文学,到巴黎大学听文学讲座,获文学学士学位。1819 年决心从事文学创作,用了十年时间才完成了准备阶段,这期间他练过笔,办过印刷厂,最后破产,负债累及终身,他还研究了哲学、经济学、历史、自然科学、神学等。他在获得丰富的学识的同时,形成了相当复杂的世界观。

巴尔扎克为反映 19 世纪上半叶的法国社会,从 30 年代中期起就考虑把自己的作品构成一个整体,取名《人间喜剧》。1842 年他写了序言,并把作品分为三个部分:《风俗研究》——又分为《私人生活场景》、《外省生活场景》、《巴黎生活场景》、《政治生活场景》、《军旅生活场景》和《乡村生活场景》,《哲理研究》和《分析研究》,构成主体。《人间喜剧》共包括九十部长篇、中篇、短篇和随笔(原计划写一百四十五部),为读者"提供了一部法国社会,特别是巴黎上流社会的卓越的现实主义历史"。

巴尔扎克的写作大体可分为三个阶段：1829—1835 为第一阶段，作品有《驴皮记》(1831)、《欧也妮·葛朗台》(1833)、《高老头》(1834—1835)等；1836—1842 为第二阶段，作品有《幻灭》(1837—1842)等；1843—1848 为第三阶段，作品有《农民》(1844—1850)、《贝姨》(1846)等。巴尔扎克不但善于在精确、逼真的环境描写中塑造深刻的典型人物，而且在叙事及结构上也独具鲜明特色。这是他长年一天工作十四五小时，勤奋写作的成就。

欧也妮·葛朗台

老葛朗台原来只是个箍桶匠，趁着一七八九年共和政府拍卖教会财产，他目光敏锐、捷足先登，别人还没反应过来，他早已行贿拍卖人，以极便宜的价格买下了最好的葡萄园土地、草场，甚至买了一座修道院。拿破仑"执政"的时候，他当了索漠的市长，利用手里的权力把公路修到自家产业的门口，为以后产业的发达兴旺打下了基础。拿破仑称帝以后，他被免职，却已成了索漠的首富，"纳税最多"。

他精于算计，巧于投机，生意上从未失过手。他是老虎，是巨蟒，先伏在暗处把对手打量够了，然后猛扑上去，把对方一口吞下。人人怕他，而且在生意上都曾被他的钢爪干净利落地抓过那么一下子。

老葛朗台虽然极有钱，但也极吝啬。住在破旧的房子里，一身粗布衣服四季不换，连面包和肉都不买，只用佃户送来抵租的麦子自己做来吃。他家里有太太、女儿欧也妮和忠心耿耿的老女仆拿侬。衣服要太太、女儿缝，家务女仆全包。每天做面包的面粉、照明的蜡烛由老头子亲自发放。白糖早就不值钱了，可在他家却是奢侈品。不管秋冷春寒，不到十一月不许生炉子，三月份准撤火。他那懦弱的太太和可怜的女儿对他又敬又怕。

谁都搞不清楚老家伙到底有多少钱，全城的人把他的破家尊称"葛朗台府上"，相信他有个堆满金路易的秘密，传说他经常半夜三更爬起来瞧着累累黄金快乐得无法形容。巴黎来人谈起某某大银行家多么阔气，索漠城的人会说："算了吧，能比得上葛朗台？"

欧也妮已二十三岁，待字闺中，作为数百万财产的继承人，引得索漠的大户人家争着拍老葛郎台的马屁。求婚者彼此间勾心斗角，互相拆台，生怕有人抢先。求婚者中势均力敌的两家是克罗旭家族和格拉桑家族。

老克罗旭是公证人，为了帮侄儿把欧也妮娶过来，不惜掏空心思为老葛朗台买田地置产业，他仿佛看到这些财产最后要姓克罗旭。他侄儿是裁判所所长，爱钱爱虚荣，嫌"克罗旭"这姓太土气，所以在姓名上加上了贵族化的"德·蓬风"。

老格拉桑是当地银行家，为了儿子能娶欧也妮，人前人后拍老葛朗台的马屁，在生意上为他提供便利。小格拉桑虽然相貌端正，却不学无术。

葛朗台从未替女儿想过婚事，只是利用克罗旭一家和格拉桑一家罢了。欧也妮也从没想过自己的事。

老葛朗台有个亲弟弟在巴黎，是国会议员、禁卫军上校、巴黎的区长，一心想与某公爵攀亲家，不认索漠城的土财主哥哥。哥儿俩几十年不往来。巴黎的葛朗台有个独生子叫夏尔，在贵族式的教育薰陶下娇生惯养长大，是真正的风流公子哥。夏尔的父亲在投机生意中惨败后，负债累累，决意自杀。他未把破产的情况告诉夏尔，而给索漠的亲哥哥写了封长信，让夏尔到索漠去"看看伯父"，实际上把儿子夏尔托付给老葛朗台。

夏尔到达索漠时，正值欧也妮二十三岁生日，克罗旭和格拉桑两家人整整齐齐打扮好，上门祝贺来了。夏尔从巴黎公子哥的角度完全想不到"首富"的伯父住得如此穷酸，他把父亲的信交给老葛朗台，老家伙不动声色地读完了亲兄弟那含血带泪的绝命书。

风流俊俏的夏尔把克罗旭和格拉桑比得没人了，那两家人很快产生了妒意，便告辞了。他们以为夏尔此来必为娶堂妹欧也妮，否则几十年不上门的亲戚为何而来呢？暗想老东西真狡猾，"肥水不落外人田"，财产仍姓葛朗台。

夏尔原以为父亲让他到伯父的宫殿里来玩，预备像巴黎上流社会那样，与上百人吃大宴，到伯父的森林里去围猎，所以他带了大量的行头，巴黎最豪华的服装、猎装、决斗的枪、打猎的枪，决心在索漠出尽风头，开风气的先河。

他到了索漠的"葛朗台府上"大失所望，一切都瞧不上眼，也未注意欧也妮。但他的到来唤醒了欧也妮初恋的感情。一个只能坐在油腻屋里为父亲补衣服的可怜外省女子，见到如此完美的服饰和人品，不禁神魂颠倒。

欧也妮有着艺术家才能鉴赏的美，却不俗艳。可她自卑，觉得配不上那么漂亮的夏尔。夏尔来的第二天早上，报上登出巴黎商业巨子葛朗台破产自杀的快讯。欧也妮哭了。葛朗台瞪着她说："你又不认识你叔，哭什么？要是为了夏尔那花花公子，哭几下也够了。我马上送他去印度，你休想见到他。"欧也妮懂得了恋爱中的人必须掩藏自己的感情。

夏尔按巴黎上流社会习惯，睡到中午才起床。欧也妮鼓起勇气打破父亲的规矩，在夏尔面前摆上一碟糖、水果、酒、面包、鸡蛋。欧也妮、母亲、女仆拿侬陪夏尔吃饭聊天。突然葛朗台回来，吓得女人们赶快把鸡蛋白糖收藏了起来，夏尔莫名其妙。葛朗台把夏尔叫到花园里，告诉他报纸上的新闻，老葛朗台很为难：告诉夏尔他父亲死了，这好开口，但告诉夏尔他将一个子儿也没有，成为穷人，这简直说不出来。在他的心目中，破产是天下第一大耻辱。

夏尔闻讯犹如五雷轰顶，躲在自己的房间里痛哭，几天不出来吃饭。老葛朗台表示愿出点路费送他去印度，然后只顾自己的事情不再理睬夏尔。老头不在家使欧也妮不胜欣喜，她可以放心大胆地把心里的爱与怜悯一股脑送到夏尔面前。

夏尔逐渐从悲痛中缓过来，着手处理现实问题。他发出十几封信，还账，告别朋友和情妇。他写累了，躺在床上睡着了。欧也妮偷偷进来看望他，无意中读到夏尔放在桌上未写完的信，信上述说了他的苦闷和缺钱，信上还留下了夏尔良心的最后几声叹息。

实际上，夏尔虽然年轻，却早被巴黎上流社会腐蚀，自私自利的本性，工于计算的心机，他都有。只是还年轻，一直作为社会的旁观者，用父亲的钱过花天酒地的日子，找有钱的已婚妇女鬼混。当生活把他从旁观者抛到现实的急流中担当角色时，夏尔本性中的根苗会立刻开花结果，只图利益，毫无心肝。

可怜的欧也妮是个情窦初开的外省姑娘。即使没有爱情蒙住她的两眼，她也不会看透夏尔内心本质，她偶尔中读到夏尔信上几句尚未泯灭良心的话，立刻被夏尔所感动，认为他品德高尚，为人正派。她望着熟睡的夏尔，暗暗发誓要爱他，始终不渝。老葛朗台很爱女儿，曾陆陆续续送给欧也妮各类不同的金币当玩艺，有蒙古大帝的金币、西班牙的金洋等等，共值六千法郎。她决心把私房钱送给夏尔，使他到了印度有钱可用。

她拎着钱袋再次到夏尔房间，夏尔假装推辞，急得欧也妮跪在地上，问："你不肯赏脸么？"夏尔一把拉起她，顺水推舟地接了钱。欧也妮快活地落下泪。夏尔考虑到自己要远渡重洋，便把一个黄金的梳妆匣交给欧也妮保管，匣里有个小暗格，存放着夏尔父母的肖像。夏尔在几天前是不会稀罕六千法郎的。但他看到伯父的穷酸样，不相信老葛朗台有钱，因此在破产之后，"穷亲戚"给他六千法郎，这使他感动。作为情场的老手，夏尔一眼便看透了欧也妮。

他俩开始在花园会面，悄悄谈情说爱，山盟海誓。可怜的姑娘被夏尔的风度迷住了。夏尔也发现了欧也妮纯朴的灵魂美，觉得她是歌德笔下的玛甘泪，但没有玛甘泪的缺点。

老葛朗台此时顾不上察觉家里的变化。他听说南特城接了大批装配船只的生意，该城金价暴涨，他连夜带金子坐马车赴南特，抛售黄金，赚了一大笔。他随即请本城银行家格拉桑为他去巴黎购买十万法郎的公债，以图再捞一笔。同时他让公证人克罗旭给他出主意，应该如何料理巴黎葛朗台的债务。他想先把去世弟弟的债主找齐，答应替弟弟还他们钱，但时间可能略长一点。还不还钱鬼才知道，巴黎葛朗台却可不必宣布破产。既然索漠的葛朗台答应还钱，那么巴黎葛朗台的产业就都该归到索漠葛朗台名下。

他的精明和出手迅速，使克罗旭和格拉桑又惊怕又佩服。

夏尔行期已定，老葛朗台咬着牙忍痛出了到港口的路费。夏尔无钱，因此把行囊中的钻石珠宝等随身装饰品、小玩艺等交老葛朗台变卖。老家伙出门假装去请人估价，转一圈回来说："共值九百八十九法郎。干脆我给你现钱，省得麻烦拍卖了。"这样，老葛朗台连亲侄儿的油也下手揩，三文不值二文，买了夏尔的东西。

欧也妮和夏尔背着人亲吻流泪准备分别。在欧也妮的天真烂漫的初恋情感影响下，夏尔在霎时间也纯洁了。两人互相起誓，永远忠于对方。但夏尔一去，音信皆无。

老葛朗台着手处理弟弟的债务。债主通过法兰西银行调查，知道索漠的葛朗台在巴黎一地就有十万的公债，是大财主，信用很好。于是人人放了心，等着还钱。这都在老葛朗台的算计之中，没人不肯就范，纷纷把债券交给老家伙结算。老葛朗台手里拿着债券，达到了第一个目的，弟弟的产业全归他了。他仅还了债主的百分之四十多的钱，还拖欠大量的债款不再偿还。

债主们一催再催，老葛朗台置之不理，一拖就是五六年。债主们早被自己的其他生意和巴黎瞬息万变的市场、金融搅昏了，顾不上与老葛朗台打持久战，老奸巨滑的葛朗台暗中嘲笑不中用的巴黎人。他当初用八十法郎买的百元公债已涨到每百元兑现一百多法郎，他全部抛出，一下子从巴黎提回二百四十万法郎金子和六十万利息，倒进索漠"府上"密室的大木桶里。

欧也妮买了地图挂在墙上，每日与夏尔在冥冥中相对，仿佛随他乘船到了印度。她常坐在花园胡桃树下的凳上出神，夏尔在这儿说过多少甜言蜜语呀。母亲和女仆拿侬知道了她的秘密，三个女人一起盼望，一起分享愉快，共担扰虑。

元旦到了，葛朗台习惯在这天的家庭聚会时让欧也妮把她的私房钱拿出来"检阅"，并给她添一些金币。三位女人提心吊胆，因为欧也妮的钱已经给了夏尔。

葛朗台心情很愉快，哼着歌，盘算着再买公债，把欧也妮的六千法郎也用上，让女儿多受些赚钱的教育。他一再催促她把私房钱拿出来，欧也妮鼓起勇气回答他钱没有了。葛朗台顿时大发雷霆，骂天骂地。太太吓得晕了过去，葛朗台仍不肯罢休，吼着："要是借人了，应该有收据! 没有? 那就是送人了! 我知道了，一定是给了夏尔那油头粉面的小子。不行! 我不想见到你，回你房间去坐牢，只有冷水和面包，不许出屋! 快去!"

欧也妮高傲地望了父亲一眼，走进自己的卧室，葛朗台锁上了门。太太道："老爷，我们只有一个女儿，即使她把钱扔到水里……"不等太太说完，葛朗台大声嚷叫起来："什么？扔到水里！你疯了不成！"

女仆拿侬几十年里第一次敢于违抗主人的命令，悄悄为欧也妮准备了够吃一星期的肉饼。几个月后，欧也妮仍在"坐牢"，索漠城的人逐渐察觉葛朗台家出了什么事，上门来访的人见不到欧也妮的面，而老家伙在生意上更狠了，但却常常出错，这是从未有过的现象。其实葛朗台是很爱女儿的，只是恨她不爱惜钱，不把父亲放在眼里，他要出这口气。

一天，公证人老克罗旭早上来访，见葛朗台坐在花园椅子上向女儿卧室的窗子里偷望，看女儿梳头。老克罗旭立即察觉了葛朗台的矛盾心理，不失时宜地说："老兄，想开些，你与你太太没分过财产，你女儿有权继承她母亲，你可不能继承你太太哟！你为了小事惹太太伤心、病重，一旦她死了，欧也妮提出继承问题来，由于你与太太财产不分，法律将判决一切财产归欧也妮。"葛朗台才认识到问题的严重性。他把女儿关起来，使太太怄气卧病不起，而为了永远掌握钱财，就要巴结女儿，保住太太的性命，断了女儿提继承财产的路子。

他立刻把公证人打发走，跑进房里去看望太太，并恢复欧也妮自由："太太，咱们和好吧，欧也妮，来拥抱父亲吧，我原谅了你。"然后，他出门去处理生意。

晚上，欧也妮偎在母亲身边，捧着夏尔的金梳妆匣子，娘儿俩端详夏尔父母的肖像，葛朗台正巧回来，太太一见葛朗台瞪着金子的眼光不禁叫道："上帝，救救我们。"葛朗台扑上来抢去金匣子，想用刀把金板撬下来。欧也妮也夺了一柄裁刀握在手中，对着爱财如命的父亲说："你把母亲害得只剩下一口气了，又来害我。你敢动这匣子，我就自杀，大家都别活！"

葛朗台看看晕过去的太太和决心捍卫爱情的女儿，想起早上的心事，衡量一下得失，立刻把匣子还给女儿，说："你是我的好女儿。这金子有两斤重，你才花了六千法郎，值！"他跑到密室里捧回一把金币放在太太床上，对刚缓过神来虚弱不堪的太太和要拼命的女儿说，"咱们大家讲和吧。太太你瞧，这钱送给你和孩子，她想嫁夏尔，随她意。匣子收好，我永远不碰。

太太请长命百岁地活下去。"娘儿俩面面相觑,被他弄得糊涂了。

尽管请了最好的医生,也没拦住葛朗台太太很快向死路上走,她身体太弱,禁不住感情上的折腾。临死前她悄悄对女儿说:"孩子,人世上没有幸福,幸福只在天上。"

太太一死,葛朗台见了女儿就打哆嗦,生怕她提遗产继承问题。不久,他请来公证人克罗旭,答应每月给女儿一百法郎生活费,代价是放弃对母亲的继承权。欧也妮在法律文书上签了字。葛朗台热烈地拥抱女儿:"你可救了我的命,真是孝顺的姑娘。"他便跑进密室,把当年三文不值二文收买下来的夏尔的小装饰高价折给女儿。

在以后的五年间,夏尔仍无音信,葛朗台父女平静地生活。求婚者只剩克罗旭一家,虽无指望,但仍坚持每晚上来陪葛朗台父女打桥牌。他们盼着夏尔不回,这样欧也妮必嫁于克罗旭——德·蓬风所长。公证人仍十分卖力地帮葛朗台挣钱。葛朗台已垂老,把财产大权逐渐移交女儿,并把她培养成了生意上的行家里手。他已半瘫,坐在推车里,让人推到密室那儿守着。如果在卧室里,他会让女儿捧一堆金币放在桌上,瞪眼望着它们对女儿说:"看着钱我感到暖和。"

临终前教士来给他办圣事,这垂死的人一见教士的镀金十字架,竟骇人地想把它抢到手里。这一用力,使他送了命。欧也妮流泪抓着父亲冰凉的手:"祝福我,父亲。"

老头子最后挤出一句话:"把一切照看好,到那边要向我报账。"

欧也妮举目无亲了。公证人告诉她,她已获得一千七百万法郎的财产,而且每年有田产收入三十万,各种公债另有收入未计。她送了老女仆拿侬一笔钱,让拿侬夫妻俩帮她掌管家务,夫妻二人对她忠心耿耿。她三十岁了,没尝过一点人生乐趣。她认识到财富不会给她幸福,她只是靠着对夏尔的爱、对宗教的信心才支撑着活下去。克罗旭一家仍不断来做客。

再说夏尔,除了印度又跑了许多地方,无所不为,拐卖人口、贩卖海盗赃物、放高利贷,赚了不少黑心钱,他早把纯洁的欧也妮忘得一干二净,和各种女人胡搞。他闯荡了一番后,启程回巴黎,想出人头地。

他出国时,王政复辟不久,还不稳固。如今却正是王政欣欣向荣时期。

他一心想混个贵族当当，便下决心娶个奇丑的女人为妻，靠岳父母的势力混个高官厚爵。他回了巴黎后又勾上了原来的情妇，那女人很高兴他娶个丑女人，这样夏尔会乐意继续与她往来。

夏尔动手给欧也妮写信，他称此为"略施小计"。在他心里，欧也妮是土包子的女儿，没见过世面的外省丫头，必须断绝与她的关系。

索漠城里，女管家拿侬举着信向欧也妮报喜，盼了多年情人消息的欧也妮一拆信，犹如当头一桶冰水浇下。信上婉言感谢当年欧也妮六千法郎的"资助"，还说自己与什么小姐订亲，将成为伯爵，当年山盟海誓是幼稚等等。并答应偿还欧也妮六千法郎，另加二千法郎利息，让欧也妮把黄金梳妆匣交驿车带回。

欧也妮想到自己当年拼着性命保存下来的定情物，居然将要"交驿车带回"，心里充满悲凉，她想起母亲临终"人间无幸福"的话，禁不住热泪长流。当她知道夏尔早已回巴黎，居然不来看她，为了每年区区十万法郎的收入而辜负自己苦苦等待之心，她清醒了，心里对夏尔只有轻蔑。她想进修道院，但被与克罗旭通好气的教士劝住了。教士告诉虔信宗教的欧也妮说不结婚是错误的。这句话决定了她的命运。

当晚，葛朗台府上牌局散了以后，欧也妮当众说了声："所长请慢走一步。"众人立刻明白：这上千万的家财姓克罗旭了。众人走后，欧也妮告诉所长，她愿嫁他，但有条件，第一，婚后保持童贞，夫妻只是朋友；第二，立刻去巴黎为她办一件事。德·蓬风所长立刻跪下，高兴得发抖："我永远是你的仆人。"

所长立刻启程赴巴黎，他才不想耽误呢，夜长梦多。他不想给夏尔和欧也妮和解的机会。他把欧也妮的信和梳妆匣带给夏尔，告诉他，他去世的父亲还欠债主一百五十万法郎，由欧也妮偿还了，再转达欧也妮对他婚姻的祝愿。夏尔奇怪欧也妮怎么这样富有。德·蓬风笑道："为你的名誉，为你父亲的债，她花了一百五十万，否则她应该有一千九百万的财产呢。"

夏尔目瞪口呆。

德·蓬风与欧也妮·葛朗台结婚后，升为高等法院院长，正准备竞选进国会时，一病呜呼，欧也妮三十三岁上便"守寡"。上帝真是洞察一切，德

・蓬风想吃掉欧也妮的财产，上帝让他先死，其财产反归了欧也妮。

她仍很美，安详稳重，纯洁。上帝给了这不爱财的女人以无数的黄金，她淡然处之，办了不少公益慈善事业，盖养老院、学校、图书馆。她居于尘世，形同出家，天生是贤妻良母，却无夫无子无家。如今她每年收入不少于八十万法郎，却仍住在老屋子里，依然是当年的服饰、饮食习惯不变，不到父亲从前让生火的日子，决不烧取暖炉子。

但是，这颗只知温情不知其他的纯洁高尚的心仍逃不出尘世间利益的盘算。据说，来了个什么德·弗鲁瓦丰伯爵一家，像当年克罗旭一家那样，围着欧也妮转呢。

这世道人心可真够败坏的。

（刘小江）

搅水女人

1792年，伊苏屯为人阴险的罗日医生娶了个当地最漂亮的女人。罗日太太先后生下了一男一女两个孩子，男孩叫约翰——雅各·罗日，女孩叫阿迦德·罗日。罗日医生因不愿日后将遗产留给女儿阿迦德，便把她打发到巴黎去了。

在巴黎，阿迦德跟着舅舅台戈安一起生活。台戈安夫妇经营着一个杂货店。之后，台戈安被人诬陷，得了个囤积的罪名，死在断头台上。

在内政部供职的勃里杜科长，非常可怜台戈安的不幸，因而时常来看望台戈安太太，他看上了阿迦德的美貌。之后，就娶了她为妻。

阿迦德为丈夫先后生下了两个男孩。几年后，勃里杜因劳累过度死去。勃里杜科长是内政部中少有的清官，受到拿破仑皇帝的赏识，因而，他们两个孩子都被送进了帝国中学，教育费用由皇帝私库开支。

从此，阿迦德便同舅母台戈安太太搬到一起生活。两个不幸的寡妇先前生活都很富裕，而今却变得清苦了。

阿迦德的大孩子菲列普·勃里杜相貌同母亲一样漂亮，而且活泼、勇敢。弟弟约瑟·勃里杜却比不上哥哥。在母亲的眼中，约瑟不如菲列普有出息，因而她也就过多地偏爱着菲列普，把整个希望都寄托到他身上。

周围的人都称赞菲列普气质不凡，于是在人们面前，菲列普也就爱处处表现自己。

菲列普十八岁那年，他瞒着母亲写给拿破仑皇帝一封自荐信。这个前内政部科长的儿子，很快得到了重用。拿破仑把他编进了一个骑兵团，并让他在该团中担任少尉。在一次前哨战中，他因奋不顾身地救了他的团长，因此升到了中尉。十九岁时，他升到了上尉，他得过勋章，并在两次战役中做过皇帝的传令官。以后，他成为禁卫军的龙骑兵营长。菲列普的这些荣誉，使母亲对他更加偏心。

没有出息的约瑟却对绘画艺术产生了浓厚兴趣，童年时就表现出了独特天赋。之后，约瑟在名师的指导下，开始了他的绘画生涯。约瑟的志向没有得到母亲阿迦德的帮助，她真正关怀的是挂着勋章的菲列普。菲列普满足了母亲的虚荣心。

滑铁卢一仗，菲列普受了伤，他退伍回到家中。他竟染上了退伍军人的许多坏习气。他开始出入咖啡馆，把每月三百法郎的薪俸花得精光。他常常无事大发一阵脾气，情绪一天比一天消沉，母亲阿迦德非常可怜他。

后来，菲列普去了拿破仑的旧部下在美洲开发的"海外居留地"。临行前，阿迦德拿出自己一万法郎积蓄，送给了菲列普。

从这时起，两个寡妇开始欠债。她俩的公债利息已难以维持生活，她俩不得不时常抵押一部分银器或卖掉多余的家什。台戈安太太嗜好买彩票，为了还清债务，她迫切希望自己追了多年的三连号中奖。为此，台戈安太太每期定要购买她的三连号彩票。约瑟经常临摹些画卖给画商，得来的钱交给母亲还债。

1819年，拿破仑旧部下的"海外居留地"解散时，菲列普从美洲回到家中。仅仅几年时间，他那副漂亮的相貌彻底消失了，变成了一个蛮横、自私和无礼的退伍军人。为了寻找刺激,菲列普白天拼命酗酒、抽烟;晚上便进入赌场。他完全堕落了。

菲列普爱上了舞女玛丽埃德。这时,他正在一家报馆管理账目。花天酒地的生活,迫使他挪用了报馆的一万一千法郎。当他把这笔钱花尽后,舞女玛丽埃德便甩开他,独自去了伦敦。

舞女玛丽埃德的出走和挪用的一万一千法郎公款,使菲列普精神上受到了严重打击。为了骗母亲的钱给报馆还清挪用的公款,菲列普假装出痛不欲生的样子,求约瑟为他画一幅遗像,扬言要去自杀。母亲不忍心看着儿子轻生。"天哪,只要他肯活下去,我样样都原谅他。"随后,阿迦德便为菲列普还清了挪用的公款。

这件事仅仅过了半个月,菲列普便恢复了他的咖啡馆生活,夜里照旧去赌场。

这时期,约瑟整日在他的画室里工作。

台戈安太太盼望着巴黎当年的最后一期摇奖,她渴望自己连续追了二十一年的三连号这期能够中奖。拼命节省,积存下二十个拿破仑金币。她把这些金币小心翼翼地藏进了褥子里。预备着到时购买三连号彩票。

菲列普每日出入赌场必要要有十法郎的赌本。这笔钱他不是拿弟弟约瑟的,就是拿母亲阿迦德的,或是拿台戈安太太的。台戈安太太预备购买三连号的二十个拿破仑金币,菲列普也没有放过。他拿走了褥子里的钱,悠闲自得地去了赌场。

接着,可怕的事发生了。台戈安太太连续追了二十一年的三连号中奖了,可是由于这次她的积蓄被菲列普偷去而没有购买到三连号彩票,她错过了这次中奖的机会。

"三百万!"可怜的台戈安太太得知这个惊人的消息后,立刻昏迷过去。一个连续追了二十一年三连号的人,无论如何也受不住这个打击。不久,她便离开了人世。

从此,菲列普离开了家,过起了流浪汉生活。不久,菲列普因涉及一个军人谋反案而被捕。若把他从狱中赎出来,需要一万二千法郎。阿迦德再也拿不出这笔钱了。约瑟靠着临摹名画养活母亲,母子俩过着巴黎最下层人的生活。为了救出菲列普，阿迦德带着约瑟回到离别三十多年的老家伊苏屯。阿迦德希望能够得到哥哥约翰——雅各·罗日的帮助。

当年，罗日老夫妇去世后，罗日家的财产便全部被阿迦德的哥哥约翰——雅各继承。因老单身汉约翰—雅各生性老实而且无用，所以，家中的一切大权实际上被罗日医生生前买来的情人佛洛尔控制着。

约翰——雅各着魔般的追求"搅水女人"出身的佛洛尔，而佛洛尔正是利用老单身汉的这一点，既勾引他折磨他，又玩弄花样牢牢地控制着他。暗地里，佛洛尔同退伍军人玛克斯勾结在一起，企图侵占罗日家的财产。

因此，当阿迦德和约瑟到来的时候，佛洛尔和玛克斯便恐惧万分。

一天夜里，玛克斯被他的仇人捅了一刀，他明知刺伤他的人是谁，却诬告约瑟要暗算他。伊苏屯的警察逮捕了约瑟，后因缺少事实根据，又不得不将他释放。

阿迦德和约瑟被迫离开伊苏屯。

母子俩回到巴黎的时候，法院正在审理军人叛乱案。菲列普被判五年刑役，流放回老家伊苏屯接受管制。

菲列普来到伊苏屯的第二天，就去拜访了舅舅罗日。菲列普穿着破烂不堪的衣服，说着粗话。在佛洛尔和玛克斯的眼中，菲列普比约瑟还容易对付。

菲列普私下调查了弟弟约瑟被捕的前后经过，调查了"搅水女人"佛洛尔和退伍军人玛克斯之间的关系。在他弄清了一系列事实真相后，他开始在暗中偷着练习剑法、射击。不久，这个前龙骑兵营长便恢复了在部队中的武艺。

菲列普利用同舅舅外出散步的机会，向他讲清了佛洛尔同玛克斯企图侵占罗日家产的野心。此时，软弱无能的约翰——雅各·罗日对佛洛尔和玛克斯的所作所为已经毫无办法。菲列普当即向舅舅表示自己要干预这件事，要同玛克斯决斗，并要替舅舅征服"搅水女人"佛洛尔。

事情的发展正像人们预料的那样，两个退伍军人为了罗日家的财产，酝酿出一场你死我活的决斗。决斗中，菲列普杀死了玛克斯。

玛克斯死后，佛洛尔也失去了往日那副气势，她彻底败在了菲列普的脚

下.'

在菲列普强制性安排下,佛洛尔被迫与约翰—雅各·罗日结婚。老单身汉多年的愿望实现了,他十分感激外甥菲列普。

很快,菲列普成为罗日家的主宰。

菲列普写信给陆军部长,表述对陆军部长和当今国王的敬意,信内并附有一份要求移居巴黎的申请书.

半个月后,菲列普移居巴黎的申请批准了。在菲列普的安排下,他同舅舅罗日、舅母佛洛尔一同来到巴黎。三天后,菲列普带着罗日舅舅去国库将公债过了户。这样,罗日家的公债变成了菲列普的财产。随后,约翰——雅各·罗日竟莫名其妙的死去。罗日死后,菲列普完全操纵了佛洛尔。他拿着佛洛尔的委托书回到伊苏屯,清算了罗日家的财产。

到1824年,菲列普从伊苏屯回到巴黎时,他已经拥有一百六十万法郎的财产了。

接着,菲列普同佛洛尔结了婚。他俩的婚书上非常清楚地写道:佛洛尔的陪嫁共有一百万,若她死在菲列普之前而没有子女时,遗产归菲列普。婚后,菲列普便把佛洛尔秘密安顿在一所公寓里,而他却几乎不去那里。不久,佛洛尔便在病魔折磨下,离开了人世。

菲列普拿着手中大把的钱,装出一副阔佬的派头。他开始结交权贵,周旋于上流社会。他不但买到了一个世袭庄园和一个伯爵的封号,而且还在禁卫军中一个骑兵团里当上了中校。

有一天晚上,阿迦德和约瑟在雨中行走,看到菲列普穿着军服,挂着绶带,坐在豪华的马车中。菲列普对着擦身而过的母亲和弟弟招了招手,车子带起的泥浆直溅到他俩身上。

可怜的阿迦德和约瑟现在已欠着大批债务。阿迦德用恳求的语气写给菲列普一封信:"亲爱的菲列普,五年工夫你一点也没有想起你母亲!……舅舅的遗产在你一个人手里。……你每年有二十万法郎收入,来看看约瑟吧!……"

两天后,阿迦德收到了签着勃朗堡伯爵姓氏的回信。阿迦德的心被信中的恶言恶语撕碎了。对菲列普偏爱了一辈子的母亲,彻底绝望了,她病倒在床上。

在母亲病重的日子里，约瑟精心守护着她。阿迦德躺在病床上，向神甫忏悔了自己一生不可挽回的偏心。

阿迦德把最后的母爱完全送给了约瑟。

阿迦德死前的胡话里漏出一句："菲列普究竟像谁啊？"约瑟单独给母亲送了丧。

1830年7月，菲列普错看了公债行市，他本希望自己的四百万法郎可以翻倍，可是仅仅一个月，菲列普的财产只剩下住宅、田地了。

为了挽回失去的一切，菲列普带起部队，要求参加前线的战斗。虽然他在战场中英勇顽强，但是终究没有得到提拔。

1839年，菲列普死在阿拉伯人手下。他死得极惨：在马上中了乱刀，翻在地下，差不多已经剁成肉酱，还被割下脑袋。

已成为画家的约瑟继承了菲列普留下的财产和伯爵封号。

(陈晓光)

雨 果

维克多·雨果(1802—1885)是法国 19 世纪浪漫主义文学大师，是最负世界声誉的作家之一。

雨果的父亲曾是拿破仑的一位将军，母亲则是波旁王朝的拥护者。他幼时随父在军中，到过意大利和西班牙，但思想上却受其母影响，初期的文学创作有保守甚至反动倾向。他生活在法国激烈变革的时代，政治上时常摇摆，但始终以人道主义精神关心国家与民族的命运，并以笔为武器，积极投身于斗争之中。他于 1841 年被选为法兰西学士院院士，1845 年接受"法兰西世卿"称号，1849 年成为国民议会中社会民主左派领袖，1851 年起被迫流亡国外长达十九年。他的政治小册子和政治讽刺诗集都曾起过揭露敌人、鼓舞人民的积极作用。

雨果的创作思想从 1826 年开始转变。1827 年发表《克伦威尔(作者的一部剧作)序》，成为声讨伪古典主义、宣扬浪漫主义的檄文。从那时起直到 1840 年，他以丰富的戏剧、诗歌及小说作品实践了自己的主张。其中，长篇小说《巴黎圣母院》(1831)堪称一部浪漫主义纪念碑式的作品，书中浓郁的色调、复杂的情节和夸张的人物，处处体现了浪漫主义小说的特色，充分展示了他在上述檄文中所提出的滑稽丑怪与崇高优美相对比的原则。

他在流亡比利时的布鲁塞尔和大西洋中的英属杰西岛和盖纳西岛期间创作的大批作品中，以长篇小说《悲惨世界》(1862)为代表作，它所表现的民主倾向、历史背景和艺术价值，使其成为杰出的世界文学名著。他呕心沥血撰写了十年之久的长篇小说《九三年》(1872)则是他最后一部重要作品。

悲惨世界

1815年，10月初的一天黄昏，一个四十六七岁的人来到了小城狄涅。他衣着褴褛、形容狼狈，在街头巷尾徘徊着。

"笃！笃！"过路人终于敲响了教堂广场附近老主教米里哀先生家的屋门。"我叫冉阿让，是刚从牢里放出来的囚犯。"那人一边自我介绍，一边从口袋里掏出自己的出狱证明，"有位好心肠的妇女让我来敲您的门……我只在这儿住一夜，我有钱，足有一百零九个法郎呢！这是我十九年来在监狱里挣的……"

"您不必向我说您是谁，也不必付钱。"主教说，"这扇门并不问进来的人是谁，而只问他是否有困难。现在我想说的是：与其说您到了我的家，不如说您到了自己的家。"

"啊！您真的敢让我住在您家里？"冉阿让惊疑地问，"谁能保证我不曾杀过人，而且不会再杀人呢？"

"那只干上帝的事。"主教回答。

冉阿让是在他二十四岁时被捕的。那年冬天，他找不到活干，挣不到钱，又不忍心看着寡妇姐姐和她的七个孩子陷于饥饿，便到面包店偷了一个面包，结果被抓住判了刑。

刚入狱的时候，冉阿让曾经很后悔："我为什么不去向人乞讨，而要去偷呢?"但想来想去他认为这不是自己的过错。一个身强力壮的人,既找不到工作,又没有面包,这是不合理的,自己根本不该受这样的惩罚。冉阿让不再忧伤,也不再后悔,他要对使他不幸的人进行报复。他仇恨一切法律。在他眼里,几乎一切善良、公正都是虚伪的。刑满出狱的时候他倒是真正成了一名"危险分子"了。

第二天,太阳升起来的时候,米里哀主教正在花园里散步,仆人急匆匆跑来喊道:"大人,那套银餐具丢了,一定是昨晚来的那个人偷走了!"主教怔了一下,温和地对仆人说:"这套银器我用了很久了,也该让穷人去用了。"

这时,忽然有人敲门。三个警察把冉阿让押到主教面前。

"大人,"警察说,"这家伙说他昨晚住在您家里。他要出城,可我们从他身上查出了这套银器……"

"是的,他是在我家里过的夜。他难道没有告诉你们说这套银器是我送给他的吗?"

既然如此,警察便将冉阿让放了。他迈着踉跄的步子奔向主教,主教迎过去,握着他的双手亲切地说:"安心走吧,不过千万别忘记,一定要行善,要做个好人。"冉阿让眼含热泪,深深地点了点头。

巴黎附近的孟费郿镇有一家客店,店主是德纳第夫妇。这天,他们的客店来了一位怀抱孩子的年轻妇女。这妇女叫芳汀,她衣着破旧,形容憔悴,怀里的孩子大概有两三岁,正香甜地睡着。

芳汀对德纳第太太说,她是个工人,丈夫死了,巴黎又找不到工作,她打算回老家去。"好心的太太,工作不允许我带着孩子,您能够照看我的珂赛特吗?我每月付您六个法郎。"

没等老板娘开口,老板说话了:"不能少于七法郎,并且必须预付六个月。""好吧,我照付就是。"芳汀说,"这是四十二个法郎,请您点点。等我挣够了钱,就会回来接孩子的。"芳汀走了,她哪里知道,德纳第夫妇都是贪婪凶狠的人。他们给珂赛特穿他们的大女儿穿过的破衣裳,给她吃他们一家吃剩下的残羹剩饭。他们的两个女儿也学着父母的样子欺负她。几年过去了,珂赛特成了德纳第家里的小佣人,打扫、洗涮、搬行李……什么活儿都得干。而每次芳汀来信询问孩子的情况，德纳第夫妇都回信说："珂赛特生活得很好，她感到非常幸福。"这几年，芳汀的家乡——海滨小城蒙特猗已发生了巨大变化，原因是这里来了一位陌生人，他靠自己的智慧赚了许多钱，兴建了一家大工厂，所有的穷人都可以到他厂里来工作。渐渐地，大家都过上了富裕生活；蒙特猗成了一座繁荣的城市。

没有人知道陌生人过去是干什么的，大家只知道他叫马德兰。他五十岁左右，神色忧虑，性情温和。由于他对小城的贡献，市民们非常感激他，国王任命他为这座城市的市长。

芳汀回到家乡后，就在马德兰的工厂里干活。不料，一年之后，她被解雇了。她以为这是马德兰的主意，便十分恨他。其实，马德兰根本不知道这件事。她找不到活儿干，已经几个月没有给珂赛特寄抚养费了。德纳第来信要她立刻寄一百法郎去，否则他就要把珂赛特赶出去，任她冻死病死，一概不管。芳汀真想把小女儿接回来，可是她一贫如洗，只能在心中深深地为女儿忧虑。

祸不单行。一个雪后之夜，芳汀在一家咖啡馆前徘徊，一个年轻人叼着雪茄，故意朝她脸上吐烟圈，嘴里还说些不三不四的话。趁芳汀转过身的当儿，他又捏了一把雪塞进她的脖子里。芳汀忍无可忍，转身朝那流氓扑去，两人扭打在一起。

这时，身材高大的警官沙威一把抓住芳汀的胳膊，把她带到警署，交给值班警察说："把这个娼妇押到牢里去！关她六个月，看她还寻衅闹事！"

"啊！六个月！我可怜的女儿呀！……"芳汀双膝跪倒在地，申诉道："警察先生，我并没招惹那人，可他却平白无故地把雪塞到我脖子里。我不能坐牢，我的女儿还等着我寄钱去呢！"

"说什么也没用，必须监禁你六个月！"沙威吼道。

"请等一等。"这时，一个人走了进来。

沙威见是市长马德兰，摘下帽子行礼道："市长先生……"芳汀一听"市长先生"这几个字，便猛地一下奔过去，一口唾沫唾在他脸上。

马德兰擦擦脸，说："把这位妇女放了，事情的经过我都看到了，应该逮捕的是那个年轻人。""可这个娼妇竟敢啐您……"沙威还想争辩，可马德兰说道:"那不关你的事。现在请你出去!"

望着要判自己刑的警官沮丧地走了,芳汀搞不清这究竟是怎么回事,她不明白被自己啐了一口的马德兰先生为什么要保护自己。

马德兰发现芳汀发着高烧,咳嗽不止,便让人把她送进了工厂的疗养所。他了解了芳汀的身世,立即给德纳第夫妇寄去了三百法郎,告诉他们用这笔钱还芳汀的欠帐,希望他们马上将孩子送来。

芳汀的病不见好转,马德兰每天去疗养所看她。芳汀总是问什么时候她可以见到珂赛特。

然而,他们哪里知道,德纳第夫妇收到了钱,却根本不想把孩子送来,他们要把珂赛特当成摇钱树。眼看日子一天天过去,马德兰决定亲自到孟费郿镇去一趟。

这天早上,马德兰正准备动身,沙威来了。他满脸通红地说:"市长先生,我来请求您免我的职。我逮捕了芳汀之后,曾向巴黎警察写了一封揭发信。"

"揭发我?"

"不,揭发一个叫冉阿让的苦役犯。可我以前总怀疑您就是冉阿让。"

"谁?请再说一遍!"

"冉阿让。他在都隆监狱服刑时,我是那个监狱的副监狱官。听说他出狱后,又偷了一位主教家里的东西……不过,是我搞错了,现在真正的冉阿让已经被抓获了。"

"哦?"

"是这么回事,市长先生。埃里高钟楼那边有个自称为商马第的贼被抓住,押到了阿拉斯监狱;那儿有个叫布莱卫的囚犯说他认识这个人,他不叫商马第,而叫冉阿让,他们曾被一起关在都隆监狱。现在都隆监狱还有几个终生囚犯也认识冉阿让。狱警把他带去一认,他们果然都说商马第就是冉阿让。"

"我寄到巴黎的那封揭发信,正是这时写的。所以他们回信笑我胡扯。为了解除心中的怀疑,我专门去了一趟阿拉斯,那人的确是冉阿让,我也认出了他,而您不过是模样跟他相似罢了。"

"您以为可靠吗?"

"非常可靠!市长先生,请考虑我的请求。明天,我还要到阿拉斯高等法院去作证,先告辞了。"

其实,马德兰就是真正的冉阿让。他离开米里哀主教的家后,变卖了主教给他的那些银器,经过许多周折,来到了海滨蒙特猗,按照老主教的希冀,隐姓埋名,为人民为社会做有益的事情。那痛苦的过去,他已渐渐淡忘了。

现在,他听了沙威的一番话后,心里像汹涌的海浪再也无法平静。他想,不能把另一个人的安宁和幸福窃为己有,而应该尽自己所能去救这个人。……可是如果我被抓走了,事情又会怎样呢?商马第自由了,我又成了囚犯。可是我兴建、繁荣了这块穷乡僻壤,这里的乡亲离不开我。还有那位病危的妇女芳汀,倘若我去坐牢,她的孩子就会成为孤儿。啊……我怎能仅仅为了一个贼而让这座城市和它的百姓遭殃呢?为了百姓的利益,我必须还是马德兰……

这样想着,他的心情似乎舒畅、轻松了,便在房间踱起步来。可是,他又听见心灵深处有个声音在说:"冉阿让,你在这儿享福吧,另外有个人却身穿囚衣,顶着你的名字在狱中替你受刑呢!"

是啊,酷刑、苦役、饥饿……这都是他经历过的。多么可怕啊!要还年轻也就罢了!而他已经老了,经不住这些了。

究竟该怎么办呢?他痛苦地犹豫着。直到凌晨3点的钟声敲过,他才靠着椅子迷迷糊糊睡着。

天未大亮,一辆马车出了城门,朝阿拉斯方向奔去。赶车人头戴礼帽,身裹大衣,面容显得十分憔悴。他便是冉阿让,眼下的马德兰市长。

他赶到了阿拉斯法院,法院大厅里坐满了人,正在审理"冉阿让"的案子。

"我们抓获的不仅是个窃贼,"检察官说,"而且是一个惯犯,一个名叫冉阿让的危险分子。很久以来,法庭一直在通缉他。——八年前,他出了都隆监狱,又立即作案,偷过东西。最近,他又在作案时被捕。"

那个犯人听了检察官的话,极为惊讶,立刻否认。他说话很吃力,回答提问时结结巴巴，词不达意。

检察官对庭长说："我请求再次传讯证人到庭作证。在他们未出庭之前，我想扼要地重述沙威先生提供的证词……"因另有公务，沙威作证之后，已经离开了法院。很快，三个证人被带了上来。他们一致证明被告就是冉阿让。

"庭长先生，请把那人放了。"坐在一旁的马德兰市长突然说道，"你们要抓的人不是他，而是我，我才是冉阿让……"然后，他走到三个证人面前说："布莱卫、舍尼杰、戈什巴依，你们不认识我了吗？"

人们惊呆了，三个证人茫然地摇头，法庭上一阵死寂。马德兰接着说："庭长先生，我就是冉阿让，我用假名隐藏了起来，发了财，当了市长。我本想重新回到善良人的行列里来，现在看来是行不通的了……我偷过米里哀主教的东西，确是事实。请逮捕我吧。"

接着，他详述了自己当初偷面包被判刑及在监狱里的一些事情，还指出证人戈什巴依的左臂上印着"1815年3月1日"几个蓝字。戈什马依下意识地撩起衬衣，不少人果然看到了这几个字。

事实是明摆着的，眼前这个人就是冉阿让。许多人对他这种光明磊落的气概震惊了：为了另一个人不含冤入狱而甘愿自己身陷囹圄，这是多么伟大的胸怀呀！

"我不愿再扰乱法庭了。"冉阿让说，"如果你们现在不逮捕我，我这就走了，因为我还有几件事要办。你们都知道我住哪儿，随时可以派人来。"

说完他走出了法庭，没有人阻拦他。

这天夜里，芳汀发了一宿烧，天亮时才昏昏睡去。

日上三竿，马德兰先生，不，应该说是冉阿让来到了芳汀的病房，护士告诉他，芳汀的病情很严重。

芳汀醒了，当她看到市长先生，两眼突然闪出光彩，问道："啊，您回来了！珂赛特呢？我的珂赛特在哪儿？"

冉阿让在床边的一把椅子上坐下，拉着芳汀的手说："珂赛特很好，您很快就会看见她了……"芳汀高兴地说："今年她已经七岁啦，肯定是一副大姑娘的神气了……"

听着她的话,冉阿让难受得低下了头。

突然,芳汀半撑起身子,衬衣从瘦削的臂膀上滑落下来。她脸色苍白,双眼死死盯着屋子的那一头。她看见的是沙威!他正从冉阿让的背后走上来,一把抓住了他的脖领。"市长先生,"芳汀惊叫了一声。沙威说:"我刚刚接到了通知,这儿已经没有什么市长先生了!"

冉阿让并不动,只是压低声音说道:"沙威先生,我求您给我三天时间,让我把她的孩子接来。如果怕我逃掉,您可以跟着我……"

"笑话!"沙威叫着,"你以为我会给你时间,让你去领这个贱女人的孩子!"

"我的孩子!"芳汀终于知道了真情。"快去接我的孩子!我要见我的孩子……市长先生!"

"闭嘴!我已经说了,这儿没有什么市长先生,只有一个叫冉阿让的贼!我现在要抓的就是他!……"

芳汀艰难地撑起身子,望望冉阿让,又望望沙威,从胸口里迸发出一声绝望的惨叫,突然一下倒在枕头上,停止了呼吸。

"你把这妇女给害死了!"冉阿让朝沙威悲愤地喊道。他伏下身去,把芳汀的头扶正,并为她扣好衬衣,理齐头发,捧起她的手吻了一下,然后转身对沙威说:"我已是你的囚犯了,随你怎么摆布吧。"

几个月后,一艘"阿利雍"号大船舰驶进都隆港口。一天早晨,船员们正忙着上帆,在大方帆右上角的那个船员忽然失去了平衡,他双手死死抓住了一根绳子,才没掉进大海,但人却悬在空中荡来荡去,十分危险。

这时,只见船上的一个身穿红色囚衣的囚犯飞速爬上桅杆,跑到桅杆顶端,把一根粗绳绑在杆上,然后顺绳滑下,救起了那个海员。

"应该赦免他!给他自由!"岸上观望的人们齐呼。那位勇敢的救人者顺着绳梯慢慢往下爬,已经踏着下面的一根帆杠了,突然,他晃悠了一下,"扑通"一声跌进了大海,再也没有露出水面。人们一边从水上打捞,一边泅到海里去寻找,都没有找到那个人。

第二天,当地报纸登了一则消息:"昨天,在'阿利雍'号船上干活的

9430号囚徒冉阿让,在救了一个海员后落海而死。"

芳汀已经死了,冉阿让也坠入了大海。那么,小珂赛特呢,谁还会来救她?

珂赛特在德纳第家照样做小佣人。上上下下,洗、涮、擦、扫,她什么脏活、累活都得干,还得挨打受骂。

1823年圣诞节,天已漆黑了,德纳第太太要珂赛特去打水,还给了她一个铜子,要她捎个面包回来。

打水的地方,在镇外的树林里。珂赛特提着大水桶,走出孟费郿小镇,她心惊胆颤地望了望那漆黑荒凉的旷野,壮着胆子往前走,唯恐树丛中有鬼怪扑出来……

珂赛特走到水潭边,抓住一根伸向水面的树枝,弯下腰去打水。就在她俯身提水时,口袋里的那枚铜子悄悄地掉进了水潭。

这时,阵阵冷风刮得珂赛特浑身发抖,心里更加害怕。她用两只小手抓住水桶,跟跟跄跄地走着,不时把它放下喘口气。

忽然,一个陌生人从她身后走过来,说:"我的孩子,这桶水太沉了,我来替你提吧。"珂赛特同意了。

"孩子,这么晚了,你妈妈怎么还叫你来提水?"陌生人问。

"不,先生,我没有妈妈,是德纳第太太要我来的。"

那人忽地把水桶放下,弯下腰来,在黑暗中看着珂赛特的脸:"你叫什么名字?"

"珂赛特。"

陌生人愣了一下,又仔细望了珂赛特一阵,提起水桶继续往前走。

回到客店,老板娘向珂赛特要面包。可珂赛特已把这事忘得一干二净。她吓坏了,只好应付说面包店关门了。她伸手到衣袋去摸钱,才发现那个铜子已经不在了。"啊,你这个小骗子,竟敢骗我的钱!"老板娘一边叫喊,一边举起了皮鞭,珂赛特吓得直打哆嗦。

"对不起,大嫂,"那个陌生人说话了,"是这个铜子吧?刚才小姑娘把它丢掉了。"说着,他把一个铜子递给老板娘,实际上,这是他从自己兜里拿出的。

"对，对，就是它。"德纳第太太忙不迭地接了过去。

店主的两个女孩吱吱喳喳地玩着布娃娃，珂赛特却缩到角落里打毛活。她不时地停下来，羡慕地看着她们。那位陌生人见此情形，又掏出一张钞票对女老板说，"我出五法郎，您让这小姑娘玩一个晚上吧。"

当晚，这位陌生人住在德纳第客店。第二天早晨，他算完账要离去时，提出要把珂赛特带走。德纳第说是他们花钱把这孩子养大，如果要带走她得付一千五百法郎。

陌生人毫不犹豫地掏出三张五百法郎的钞票，给了德纳第。

天未大亮，早起的孟费郿镇居民看见一位陌生人，领着全身孝服、怀抱布娃娃的珂赛特走出了镇子。

珂赛特不知道自己为什么要跟这个陌生人走，但她有一种感觉，仿佛自己跟在慈悲的上帝身边。

这位陌生人就是冉阿让。那天摔到海里后，他潜泳到另外一艘船下，偷偷地爬上去，一直躲到晚上才又跳进海里，游到很远的地方上了岸。然后，他昼伏夜行，到了巴黎。

到巴黎后，他办的第一件事，就是买一身七八岁小姑娘的孝服和租一间屋子。这些事都办妥后，他立即赶往孟费郿。

现在，他已把珂赛特带到巴黎一个破烂不堪的穷人区，在戈尔博老屋门前停下来。和野鸟一样，他选择了这个最荒僻的地方来做巢。

晚上，小姑娘安然睡去了，冉阿让弯下腰去，吻着孩子的手。九个月前，她母亲刚刚"睡"去时，他也曾这样吻过她的母亲。同样一种苦痛辛酸的情感涌上了他的心头。

白天，冉阿让不出门。天黑后，才出去散散步。他穿一身旧衣服，戴顶旧帽子，人们都把他当成一个穷汉，一些好心肠的妇人给他零钱，他总是接过钱，深深地鞠一躬，当他碰上真正的穷人时，他就回头望望是否有人看见，然后把钱塞到他们手里。渐渐地，有人背地里叫他"给人钱的叫花子"。

这些天老屋附近常常出现一个看上去七十多岁的老乞丐。冉阿让从这里经过时，总要给他一些钱。一次，他把钱送到他手里，那乞丐突然抬起头，仔细地瞅了冉阿让一眼。冉阿让为此大吃一惊，因为他觉得仿佛在哪儿见过这张脸。

几天后的一个晚上，冉阿让正教珂赛特认字，忽然听见人有上楼梯，脚步很重，分明是个男的。他从门锁锁眼里往外看，光线很暗，看不清那人的脸，只看见他身材高大，穿一件长大衣，腋下夹着一条木棍。啊！这人很像是沙威！

这里无法再住下去了。当天晚上，冉阿让带着珂赛特离开了戈尔博老屋。

教堂的钟敲11点的时候，他们往朋脱瓦兹街拐去。突然，路灯后面有三四条人影晃了一下，有人跟踪！冉阿让对珂赛特说："快走，孩子。"

他们穿街走巷，来到了驿站街。那儿有个十字路口，一盏路灯把路口照得雪亮。冉阿让躲到一个门洞里，心想，那几个人若还跟着自己走，就一定会在灯光下通过，不妨看看他们到底是些什么人。

果然，不大一会儿，那几个人出现在十字路口。领头的那人一转身冉阿让立刻认出，这是沙威！那个老乞丐就是他装扮的。

可是沙威心里对自己跟踪的目标究竟是不是冉阿让却没有十成把握，所以没有贸然逮捕他。

冉阿让带着珂赛特摆脱了沙威一伙的跟踪，躲进了圣安东尼区的一个女修道院里。这里既偏僻又荒凉，很少有外人来，冉阿让和珂赛特便以父女俩的身份在这里安了身。

花开花落，斗转星移。转眼已是1832年。卢森堡公园里，经常有位年轻美貌的姑娘，形影不离地陪着一位年近六旬的老人散步，这就是冉阿让和珂赛特。住在公园附近的青年马吕斯，也常常到公园里去，他渐渐爱上了珂赛特。随着时间的流逝，马吕斯对姑娘越来越钟情，但他每次只是远远地望着姑娘，从不敢上前搭话。那位老人似乎察觉了马吕斯的心思，后来便再也不到公园里来了。马吕斯天天都在找他们，但始终没有找到。

马吕斯的父亲是一位男爵。在著名的滑铁卢战役中，男爵英勇杀敌，为共和国和法兰西立下战功。子承父志，马吕斯也是一名年轻的共和派。他平时住在外公家里，老保皇派的外公十分疼爱外孙，但因政治见解不同，祖孙俩时常吵嘴。一次激烈的争吵之后，马吕斯从外公家"滚"出来了。

现在马吕斯住在卢森堡公园附近的一所破房子里，他的邻居是一户姓容德雷特的穷人。一天，马吕斯看到他渴望见到的那个老人和姑娘进了容德雷特家，他们送给容德雷特家一些钱，并说当天晚上还要给他们送些衣物来。

老人和姑娘走了之后，马吕斯在听到容德雷特和一些人商量，要一同去抢劫老人的钱财。马吕斯立即跑到警察局，把这个情况报告了警官沙威。

晚上，冉阿让独自来了。这时他才知道容德雷特就是那个孟费郿的客店主德纳第。容德雷特以当年非法带走珂赛特为借口，要挟冉阿让拿出二十万法郎来，冉阿让愤怒地斥责他。双方正争执间，警察赶到了。容德雷特及其同伙全被抓获，冉阿让乘乱从窗户逃了出来。

"啊！不能让这个人跑了！应该抓住他！"沙威懊丧地喊道。他一直在追捕冉阿让，这一次，又让他从自己鼻子底下跑掉了。

然而，马吕斯却找到了冉阿让的住处。他和珂赛特幽会了，互相倾诉了爱慕之情，两个人感到非常幸福。

这年六月初，一位深受人民爱戴的将军去世了。在他安葬那天，巴黎市民发生了暴动，马吕斯和一群热血青年勇敢地参加了起义的行列。

政府很快派出大批军警镇压起义的人们，双方展开了激烈的街垒战。

冉阿让听到了起义的枪声，但他心里只惦着维系着他整个生命的珂赛特，怕她被那个一往情深的年轻人从自己的保护下夺走。

天黑了，他的心仍无法平静，便在街上踱来踱去。忽然，他看到有个人朝自己走来。这是马吕斯派来的人，他给珂赛特送来一封信。

冉阿让接过了信，偷偷地打开了它，"……我正在战斗，怕是要死了。当你看到这封信时，我的灵魂已在你身边同你作伴……"啊，原来那个要夺走珂赛特的人快要死了！冉阿让心里一阵高兴。

然而，一小时之后，他却带上枪，加入了马吕斯他们的起义队伍。

冉阿让为什么要来？马吕斯没去想它。他怨恨冉阿让，因为他知道这老人不肯承认自己对珂赛特的爱。

冉阿让也没有同马吕斯说话，甚至没有正眼看他。但他在厨房门口停住了。他看见沙威被绑在桌子上，这个怀着不可告人的目的混进起义队伍的警探，已经束手就擒了。这时，沙威也认出了冉阿让。

枪声阵阵，硝烟滚滚。形势对起义者越来越不利，他们决定干掉沙威。"让我来结果这家伙吧！"冉阿让请求说。

他押着沙威走出了咖啡店，却悄悄割断了捆在沙威身上的绳子，对他说："您自由了……"沙威听了，惊讶得不知所措，怔了半天，才匆匆逃走。

胜利是毫无希望了，但起义队员们都表现出了大无畏的英雄气概，与敌人展开了肉搏战。马吕斯身负重伤，倒在血泊里。

战斗中，冉阿让的目光始终没有离开过马吕斯。当马吕斯昏过去后，他立即奔了过去，把他搂在怀里。他要为珂赛特救走他。

冉阿让背着马吕斯，跳进了下水道，打算从这里逃出敌人的包围。

巴黎的下水道纵横交错，蜿蜒曲折，人进去如入迷宫。冉阿让背着马吕斯在里面走啊爬啊，不知过了多久，也不知到了哪里。他开始担心能不能及时找到出口，如果一时出不去，那年轻人会死在自己怀里。

他疲惫已极，在一个有亮的地方停下来，把一直昏迷着的马吕斯放到一块较为干燥的地方。又撕破自己的衬衣，为马吕斯重新包扎了伤口。

这时，地道尽头出现了白色的光——那是出口！冉阿让倦意顿消，他走近一看，栅栏门紧锁着，门外有条小河，正是个脱身的好地方。

天色好容易暗了下来。冉阿让安顿好马吕斯，自己去拔铁栏杆。但任凭他用尽全身力气，栏杆一根也没拽动，看来这门是无法打开了。突然，有人拍了一下他的肩膀，冉阿让回头一看，认出那人是德纳第，但德纳第却没有认出冉阿让。只听他问道："你打算出去吗？"冉阿让没言声。

"只要你答应跟我平分，我保你离开这里。"

"平分什么？"冉阿让不解。

"老兄，不先看看他的衣袋，你是不会把他干掉的。给我一半，我把门打开。"德纳第边说边从大衣下面掏出了一串钥匙。

冉阿让这才明白，他是把自己当成图财害命的歹徒了。见对方没有反应，德纳第径自去搜马吕斯的衣袋，一共才翻到三十法郎。"你为这么点钱就干掉了他？"他遗憾地说着，把所有的钱全部装进腰包，然后给冉阿让打开了栅栏门。

走出地下水道,冉阿让贪婪地吸了几口新鲜空气。突然,一个持枪的大汉出现在他的面前,是沙威。

沙威是奉命令来守卫下水道出口的。他并没有认出冉阿让,因为这时冉阿让满身污垢,脸庞也因劳累过度而消瘦多了。

"你是什么人?"沙威吼道。

"我是冉阿让,你把我抓起来吧……不过,我请求你把这年轻人送回他外祖父家里去。"

沙威吃惊地瞅着冉阿让,问道:"他是谁?"

"他叫马吕斯,参加了街垒战。"冉阿让递给沙威一张纸条说,"这是地址,我在他身上找到的。"

沙威犹豫了一下,便让人把马吕斯抬到一辆车上,送到他外祖父家里去了。

但沙威并没有逮捕冉阿让,他仿佛害怕什么似的,转过身匆匆走了,再也没有露面。

马吕斯在外祖父家受到精心医治和照料。珂赛特常常去看望他。马吕斯的外祖父对珂赛特十分喜欢,热情地促成了两个恋人的婚事。

冉阿让把他自称马德兰时赚的五十多万法郎全部送给了这对年轻夫妇,却没有把自己的经历告诉他们。

马吕斯并不知道冉阿让救过自己。他怀疑老人给他们的那笔钱的来路,因此不愿意珂赛特经常去看望他。冉阿让的自尊心受到了伤害,说出了自己蹲过十九年大牢的经历,但没有为自己做任何辩解。从此,马吕斯便禁止妻子再去看望这位曾经是囚犯的老人了。

后来,当马吕斯知道了事情的全部真相,感到十分内疚。他和珂赛特赶到老人的住处,以求谅解,并接他去跟他们同住。

然而,太晚了。冉阿让在他们的怀中闭上了双眼,永远地离开了人世。

(晓 菲)

笑 面 人

　　流浪艺人的名字叫窝苏斯，拉丁文的意思是"熊"。给他拉车的狼的名字叫奥谟，拉丁文的意思是"人"。他们是在树林里遇到的，从此便结伴而行。窝苏斯是个多才多艺的厌世者，他的家就是那辆四轮篷车。篷车又长又宽，天花板上用木炭写着几个大字："哲学家窝苏斯。"

　　1690年1月，在一个严寒的傍晚，在英国的波特兰湾，一个十岁的男孩，被一条毕司开单桅船遗弃在海滩上。面对这寒冷的漆黑的夜幕，男孩吓呆了。他手里没有钱，脚上没有鞋，单薄衣服的口袋里连一块面包都没有。人类求生的本能，使他放开胆子，沿着悬崖往上爬。突然，他望见了一个人影，走近一看，原来是一座绞架上绞死的走私贩，脸上涂着柏油，样子令人恐怖。暴风雪来了，吓坏了男孩，他在雪中毫无目的地跋涉。这时，他听到了一种微弱的呼救声。沿着声音寻找，他在一个突出的地方，扒出一个女人。女人奶头上的残奶已冻成了冰，显然已经到了天国。在她的旁边，还趴出一个一岁的小女孩。她非常瘦小，但没有死，显然是这位伟大的母亲用自己的生命保护了她。他脱下自己身上的水手服，把小女孩裹紧，亲了一下她的面颊。她居然在他怀里睡着了。男孩又冷又饿，半截身子陷在雪里挣扎着前进。好容易看到一些石屋和茅舍，他挨个用门锤敲门，用石块打门，门都不开。眼看又要走进旷野，孩子失望了。

　　真是天无绝人之路，黑影里的一声断喝，吸引他走近一辆奇怪的篷车。车下一阵愤怒的狂叫，主人喝住了叫声，头从窗洞里探出来问："有人吗？""有。""你是谁？""我累了。""你来干什么？""我饿了。""不是每一个人都有爵爷那样的福气，滚开。"孩子低下了头，准备继续赶路。这时，门开了："怎么，你干吗不进来？"男孩因怀抱女孩，费好大劲才走进窝苏斯的家。炉子生着泥炭，小锅在冒热气，从那儿冒出一股扑鼻的香气。这简直像走进了天堂。

窝苏斯让男孩把他的包袱放在箱子上，然后，扯去他身上的碎衣，用一块羊毛布，擦他的四肢。"嘻"一点也没冻坏！他又给他穿上一件大人的衬衫和一件叫做"快吻我"的毛衣，接着，把一碗猪油炖土豆，一片硬面包，递给了男孩："都吃下去吧！"男孩不是在吃，而是囫囵吞下。窝苏斯喜欢自己对自己高谈阔论，此时又对自己开始了哲学演说："我从早晨到现在，什么也没卖出去，钱箱里连一枚便士也没有！我只有这么一点点土豆、面包、猪油、牛奶，我把这些东西烧一烧，对自己说，'很好。'心想马上就要开饭了。正在这当儿，噗通一声，一条鳄鱼打天上掉下来。拼命的吃吧，狼崽子。你的一份是猪油、土豆和面包，我的一份是牛奶。"

突然，窝苏斯听见了哭声。他转过身来："奶奶的，连你的包裹也大嚷大叫起来！"他打开水手上衣，露出了婴儿的头："奶奶的，又闯进一个来！你给我带来的是什么东西，强盗！太好了，我现在连牛奶也喝不成了！"他拿来一个瓶子，把小锅的牛奶倒进去，用一块海绵塞在瓶口，再用布包好，用线扎好。小女孩把奶头咬得那么紧，贪馋的吮吸使她呛得咳嗽起来。"你要把你呛死呀！"

在孩子们吃东西的时候，窝苏斯自言自语地埋怨起来："先生带着小姐在夜里散步，零下十五度的天气，光着头，赤着脚，要知道这是法律禁止的……"

孩子吃好了，碗碟跟洗过的一样。窝苏斯说："嘴巴并不是光吃东西的，现在，你该回答我的问题了——你是打哪儿来的？""我是被人丢在海岸上的！""你这个无赖，连父母都不要你了？""我没有父母！""请注意我的脾气，我可不喜欢撒谎！既然你有妹妹，就一定有父亲！""她不是我妹妹。""她是谁？""从死在雪里的一个女人身边拾来的！""在哪儿？""离这有四公里，靠海的方向！"

窝苏斯打开窗子看了看，大雪还在忧郁地落着。他把两个孩子安顿好，然后带着奥谟，提着风灯出去了。两个赤裸的孩子搂在一起进入了梦乡。当天亮，男孩睁开眼睛的时候，窝苏斯带着奥谟回来了。他大声地说："她真是个有福气的,死了,确实死了!"奥谟走近火炉,开始舔小女孩的手,居然没有惊醒她。窝苏斯转过身来:"很好,奥谟,我做父亲,你做叔叔!是谁杀死了这个女人?是黑夜。"他发现男孩在笑,就问:"这有什么好笑的?""我没有笑。"因为天已大亮,窝苏斯看得真切:"不要再笑了!"孩子说:"我没有笑!"窝苏斯不禁打了个寒战,从婴儿头下抽出那本当枕头用的书,找到了如下的拉丁文:"将嘴巴一直割到耳朵,剔开牙肉,割开鼻根,面具就完成了,你就永远笑了。"窝苏斯恍然大悟道:"我还以为儿童贩子这种杰作已经绝迹了呢!"

这时,小女孩醒了,窝苏斯把剩下的牛奶给她喝。太阳光从窗子爬进来,落在小女孩转过来的脸上。她望着太阳,眼珠子一点也不动弹。窝苏斯吃了一惊:"哦,她是个瞎子!"

窝苏斯爱用拉丁名词,他给小女孩起个名字叫蒂,即"女神"的意思。他对奥谟说:"你代表人,我代表畜生,小女孩柔弱无能到极点就变成了万能。这样我们的小屋子就容纳了整个宇宙:人、畜和神。"男孩大了,不需另起名字。他说:"孩子,你叫什么名字?""他们叫我关伯仑。""好,我们演出的时候,就让蒂做关伯仑的助手吧。"

孩子们逐渐长大了。窝苏斯教他们表演,演出越来越精彩了。车载越来越重,这就使关伯仑不得不和他的爸爸窝苏斯一起,帮助奥谟拉车。

有一天,关伯仑觉得自己长大成人了,开始害羞了。他对窝苏斯说:"我也要睡到地上。"还是一个小女孩的蒂哭了。直到十三岁,晚上她还常常喊:"关伯仑,你来陪我呀,你来了我才睡得着!"对蒂来说,关伯仑是把她从坟墓里救出来的救星,她知道她因冻而双目失明,处处需要关伯仑做她的向导。关伯仑是她的哥哥、朋友、引路人和靠山。看不见的蒂可以看见他那美丽的灵魂。

关伯仑也热爱着蒂。关伯仑的脸不是丑,而是可怕。蒂却与他正好相反,是漂亮的女神,是美的化身。关伯仑的丑需要情人看不见,而蒂是一朵花,需要得到情人的青睐。爱情之火在锻烧着这对恋人的忠贞。有一次关伯仑跟蒂说:"你知道,我长得很丑。"蒂说:"我只知道你救了我,请把手伸过来,让我摸摸我的上帝。"于是手紧紧地握在了一起,手在说着他俩所要说的话。这些都逃不过老哲学家的眼睛，窝苏斯对关伯仑说："算了，不要再缩手缩脚的了，在爱情方面，得雄鸡先露脸儿才行。"关伯仑说："可是鹰总是藏起来的。"终于，有一天关伯仑竟管不住自己了，隔着洋纱袖子亲了一下蒂的胳臂，蒂的脸刷的像朵红玫瑰。她卷起袖子，把赤裸的胳膊伸出去说："再来一次。"

关伯仑演出成了名，小篷车改成了两匹马拉的奥林匹克式的大马车。因为漆成了绿色，人们都叫它"绿箱子"。前后两间分别是女人和男人的宿舍，中间的一大间是戏台。窝苏斯编剧的《被征服的混沌》开演了。围着"绿箱子"的观众，看见黑暗中三个影子在地上爬行：狼是奥谟，熊是窝苏斯，人是关伯仑，狼和熊向人扑来，这是混沌同人的斗争。被野兽扑倒在下面的人呼救、挣扎、抗争，蒂在一个光环中间出现：从容、天真、美丽、宁静、温柔。女神在唱歌，突然，地下的人一跃而起，举起拳头把两只野兽打翻在地，两手向女神伸去，一道强光猛然射到关伯仑的脸上，观众看见这个怪人的笑容从黑暗中显露出来。没有比这个结局更出人们意外的了。大家围着这张笑脸大笑。幕落了，观众还一再要关伯仑再出来。他是胜利者，只要露一露面，钱就大把大把地来了。他的名字越来越响了。因此，有一天窝苏斯不满足于在小城市里小打小闹，他说："我们应该到伦敦去！"

"绿箱子"真的来到了伦敦，住在萨斯瓦克的泰德客斯脱客店。老板叫尼克莱斯。十四岁的伙计古维根，管着倒酒等杂活。演出前，窝苏斯专门替大人先生们准备下黄丝绒扶手椅，然而演出开始，雅座却是空空的。但是，演出很成功。在泰林曹草地一带，走江湖的都怕关伯仑。他把他们的观众都抢过去了。

一天晚上，幕一拉开，只见雅座里竟坐着一位光彩艳丽的女人。她是英国女王安妮的妹妹郁茜安娜公爵小姐。她正在与兰诺·克朗夏理男爵的私生子大卫处于热恋之中。雍荣华贵的郁茜安娜除了吃喝玩乐别无所事，连打死人的拳击赛都看腻了，在大卫的怂恿下，这才屈驾光顾了"绿箱子"的演出。

春夜里，公爵小姐的书僮递给关伯仑一封信，上面写着："你是可怕的，我是美丽的。你是戏子，我是公爵小姐。我在万人之上，你在万人之下。我要你，我爱你。来吧。"

这封情书使关伯仑整夜难眠。直到早餐见到了蒂，他才把信烧了。一缕轻烟使蒂打了一个喷嚏。她问："这是什么？"他答："没什么。"确实，没有了信，他才心旌坦荡。

过了几天，关伯仑突然被铁棒警官给带走了。只要他的铁棒一碰你，你就必须跟他走——这是一种秘密逮捕人的方式。窝苏斯跟踪的结果，知道他被带进萨斯瓦克监狱的便门。监狱死了囚犯，也由这便门抬出，人们管这门叫"苦难门"。

走进小门之后，关伯仑听见了闩门声。很快，他走进像肠子一样拐来弯去的走廊，接着，一级一级向黑暗的深渊走去，一直走进一个很大的地下室。一个人脸面朝上，四肢被铁链拴在四根柱上，像要被分尸似的。在灯光的照射下，他发出咯咯的喘气声，身上一丝不挂，样子十分可怕。坐在椅子上的撒来州州长说："我以法律的名义，命令你睁开眼睛。"囚犯没有动。经过医生验证他能听得见之后，铁棒官用手指掰开他合在一起的眼皮，囚犯的眼珠子露出来，看了关伯仑一眼，使尽了全身的力气叫道："是他，正是他！"关伯仑吓坏了，忙喊："不对，我不认识这个人。法官先生，十五年来，我一直在市场上演滑稽戏，晚上还有我的演出呢！"可是州长竟站起来，指着他坐过的扶手椅子说："费尔曼·克朗夏理老爷，您请坐。"惊呆了的关伯仑坐下之后，州长就从堆在桌子上的档案里抽出一张斑痕累累的羊皮纸，高声朗读。关伯仑这才知道了自己的身世。

原来，关伯仑是兰诺·克朗夏理男爵唯一合法的儿子，名字叫费尔曼·克朗夏理。在这之前，兰诺与情人还生过一个私生子，这就是大卫。后来，大卫的母亲又和国王詹姆士二世搅在了一起。为了让大卫能得到兰诺的爵位和遗产，詹姆士二世命令将两周岁的费尔曼卖掉。在兰诺夫妇生前所住的日内瓦湖畔的房子里，他们最后的一个佣人按照国王的命令把费尔曼卖给了儿童贩子。不久，这个佣人也去世了。儿童贩子赫瓜农，也就是这个拴在四根柱子上奄奄一息的罪犯，是唯一会做脸型改换术的人。经过他做成的笑面人，不论生活了多久，他一眼就能认出来，费尔曼是经他做过手术唯一还活在世上的人。赫瓜农被捕后，其他儿童贩子怕遭到同样的厄运，就在波特兰湾把这个改名叫关伯仑的十岁男孩抛弃了。后来儿童贩子在海上遇到了风暴，遇难前将这一真情用羊皮纸写下，密封在葫芦里。一个炮兵在海边捡到了这个漂流物，经负责开封海难遗嘱漂流瓶的宫廷小吏巴基尔费特罗启封，呈报女王之后才查下来的。

关伯仑如梦方醒，但他仍不明白这一切意味着什么。胖子巴基尔费特罗说："让我来告诉你吧，经过对质，你就是费尔曼·克朗夏理爵士，这就是说，您是大不列颠的爵士，有一百万的年金，还要跟国王的女儿——一位公爵小姐成婚。"如五雷轰顶，关伯仑昏过去了。

关伯仑醒来时，发现自己坐在一所大屋子中央的一把扶手椅子上，墙上、天花板和地板上，到处都挂着紫红色的丝绒。在他眼前，是两张桌子。一张桌上放着许多文件和银箱；另一张桌上放着小吃、冷鸡、葡萄酒和白兰地。"我这是在哪儿呢？"巴基尔费特罗在一旁告诉他："你就在自己的宫殿里。您还有一座洪可斐尔宫，克朗夏理堡，大约有八万家臣和佃农，在自己的领地里，就跟一个国王差不多。作为男爵，您有权在英国设立一个有四根柱子的绞刑架。您有八座城堡，此外还拥有泥炭场、采石场的课税权，还拥有潘雷卡士全境和一座大山。所有这些财产每年都给您带来四万英镑的收入，也就是一百万法郎。"他又用食指碰了碰桌子上的银箱，说，"这里面有两千金币，是仁慈的女王送给您临时用的！""那就送给我的父亲窝苏斯好啦！我要亲自送去！"巴基尔费特罗收起笑脸："不！那不可能。还有，您愿意做上议员吗？否则，您的哥哥大卫，尽管是个私生子，您的上议员资格还是有可能落在他的头上。关伯仑已经死了，你明白吗？"关伯仑从头到脚哆嗦了一下，接着下定了决心："我明白了！"巴基尔费特罗笑着鞠了一个躬，把银箱放在他的披风底下走了。

不见关伯仑回来，窝苏斯不得不停止演出，又怕露出马脚，给蒂一个致命打击，于是便决定运用口技演出。演的仍然是《被征服的混沌》。台下忙坏了店伙计古维根，他一个人又跺脚，又拍手，又喝彩，闹腾得不亦乐乎。台上，忙坏了窝苏斯，他的一张嘴，代替了千军万马。临到蒂走近装关伯仑的窝苏斯，没想到没眼睛的蒂问："关伯仑在哪儿呢？"蒂的一句失望的悲伤的话，把窝苏斯吓了一跳，天才的口技专家完全失败了。

店主尼克莱斯告诉他,晚上来过警察局的人,送来关伯仑的披肩、上衣、帽子和外衣。窝苏斯心里犯嘀咕,晚上,他又偷偷跑到"苦难门"去观察。伴随着阴郁的钟声,监狱的便门打开,从里面走出一些人来,打着火把,抬着一口棺材,不声不响,向墓地走去。一会儿,这些人从墓地回来了,棺材不见了,和送来的衣物联系起来,看样子关伯仑已不在人世了。他不禁抱着脑袋痛哭起来。实际上这次掩埋的是罪犯赫瓜农。

一夜的忧伤、愤闷使窝苏斯变成了另一个人。尼克莱斯老板看到"绿箱子"不会给他带来任何好处,就琢磨如何把他们打发走。这时,有人嘭嘭敲门,进来的一个是承法吏,另一个是胖胖的巴基尔费特罗。承法吏对窝苏斯说:"你有一条狼?这是违法的,明天这个时候,你和狼必须离开英国,否则,它就将被逮住、杀死!""今天就走,这怎么能行?我们不能撂下关伯仑……"巴基尔费特罗:"关伯仑已经死了!"窝苏斯的最后一线希望破灭了。巴基尔费特放在桌子上一个小钱包,说:"这是一个爱护你的人给你的十镑。"这就是他从两千个金币中取出的十个。客店老板还没来得及高兴"绿箱子"终于给搬走了,就听承法吏说:"尼克莱斯老板,你是祸首,你不该让跑江湖的来这儿捣乱,现在取消你的执照,必须付一笔罚金,还得坐牢。"

当泰德客斯脱客店被连窝端掉的时候,关伯仑却在温莎的科尔龙行宫里不住地呼叫着蒂。"你在哪儿呢?我现在又在哪儿呢?"他穿过一间间屋子,一条条走廊,一道道门。他要找蒂去。宫里一点动静也没有,偶尔碰到一个人,走近一看,是镜中的自己。他终于走进一个陈设豪华的屋子,帐幔里一位小姐在睡觉,身上穿的睡衣很薄,近似裸体。想到自己的脸破了相,他正在想逃走的方法。然而,小姐突然醒了,发现了关伯仑。她猛地一跳,像一头豹子紧紧搂住了他的脖子。"我给你写过信,你真聪明,追我来了。我爱你,不单是你的畸型脸,还因为你的卑贱。我就喜欢吃深渊里的果子。你的外面是怪物,我的心里是怪物。我们是天造地设的一对!"她热烈地说着,疯狂地把他搂进怀里。关伯仑透不过气来。冷不防,铃声响了。她打开旋橱,拿出女王给她的一封信,信皮上写着:致郁茜安娜公爵小姐。信上写的:现已查明,关伯仑就是兰诺的唯一合法继承人,我们已把他带到您的科尔龙行宫,并让他代替大卫做您的丈夫。她看完信不动声色地说:"既然你做了我的丈夫,出去,这儿是我情人的地方。我恨你!"说完,她做了一个傲慢的再会的手势,走了。

屋里剩下关伯仑一个人,心里很乱,陷于不可理解的烦闷。突然,传来男子的脚步声,关伯仑认出来,来人就是郁茜安娜那次看演出,临走时神秘地钻进小姐马车的大卫爵士。"你怎么到这儿来啦?""你怎么到这儿来啦?""这儿是我的家!""这儿是我的家!"巴基尔费特罗进来说:"爵爷们,你们是她的两个丈夫。"又转向关伯仑说:"爵爷,我奉女王陛下的命令来接您。"

回到伦敦,关伯仑参加了上议员加冕仪式,从此他可以参与国家大事。在上议院里,关伯仑的出现和飞升引起轰动,议员们在传看郁茜安娜给女王短信的抄本,那是对命令她嫁给新上议员费尔曼爵士的答复:"夫人:这个安排正合我的心思。我可以把大卫爵士当作情人。"会议开始,大法官说:"各位爵爷,关于亲王殿下——女王陛下的丈夫,增加年俸十万英镑的议案,经过几天的辩论,今天进行表决。请各位听到叫自己的名字时,回答满意或不满意,必要时,还可阐明自己的动机。"

书记官开始叫名,一个一个都回答满意。然而叫到费尔曼爵爷时,关伯仑站起来说:"不满意。"所有的目光都射向了他,人们窃窃私语,觉得不可思议。关伯仑站在那里,大声说:"我是谁?我是不幸的人。爵爷们,你们高高在上,你们有财、有势,快快乐乐,你们是特权阶级。可是颤抖吧,房屋的真正主人马上就要来敲门了。我是你们当中的费尔曼爵士,可我真正的名字是穷人的名字——关伯仑。我本来是做大人物的料子,可是一个国王把我变成了一个可怜虫。上帝的安排总是对的,我被投入深渊是为了让我看看深渊的底层。当一个黑杖侍卫长带着女王的命令来找我的时候,我曾想拒绝他。可是我觉得上天神秘的手仿佛向这边推我,于是我便顺从了,这正是为了让我在你们这些脑满肠肥的人中间发出呼声。啊,太可怕了,一个暴风雨的晚上,我被投进黑暗的世界。我看到的第一个东西是法律,它的形象是一座绞刑架;第二个是你们的财富,它的形象是一个冻饿而死的女人;第三个是未来,它的形象是奄奄一息的婴儿;第四个是美、真理和正义,它的形象是一个流浪者，他唯一的朋友和伴侣是一条狼……"他因呜咽堵塞了喉咙，大厅里爆发了一阵大笑。这笑声感染了所有的人，会场一片大乱。

关伯仑望了一眼狂笑的众人，叫道："英国的爵士们，静一静。我求你们可怜可怜，可怜谁呢?可怜你们自己。谁受到了危险?你们自己。你们有势力，就应该仁慈，说来伤心，老百姓生活在地狱里，多少无罪的人被定了罪。没有阳光，没有道德，没有希望。有的小姑娘从八岁便开始卖淫，到了二十岁就变成了老婆子。有人在煤矿拿煤块填满自己的肚子，哄骗饥饿。我认为丹麦的乔治亲王并不需要这十万英镑的额外津贴。大人先生们，看看下面吧，下面的死了，上面的也活不成。船沉了，谁都跑不了。谁毁了我?一个国王;谁抚养了我?一个忍饥受饿的人。这个社会是不合理的。真正的社会早晚总有一天会来的。那时候就没有贵族了，人人都是自由人。没有主人，只有做父亲的人。"

会场响起互相矛盾的声音："够了，够了!""不，不!让他讲下去。"有人谩骂："要这个怪物来这儿干什么?""回到你的狗窝去吧!"关伯仑处在激情与混乱中，当他猛醒过来时，大厅里只剩下他一个人。

经过这番较量，关伯仑知道自己的控诉是徒劳的。上层阶级是个聋子。享受特权的人没有长着听取穷人声音的耳朵。这是他们的过错吗?不，这是生活的规律。一切都是多余的，关伯仑只好逃走。他来到泰德客斯脱客店，没有看到蒂、窝苏斯和奥谟的影子。客店关闭了，广场被扫荡，一切都像遭到了浩劫。他绝望了，三天三夜没有睡觉，身子在发烧。他望了望黑黝黝的河水，好像一张安静的大床。他需要休息了。他从衣兜里掏出铅笔，在一张空页上，写下两句话："我走了。希望我哥哥大卫接我的位子。祝他幸福。"签名是"英国上议员费尔曼"。他看了一眼无限黑暗的天空，一条腿跨上了栏杆，这时他觉得似有舌头在舔他的手，转身一看，是奥谟。

他喜出望外，跟上奥谟，来到泰晤士河岸边的一个码头。一艘日本式的荷兰船，停泊在那里，在桅杆底部的甲板上，静静地躺着蒂。旁边，窝苏斯咕哝说："这种船没舷墙，如果人摔倒了，没有东西能阻止他掉进海里。如果天气恶劣，就要把她抬进仓里。一个粗心的动作，或者受到惊骇，她的动脉瘤就有破裂的危险，奥谟呢?这么一闹腾竟忘了锁它，它大概去外边找晚饭去了。奥谟!奥谟!"奥谟上前用尾巴轻轻打了一下地板。"感谢上帝,奥谟与我们同在。"

船开了,顺流而下,窝苏斯说:"永别了,伦敦。他妈的,我们又要开始篷车生活了。奥谟,咱们再一起拉车。"狼尾巴轻轻敲了一下,表示同意,关伯仑看见那架旧篷车就装在船上。只听蒂说:"爸爸,我刚才睡着了,我没有病,不用多久我就会幸福了。关伯仑不在了,我才是真正的瞎子。要么他回来,要么我到他那儿去。在这里熄灭了,在别处重新烧起来。"窝苏斯说:"孩子,不要太激动了。"蒂却动情地坐起来,低低吟唱她演出时唱的歌:"滚开吧,黑夜。黎明唱道……"蒂的手触到了关伯仑的头,她吃惊地大叫:"关伯仑!"关伯仑接住她,把她抱在怀里。窝苏斯又惊又喜:"我亲眼看见他被送进了墓里,现在,他居然又活了!"关伯仑说:"蒂,我醉了,让我吻吻你的脚吧!"蒂突然挣开关伯仑的怀抱,双手扪在心口上,说:"快乐憋得我喘不过气来。关伯仑,你使我复活了。"接着,她的脸越来越红,慢慢倒下。关伯仑把她接在怀抱中,她的唇边冒出一团鲜红的泡沫,低低地说:"我的关伯仑,这不是我的错儿。"关伯仑吻着她那冰冷美丽的手。"光明,我看见了光明。"她露出了微笑,随后就停止了呼吸。关伯仑把泪痕满面的脸藏在蒂长袍的衣褶里,昏了过去。醒过来后,他站起来,向船边走去,脸上挂着蒂刚才的微笑:"蒂,瞧,我来了。"他跌了下去。

当窝苏斯从昏迷中醒来的时候,不见了他一手带大的两个孩子,只见奥谟在船边望着海面,向黑暗咆哮。

(林玉善)

梅里美

普罗斯佩·梅里美(1803—1870)是法国19世纪著名小说家。

他生于巴黎一个画家之家。中学毕业后,他本想学绘画,但遵父命学习法律,取得律师头衔后进入商业部。他在学习期间即关心文学,1822年结识了斯汤达,受到很大影响。

1825年他用假名发表《克拉拉·加齐尔戏剧集》,后陆续发表诗歌集《居士拉》(1827)历史剧《雅克团》(1828)、历史小说《查理九世时代遗事》(1829)——这部小说标志他的创作已经成熟;随后一年内发表的几个短篇显示了他精湛的艺术技巧,如《塔曼戈》、《马特奥·法尔哥内》等。这一阶段的作品尖锐地揭露和批判了复辟王朝,体现了反封建反教会的思想。

七月王朝时期,他在政府任职,1833年周游法国,1840—1842年到西班牙和土耳其,1844年入法兰西学士院。同时继续发表艺术更趋成熟的中短篇小说,如:《双重误》、《炼狱的灵魂》、《伊尔的美神》、《阿尔塞纳·吉约》和代表作《高龙巴》(1840)、《卡门》(1847)等。

第二帝国时期,他进入参议院并成为皇后的密友。此时他致力于学术研究工作,还翻译介绍俄国文学。他后期的几篇小说充满了神秘主义色彩。

他在中短篇小说上的独创成就，使他在法国和世界文学史上占有一席之地。

卡 门

一位法国学者到西班牙去考古。一天，他和向导骑马进入一条山谷，碰到个一手端枪、晒得黑黑的年轻汉子。学者认出此人正是各处重金悬赏捉拿的大盗——唐·若瑟·马里亚。

向导要去报告。学者告诉了若瑟，让他快跑。若瑟说："我忘不了您的恩德，再见了！"

学者和向导分手了。一天傍晚，学者在桥头遇见一位极美的女郎。女郎自称是吉普赛人，名叫卡门。她提出要为学者算命，并对学者的怀表感到十分惊奇。

正在算命，一个男人裹着披风，仅露出两眼，闯过来，毫不客气地对女郎吆喝，他们说的是吉普赛话。学者认出他正是若瑟。若瑟也认出了学者。他不顾女郎的大吵大闹，把学者带开，指给他回家的路。回去之后，学者发现表丢了。

几个月后，学者听说大盗唐·若瑟·马里亚被抓住，后天受绞刑。

学者带上雪茄去探望若瑟。

下边是若瑟亲口对学者讲的自己的身世。

我是巴斯克的贵族，家里很喜爱我。小时候，我跟别人打架，伤了人，便跑到外省当了兵。后来我干得很好，当了班长，眼看就要升排长时，出了件事。

那时我在塞尔维亚的烟厂值勤。厂里全是女工。一个星期五，门口的人喊：卡门来了。我第一次见到了她。她穿着火红的短裙，白丝袜破了几个洞，嘴角上衔着一朵花，扭着胯走来，活像匹小母马。她走到我身边用大拇指把花一弹，正打在我脸上。我从不和姑娘来往，此时竟悄悄把花捡起来珍藏着。这是我干的头一件傻事。卡门进厂不到两小时，与别人吵起来，用切烟叶的刀把人家脸划破了相。我奉命带两个兵把她押往监狱。路上她揭开面纱，特意让我看见她迷人的面孔，并用巴斯克的方言叫我大哥，请我放了她。我一听乡音，心都醉了，便和她商量了一条计策。在一小胡同里，她猛回身，一拳打来，我跌倒了。爬起来时，我横着长矛，后边两个兵过不去，卡门得以脱身。回队后，两个士兵把我检举了，说我们讲巴斯克话，另外娇小女子打倒大汉也不合情理。我被革职，送入牢房。升官的前程全吹了。在牢里，我拿出珍藏着的花，闻着。花已经干了，可香气依存。她的身影总浮在我脑海里。

一天，狱卒递给我一块面包，说是我表妹捎来的。我哪儿有表妹，真见鬼！当我悄悄切开面包时，发现里边有一把锋利的锉刀和一块金币。一定是卡门送来的。

吉普赛人把自由看得高于一切。为了少坐一天牢，即使放火烧城，他们也在所不惜。

但我不想逃走。军人的荣誉感不让我溜。

出狱后我降成了普通士兵，为上校站门岗。一天上校叫卖艺人给他演出，来了一群吉普赛人，其中便有卡门。在门外，我听见军官们在对她说挑逗的话儿，我恨不得闯进去杀死他们。

我一定爱上卡门了。

卖艺人出来时，卡门对我轻轻说："请到德里阿那镇找名叫里拉的小贩。"

一下班，我刷衣服刮脸，像过阅兵日一样。

到了小贩那儿，卡门约我上街遛遛。我说："小姐，您送的锉刀我留下用，钱请您收回。"她大笑着说："你居然有钱不用。也好，我用。"她拉着我到铺子里买最贵的甜蛋黄、蜜、杏仁糖，又买了橘子，直到把钱花光。她领我到一个老太婆家，给了她一把糖，老太婆走了，房子里只剩下我俩。卡门疯了一样又跳又笑："你是我的罗姆，我是你的罗米。"吉普赛话，罗姆是丈夫，罗米是妻子。她搂着我说："让我还债，这是我们吉普赛规矩，让我还债，为了你救过我。"

哦！先生，那一夜，那是多么令人难忘的一夜……

我误了归期，准备关禁闭受罚。卡门却轻松地说："你是漂亮小伙子，但你是个外乡佬。咱们两清，现在谁也不欠谁，再见。"我真该不再想她，可办不到。

一天夜里，我在城边站岗，卡门领着一队吉普赛人走私运货。我喊："站住，不准通行。"卡门说："你太刁难人了，我会约见你的长官，让他满意。他会换个睁只眼闭只眼的兵来替你站岗。"我答应让她过去，不过条件是让她在老地方等我。

第二天，卡门让我等了好久才来。她满脸不高兴，说："头一次你帮我，不曾想要报酬。现在你会讨价还价了。给你一块银币，你走吧！"我真想把钱扔到她脸上。我走了，跑进教堂，躲在角落里大哭。卡门突然出现在我面前："老乡，我真爱上你了。你刚一走，我便六神无主。咱们去老地方吧。"我们和好了。

一次我在等卡门，她领来了一个年轻男子，正是我们排长。卡门用巴斯克语对我说："快走。"排长见我不动，吆喝道："滚！"我俩打了起来，都拔出了刀剑。我脑门上挨了一剑，但我杀死了他，卡门吹熄了灯，拉着我跑过许多弯曲的小巷，找到另一吉普赛人家，帮我包扎伤口。卡门说："你太笨了。你得离开此地，否则抓住要枪毙的。你当贼不行。可你力气大，身手矫健，到海边走私吧，日子过得会比王爷还好。"

我只有这条路可走了。这条路可使我与卡门更密切。我说："到了那里，再没排长跟我争了。"卡门说："你真傻。你没看出我爱你？我从不向你要身价钱。"听了这话，我简直想勒死她。

我成了走私贩，干了许多"买卖"。我们一帮十个人，头领叫唐加罗，一天唐加罗对我说："又要来人了。卡门花了两年的功夫，终于把她的罗姆从大牢里救出来，不简单呀。"我这才知道卡门原来是有丈夫的。

我见到他了——吉普赛里最坏的坏种，独眼龙加西亚。他皮肤黑，良心更黑。卡门陪他一块来的，她当着我面叫独眼龙罗姆，还对我挤眼睛做鬼脸。我生气了，一晚上都不和她说话。

第二天运私货时，十来个骑兵追上我们。我们扛起货物扔下骡马，翻山逃命。一个漂亮小伙子叫雷蒙达杜，中了一枪倒下了。我扔下货去抱他。独眼龙喊："背他干吗？线袜子要紧。"独眼龙对准雷蒙达杜的脸开了十二枪，把他的脸打烂，谁也认不出他来。我们扛上线袜又跑。

这就是我们的生活。

第二天，卡门走了。不久，她派人送来钱和情报。根据情报我们拦截了两位英国爵爷，拿了他们的钱和表。

先生，堕落是不知不觉的。我为一个美丽姑娘着迷，打架动刀子惹祸，不得不逃到山里。连想都来不及，便从走私贩变成土匪了。

过了些日子，我扮成卖橘子的，到直布罗陀去找卡门。卡门又搭上了一个高大肥胖的英国阔佬，住进了豪华的公馆。她一副英国佬姘妇的架势，我深恶痛绝。第二天，我决定回山里，但一听见卡门的鼓声，便不由自主地又去了公馆。卡门打发走听差，对我百般温存。卡门说："咱们烧了房子逃到山里去吧。"说完笑了。一会儿又说："英国佬要上路了，到时候你们埋伏好。让独眼加西亚打头阵，你往后站，明白不？保镖挺利害。"我回答说："不！我虽然讨厌加西亚，可决不用这个办法除掉他。我是男子汉！"卡门说："你真蠢。"

我回到山里，把英国人的路线告诉了伙伴。深夜，我们在林子里生了堆火，我和加西亚打牌。第二局，他作弊，我把牌摔到他脸上，他要抄地上的枪决斗，枪被我踩住。我坚持比刀。独眼龙扑上来，我左腿一转，他扑空了，而我的刀却戳进了他的喉咙，戳得很深。我一拧，刀断了，血喷出来，加西亚倒了下去。我对唐加罗说："加西亚不是个东西。他对付可怜的雷蒙达杜的手段，我永远忘不掉。我爱卡门。现在只剩咱俩了，咱们结个生死之交吧。"唐加罗向我伸出手。他五十多岁，说："男女私情最没意思。其实你如果明要，独眼龙会把卡门卖给你，一块钱他都干。"

第二天，卡门和英国人来了。我们干了这笔买卖。见了她，我立刻告诉她，她是寡妇了。她得知详情后说："照理你该被他杀死的。比你本领高的死在他手下的多了。这是他命里注定。"

我们又找了几个伙伴一块儿干。卡门开始让我很满意,后来她又勾上一个富商,还想重演一回直布罗陀的把戏。我把她找回来,大吵了一场。她说:"你正式成了我的罗姆以后,我不那么爱你了。我讨厌别人命令我,我要自由,想干吗就干吗。"从此,我们的情意不比从前了。

后来我们继续干抢劫的营生。唐加罗和其他几人在一次战斗中被官兵打死,我也受了伤,多亏卡门半个月来片刻不离看护我,我才能好好养伤。她把我带到一处去静养。一天,城里有斗牛,她看完回来夸奖一个叫吕甘的斗牛士,还说想拉他入伙。我不准她与吕甘往来。

后来我伤好了,忙着运货,忘了吕甘的事。先生,这时我两次遇上您,一次在山里,一次在城里。卡门偷了您的表,还想要您的钱。您走后,我们大闹一顿,我打了她,她哭了。我第一次见她痛哭,很震动,向她道歉,她整天和我怄气。我走时,她也不愿拥抱我,我很难过。三天后,她有说有笑来找我,仿佛什么事也没有发生过。她说要去高杜城,探听有无"买卖"可干。等她走后,我细想:"她为什么肯迁就我?一定对我出过气了。"有个乡下人告诉我高杜有斗牛,我的血涌上来,疯了一样赶去。有人把吕甘指给我看,我还看见了卡门坐在观众席上。吕甘把牛身上的绸结摘下献给卡门,她立刻当众将它戴在头上。那条牛为我报了仇。吕甘连人带马被它撞倒,并被它踩了。人群大乱,卡门已离开席位不见了。我来到您去过的那间房里等她,深夜两点她才回来,见到我在,有些惊奇。

我对她说:"跟我走。"我骑上马,她坐在我身后,来到一个孤零零的小客店。我说:"以前的事都不再提了,你跟我去美洲安分守已地过日子吧。"她说:"不!我哪儿也不去。"我又说:"我把你的情人一个个地杀下去,都杀厌了,要杀就杀你。"她用野性十足的目光瞪着我说:"命中注定要如此了。"我问道:"你不再爱我了么?"她低头不语。我哀求她:"我们换一种生活吧。咱们在山里还埋着金子,跟我去美洲。"

她盘腿坐在地上,用手指在地上划着说:"我先死,你跟着。我早算过命了。"我说:"我的耐心到头了,你想一想,不然我就做决定了。"说完,我出门到小教堂,请教士为一个命在顷刻的人祈祷。我觉得自己要哭了,便跑到门外草地上躺下。等教堂钟声响过,弥撒完了,我返回客店去,心里盼着卡门能骑上我的马逃走。

但她还在。我说:"卡门,跟我来吧。"她披上面纱,我们仍然同骑一匹马,来到一个荒僻的山谷。我问:"你愿跟我一起走吗?"她回答:"可以和你一起去死,但决不再一块儿活下去。"我勒住马,她跳下来,摔掉面纱,一手叉腰,问:"在这儿吗?你可以杀了我,但不能让我让步。"我恳求说:"你把我断送了。为了你,我杀了人,当了土匪。卡门,让我把自己和你一起救出来吧。"她说:"若瑟,办不到了,我已不再爱你。我可以撒谎骗你,哄你一下。但我也厌了。我们之间的一切都完了。你是罗姆,有权杀死你的罗米。可卡门永远是自由的。她生是吉普赛,死也是吉普赛。"

我问:"那么你爱吕甘了?""是的,但远不如当年我爱你爱得那么深。现在我谁也不爱。为了爱过你而悔恨。"我求她,为了博得她的欢心,我答应继续当土匪。

先生,我把一切都牺牲了,只求她再爱我!她回答:"不!决不!"我气疯了,拔出腰刀,希望她服软。我嚷道:"最后一次问你,愿不愿跟我走?""不!不!不!"她跺着脚,把我送给她的戒指摘下,扔入草丛。我戳了她两刀。第二刀,她一声不吭倒下了,大眼睛渐渐失去光采。我在她尸体旁失魂落魄,用刀挖个坑把她放下,找到戒指放进去。我为她立起一个小十字架,也许我错了,她们不信基督的。随后我上了马,直奔高杜城,碰上第一个警察站就自首了。

小教堂的教士是个圣者,居然为她做了祈祷,做了一台弥撒。

可怜的吉普赛姑娘!

(刘小江)

塔 曼 戈

"希望号"行驶到非洲海岸,在若阿勒河抛了锚。当地的一些掮客马上来到船上。时机真是好得不能再好——塔曼戈,大名鼎鼎的武士和人贩子,刚好把大批奴隶押送到海岸,他卖价低廉,勒杜船长便带着随从上岸去拜会塔曼戈。

为了接见白人船长,塔曼戈事前特意修饰打扮了一下,腰间系着一柄巨大的军刀,手里还捏着一杆漂亮的双响枪。他见勒杜船长来到后就挺直身子,自以为他给白人留下了很好的印象而洋洋自得。勒杜船长却以行家的眼光对他审视一番,回头朝他的大副说:"这么个壮汉运到马提尼克岛,至少能卖一千埃居。"

大家坐了下来,一个粗通沃洛夫部族语的水手担任翻译。客套一番后,大家走到屋外,坐在树荫下,面前摆着烧酒。塔曼戈示意把他要出售的奴隶带来。

奴隶们排成一条长龙出现了,身子佝偻着。船长对每个在他面前走过的男女奴隶都耸耸肩膀,感叹地说:"一代不如一代。"

不过,他一面挑剔,一面还是挑出了一批健壮、漂亮的奴隶。这批人他可以按一般价格付钱,对其余的他要求大降价。价钱谈不拢,眼看交易难做成,塔曼戈又开了瓶酒。他们重新谈价钱,大喊大叫,争执不休,狂饮烧酒。可是烧酒在买卖双方产生了截然相反的效应。法国人喝得越多越往下压价,非洲人喝得越多越是让步。最后,烧酒喝空,买卖也谈成了。船长以一些劣质棉布、火药、火石、烧酒、草草修理过的枪支,来换取一百六十名奴隶。黑奴们马上被交给法国水手。

还剩下三十来个奴隶,都是些老人、小孩和病残妇女。塔曼戈不知该如何处置这批剩货,于是向船长提议,以每个人一瓶烧酒的价格出卖。船长在其中又拣了二十个长得比较可以的。还剩下十名奴隶,塔曼戈只要求一杯烧酒换一个了。勒杜想到小孩在船上占地少,便又挑了三个小孩,并声明再也不肯多要一个了。塔曼戈看到还给他剩下七个奴隶,就抓起枪瞄准第一个过来的女人,她是那三个小孩的母亲。他对白人说:"买了她。一小杯烧酒。不然我就开枪打死她。"勒杜不肯。塔曼戈开了枪,那女奴隶倒在地上死去了。

"下一个!"塔曼戈瞄准了一个弯腰曲背的老头喊道:"一杯烧酒……"

他妻子认出那老头是个曾预言她会成为王后的巫师,她拽了一下他的胳膊,子弹打飞了。塔曼戈酒后本已狂暴异常,看到竟有人拂逆他的意志,更怒不可遏,便用枪托狠狠揍妻子,然后转身对勒杜说:"我把这女人给你。"

她长得很漂亮。勒杜接受了。

那翻译有恻隐之心,他给了塔曼戈一个鼻烟盒,要来了那六个剩下的奴隶,把他们放走了。

船长辞别塔曼戈后忙着将货物装船,打算第二天就出海。塔曼戈躺在树荫下酣然大睡。等他醒来,贩奴船早已驶走,他脑子还因前一天暴饮而昏昏沉沉。他问他妻子艾莎在哪里。人家告诉他昨天发生的事情。听到白人船长已把他妻子带走,塔曼戈目瞪口呆,狠摇脑袋。他想到白人的船要拐几道弯才能入海,于是就抄近路直奔一个离入海口不远的小海湾,在那里找到条小船追去,果然追上了。

勒杜见到他大为惊讶,听说他要讨还妻子,更为惊讶,说:"送给人家的东西是不能讨还的。"说完就转身背对着塔曼戈。

那黑人苦苦央求,提出用对船长有利的条件换回他的妻子,船长不答应。塔曼戈痛苦万状,泪如雨下,喊着他的艾莎的名字,时而在甲板上打滚,时而头撞船板像要寻死。船长始终无动于衷,要他回海岸,可塔曼戈仍坚持他的要求。两人正争执着,"希望号"的大副对船长说:"船上昨夜死了三个黑奴,有的是地方,干吗不把塔曼戈抓起来,他一个人比那三个死去的还值钱。"勒杜心想塔曼戈起码能卖到一千埃居，这样又能赚一大笔钱。他见岸上杳无人迹，就想法向塔曼戈要过枪来，仿佛验看这枪是否值得上美丽的艾莎，他扳动枪机，有意撒掉引爆的火药。大副则摆弄着塔曼戈的军刀。塔曼戈的武装被解除了。两名水手扑过去，把他扳倒在地捆绑他。塔曼戈从惊愕中醒悟过来，奋力抵抗，搏斗了很久，凭着他膂力过人，终于重新站起，打退了水手，然后狂怒地朝大副扑去夺那把军刀。大副用军刀在他头上砍了一下，塔曼戈受伤再次倒下，手脚被人紧紧捆住了。他看到任何抵抗已无济于事，便不再动弹。那位好心的翻译替他包扎好流血的伤口，两名水手把他抬到统舱里留给他的位子上。

这条船迅速驶离非洲海岸。向目的地开去。舱内被囚禁的黑奴每天被允许分批在船员武装监视下，带着锁链上甲板放风一小时。前一段时间内，塔曼戈因刀伤留在舱下，后来他终于在甲板上露面了。他昂起头，悲伤而平静地看了看浩渺无际的海水，然后躺了下来。一个黑人示意他朝艉楼看看。他看到勒杜在那里抽烟斗，身边是艾莎，手里托着酒盘在为之斟酒。她没被铐锁，而且衣着漂亮，显见得她在船长身边担任特殊的职务。塔曼戈见到了她，猛地站起，向艉楼奔去，大声喊道："艾莎！"艾莎见到他也害怕地叫了一声。这时，水手们已举着棍子跑来了。塔曼戈回到原来的位置，艾莎泪如雨下。

后来，船长回到他的舱房，把艾莎叫来，不管怎么抚慰她，她仍心事重重，哭得泪人儿似的。

那天夜晚，看守人员先听见统舱里传出凝重悲壮的歌声，后听到一声尖厉异常的女人叫声，随即便听见勒杜的粗声咒骂和响遍全船的皮鞭声。过了些时，一切重归静寂。

第二天，塔曼戈脸上带着伤痕出现在甲板上，但神态高傲坚定如昔。艾莎原坐在艉楼船长身边，一看到他就飞奔过去跪下，用绝望的声调请求塔曼戈饶恕她。他对她凝视着，后见翻译离他很远，便说："锉刀！"接着就背朝艾莎躺在甲板上。船长狠狠责骂了艾莎一通，打了她几个耳光，禁止她再和从前的丈夫说话。

此后，塔曼戈日夜鼓动舱内黑奴们做勇敢的尝试来恢复自由。他使用翻译听不懂的土语,号召他们作好准备,待时机到来,一有信号马上行事,同时不放过任何机会试探看守们的警惕性,终于发现可以使他们的警惕性有所麻痹的机会。

有一天,艾莎向他做暗号,扔给他一块藏有一把小锉刀的饼干。到了夜间,他动作古怪,念念有词地说些谁也听不懂的话,语调抑扬多变,似在与神灵谈论什么,最后他高兴地喊道:"伙计们,神灵终于给了我解救我们的工具。现在,你们只要有胆量就能得到自由了。"他让周围的人摸那锉刀,在他们中找到了信徒。他们深思熟虑拟定了谋叛计划。长久等待之后,复仇和自由的重大日子到来了。那天黑奴们登上甲板放风时,他们的镣铐已锉得只要一使劲便能挣开,铁链着地还哗啦啦乱响。透了一些时间空气后,他们手拉手跳起舞来,塔曼戈唱起自己家族的战歌。跳了一阵子,像是精疲力竭,塔曼戈直挺挺地躺在一个懒洋洋倚着船舷的水手脚边,其他同谋者也都如法炮制,结果每个水手身边都围上了几个黑人。

塔曼戈悄悄弄断了镣铐,突然大喊一声作为信号,并猛扯身边那水手的双腿,掀翻他,踩住他的肚子,夺下他的枪,一枪打死了值班驾驶员。与此同时,每个担任看守的水手都受到攻击并被解除武装被立即杀死。四处都响起战斗的呼号,一大群黑人涌上了甲板,找不到武器就抄起绞盘上的铁棍或救生艇的船桨进攻。白人海员们一步步往后退让。勒杜还活着,且未丧失勇气。他发觉塔曼戈是反叛者们的首领,就手握军刀,大声喊着塔曼戈的名字朝他扑去,想杀死了他便能制服那些同谋。塔曼戈闻声立即迎面扑去。他们两人在主甲板上艏楼与艉楼之间的狭窄通道上相遇,展开了一场殊死搏斗。塔曼戈被压在下面,但毫不气馁,使尽全身力量抱住对方,凶猛地咬住他的喉咙。船长鲜血溅迸,手中军刀掉了下来。塔曼戈抓住军刀满身是血地站起来,发出胜利了呼喊,再三刺他那已奄奄一息的敌人。

胜利已成定局。剩下寥寥无几的水手虽哀求饶命,但全被无情地屠杀后扔进海里。随后,报了仇雪了恨的黑人抬眼望着船帆,见强风始终鼓着它向奴役他们的土地驶去。他们悲伤地想道:"一切全是白费力气,船只的主人被我们杀了,它还会愿意把我们送回家乡去吗?有人说塔曼戈也许会让它服从命令,大家马上大声叫唤起塔曼戈来。

塔曼戈并不急于露面。大家在船尾舱房找到了他,见他一手按着军刀,另一只手伸给他妻子艾莎。艾莎跪着吻他的手。胜利的喜悦并没有减轻他心中的隐忧,看来他感到处境困难。后来他终于上了甲板,众人催他掉转航向。他慢慢走向舵轮,黑人们全不知道舵轮和安在它前面的罗盘对于船的运动发生的作用。塔曼戈也是如此,但他久久注视着罗盘,并扪额深思,最后,怀着由于无知而造成的恐惧与自信参半的心情,猛地转了一下舵轮。

"希望号"在波浪中突然跃起,船身剧烈倾斜,几乎沉没。有几个人跌倒了,另有几个人跌了下去。很快帆船又迎着波浪站直身子。风越吹越猛,忽然一声巨响,桅杆折断倒下。黑人们惊恐万状,纷纷逃下舱内。风失去了用武之地,船又站直了,在波浪中摇荡。于是胆子大些的黑人又回到上甲板,清除桅杆折断时撒满甲板的碎片。

塔曼戈木然不动。艾莎站在他身边,但不敢和他说话。黑人们渐渐围拢来,响起嗡嗡的低语声,不久就暴风雨似地责难咒骂塔曼戈,说他把他们卖给白人,又逼他们造反,许诺送他们回家乡,现在他们将统统送命,所有的苦难全是他一手造成的,骂他是"骗子!"

塔曼戈高傲地抬起头来,拿起两支枪,示意妻子跟着他向船前部走去。围着他的黑人畏惧地退缩让路。他走到那里,用空桶和木板筑起一个工事,然后坐在工事后面,将两支枪的刺刀威胁地伸向外面。没人去找他们的麻烦。黑人陷入了绝望,惊惶万状,妇哭儿嚎,一片惨相。忽然,有个黑人满面春风地出现在甲板上,宣布他刚才发现了白人贮藏烧酒的地方。这个消息使那些不幸的人暂时停止了号叫。他们拥到食品贮藏室,猛灌烧酒,在甲板上蹦蹦跳跳,醉得七颠八倒度过了一夜。次晨醒来,重又陷入绝望。夜间许多伤员死了,大海波涛汹涌,天空云遮雾罩,大家商议只有请他们中最有学问的塔曼戈来摆脱逆境。可塔曼戈置若罔闻。眼前只有烧酒可使人忘却各种忧愁,他们又开始狂饮,叫着,哭着,然后烂醉如泥。有些人由于饮酒过度而死去,有些人跳进海里。这样过了几天,一天早晨,塔曼戈走出他的堡垒,对紧紧围住他的黑人们说:"我可怜这些又哭又叫的女人和小孩,我饶恕你们。"他指着救生艇和船上的其他小艇,叫他们装上食物,坐在里面,顺风划去,让风吹送他们返还家乡。

大家听信了他的话，一切很快准备就绪，只等登船。但只有一只救生艇和一只小船还能使用，这两只船要装载八十个还活着的黑人根本不够用。必须丢下所有受伤和生病的人，他们大多数都要求在大家离开以前把自己杀掉。

人们费了九牛二虎之力才把那两条船放到水面，划离大船，由于装载过重，随时都有被海浪吞没的危险。小船首先划走。救生艇本身就重，超载又多，远远落在小船后面。忽又逢大浪打来，它被灌满了水很快沉没了，艇上的人几乎全部淹死，只有十来个人重新回到帆船上，塔曼戈和艾莎也在其中。小船见救生艇遇难，划手们奋力加速划离，当太阳西沉时，它消失在地平线后面，谁也不知结局如何。

在"希望号"帆船上的生者受尽风浪颠簸、骄阳烤晒、缺粮挨饿之苦，弱者相继死去。几天之后只剩下塔曼戈和艾莎还活着。后来艾莎也死了。不知过了多长时间，一艘英国战舰望见这艘已没有桅杆的被丢弃的海船。一只救生艇划拢去后，发现一个死了的女黑人和一个骨瘦如柴、已失去知觉但还剩下一口气的黑男人，于是把他带走为他治疗。当那战舰开进停泊地时，塔曼戈已完全恢复健康。人们了解了他的经历，出于人道主义，还他自由，并给予生活出路。他学会了几句英语，但极少说话，喝起酒来却毫无节制——他终因肺炎而死于医院。

（天　旭）

乔治·桑

乔治·桑(1804—1876)是19世纪法国著名的女小说家,是当时出现的反映下层人民的新文学流派的代表之一。

她本名奥罗尔·杜班,父亲是第一帝国的军官,由祖母扶养长大。她幼时在农村,十三岁入巴黎的修道院,1820年又回到农村。她酷爱读书,尤喜卢梭的作品。十八岁嫁给一个男爵,但由于厌恶丈夫耽于享乐,于1831年初携一子一女来到巴黎。为表达争取妇女独立的决心,她穿上男装,抽起烟斗;为了谋生,走上写作之路。

她的创作分为三个时期。最初以妇女解放为题材,即引起文学界的重视。这类作品有:《雅典娜》(1832)、《莱莉亚》(1833)、《莫普拉》(1836)等,其共同特点是认为爱情和婚姻是关乎妇女解放的高于一切的问题。40年代后为第二阶段,以写社会问题小说为标志,作品有《木工小史》(1840)、《奥拉斯》(1841)、《康素爱萝》(1842—1843)、《安吉堡的磨工》(1845)等,反映了作家的空想社会主义倾向。第三阶段是田园小说的创作,如《魔沼》(1846)、《弃儿弗朗沙》(1848)、《小法岱特》(1848)、《笛师》(1853)、《金色树林的漂亮先生》(1858)等,寄托了自己的理想。此外她还写了一本儿童文学作品《祖母的故事》(1873—1876)和自传《我的生平》(1850—1876),还曾把自己的小说改写成剧本上演。

弃儿弗朗沙

古尔木埃磨坊的年轻女主人玛德兰·布朗舍在洗衣服时,发现了独自在喷泉旁边颤抖的六岁的弗朗沙——穷苦的老姑娘扎伯尔收养的弃儿。他龌龊褴褛,漂亮的面孔因营养严重不良而过分苍白,并且显得有点呆傻。玛德兰想到自己刚满一岁的小金尼此刻正睡在暖和的摇篮里,旁边还有奶奶看护着,不禁可怜起这孩子来。她解下毛织披肩,把他包裹起来,用自己作跪垫的稻草为他做了一张床。弗朗沙一任她摆布,安安稳稳地睡了。玛德兰洗完衣服,就悄悄到扎伯尔家去,让她把那件毛织披肩裁剪成弃儿的衣服,并提出让孩子在每天约定的时间里去吃小金尼剩下的食物,她会把小金尼的食物准备多一点的。弃儿就这样被养育起来。

玛德兰的丈夫加得·布朗舍和婆母都是爱金钱胜过爱邻人的悭吝人。对于家庭用具的失踪和面包的过量消耗,婆母已多次严厉警告,但加得起初却装聋作哑,置若罔闻,原因在于他对玛德兰还相当钟情,因为她虽然不风骚,却是非常漂亮,到处都有人恭维加得有福气。可是,到了一个收成不好的年头,加得就忍不住要发脾气了。有一次,一个才和一个非常美丽的女孩子结了婚的人对加得说,女人就像葡萄树上的花一样,一眨眼就枯萎了,玛德兰早已失去了红润的颜色。加得回到家里,昂着头,红着眼睛,瞪着妻子,见她果然变得多了。于是,他开始寻衅生事。婆母又像往常一样抱怨面包吃得太多了,玛德兰一声不吭,加得硬要她承担浪费的责任。从这天起,他再也不爱自己的女人了,而且百般虐待她。不久,加得就同邻近一个下流女人打得火热,完全厌弃了妻子。他还禁止扎伯尔和弃儿到磨坊里来,玛德兰不得不用更秘密的方法来帮助他们。

扎伯尔非常害怕磨坊的主人,况且她还租着他的一间破草房,于是把一切都向玛德兰的婆母说了，老妇人以允许欠付六个月的房租作交易，要她把弃儿丢了。第二天，心绪沉重的扎伯尔就牵着弗朗沙出发，走过草原，想让公共马车把他带回育婴堂去。弗朗沙发现了养母的意图，倒在地上哭泣，用头猛撞岩石，弄得鲜血淋漓。这时，玛德兰给一位有钱的太太送羊毛线回来恰好路过这里，替孩子说了许多好话。扎伯尔很愿意听她的，但想到如果把孩子再带回磨坊去，她便一切都完了的时候，又犹豫起来。

"滚开吧！"扎伯尔怒气冲冲说："我收留你就是了。不过，明天我就得到大路上去做乞丐。这就是我带了一个孩子连累自己的结果！"

"你已经说得太多了！"生性沉静的玛德兰此时生气极了，说："拿去，这里有十个埃居，你可以拿去付房租。如果他们硬要赶你走，就做搬家费。这是我纺毛线的工钱，他们会向我要的，但是我不管了，让他们杀死我吧！这孩子不再是你的了，我买下他，我将做他的母亲。我可以为我的小金尼粉身碎骨，我也可以为这孩子忍受一切灾难……"

可怜的弃儿也许是过于激动，也许是流血太多，已经昏迷过去了。扎伯尔又动起恻隐之心，同意不顾一切把他带回磨坊。

由于布朗舍老妈还来不及把事情告诉儿子就中了风，弃儿回来没有遭受任何惊扰。玛德兰一心一意护理婆母，三个整夜站在病榻旁边，老妈妈终于在媳妇的怀里归天了。

母亲死后，加得性情更坏了。情妇塞菲尔控制着他，带他去赶集赴会，去赌博诈骗，去酒店消磨时光。而当他正过着这种腐化生活的时候，他温良的妻子一直默默地勤俭地操持着家务，悉心地照料着孩子。她把丈夫的横暴凶蛮完全消溶在自己的忍耐之中。

弗朗沙领了第一次圣礼以后，算达到做雇工的年纪了。他到磨坊里当仆人，加得没有反对，因为弃儿是一名公认的好工人，看到自己能为玛德兰和小金尼服务，了解到自己赚来的钱可以替扎伯尔付房租，弗朗沙感到满足。不幸的是扎伯尔不久就因病去世了。一年以后，弃儿还在思念她。不过比较起来，他更爱玛德兰。

"自从你说了我永远不会忘记的话的时候起，我就爱你胜过爱她了。"弗朗沙对磨坊女主人说，"我没有因为她死而悲伤得死去，但是如果你死了，我会立刻死去的！"

"我可怜的孩子，"玛德兰笑了，说："我说了些什么，使你那样爱我？"

"你把埃居送给她时，一面吻我，一面说：'现在你不是弃儿了，你有一个母亲，她将爱你好像你是她的亲生儿子一样。'"

"就是现在，我还是那样想的。你是不是觉得我违背了我的诺言？"

"啊，没有！只是……"在她的催促下，弗朗沙才说，"只是你常常吻金尼，却不吻我。这就使我感到自己永远是一个弃儿啊！"

"弗朗沙，来吻我。"玛德兰激动地说，把孩子抱在她的膝头上，热情地吻着他的额角，"真的，我错了，我从没想到那个。你看，我真心真意地吻你。你现在应该相信你不是一个弃儿了！"

弗朗沙就像登上天堂一样，快乐得满脸是泪。从此，玛德兰早晚都要吻他，真是像亲生的一般。

弗朗沙十七岁了，长得魁梧奇伟，洁白的皮肤，淡棕色的鬈发，发尖闪着像黄金一样的光泽。他的漂亮牵动了男主人情妇的欲望。但在弗朗沙的脑子里，这个女人是魔鬼！就是她才害得玛德兰处境艰难。有一次，塞菲尔煞费苦心设下圈套勾引弗朗沙，但他没有上钩。她恼羞成怒，就对加得说，弃儿是孬种，竟然对她调情，已被她扇了一个耳光。末了，她嘲讽道：

"嘿，在你家里女人的身边，留下这么一个风流仆人，正好为她消愁解闷哩！"

妒火中烧的加得赶到家里，玛德兰照例默默等待他发作。当加得不听她解释，赌咒说她同育婴堂那个贱货恋爱，如果不把他立即赶走，就要把他杀死的时候，玛德兰一反常态，回答也比较高声一些了。

"你是一家之长，有权力赶走家里任何人。但你不应当伤害你的忠实的妻子。我要向圣灵控诉你的残酷！"

暴跳如雷的加得挥舞着棍子，扬言要去杀死弃儿。为了阻止丈夫犯一个最可怕的罪过，玛德兰勇敢地把他拦住，答应让弗朗沙离开，明天他一定不在这里。

这一晚，玛德兰把弗朗沙叫到十一年前她发现他的喷泉那里，痛苦地告

诉他:

"我的儿子,加得先生对你非常愤怒,不让你留在他家里了。你不要问我这是为什么。我为他太感羞耻了。我能够对你说的是,你走就是对我尽了责任!"

"叫他马上杀掉我好了!"弗朗沙用拳头敲击自己的脑袋,宁死也不离开她。

"我已经够倒霉了。要是你已对生活厌倦,不想安慰自己了,我会更加不幸啊!"

弗朗沙被说服了,表示要尽量勇敢地去忍受痛苦。

弗朗沙到埃举朗去,在那里的一座磨坊里住了整整三年,替约翰·费多尔经管账目。他聪明能干,深得主人赏识。他心里一直挂着玛德兰和小金尼,设法打听他们的消息。约翰有一个品行端庄的大龄女儿让奈特,她属意这位才貌出众的管账先生,但弗朗沙认为自己肩负着帮助玛德兰及小金尼的义务,怕被爱情和婚姻绊住而脱身不得,不敢接受她的一片爱心。有一次,他替主人出差,偶然听到加得病死,留下一大堆叫寡妇孤儿难以招架的事务。他忧心如焚,立即向约翰告假。

弗朗沙赶回古尔木埃磨坊,只见一片荒芜景象。他忐忑不安地拉开门上的闩子,眼前站着的不是玛德兰,而是一个又美丽又时髦的少女,红润得像春天的太阳,活跃得像一只小雀儿,少女叫玛丽叶特,是加得的妹子,一向由她的叔父照管。在弃儿被逐之后不久,玛丽叶特就因叔父去世住到这里来。弗朗沙只瞧了玛丽叶特一眼,就把视线移到别处去找寻磨坊的女主人。他在帐子低垂的床上看到玛德兰,玛德兰昏迷地睡着,气息微弱,寒热病把她消耗得不成人样了。她终于醒过来了,并且认出了弗朗沙。弗朗沙跪在床前,悲喜交集地哽咽着。她由于兴奋,又昏迷过去.

原来,玛德兰服侍照顾丈夫直到他死去,自己也病倒了。加上塞菲尔利用加得生前的酒醉、发烧或昏厥时签给她的契约,不时派人前来逼债,她这个瘦小疲弱之躯也不胜负荷,眼看就要油干灯熄了。现在弗朗沙的到来和精心护理,却使她奇迹般地恢复了健康。

弗朗沙回到磨坊的第二天晚上,早已废弃不用的磨子就转动起来了。接着,他就着手处理债务及田产的纠葛。他在埃举朗时,有一位教士寻到他,说他的生母送四千法朗帮助他成家立业,至于生母是谁,居住何方,是活是死,则无可奉告。现在这笔款正好派上用场。由于他已有一些经验,事务了解得相当清楚,又虚心地请教了几位律师,得到他们指点,所以塞菲尔失败了,加得生前抵押出去的田产也都赎了回来。为了报仇,塞菲尔开始离间玛丽叶特同家庭的关系。

对被玛德兰过分娇纵的小姑子,弗朗沙多次提出批评。然而就在两人不断争吵的过程中,玛丽叶特不知不觉地爱上了弗朗沙。他越是对她的过错加以责备,她越是疯狂地想使他喜欢她,尽管还有许多男子围着她转,她甚至对深受他爱戴的嫂嫂怀着嫉妒。有一天,她把心事对塞菲尔吐露了。

"像你这样有地位的女孩子去嫁给一个弃儿,我替你羞死了。"塞菲尔叹了一口气,说:"最严重的是你不能同你的嫂嫂竞争,因为他是她的老相好,你哥哥生前早就觉察到了。"

塞菲尔大肆渲染,说出了最恶毒的谎言,并劝告玛丽叶特赶快同她介绍的那个人结婚,再拖延就没有人要了,因为造谣的人们会说弃儿是属于她们姑嫂俩的。

两个女人的饶舌都被弗朗沙听到了。想起自己被人这样斥责,尤其是想起玛德兰的好心善行只落得坏人的诽谤,他的心沉重得像石头一样。是不是自己有过错和言行失检点,他仔细地检查和寻觅,但徒劳无用。最后,一个念头浮上他的心:

"即使我对她的友谊转变为爱情,又有什么不好呢?她是寡妇,有嫁人自主的权利。如果我不娶她,她的仇人就会逼迫我离开她,但我再也不离开她了。何况她还需要我的帮助。"

弗朗沙决意立即将自己的计划告诉玛德兰,请求她接受他做她的保护人,直至天长地久。然而,当来到她面前时,他感到羞怯和困窘了,而且,出乎意料之外,玛德兰谈起他成家的事情,说要玉成他同玛丽叶特的婚事,因为她觉得他们两人都有意思,而且这的确是一桩美事,结婚后他们会幸福的。她谈了她的小姑子的许多优点。

"我了解玛丽叶特小姐,我对她不感兴趣。"弗朗沙说,并告诉玛德兰,她的小姑子一点也不爱她。但玛德兰不相信。

玛丽叶特听从塞菲尔的挑唆,不顾嫂嫂的阻拦,执意要跟根本配不上她的但很有钱的一个笨汉结婚。玛德兰刚对她提起弗朗沙,她就尖刻地说:

"让喜欢私生子的人把他留在身边消遣吧!"

玛德兰这才相信了弗朗沙的话。晚上,弗朗沙把从两个饶舌女人那里听到的一切都告诉了她。

"他人能诽谤我什么?"玛德兰单纯地坦荡荡地说,"我都快三十岁了,既老且丑!像我这么一个饱经磨难的乡下女人,已经老得可以做你的真正的母亲了,只有魔鬼才会说我还有别的念头!"

玛德兰表示,要为弗朗沙另找一个年轻貌美和贤慧的妻子。万一她成了弗朗沙的结婚的障碍,她就让他离开。

弗朗沙以为玛德兰说的正确,站起身来向她道晚安。但当他握住她的手的时候,他的心突然跳得非常厉害——他有生以来第一次怀着审美的眼光注视着玛德兰,发现她仍然美得像圣母一样。当独自一个人躺在床上时,弗朗沙开始打战,呼吸急促,好像害了寒热病——不过这是爱情的寒热病,因为他一生都在热灰下面微微地温暖着,可是现在忽然被一阵强烈的火焰烧得焦灼了。

弗朗沙变得非常愁闷。玛德兰和其他人还以为他是失去了玛丽叶特的缘故,后来,弗朗沙到玛举朗去请教那位教士,但没有遇到,就转到约翰·费多尔的磨坊里去住了两三天。在那里,他同已快要和一位可敬的先生让奈特就结婚的问题作了一次长谈。善良的、聪明绝顶的让奈特看出弗朗沙的心事,自告奋勇充当他与玛德兰的红娘。

让奈特专程来到古尔木埃磨坊,当她见到自己还不能忘情的男子那样崇拜的玛德兰时,禁不住有些惆怅,但没有嫉妒,她感到自己将在要做的好事里得到安慰。

让奈特出色地完成了任务,她巧妙而自然地让玛德兰明白,弗朗沙对她的爱情不仅仅是出自好心肠,不仅仅是为了阻止恶毒的诽谤和便于终身为她服务,他实在是热烈诚恳地爱着她。如果玛德兰拒绝了他,他会愁苦地死去。

玛德兰一向过着拘谨、贞洁的日子,早已心若死灰,压根儿就不会想到自己还可能对一个男子有魅力。她起初惶惶不安,后来要求给她一点时间考虑,并同弗朗沙谈谈。

当玛德兰再次同弗朗沙在一起的时候,她感到他已不复是她的儿子,而是在她旁边同她散步的爱人了……

(肖　马)

福楼拜

居斯塔夫·福楼拜(1821—1880)是法国批判现实主义小说家。

他生于卢昂的一个医生世家。曾在巴黎攻读法律,因病辍学。早年写了些浪漫色彩的作品;1845年父死后,迁至卢昂近郊的别墅终其一生。他有丰富的遗产,故可专心创作。

他的长篇小说处女作《包法利夫人》(1856)也是他的代表作,以深刻的批判现实主义精神,对资本主义上升时期的法国进行了辛辣的嘲讽,对形形色色资产阶级人物作了淋漓尽致的揭露,从而激怒了当局,控诉福楼拜"有伤风化"。迫于压力,他只好转向历史题材,写出了第二部长篇《萨朗波》(1862),写的是公元前迦太基的一次起义。第三部长篇《情感教育》(1869)是1848年革命的一部形象历史。以后陆续写出《圣安东的诱惑》(1874)——这是他修改自己的旧稿而写成的中世纪宗教传说,《三故事》(1877)及最后一部小说《希瓦尔和佩居谢》(1881,未完成)。

福楼拜的作品有很高的艺术成就,虽然他的视野不及巴尔扎克广阔,理解也不及巴尔扎克深刻,但他手法之细腻精确却有过之。他特别善于不带感情的白描手法,为此还同乔治·桑发生过争执。福楼拜文风朴实严谨,用词精粹准确。他的小说多以悲剧结局,显示了他的悲观主义倾向。

包法利夫人

在法国诺曼底地区一座小镇的中学里，低年级学生正在上自习课。校长突然走进教室。身后跟着一个十五六岁的乡下少年。他身穿着一套色彩极不协调、式样极不入时的衣裤，头戴一顶不方不圆、不伦不类的帽子。这个打扮得俗不可耐、让人看了忍俊不禁的男孩，就是少年时代的夏尔·包法利。

夏尔的父亲原来当过军医副，后来离职，是一个小有阅历，长相漂亮，却不务正业的好色之徒。所以，夏尔的母亲就把自己的希望寄托到儿子身上。夏尔自幼笨拙，学习很吃力，但由于他的刻苦努力，最后总算通过了考试，当上一名乡村医生。

夏尔在学校逆来顺受，在家里则唯命是从。为了讨母亲的欢心，竟同意娶一个比自己大二十多岁的有钱寡妇，一个干瘪丑陋的老太婆。

夏尔医术虽然平庸，但还能应付头疼脑热之类的小病，所以颇受农民的欢迎。特别是当他侥幸为富裕农民卢欧老爹接好断腿之后，他在村民中的声望就更高了。

不久，夏尔的老妻病故了。卢欧老爹为了安慰他，便请他到府上作客。从此，夏尔经常出入卢欧老爹的家。一个冬日的夜晚，他惊讶地瞥见了卢欧的独生女爱玛，瞥见她天真无邪的眼神，玫瑰般的脸蛋，乌黑的头发，连指甲都白净得跟象牙一般，他有生以来头一回见到这么秀丽的小姐，内心十分爱慕，就时常借故去找她谈天说地。

爱玛从小丧母，十三岁时，父亲送她到附近的寄宿学校去，在那里，她所受的是一套陶冶贵族思想感情、不切实际的修道院教育。她天性多愁善感，追求刺激，对布道中说起的情人、婚姻产生兴趣，私下里拼命读些描写风花雪月以及充满浪漫色彩的爱情小说。她对司各特历史小说中古代贵妇人的生活,更是一往情深。她还喜爱跳舞、弹琴、素描、刺绣,憧憬婚姻给自己带来的幸福。但是,离开修道院回到家里,回到一潭死水的现实之中,虚幻世界消失了,平庸单调的生活使她大为失望。就在这时,夏尔出现在她的面前。

爱玛虽是卢欧老爹的亲生女儿,但卢欧老爹觉得女儿对自己毫无用处,早想摆脱她,就有意将她和夏尔撮合。爱玛内心本极空虚,又无选择余地,于是答应了夏尔的求婚。婚礼后,爱玛小姐成了包法利夫人,搬到包法利设在道特的诊所。

爱玛幻想着夏尔能满足她多年对爱情生活的渴望,让她饱尝像小说中所描绘的爱情那样的狂热和陶醉。但没想到自己的丈夫邋遢委顿,谈吐平庸,只知道饱吃昏睡,根本没有丰富细腻的感情。而且婚后的这个家远不如娘家殷实,这跟她所憧憬的贵族生活真有霄壤之别!爱玛十分失望,甚至有些后悔。她开始自问:"上帝啊,我为什么要结婚呢?"她梦想能有外遇,来平息自己感情上的波澜。

9月末的一天,被包法利治好口疮的昂尔代维利侯爵,邀请爱玛同丈夫前去赴宴,参加舞会。她目睹了意大利风格的府第、带回声的豪华舞厅;男宾打弹子球、斗牌,女客摇动画扇,谈赛马,少妇传情,老公爵贪色……她不由陶醉了,她如饥似渴地观察着舞会的每一个场面,聆听着别人的每一场谈话,尽情地享受着这从未领略过的上流社会的"欢乐"。舞会上,她曾两次受到一位子爵的邀请,这使她受宠若惊,如醉如痴地在子爵的怀抱中翩翩起舞。跳至天明,她才恋恋不舍地离去。她把这次赴宴的衣着,就连缎鞋都小心保存起来。那些五光十色的回忆,成了她平日里的消遣。

时光流逝,爱玛在怅惘中念念不忘与自己同舞的子爵。无聊至极,就拿火钳反复烧至通红,或是看天下雨,听弥撒的钟响。她忍受不了用饭的小厅房的寒酸,越来越乖戾任性,有时头顶住墙哭,抱怨当地气候不适。

无聊寂寞的生活使爱玛悒郁成疾。她不思饮食,日渐憔悴。包法利为了使夫人的精神得到振作,决定换一个环境。于是,他放弃了熟人熟地的故乡,特地来到永镇,接替一个刚刚离开的医生的工作。

但永镇也仍然是一个偏僻而闭塞的小镇。镇上只有一条街,街上只有一家旅店——金狮旅店，还有一家药店和几家小铺。金狮旅店是永镇社会生活的中心，药店老板郝麦则是永镇的风云人物。郝麦是一个没有开业执照的药剂师，靠了弄虚作假和善于周旋而把药店搞得十分兴旺。他医道既低，医德又坏，常不惜施江湖医士之术，希望一鸣惊人。在政治上，他野心勃勃，见利忘义，不惜卖身求荣。

包法利夫妇来到永镇的当天晚上，在金狮旅店用餐时，恰与这位药剂师同桌。餐桌上，郝麦口若悬河，大肆卖弄自己那浅薄得十分可笑的见解。这一点使爱玛颇感厌烦，但是，幸好与他们共桌进餐的还有一位年轻的公证人见习生赖昂。赖昂随和健谈，对爱玛颇有好感。他的浪漫主义情趣跟爱玛那喜欢幻想的性格一拍即合，两人一见如故。"世上就数落日好看了，尤其是海边。"爱玛提个话头，赖昂就滔滔不绝：湖泊的诗意，瀑布的瑰丽，冰河的壮观。树林，云层，深谷，还有德国音乐，园艺，炉旁读小说，巴黎戏剧，新式对舞，上天下地，一连两小时不停。但赖昂年轻，手脚拘谨。爱玛有心和他逃之夭夭，到天涯海角试试新命运，但不敢有越轨行为。包法利对爱玛精神上的抑郁和痛苦毫无觉察，她愈加怨恨自己的丈夫。当晚教堂的钟声悠扬响起时，她去向神甫诉说自己的苦闷。不料神甫不理解她的心情，反应迟钝，爱玛更感怅然。

赖昂要到巴黎去攻读法律了，爱玛强忍悲哀同他分手，她低声轻号，仿佛冬天的风在荒凉的庄园啸叫。

就在永镇大集那天，附近庄园的一个绅士罗道耳弗·布朗携带着仆人来看病。他发现蠢笨的包法利大夫有一个标致出众的妻子。这个风月老手立刻就垂涎三尺，决心"把她弄到手"。

几天之后的农业展览会是一个盛大节日，从大街小巷到远邻近舍，人人喜笑颜开，罗道耳弗在会上与爱玛相遇，别有用心地把她带到空无人烟的村公所会议厅，从那里观看大会的盛况。展览会上，州行政委员代表政府讲话。他对当时法兰西的所谓经济繁荣大吹大擂，然而，在发奖仪式上受奖的却是一个被"经济繁荣"榨干了血汗的老农妇。她以五十四年的辛勤劳动换来了一枚仅值二十五法郎的银质奖章！而这枚奖章最后还交给了本堂神甫的弥撒。

爱玛看到的不是这滑稽可笑的发奖仪式，而是罗道耳弗那双含情脉脉的眼睛；她听到的不是行政委员那冗长乏味的报告，而是罗道耳弗对"爱情"的热烈的表白。以前舞会上的子爵曾使爱玛精神恍惚，此刻的罗道耳弗仿佛就是当年的子爵。爱玛沉浸在柔情蜜意和欲火里。

六个星期过去了，罗道耳弗才又露面。他迟迟不见爱玛是激她情急。现在爱玛已身不由已，紧随风度翩翩的罗道耳弗，策马来到密林深处，投入他的怀抱。从此，她沉入淫乐而不能自拔。

包法利在当地药剂师郝麦的怂恿下，用新法给一个瘸脚伙计开刀整形，以求名利双收，爱玛也竭力撺掇。但手术后病情恶化，包法利束手无策，不得不请来著名的外科大夫，把那条瘸腿给锯掉了。丈夫的无能，使爱玛样样看了都有气。她决计不再同丈夫不称心地生活在一起，她要寻求自由与欢乐。

爱玛同罗道耳弗的幽会更加频繁。他们置舆论于不顾，纵情声色，肆无忌惮。尽情挥霍。商人勒乐先生给她送来各色各样的巴黎货，她为罗道耳弗和自己买了许多金银首饰、衣料等，钱不够用就向勒乐借贷。爱玛一心想让罗道耳弗把她带走。罗道耳弗假意逢迎，一再推迟私奔的日期。其实，他对这个自己未费吹灰之力便弄到手的情妇早已厌倦。爱玛的私奔计划把他吓坏了，他决心尽快甩掉这个纠缠不休的女人。临行的前一天，他寻找借口写来一封信："可怜的天使，你知道我把你拖到什么深渊吗？……我要亡命异乡，这样来惩罚我带给你的一切祸殃。"他还在信笺上洒了水滴，以充情泪。爱玛见信后几乎晕倒。她眼睁睁地望见罗道耳弗的马车驰过广场离开永镇，一声惊叫，她直挺挺地仰倒在了地上，从此大病一场，一连在病榻上躺了四十三天。

翌年春天，包法利带爱玛到卢昂去看戏散心。他们在剧场里邂逅赖昂。不期而遇使三年前的旧情又在两人心中复燃。如今的赖昂，经过了巴黎花花世界的陶冶，已非昔日畏怯、羞涩的赖昂可比。而愚蠢的包法利又为他俩的幽会铺平了道路。赖昂邀请爱玛去教堂观光，然后两人乘车，拉上窗帘，信马由缰地跑到天晚。爱玛返回永镇，呆了两天，又回卢昂，到码头旅馆度了三天"蜜月"。为了长久依恋，她以学钢琴为由，每周四到卢昂去鬼混一次。有一天，勒乐发现了他们的隐秘，就趁机向爱玛兜售奢华商品，从中牟利，并且高利放债盘剥。后来又上门逼债，要爱玛变卖房产抵偿。爱玛只好照办。她把卖掉房产抵债后剩余的钱大肆挥霍掉，又持续不断地借债。

爱玛这时对赖昂也开始感到厌倦。她本来追求的是浪漫的精神生活，到头来却只不过得到肉体的餍足。但她没有勇气作分离的决定，她甚至希望祸起萧墙，造成他们的离别。

爱玛在爱情上的专制、任性，逐渐使赖昂感到恐惧和厌烦。加上她挥金如土，行为诡异，赖昂深怕与爱玛的关系影响自己的前程，不能实现自己向上爬的野心，便竭力摆脱爱玛的纠缠。于是，他把她引进一群水手、店伙、医学生中。勒乐无情地催逼爱玛还债，并上告法院。判决书限二十四小时内"清偿债款八千法郎"，包法利家的东西全部被扣押起来。

爱玛无计可施，只好去求赖昂帮忙，不料，却遭到赖昂的断然拒绝。

走投无路的爱玛被迫去求助于本镇的律师居耶曼。居耶曼平时道貌岸然，这次却在爱玛陷入绝境之际撕下了假面具，乘人之危，对她动手动脚。爱玛气愤地跑了出来。正走投无路，她想起去找罗道耳弗。两人一会面，爱玛妖媚地叙旧，罗道耳弗跪下求爱。她见他不忘前情，开口借三千法郎。罗道耳弗一下站了起来，用镇定安详的神情回答："我没有钱。"爱玛环顾他房子里资产、摆设，忧愤地离开了他。

天黑了，乌鸦在飞着。

爱玛悲愤之至，绝望已极，便一口气跑到药剂师郝麦家偷了一包砒霜吞了下去。临死前留下一封信，表示"什么人也不要怪罪"。

永镇和往常一样，静悄悄的，只有钟响。包法利很伤心，他听说赖昂要举行婚礼了。他对爱玛的隐私仍然一无所知。当他无意中发现了罗道耳弗给爱玛的情书，从而得知了她的不贞时，他先是气愤，继而无可奈何，最后还是原谅了她和她的情人。屋子里空荡荡的。除了没完没了的讨债，再没有谁上门寒暄了。

药剂师郝麦也离开了包法利。他帮助州长竞选，到处钻营。为了扬名竟用消炎膏去医一个瞎子，结果没治好，又写文章指出乞丐的危险，让当局把瞎子关进了收容所。他先后排挤掉三个永镇开业的医生，靠舆论吹捧得到了十字勋章。他生意兴隆,顾客盈门。

　　包法利终日沉缅于对妻子的怀念之中,坐在花棚底下的长凳上,默默地死去了。他留下的全部财物,只卖了十二法郎七十五生丁。他和爱玛所生的女儿投奔了一个远房姨母。为了谋生,姨母把她送进一家纱厂做了女工。

(小　舟)

小仲马

亚历山大·小仲马(1824—1895)是法国19世纪的小说家和剧作家。

他是著名作家大仲马年轻时与一个女工生下的私生子。多年后，大仲马总算认他为子，但给终不肯认其母为妻。这一亲身经历在小仲马心理上留下伤痕，对他成年后的创作大有影响，使探讨社会道德成了他创作的中心主题。

小仲马的文学生涯从写小说开始，《茶花女》是他所写的最后也是最好的一篇小说。出版后他自己又改写成话剧，1852年演出后获得比小说更大的成功，从此便转入戏剧创作。他先后写过二十多个剧本，多以妇女、婚姻和家庭为题材，揭露了社会生活的一个侧面，力图借以讽恶劝善。比较重要的剧本有：《金钱问题》(1857)、《私生子》(1858)、《放荡的父亲》(1859)、《欧勃雷夫人的见解》(1867)、《阿尔丰斯先生》(1873)、《弗朗西雍》(1887)等。

《茶花女》是受巴黎名妓玛丽·杜普莱西的悲惨身世的触动而创作的。她本是农家女，来巴黎做工后沦为娼妓，死时年仅二十三岁。小仲马恰与她同年，见她生前门庭若市，死后仅有两人为她送葬，遂敷演而成小说。这一作品由小说而话剧而歌剧，流传日广。那血和泪的控诉感动并教育了历代读者及观众。

茶 花 女

1847年3月的一天,在巴黎昂坦街的一所住宅前,进行了一次惊人的大拍卖。由于死去的物主——玛格丽特·戈蒂埃小姐曾经是巴黎最出风头、最漂的女人,所以这次拍卖成为满足人们对这位名妓的私生活的好奇心的一次好的机会。

我原来是个珍玩爱好者,并且与玛格丽特小姐曾有过几面之交。所以我也去了。

打心里说,我对这位姑娘的夭折是很惋惜的。她是个绝色佳人。她的气质与她那同一类人有着极大的差别。她稚气、纯洁、脱俗,尽管过着热情纵欲的生活,但她脸上却总呈现出处女般的神态。这叫人百思不得其解。每逢首场演出,玛格丽特总是必到,她带着一束茶花,有时是白色的,有时是红色的。除了茶花外,她从不带别的花,所以有人替她取了个外号,称她为茶花女。

拍卖估价人的叫喊声越来越热烈,几乎巴黎所有的名媛贵妇都到了。各种珍宝、摆设,琳琅满目,女人们和拍卖商们兴高采烈,喜气洋洋。

长裙、开司米披肩、首饰,一下子都卖完了。可是没有一件东西是我用得着的,我一直在等待。突然,我听到喊叫:"烫金精装书一册,书名《玛侬·莱斯科》,十法郎,扉页上写着几个字。"这本《玛侬·莱斯科》,是18世纪法国普莱神甫写的一部著名恋爱小说。

相当长一段时间的冷场以后,有个人叫道:"十二法郎。"

"十五法郎。"我说。为什么我要出这个价钱呢?也许是为了书面上那几个字吧!

"三十法郎。"第一个出价的人又叫了,口气似乎对我的加价很不满。

"五十法郎。"我用同样的声调叫道。

"六十法郎。"

"一百法郎。"

全场鸦雀无声,人们目瞪口呆地看着我花十倍的价钱买下了这本书。

回到家里我打开扉页,只见上面有两行秀丽的字迹:

玛侬对玛格丽特

惭愧

下面署名是阿尔芒·迪瓦尔。

这是什么意思?玛侬是小说的女主人公,她为何要与玛格丽特作比较?阿尔芒又是什么人?他与玛格丽特有什么特殊关系?

我思索了一会儿,注意力便转到了小说的情节里,不久,我睡着了。

两天之后,一个身材高大、金黄头发的青年来到我家。他的名片上写着阿尔芒·迪瓦尔,我立刻记起了书的扉页。

阿尔芒先生满身尘土,面色苍白,他语调激动地说:"先生,我今天刚刚赶到巴黎,听说在拍卖玛格丽特财产的时候,您买了一本书?"

"是的,《玛侬·莱斯科》。"我很快走进卧室,把书取来交给他。

"就是这本。"他望着扉页上的题字,泪珠大颗大颗落在书页上,"先生,我想请求您把它让给我。"

"你拿去吧,我很高兴能使这本书物归原主。"

"但是,"阿尔芒先生不好意思地说,"您既然花了一百法郎买这本书,也许为了某种纪念。"

"我不过是对她有某种好感罢了。但我从小说扉页的题词上猜出,你对那个可怜的姑娘的印象是非同寻常的。"

"她是一个天使,先生,我是她的罪人!"阿尔芒激动地喊起来,"我狠心地折磨她,可她对我那么好,临死前还想着我,给我写信,喊着我的名字……"阿尔芒用手绢捂住了眼睛。

我对这个年轻人产生了强烈的同情心,我对他说:"如果我能减轻你的痛苦,我非常乐意为你效劳。"

"谢谢您。您刚才把这本书给我,已经叫我很快活了。"

他拼命忍住泪水，从我家里逃了出去。

我对他很不放心，几天后打听到了他的地址，便去看望他。发现他正重病在身，躺在床上。医生告诉我，他患的是脑膜炎。我日夜照料着他。一个星期以后，他终于脱离了危险。

这是个春天的下午，我将阿尔芒房间里的窗户打开了，花园里清新的气息一阵阵向我们袭来。

阿尔芒靠着枕头，眼望着美丽的天空，消瘦的脸上渐渐浮现出一丝柔和的微笑。他轻轻蠕动着嘴唇，自言自语地说："差不多就像这么个季节，这么个黄昏，我认识了玛格丽特。"

他陷入了遐想，许久，才慢慢向我转过头来，"我应该把这个故事讲给你听，你可以把它写成一本很有趣的书。"

下面就是他跟我讲话的全部内容，我几乎没有作什么改动……

那是个美丽的春天的黄昏，我和我的朋友加斯东到瓦丽爱丹歌剧院去看戏。当我们进走廊的时候，看见了一个身材颀长的女人，我的朋友向她打了招呼。

"她是谁？"我问。

"玛格丽特小姐。"

这个回答叫我心头狂跳。两年前，我曾深深地迷恋过玛格丽特小姐，我为她的姿容所倾倒。我经常渴望在剧院或街头遇见她，但我一直没有机会与她相识。后来她病了，听说是肺病，我便每天去她家打听她的病况，但从没留下过自己的名字。不久，她出国疗养去了。随着时光的流逝，她给我的印象渐渐淡薄了。

谁知当我那天与她相见时，那狂热的感情又爆发了。我坐在正厅里，眼睛不断瞥着玛格丽特的包厢。我根本没有注意舞台上演了些什么，只是对所有和玛格丽特小姐微笑、交换眼色的人抱着深深的妒意。突然，我发现在玛格丽特旁边的包厢里，坐着个我相当熟悉的女人。她叫普律当丝，过去也做过妓女，现在开了家妇女时装铺子。

我立刻向她打手势问候，果不出我所料，她招呼我到她的包厢里去。

我挨在她身边坐下，见她正与玛格丽特递眼色。

"她是谁？"我故意问。

"玛格丽特小姐，我铺子里的主顾，我的邻居。"

"她真迷人，能帮我介绍一下吗？"

"这不太好办，她身边总有个嫉妒心很重的老公爵监视她。"

"老公爵？"

"是呵。玛格丽特在国外疗养时认识他的。他的女儿和玛格丽特长得极相像，也得了肺病，在玛格丽特到达疗养地不久，便死去了，所以老公爵一见到玛格丽特，就发疯似的爱上了她，当然，是父亲般的感情。他希望玛格丽特抛弃过去的放荡生活，作个规矩的女人。作为补偿，她想要什么就有什么。玛格丽特答应了，看见没有，就是刚走进她的包厢的那个老头儿。"

我看见老公爵正将一包蜜饯递给玛格丽特，心里顿时生出一股醋意。

戏散了，我找了个借口要和加斯东一起送普律当丝回家。马车奔跑着，我感觉自己正一步步向玛格丽特靠拢。

到了普律当丝家里，我们硬赖着不走，因为普律当丝说过，每天夜里玛格丽特都要叫普律当丝过去陪她消磨时间。果然，一会儿便有个仆人来请普律当丝了。

尽管普律当丝对我们埋怨不绝，我仍狂喜不已。我终于能够和她在一起……

加斯东和玛格丽特是老相识，他向玛格丽特介绍了我的身份。我觉得头重脚轻，脑子里糊里糊涂。我似乎向她说了些什么，好像问候了她的身体。

"我生了一场大病，但现在好了。"

"这我知道。"

"是吗？"

"我曾有段时间天天来打听你的病情，后来很高兴地知道你病好了。"

"难道那个不肯留下姓名的年轻人就是你？"她惊讶地瞪着眼睛。

我点点头。

"你心肠真好。"她迷人地对我笑了。

我们开始弹琴、唱歌，接着又吃夜宵，大家嬉笑玩乐，不时可以听到一些不堪入耳的脏话。我默默地观察着玛格丽特，我发现这样的寻欢作乐对别人可以说是放荡、坏习气，对玛格丽特是一种忘却现实的需要，一种冲动，她不断狂笑着饮着香槟酒，不断咳嗽着，像是有意识地折磨折磨自己。

忽然，玛格丽特一阵狂咳，她的脸涨得绯红，肺好像撕碎了。可怜的姑娘拿起餐巾捂住嘴，奔进了梳妆间。

"她怎么啦？"我紧张地站起身。

"没事，她笑得太厉害，咳出血了。这是常事。"普律当丝和加斯东都显得很不在乎。

可我忍不住径自去找玛格丽特。

梳妆间里只点着一根蜡烛，玛格丽特斜靠在沙发上，手按着心口，大口喘着气。桌子上有一只盛水的银脸盆，水里漂浮着一缕缕大理石花纹似的血丝。看见我进来，她用手绢擦掉眼角的泪水。

"你这是在自杀！"我用激动的声音对她说："我要做你的朋友，我不能看着你糟蹋自己。"

"别这么大惊小怪，"她辛酸地笑了笑，"你真傻气，没有人关心我，他们都知道我这病无药可治。再说，我们这种人就是为满足情人们的虚荣心而存在的，一旦不能供他们寻欢作乐，就会被抛在一边忍受苦难。"

"不，如果你不嫌弃，我会像兄弟那样来照顾你，我天天留在你的身旁，把你的病治好。"

"你为什么要这样？"

"因为我爱你胜过世界上任何一个人……"

"别说这样的话了。你知道我的花费一年在十万法郎以上，这种花费成了我生活上的需要。我很快就会使你破产，你的家庭会停止供给你一切费用，那时候你就会后悔，就会发现我的确分文不值。"

"玛格丽特，请相信我，从我两年前第一眼看见你那天起，我就发誓要爱你。"

"你真是个奇怪的年轻人，当别人都把我抛在一边的时候，你却来关心我的身体，表达你的感情。你应该明白，我并非是什么公爵夫人，也不是什么伯爵小姐，我只是别人的玩物。"

"你在我眼中的价值远远超过贵夫人们。我的生命在你的手里。"

"那么我的老公爵怎么办?他知道了会不要我的。"

"他把你当作女儿,他会原谅你的。"

玛格丽特低下头,没有再说话。然而我从她美丽的脸上看到一种心慌意乱的表情。

我轻轻地对她说:"我向你发誓,我爱你,我全部听你的话。"

玛格丽特望着我,慢慢站了起来,在一束红色的茶花中摘了一朵,插在我衣服的纽孔里。

"咱们出去吧,他们正在等咱们。"

"我什么时候可以再见到你?"我央求着,握住她的手。

"当这朵茶花变颜色的时候。"

我诧异地看了看胸前的茶花。

她笑了,"明天晚上11点到12点之间,你满意了吗?"

我们相爱了,爱情把一切变得那么美好。

外人认为这是不可想象的,一个妓女,一个高等妓女!他们不知道玛格丽特的真正价值,他们不知道她所萌发的爱情像火一般灼热,像水晶一般纯洁。我们在一起便获得了整个世界。

由于我爱玛格丽特,我忍不住要嫉妒她周围的一切男人,一切在剧院里,在街头上,在餐馆里向她献殷勤的男人。我嫉妒得发疯,我知道他们有这种权利,因为他们有钱,而我却是个穷小子。每年父亲给我八千法郎的生活费,我省吃俭用仍很困难。现在,我的开销更大了,为了我们的爱情,我需要钱。

我开始赌博。每次赌钱我都相当冷静,我只输我付得出的钱。我只赢我输得起的钱。我手气一直不错。

玛格丽特看出了我的痛苦,她为我的痛苦而不安。终于有一天,她向我提出:咱们到乡下去住吧!

我愣住了,半分钟以后,我紧紧抱住了她。

我们在乡下租了一座玲珑可爱的三层楼的房子,在搬进去的当天晚上,我把《玛侬·莱斯科》送给了她。

从那天起，玛格丽特完全改变了原来的习惯，她杜门谢客，早睡早起，身体慢慢恢复了健康。那种从前我每次听到都感到心痛的咳嗽，几乎消失了。

玛格丽特不顾一切后果，公开宣布了我们之间的关系。仆人们称我为先生，正式把我当作他们的主人。

一天清晨，我正在花园里散步，普律当丝来了。她的样子十分诡秘，不能不引起我的怀疑。

两个女人关在一间小客厅里，我走上去偷听。

"怎么样？"玛格丽特问。

"我见到了公爵。"

"他对你说什么？"

"他说他已经知道你公开跟阿尔芒先生同居了，他不能原谅你。他对我说，'只要玛格丽特离开这个小伙子，那么我就像过去那样疼女儿般地喜爱她，供给她一切，否则她就别想从我这儿再得到任何东西。'"

"你是怎么回答的？"

"我说我会把这些转告给你，并劝你放聪明一点。亲爱的孩子，你的损失太大了，阿尔芒尽管爱你，但他没有足够的财产来补偿你的损失。再说，他总有一天会离开你的，那时候你后悔就晚了。"

玛格丽特沉默了，我的心怦怦乱跳。

"不，"玛格丽特突然说，"我决不离开阿尔芒，我爱他，爱他成了我的一切。我的生命不长了，不愿意为了钱去服从一个老头子的意志。让公爵把钱留着吧，我不要了。"

"但你以后的生活怎么办？"

"我不知道。"

普律当丝似乎还想说什么，但我猛然冲了进去，扑倒在玛格丽特的脚下，眼泪沾湿了她的手。

"我的生命是属于你的，玛格丽特。你给我的幸福我一辈子也报答不了。"

普律当丝走了。老公爵再也不能成为我们之间的约束了。我们开始过一种简朴的生活。我们很少出门，也不大购买衣服，玛格丽特经常穿件白色长裙，坐在草地上阅读《玛侬·莱斯科》。我们再也不提起过去的事情，玛格丽特把"过去"看成是深渊，是罪恶。

但有时，我发现玛格丽特的神态有些忧郁，尽管我百般追问，她仍不肯讲出原因。

一天晚上，她给普律当丝写了一封信，信的内容没有告诉我。

第二天，天气非常好，玛格丽特提出要乘船到克罗瓦西岛上去玩。我们玩得很开心，回到家已经5点钟了。

进门时，仆人说，普律当丝来过了。

"她走了吗？"玛格丽特问。

"是的，坐您的马车走了。她说这是讲好了的。"

"很好。"玛格丽特马上把话岔开，"吩咐给我们开饭吧，我们饿坏了。"

两天以后，普律当丝来了一封信。接到这封信，玛格丽特似乎很快活。但是马车没有回来。

"普律当丝怎么不把你的马车送回来？"有一天我问。

"那两匹马里的一匹病了，车子还要修理。反正这里用不着坐车，趁我们还没回巴黎之前，把它修好不是很好吗？"

我相信了她的话。

一个月之后，我发现玛格丽特常披在肩头的那条华丽的开司米披肩不见了。

我不禁起了疑心。我乘玛格丽特不在屋里的时候，开始搜寻她的抽屉。装她和普律当丝来往信件的那只抽屉锁得紧紧的，但她的首饰盒却放在外面。首饰盒打开了，里面空空的，那些贵重的珠宝钻石全都不见了。

一阵恐惧猛地袭上了我的心头。

第二天，我找了个借口出门，来到普律当丝的家里。

"你老实告诉我，"我开门见山地说，"玛格丽特的马车、披肩和珠宝，都到哪儿去了？"

"卖掉了。"

"是谁去替她卖的?"

"我。"普律当丝有点得意洋洋。

"要这么些钱干什么用?"

"还债。亲爱的,你的玛格丽特还欠人家三万左右法郎呢!她的地毯和家具都是原来由公爵作保买的,钱还没有付清。现在公爵不管玛格丽特了,这些债务自然要想办法还清。你要不要看看卖马车和珠宝的票据?"她打开抽屉给我看了许多票据。

"相信了吧?你瞧瞧这姑娘为了爱你,吃了多少苦啊!"

"好吧,这笔钱我来付。"

"你?哼!你去借?去偷?还是去抢呢?你惹翻了你的父亲,他会断绝你生活来源的。再说,你在短时间内,也不可能筹划得出这么大一笔款子。"

"这你不用管。"

我回到乡下,发现玛格丽特正站在花园门口等我。

"怎么回来得这么晚?"她焦急地扑进我的怀里。

"我去找了普律当丝。"

"为什么?"

"我去问她你的马车、披肩和首饰,什么时候才能还回来。"

玛格丽特的脸刷地红了,但她没有说话。

"因此,"我继续直截了当地说,"我知道你拿它们派了什么用场。"

"你责怪我吗?"她央求地问道。见我紧皱着眉头,她难过地低下头,"请原谅,像我们这种关系,如果我还有一点自尊心,就不能向你要一分钱,不然,这爱情跟卖淫还有什么两样?你爱我,即使我没有马,没有披肩,没有钻石,你仍然会爱我,对吗?"

"不过,玛格丽特,我不能让你牺牲得太多了,这笔债务由我偿清好吗?"

"不,我已经厌恶那种奢侈的生活了。我打算把我的全部财产都卖掉,除了还债,多余的钱还够我们在巴黎租一套漂漂亮亮的小公寓,无忧无虑,自由自在地跟你生活在一起。看在上天的分上,阿尔芒,答应我吧!如果不答应我,就说明你爱我爱得并不深。"

听了玛格丽特的话,我热泪盈眶,我忍不住吻着玛格丽特的手,喃喃地说:"听你的,一切都听你的。"

玛格丽特依照她的计划,委托一个经纪人替她去卖全部财产。我也偷偷下了决心,将我每年的年金,全部赠给玛格丽特,作为爱的报答。我们欢欢喜喜地筹划着未来,对一切都充满着信心。

一个星期之后,我们正在吃午饭,我的仆人突然从巴黎赶到。他告诉我,我的父亲已经到了巴黎,要我立刻去见他。

我和玛格丽特面面相觑。我们猜想:大祸临头了。

"去吧,尽早回来。"玛格丽特轻轻地对我说。

两个小时以后,我来到了父亲面前。

父亲冷冰冰地看着我,对我的问候似乎没有听见。

"阿尔芒,你坐下,我有些严肃的事要跟你谈谈。"

"好吧,爸爸。"

"听说,你在跟一个妓女,一个叫玛格丽特的女人同居,这是真的吗?"

"是真的。"我回答得很爽快。

父亲有些意外:"那么,现在是你改变生活的时候了,你已经败坏了咱们家的名誉。"

"这话不对。我爱玛格丽特,她过去是妓女,但现在她已经改邪归正了。我们在一起很幸福,我并没有欠债,这有什么可指责的?"为了保住我的玛格丽特,我决心和父亲作战了。

"你发疯了。这种女人还会改邪归正?不信你可以试一试,只要你离开她两个月,她就会另找个情人。"

"这不可能,你不了解玛格丽特。她是世界上最高贵、最无私的女人。"

"她无私到了要夺去你的全部年金的程度,对吗?"父亲说出此话,以为这是他最有力的一击。

"关于年金是我私下的主张。我向上帝发誓,玛格丽特并不知道这回事。"

"不管你替她怎么辩护,我命令你马上收拾好箱子,跟我一起回家!"

"这办不到,爸爸。"我斩钉截铁地说,"我已经到了可以不再服从一个命令的年龄了。"

听到这个回答,我父亲的脸色变得苍白,他声音发颤地说:"好,很好,先生!你别怪我不客气啦!"

他站起来向外走。

我追上前,拦住他,"爸爸,你千万别干出什么使玛格丽特痛苦的事。"

父亲轻蔑地盯着我说:"我想你是疯了!"

我从巴黎回到乡下。

"你总算回来了!"等待在窗口的玛格丽特叫嚷着向我扑来。

于是我把我和父亲之间发生的事告诉了她。

"天哪,这是为什么?我对你并没有过多的要求,我爱你,我只想安安静静地跟你在一起。你没有对他说起我们将来的计划么?"

"讲过了,但他看出我们相爱,更生气了。"

"那怎么办呀?"玛格丽特的脸变得苍白了。

"亲爱的,总会有办法。"

"阿尔芒,你明天应该回巴黎,跟你父亲好好谈谈。你装作愿意作出让步,别显得太关心我,也许他会谅解你的。你一定要有信心,不管发生什么事,玛格丽特绝不会背叛你。"

玛格丽特的话深深地打动了我。我决定第二天早晨就回巴黎。

然而,这次在巴黎,我并没有找到父亲。

我回到乡下,发现玛格丽特并没有像往常那样等待我。她坐在大厅的炉火前,正陷入深深的沉思。当我把嘴唇贴在她的额头上时,她跳了起来。

"看见你父亲了吗?"

"没有。我想,还是等他派人来叫我吧。"

"不,阿尔芒,明天你应该再去,一定要去!"她的声音在发抖。

"为什么?"我十分诧异。

"因为……"玛格丽特脸色发红,好像在发烧。

"你病了,亲爱的?"

"不,请答应我,阿尔芒,你明天一定要再到巴黎去一次,请求你父亲的宽恕。"

玛格丽特见我点头许诺了,她竟泪如泉涌,趴在我怀里哭起来。我不知她受到了什么刺激,怎么追问也没有结果。我安慰她,把她扶到床上。

夜深了,玛格丽特似乎安静了一些,她叫我坐在她的身边,絮絮叨叨地对我重复着她对爱情的忠诚。我感到惶惶不安,似乎大祸要临头了。

第二天清晨9点左右,玛格丽特醒来了,看到我已经起身,她不由喊起来:"你这就要走了吗?"

"不,再过一会儿。"

"你过来,紧紧抱着我,直到你离开。"

"你怎么啦,玛格丽特?你有心事,但又瞒着我。我不去巴黎了,我不去了。"

玛格丽特慌乱起来,她随即嚷道:"你走吧,我什么事都没有,别担心我。我马上起床,送你到车站。"

在车站,她强颜欢笑。分手时,我说:"晚上见。"她眼圈红了,却没有回答。

我在旅馆里见到了父亲。他的表情不像上次那样严肃。

"我的孩子,我又认真地考虑过你的事情了。我似乎应对你宽容一点。"

"爸爸!"我又惊又喜。

"年轻人嘛,都得有个情妇。我听说玛格丽特小姐的确是个不错的姑娘。"

"您太好了,您使我多么快乐!"

我们在一起谈话,吃饭。我父亲显得亲切。吃完饭后,父亲挽留我跟他一起度过那个夜晚。我没有答应,因为我急于要把这个可喜的转变告诉玛格丽特。

见我坚持要走,父亲不禁问道:"你真的那么爱她吗?""爱得发疯!"

"那么去吧!"他用手拂了一下前额,仿佛要驱走一个什么念头似的,他张开嘴巴似乎要讲什么,但他还是只握了握我的手,突然离开了。

傍晚,我回到乡下,整座房子是模糊的一片,都没点灯。拉铃后,园丁来了。

"太太呢?"

"到巴黎去了。您刚走不久,她就走了。"

我吃了一惊,我立刻想到了玛格丽特昨天反常的表情。难道出什么事了?

我走进屋里,看见《玛侬·莱斯科》翻开在桌上。书页上有好些地方被泪水沾湿了。我拿起书,突然,一封信掉了出来。我连忙打开信。

阿尔芒:你读这封信的时候,我已经是别人的情妇了。我们之间的一切都完了。

回到你父亲、你妹妹那里去,忘记那个叫玛格丽特·戈蒂埃的堕落的姑娘。这姑娘一生中仅有的幸福时刻是你给她的,她现在希望她的生命早点结束。

当我念到最后一句话时,我觉得我快神经错乱了。

我愣愣地坐了一会儿,忽然猛地捂住脸,嚎啕大哭起来。

我赶回巴黎,但玛格丽特不肯见我。

玛格丽特抛弃了我,使我精神上受到了巨大的刺激。父亲希望我跟着他离开巴黎,我拒绝了。我恨玛格丽特,我想要报复她,可到了晚上,我又不断地梦见她。

我痛苦,在爱和恨中挣扎。我决心无论如何还要见她一面。我找到了普律当丝太太。

"刚才玛格丽特就在我这儿,听到你来了,她就逃了。"普律当丝笑着说。

"这是何必呢?"我竭力装出漫不经心的样子,"这姑娘为了重新过豪华的生活离开了我,我并不想责怪她。"

"是啊,玛格丽特如今真正享福了。N伯爵你知道吗?巴黎最有名的富翁,他替玛格丽特还清了债务,赎回了首饰,还送给她许多钱。这位伯爵迷上玛格丽特已经好几年了。"

这些话几乎使我心碎。

普律当丝告诉我，明天晚上 N 伯爵将带玛格丽特去参加一次舞会。

我设法弄到了一张舞会的请帖。

在舞会上，我和玛格丽特相遇。我随随便便地用眼睛向她打了个招呼，玛格丽特的脸色变得死人一般的苍白。

我故意不再理睬她，而去追求一个美丽的但十分轻浮的姑娘。半个小时以后，我成功了，正当我向那姑娘大献殷勤的时候，玛格丽特悄悄地离开了舞场。

从这一天起，我每时每刻都在虐待玛格丽特。我送给我的新情妇许多东西，带她出现在各种各样的公共场合，我的新情妇以为凌辱玛格丽特会讨得我的欢心，便不择手段地与她过不去。一个傍晚，这个蠢女人竟把玛格丽特气昏在林荫道上。

第二天早晨，我却以玛格丽特不尊重我的情妇为理由，写了一封十分残忍的、充满挖苦之词的信寄到她家里。

玛格丽特再也无法忍受这些折磨，她托人带话说要见我一面。

晚上 9 点钟，在我的住所里，玛格丽特穿着一身黑衣服，蒙着面纱走到我面前。还没有说话，她便痛哭起来。

"你怎么啦？"我忍不住握住了她的手。我发现她的手滚烫，她好像又在发烧。

"你害得我好苦，阿尔芒。"

"难道我不痛苦？你写的那封信差点儿叫我发疯了。"我轻轻地吻了吻她。

"别谈这些了，阿尔芒。你已有了一个年轻美貌的情妇，把我忘了吧。"

"告诉我，你为什么要离开我？真是为了那些金钱？"

"不是的，我服从了一个严肃的需要，这些原因你总有一天会知道，也会因此原谅我。"

"把这些原因告诉我。"

"不行，这会使你疏远你不该疏远的人。"

"告诉我,不然你就是在撒谎。"我蛮横起来。

玛格丽特默默地望了我一会儿,转身想要离去。我一把抓住她,"不许你走,我爱你,请你留下。"

玛格丽特泪流满面。突然她除下帽子,脱掉大衣,扑进我的怀里,"我是你的奴隶,你愿意怎样,就怎么样吧。"她发出一阵嘶哑的干咳,咳得几乎喘不过气来。

我把她抱到床上。这时我产生了一个念头,我应该杀死她,让她永远不会属于别人。

天亮后,她走了。

我呆呆地坐了两个小时,我回忆着一切的经过,觉着对玛格丽特的思念越发如饥似渴。我忍不住跑到她住的地方,她的仆人开了门。

"对不起,夫人不能接待你。因为N伯爵在这儿。他不让我放任何人进去。"

我像个醉汉似的回了家。我气疯了,嫉妒得发狂。我感到玛格丽特在玩弄我。我立刻拿了五百法郎的钞票,并写了几个字让人给她送去。

今天早晨你走得太匆忙,忘记付给你过夜钱。

整整一天,玛格丽特没给我回信。第二天中午,一个当差给我送来了一封信,里面装着五百法郎的钞票。

"是谁让你送来的?"

"一位夫人,早晨她已经带着女仆离开巴黎到英国去了。"

一切都结束了,没有爱也没有恨。我的一个朋友要到埃及去旅行,我决定跟他一起去。但是走到半路上,我听到了玛格丽特病危的消息。我放弃了原有的计划,匆匆忙忙往回赶,然而晚了……

玛格丽特的一位好友,将玛格丽特的日记转给了我。我读了之后,才明白自己是怎样伤害了一个举世无双的好姑娘。她是无辜的!

原来,那天我到巴黎去看望父亲的时候,父亲却悄悄来到了乡下。他先是暴跳如雷地指责丽玛格丽特勾引了他的儿子,败坏了他们家族的名誉,玛格丽特反驳了他。随之,他又突然变得亲切起来,他恳求玛格丽特为了他儿子的幸福,作出一种牺牲。他说,假如我们继续呆在一起,就会断送他儿子的前途。他还说自己的女儿快要订婚了,如果不中断我们的关系,女儿的婚事就会因别人的流言蜚语而化为泡影。

玛格丽特被老人痛苦的泪水打动了。她答应为证明自己的爱,而离开自己所爱的人。

她立即写信给普律当丝,告诉她自己将接受 N 伯爵对她的多年追求。

她把自己变成了一具没有感觉的躯壳,她焦急地盼望着死亡的来临……

在她弥留的时刻,她曾一次次呼唤着我的名字……

阿尔芒泣不成声。我为这个动人的故事而战栗,我也为玛格丽特不幸的一生而悲伤。我没有再安慰阿尔芒,而是一个人默默地走了出去。

几天后,我依照着我听到的那样写下了这篇最真实的小说。

(贾 鸣)

凡尔纳

儒勒·凡尔纳(1828—1905)是法国著名的科学幻想小说家和冒险小说家。

他出生于海港城市南特,自幼即对航海产生了浓厚的兴趣。他1848年赴巴黎学习法律,却迷恋于写作和自然科学。他的处女作是诗剧《折断的麦秆》,1850年初演,这使他大受鼓舞。毕业论文通过后,他即到剧院里担任起秘书,陆续发表了几出轻歌剧和几篇短篇小说,并于1852年出版了长篇历史小说《马尔丹·帕兹》。

长期的系统钻研和关心科学新发现,终于将他引向创作科学幻想和冒险小说的道路。1863年他完成了《气球上的五星期》,印行后即获极大成功,被译成多种文字出版。此后的四十年间,他不懈地创作,用他那百科全书式的知识描绘了整个世界。他一生共发表了六十六部长篇小说和短篇小说集、一些剧本、一部六卷集的《伟大的旅行家和伟大的旅行史》以及一册《法国地理》。

凡尔纳是举世闻名的科幻小说大师。在《在已知和未知的世界中奇异的漫游》(前称为《奇异的漫游》)的总标题下,包括了《地心游记》(1864),《从地球到月球》(1865)及续集《环游月球》(1870),《哈特拉斯船长历险记》(1866,第一部为《英国人在北极》,第二部为《冰天雪地》),三部曲:《格兰特船长的儿女》

(1868)、《海底两万里》(1870)和《神秘岛》(1875),《八十天环游地球》(1873),《机器岛》(1895)等。

气球上的五星期

　　1862年1月14日,英国皇家地理学会会长在会员大会上宣布,萨尔梅博士要乘气球横穿非洲大陆,他说:"这次尝试如果成功了,就会大大增加我们关于非洲的知识;如果失败了,也可以算是人类历史上的一大创举。"

　　博士对这次探险计划考虑得很周到。他设计了一个构造奇妙而实用的气球,准备利用总是朝一个方向刮的贸易风,从非洲东部的桑给巴尔岛,飞越非洲大陆,到达西部的塞内加尔。

　　2月中旬的一天,博士同他的好友、神枪手狄克和仆人乔过了磅。三个人的体重加上别的东西的重量,总共是四千斤。博士都一一记在他的小本子里。

　　2月21日清晨,英国运输舰"决心"号载着气球和全部人员装备,离开伦敦南下,绕道非洲南端的好望角,五十天后,到达桑给巴尔港。当地居民很迷信,认为飞行活动亵渎他们崇拜的太阳神和月亮神,非常愤慨,准备用武力制止此事。博士采纳领事的建议,把气球的装备卸在港外一个荒岛上。经过两天的紧张工作,"女皇"号组装完毕。第三天早上,博士点着了燃烧嘴,十分钟后,从水箱里分解出来的大量氢气被送到气囊里,气球便带着吊篮徐徐上升。吊篮是博士和他的两个伙伴的观察台、工作室兼起居间。"女皇"号直线上升了五百英尺,气流把它向西南方送去。他们看到桑给巴尔岛田野上浓淡不一的色调,一团团大树球似的森林和变得很小的岛民。随后,气球升到二千二百英尺的高度,用每小时八里的速度飞行了两小时,到了非洲大陆上空。博士减小燃烧嘴的火力,供给气囊的氢气也相应减少,

"女皇"号就降到离地面三百英尺高了。这地方叫姆利马。正赶上退潮时分,那些被印度洋的海浪冲刷着的树根看得一清二楚。他们飞到了高列村。村民们一见气球,就发出恐怖的叫喊,并且向这个空中怪物射箭,但射不到它。不久他们飞到了同达村的上空。这是个流行疟疾的地方,太阳晒得潮湿的土地上空蒸腾着瘴气。一块荆棘篱笆围起的大空地上,有一支在此歇脚的骆驼队。狄克想看看在地上奔跑的人,要博士将气球再降低一些。博士告诉他,这一带的酋长都有火枪,飞低了正好成为他们的枪靶。要是气囊给打穿几个窟窿,氢气一跑光,那就麻烦了。这时西边隐约可见一座高山,他们决定在那座山的后面过夜。

博士加大燃烧嘴的火力,"女皇"号升到三千英尺的高空,贴着山峰飞越过去,在山的另一边的缓坡上往下降落。铁锚从吊篮里放下来,钩住一棵大枫树。乔顺锚索滑下去,把锚绑牢。吊篮里的人给他放下绳梯,他顺绳梯回到吊篮里。高山为"女皇"号挡住东风,它便一动不动地停在那儿。为了防备万一,他们三人轮流休息。

第二天早上,乔解开锚,博士点着燃烧嘴,气球又在大风吹送下向前飞行。这一带常年下雨,空气里有硫化氢的气味,是非洲最容易得病的地方。狄克得了疟疾,向博士要药吃。博士说,他有比药还灵的办法治狄克的病。然后,他让气球升到袭击他们的雨云的上空,那里阳光灿烂,空气新鲜,向下望去,但见吊篮下乌云翻滚,云层薄处,被阳光刺开一个裂口,露出鲁别霍山闪闪泛光的峰顶。三小时后,狄克的病霍然而愈。

"女皇"号绕过鲁别霍山,在山的另一面降落。狄克和乔去打猎,好补充口粮。博士留在气球上整理观察笔记,他们相约,万一发生意外,就鸣枪为号,立刻集合应变。狄克和乔在橡胶树林里打中一只正在喝水的羚羊。他们割下羚羊的排骨和里脊,正烤时,忽然传来一声枪响。这是博士向他们发出的信号:气球那边有危险!狄克和乔收拾起猎获物,摸着原路往回跑。第二声枪响了。跑出树林,他们远远看到三十来个怪物在拴气球的大枫树下指指划划,叫叫嚷嚷。有几个正向树顶爬去。这时吊篮里又放了一枪,打中一个爬上锚索的家伙。可是那家伙却挂在一根树枝上,不住地划着两臂和两腿。乔的眼力好,看出了原来是一群猴子,那家伙是用尾巴勾着树枝哩。狄克连放几枪,打死几只猴子,其余的就逃散了。

"女皇"号继续飞行。两天来,他们飞了九百英里。以前,另外两位探险家走了四个半月,才走了这么多里路。下午两点光景,气球飞临卡结赫镇。当地人看到气球慢慢下降,都逃回家去了。气球停稳后,一个巫师用阿拉伯语同博士交谈。原来当地人把气球当月亮,把他们三人当月神的儿子,是来给苏丹治病的。博士懂一点医道,就将错就错跟巫师到王宫去给苏丹看病。苏丹病入膏肓,已无法治愈。博士往他嘴里滴了几滴兴奋剂。苏丹动了动身子,立刻引起了大家的欢呼声。博士却赶忙向气球跑去,跨进了吊篮。这时又大又红的月亮出来了。这是真月亮,气球是假月亮,这三个人是假神仙。土人们情绪大变,怒不可遏。一个巫师爬上树,想拉住锚索,把假月亮拉到地上去。巫师一解开锚索,气球猛地一蹿,连锚带人一起升上了天空。半小时后,"女皇"号飞到一块荒凉的土地上空,下降到离地面二十英尺光景,那吊在气球下的巫师,跳到地上,撒腿跑回卡结赫镇去了。

傍晚,他们飞到了月亮国的中心区。又热又闷,风停了。河马从水塘里往外爬,鳄鱼发出巨大的吸气声。不久,热带雷雨爆发。闪电划开乌云,电火花夹在大雨点里,在天幕上画出五光十色的斑纹。天空一片火海。狂风卷着乌云,吹得火海越烧越旺。博士加大气球的升力。气球旋转着、摇晃着、升腾着。球身的波纹绸被刮得噼啪直响。冰雹叭叭叭打在气球上,闪电贴着球面画出喷火的切钱……好容易飞出了雷雨云层!

次日早上,乌云散去,风和日暖。他们准备着陆,以便检查气球,补充用水,弄些新鲜肉食。飞临一片大草原时,抛下去的锚在高高草中摆动。突然,气球颠簸了一下。原来是锚卡在一头野象的两颗牙齿之间了。野象想用鼻子甩断锚索,没成功,就发疯似地跑起来,吊篮被它带得晃晃悠悠。眼看离密林不远了,趁野象仰头的一刹那,狄克一枪打中它的眼睛,接着又是两枪,打中它的脑袋和肋下。野象站住,晃晃身子,侧倒下去。又一颗子弹打中它的心脏,野象被打死了。气球在死象的上面晃悠。三人出了吊篮,博士检查气球,狄克去打野物,乔烧饭。两小时后,他们美美地吃了一顿烧烤象鼻和象掌。

一天,他们在一片荒地上发现许多金矿石,便扔掉当压舱物用的沙子,装了六百多斤金矿石，以为发了一笔小财。

快到撒哈拉沙漠时，水快用完了。没有水，制造不了氢气，气球没法飞行，人也干渴得受不了。博士认为向几内亚湾飞去，路上可能碰到绿洲或水井。可是，气流微弱，气球只能缓缓向西移动。大家渴得嘴唇干裂，嗓子沙哑。狄克陷入虚脱状态。乔竟把大沙漠当成大水塘，扑倒在地上大喝特喝，弄得满嘴是沙。幸亏这时起了"撒哈拉龙卷风"。他们扔掉五十斤金矿石，气球开始上升。龙卷风迅速向"女皇"号逼近，气球有被龙卷风压扁、撕碎、击毁的危险。他们只好又扔掉了一些压舱物，气球很快升到龙卷风的上头，被一股强大的气流托住，越过了汹涌翻腾的沙海。终于找到了活命的水。

5月11日，"女皇"号停在罗古姆的京城上空。土王打手势，要气球赶快离开。可是没有风，气球飞不动。土王大怒，端起火枪，狄克抢先放枪，打掉土王手里的火枪，土人见状，全逃散了。午夜，土人施展他们巧妙的战术：向气球放出成千上万只尾巴上拴着燃烧物的鸽子，狄克的枪法再好，也对付不了这么多的"敌人"。博士当机立断，又扔下许多金矿石，气球减轻了重量，蹿到鸽群之上，才脱离了险境。

5月12日，"女皇"号飞临乍得湖南岸时，一群兀鹰沙哑地叫着，向"女皇"号围上来。气球升到三千英尺高，兀鹰也随它升高。狄克先后打掉了三只张开嘴、伸出爪子的兀鹰。余下的十一只改变战术，一起飞到气球的上端去了。不一会儿，传来了绸子撕裂的声音，三人都觉得吊篮离开他们的脚直往下沉。金矿石全都被扔出去了，气球还在往下坠落。水箱里的水倒了，存粮也扔了，气球只是落得慢了一些。在这紧要关头，只见乔纵身跳出了吊篮。"女皇"号减轻了重量，一下上升到了一千英尺。风往被兀鹰啄穿的气囊里钻，把气球往乍得湖北岸吹送。博士和狄克以为乔已经牺牲了，心里非常难过。第二天，他俩花了四五个钟头，把被兀鹰撕破的外层气囊去掉，气球体积减小了三分之一，升力也跟着减了九千斤。不过还能飞行。他们在湖上漂飞，抱着找到乔的一线希望。

……乔跳出吊篮后，落进湖里。当他钻出水面，看到气球已升高，并向北飞去时，他放心了：两个朋友得救了。乔游了一个半钟头，在离岸二百英尺时，闻到一股强烈的鳄鱼的怪味。他忙潜入水里。他觉得鳄鱼就要咬住他了。突然感觉什么东西抓住他的膀子和腰部，把他托出水面来了。原来是两个在岸边洗澡的黑人救了他……乔看到水上有一只独木船，马上爬上去，依靠北极星指示的方向，往北划去，希望能看到"女皇"号。次日早上，他在树林里碰到一群土人，他们正在用大戟树的毒汁浸箭头，没发现他。忽然他从树枝的缝隙间看到了"女皇"号，却不敢跑出去叫喊他们。等土人走后，他跑出树林时，气球已飞走了。尽管这样，朋友们没有扔掉他，他仍然感动得热泪盈眶。他拖着血淋淋的双脚和疼痛的身子继续走着。

……狄克又站在吊篮前部观察。忽然发现下方远处，一支马队正在追捕一个骑马人。等气球飞近一些时，他们看出被追捕的人正是乔。一个阿拉伯人眼看就要追上乔，并且举起了马枪。狄克一枪把阿拉伯人打下了马。气球飞临乔的上空，放下绳梯，横木碰在地上，扬起一片尘土。乔转身看见绳梯，一把抓住了它。狄克及时扔掉一百五十斤重的压舱物，气球一下子升了一百五十英尺，乔灵巧地爬进了吊篮。

……5月17日，他们发现仅存的气囊有些漏气，升力越来越小。20日，飞到尼日尔河和塞内加尔河流域之间的高山地带时，由于缺乏氢气，气球开始瘪陷，唯一的办法是减轻吊篮里的重量，最后连帐篷、行李、水箱、弹药、食品（只留下一天的用量），也先后扔掉了，还是不能解决问题：一座大山迎面而来，而吊篮还是比山顶低，眼看就要撞山了，这时乔纵身跳出吊篮，抓住吊篮的下方，用脚蹬着山顶跑。这样气球就等于减轻了他的体重，气球随即上升了一点，吊篮正好掠过山顶台地。乔跑到另一面山坡时，看到前面是个深谷，赶紧抓住吊篮上的绳子，回到了伙伴们的身边。

离塞内加尔河只有二十五里了。为了减轻气球的负担，越过这条大河，他们又先后扔掉仪表、锚、锚索、枪、口粮这些必不可少的东西。可是气球还是在变长，绸面变皱，摩擦得沙沙发响。下面又有土人在呐喊、追逐。情势危急，不得不砍断系吊篮的绳子，将他们赖以存身和工作的吊篮也扔掉。气球又腾空上升到三百英尺的高度，脱离了土人的追逐。三人攀住网眼过河。气球一点一点瘪下去，最后落在离河岸几米的河水里。幸亏遇到一队法国巡逻兵，把他们救上了岸。

5月27日，萨尔梅博士、狄克和乔搭小火轮，顺塞内加尔河下行，6月10日到达圣路易港，转乘英国战舰，于6月28日回到伦敦，结束了这次饮誉世界的不平凡的探险活动。

（马　琪）

格兰特船长的儿女

一

当格里那凡一家在邓肯号上发现鲨鱼肚里的瓶子时，他们一家的生活开始了变化。瓶子里有一封同时用英、法、德文写的信。信已残缺，经过对照着猜测，得出下列内容：1862年6月7日，不列颠尼亚号沉没在南半球海区，两水手和船长格兰特到达此大陆，抛此文件于经……纬3711处，乞援。

格里那凡和妻子海伦立刻焦急起来。他们一回到家里就立刻登出寻人启事，寻找格兰特的亲人。一天傍晚，一个少女带着一个男孩找来，他们正是格兰特的女儿玛丽和儿子罗伯尔，他们是得到唯一的亲人可能还活着的信息，充满希望赶来的。但是援救格兰特的计划并不是那样简单。好心肠的海伦夫人，见到孤苦无依的姐弟俩的焦急，十分不忍，她终于说服了丈夫，用邓肯号去寻找格兰特船长的下落。

船上除了格里那凡夫妇、格兰特姐弟外，还有海伦的表哥玫克那布斯少校，和以船长孟格尔为首的二十五名船员。经过各种准备，邓肯号在1864年8月25日晨时启航了。6时许船就航行在大西洋上了。海伦高兴极了。一行人跟着格里那凡去参观船舱，只有少校在甲板的靠椅上吸烟。风和日丽，少校沉浸在吞云吐雾之中。突然，一个陌生人站在他的面前，那人又高又瘦，四十来岁，活像个大头钉。从他那视而不见、听而不闻的神气，就知道他是个十分粗心大意的人。他的身上有许许多多衣袋，都塞得鼓鼓囊囊的，腰间还挂着个大望远镜。他见少校动也不动，就带着外国口音喊起来，"司务长！"司务长闻声赶来，却不知这位客人是打哪儿冒出来的。只听他连珠炮似的说："我是六号房乘客，快开早饭吧，我已经三十六小时没吃过东西了，或者不如说，我足足睡了三十六小时。一个人从巴黎一口气跑到拉斯哥港，早饿坏了。我还要问你，船长呢？"正在这时船长孟格尔出现了，问："先生，我是船长，您有什么事？"

"啊，我高兴极了，"陌生人叫道，"薄尔通船长，认识您很高兴。请您告诉我，您对苏格提亚号满意吗？"孟格尔只有吃惊的份儿了。这时人们正好走到甲板上来。陌生人更高兴了："有女乘客！好极了，让我们认识一下。我叫巴加内尔，巴黎地理学会秘书。我研究了二十年地理，现在想做些实际考察，我要到印度去……"格里那凡说："可船正在背着印度半岛航行呀！"巴加内尔突然看到舵盘上的字："邓肯号"，惊叫一声："这不是开玩笑吗！"跑回自己的房间去。他的粗心惩罚了他，因为上错了船可和上错了火车不同。但当他知道邓肯号是去寻找格兰特，他也欣然加入了这个行列，而且显得比谁都忙，不停地研究地图，还咿咿呀呀地练习西班牙语……

经过四十二天的航行，船泊在塔尔卡瓦诺港，但寻访的结果一场空。姐弟俩十分难过。"难道我们把出事地点弄错了吗？"格里那凡问。"我想，那瓶子也可以扔到入海的河里……我们可以沿37纬线向内地找，一直找到大西洋。"巴加内尔蛮有信心地说。大家同意了这个计划。一次远征开始了。队员包括格里那凡、少校、巴加内尔、三位水手和小罗伯尔。船长将船开到大西洋的马达那斯港会合。

二

格里那凡雇了一个骡夫队，头子叫卡塔巴，两名骡夫——陪翁和一个十二岁的小孩。十匹骡子和一匹小母马。他们从阿罗哥城出发，向东循一条笔直的路线进发。三天来，横贯智利的旅行都很顺利。这天要越安达斯山了。巴加内尔提出抄近路走安杜谷小道。山路越走越困难，一小时后，才发现地震把这条路堵死了。"天无绝人之路，"少校却不着急，"堵住骡路却堵不住人路呀!"他们辞退了骡队,分别背上行装,在被地震搞得乱七八糟的山岩上爬起来,他们爬了整整一夜,估计到了七千五百英尺的高度。快到黄昏时,山越来越陡,稀薄的空气使人患了可怕的晕眩症,摔跤的人越来越多,站不起来就跪着爬。夜色越来越浓,格里那凡焦急起来。

忽然少校以镇静的语气叫:"那儿有一座小屋!"那是一座埋在雪下的小屋,他们扒了半天才进去。刚吃了点干肉和咖啡,一片吼声自远处来。吼声拖得很长,不是一两只野兽,而是成群的野兽向这里跑。格里那凡知道在这么高的地带绝不会有野兽出没,大家钻出小屋去看个究竟,只见受了惊的野兽如排山倒海之势奔突、叫嚣,旋风般地卷过。人们赶快趴在地上,少校砰地一枪撂倒一头。他拖上死兽和大家一起跑回小屋。这是一只原驼。大家实在太累了,议论着,立时鼾声四起,格里那凡有种莫名的不安。他睡不着,又走出小屋。月亮正明,空气清朗平静,但有阵阵的隆隆声传来。突然隆隆声变成了一种震耳欲聋的冲撞声,顿时山摇地动。他大喊:"快逃命呀!"小屋崩裂了,旅伴们滚作一团。"地震啊!"巴加内尔喊。天亮了,眼前的景象使人震惊,一座大山的头平平地被"切"掉了。少校数数直条条地躺在地上的人,却少了小罗伯尔。这一震惊对格里那凡来说,不亚于地震:"朋友们,我们非找到他不可!"人们分头去找,直到下午一点仍无踪影。格里那凡痛哭着喊:"不走了,找不到孩子我不走了。"这时少校盯着天空静静地说:"你们看,孩子在那儿!"原来是一只兀鹰飞过,它抓着一个人。突然一声枪响,那兀鹰向河岸处栽下去,格里那凡扑了过去,从鹰爪下救出了孩子,小罗伯尔奇迹般地活了过来。放枪的是一位巴塔加尼亚族人,脸上涂得五颜六色,像一尊塑像。他叫塔卡夫,他有一匹骏马叫桃加。从此他做了这队人的向导,为他们找来了骡马,装备一番,队伍又出发了。塔卡夫提供线索说酋长古拉家里曾有过一个欧洲俘虏。人们怀着希望越过沙漠和草原去找古拉。天气干热,人畜焦渴难熬,格里那凡、罗伯尔决定跟塔卡夫先去找水源。桃加嗅觉高度灵敏,它载着主人向水源狂奔。不久,一条白线在阳光下颤动。"是水!"三匹可怜的牲口不用催,几分钟就跑到了河边,只听一片咕噜噜的喝水声。喝够了,他们决定扎营等待后面的队伍。塔卡夫找到一所关牛马用的"拉马搭",里面有丰足的干草。吃过野味,三人立刻进入梦乡。

三

半夜,塔卡夫被桃加的喷鼻声惊醒。他起身看看草原,黑暗中闪着无数磷火。塔卡夫知道,这是红狼的眼睛,他装好枪弹,躲在柱旁注意着。不久,狂嗥混杂成一片怪声。格里那凡与罗伯特也惊跳起来,拿起枪。骇人的嗥声越来越近,红狼在缩小包围圈。"必须节省弹药!"塔卡夫说。因为只剩下五发子弹了。塔卡夫将能燃烧的东西都点着,拉出了桃加。格里那凡慌了,抓住塔卡夫说:"你们不要丢下我们啊!"塔卡夫说:"让我引开红狼。"正当两人争执不下,罗伯尔已跳上桃加向草原窜去。那群红狼一窝蜂地去追赶马匹。草原又恢复平静。格里那凡急疯了,塔卡夫却微笑着说:"桃加,好马!孩子,能干!"天总算亮了,他们去寻孩子,却迎上了后来的队伍,罗伯尔竟在他们之中。一行人修整完毕又继续前进。一路上打听到古拉酉长那里的俘虏并不是格兰特。天却下起了大雨,桃加又躁动起来。它感到的危险顷刻就来到面前,那是洪水。一眨眼他们都被卷进滚滚的洪流中。幸好有一棵露出树梢的大树才救了他们,可桃加不见了。塔卡夫又钻进洪流去寻他的马了。大树犹如汪洋中的一座绿色孤岛,如果不是一个炸雷燃着了大树,他们将像鸟儿般在树上生活。这时树下又围满了鳄鱼。正在这上天无路入地无门的时候,飓风将树连根拔起,火熄了,他们紧抱着树漂流了两小时,树猛地一撞停住了,"陆地!"一个高大的身影挺立在岸上。"塔卡夫!"罗伯尔叫了起来。塔卡夫把男孩抱了起来。这里离大西洋不远了,塔卡夫把他们送到洋边才依依告别。邓肯号早已等在那里。循着一条直线横贯南美的寻觅就这样结束了,却没找到格兰特的踪迹。

四

邓肯号决定向澳洲进发。12月12日,快到百奴衣角了。但如水手们所说,连"装满一顶帽子"的风都没有,船走得慢极了。但孟格尔这个"天气通"却知道一场风暴就要来临了。果然,半夜起了飓风,报警的汽笛异乎寻常地狂叫,船猛地一歪,舵被风打掉了,邓肯号失去了控制,船被吹向一片沙滩搁浅了。风暴过后,船坏得不轻。大家决定把邓肯号张帆驶到墨尔本去修理。船行到珊瑚岛,旅人们上岸了,他们找到风磨下的人家。那是澳籍爱尔兰人帕第一家。他们用丰盛的食品招待这些客人,席中坐着帕第的雇工艾尔通。当他听说格兰特船长的事竟惊叫起来:"上帝啊,如果格兰特船长还活着,他一定在澳洲大陆上。"他的话引起人们的惊愕。艾尔通说他原是格兰特船上的水手长,失事时他被震到海里,漂到海岸上来。他建议邓肯号直接驶到出事地点然后再寻找。"好倒好,可邓肯号需要修理。"格里那凡说。"我们只能循37°线横贯澳大利亚。邓肯号去接我们或我们回来找邓肯号。"两位女士参加了这支队伍,只留下大副汤姆带着几个水手去修船。艾尔通做了向导,少校却始终用怀疑的眼光盯着这个陌生人。为了女士,他们特别装备了一辆大篷车,用六头牛拉。男人们则骑马。艾尔通驾车。队伍浩浩荡荡启程了。直到维买拉河,牛车经过一番风险总算渡过,格里那凡的马蹄铁却掉落一个。艾尔通自愿去找铁匠。人们只好露营。第二天早晨艾尔通带来一位铁匠,他生得高大而丑陋,少校见他手腕上有一圈黑紫色,像戴过手铐。车修好了,格里那凡那匹马的新马蹄铁有点特别,呈三叶状,这瞒不过少校的眼睛。又上路了。前面的铁路桥断了,列车出了轨,造成一场大惨祸。警官说这是有人破坏的,守桥员也被刺死。他们只好绕道而行。路越走越难走。马又死了一匹。第二天爬山的时候,巴加内尔的马也死了。到晚上又倒了一匹马三头牛。少校警觉起来,夜里宿营时他向树林走去。他发现有几个人影从林边掠过。他们在干什么?少校决心要弄个明白。夜里下起暴雨,天明倒晴了,不幸的是昨夜拴住的牛马除一匹外都不见了,后来在含羞草丛中发现了它们的尸体。少校咬着嘴唇什么也没说。大家决定向海岸进发,艰苦的跋涉开始了。艾尔通突然反复提出让邓肯号开到吐福湾,遭到大家反对,只有格里那凡同意这个建议,写一封信派艾尔通去送,少校指着信对爱德华说:"读音是艾尔通,写出来的却要写做彭·觉斯!这不正是新西兰报刊所通缉的破坏大桥的逃犯吗?"他这一说犹如晴天霹雳,艾尔通向格里那凡开了一枪就逃掉了。幸好没打中。这一事变如闪电般一晃都不见了。

而流窜犯胡诌的沉船故事自然也不存在,那么一切希望都落空了。孟格尔骑上那匹唯一的马去墨尔本送信求援。不幸的是他被流窜犯打伤,信被截走。一周后他们来到吐福湾,打听到的消息是:邓肯号本月18日启航,去向不明。无可怀疑,那船已变成一只海盗船了。横贯澳洲的旅行就这样悲哀地结束了。

决定回欧洲了。他们搭上了麦加利号,船主是个粗野的酒鬼。船行驶到第六天的夜里又遇上风暴。船触了礁又陷在了沙里。船长和水手们都抢过救生艇逃掉了。幸好天亮时看到了不远处的陆地。他们造了一个大木筏登了岸。这是奥克兰海边的一个岛。第二天每人背上粮食又启程了。由于赶路,人们都疲惫不堪,夜晚都沉入酣睡中,结果全被毛利人捉住。天亮时毛利人将十个俘虏拴在长艇上,顺悢卡陀江而下。格里那凡很快知道了那领头的是酋长啃骨魔。原来前些日子他们和白人发生了战争。现在要用这些俘虏去交换他们被俘的人。长艇经过一片沸腾的湖,这里有无数的火山,到处弥漫着热雾。傍晚来到啃骨魔的城寨。趁人不注意,海伦从裙子里掏出一只手枪叫格里那凡藏到衣服里。审问的人除了啃骨魔还有另一部落的酋长卡拉特特。卡拉特特一见海伦就抓住说:"这是我的!"海伦惊叫一声,爱德华脸色苍白,举手砰地一声,卡拉特特倒地死去。这声枪响引起了整个寨子的骚动,眼看格里那凡就要被寨民们撕碎了,突然啃骨魔高叫:"神禁!神禁!"像听到咒符一般,所有的人都停下不动了。格里那凡一行被关押到土屋里。巴加内尔和罗伯尔都不见了。

"神禁"是当地人的风俗,凡被"神禁"的东西,任何人不能接触,否则会被神处死。

这一天为卡拉特特出葬,所有的人都到蒙山去了。罗伯尔潜回土屋外,告诉里面的人快挖墙角。双方用力挖了起来。一个小时后挖通了,他们全逃了出来。在罗伯尔的指引下向一座山爬去。逃了整整一夜,当天亮时,一片骇人的咆哮声传来,山脚下涌来了全部落的人。他们又拼命地向山顶爬去。奇怪的是毛利人突然停住,虽然还在咆哮但都不再往上爬了。原来山顶上是卡拉特特的坟墓,也是被"神禁"的地方。他们刚松了一口气,坟墓里却钻出一个人来,如果他不说话还真认不出来呢。这是巴加内尔。可喜的是,坟墓里不仅有食品库还有武器库,他们先美餐一顿,然后商量逃出去的对策。巴加内尔想出了条妙计。晚上,他们利用了脚下的喷火山,造成了喷火燃烧的景象。让毛利人以为是神惩罚了他们,几个人才趁机逃了出去。四天后,他们遇到一条河,只好又做木筏逃生。谁知他们的木筏刚入海,后面却紧紧追上来一只毛利人的小艇。真是绝处逢生啊,用望远镜观望的雅克突然喊起来:"邓肯号!"果然,邓肯号渐渐驶近。但格里那凡却绝望地说:"那批流犯在邓肯号上啊,我们真是前后夹击了……"孟格尔抡起大斧,想连人带艇一起沉入海底。这时罗伯尔大叫一声:"是大副汤姆!"一眨眼工夫,十名逃亡者莫名其妙地回到了邓肯号。大副拿出格里那凡的信说:"我是遵照您的嘱咐开到这里的。"原来,粗心大意的巴加内尔在信上把澳洲东海岸错写成新西兰东海岸了,这一错误却救了全体遇难人员。而送信的艾尔通因企图夺船被大副关到底舱里。经过审问,以同意将艾尔通放逐荒岛为条件,才启开艾尔通的嘴巴。原来他一向行为不轨,在澳洲西海岸被格兰特赶下船。船长和船开往新西兰了。

　　他们估计船上的人都已遇难了。这一惨痛的消息使玛丽姐弟非常悲痛。夜里两人凭栏远眺,海风阵阵吹来,这时一件奇事发生了。姐弟俩同时听到一个人的呼喊:"救我呀!救我呀!"两人同时进出一样的呼声:"父亲呀,我父亲呀!"人们出来了。格里那凡决心为孩子们冒一下险。天刚亮,他们就乘划子到发出求救声音的小岛去。忽然罗伯尔大叫一声,他看到两个人在岛上挥着英国国旗奔跑着。玛丽惨叫一声:"我父亲啊!"这时岛上真有一个高大的人站在那里,他正是姐弟俩的父亲,失踪了两年的格兰特船长。

(王　扶)

都 德

阿尔封斯·都德(1840—1897)是法国文学史上颇有特色的小说家,他的作品以轻柔幽默和亲切感人而著称于世。

他出身于法国普罗旺斯一破落的丝绸商家庭,为生活所迫,很小就开始独立谋生,十七岁到了巴黎,在贫穷中苦苦磨练文笔,1866年终于发表了以故乡日常生活为题材的短篇小说集《磨坊文札》,获得了成功。

两年后出版了第一部长篇小说,半自传性的《小东西》,那种白描式的日常生活中少年主人公敏感的观察和心理,加上轻淡的嘲讽和幽默,为他赢得了进一步的声誉。

1870年普法战争爆发后,他应征入伍。1873年发表的短篇小说集《月曜故事集》中《最后一课》、《柏林之围》这样脍炙人口的名篇体现了新的创作境界和水平。后来又出版了两个短篇小说集《故事选》(1879)和《冬天的故事》(1896),数集合计,共收短篇小说近百篇。

之后他集中精力先后发表了十二部长篇,主要有《达拉斯贡的戴达伦》(1872—1890)、《小弟弗罗蒙与长兄黎斯雷》(1874)、《富豪》(1877)、《努马·卢梅斯当》(1881)、《不朽者》(1888)等。

小 东 西

1840年5月13日，我生在朗格多克省的一个城市里。父亲爱赛特先生在开城边开了一座大绸厂。我们家的女厨老阿奴后来告诉我，我出生时，父亲出差在外，他同时接到了我出生的消息和他的马赛的一个客户拐走了他四万多法郎的坏消息。他简直不知该为这位客户的失踪而哭呢，还是为小达尼埃尔的平安降生而笑。

我确实是父母的灾星。我出生后，绸厂每况愈下，终于有一天工人全不来上班了。整个厂区就剩下我的父母亲、老阿奴、我的哥哥雅克和我。此外，还有看守厂房的哥伦布和他的儿子小红毛。

我们破产了。当时我只有六七岁，因为体弱多病，母亲不愿把我送到学校去，她教我读书写字，还教我两三段吉他曲子。我学的还不错，有小神童的名声。

由于破产，我父亲变成一位没人敢接近的人，半个月里，他就放了两次血。我母亲、老阿奴、我当神父的大哥，还有雅克，他们总是哭。至于我呢，非常快乐。我和小红毛把关闭的绸厂当作一座荒岛，我扮演鲁滨逊，小红毛就是我忠诚的礼拜五。戏，后来演不下去了，因为绸厂卖给了人家，我们全家要搬到里昂去。启程那天，我走在人群的后边，手里提着个鹦鹉笼子，一步一回头：再见了，我的荒岛。

经过三天的航行，里昂到了。到处是灯光、人群、黑烟，让人心烦意乱。新的住宅很糟糕，到处跑着蟑螂。一个月以后，老阿奴病倒了，是雾气损害了她的健康。我们不得不把她送回南方。从此，妈妈就得亲自做饭了，雅克挎个大菜篮子上街买这买那，爸爸见到他脸上挂着的泪痕就骂："雅克，你这个笨蛋！雅克，你这头蠢驴！"

有一天,雅克用一把陶壶去打水,妈妈嘱咐他不要打了,爸爸说嘱咐也没用,结果,他走后老也不见回来。妈妈说:"他可能遇到什么事?"爸爸说:"他是把水壶打了,不敢回家!"尽管爸爸在发脾气,但他还是去找雅克,果然雅克就楼梯口站着,两手空空,见了爸爸,脸吓得发白。

两个月以后,因为正式学校上不起,爸爸就把我送到附近一个教堂的唱经班学校。后来,经朋友的引荐,我上了中学读书。我的个子小,经常穿一件只有穷人才穿的罩衫,享受了助学金,于是,一个带有贬意的绰号就落在了我的头上:小东西。

雅克的命运还不如我,爸爸让他跟着他做生意,老实说,我真看不出他有什么经商的天赋。不久,妈妈带上雅克去看病危中的大哥,一天晚上,突然接到妈妈拍回的大哥去世的电报,我抱着爸爸痛哭了一场。

一天,爸爸说有个不好的消息要告诉我:我们一家人不得不分开了。妈妈到舅舅家去,雅克留在里昂,在一家当铺里打工,爸爸进葡萄酒公司当旅行推销员,我呢,学区主任给找了个学监的位子。

第二天,全家人送我上船。于是,我又回到我出生的城市,找到爸爸的朋友学区主任,他见了我禁不住叫起来:"啊,我的天,他长得多么矮呀!"我以为他不会要我了,整个身子都在打哆嗦。主任是很厚道的,他介绍我到附近山区沙朗德学校。我高兴得四级四级跑下古老的楼梯。离马车开行还有四个小时,我便随便走进一家饭馆。女主人突然惊叫起来:"我的天!达尼埃尔先生!"原来老阿奴出嫁了,和她的丈夫开了这家饭馆。她高兴地把我介绍给她丈夫,又给我做了一桌丰盛的饭菜。饭后,我去看我向往的荒岛,啊,面目全非了,新主人把它改成一座女修道院,当然,那里男人是不能够进去的。

到了沙朗德学校门口,我鼓起勇气用打门槌敲门,啊,门房把我当成一个学生。更使我寒心的是,戴着夹鼻子眼镜的校长说:"哎呀,我要个小孩子来干什么呀!"幸亏有学区主任的保荐信,校长最后才同意录用我。我高兴得发疯。这时,走廊传来一阵铁器声,原来是维奥训育主任来了。校长把我介绍给他,他朝我微微一笑,样子温和极了,然而,食指上的一串钥匙,哗啷哗啷,好像严厉地对我说:"小鬼,要是你动一动,当心!"

两个先生送我上旅馆住，走廊很黑，借着从窗子透进来的月光，才看得清眼前的路。突然，前边有了亮光，原来是一个戴大眼镜的老太婆，手里端着一盏小铜灯，旁边是一位身材苗条，眼睛又黑又大的姑娘。晚上，一会儿是哗啷哗啷的钥匙，一会儿是那双美丽的黑眼睛在盯着我，我做了许多怪梦。

第二天，维奥先生把我介绍给学校的同事们，我的前任约我到咖啡馆吃饭。席间，他对我说："将来上您的自修课的学生，都是用棍子才能管得好的。校长不坏，只是维奥先生和校长的姑母、戴着一副大眼镜的管总务的老太婆……"

上第一堂自修课时，校长庄严地把我介绍给学生。维奥没有说什么，但是，那串钥匙在讲话：哗啷哗啷。这声音使同学们把脑袋都藏到了桌下。

学校分高、中、低年级，我给低年级的三十五名学生做学监，学生最大的也只有十一岁，对他们怎么能用棍子呢？不，我常给他们讲故事。故事讲得津津有味，学生们都睁大了眼睛听。有一次，这情景被维奥先生碰见了，学生们吓呆了，我解释说，同学们学习累了，我讲个小故事奖励奖励他们。可是，他疯狂地摇着钥匙："哗啷，哗啷！""你们这些鬼东西，不做功课了？"后来，他又把学监对学生职责的条文指给我看，从此，我就不敢再讲故事了。

每逢星期四、星期日，要带学生去散步。大、中班学生在前，低班的学生在后，走在街上，排尾总是很乱的。唉，我真拿他们没办法。其中一个叫蹦蹦的，是一个打马掌匠的儿子，腿瘸得吓人，头发又脏又乱。有次，我让他滚开。他先是笑眯眯的，以为我是说说玩的，后来，便露出哀求的神色。我催促着队伍快走，蹦蹦就发疯似地追赶。所有的穷孩子都是他的朋友。到达牧场，他累得脸都发白了。我被他感动了，和他交上了朋友，买桔子给他吃。可是，他很笨，上学一年了，连杠都划不直。为了鼓励他，我总说他有了进步。后来，杠杠是划得有点直了，而且本子上的墨汁也越来越少了。可是，我突然被调任中班的学监。临别，蹦蹦把划满直杠的本本送给我，那是特意为我划的。

我负责中年级的自修课。全班五十来个人，都是十二至十四岁肥头大耳的山里人。他们是暴发的庄稼户的儿子,他们的父母出一百二十法郎交纳三个月为一期的学费,想把他们培养成小绅士。他们粗鲁、蛮横、骄傲,根本不把我放在眼里。

不过,每天两次的课间休息时,我远远望见黑眼睛在二层楼的一扇窗户那儿做活,便能感到一些安慰。那是戴大眼镜的老太婆,为了做针线才把这个没有爹娘的孩子从育婴堂要来的。在老太婆的严厉监视下,她一刻不停地缝着。我们只能借助于眼睛互相交谈:"这些孩子让我苦透了。""勇敢些,达尼埃尔先生。"

除此之外,我还从哲学教师日尔玛纳神父那儿获得温暖。他被看作是一个怪物,全校的人都怕他。他大高个儿,狮子般的脸,很少说话,昂着头,撩起黑袍子走路,把那双系着扣子的鞋的后跟踏得咯咯响。他在一间很小的卧房过着孤单凄凉的生活。有一天,我要向他借孔狄亚克的著作,轻轻敲响了他的门,我的两条腿直打哆嗦。然而,出乎意料之外,他对我要研究哲学感到很惊奇。他告诉我,书可以带回,但千万不要弄坏,否则要把我的耳朵割下来。并且嘱咐我,以后需要看什么书,可随时来取,房门钥匙总是插在门上。从这天起,我读遍世界上哲学家的作品。我每次去他那儿,连门都不敲,就像进自己的房间一样。

暑假里,我拼命研究希腊的哲学家。结果有一天,我昏昏沉沉之中见到了慈祥的爸爸。"是我,达尼埃尔,我亲爱的孩子。"爸爸说,"你在医务室病房住了一星期了。一星期前,葡萄酒公司派我来塞文山区,我顺便来看你。可是到了这儿,你的门插着,叫门不应,我急了,一脚把门踢开,只见你躺在地上发高烧。你一连烧了五天,说胡话,一会儿说要把家重建起来,一会儿喊不要钥匙。对啦,那位维奥先生,不想让我睡在学校里,把校规也翻出来了。这个流氓,把钥匙在我面前晃晃我就怕他啦?哈哈,我可把他治老实啦!"

爸爸走了之后,我好寂寞哟。可是,没料到有天竟是黑眼睛给我来送饭。我真得感谢生病了,否则,也许我永远也见不到她了。她那黑眼睛叫阳光一照,长长的睫毛下,好像有堆金沙;晚上四周黑暗,就那儿闪着星光。我心里有那么多的话要对她说,然而,她来了,又什么也没告诉她。她呢,找了好多借口，在病房里走来走去。"小姐，"我终于鼓起勇气叫出来，那双立刻亮起来的黑眼睛深情地望着我。这可把我给吓昏了，说了句"我谢谢你对我这么好"，或者是"今儿的汤真不错"。她爱怜地噘起小嘴，叹着气走开了。有天，我跟她要纸和墨水，说有封很重要的信要写，黑眼睛立刻就猜着了，赶快跑去找来墨水和纸，然后笑着走开。我写了整整一夜，其实这封没法收尾的信，只需三个字就能写明白。我开始想象她来了之后我如何把信交给她。可是来送饭的竟是那个戴大眼镜的老太婆，据说黑眼睛被赶回了育婴堂，说是她偷了糖。唉!

　　黑眼睛走了，新学期开始了。学校在教堂举办盛大的音乐仪式，第三天又是校长圣名瞻礼日，庆祝活动在牧场上举行。我写的一首颂扬校长和老师们的诗，被校长在会上朗诵，获得长久的掌声。我仿佛成了一位英雄。可是维奥先生的一首牧歌，念完之后场子里没有一个人拍手。胜利使我感到后怕，真的，我又听见那串钥匙不怀好意地在响。

　　中年级的孩子比以前更难管了，这使我的脾气越来越坏。有时我不得不把维奥先生请来帮忙。他很得意，只要把手里的那串东西晃晃，教室就静得连苍蝇飞都能听得见。

　　班上有个十五岁、大脚、大手、大眼睛的学生，人们管他叫"侯爵"，因为他的爸爸就是德·布卦朗侯爵先生。校长非常器重"侯爵"，因为学校有这个贵族学生，招牌就漂亮多了。他成了班上的霸王，谁都怕他，连我跟他说话也得留意三分。有段时间我们相处得很好。可是，有次上自修课他和我顶起嘴来。"出去，布卦朗先生!"这样的命令也许他从来也没听到过，我原想吓吓他的，哪知他对我冷笑起来。我忍无可忍，伸手抓他的领子，想把他拎出去，不料他用藏在制服中的铁尺，狠狠打了我的胳膊一下，痛得我叫了出来。自修室里立刻拍起手来："打得好，侯爵!"这使我失去理智，我一步跳上桌子，再一步跳到侯爵身上，掐住他的喉咙，拳、脚、牙齿全用上去了，使他连滚带爬逃了出去，学生们都惊呆了。事后，我提心吊胆。

　　果然，第二天校长、维奥先生和一位高高的个儿、脖子上系一根四指高的假领子的老头儿走进教室。当然，他准是老德·布卦朗侯爵了。校长打头，三个人整整斥责了我一个钟头，一切都是我的错，"侯爵"成了全校最好的学生,并且不让我申辩一句,老布卦朗要我记住,要是我再敢动他儿子一根头发的话,他就要马上割掉我的两只耳朵。

这件事使我威信扫地,我再也忍受不下去了,便去找剑术教师罗歇。听了我要和老侯爵比剑的决心,他热烈地紧握住我的手,当下讲完了每周他教我剑术课的时间和报酬。后来才知道这价钱比别人的贵两倍。

罗歇又告诉我,他爱上了城里的一个美人儿,叫塞西莉亚,要我替他写情书。这点我比他强得多。一个月里,我平均每天替他写两封情书,写好后交罗歇抄后寄出。信来信往,有天,罗歇高兴地大叫:"上钩了!上钩了!"他终于和那个美人儿秘密幽会了。

不久,雅克给我来了一封信,说他给一位老侯爵做秘书,每天把他口授的回忆录记下来就行,每月可挣到一百法郎,还谈到他再也不哭鼻子了。

我正在高兴,突然听到外边的孩子喊区长来了,一会儿就有人来叫我去校长室。我猜想是不是区长选我做秘书呢?我简直有点得意忘形了。我一走进屋里,区长就说:"勾引咱们女佣人玩的,就是这位先生吗?"天哪,我可从来也没干过这种事儿呀!然而,在钥匙哗啷之后,区长把一卷东西递给我,原来这是我写给塞西莉亚的信。不用说,这是罗歇贪玩,没有抄就把我写的信寄走了。我不愿意把罗歇的事儿说出来,校长立刻就说:"达尼埃尔先生应该马上辞退,但是为了避免传出去难听,允许他在学校里再待一个星期!"

这可把我给压垮了,刚走出屋,我的眼泪就涌出来了。罗歇焦急地在我屋子里等我,听了我的说明,他发誓要找校长把事情承担起来。他说他还有位有残疾的老母亲,让我在他结束了一切之后,写封信给她。他还让我看了看他兜里的手枪柄。不行,我宁愿自己失业,也不能让他自杀。我为我能救朋友一命而感到骄傲。

可是,激动之余,我感到事情并不乐观。我看到了受牵累的家庭,妈妈的眼泪,爸爸的脾气。雅克的床能睡下两人吗?买去巴黎的火车票的钱呢?欠门房和咖啡馆的好几笔很大的债呢?我想到了我救出的罗歇。听说他去了牧场,他会不会去那儿自杀呢?我急忙朝那儿奔。走进牧场,听见了一片愉快的说笑声和碰杯声,在好奇心的驱使下,我走进凉棚,凉棚正对着窗户,听见我的好朋友剑术教师在夸他的本事。我听清了罗歇是怕灾难落到自己的头上，才把我替他写的情书原封不动地寄走，听清了他母亲已死了二十年，他把兜里的烟斗盒子当成手枪柄给我看；听清了塞西莉亚什么也没有讲，卷起她的行李走了。有人喊："小达尼埃尔怎么办？""活该！"罗歇回答。这个无赖，他把我害苦了。

我像一只受伤的小山羊在雪夜里绝望地回到了学校。在写下了给雅克的诀别信，并写好了让神父代为转交的另一封信之后，我悄悄地向健身房走去。神父的灯还在楼上亮着，他没日没夜地在完成他那部哲学巨著。一丝月光透过窗户，射进健身房的大铁环上。我把系在脖子上的一根带子，拴到大铁环上。我觉得浑身一阵热。永别了，妈妈！

突然，一只像铁一般的大手，落到我的身上，将我拦腰抱起。"主意倒不错，在这个时候来练吊环！"日尔玛纳神父说。我惊呆了，"我不是练吊环，神父先生，我想死！"一听这，不由分说，他硬是把我抱上楼去。听了我诉说的不幸，神父答应所有的欠账和旅费，全由他支付。在耐心开导了一番之后，他说他要通夜写作，让我睡到他的床上。第二天，他把我叫醒，嘱咐我要像昨夜什么事也没发生一样。我跪在他的面前，痛哭流涕。他抱起我来，吻了我的双颊。钟声召唤他立刻去上课，而我也需要离开这里。

一切事情都办妥了，我从楼上走下来。就在这长廊上，我碰上了黑眼睛。我亲爱的黑眼睛，愿天主保佑您。在维奥先生的办公室门前，我发现那串钥匙插在锁上，便立刻升起报复的念头。我拔下来，把它扔到四年级院里的一口井里，哗啷哗啷消失了。在门廊下，我遇到了维奥先生，一个失去钥匙的维奥先生，呆头呆脑，慌里慌张。我本想多看一会儿这出戏，可是停在校场上的公共马车的喇叭响了。

在去巴黎之前，我到了巴蒂斯特舅舅家里。可怜的妈妈，见了我高兴地跳起来，用尽全力来拥抱我。她神情局促不安，温和的嗓音总是低而发抖，眼睛总是望着盘子，她穿着瘦小的黑衣服，让人看了很难过。舅母对我很冷淡，嘱咐我一定要把妈妈接到巴黎，说她不能离开孩子。舅舅问我学校是不是放假了，我说离开了教育界，雅克在巴黎给我找到了很好的位子。我编这些谎言是为了安慰可怜的妈妈，也让舅舅把我看成是一个正经人。这顿饭吃的时间很长，但妈妈吃得很少，只跟我说了几句话，偷偷地看我，舅母在监视她。"瞧你妹妹，"舅母对舅舅说，"她见到了达尼埃尔高兴得连胃口都小了，昨天她拿了两次面包，今天只拿了一次。"

啊，亲爱的妈妈，我多么想当晚就把您带走。可是我没有路费，再说雅克那儿能够住下我们三口人吗？在去火车站的路上，我庄严地发了两三次誓，要从此做个大人，把破碎的家重建起来。

我坐上三等车去巴黎。我没有带钱，也没有带干粮，坐在我旁边的那个看护兵，时不时从篮子里掏出一些吃食，跟他的太太分着吃，好叫我嘴馋，尤其是到了第二天。然而，最痛苦的还不是饥饿，而是脚，我的脚上穿着一双非常薄的小胶鞋，那是我在那边巡查寝室时穿的，现在是冬天，又是坐在三等车厢里，我冻得简直想哭了。

第二天到了巴黎。雅克已在车站上等了一个钟头。我们两个人使劲抱在一起。走过一条条没完没了的黑魆魆的街道，我们来到拉丁区。雅克住在一所六层楼的小顶楼里，窗户正对着圣日耳曼教堂的钟楼。我一进去就朝壁炉跑去，冒着把胶鞋烤化的危险把脚伸过去。雅克说："有许许多多名人都是穿着木鞋到巴黎的，你将来可以说你穿着胶鞋进巴黎！好啦，换上拖鞋，咱们来吃馅饼吧。"

馅饼焦黄的皮儿，多漂亮。雅克还斟葡萄酒给我喝，目光温暖得像一位母亲，滔滔不绝地讲起分手一年多的事：我走后家里的凄凉，他来巴黎找工作时所受的屈辱和艰辛……

"我现在在达克维尔侯爵家干事。他是个又干瘦又灵活的老头儿，愉快得像只蜜蜂。他正在写回忆录，计划三年完成。他需要一个秘书从早八点到晚八点随时记录他的口授，每月出一百法郎，另外供给晚饭；三年后回忆录完成，还要赠送一件贵重的礼物。条件是记录快，不结婚，不请假。他的前任秘书就因为两天没来而被辞退。每晚八点钟后，我就自由了。我到阅览室去看报，或者去看看咱们的朋友皮埃罗特，就是妈妈的奶兄弟。他在鲑鱼巷开着一家瓷器店。"

雅克讲完了，把胳膊肘支在桌子上，两手托住头，听我谈分别后的往事。我说完了，他用温柔而颤抖的声音对我说："你躲到我的身边来，做得很对。从今天起，你不仅是我的弟弟，还是我的儿子。既然妈妈离咱们很远，那就让我来代替她吧。你愿意吗？"我跳起来，搂住他的脖子说："我的雅克妈妈，你多好哟！"

冬末的一天，阳光明媚，为了认识巴黎，我一条街一条街走下去，一直走迷了路。怎么才能走回家呢？我装出晚上要看什么戏的样子，停在戏院的广告前面。"怎么，达尼埃尔，是你！"原来碰上了雅克。我高兴极了："你瞧，我在溜达。""真的，你已经成了巴黎人啦！"雅克还告诉我说，侯爵的嗓子哑了，我们正好可以去遛个大圈子，有哥哥在旁边，我什么也不怕。

晚上，侯爵家的一个佣人把我的箱子送来，雅克检查起箱子。他发现了我写的诗就逼着我念给他听，听完了，就搂着我的脖子说："亲爱的，美极了！你是诗人，你应该向这个方向去发展。""雅克，咱们想重建的家呢？""这个由我来负责。你呢，应该出名。想想看，咱们的爹妈要是能够坐在一个有名望的家里，他们会有多么骄傲。"我试着提出几条反对的理由，可是雅克一条条都给驳倒了。他希望我三十五岁进法兰西学院，并且用妈妈对这件事会多么高兴来反驳我，看来我只好委屈地穿上院士的绿礼服了。为此，雅克还把每月收入的一百法郎，精心编制预算。我们高兴得又说又笑，突然隔墙有人砰的捶了一下。雅克小声对着我的耳朵说："这是白布谷。"

我关在屋子里埋头写诗，偶尔有对唱的麻雀和悠悠钟声与我作伴。每晚九点，隔壁房间传来走动、起瓶塞和唱歌的声音，这引起我对白布谷的美好遐想。有天经雅克的提示，我通过她敞着的房门，看见一位穿戴很平常的黑种女人。这和我想像她至少是一位美丽的女工相差太远。我和雅克不禁大笑起来，白布谷很不好意思。

雅克晚上回来，问问我写诗的情形，谈谈侯爵那里的见闻，然后就要到"那边"去，"那边"指的是皮埃罗特家。单单从他临行前把头发梳得光光的，领带也要重新打上三四次，就可让人做出种种猜测。雅克又在一家铁匠铺里找到一个计账的职务，每月五十法郎。这样，他每晚从侯爵家里出来就要到那家铁匠铺去。我连忙问："这你怎么能到'那边'去呢？"他眼睛里充满了泪水说："我星期天去好了。"这对于他来说，当然是一个很大的牺牲了。"那边"也吸引着我，终于有一天，他给我买了一套衣服穿上，我们高高兴兴去"那边"了。

皮埃罗特二十岁时，抽中了征兵抽签。当时他正恋着一个叫罗贝特的姑娘。幸亏我妈妈来帮助她的奶兄，借给他两千法郎买了个替身服兵役，这样，他就可以娶罗贝特了。那时爱赛特家很有钱。我妈妈小时吃的是皮埃罗特母亲的奶，差不多是她一手带大的。为了还掉这两千法郎，两个好人儿鼓起勇气离开故乡，来到了巴黎。他的妻子给拉卢埃特家帮佣。拉卢埃特两口子是富商，但很吝啬，罗贝特每月挣他十二法郎可真不容易。她手脚灵活，吃得了苦，力气大得赛一头小母牛，一转眼就把打水、整顿铺子、打扫屋子的重活都做了。老拉卢埃特动了心，借给她的丈夫皮埃罗特一笔钱，皮埃罗特用这钱买了一匹老马，一辆旧车，满巴黎跑着收破烂。四年后他们还清了我妈妈的两千法郎，那时我们家绸厂刚卖，正准备搬家。

后来皮埃罗特的老马死了，破烂收不成了，拉卢埃特老夫妻俩就让他来铺子当伙计。后来，拉卢埃特失明了，就把自己的股份也卖给了他。正当他还清了债务，成了一家铺子的主人时，他的罗贝特就病倒了，累死了。

我们快九点才到的，铺子正要关门，皮埃罗特在轧现金账。他一见我叫了一声，两手合拢呆住了："我的天，我的天，确实应该这么说，我见到了小姐。"我明白了，他指的是我妈妈，他差不多有二十五年没见过小姐了。

"卡密尔在楼上吗？"雅克淡淡地问。

"小姑娘在楼上，她热切盼望认识达尼埃尔先生。"

我们穿过昏暗的摆满各种瓷器的铺子，听到一个伙计在里间吹笛子。卡密尔小姐住在五楼。我们进屋的时候，她在弹钢琴。拉卢埃特太太和特里布寡妇在一个角落里打牌。屋子忙乱了一阵之后，我们坐下来。卡密尔皮肤白皙，面色红润，但是脸蛋太胖，身子太结实。突然，我发现她那双亮晶晶的黑眼睛在温柔地望着我。这就是戴眼镜老太婆管制下的黑眼睛，决不会弄错，同样的睫毛，同样的光芒，同样乌黑的一团蕴藏而不外露的火。无疑又要进行一次从前我们那样的无言对话了。突然我听到小老鼠在咬东西，原来在钢琴角上的沙发里，还坐着头像鸟儿脑袋的拉卢埃特老人，他不时咬一口手里的方糖。

客厅的门开了,皮埃罗特嚷嚷着走进来,那个金发吹笛子的人,也挟着笛子跟在后面。雅克让卡密尔小姐给弹个曲子,吹笛子的连忙举起笛子想来点合奏,被雅克拒绝了。一曲弹罢,卡密尔小姐转过身来,"达尼埃尔先生,您是个诗人,难道我们不可以听听您的诗吗?"我推说诗兴不佳搪塞过去。11点左右,菜端上来,卡密尔小姐在客厅里走来走去,送糖,倒牛奶,嘴角带着微笑,小指翘得老高。啊,这时我又看到了黑眼睛。在回来的路上我问雅克,卡密尔小姐是否爱着一个人。他啊了一声说:"因为所有的人都爱你,她也很可能爱上你了。"可怜的雅克常常热情地要到"那边"去,说这样的话,他该多么难过,多么灰心!为了安慰他,我开始高声大笑起来。

几天之后,我发现雅克的心情很不好,就问他是否"那边"进行得不顺利,他点头称是。他们之间可能有误会,我决定去"那边"一趟。

卡密尔耳朵上边一点的头上,戴了一朵很小的玫瑰花,很红很红。她没有望我,突然小声问:"是白布谷小姐拦着您,不让您到朋友家里来吗?"我一开始就说,雅克多么好,多么正直、慷慨。老天知道他怎样辛苦工作,节衣缩食。没有他,我还得在沙朗德那座黑暗的监狱里吃苦、受罪……

我看到一颗很大的泪珠沿着她的脸蛋往下流。我心里想,这一下可成功了。不知怎么搞的,她头上的那朵红玫瑰,正好落在我的脚上,我连忙把它拾起来说:"就算您送给雅克的吧?"卡密尔叹了口气:"如果您愿意,就送给雅克吧!"就在这一刹那间,黑眼睛又出现了,情意深切地望着我,好像说:"不,不是送给雅克的,是送给你的!"而且那样诚恳,对我一连重复了三次。我只好吻了吻那朵小红玫瑰,把它揣进了怀里。不巧,晚上脱衣服的时候,红玫瑰掉在床边的地上,我的脸像那玫瑰一样红。雅克把花儿还给了我说:"她从来没有送过我!""雅克,我发誓……"

"不用辩,我知道你没有做过背叛我的事。很久以前,我就知道,要是她看见了你,就不会再理我。这就是为什么拖了那么久我才领你到'那边'去的缘故。终于那天,我想试试看,于是我就让你也去了。我亲爱的,五分钟以后,我全明白了,她从来没有像望你那样望过别人。我晓得这一下子全完了。"雅克,从现在起,你不再爱我了吗?"他紧紧把我搂在胸口,说:

"你真傻,我比从前更爱你。"

从那一天起,我就自由自在地爱我的黑眼睛了。我经常带一本诗集念给她听,有时她热泪满眶,有时黑眼睛闪闪发光。她催着我把我们的事儿告诉爸爸,我老是说:"等我写完了我的诗!"

花了四个月的工夫,我才把诗写完。有天晚上,在奶品店里,我请一位思想家喝酒,想听听他对我的诗的意见。可是,当我要打开我的诗作的时候,他问我写诗的标准是什么,我答不上来,他一甩袖子走了。我跟雅克谈了这事,他骂道:"卖标准的贩子,滚他的吧!"他让我到皮埃罗特家去念,这倒是个好主意。皮埃罗特对这件事很热心,邀了很多人去他家。小客厅里的人围成了一个半圆形,我背对着钢琴,开始用激动的声音朗诵我的诗。题目叫《田园喜剧》,共分三幕,说的是一只好心的蓝蝴蝶,送一只弱小的瓢虫回家的故事。蓝蝴蝶费了很大劲才把小瓢虫送到家,它自己反倒被蓟草、蝎子、蝙蝠和大蜘蛛给杀害了。这是一个悲剧,然而出人意料,老拉卢埃特却说:"把蝴蝶打死了,我很高兴。我就是不喜欢蝴蝶!"还有的人说"这作品太长了","在哪儿见过"。雅克却小声对我说:"不要听他们的,这是一个杰作!"

三天以后,卡密尔小姐来信了:"快来,我父亲什么都知道了。"在下面,我亲爱的黑眼睛写了:"我爱你。"我承认,接到这封信后,我的心有点乱。两天来,我一直带着我的诗稿去找出版商。"等我的诗卖了,我再回到'那边'去。"

又是一个星期天,雅克又要到皮埃罗特家里去吃饭,我因为像追星星一样追那些出版商,追得太累了,就没有去。雅克回来说,黑眼睛都哭了,说我不该不到"那边"去。第二天,我到鲑鱼巷去。皮埃罗特知道我也喜欢卡密尔小姐时,竟这样对我说:"换了我是您的话,我会扔掉那些小故事,到拉卢埃特老铺来做事,把瓷器方面的小窍门都学会。我要设法在做皮埃罗特女婿的同时,也做一个合伙人,嗯?老弟?"他以为我听了要和他一起卖瓷器,就会乐坏了。我可没那个勇气,我气得都要昏过去了。他让我一个月之内给他回个话。我回家跟雅克讲了。雅克说:"什么,卖瓷器?皮埃罗特这个老混蛋,他什么也不懂!"

后来，雅克通过熟人，用先印书，卖了书再付款的办法把诗集出版了。共印了一千册，扣除一切费用，还可赚回一千一百法郎。那天晚上，我们散步时到书店一打问，我的诗集已卖出了一本。雅克说这是一个好兆头。我的书，黑眼睛，这两个幸福，我都应该感谢我的雅克妈妈。

　　就在出书的第二天，雅克突然宣布一个惊人的消息，说他今晚七点要和侯爵去尼斯，探望侯爵病危的姐姐。临行前，雅克把我要用的东西都检查了一遍，并且把什么事情都嘱咐到了。他告诫我，不要让成功冲昏了头脑；要常去看看黑眼睛。送雅克回来，门房给了我一封信，这是二楼伊尔玛给我的，说她买了我的诗集，缺少我本人的签名，要我到她房间去。我想到雅克妈妈的叮嘱，对自己说："我不去。"

　　五分钟以后，虚荣心很强的我，还是敲响了伊尔玛的门。开门的是她的佣人白布谷。在一间四壁蒙着淡紫色绸子、富丽堂皇的小客厅里，伊尔玛穿着镶满花边的、天蓝色的大梳妆衣、一只袖子一直卷在肩膀，露着一条洁白的胳膊，手里挥动着一把螺铜的裁纸刀，另一只被花边遮着的手，拿着一本翻开的书。她看上去像一朵美丽的杏花，嘴角上那块小白疤也越发显得白了。她不再念什么，带着甜蜜的笑容说："您好，我的好邻居。您正赶上我在演悲剧中的一段。"

　　"太太，您是从事戏剧艺术工作的吗？"我从来没有看见二楼太太这么美丽，有点眼花缭乱了。伊尔玛说她还从事过雕刻和音乐，这一次就要在法兰西剧院登台了。一个钟头后，我把自己的一切，全告诉给这位奇怪的女人。晚上，我又把这番不平常的奇遇写信告诉雅克。雅克回信说："你要相信我，就不要再到她家去，她这个人对你来说太复杂了。我甚至怀疑她是个冒险家呢！我恳求你，不要让黑眼睛流泪。"哦，我的好雅克。

　　两个月了，雅克还没有回来的消息。侯爵的姐姐去世了，他带着他的秘书跑遍了意大利，而口授一天也没有停过。雅克经常来信：用功、黑眼睛……

　　在一个风雨交加的夜晚，我给雅克写信了："雅克，两个月来，我一直对你撒谎。我写信说我没有再见伊尔玛，其实两个月来，我就一直没有离开过她。你说得对，她是一个女冒险家。她没有头脑，也没心肝。她用马鞭子抽她的黑女仆,推倒在地,又用脚踩。她嘴上的小白疤,是在故乡古巴让一个西班牙人用刀子戳的。她让我扮着各式各样的模特儿,让她结识的一个画家作画用。她到我的房间来,什么都翻,把黑眼睛给我的信,从一个盒子里翻出来,看一封,烧一封。我扑上去,和她撕打在地。隔壁的白布谷听见了,赤身裸体跑进来,用肥腻腻的手背,一下就把我打得贴在墙上。伊尔玛从地上哭着站起来,说我打她是因为她从信里知道了我那位高贵的小姐,原来只是一个卖盆的。她又从盒子里翻出黑眼睛送给我的那颗糖做的心,扔进女佣人的嘴里,让她嘎喳嘎喳吃了,啊,吃了黑眼睛的心。

"今天上午九点,伊尔玛破例在这个时间来见我,并承认她生活里确实还有一个男人,她的奢侈生活,就是靠他。她甚至贴在我的嘴唇上低声说,只要我要她的话,她情愿跟我走。然而,我告诉她,我穷,我不能让我的雅克哥哥来养活她。她又让我到巴黎郊区去演戏,她每月挣一百法郎,我挣五十法郎,被我一口拒绝了。这一下她可按捺不住了:你不想当演员?你那诗集两个月只卖出一本,还是我买的。诗人?得了吧,傻瓜!我忍无可忍,抓起一根壁炉柴架扑过去,她吓得溜了。唉,她把我攥到手里了,我的一生被她给毁了。"

然而,我没有勇气寄走这封使人伤心的信。伊尔玛和我来到巴黎郊区一座八层的楼里,在三层每月花四十法郎租了两间屋子。那个男人已经把伊尔玛的马车、马车夫和家具都收回去了。留给她的只有黑种女人、几件首饰和全部衣服。衣服就占了一间屋子,佣人也住在里面。我们开始演《渔夫加斯巴尔多》,她博得了很多掌声,那是靠她雪白的胳膊和漂亮的天鹅绒衣服。我演滑稽可笑的情人,昏头昏脑的公子哥儿,别人拿柠檬水当香槟酒给我喝,我捧着肚子在台上跑来跑去。我演戴着红棕色假发的糊涂虫,哭起来声音像头小牛:"哦!哦!哦!"我俩形影不离,其实我们谁也不爱谁。我知道她说谎、冷酷、没有良心,有一天会被什么男子带走;她知道我软弱无能,总有一天会被我的哥哥夺走,还给那个卖瓷器的姑娘。我们谁也不知什么叫钱,一个一向没钱,一个一向太多。挥霍无度使我替雅克欠下了一千三百法郎的债。于是两个人吵架,她喊我"小商人",我回报她"女光棍"。吵完了哭,哭够了再和好,就像一对囚犯拴在一根铁柱子上。

有天晚上，我演的是头出戏，刚演完，就听有人喊我，我跑到楼下一看，啊，是雅克。雅克打了一个寒颤，把我推进门外停的一辆马车上，说："巴梯诺尔区，太太街！"

雅克回巴黎找我已经两天了。他是从巴勒莫来的，皮埃罗特用信追了他三个月才追上。雅克听说我失踪了，大吃一惊，急忙向侯爵请假："只请一个星期，这与我弟弟的生命有关！"结果是，侯爵到法国领事馆去找他的新秘书，雅克当晚就动身了。

一到巴黎，他就直奔波拿巴街寓所。看门人说达尼埃尔先生临走连房间都没退，光房租就欠了四个月。"好的，我会还清的！"雅克又立刻去找印刷厂的老板，老板说第一张期票四天就要到期了。雅克却满有把握地说："明天我就去各书店走走，他们会有钱给我的，诗集的销路非常好！"老板一听，蓝眼睛睁得老大，把手一指说："您瞧瞧这个角落吧，五个多月只卖了一本，书店都给退到这儿了。书印得真不赖，可惜只能当废纸卖了！"这每一句话，都像灌铅的手杖，一下一下敲在雅克的头上，但最致命的一击，是他听到了弟弟还以哥哥名义，向这位老板借过钱。

雅克又找到了皮埃罗特，他女儿的眼泪使他变成了另外一个人。雅克鼓起勇气说："我请您帮我个大忙，请您借给我一千五百法郎。"皮埃罗特取来两千法郎，说："过去小姐借钱替我买替身服兵役正是这个数目。您一定得收下，不然我就是死了也恨死您了！"雅克不敢拒绝。他回到印刷厂老板那儿，还清了我借的四百法郎和快到期的三张期票，之后，又走进他们在波拿巴街的房间。主人像是从这儿匆匆逃走的，一切都很零乱。在抽屉里，他看到了那封未发走的信。啊，这让他太悲伤了。他把衣服和小盒之类的东西放进自己的箱子里，然后下楼退了房间，付清了房租，到皮卢瓦旅馆定好了房间，这才一路寻来，人不知鬼不觉找到了失落多时的孩子。

我在马车里，一直趴在雅克的肩上哭，进了皮卢瓦旅馆还是哭。雅克说："像您这样的欢迎真少见，这倒使我想起'雅克，你这头蠢驴'的那些痛苦的日子。您去照照镜子看，准会叫你笑的！"我真的照了照镜子，黄假发平贴在额头上，脸上的胭脂与白粉和眼泪调和在一起，我没有笑，只觉得丑和羞。雅克准备的馅饼被泪水浇湿了，我们谁也吃不下。睡在床上，我蒙在被窝里偷偷哭,一直哭到睡着为止。天亮了,雅克露出快乐的笑容说:"达尼埃尔,睡得好吗?我咳嗽得太厉害了,所以睡到沙发上来,免得把你给吵醒。"我望着他那苍白的脸,暗暗祷告:"永恒的天主,为了我,保佑我的雅克妈妈吧!"雅克看出我的心事太重,就说:"弟弟,你以后打算干什么,我不问你,不过这里很幽静,这对你写诗很合适。""不,雅克,我不再写诗了,这些幻想需要付出的代价太大了,我打算像你一样,工作,自己挣钱过活,全力帮你把家重建起来!"

雅克为我上街买衣服回来时说:"我想再去找找过去我帮助记账的铁匠铺,看看那儿能不能再给我点工作做,皮埃罗特的钱不是老花不完的。"铁匠铺的账弄得很乱,白天,雅克钻进账簿里,我呢,偷偷溜出去。从雅克的眼神看,他对我向外走很不放心。终于有一天,我高兴地说我找到了工作,去乌利学园当训育主任。雅克很高兴,说:"你能帮我忙,真是太好了。我一个人维持这个家太沉重,最近我的身体也很不舒服。"第二天我就到乌利学园去工作。那儿有二十来个孩子,我教他们学字母。我心里很高兴,因为我能挣钱养活自己了。我们时不时收到妈妈的信,她一直住在舅舅家;有时接到爸爸的信,他还在为那家葡萄酒公司四处奔跑。情况不坏,里昂的债务已还了四分之三。再过一两年,债可全部还清,我们全家又能团圆了。我想把妈妈先接来跟我们一起住,然而雅克不肯:"这还不是时候!"

12月4日,我从乌利学园回来,旅馆的医生告诉我,雅克患的奔马痨急性发作,也许过不去今夜。我被惊呆了,周围的一切都在转。我擦干眼泪,鼓起勇气进屋。雅克躺在沙发的垫子上,脸白得像一张纸。我在沙发旁跪下,眼泪哗哗流。雅克吃力地转过身来:"弟弟,医生对你说了什么吧?这个胖子,我要他不要吓唬你!小弟弟,把手给我。你瞧,人家去尼斯治疗肺病,我去那儿却染上了肺病!"

门开了,皮卢瓦先生领进一个胖子,他一直滚到沙发前。"雅克先生,确实应该这么说,"皮埃罗特把肥大的头一直凑到雅克的唇边,他们低声交谈了好一会儿,雅克才说:"达尼埃尔,亲爱的,我不得不离开你了,心里很难受。不过有件事使我得到了安慰,我把你托付给皮埃罗特,他原谅了你。""是的,确实应该这么说,我答应……"雅克又说:"我可怜的孩子,光靠你一个人,永远也无法把家重建起来,我相信皮埃罗特会帮助你。我和日尔玛纳神父一样,认为你一辈子都是个孩子,不过我要求你永远做个好孩子,忠实的孩子,尤其是不要让黑眼睛流泪。"歇息了一会儿,他又说:"等事情过了,再慢慢告诉爸爸妈妈。现在你该明白我为什么不把妈妈接来。这种时候会让一位做母亲的受不了。"一位神父给他做了圣事之后,他又低低地对我说:"吻吻我吧!"可怕的奔马痨把他驮在背上,用三倍快的速度把他送往死神……

那个可怕的晚上,风刮得很大,把一把把雪粒子散在玻璃上。在基督像前诵拉丁文的神父突然站起来,拍了拍我的肩膀:"做个祷告吧,这对你有好处。"这时我才认出他就是我在沙朗德学校的老朋友,尊敬的日尔玛纳神父。他是来巴黎探望他的哥哥,又临时替他哥哥到我们家来的。

啊,一辆黑马车走在巴黎泥泞的街上,我光着头,走在皮埃罗特和日尔玛纳神父中间。皮埃罗特撑把大伞,可是没有撑好,雨下得又大,把神父的长袍完全淋湿了。一个穿黑服的司仪,手里拿根小乌木棍,在马车旁走着。他是死神的侍从,披着绸斗篷,佩着剑,穿着短套裤,戴着顶礼帽。我老觉得这个人像沙朗德学校的维奥先生,像那个拿钥匙的人一样可怕。我们总算到了一个凄凉的园子,一脚踩下,黄泥陷到脚踝骨。几个披短斗篷的人抬着一副棺材,走向一个大坑子。我听见有人喊:"脚先下去!脚先下去!"我对面那个维奥的影子在冲我微笑,我仿佛又听到他那串钥匙可怕的哗啷哗啷声。

我病了,快死了。鲑鱼巷拉卢埃特老铺慌乱成一团。皮埃罗特简直不睡觉了,黑眼睛也绝望了。特里布寡妇在翻一本医书,恳求大慈大悲的圣樟脑再为亲爱的病人显一次灵。最令人痛心的是坐在屋子角落里穿黑衣服的矮小女人,从早到晚织毛线,一句话也不说,大颗的泪珠扑簌簌地往下流。可是对于这些,我什么都不知道,只要在我头上放一块冷水毛巾,嘴里放一块冰就行了。突然,我的眼睛见光,耳朵闻声,大脑开始运转了。靠窗口的三位太太在做什么?穿黑衣的矮小女人把身子探到床过,我立刻吓得往后……我记起了雅克的死,出殡,大雨中往回走,于是我发出第一声呻吟。窗口的太太吓了一跳,急忙取来冰块。我推开送到我唇边的细嫩的手说:"您好,卡密尔!"卡密尔被这快死的人的突然说话惊得摊开手,冰块在她冻红的手指尖上抖动着。"卡密尔,我病得很重吗?""是的,明天就三个星期了。""都三个星期啦,我可怜的雅克妈妈!"我把头埋在枕头里抽抽噎噎地哭起来。

皮埃罗特请来一位医生。医生摸了摸脉,看了看眼睛和舌头:"您跟我胡说些什么,这孩子已经好了。"皮埃罗特高兴得双手合掌说:"好了!""当然好了。一个星期之内就可以起来了。不过,在这之前,他必须安静,不要受刺激!"皮埃罗特高兴得直哭:"确实应该这么说,确实应该这么说!"等他们出去了,我要起来。"不,您非得睡觉不可!"卡密尔说。"我睡,我睡。卡密尔,那个穿黑衣服矮个子女人是谁?"是特里布太太,就是那位很有长处的太太,不过,她穿的是绿衣服,是您看错了!"说完,卡密尔走了,只剩下我一个人。不过我一点也不想睡,只听门响动了一下,卡密尔说:"别进去,万一他醒着,一时刺激会把他送掉的!"门又轻轻关上了,不幸的是,黑衣服的一个下摆夹在了门缝里。我的眼睛一亮,大声喊:"妈妈,妈妈,您为什么不来亲亲我?"

门立刻开了,穿黑衣服的女人笔直朝屋子里走来,张开胳膊叫道:"达尼埃尔,达尼埃尔!""我在这儿,妈妈,难道你看不见我吗?"我母亲转了半个圈子,手四处乱摸,用令人心碎的声音说:"唉,宝贝,我永远也不会看见你了,我的眼睛瞎了!"妈妈过了二十年贫困痛苦的生活,死了两个孩子,家毁了,丈夫在很远的地方,她过着寄人篱下的日子,两只圣洁的眼睛完全哭瞎了。我大叫一声,然而我不能死,妈妈还有眼泪哭她第三个儿子吗?那位老父亲,商业信用的牺牲者,他甚至连来亲一亲生病的孩子,给死了的孩子送朵花的工夫都没有。如果我再死了,谁来重建这个家呢?不,我不能哭,必须平心静气地躺在床上。

我身体好一点就请求皮埃罗特原谅我。"在你们家,有个人见了我就会受不了。不过,如果我永远也不上楼来,永远待在铺子里,或者我不在您家里又算你们家的人,就像永不上楼的那些院子里的大狗一样,您能收留我吗?"皮埃罗特掩饰激动故作平静地说:"我所做的一切,都是和雅克先生生前讲好了的。至于小姑娘的事儿,那得问她自己。"卡密尔与我单独会面了,黑眼睛像星星一样明亮,这亮光发出的信号叫:"爱情!"从这时起,我迅速好起来,黑眼睛不再离开这间屋子。我们谈到了结婚,谈到了雅克妈妈,谈到了重建这个家。

一切进行得那么顺利,皮埃罗特要把招牌换了,铺子里一片喜庆声,可怜的失明太太给吵醒了:"怎么啦?什么事?"皮埃罗特高高兴兴地说:"什么事?爱赛特太太,确实应该这么说,我设计了一块新招牌。达尼埃尔先生,请您大声念念。"我高声念出了把我的前途用一尺大的字写在上面的那块招牌:

瓷器和玻璃用品

拉卢埃特老铺

继承人爱赛特和皮埃罗特

(林玉善)

左 拉

爱弥尔·左拉(1840—1902)是法国19世纪后半叶重要的批判现实主义作家,法国自然主义文学的主要倡导者。

他在父母旅行巴黎期间出生,父是意大利水利工程师,母为希腊人。他幼时在法国南方度过,七岁丧父。中学时学业优异,在文学方面已崭露才华,试写过一本历史小说、一部喜剧和一些诗歌。1857年随家迁居巴黎,十九岁高中毕业后失业,于贫困中坚持写诗。1862年进书局打包,老板赏识他的诗才,将他提为广告部主任,遂得以结识文学界,自己也陆续发表作品。

他早期的作品用浪漫的幻想回避现实,如处女作短篇小说集《给妮侬的故事》(1864)。从第一部长篇小说《克洛德的忏悔》(1865)开始,出现自然主义倾向。之后他在生物学及生理学的影响下,建立起自然主义文学理论,在《实验小说》(1880)、《戏剧中的自然主义》(1881)、《自然主义小说家》(1881)等论著中系统论述,并在长篇小说《德莱丝拉甘》和《玛德莱纳·菲拉》(1868)中具体实践。从1868年开始,他用了二十五年时间写出了《人间喜剧》式的《卢贡—马卡尔家族》,由二十部长篇组成。此后他又写了长篇三部曲《三城市》(1894—1898)。其间发生了犹太血统法国军官德雷福斯被诬控事件,左拉奋起伸张正义,为此受到迫害,逃亡英国，遂写出《四福音书》(1899—1903)，抒发自己的理想。但在第三部出版时，作家已死于煤气中毒，后来有人考证，实是被反动派谋害致死。左拉的其他作品有小说《土地》、《人面兽心》、《娜娜》等，此外他还写过一些剧本，均为世人广泛传诵。

磨坊之役

墨利埃老大爷的女儿佛朗淑娃丝要和多米尼格订婚了。多米尼格的相貌长得好极了，在磨坊三法里方圆之内，没有一个女人见了他不眼睛发亮的。而佛朗淑娃丝刚满十八岁，十五岁那年，小脸蛋就长得举世无双，真是娇媚极了。现在则显得很丰满，像鹌鹑一样的又肥又可口。

订婚的时候，墨利埃老大爷高高地举起杯子宣布：一个月以后，在圣路易节那一天，佛朗淑娃丝将嫁给多米尼格。

一个月以后，正好是圣路易节的前夕，普鲁士人打败了法国皇上，兼程向罗克柳斯村推进。法军的一个支队开来了。队长找到村长墨利埃老大爷，跟他商谈后，就留在他的磨坊里。

"可怜的孩子们，我明天不能替你们举行婚礼了！"老人说。多米尼格咬紧嘴唇，佛朗淑娃丝脸色苍白，为法国士兵们送着东西。

"这儿是一座真正的堡垒，我们一定可以坚持到天黑。"队长对这几间房子和磨坊的那间对着河水的大厅很满意。

突然一声枪响，士兵们都走上了战斗岗位，磨坊上下都布满了人。防守在磨坊周围的法国兵和隐藏在暗处的普鲁士军队互相射击着。佛朗淑娃丝和多米尼格留在院子里，踮起脚尖来，隔着一堵矮墙朝外张望。一个士兵翻倒在壕沟里，佛朗淑娃丝不由自主地抓住多米尼格的手。

"别待在这儿，"队长说，"子弹一直打到这儿来了。"可这两个年轻人没有动,好像他们紧张得挪不动脚似的。

一阵排山倒海似的枪声打来,佛朗淑娃丝直打哆嗦,不知不觉地举手捂住耳朵。

战斗越来越激烈地进行着。

"五点了,"队长说,"坚持到天黑……"这时一颗子弹擦过佛朗淑娃丝的额头,佛朗淑娃丝叫了一声,流了几滴血。多米尼格看了看她,放了第一枪,他本来就是好猎手。此后他一直没有停下过。他一点也不着急,仔细地瞄准,莫勒尔河的那边,只要哪个普鲁士兵敢冒一冒头,就立刻会中一颗多米尼格的子弹倒下。

大厅里只剩下四个士兵了,普鲁士军队大批地出现在河对岸。整六点的时候,队长才同意他的部下撤进森林。

"你们暂时逗他们玩玩。我们还要回来的。"队长临走时对老人说。而多米尼格什么也没听见,他只觉得应该保卫佛朗淑娃丝。他一个劲地放枪,普鲁士士兵冲进院子他也不知道。

四个人抓住了他,一个军官走过来说:"两个钟头以后枪毙你。"说完,两个士兵把他带到隔壁的一个屋子里面去,守着他。姑娘两条腿好像断了似的,倒在一张椅子上。

夜已来临,佛朗淑娃丝看见军官用她听不懂的德国话下了一道命令,十二个举着枪的人在院子里排好,她禁不住一阵哆嗦……

她听见隔壁的房子里多米尼格的声音,好像坚决拒绝了什么。最后军官出来,粗暴地说:"很好,让你考虑到明天早上。"

佛朗淑娃丝听老人说了句什么,坐在床上。她最关心的是能够听到自己屋子底下的那间屋子里的声音。有好几次她躺在地上,把耳朵贴在地板上,那间正好是关多米尼格的屋子。等到她断定整所房子都进入梦乡的时候,她打开窗户,趴在窗口。

夜一片漆黑,田野跟墨海一般了。她细心倾听了一会儿,最后下定决心,沿一架磨坊主人用来检查机件、早已湮没在磨坊墙壁的长春藤下的铁梯往多米尼格那间屋子爬下去。

突然一块石头从墙上掉下来,噗通一声掉进河里,她吓得浑身冰凉,好在水闸冲下来的河水声,可以盖住她引起的任何声音。

下面那间房子的窗户离铁梯很远,她胳膊酸痛,下面的莫勒尔河的潺潺声开始叫她头晕。

她从墙上掰下一些灰泥,朝多米尼格的窗口扔去。他没有听见,也许他睡着了。她又从墙上掰下一些灰泥,连手指头都抓破了。她已经筋疲力尽,这时多米尼格总算打开了窗户。

"是我,"她悄声说,"你快拉我一把,我要掉下去了。"

他探出身子,抓住她,把她拉进屋。一进屋她的眼泪就簌簌流下。

看见了她,多米尼格早已惊得愣住了。

门口的守兵已经呼噜呼噜的睡着。"应该逃走,我是来求你逃走的!"她急迫地说。

可是,他好像没有听见她的话,握着她的双手,吻了一吻说:"佛朗淑娃丝,我是多么爱您啊,只要死以前我能和您再见上一面,他们尽管枪毙我好了。"

他慢慢地把她拉到身边,她把头靠在他的肩上。危险使他们俩接近,他们在拥抱里忘了一切。

"今天是圣路易节,是我们成亲的日子。既然我们俩单独在一起,我们忠于我们以前的盟约……"

他们哆哆嗦嗦地接了一个吻,可是她突然从他的怀里挣脱出来:"应该逃走,应该逃走,一分钟也别浪费。"

他又在黑暗中伸出胳膊来抱她。

她很快地把她的计划说了出来:铁梯子一直通到磨坊下面的轮子,他一到那儿,就可以利用翼子板到小船上去。月亮下去以前,她看清对岸只有一个哨兵,她把随身带的一把刀,塞到他的手里。

"您和您爸爸怎么办呢?不行,我不能逃走,我不见了,他们会杀害你们……他们要我答应引路,将他们带进森林,他们就饶我的命。"

"为了对我的爱情,逃走吧!如果您爱我,多米尼格,就一分钟也别耽搁了。"

她最后把他搂在怀里,用一股异乎寻常的热情吻他,以便催使他听从她的话。他屈服了。

多米尼格坚决要佛朗淑娃丝先回到卧房里面去。他搂住她,默默地跟她告别,然后帮助她抓住铁梯,自己也跟着爬出来。

她趴在窗口上,想看着多米尼格逃走,可是,夜色很黑。她听见他身体擦过长春藤发出的沙沙声和擦过磨坊轮子后引起的一阵轻微的水波声,然后隐约地看见那只小船的影子,她紧张得连气也喘不过来,接着传来一声沙哑的叫声和身体倒下的沉重声音。

第二天天刚蒙蒙亮,磨坊里人声鼎沸,院子里躺着一个普鲁士士兵的尸体。她的目光一刻也没离开过,这是一个高个儿的漂亮小伙子,跟多米尼格很像,他金头发,蓝眼睛。她心里非常难受,她想死人也许在德国留下一个心爱的人,以后要为他终日啼哭。她在死人的喉咙上认出自己的刀,是她把他杀死的呀。

一会儿,兵士跑来向军官报告:多米尼格逃走了。

军官大发雷霆:"一定是那个流氓干的,他很可能逃到树林里面去了。不过,一定得替我们找回来,不然,全村的人替他抵罪。"

墨利埃大爷是村长,军官要他去把多米尼格找回来,他知道多米尼格是老人的女婿,找不回来要枪毙老人。

这时,佛朗淑娃丝像疯了一样地站起来,结结巴巴地说:"做做好事吧,先生,不要伤害我的爸爸,杀了我来抵他……是我帮助多米尼格逃走的。"

"住嘴,小妞子,你为什么要撒谎?"

"不,我不是撒谎,"年轻姑娘恳切地说:"我从窗口上爬下去……"

"胡说八道!她疯了。"

她还想争执,双手合起,跪了下来。军官沉静地站在一旁看着这场苦痛的斗争,最后说道:"我要枪毙你父亲,是因为抓不到另一个。只要把另一个找回来,你的父亲就可以恢复自由,好,你自己选择吧。"

"我的老天爷,您是在用刀子割我的心……我还是马上死了干净,越快越好。杀了我吧……"

绝望,眼泪,最后弄得军官不耐烦了:"够了,够了,在两个钟头之后,你的爱人还不回来,就由你父亲抵他。"

她知道自己已经无能为力了,可是她倒希望见见多米尼格,和他一起商量商量,说不定能够想出一个办法,想着想着,她走下了坡。

她找到了他,却把事情向他瞒着。他抱住她,她抖得非常厉害。

"佛朗淑娃丝,你有事瞒着我。"他说。

她连忙发誓说没有事情瞒着他。她只不过希望知道他在附近。他觉得她那么奇怪,自己也不肯离开她。他相信法国军队会回来。

"啊,让他们赶快到这儿来。"她热切地说。

罗克柳斯的钟楼响了十一下,她离开磨坊已经两个钟头了,她连奔带跑地走了……

年轻的姑娘又跪下苦苦哀求,要求再给一个小时。她希望拖延时间,看见法国军队。可是,军官丝毫没有被打动,他命令两个兵抓住她,把她带走,好让别人安安静静地去执行老头儿死刑。她不能听任她的老父这样被屠杀,她宁可跟多米尼格一块儿死,这时多米尼格却自己走进了院子。

"只要穿过树林,把我们领到蒙特东就行。"

"决不答应,决不答应!"多米尼格对军官喊道,"我准备死!"

"法国军队!法国军队!"突然一个声音喊起来?他们果真来了,磨坊立刻乱了起来,佛朗淑娃丝拍着手喊着,她好像要疯了。她从她父亲的怀里挣脱出来,举起胳膊,不停地笑着。

此时,她耳边响起了一排可怕的枪声,多米尼格胸口上中了十二弹。

墨利埃大爷也刚刚被一颗子弹打死了。

普鲁士军队被完全歼灭,佛朗淑娃丝坐在父亲和未婚夫的尸首中间,法军队长举起军刀很潇洒地行了一个军礼,大声说:"胜利了!胜利了!"

(邵作彦)

莫泊桑

居伊·德·莫泊桑(1850—1893)是法国19世纪后半叶最优秀的批判现实主义作家之一。

他生于诺曼第省一个没落贵族家庭,母亲的文学修养对他颇有影响。他十三岁到卢昂上中学时,在著名诗人路易·布耶的鼓励和指导下开始多种体载的文学习作。1870年他刚到巴黎学法律,即被征入伍。退伍后自1872年起,先后在海军部和教育部任职。70年代得以在福楼拜的逐词逐句指导下学习写作,1880年以《羊脂球》一文赢来声誉。

莫泊桑的绝大部分作品都是80年代创作的,除去早年的《诗集》(1880)之外,主要有三百篇短篇小说、六部长篇小说、三部游记及许多文学和政治评论,其中以短篇小说成就最高,有世界短篇小说巨匠之美称。如《一家人》(1881)、《两个朋友》(1883)、《我的叔叔于勒》(1883)、《一根细绳》(1883)、《项链》(1884)、《戴家楼》、《勋章到手了》、《雨伞》、《米隆老爹》、《蛮大妈》等都是脍炙人口的传世名篇。他的长篇小说有《一生》(1883)、《俊友》(1885)、《温泉》(1886)、《皮埃尔和若望》(1887)、《像死一般坚强》(1889)和《我们的心》(1890),前两部已列入世界文学名著宝库。

温 泉

　　自从盘恩非医生发现了昂华尔温泉，小小的昂华尔镇的外来人便多起来。那都是因为盘恩非医生写的一本小册子，把这里的一切都写得那么美好。人们来这儿并不完全是洗温泉治病，更多的是饱览这美丽的山野风光。盘恩非以温泉站和浴室的医务视察头衔统治着全局。他正在给一位叫基督英的小妇人看病。这小妇人其实也没什么大病，只是好发脾气，有点贫血。此外，她盼望有个孩子，而结婚两年来，一直空等着。

　　小妇人总觉得父亲洛佛内尔侯爵引来的这位医生太土，看他开处方时那个古板劲儿，就像一位法官在签署一份可怕的死刑判决书。父亲刚送走了医生，她就把处方往壁炉里一扔。放声大笑起来。紧接着，她的丈夫昂台尔马又引来一位从巴黎来这儿开业的拉多恩医生。这件事使她父亲觉得很难堪。

　　年轻的昂台尔马身材不高，有点过胖，滚圆的脸，光秃的头，以代理别人经纪银钱为职业，能说会道，行行精通。他用狡猾手段娶了洛佛内尔侯爵的女儿，为的是借以扩大自己的投机事业。侯爵光是息金收入每年约有三万金法郎，想起把女儿嫁给这个以色列的犹太人，侯爵当时一口拒绝，可是在金钱的诱惑下，半年以后他让步了。这回他们带着基督英来温泉，是想解除她不生育的痛苦，因为盘恩非写的小册子说，洗温泉完全可以治好这种病。

　　现在，拉多恩医生让基督英穿一件白色浴衣，躺在一张躺椅上，一边诊断，一边用黑、红、蓝三色铅笔，在衣服上做记号，画线条。病看完了，衣服也画成了一张大地图。他自信地说："大概洗上三十来次轻酸性的温泉浴，每天上午三次、每次喝半杯矿泉水，病就会好的！"说完，他站起来致敬之后匆匆走了，那派头，让在场的人吃了一惊。

　　在父亲和丈夫的陪同下，基督英从旅社出来，去参观浴室和昂华尔镇。

小镇建在古木参天的小山谷里。他们正在向前走,突然基督英的哥哥共忒朗叫了她一声,他和他的朋友波尔刚从别处游玩回来。兄妹俩说说笑笑,本地医生伺诺拉向他们讲了一件新闻:阿立沃老汉要把一堆岩石炸掉。基督英觉得这是一件很好玩的事情。

阿立沃是全镇最富的农民,每年有五万金法郎的收入。昂华尔镇对着平原的葡萄园,全都是他的家产。那儿有堆大岩石,妨碍耕种,老汉早就想搞掉它。

午饭后几乎全镇的人都来到葡萄园。阿立沃和他的儿子在装火绳。基督英听到哥哥共忒朗对他的朋友说:"波尔,瞧,那两个漂亮的女孩子。"何诺拉医生也夸起阿立沃的两个女儿。共忒朗问:"何医生,听说您是阿立沃家的医药顾问?"何诺拉说:"那还用说!"于是,他便讲起阿立沃老汉如何从早到晚同他外号叫巨人的儿子,一杯接一杯地喝葡萄酒。

洛佛内尔问:"石头堆那儿的两位,就是他们?"何诺拉医生刚答应一声,只见父子俩快步离开了岩石。有人喊:"点火啦!"基督英紧张得睁大了眼睛。何诺拉说:"喔!我见过他买的火绳,我们至少还得等十分钟它才会爆炸!"这时,一条黑色的小哈叭狗跑过去,嗅一阵,叫一阵,四腿挺得绷直;人们发出一阵阵狂叫和残酷的笑声。基督英恐怖地说:"我的天,我可不愿看这。咱们走吧!"这时,在她旁边的披尔囉地站起来,向小狗跑去。可是,小狗却绕着岩石跑起来,好像跟波尔两个在捉迷藏。一阵阵恐怖的激浪袭击着人群,波尔终于跑回来,基督英不知所措地问:"你没有受伤吧?"共忒朗也埋怨道:"他净干这糊涂事,我没见过像他这样的傻瓜!"

突然,天空像打雷,大地在抖动,一根土柱飞上了天,岩石和小狗都不见了。人们一齐朝山下涌去。侯爵说:"等过了这股热劲,我们再去吧!"基督英却在波尔的搀扶下,往那里急急走去。早已跑下去的共忒朗从下面跑上来喊:"炸出一道泉水!"阿立沃父子俩还不知道这儿究竟发生了什么事情,昂台尔马却清清楚楚地听到了医生说这是一道矿泉。他站在泉边,盯着水中升起来的气泡,久久不愿离去。

晚饭时,大光明旅社的的旅客们都在谈论一炮炸出的温泉。昂台尔马说他想在这儿修建一座温泉城市,对此,侯爵和波尔很是赞赏。昂台尔马惯于机会一来，就立刻扑上前去，饭后，他让共忒朗引路，立即拜访阿立沃。

在女佣人的引导下，他们见到了阿立沃。他在打瞌睡，巨人在看报，两个女孩在绣花，昂台尔马自报家门之后，说："我是来谈买卖的。如果您葡萄田里新发现的水源，经过化验，有利用价值的话，我想买下您那一片土地和周围所有的土地。当然啰，价钱得合我的意，否则，我会立刻走开！"阿立沃对于做买卖也不含糊，他立刻就恭敬地回答说他感到很荣幸，他可以考虑，并且请赏光喝杯葡萄酒。

走在街上，共忒朗问："你推崇哪一个？""什么，哪一个？""那两个女孩。""那有什么用呢？你总不会拐走一个吧？"共忒朗笑了，"遇到鲜艳的女子，我还是赞赏的。怎么，你能借五千金法郎吗？""干啥？""花！""你只会花，不会赚！""对！你也是，只会赚，不会花！"昂台尔马低声道："好吧，我借一千五百金法郎给您；因为……因为也许三五天内，我要找您做点事！"

当夜，阿立沃父子想了许多鬼点子，以便能把葡萄园卖个好价钱，例如编造一些出价更高的公司等等，但总不能自圆其说。天刚亮，父亲就爬起来，叫上巨人，去看那泉水是否一夜就枯干了。在路上，他们与克洛肥司老汉打了个招呼。以前，由于偷着进林子里打猎，到河里钓鱼，这个老汉时常受到逮捕和惩罚，不得不风餐露宿，弄得浑身疼痛。现在，他靠一副橡木拐杖四处游荡，走起路来哼哼唧唧的，样子就像没腿的螃蟹。

在温泉，父子俩看到一切依旧才放了心。返回时见到老汉，阿立沃想到了点什么，就说只要老汉每天上午到他挖的温泉池子里洗一个钟头，一个月内若能把风瘫病治好，就给他七百金法郎。老汉同意试试看。于是父子俩又回到温泉那儿替老汉挖池子。这时，在病人衣服上画鬼符的医生拉多恩和昂台尔马来察看温泉。阿立沃说他喝了一杯这儿的矿泉水，立马觉得浑身有劲儿，并大声地问巨人是不是这样。巨人赶紧说："谁说不是，我喝过一杯，也觉得浑身健壮了许多。"阿立沃又吹嘘这儿的矿泉水与别处的如何不同，最后把手往泉水里一撩说："哎哟，准能煮熟鸡蛋。"昂台尔马当然明白老汉的这些表演，就说："问题是要搞一个温泉城，只是这么一股子水是不够的！"阿立沃说："这好办，只要去挖，这儿地下的温泉比种的葡萄还多！"

他又对医生说:"您认识克洛肥司老汉吗?"拉多恩说:"认识,怎么,您想用这温泉治好他的病吗?"阿立沃说:"可以挖个池子让他试试!"昂台尔马对此很感兴趣,于是,四个人便来到老汉跟前。弄明白了这些人的来意,克洛肥司也学着装腔作势,讨价还价,最后敲定昂台尔马每天出两个金法郎作为老汉来温泉沐浴的钟点费。

昂台尔马还需要去巴黎活动,行前嘱咐妻子要经常看看那风瘫老汉是否天天去沐浴。然而,当他离开之后,基督英却与波尔打得火热,早就忘记了那个风瘫老人。尽管从哥哥那里她知道波尔为爱情决斗过六次,抢过一次漂亮的女演员,但她还是喜欢他那倜傥不羁的样子,仿佛他在她的平淡生活里加进了一把盐,有滋有味的。丈夫从巴黎回来,她从感情上与他有点疏远,但是,满脑子金钱哗哗响的昂台尔马根本就没有注意妻子的这些细微变化。他没忘记那个疯老汉,来到那个温泉,见老汉在太阳下照洗不误,他高兴地问:"老乡,可是好些了吧?"老汉认出是自己的财东,高兴地说:"走得像只兔子,过些天我一定要约女友去跳舞。"于是几个人合力将老汉拖上水来。老汉哼着喘着,像蜗牛一样开步走起来。把老汉放回池中之后,昂台尔马对岳父说:"午饭不要等我,我马上找阿立沃去,这事可不能拖!"他高兴得几乎跑起来,那支细手杖被他抡得老高。

天黑他才回来,对岳父说:"胜利了,办妥了!"接着他讲起那只老狐狸如何让他吃了点苦头。一开始谈崩了,昂台尔马走了,可是随后就有人把他叫回去。老汉坚持把土地入股做股东,赔了,他有权收回土地;赚了,他必须分享一半的红利。昂台尔马画了很多图,计算了好多数字,好容易才讲清了那些土地不过值八万金法郎,而新公司一口气就得开销上百万!如果坚持入股分红的话,赔了也必须按比例分摊。昂台尔马还一再用蚀本的恐怖威胁那老汉。最后老汉才同意把温泉和附近的土地出卖。议约是签订了,但是昂台尔马很后悔没有收买老汉另外的那些土地。"他精极了,不过我会有办法的。为了半月之内就动工,今晚我必须回到巴黎去!"

周末,昂台尔马从巴黎回来了,马车里坐着新来的七位有钱的股东。经过商量,新温泉起名叫阿立沃山,昂台尔马当选为总经理,洛佛内尔侯爵、共忒朗、波尔、阿立沃、巨人和拉多恩医生等,都选进下设的委员会。银行家昂台尔马神气十足，大宴宾客，从堂长、镇长到阿立沃的两个女儿都请来了，并特为两姐妹献上镶珍珠和翡翠的手镯，把两位姑娘都乐傻了。人们都围着昂台尔马转，连原来因同行嫉妒不来给基督英看病的盘恩非、拉多恩和何诺拉医生，也都争先登门套近乎，昂台尔马就把公司人人看重的医务视察的头衔赏给了拉多恩医生。

第二年7月，昂华尔镇大变样了，阿立沃山大旅社、阿立沃山温泉浴室、新乐园等建筑物拔地而起。新请来的三位医学教授，住在新建的别墅里。六月，浴池就已经开业，吸引来远远近近许多顾客。庆祝大会安排在7月1日。入夜，文艺演出、大型烟火、跳舞晚会，十分红火。时间未到，突然嘭的一声，烟火腾空而起。昂台尔马一查，原来是共忒朗恶作剧，偷偷发出开始的信号。他把共忒朗叫到一边说："你知道你个人的财政状况吗？"
"既然钱是你借给我的，你应当比我清楚！""好吧，我说给你听，你能够从令尊那儿得到四十万金法郎的遗产。现在，你已经欠我十九万，还欠别的犹太人至少十五万，这就是三十四万，外加要付大量的利息，所以，你手中什么也没有了！""除了一个妹夫！""不过，这个妹夫也不能借钱给你了！""这些事情真叫我厌烦！""如果说还有一个好办法的话，那就是娶一个有钱人家的女子！""你能告诉我这女子叫什么名字吗？""可以，就是阿立沃家中的某一个。我听说那些需要我花一百万金法郎的葡萄园，全是他两个女儿的陪嫁财产！""这，我倒需要想一想！"很快，共忒朗去舞会约沙尔绿蒂跳舞了。边跳边在她耳朵边柔声说话，显出设法讨好姑娘欢心的殷勤劲。后来，她用扇子掩着嘴笑，脸红得像喝了过多的葡萄酒。很快，小镇传开了共忒朗追求沙尔绿蒂的趣闻。

姐姐鲁苡斯对妹妹沙尔绿蒂提出了忠告，要她特别要警惕共忒朗的轻佻。妹妹却不以为然，照样与侯爵一家人去卢雅旅游，姐姐赌气未去。在去卢雅的车上，共忒朗挨着沙尔绿蒂坐着，小心冀翼去挤她，对她说一些有味的和没味的话。她甚至不敢侧过脸来回答他的问话，因为要躲过从他口中喷出来的那股热气，以及那让她感到拘束的目光。游玩回来，基督英对哥哥道："你要毁了沙尔绿蒂的！"共忒朗却说："我还要娶她呢！""你一个伯爵娶一个乡下姑娘？"共忒朗赞扬了沙尔绿蒂的美貌之后说："她受过良好的教育，比上等社会的女子更天真、更和气、更诚实！"基督英和波尔竟然被他说服了，都把沙尔绿蒂当自家人对待，弄得沙尔绿蒂常常暗暗对自己说："我就要做伯爵夫人了！"

共忒朗感到万无一失了，就挽着昂台尔马的胳膊说："趁热打铁？""打哪块铁呀？""沙尔绿蒂！"昂台尔马一本正经地说："不成，不成，我去用话套过那只老狐狸，他把咱公司相连的那些无价宝地，全陪嫁给鲁茲斯了；而给小女儿的，则是对我们毫无意义的山那面的土地！"共忒朗一听急了："见鬼，见鬼！山那面的地难道你就不用了？""不成，不成，我再说一遍，一千个不成！"共忒朗必须在爱情与金钱之间选择了。他舍不得沙尔绿蒂的美丽、温柔，但为了能到新乐园去赌钱，又不得不跟妹夫借钱。他终于明白了自己应该像征服沙尔绿蒂那样去征服鲁茲斯。于是有一天，他把两个姑娘引到家来，当众宣布要向鲁茲斯求婚，弄得两姐妹都以为他在开玩笑，而侯爵和昂台尔马则为他能以这种巧妙方式搞爱情转移暗暗叫好。沙尔绿蒂弄明白了他的意思，陷于无边的苦闷之中时，共忒朗却小声对鲁茲斯说："我最初爱的就是你，我用这种方式看你是否看重我。我发现你真的嫉妒了！"鲁茲斯红着脸儿，幸福地否认："我怎好嫉妒自己的妹妹呢？""不！你为啥那些日子不来我们家啦？"鲁茲斯暗骂自己是傻瓜，觉得把自己从灵魂到肉体全献给对方还嫌不足。这时，昂台尔马才蛮有兴趣地去找她的父亲。

阿立沃把女儿叫来。昂台尔马对鲁茲斯说："小姐，共忒朗伯爵说，一旦你不同意与他结婚，他马上远走高飞，永不再回。现在，你只要说句'我很愿意'或'我不愿意'就行。"姑娘脸一红，说声"我很愿意"就出去了。昂台尔马从容一笑，学乡下人的样子，端起了葡萄酒杯，撒谎道："这位伯爵手头有三十万金法郎，还不算侯爵留给他的大量遗产。"阿立沃这才动心了，找出地图，把原先许给大女儿的土地，一一指给他看。昂台尔马为了再多要几块有用的土地，与老汉绕来绕去，讨价还价。最后，一切都讲清楚了，他又提议去实地察看，免得让对方在地头地脑上打了埋伏。看完了，他又怕老汉以后后悔，就提议去商店买来国家盖印的契约纸，一式两份，白纸黑字，万无一失。

从此，共忒朗就常常登门找鲁茲斯。波尔常常主动作伴，当然，他去那里是为了讨好沙尔绿蒂。因为基督英已怀孕多时，不管这个孩子是他的还是昂台尔马的，他看见她那变形的腰身就腻味。

时间让波尔赢得了爱情。当他第一次和沙尔绿蒂热烈拥抱时，不巧被阿立沃撞上。女儿吓跑了，波尔却被老汉提着衣领骂道："野畜生，又来抢我的女儿，抢去我的葡萄田还不算！"波尔毕竟年轻，且有体育锻炼的功底，一下挣脱了说："我发誓，我想娶她！""哈，分明又来抢我的钱！我不能把好端端的一个闺女送给一个穷光蛋！""老毛驴，你懂吗?我每年光利息就不下十二万金法郎，本钱就是三百万以上！"老汉一听，兴趣来了，"这个数目你敢写到一张纸上？""敢！"老汉赶快打开他的大立柜，取出两张国家盖印的契约纸，参照几天前昂台尔马强迫他定下的契约拟了一份稀奇古怪的婚姻议定书，其中特别注明未婚夫保证的三百万，强迫波尔在上面签了字。

波尔觉得这出戏演得非常滑稽，就把它从头至尾讲给昂台尔马听。昂台尔马听了连眼泪都笑出来，用拳头敲着桌子说："哈，他重演了这出戏! 国家盖印契约突击法，那是我的发明！"

（林玉善）

歌 德

约翰·沃尔夫冈·歌德(1749—1832)是德国的伟大诗人,德国古典文学和民族文学的主要代表。

他生于莱因河畔的法兰克福一个富裕的市民家庭,父亲是法学博士,当过市参议员,外祖父则是市长。1765年他遵父嘱进莱比锡大学学法律,但兴趣却在自然科学和艺术上。1770年他转入斯特拉斯堡大学,开始写抒情诗。70年代前期,他成为狂飙突进运动的代表,写出了反封建的作品,有历史剧《葛兹·冯·伯里欣根》(1773)、书信体小说《少年维特之烦恼》(1774)、长诗《普罗米修斯》(1774)等。1775年深秋,他应魏玛公爵之邀来到魏玛,先后充任枢密顾问和首相等职,同时从事自然科学研究,撰写了多种著作,文学上的主要成就在诗歌方面,写出了抒情诗《致月词》、《浪游人之夜歌》,叙事歌谣《魔王》、《渔夫》等。

1786年9月,歌德悄悄逃往意大利,以逃避继续为封建官廷效劳。1788年归来后,他除担任艺术和科学院校总监、魏玛官廷剧院领导外,潜心从事文学创作和自然科学研究,写出了剧本《塔索》(1789)和叙事长诗《列那狐》(1794)等。1796年歌德和席勒合写《警句》,翌年两人进行了叙事歌谣的友好竞赛,使那一年成了德国文学史上的"叙事歌谣年"。他晚年过隐居生活,从1809年起,写了《诗与真》等一系列自传体作品及诸多抒情诗。

他的代表作是诗剧《浮士德》，先后写了六十年时间，第一部完成于 1806 年，第二部完成于 1831 年，这是一个新兴资产阶级进步知识分子的典型。其次是长篇小说《维廉·麦斯特》，上部是《学习时代》(1796)，下部是《漫游时代》(1829)。由于歌德的努力，使他那个"政治上和社会上可耻"的时代，在文学上成了伟大的时代。

少年维特之烦恼

为了摆脱生活的烦恼，少年维特在春光明媚的 5 月，离开了家庭和好朋友威廉，独自来到一个陌生的小城市，住在市郊的一所房子里。维特逐渐认识了许多当地人。一天，他和一个青年农民闲谈。那农夫告诉维特，他在一个寡妇家里做工，那寡妇对他很好，他很希望她做他的妻子。农夫对爱情的真诚，感动了维特。

有一次，当地的青年男女要在村中举行舞会，维特也去参加。他带上美貌的女舞伴和舞伴的表姐一同去跳舞。在路上，女伴对维特说，她要邀请绿蒂一道去参加舞会。

女伴的表姐对维特说："你可别迷上她呀！"

"为什么？"

"她已经许了人。那是一个挺不错的小伙子，眼下不在家，他的父亲刚去世，他料理后事去了。"

维特听着，一点儿也没在意。

原来，绿蒂的父亲是个侯爵，在城里当法官，妻子死后才把家从城里迁到乡间的庄园来。

他们到了这个庄园,一个模样娟秀、身材适中、穿着雅致的年轻女子,把维特迷住了。原来,她就是舞伴介绍的绿蒂小姐。在去舞场的路上,他们热烈地交谈起来。绿蒂也看过许多书,她很有见地,能正确评价一些作品。维特谈得起劲,把同车的另外两个姑娘都给忘了。她们不止一次地嗤笑他,他也没在意。

到了舞场,维特接连跟几个姑娘跳了舞,但她们都太笨了,他便找绿蒂跳。绿蒂跳得又轻快又动人,维特觉得好像世界上就只有他们两个人似的。当他们跳到一位夫人面前时,这位夫人看着绿蒂微笑着举起一个指头,威胁似的连说了两声"阿尔伯特"。维特问绿蒂:"阿尔伯特是谁?"绿蒂迟疑了片刻,说:"阿尔伯特是个好人,我和他已经订婚了。"这一来维特心慌意乱,竟窜进了别的对儿中,把整个舞场都搅乱了。

从这以后,维特心中只有绿蒂的形象,整个世界都仿佛在他周围消失了。他把家搬到了离绿蒂家只有半个钟头路程的地方,他几乎天天都在绿蒂家里,与她的弟弟妹妹玩,成了他们最好的朋友。

然而,绿蒂的未婚夫阿尔伯特回来了。

阿尔伯特是一个沉静、理智的人。他爱绿蒂,对维特也很好。他们一起散步,一起用友爱的口气谈论绿蒂。阿尔伯特还给维特讲了绿蒂死去的母亲。当然他们总免不了有争执。

8月里的一天,维特想骑马到山上溜一溜,就到阿尔伯特那儿去告别。他在阿尔伯特的房间里看到一把手枪,便拿起摆弄,将枪口对准自己的太阳穴。阿尔伯特瞥见,马上一把夺了过去,生气地说:"你要干什么?"

"这里又没有子弹。"维特说。

"那也不能这样,"阿尔伯特简直不能忍耐了,"我不能想象,竟会有人愚蠢到肯自杀。这种念头,就是想一下都会令人不高兴!"

他俩互不相让地争论起来。阿尔伯特说:"自杀无论如何也是软弱的表现。"维特则举了前不久一个因失恋而投水自杀的女子为例,来说明人如果寻不到出路就不得不死。但他无论如何也说服不了阿尔伯特。最后,他只得戴上帽子走了。

维特知道自己不能过多地接近绿蒂了,但又忍不住。有时走着走着,他不知不觉就到了绿蒂家。维特的朋友威廉来信劝他离去,他自己也做过多次努力。9月里的一天,他终于决定离开绿蒂,来到一个公使馆,当了办事员。他希望在工作中求得解脱。

但公使是一个墨守成规,又十分迂腐多疑的人,同这种人共事,维特感到很苦恼。

不久,他又认识了一个叫封·B的姑娘。他们谈话很投机,后来维特又去登门拜访了她。

但是,一次在一位伯爵的晚会上,这位B姑娘和那些高贵的客人都带着傲慢的神情看待维特。他伤心极了,毅然辞去公职,离开了公使馆。

维特心上牵挂着绿蒂,他又回到她的身边。这时绿蒂已经和阿尔伯特结婚了。维特只能在睡梦中、在幻想中去追寻人生的欢乐。

秋天来了,树上的叶子开始枯黄,风吹打着残枝。维特的心中也是一片秋色。

这一天,维特在路上遇到了那个和他交谈过的农夫,农夫向维特讲了自己的遭遇:他对寡妇的感情一天天地加深,直到吃不下饭,睡不着觉。终于有一天,他走进了她的卧室,向她表白了爱情。但女主人的弟弟来了,他早就怀恨这个农夫,怕他和他姐姐结婚把遗产夺去,便把他赶了出来,又另雇了一个。不过那女的又想嫁那个新来的雇工了。维特很同情他的不幸遭遇,可自己的命运不也同样不幸吗?

维特开始无节制地喝酒,一喝就是一瓶。每当这时,绿蒂总是忧郁地对他说:"你不要这样喝!你应该想想绿蒂呀!"

"想想你?"他答道,"这还用说,我是在想你呀!不,我不是在想,你本来就在我的心里。"绿蒂怕他再说下去,忙把话岔开。

有一天,维特要走时,绿蒂握着他的手说了声:"再见,亲爱的维特!"维特听到她第一次说"亲爱的",周身筋骨都酥软了。他把这句话重复了无数次,等到夜里要上床睡觉时,还自言自语叨咕半天,最后竟冒出一句:"晚安,亲爱的维特!"这使他自己也忍不住笑了。

下雪了,雪花落满了原野。一天清早,维特想单独接绿蒂从娘家回来。这时村子里刚发生一件谋杀案件,一个农夫被人杀死了。原来是维特认识的那个青年农夫,把在寡妇家当雇工的另一个农夫杀死了。他飞快跑去,看见一群全副武装的人押着犯人走过来。维特跑到犯人跟前,叫道:"不幸的朋友,你怎么做出这样的事情来!"

犯人默默地看了看他,泰然地说:"我不许别人娶她,也不许她去嫁人。"

凶手被带走了。维特快快不乐地走回来,一路上只有一个念头:"我一定要救他!"

他跑到绿蒂家里,向绿蒂的父亲陈述他的意见,激烈地为犯人辩护。但这位法官猛烈地反对他,说他庇护杀人犯。阿尔伯特也站在法官的一边反对维特。法官反复向维特大喊大叫:"不能听你的话!这农夫罪无可赦!"最后,维特只得懊丧地告辞了。

救人未成,维特陷入了更深的悲痛。辞世的决心在他的心里越来越坚定起来。偏在这个时候,绿蒂决定遵从丈夫的心意,离开维特。

12月20日,正是圣诞节前的礼拜日,维特来到绿蒂家。绿蒂对维特说:"维特,我们终究是要离别的,我求你让我安心吧,我们不能总是这样。"又说,"圣诞节前不要来了,"

维特把眼睛避开,在房子里走来走去。突然叫道:"绿蒂!我不会再见你了!"

回到家,维特痛哭了一场。第二天早晨,他开始写一封以"绿蒂,我已决定去死了"为开头的信。

绿蒂的心情也是极度矛盾的。她感到若是离开了维特,心里也很难过。阿尔伯特没注意到绿蒂的心情,他因有事要到邻村的公署中去住一夜,便骑马走了。

绿蒂一个人在家孤独地坐着,眼前仿佛蒙上一层阴云。6点半时,听见维特上楼,她的心剧烈地跳起来。"你违约了!"看到维特进来,她叫道。

"我没有约过什么。"维特答道,"你也应该听听我的要求,我的要求是为了我们两人的平安。"

绿蒂慌乱得很,想弹个钢琴曲也不成调,只好要求维特朗诵他翻译的古苏格兰诗人莪相的诗。维特把诗拿到手中,全身一阵战栗。含着泪水,他开始诵读那哀婉凄绝的句子。

听着听着,绿蒂也不禁潸然泪下。维特抛去诗稿,紧紧握着绿蒂的一只手,伤心地哭了起来。两人灼热的脸互相挨到了一起,世界消失了……他伸手搂住她,把她紧压在胸上。无数个猛烈的吻掩住了她战栗着的嘴唇。

"维特!"绿蒂用一种窒息了的声音叫起来,一面用无力的手把维特的胸脯推开,一面又叫:"这是最后的一次了,维特!你永远不要再见我了!"说完,她踉跄地跑进另一间屋子,随手关上了门。维特伸手去挽她,没有挽着,便倒在了地上。后来他站起来,走到邻室门前,低声说:"绿蒂!绿蒂!你只再说一句话!说句'再见'吧!"她没有作声。他等着,又央求,又等着,她终于没有再说一句话。维特失望了,他最后喊道:"诀别了!绿蒂!永远诀别了!"

这一夜,雨雪交加,他跛上了悬崖。但终又浑身透湿地回到家里。

第二天,他又去续写那封给绿蒂的信。他写道:"绿蒂啊,只要能为你死,为你献身,我就是幸福的!"

他托人以旅行为名去向阿尔伯特借手枪。阿尔伯特当即答应了。

午夜12点的钟刚敲过,维特手中的枪响了,子弹从左眼上部射入脑中,脑浆迸出,他倒下了。他的身上穿着第一次遇见绿蒂时穿的那身衣裳。

维特被安葬在他遗书中所选择的地方,没有僧侣送葬。阿尔伯特也没有来,他在看护绿蒂,她因为哀痛,正处在生命的危险之中。

(保 宇)

浮 士 德

一天,上帝和一个名叫靡非斯特的魔鬼聊天,谈到人类在不断地追求探索时难免犯错误,但不会迷失正途,也不会停步满足。靡非斯特不信,和上帝打赌,要把人引入歧途,并让这个人说出满足现状的话来。

年老的浮士德博士在书房里研究了一辈子各种学问，心情烦闷，想饮毒酒了却残生。他的弟子见他不愉快，便同他一起外出郊游。参加复活节郊游的人们纷纷向他致敬，感谢他曾治病救人，盛赞他的品德与学识。在回家的路上，浮士德捡了一只无主的黑狗带回书房。这狗恰好是魔鬼靡非斯特变的，来引诱浮士德走向地狱。

靡非斯特化作人形，向浮士德提议当他的仆人，保证实现浮士德的一切愿望。条件是浮士德不能满足，哪怕他说出一句："真美呀，时光暂停一下吧！"之类的话，他的生命当时便结束。浮士德同意了，并与靡非斯特签了血书合同。因为他认为自己是奋发努力、永不满足的人。靡非斯特便拉浮士德站在一件魔外套上，魔外套腾空飞走。

他们飞到靡非斯特认识的魔女那儿，魔女配了一种神奇的药汤，浮士德喝下去之后，返老还童，变成了一个青年人，胸中跳跃着一颗充满青春活力的心。

年轻的浮士德来到大街上，遇见一位妙龄少女，相貌十分出众。浮士德迷上了她，像个登徒子似的同她拉话纠缠。少女羞跑了。浮士德立刻叫来靡非斯特，命令他帮助自己把姑娘搞到手。靡非斯特不愧是个好仆人，马上着手为浮士德出谋划策，拉线牵合。

少女名叫玛甘丽，出身平民百姓，家里只有老母和当兵的哥哥，是典型的小家碧玉，却也纯洁无瑕。浮士德在街上与她纠缠，她害羞跑到家之后，想起浮士德仪表堂堂，像个贵族，不禁心旌荡漾。

靡非斯特探知玛甘丽到邻居寡妇家中串门去了，便带领浮士德溜进她的闺房，往她的柜子里塞进了一套贵重首饰。当玛甘丽回来前，浮士德被靡非斯特硬拉走了，谁也没看见他们。浮士德见了她整洁芳香的卧室，更深地陷入情网。玛甘丽回家发现了首饰盒，告诉了母亲。母亲不敢留用这来路不明的财物，便把它们捐献给教堂了。

浮士德知道靡非斯特的小恩小惠花招没奏效，很不高兴，命令他再送一套更贵重的首饰。这次的馈赠使玛甘丽又惊怕又动心，便跑到邻居寡妇家商量该怎么办。寡妇劝她留下首饰，玛甘丽同意了。此时，魔鬼靡非斯特敲门来拜访，说自己的主人傍晚想见见她们。

傍晚在花园里，浮士德见到了他心爱的姑娘。靡非斯特像别的爱饶舌、爱奉承的仆人一样，陪寡妇闲扯散步，好让主人与少女谈情说爱。浮士德的言谈举止使天真无邪的玛甘丽产生了爱慕之心。她把自己的身心交给了浮士德。靡非斯特见天色已晚，催浮士德离去。玛甘丽在分别后，独自坐在纺车前思念情人不已。

等他们又在花园相会时，玛甘丽问浮士德是否信仰上帝。浮士德回答说：人类的感情就是上帝，这感情无所不包，无处不在。

玛甘丽依偎在浮士德身旁，两人约好深夜幽会。浮士德递给玛甘丽一瓶催眠药水，让她给老母亲悄悄服一点，半夜睡熟了不会妨碍他们在一起。玛甘丽在恋爱的狂热中答应照办。

一天玛甘丽到井边打水，碰见一个女友，聊起别的女伴。女友告诉她：有一个女伴因和男子关系暧昧而身败名裂，受尽旁人耻笑。而那个男子又跑到别的地方寻欢取乐去了，把她撇下不管。玛甘丽想起自己作姑娘时，遇见这种情况也曾嘴舌尖刻地嘲讽别人，又想到现在的自己，不由万箭钻心般的痛苦。她跪在"苦痛圣母"像前插花忏悔，求圣母搭救。

傍晚，浮士德在玛甘丽窗下弹奏小夜曲，想引玛甘丽出来约会。正巧她当兵的哥哥华伦亭回家。华伦亭原来一直为有个美貌纯洁的妹妹而夸口自豪，如今听到不少人风言风语地耻笑她，心里正憋了一股无名怒火。他一听有人在妹妹窗下弹唱，怒不可遏，拔剑上前训斥。靡非斯特怂恿浮士德决斗，协助浮士德刺伤了华伦亭。听见声响后，玛甘丽和邻居们跑出门来看，发现华伦亭奄奄一息，凶手早已逃跑了。华伦亭责骂妹妹，含恨而逝。

靡非斯特带着浮士德远远逃走，去观看瓦普吉司之夜的魔鬼大聚会。各处的魔女骑着笤帚、山羊、狗或者肥猪，飞驰而来。靡非斯特向浮士德介绍鬼魂并讲解他们的事情。突然浮士德发现鬼魂中有一个人极像玛甘丽，面色惨白，脚戴镣铐，脖子上有一根细红绳，像刀砍过似的。浮士德心中大疑，强令靡非斯特带他回去找玛甘丽。靡非斯特告诉他：玛甘丽因贪恋幽会，给老母亲服了过量的催眠药，老母被毒死。哥哥华伦亭也因她而死。她生下私生子，亲手将孩子淹死了，已被关进监牢，人也疯了。

浮士德不顾一切要救玛甘丽出狱。靡非斯特因签过合同保证实现他的愿望，只得准备了两匹魔马，连夜飞回城里。

靡非斯特用魔法迷昏了狱卒，拿来牢门钥匙。玛甘丽倒在浮士德怀中，一阵明白一阵疯狂。浮士德要带她逃走，玛甘丽却宁肯接受裁判——等待死刑斩首。天快亮了，魔法要失效了，浮士德被靡非斯特拉着上了马，向远方奔去，留下可怜的少女心甘情愿地皈依了上帝。

浮士德很快就把玛甘丽之死扔到脑后。他没有什么留恋与难过，一心追求前面人生的真谛。他在阿尔卑斯山上观望瀑布的彩虹时，感到人生有如美丽的虹霞，感到自己生命的脉搏跳得那样强烈，决心奋勇进取，永不回头、留恋或徘徊。

京城里，骄奢淫逸的皇帝要举行空前盛大的化装舞会。浮士德和靡非斯特去了。

皇宫里布置得富丽堂皇，十分奢华。人们化装成男女园丁、樵夫、食客、巨人，场面极热闹。财神驾着车来了，坐在他车后的是吝啬鬼。

表面上，皇宫里歌舞升平，其实国家十分腐败。搞政治的结党营私，官吏贪污，军人抢掠，非法的行为都披着合法的外衣。财政也到了山穷水尽的地步。靡非斯特哄着皇帝，像闹着玩似的印发了大量钞票，居然缓解了财政危机。皇帝非常高兴。

皇帝提出要见见古希腊最著名的美女海伦。海伦原是斯巴达国王梅纳劳斯的妻子，被美少年巴黎斯诱拐到特洛伊城。梅纳劳斯率兵十万，驾海船千艘前去抢夺妻子，引起斯巴达与特洛伊十年战乱，终于夺回海伦。海伦早已不在人世了，但浮士德和靡非斯特答应皇帝把海伦找来。

靡非斯特带浮士德前去寻来宝鼎和钥匙，摆在宫廷里。浮士德用钥匙一触宝鼎，升起一股轻烟，一个美少年出现在人们面前。贵妇人们齐声赞叹。一会儿，又出现了一个美女，在场的男子不由喝彩不已。这两个幽灵正是巴黎斯和海伦。他们俩像当年初次会面那样，巴黎斯抱起海伦正要离开，浮士德顿生嫉妒之心，用钥匙向巴黎斯击去。一股浓烟爆发，所有的幽灵统统随之消散，只剩下晕倒在地的浮士德。靡非斯特把他扛在肩上，带回到他往日的书房里放下。

浮士德的弟子在中世纪的实验室里通过化合分解提炼，居然在曲颈瓶里制造出个发光的胎儿。这胎儿有思维，会说话，只是不能发育成人。这个小小的人造人被起名叫何蒙古鲁士。

何蒙古鲁士领着浮士德漫游古希腊。他们时而飞越古战场,时而与司芬克斯、赛伦们交谈,见到了许多神奇的景象。在这个世界里,一切都同古希腊的神话传说中所描述的那样。浮士德一心想找到海伦。他们遇到一些传说中的神。

在涉渡比纳渥斯河时,半马半人的希隆驮着浮士德,并告诉他说:当年它也曾驮负过海伦。浮士德请它帮助寻找海伦,希隆便把他送到女巫曼多的宫殿求问。

人造胎儿何蒙古鲁士坐在曲颈瓶里,由泰勒斯变成一只海豚,背着他在爱琴海上漂游,观看多里斯族的神人们聚会。海上一片明亮,波光闪闪,美神乘贝车而来。何蒙古鲁士见了她之后触发了热情。当他冲向美神的贝车时,瓶子被撞破,瓶内升起闪烁的光芒,何蒙古鲁士消失了。

时光倒流回到古希腊时代,巴黎斯诱拐海伦所引起的长达十年之久的战争刚结束,特洛伊城战败,斯巴达国王梅纳劳斯把妻子海伦夺回。海伦和众多被俘女子被送往梅纳劳斯的王宫,时光从现时重新演变。在王宫里迎接美女海伦的国王不是梅纳劳斯,而是浮士德。

海伦重新作了王妃,国王正是浮士德。他俩相爱了,而且感情很深。海伦和浮士德不久就有了一个小男孩,名叫欧福良。

日月如梭,欧福良很快长成了美少年。他的父母浮士德与海伦十分宠爱他。欧福良挺任性。他追逐漂亮的少女,特别喜欢追逐难以搞到手的。一次,他想抓住一位倔强的姑娘,那姑娘化为一团火焰。

欧福良还渴望战争,以解救受苦难的人们。他飞到半空,不幸跌落下来,摔死在浮士德和海伦面前。海伦悲痛欲绝,在浮士德怀中隐去,只留下轻柔的衣服在浮士德手臂中。

浮士德紧紧抓住她所遗留的衣物。衣物化为浮云,把浮士德托起,带向远方。于是他与美女海伦的联系便彻底断绝了。

时光又飞速回到化妆舞会后的皇宫。皇宫正面临外敌入侵与内部革命,急得手足无措之时,浮士德到了。

尽管有些人趁战争之机,大发横财,盗窃国库,但战争毕竟打赢了。这是浮士德的功劳。皇帝把沿海的大片土地赏赐给浮士德。

浮士德此时已年迈，白发苍苍。他虽然年近垂暮，可仍然雄心勃勃。他派人填海，开辟疆土。他又成了一片土地的统治者。在那里，他建起自己理想中的王国，力图政治清明，使人们舒畅满意，推动新事物的实施。

他不能容忍落后的陈旧的事物。有一对年老夫妻，在海边建了座小教堂。浮士德不能容忍，让靡非斯特用新房屋与他们换教堂，想拆除另盖别的建筑。靡非斯特连威胁带恫吓，把两位老人吓死了。浮士德为此而忧虑，不久，双目因忧愁而失明。他衰老不堪，面临死亡。

靡非斯特溜了，去地狱找各种魔鬼通风报信，安排料理，准备浮士德下地狱。

浮士德垂死之时还想着为人们开拓疆土，想象着山青水秀，人畜安居乐业。他仍然希望每天每日去开拓生活和自由，愿意看见熙熙攘攘的人群在自由的土地上生活。

浮士德冥想着这样景象的来临，这一刹那闪现在他眼前。他不禁喊到："真美呀，请暂停一下！"他深信自己的作为不至化为乌有，必会为后人留下痕迹。他在这洪福的预感中，享受着这一刹那的美。

他与靡非斯特的合同该兑现了。浮士德倒下了，幽灵们把他放在地上。靡非斯特高兴了，他与上帝的赌打赢了。摩非斯特说："没有快乐和幸福使他满足，连最后的时刻里，他还在追求。"是的，浮士德变年轻了以后的一生中，经历了曲折，尝过了人生的喜怒悲欢，当过各种角色，始终执拗地追求着正确的路，哪怕做错、受挫，也不后悔，也不停步。最后在为他人幸福而努力奋斗中方体会到最大的快乐与满足。

浮士德按他与靡非斯特所签的血书合同，向地狱堕落下去……

突然，天空放射光芒，一群天使降临，她们把灼热的玫瑰像雨点似的向靡非斯特抛去，并把浮士德劫走，返回天上。

浮士德的灵魂升天了。瞬间，他又年轻了。在升上天去的时候，他瞥见环跪在圣母脚下的赎罪女子们中间有他所爱过的玛甘丽。她才脱离了苦海，来到天上。

天使们合唱道："永恒的女性，带领着我们向前。"

（刘小江）

海 泽

保尔·海泽(1830—1914)是近代法国作家。

他生于柏林,父亲是语文学教授。他自幼受古典文化薰陶,中学时代即开始写作。1853年到瑞士和意大利旅行,翌年定居慕尼黑,结识了凯勒和施托姆等名家,并参加了摹仿古典主义的作家团体"慕尼黑诗社"。该社当年曾享有崇高威望。进入19世纪90年代后,德国的自然主义文学运动兴起,他的作品因为有严重的唯美主义和形式主义倾向受到冷遇。

他一生写了大量小说、剧本和诗歌,最著名的有长篇小说《世界的孩子们》(1873)和百多部中篇小说中的《犟妹子》(1855)、《特雷庇的姑娘》(1858)和《安德雷亚·德尔芬》(1862)等。这些作品语言优美、情节动人。此外,他在中短篇小说理论和译介西班牙与意大利诗歌上也有贡献。

他于1910年获诺贝尔文学奖。

特雷庇的姑娘

在亚平宁山脉托斯卡纳和教皇国之间的高原上，有一个叫特雷庇的小村，是牧羊人居住的地方。白天，它很孤寂，只有几个画家和徒步旅行者偶尔路过。但一到夜幕降临，特雷庇就成了赶着马队的走私客们歇脚、进餐、夜宿的地方。

这天晚上，月光融融，天色很好。山下的大路上又传来了得得的马蹄声和人们的脚步声。过了不一会儿，三个男子出现在一家酒店前，其中两个全副武装的走私客，坐在餐桌前坦然地吃起晚饭来。

随两位走私客而来的那位陌生客却什么也不吃，只是用机警的眼光扫视屋子的每个角落，然后开口向女主人——一位美丽端庄的姑娘问道；"您这儿有酒吗，小姐？"他的话刚说出口，姑娘便像给闪电惊了似地一跃而起，直愣愣站在火炉边，双手撑在石板上支持着身体。这一突如其来的举动惊醒了睡在一旁的女主人的爱犬富科，接着是一阵野性的猖獗声。陌生客一下子发现自己面对着的是四只闪闪发光的眼睛。好在这一切转瞬即逝了。女主人一边吩咐一个伙计将爱犬领走，一边示意老女仆尼娜拿好酒来。于是，陌生客独自坐下喝酒了，但他不明白刚才是什么原因引起了如此巨大的骚动。

饱餐之后，两个走私客要到他们熟悉的房间里去睡觉，其中一个战战兢兢地对女主人说："要是您能给这位先生准备一张比我们软和一些的床铺，他是不会吝惜钱的。"客房里。只剩下女主人费妮婕和陌生客两人了。这时，女主人突然开口问道："菲利普，您不认识我了吗？"陌生客果断地摇了摇头。女主人说："七年前，您非常爱一个姑娘，那姑娘就是我啊！"陌生客再三回忆，才想了起来，说："我在亚平宁高原上遇见她，她把我带到了她的父母家里。要不是她，我那回就得露宿在巉岩峭壁上。我还记得，我当时爱她——"姑娘说:"是的,非常爱!"

遥想当年,英俊潇洒的菲利普确实被小姑娘那娇美的面容迷住了。可是,还是少女的费妮婕怎么也不肯接近他。那时候,菲利普想吻吻她那樱桃般的阴郁的小嘴儿,以唤起她尚在沉睡中的热情,可换来的竟然是一块飞来的石头。三年前,这个小姑娘的父母亲都相继离开了人间,"觉醒"了的费妮婕就只身一人前往佛罗伦萨去寻找菲利普,但他早已离开了佛罗伦萨远走他乡了。

"我花了整整七年的时间,鼓起了爱情的勇气,"姑娘打破了沉默,说,"我知道您会再来的,一定会的。要是当初我就敢于承认我爱您的话,也许用不着等到今天,我早就是您的了。"

没想到菲利普却回避了费妮婕的话题:"费妮婕,我已经不再是七年前被你伤了心的那个轻浮少年啦。真的,还是让我告诉你我现在的处境吧!我是一个律师,结识了许许多多的人。再说我这个人独立不羁,在必要时总要直言不讳,因此招来了当局的仇视。最近,我中了他们的计谋,对手硬逼着我去托斯卡纳与他进行决斗,但当局不发给护照——这是逼我要么接受逃避决斗的耻辱,要么乔装偷越国境,他们好在半道设下埋伏稳稳当当地将我拿获。这样,他们就可以乘机审判我。没办法,我便在波雷塔找上了走私客。他们答应带我经过这里到皮斯托亚去。决斗时间定在明天下午,地点是城外的一个花园……让咱俩互相忘记吧!"

菲利普的这番话使得费妮婕忧郁起来。她说:"七年前的那个夜晚,怪我太理智了,也太怯懦了。然而,谁要是以为爱情可以忘却的话,那谁就该下十八层地狱!"费妮婕一遍又一遍地诉说着,声泪俱下,她想用自己的一腔真情感动菲利普,但对铁石心肠的菲利普来说都无济于事。费妮婕在他催促下临去睡觉时,竟然将自己的闺房指给了菲科普,叫他晚上睡在她的床上。我的天哪!此时此刻,菲利普内心斗争十分激烈。他不得不承认,费妮婕做他的妻子是最合适不过的了。即使找遍天涯海角,也实在找不到如此纯情而温柔美丽的姑娘。然而,自己生死未卜,凶多吉少,怎么能让这个可怜的姑娘去波洛尼亚当寡妇呢?他于心不忍。

菲利普睁着双眼在床上胡思乱想,直到午夜后一小时,疲倦才战胜了他的万千思绪，他睡着了。一觉醒来，一束强烈的日光射得他睁不开眼睛。他马上意识到要误时误事了。他一骨碌翻身下床一打听，费妮婕已经把他的向导——两个走私客给打发走了，说要由她亲自送他下山去。

在路上，按照费妮婕的要求，他们喝了一些酒。为打发途中的寂寞，他们边走边聊。走着走着，菲利普发现姑娘带的路跟他要到达的目的地恰恰相反。费妮婕很坦率地告诉他说，她不能眼巴巴地看着他白白地去送死，她已在他喝的酒里加进了"爱药"，因此，菲利普再也无法摆脱她了。菲利普暴跳如雷，他不喜欢别人耍花招来"征服"他。他狠心地甩开费妮婕，独自一人寻找去皮斯托亚的路。

菲利普一个人没走一会儿，便陷入了乱石与荆棘丛中。他下深谷爬山巅，几个小时过去了，仍然没有到达目的地。当他艰难地爬上一座山顶时，却惊奇地发现费妮婕正端庄地坐在他眼前的一块石头上对他笑呢！"你到底来了，菲利普！"她微笑着说，"即使我俩之间隔着世界上所有的高山，你也会找到我的，要知道在你喝的酒里，我和进了七滴从爱犬富科心里取出的鲜血！你只要爱我，心中才会得到安宁。你瞧，菲利普，我不是终于征服你了吗？"说着，她便站起来，张开双臂去拥抱菲利普。深感羞辱、一筹莫展的菲利普双手狂舞着不许她靠近，他吃力地一步一步踉踉跄跄地向后退，竟摔下深谷中去了。

当费妮婕找到他时，他两眼紧闭，额头和头发间鲜血淋漓，已经奄奄一息。费妮婕好似生出了巨人般的力量，毅然抱起了眼前这位高大魁伟的男子汉，喘着粗气，一步一步向附近一间牧人的小屋走去。

临近中午时分，费妮婕终于将菲利普抱到了小屋里。菲利普苏醒过来时，觉得脑袋下面软绵绵的，他不知道自己正睡在姑娘怀里。他请求身边的一老一小两位牧人代他到山下的皮斯托亚去一趟，向那儿的"幸福女神"酒店的掌柜申明一下他不能参加下午决斗的原因。费妮婕马上吩咐牧人将菲利普抬回特雷庇去找大夫医治一下，而她自己则去完成送口信的任务。

将近下午三点，费妮婕终于赶到了"幸福女神"酒店。可是无论费妮婕如何说明原委，那三个来决斗的家伙就是不肯相信。最后他们同意随费妮婕去特雷庇亲眼看一看菲利普的伤势。

黄昏时光，三个家伙站在了菲利普的床前，其中一位貌似谦卑地说："菲利普·曼尼尼阁下，我们奉命在皮斯托亚等候着逮捕您。我们截获了您的信，得悉您此番前来托斯卡纳，不光为了决斗，而是要与某些人恢复联系，以便为您在波洛尼亚的同党们寻求援助。现在，我们要把您带走！"接着，他吩咐大夫给菲利普重新包扎了一下。

非常机敏的姑娘费妮婕早已趁机溜出了房门。正当三个密探拉开房门准备带走菲利普时，外面的去路早已给一群剽悍的村民占领了，为首的是两位天下无敌的走私客。密探拿出枪来威胁，但也还是无济于事。这三个家伙只好垂头丧气地离开了特雷庇这个小山村。

一晃十天过去了，菲利普的身体也已康复。他夜里睡得香甜，白天坐在门口享受着山里的新鲜空气与岑寂。这一天，天气好得惊人，菲利普来到一处山谷清泉边，看见费妮婕坐那里纺着纱。他来到姑娘面前，像七年前那样，直率地向她求爱。可费妮婕保持着绝对的冷静，说："要是您自以为欠了我的情，或者想可怜可怜我——那您就走吧，咱俩的账清啦。"可是就在她一步步退却时，菲利普抬眼发现姑娘紧闭的眼睛里流出了两行晶莹的泪珠。过了一会，她舒了口气，睁开眼，嘴唇张大却没有声音——生命之花又遽然在她身体里绽放了。她弯下腰去，用温柔而纤细的胳膊搂起心爱的菲利普，声音颤抖地说："你是我的! 我也愿意永远是你的！"

第二天，太阳刚刚从东方冉冉升起，菲利普和费妮婕这对情侣就匆匆上路了。菲利普打算去热那亚，以逃避当局的暗算。这位高大苍白的男子坐在马背上，缰绳由他的未婚妻——美丽而勇敢的特雷庇姑娘费妮婕牵着。路漫漫，他们幸福而坚定地走着，展现在他们眼前的未来，也如那远方的大海一样，光明而宁静。

（小　雪）

普希金

亚历山大·谢尔盖耶维奇·普希金(1799—1837)是俄国的伟大诗人和现实主义文学奠基人。

他出身于莫斯科一个家道中落的贵族世家。由于家中藏书甚丰，叔父又是名诗人，客人中颇多文化名流，使他七八岁便开始写诗。十二岁进彼得堡皇村学校，毕业后(1817)到外交部供职。这时期他写了《自由颂》(1817)、《致恰达耶夫》(1818)、《乡村》(1819)等，流传很广，还写了第一部叙事诗《鲁斯丝·柳德米拉》(1820)。他的政治及文化活动使沙皇不安，差遣他去南方，那里的风土人情激发他写了热情浪漫的叙事诗：《高加索的俘虏》(1821)、《强盗兄弟》(1822，未完)、《茨冈》(1824)及优美的抒情诗：《大阳沉没了》(1820)、《囚徒》和《短剑》(1821)等。后被革职，发回原籍米哈依洛夫斯基村，得以从接触人民中汲取了创作营养，完成了历史悲剧《鲍利斯·戈东诺夫》(1824—1825)和上百首诗。

普希金返回莫斯科后仍受到当局监视，他写出了《无知之徒》《诗人》(1827)、《致诗人》(1830)等战斗诗篇，叙事诗《波尔搭瓦》(1828)等历史题材作品。1829年他径自去高加索一游，写出了《1829年出征时期阿尔兹鲁姆旅行记》一书和不少精美诗文。1830

年秋,他在波尔金诺遇检疫封锁,三个月中创作丰收,完成了长篇诗体小说《叶甫盖尼·奥涅金》(1823—1831)、《别尔金小说集》(包括《射击》、《风雪》、《棺材匠》、《驿站长》和《村姑》五个短篇)、四个小悲剧、长诗《柯洛姆纳的小屋》及其他故事、抒情诗和时文等。

1831年诗人婚后重回外交部任职,利用职务之便,研究历史,完成了叙事诗《青铜骑士》(1828—1833)和中篇小说《杜勃罗夫斯基》(1833)、《上尉的女儿》(1836)和《黑桃皇后》(1833)。1836年经他多方奔走,获准创办《现代人》杂志。普希金的活动使上流社会对他极为敌视,终于借丹特士之手将他在决斗中杀死。

普希金对俄国文学在多方面作出了空前的贡献。他所创造的"多余的人"和"小人物"典型影响了后世。

茨 冈

一大群茨冈人沿着柏萨腊比游荡。

薄暮时分,他们停下来。河岸上搭起帐篷,升起缕缕炊烟。姑娘们唱着,孩子们嬉戏着;马悠闲地吃草;开了锁的熊舒适地躺着;一切是那样自由自在!

夜幕低垂,火光熄灭了。月亮独个儿悬在天上,照得静谧安详的营帐。此刻,只有一位老头儿没有安睡,他在等待他那散漫得像一匹野马似的女儿真妃儿。

"爸,我带来一位贵客!"

真妃儿回来了,后面跟着一位陌生的、神情忧伤的年轻人。衙门正要抓他,他想加入茨冈人的队伍。真妃儿是在坟场那里发现他的。

"他名叫阿乐哥,我可要保护他!"真妃儿向父亲介绍客人,最后执拗地加了一句。

"我非常高兴!"老头儿伸出手来,告诉年轻人,只要他真愿意一块儿来挨这个苦命,没有什么不行的。他可以有吃有住,随意干点活儿,或者唱歌,带只熊到村庄转转,都行。

"那么,我就留着不走了。"阿乐哥感动了。

"他是我的了,谁也休想把他赶走!"真妃儿快活得蹦了起来。

天亮了,茨冈人又出发了。男女老少,有的赶车,有的骑着驴。花花绿绿的是他们穿的破烂的衣服,小孩子和老头儿还光着脊背。狗的叫声,人们的说话声、歌声,还有咿咿呀呀的车子的声音,汇合成一种繁杂的无拘无束的野腔野调。

面对旷野,阿乐哥心里有一种难以名状的烦闷。他已像一只被从巢里赶出来的鸟儿,到处漂流,四面八方都有他的路,哪儿都有他的床。他无须用心,一切听上帝调度。美丽的阳光爱抚他,真妃儿含情脉脉的黑眼睛注视他。然而,这样的日子,就算安静了,能长久吗?他感到他的情欲,一种多么难挨的情欲,会在他心底重新苏醒……

"丢开了故乡的人和城市,你觉得可惜吧?"真妃儿问他。

"可惜什么?"阿乐哥说,"那么令人窒息的城市!没有青春草地的幽香,没有清晨爽快的空气。有的是不自由!我丢了什么?是出卖朋友的干活,是那些发疯似的要钱的家伙,是荒谬绝伦的判决词,还是羞耻?"

"然而,那儿有金碧辉煌的宫殿,有装扮华丽的姑娘们!"

"可是那儿没有爱情,也就没有快乐!亲爱的,"阿乐哥热切地望着真妃儿,说:"你比那些珠光宝气的姑娘强得多,你不要变心,我要给你爱情!"

"孩子,难得你爱我们,虽然你出身于富贵之家。"老头儿看着这对痴情的年轻人,感到欣慰,但也不无担心,说:"可是,谁要是享惯了福,自由就不一定是舒服的了!"

两年过去了。这些茨冈人仍旧成群流浪,过着平静安宁的日子。阿乐哥抛弃了那锁链似的文明,完全过惯了茨冈的生活。他爱夜宿的庇荫,爱那永久的懒惰的沉醉，爱他们又响亮又那么单调的声音。他唱着歌，牵着会跳舞的熊儿，老头儿敲着鼓，真妃儿收下围观的人们随意赏给的钱……

可是，真妃儿对他变得冷淡了。她爱唱一首叫阿乐哥寒心的歌儿：

我爱了另外一个他，

就是死，我也要爱着他。

"别唱了，我不喜欢！"听着它，阿乐哥抱着头，脸色苍白。

"你不喜欢和我有什么关系？我唱我的，唱给我自己！"真妃儿不理睬他，继续唱道：

他比春天还新鲜，他比夏天还热烈！

他是多么爱我！多么勇敢，多么年轻！

那天悄悄的晚上，我和他多么亲昵！

阿乐哥再也感受不到真妃儿那充满孩子气的快乐，听不到她那可爱的喊喊喳喳，得不到她那温柔的拥抱。他觉得她骗了他，一肚子愁闷无处发泄。夜里，他辗转反侧，要是睡了就做恶梦，又哭又哼地发出梦呓。

"我的发疯的青年人，你可怎么了？"老头儿问阿乐哥。

"父亲，她不爱我了……"阿乐哥垂头丧气。

"你要宽心些。"老头儿慈爱地开导他，"你看天上的月亮，自由地逛着，把光辉平等地倾泻给整个天下。它才照射着一片云，那云底下可真是光芒灿烂，但是它立即又移到另一片云上。谁能够指示天上一个地方，对月亮说：'再动就不行？谁又能够对着年轻的姑娘说：爱着一个，不准变心！'"

接着，老头儿给阿乐哥讲了自己的故事。他年轻的时候，也曾经得到一个美人儿的青睐，可是，他的爱情比流星那么一闪还要短，她只爱了他一年。在一个夜里，她就丢下了小女儿，跟另一群茨冈人跑了。多少年过去了，他仍然过着孑然一身的寂寞生活。

"你为什么不立刻追出去，追上那忘恩负义的人，还有那个野兽？"阿乐哥说："你应当给他一刀。"

"为什么要这样干呢？"老头儿惊诧了，说道："青年比鸟还自由，谁能挡住爱情呢？快乐也不是一个人专有的啊！"

"我可不能那样，我不能放弃我的权利。至少，我要痛快地报仇！"阿乐哥听不进老头儿的忠告。

在一个死寂的夜里,阿乐哥睡了,但怔忡不安,眼前出现了飘忽不定的幻影。他大叫一声从黑暗中醒过来,手一伸碰到的只是冰凉的空被窝——他的伴儿不见了!顿时,恐怖笼罩着他,身子乍冷乍热。他走出帐篷,借着星光,顺着露水上依稀可辨的足迹,走到一片荒冢上。突然间,他颤栗了,他分明看到亲昵的一双影子,他分明听到意绵绵情切切的细语……

"快逃!"真妃儿惊喊起来。可是,来不及了,阿乐哥一刀刺中年轻漂亮的茨冈。

"你杀了他!看你溅了满身血!"

"现在你呼吸他的爱情去吧!"他悻悻地说。

"我不怕你,我鄙视你的恫吓,我诅咒你的杀人行径!"

"那你跟着去吧!"阿乐哥又一刀捅向真妃儿。

"我死也爱他——"真妃儿倒在血泊里。

曙光照耀的东方发亮了。阿乐哥浑身血渍,手握着刀,颓丧地坐在墓碑上,面孔可怕。一群受惊的茨冈围住了他。墓穴就在一旁挖着。悲伤的妇女们挨个过来吻一下可怜的死者的眼睛。老头儿爹爹孤独地坐着,失神地朝着永远不会醒过来的女儿望去。

当人们把年轻的一对儿放进冰冷的土地的怀抱里,把最后一撮土盖好的时候,阿乐哥默默地缓缓地欠身向前,跌倒在草地上。

"离开我们吧!我们不处死人,但是我们不愿同杀人犯一起过活!"打起精神、变得十分刚毅的老头儿踱了过来,冷静地对阿乐哥说,"我们是粗野的人,我们没有法律,我们胆子小,但是我们有善良的灵魂!你天生和我们不一样,你只要自由属于自己,你骄横凶狠!我们怕你的声音,离开我们吧!祝你安宁!"

话说完了,游荡的茨冈人闹哄哄一大群动了身,很快地全都消失在草原的远处。

只有阿乐哥像一只被子弹打中的野鹤,垂着受伤的翅膀,孤零零地凄迷地留在旷野上……

(肖　马)

叶甫盖尼·奥涅金

驿车卷着尘土飞驰，坐在车里的年轻人乜斜着困倦的双眼，想起马上就要到生命垂危的伯父那里，一面装出满面愁容侍奉汤药的样子，一面寻思着鬼什么时候才能把老头儿抓走的情景，禁不住打了一个长长的呵欠。

这个年轻人是叶甫盖尼·奥涅金——一个贵族公子哥儿。他诞生在彼得堡，在法籍家庭教师的辅导下，受过典型的贵族教育。十八岁那年，他进入社交界。潇洒的风度、机敏的谈吐、纯熟的法语，使他很快就进入上流社会生活的漩涡。舞会，剧场、酗酒、调情，占去了他全部的时光。八载的光阴就这样虚掷过去，而他的感情也早已冷却了。看似不断花样翻新实则单调的社交生活已使他厌倦——他害上了一种忧郁症。于是，他把自己关在家里。他动了写作的念头，但一拿起笔就来了呵欠。他又想到开卷有益，就读起书来，读着读着，觉得里面全是一些陈词滥调，腻了，索性让一书架的书埋在灰尘里……

奥涅金赶到伯父的庄园时，伯父已经死了。丧事办完之后，他就成了这里的主人。头两天，他留恋于空旷的田野，茂密的丛林，疏落的村舍，看牛羊吃草，听小溪低语，鸟鸣嘤嘤——一切是那样的新鲜！可是到了第三天，他就觉得索然寡味了。为了消磨日子，他在自己的领地里改弦易辙，用地租代替古老的徭役制度，减轻农奴的重负。起初，周围的地主常常来拜访他，不久他就备好一匹顿河快马，只要听到大路上传来乡下马车的叮当声，他就骑上马从后门逃之夭夭。吃了闭门羹的地主们早已心怀不满，现在更被他别出心裁的改革所激怒，众口一词说他是一个最危险的怪物、狂人。

就在这个时候，连斯基也来到自己的庄园，与奥涅金成了邻居。他正值盛年，刚从德国学习归来，是一个康德的信徒兼诗人，有着对自由的奇异的梦想，黑色的鬈发一直披到肩上。他和奥涅金各有个性，就像冰与炭一样不相容。然而也许因为都无所事事，两人竟成了形影不离的朋友，尽管每次见面都争论不休。

奥涅金跟着连斯基到拉林家——一个保护着古风的家庭做客。拉林家的二小姐奥尔伽是连斯基的未婚妻，她像一朵铃兰那样妩媚，还在孩提时，连斯基就成了她的俘虏。奥涅金觉得拉林家也是个乏味的地方，并对连斯基不爱大小姐达吉雅娜而爱奥尔伽困惑不解——在奥涅金眼里，奥尔伽漂亮的容貌毫无生命。

奥涅金对拉林家的造访立即引起邻居们的议论，有人断定达吉雅娜已应允他的求婚。对这些蜚短流长，达吉雅娜感到气愤，但心底里又有一种微妙的感觉——就像埋在土壤里的种子被阳春勃发了生机，少女胸中积压的情愫开始萌动。

达吉雅娜没有妹妹那样娇艳。她羞涩、忧郁、沉默，就像林间的小鹿，既不驯服，又怯生。她落落寡合，爱沉思，常常一整天坐在窗前。哪怕是冬天，她也要在黎明之前来到阳台，伫候绚丽的朝霞。她爱听恐怖的故事，爱读李卡德森和卢梭的小说。

奥涅金流星似的显现使达吉雅娜中了魔。她觉得：他是那样的风流倜傥，又是那样的颓唐、神秘莫测；他就是她一直期待着的什么人。于是，达吉雅娜的爱像解冻的春水一般暴涨了。那些哀艳动人的故事中的男主角一个一个在她的脑际浮现，又在她的幻想里融汇成一个形象——奥涅金！

夜深了，皎洁的月亮在高远的苍穹上移动着，夜莺在树丛里鸣啭着清脆的歌喉，达吉雅娜给奥涅金写信了。信中说，命里注定她将永远为他所有，再没有谁能够把她的心拿走。从现在起，她就把自己交给他了。天亮了，她请求奶妈叫孙儿把信送给奥涅金。

一天过去了，没有回信。又一天过去了，还是没有回信。第三天，达吉雅娜脸色苍白，一早起来就盼望着。突然她听到马蹄声，越来越近，是叶甫盖尼！她飞跑起来，直奔花园，倒在长凳上。

"叶甫盖尼来了！呵，上帝，他会怎样想呢？"

她的脸烧得绯红，心存希冀，又觉得渺茫。当她站起来，沿着小径慢慢往回走时，奥涅金站在她前面，目光炯炯。

奥涅金是情场老手，他同女人一起不过是厮混，其实心里对此早已没了兴趣。然而这个少女纯洁爱情的流露却触动了他的心弦。他读着信，达吉雅娜苍白忧郁的脸立刻出现在眼前，于是他的心灵也沉入无邪的甜蜜的梦中。

"您给我写信！"沉默了差不多两分钟，奥涅金就向她走近几步，开口了。

"是的……"她垂着眼皮，坦白地回答。

"我读过了，纯真的爱唤起我那久已沉寂的心！如果我愿意让生活将我禁锢在家庭里，那么，坦率地说——除您以外，再没有人适合做我的妻子了。然而，我天生不是为着幸福……我不能……"

他一口气把道理说完，达吉雅娜静静地听着，一阵惊喜，一阵悲哀，最后泪眼模糊，两只脚几乎支持不住身子。

这一次令人悲伤的会见之后，达吉雅娜日见憔悴了。而在这一段时间里，奥尔伽却如花怒放，连斯基整个心灵都倾注在对她的爱上。

奥涅金拒绝了达吉雅娜的爱情，在自己的庄园里像隐士似的生活着，孤独、闲适、无牵无挂。

达吉雅娜命名日那天，拉林家宾客满座，奥涅金也在连斯基的怂恿下同他一起前来。他们刚好坐在达吉雅娜的对面。她的脸比拂晓的月亮还苍白，眼眶里的泪水直想往下淌。盛大的宴会本来就令奥涅金不快，少女的愁颜更使他厌烦。他忽然迁怒于连斯基，产生了一个古怪的念头。尽管如此，轮到他向达吉雅娜祝贺时，他心里还是有些怜悯，眼光显得格外阳柔。这眼光又点燃了达吉雅娜的心。

舞会开始了。连斯基正要找他的恋人跳舞，可是奥涅金已捷足先登。跳了华尔兹舞又跳玛祖卡舞，奥涅金轻妙地擦着地板旋转，捏着奥尔伽的手，俯着身子同她调情，奥尔伽脸上泛着红晕。连斯基简直不敢相信自己的眼睛。好不容易等到玛祖卡乐曲奏完，他按捺住嫉妒的火苗，要和奥尔伽一起跳科吉隆舞。可是奥尔伽感到为难，因为奥涅金已同她先约好了。连斯基怒不可遏，诅咒着这个水性杨花的姑娘，走出屋子，上马飞奔而去。

奥涅金的恶作剧相当成功，可是回到家里，就接到连斯基的决斗书。奥涅金自知理亏，不该随意捉弄朋友的爱情。然而一个奸恶的老决斗手已经插手这件事，要是拒绝决斗，他就会被蠢才们传为笑柄。决斗结果，连斯基中弹身亡，奥涅金悔恨交加，离家出走。

连斯基死后，奥尔伽一度非常悲伤。但是不久，她就爱上一个追求她的骑兵，并同他结婚，跟他到军中去了。奥尔伽清脆的声音在拉林家消失了，达吉雅娜的热情在孤独中更猛烈地燃烧起来，她的心更清晰地向她提起一个名字——奥涅金！她像一个幽灵似的到处游荡。有一次，她竟然身不由己地来到奥涅金的庄园，参观他住宅里的陈设和用品：一根台球棒、一条马鞭、一幅拜伦的肖像……每一样东西都令她动情。第二天一早，她索性来到奥涅金那被人遗忘的书房里读书——奥涅金虽然讨厌书，但有几部作品例外，这就是《唐·璜》、《邪教徒》和另外两三本小说。这些书很多书页都有指甲留下的记号，还有奥涅金用铅笔写的眉批。达吉雅娜很有兴趣地研究着。她激动地发现了是什么思想、什么语句打动了奥涅金的心，他对什么表示赞同。

看着达吉雅娜疯疯癫癫的样子，母亲觉得应该给她找个丈夫，无奈她对求婚者一概回绝。在邻居的建议下，母亲决定带她到莫斯科去，那里是个嫁人的场所。

奥涅金在各地漫游，但是旅行也像世界上任何事情一样使他厌倦。他终于回来了，并且立即在上流社会的舞会上露面。就在这次舞会上，他发现一位夫人，那样的端庄娴静，不带一丝俗气。当她款款而入时，人们恭敬地向她微笑、鞠躬。

"难道是她？不，……"

贵妇人的容貌使奥涅金依稀记起一位村姑的倩影，但又不敢相信。于是，他问一位公爵。

"她，就是内人。"公爵得意地说，"拉林娜。"

"呵——达吉雅娜！"

"怎么，你认识她？"

"我们是邻居……"奥涅金有点尴尬。

原来，达吉雅娜和公爵结婚将近两年了。她到莫斯科后，对喧嚣的都市生活感到窒息，一心想着乡间田园和那里的村民。不久，公爵看中她，向她求婚，母亲也流着泪哀求她，她虽然不爱公爵，但觉得自己命该如此，答应了。

公爵热情地把奥涅金引见给太太。公爵夫人躬身、问候，语调平静而自然——没有激烈的反应，没有惊慌的流露，更没有那草原乡野的达吉雅娜的一丁点儿痕迹。

接着，奥涅金又参加了公爵家的晚会。他越发不敢相信公爵夫人就是他轻视过的、曾向他倾吐衷曲并听过他的训诫的那个少女了。她——高贵而冷淡的夫人，舞会上的皇后——和她所处的地位是那么相称！尽管贵族之家有那么大的排场、那么些繁文缛节，她却应付裕如。这一整晚，奥涅金的心全被公爵夫人占据着。一个强烈的欲念在他的脑际执拗地升腾起来——去神秘的树上吃一颗禁果！

奥涅金像稚子一样爱上了公爵夫人，发狂似地追逐她。然而，她从不垂青于他。奥涅金变得形容枯槁，也许是染上了痨病，医生劝他到温泉去疗养。可是他没有走，反而对公爵夫人更殷切了。他以病弱之手给她写了一封热情的信：倾诉、忏悔、恳求，把命运交给她——那情景使人想起当年的村姑达吉雅娜给高贵的公子奥涅金写信！信发出了，没有回音。他又发出第二封、第三封，仍然杳无消息。于是。他消沉、郁悒、发疯，像一个颓废的诗人……

一个早晨，奥涅金不顾一切去找公爵夫人。他推开门，惊呆了：公爵夫人还没有梳妆，独自坐着读一封信，苍白的脸上挂着泪痕——这不就是当年的村姑、可怜的达吉雅娜吗！悔恨猛烈地撞击着奥涅金的心，他扑通一声跪在她的脚下。她一震，注视着他，明白了一切，但没有怨怒，没有言语，没有弯下身扶他起来。

"好了……"许久，她才请他起来，平静地说，"那时候，在那村野里，我得不到您的爱，如今您却这样追求我！这难道不是因为我成为上流社会的人物了吗？我现在有钱而且显贵，我那战功赫赫的丈夫得到宫廷的殊遇，我一旦荒唐、失足，那'风流韵事'就会不胫而走。这样一来，你不就可以自炫手段高明——善于取得贵夫人的青睐吗？你不是就可以得到'情圣'的美誉吗?"

"这……"奥涅金嗫嚅起来,似乎是要辩解,但她不让。

"至于我,"她继续说,"我讨厌这虚荣的一切。我宁愿要那乡间花园、那小屋——我们初次相见的地方,奥涅金!我宁愿要那简陋的坟场——那里,一个十字架和树荫覆盖着我的奶妈……"

奥涅金啜泣起来,低垂着头。

"现在,我的命运注定了,幸福不可能有了。"她那才激动起来的声音立即又恢复平静,"奥涅金,我爱您——我不想说谎——但是,我已经属于公爵,我要一辈子对他忠心。您立刻离开我,我请求您!"

她走了,但是奥涅金像遭雷击一样,仍然呆呆地站在那里。

这时,外面突然响起马铃声,公爵——达吉雅娜的丈夫——随着进来了。

(肖 马)

果戈里

尼古拉·华西里耶维奇·果戈里(1809—1852)是俄国19世纪前半叶最优秀的讽刺作家和批判现实主义文学的奠基人之一。

他生于乌克兰一个地主家庭,其父会写戏和演戏。果戈里在中学时代即写过诗和剧,还曾登台演出喜剧。1828年夏,他中学毕业来到彼得堡,四处求职不得,总算谋得一个小差(1829年春),但薪俸微薄,于是便辞职专事写作。

他的处女作《狄康卡近乡夜话》第一、二部(1831、1832)是采用乌克兰民间故事和传说形式写的短篇小说集,开始引人注目。中篇小说集《密尔格拉德》(包括《塔拉斯·布尔巴》、《旧式地主》、《两个伊凡吵架的故事》)和《彼得堡的故事》(包括《涅瓦大街》、《狂人日记》、《外套》(1835)则给他带来了声誉。

讽刺喜剧《钦差大臣》的首演成功(1836)和长篇巨著《死魂灵》(1835—1842)标志着果戈里的最大创作成就。1842年6月第二次出国后侨居国外六年之久,思想急转直下,走向保守。

钦差大臣

县长安东·安东诺维奇把慈善医院院长、督学、法官、警察分局长等本地要员请到自己的公馆里。他穿着一件有襟章的制服和一双带马刺的长筒靴，郑重宣布："彼得堡的钦差大臣正带着密令，前来微服察访！"他是从一封可靠的信里得知这位大员奉谕专程来此视察的消息的。写信人称因为探知县长"染有一般人之通病，偶犯小过失"，所以奉劝他早作准备。官员们听后慌作一团。这下可糟了，怎么办才好呢？

县长故作镇静地告诉大家："我这方面已做了安排，你们也得准备一下——小心点！特别是阿尔捷米·菲里波维奇，你经营的慈善医院应该整顿好，帽子得洗干净，别叫病人穿得很随便……"接着县长又提醒法官阿莫斯·费约陀罗维奇，注意法庭秩序，候审室里不能再养鹅了，别在法庭上晾破烂，把文件柜上的打猎鞭子暂时收起来，那个副陪审员的一身烧酒味应尽快吃些葱蒜治一治……县长还吩咐督学鲁卡·鲁基奇，留心那个古怪的有学问的胖教员，上讲台不能再扮鬼脸了，那个举止失常的历史教员在课堂上不能再像着了火似的摔椅子，免得在钦差大臣面前惹乱子……这时邮政局长伊凡·库兹米奇听到消息后匆忙赶来了。县长拉住他的手将他引到另一边问道："会不会有人递状子告我？不然，钦差大臣上咱们这儿干什么？为了共同利益，要把来往的每一封信都拆开，有控诉或检举的信干脆扣下来。"

说话间，陀布钦斯基和鲍布钦斯基两个乡绅气喘吁吁地进了门。他们争抢着报告，说在旅馆里见到一个外表体面、穿一身便服的年轻官员，叫赫列斯塔科夫，是从彼得堡来的，下榻在这儿已有两个星期，那神气、那相貌、那举动，都不简单。他大门不出，买什么东西都赊账……县长听了目瞪口呆。天哪！会不会是信上说的那位？偏巧这两个星期出了不少事：下士的老婆挨了打，克扣了囚犯的口粮，平日街上又脏又乱……怎么办？冷静的法官提议，县长、神父、商人，排队去登门拜访那位人物。县长临走前向警察分局长做了交待：派警察和几个人打扫人行道，赶快拆掉皮靴店旁的围墙，做上标记，让人看着像在计划市政建设的样子……别忘了，若是问起五年前拨款建的教堂，可不能不假思索地说根本没有造，就说是一场大火又烧掉了。

旅馆的一个小房间里，赫列斯塔科夫的仆人奥西普正躺在主人的床上发牢骚，他抱怨主人——一个十二品的文官，把父亲寄的钱乱花一气，每到一地，坐马车兜风，看戏，赌钱，非得输光了才罢手，有时把衬衫都当掉，还穷摆阔气，住头等旅馆，挑顶好的饭菜，在街上闲遛，不干正经事。这会儿，害得他这个当仆人的饿得肚子咕咕叫，连点菜汤都喝不上。正抱怨着，赫列斯塔科夫回来了。他刚才出去走了走，想挺过饿劲，可是不管用。他进到屋里，把帽子、手杖递给仆人，咬着嘴唇找烟丝，可烟丝三天前就抽完了。他吩咐仆人通知餐厅开饭。奥西普不肯去，因为老板不再赊账。赫列斯塔科夫心想，老板若真的不给东西吃，只好卖裤子了。可是不行，宁肯挨饿，也要穿着彼得堡的衣服回去才成，最好再租辆马车才威风。这时，奥西普带着旅馆仆役把饭端来了。赫列斯塔科夫见没有鱼块、肉饼，很是恼火，还嫌汤没有味道。奥西普告诉他，县长正在外面打听他呢。赫列斯塔科夫吃了一惊，以为旅馆老板告发了他，县长是来抓他坐牢的。他看见门把手转了一下，顿时脸色苍白。

佩着宝剑、戴着一顶新帽子的县长一进门，就客气地向彼得堡官员问候并征询意见。赫列斯塔科夫开始还紧张得结巴，后来发现来者没有恶意，便渐渐放开胆子，情不自禁地吹嘘起来，说自己是彼得堡的大官，有事能直接找部长。县长听了浑身发抖，连声请他开恩饶恕他的怠慢，关于受贿、打人等过失，也求他们谅解："请您替我想一想，我挣的官俸还不够买茶叶跟糖的，拿点贿赂是极微小的……至于打人，那是造谣，一批对我怀恨在心的人还想谋害我性命呢。"县长当即答应借给赫列斯塔科夫二百卢布，实际上却塞给他四百，还一片至诚地邀他住到自己府上，并请参观一下机关、医院、学校、监狱。赫列斯塔科夫坦然地一一接受了，和县长坐上了同一辆马车。

钦差大臣将光临县长公馆的消息，使县长的妻子和女儿惊喜若狂。她们一个风流轻浮,一个时髦浅薄,打扮得分外花哨。为争一件淡黄色衣裙,两人差点吵起来。

赫列斯塔科夫视察过慈善医院、饱尝了美味佳肴后,来到县长家落座。他吹牛说常和外交总长、法国公使、英国公使、德国公使打牌,他每天都进宫……县长和官员们听得瑟瑟发抖。可是县长的妻子、女儿却为这个二十三岁的京城大官所迷,母女两人从心里喜欢上了这个可爱的年轻人。

为巴结这位政府大员,官员们以贵族团名义给了他一笔可观的钱。他们一个个单独去参见他,又各自塞给他一些钱,总数超过了一千。他们总算心满意足,以为可以不必为渎职作弊而担忧了。可是尽管县长派了门卫把守,几个告状的商人还是挤了进来。赫列斯塔科夫趁机又向他们捞了五百卢布,并收留了礼品。他看中了县长的女儿,对她纠缠不放,同时又和县长妻子调情。当他向县长的女儿求婚,并当众接吻时,县长竟然手舞足蹈起来。

赫列斯塔科夫非常得意,"我在这儿多吃香,人家招待得多么周到。"他恨不得永远呆下去。但奥西普提醒主人:"赶快离开这里,人家把你当作另一个人啦。这些人不是好惹的,一旦被他们识破就难以脱身了。不如趁早带上钱溜之大吉。"主仆决定马上离开。奥西普准备了好马,配上了上等的三套马车,假托主人要去看望一位有钱的伯父,赫列斯塔科夫临行又向县长借四百卢布。县长特意拿出新钞票,还给车上铺了顶好的波斯毡子。在"再见"声中"钦差大臣"乘车而去。

县长的女儿攀上了"钦差大臣",一家人备感荣耀。县长要给告发他的商人一点厉害尝尝,还要记下写状子的文人的名字,他准备去敲钟晓喻大家小姐的婚事,甚至筹划起日后住在本地还是彼得堡,如果自己晋升将军,肩上的绶带是红色的好还是蓝色的好……得知县长家的喜事,贵族们纷纷前来恭贺。

就在这时,邮政局长匆忙上门,他手持一封信惊慌地禀报:那个彼得堡官员并非钦差大臣!原来赫列斯塔科夫走之前通过邮局发了封信,向经常写文章的好友特略皮奇金讲述在这里发生的天大的笑话。邮政局长照例把信扣下,拆开一看,顿觉浑身发毛,两手哆嗦,眼前一黑,迷迷糊糊地全看不见了。此时,他向县长和官员们念了这封信:"我遇到了千载难逢的奇事,由于我的彼得堡派头，全城的人把我当作了总督。我现在住在县长家，拼命寻欢作乐，肆无忌惮地追求他的老婆和女儿……现在真是时来运转了，大家死乞白赖地给我塞钱，要多少有多少……"信中说县长"蠢得像一匹灰色的阉马"，把贵族们说成"怪物"、"坏蛋"、"酒鬼"……县长悔恨地敲打自己的前额，他这个连最狡猾的骗子和三个省长都骗过的人，怎么也瞎了眼！他向呆傻的官员们追查起是谁第一个发现"钦差大臣"的！

事情还未搞清，宪兵来报告了："奉圣旨从彼得堡来到的长官要你们立刻去参见，行辕就设在旅馆里。"这话像闪雷震动了所有在场的人。女人们失声惊叫，男人们一个个呆若木鸡。

(冰　清)

肖　像

恰尔特科夫用最后几文钱买了一幅古老的肖像，回到简陋肮脏的住所，天已黑了。模特儿兼勤务尼基塔告诉他，为了他不付房租的事，房东和巡长来过了，明天他们还要来。

"让他们来吧。"恰尔特科夫忧郁而冷淡地说。

他是一位有才能的前途远大的年轻画家。他的教授不止一次告诫他："你是有才能的。你要是糟蹋了这才能，那才罪过哩！你没有耐性。你已经随波逐流。人很容易为了钱去画那些时髦的肖像。这么一来，才能就会给毁掉。忍耐着点，往深里琢磨，把浮华的念头抛开！属于你的东西总不会丢失。"

的确，我们的画家虽然有时能够专心致志地作画。可是，当手头窘迫、没有钱购买画笔和油彩，纠缠不清的房东每天跑十来趟催讨房租的时候，他就会想起那些富有的画家来，甚至会出现自暴自弃的念头。此刻他就处在这种心情里。

"忍耐、忍耐！可是我明天拿什么钱吃饭呢！"他愤愤然，"拿这些画去卖吧，总共也只能值二十戈比罢了。当然，画得不坏，每一幅都费过自己一番心血，都可以看出一种意境。可是有什么用呢？习作罢了！其实，要是卖弄一下才情，也能够像时髦画家一样搂钱。为什么要折磨自己，像小学生似的做着练习呢？"

他刚说完，一张痉挛的丑脸儿从旁边画布探出头来，两只炯炯发光的眼睛可怕地盯住他，像要把他吞下去似的。他浑身发抖，但立刻安静下来，笑了。原来，照进屋子的月光落在他刚买来的那幅肖像上，赋予它异样的生气。他把肖像的灰尘揩拭干净，然后把它挂在对面的墙上。于是，一双生动的眼睛，一双像从活人身上剜下来嵌在画上的眼睛正对着他。他不寒而栗，躲在床上去了。可是，肖像蠕动着，从框子里跳出来了。这是一个老头儿！可怜的画家连气都不敢透。老头儿坐在他的床上，随即拿出几个上面写着"一千金币"字样的蓝色纸包，打开，又包好。在这个过程中，画家尽管恐惧，但仍全神贯注地望着灿然发光的金币。终于有一包滚到他脚下，他紧张地把它抓到手里……

第二天，他还没有完全从梦里清醒过来，房东已陪着巡长来敲门了。巡长提议用画来折价，翻着他的画稿，还端起那幅肖像，因手太重，框子两边的木板被抓断了，哗啷一声，一个有"一千金币"字样的蓝纸包掉了下来。恰尔特科夫眼明手快，像疯子似的扑过去，把包攥在手里。他答应明天就付房钱。

来人走了，门关着，画家把包打开，里面全是火一样发着亮的崭新的金币，跟梦里所见一般无二。他的心剧烈地跳动着。瞧着那幅画像，已不觉得有什么可怕了。"我现在至少三年生活有了保障，能够安心埋头苦干了。要是这样，我一定能成为一个有成就的画家。"他自言自语着。可是，内心另一个声音更响亮。过去他睁着艳羡的眼睛望着，咽着唾沫远远地欣赏着的一切东西，现在都有力量买来了。他抓起一把钱，上街去了。

当晚，恰尔特科夫就搬进豪华的新居。第二天，他带了十块金币上一家销路最广的报社，隔天报上就赫然出现了冠有《论恰尔特科夫氏之稀世奇才》的标题的文章。又隔一天，他的门铃响了，一位贵妇人带着女儿来访，请他给女儿画一幅肖像。几天之内，他画了两次，可是贵妇人把画家得意之笔说成败笔，要他改掉。她们走后，他把肖像抛在一旁，找出一张以前随手勾勒的女神普赛克的头部画像，重新仔细琢磨，一边画，一边想起他从贵族少女脸上注意到的一切。这样，年轻的上流淑女的脸自然而然地化到普赛克身上。当然，他画的仍是普赛克。然而，又一次登门的两位女客看见后却拍手叫绝，贵妇人认为把女儿画成普赛克的式样，是画家神来之笔。他无可奈何，只好让普赛克冒充作她们所想的人，只稍微添上几笔，使肖像跟少女本人再像一些。

这幅肖像轰动了全城。从此，画家的门铃不停地响着，似乎全城的人都想请他画像。几乎所有求画的人都对画像提出非分的要求，而且要快。画家被弄得汗流浃背。但他终于懂得了诀窍，只要听上三句话，就知道对方希望把自己画成什么样子。谁要喜欢战神马尔斯，就给他脸上装个马尔斯进去；谁要想做诗人拜伦，就给他安上拜伦的姿势和神态。太太们无论想做小说《柯丽娜》的女主人公，还是想做水妖温亭娜，或者要做希腊聪慧绝色的女郎阿斯帕西，都能如愿以偿。

恰尔特科夫成了时髦画家。他开始乘马车去赴宴会，陪太太们逛绘画馆、散步。他衣冠楚楚，风度翩翩，扮演着一个上流绅士的角色。他藐视前辈画家，鄙薄艰苦的创作，自诩为天才，花钱让杂志刊登吹捧他的文章，然后又拿着它四处张扬。定货越来越多。他开始厌倦画千篇一律的肖像，设法只画一个头部，而把其余的部分留给他一批时髦的学生去完成。他的画笔迟钝了。他无动于衷地重复着单调的、固定的、陈腐的形式。但他的作品仍享有盛名。他开始发胖，年龄和智力已经到了老成持重的阶段，报刊提到他都冠以"可敬的"、"德高望重的"的形容词。人们纷纷请他担任要职，请他监考，参加各种委员会。一捆捆的钞票在他的箱子里增多起来。

一次，他以可尊敬的画师的身份去评判一件新作品，那是一个在意大利深造的画家送来的。这个画家是他从前的朋友，多年来不为任何事情所干扰，埋头工作，潜心艺术。恰尔特科夫走近那幅画，多么新颖、高雅的构图和精炼的笔法，特别是表现出的发自画家灵魂里的创造力。真是前所未有！恰尔特科夫不敢发表评判意见，急忙奔出展览大厅。他回到自己华丽的画室里,苏醒了。天哪,他把最好的年华糟蹋了!他抓起画笔,想画一个坠落的天使,可是画笔不听使唤。他已经被束缚得太久了,定型了。他缺乏艰苦的、持之以恒的、由浅入深的练习。苦恼缠住了他。他叫人把他所有缺乏生命力的时髦画,所有的骠骑兵、淑女和文官的肖像,统统搬走。他一个人关在画室里,像学生一样画呀画呀,然而笔下的一切仍是那么平庸!

"我曾经有过才能的,到处都可以看到它的征兆和痕迹……"他捡起年轻时在那间破陋小屋里纯净无邪地画出来那些画,仔细察看着。突然,他住了手,他的眼睛接触到一双一动不动地盯住他的眼睛,接触到他早已遗忘了的曾引起他转变以至毁灭他的才能的那幅肖像。他懊恼极了,叫人立即将它搬出去。他感到一种可怕的痛苦,由痛苦而嫉妒,疯狂的嫉妒!他开始解开装金币的口袋,打开装钞票的箱子,高价收买艺苑中绝无仅有的精品,搬进自己的屋里,然后扑过去,撕扯它,狞笑着把它踩在脚下。

恰尔特科夫的凶暴行径没有继续多久。精神错乱、残酷的热病和急性肺痨猛烈地袭击着他。他开始常常梦见那幅肖像上的一双像似活人的眼睛,每当这个时候,他的疯狂就变得更可怕。他的生命终于结束了,他的巨大财富一文钱也没有留下。当人们发现价值百万以上的高贵的艺术品被撕成碎片时,就明白他的钱是花到什么可怕的用途上去了。

(肖　马)

莱蒙托夫

米哈依尔·尤里耶维奇·莱蒙托夫(1814—1841),是俄国19世纪上半叶继普希金之后的重要诗人。

他生于莫斯科一退伍军官家庭,幼年丧母后即随外祖母住在边查省。他体弱多病,性情忧郁、孤僻,曾多次到高加索疗养。1828年入莫斯科大学附属寄宿中学,两年后转入文学系,受别林斯基等人影响,开始写作批判贵族社会、追求自由的诗歌。早期抒情诗有:《土耳其人的哀怨》(1829)、《帆》(1832)、《高加索》(1830)等,都显示了情景交融的特点。

1832年,他因抵制反动教授被迫离开大学,进入彼得堡军官学校,两年后成为禁卫军骠骑兵团的军官。此后写出了关于普加乔夫起义的小说《瓦季姆》(1833),诗剧《假面舞会》和长诗《大贵族奥尔沙》(均在1835)。

由于写了表达对普希金之死悲愤的《诗人之死》(1837),揭露了内中的阴谋,莱蒙托夫遭到逮捕,并被流放到高加索参加讨伐山民的部队,四年后经营救才获准返回彼得堡。

之后他写了长诗《沙皇伊凡·瓦西里耶维奇、年轻的禁军士兵和勇敢的商人卡拉希尼科夫之歌》(1838),改写了叙事诗《恶魔》,创作了叙事长诗《姆采里》(或译《童僧》,1839)和一些抒情诗；最主要的是他发表了小说《当代英雄》(1838—1939)。这是他对俄国批判现实主义文学的重要贡献，也是俄国社会心理小说的开端，主人公的形象在"多余的人"的画廊中占有突出位置。

莱蒙托夫生命的终结和普希金一样，也是在一场谋杀式的决斗中结束了年轻的一生的。

当代英雄

我在高加索旅行时，碰到一个二级上尉，叫马克西姆·马克西米奇，他给我讲了一个叫皮却林的青年军官的故事。

他是一个出色的人，但有点古怪。那时，在离我们驻扎的要塞不远的地方，住着一个土司。土司的大女儿要出嫁，我和皮却林去赴宴。婚宴上，土司的小女儿贝拉给大家唱歌，她有十六七岁，身材苗条，非常美丽。皮却林望着她出了神，有个商人卡内基也用冒火的眼睛直勾勾地盯着她看。我嫌屋里热，便到外边纳凉。走到马棚外，听到土司的小儿子亚沙玛特正在同卡内基聊天。卡内基夸赞自己的那匹骏马，亚沙玛特要买他的马，苦苦哀求，卡内基只是冷笑，却不肯卖。亚沙玛特突然说："你要是愿意，我把我姐姐贝拉偷出来换你的马，总行了吧？"卡内基沉默了一会儿，突然骂道："你这毛孩子，也想骑我的马？它会把你摔下来的！"亚沙玛特恼羞成怒，跑到院子里喊卡内基要杀他，人们跳起来去抓枪，可卡内基骑着他的马早跑没影了。

回到要塞，我把偷听来的话告诉了皮却林。唉，我真不该告诉他呀！过了些日子，亚沙玛特到要塞来，皮却林对他说："如果你把你姐姐贝拉给我偷来，我就想法给你弄到卡内基的马。"结果，亚沙玛特趁土司不在家的时候，真的把贝拉捆绑着弄到要塞来了。第二天，卡内基到要塞来卖东西，亚沙玛特乘机偷走了卡内基的骏马，从此就再也没听到他的消息。

贝拉自从被弄到要塞里，整日坐在墙角，脸上蒙着面纱，不说也不动。皮却林每天都买些礼物送给她，不屈不挠地向她献殷勤。渐渐的，贝拉变得比较温和，比较信任人了。一天，皮却林打扮成当地人的样子，带着武器走进贝拉的房间说："既然你不爱我，就回到你父亲那儿去吧。我要走了，去哪儿，我也不知道。不久我就会死去的。"说完他转身往外走。贝拉跳起来搂住他的脖子，哭了。

土司到处寻找儿子和小女儿。一天傍晚，他遭到了伏击，被丢了马寻机报复的卡内基杀死了。贝拉听说父亲死了，痛哭了两天。但爱情的甜蜜使她很快就忘记了痛苦。皮却林娇她，宠她，整日伴随在她身边。可是四个月以后，皮却林感到厌倦了。他说，一个蛮女的爱情并不比上流社会贵妇人的爱情好多少。他常常一个人躲到深山老林中去打猎。贝拉变得憔悴起来。

一天，卡内基趁我和皮却林外出打猎的时机，抢走了贝拉。我们在路上截住了他。卡内基刺伤贝拉后，逃走了。贝拉昏迷了一天一夜。皮却林一直守在她身边，但始终没有掉一滴泪。贝拉死了，我想安慰他，他却抬起头笑了。

二级上尉告诉我，后来皮却林大病了一场，病愈后他去五山城矿泉浴场疗养，以后又去了波斯。不久，二级上尉与我分手，临走时，他留下了皮却林的日记。

后来我听说皮却林从波斯回来后死了，我决定把他的日记公之于众。下面是皮却林自己讲的故事：

昨天我在浴场街上走时，忽然听到背后一个熟悉的声音："皮却林，你到这里很久了吗？"原来是葛鲁式尼茨基，我们相互拥抱。葛鲁式尼茨基是个士官生，刚二十一岁，在战场上是个出色的勇士。在我们相互问候时，公爵夫人和她女儿玛丽公主从我们身边走过。我说玛丽公主很漂亮，葛鲁式尼茨基却说我的口气像在谈论一匹马。

这以后几乎每天我都能在林荫道上碰到公主，但我从不理睬她，并竭力把她的追求者们吸引到自己身边。我听说公主被我气坏了，想要召集一支义勇军来对付我呢。

葛鲁式尼茨基请我同他一起到公爵夫人家做客。我看出他爱上了玛丽公主，便故意对他说:"公主爱上你了。"他不肯承认，但脸红了，看得出他内心很喜悦。他告诉我，公主向他打听我。我知道公主已经对我发生兴趣了。

一天我在井边碰到了维拉。我曾经爱过她。我喊了她一声，她一惊，脸色发白，浑身颤抖。我们紧紧地拥抱在一起。我们有很久不见了，她低声说:"我应该恨你。自从我认识你以来，你给我的，除了痛苦，没有别的。"

我心里说:"这正是你爱我的原因。"

维拉的丈夫是公爵夫人的一位远亲。维拉要我到公爵夫人家去，在那里与她会面。我想为了转移人们对维拉的注意，我该追求玛丽公主。维拉又像从前一样全心全意地信任我，我也不想欺骗她。世界上就只有她这个女人我不能欺骗。

舞会上，我邀玛丽公主跳舞，她应允了。跳舞时，我夸夸其谈，巧妙地暗示我已经爱上她了。为了拆葛鲁式尼茨基的台，我对公主说，他只不过是个士官候补生。公主一直以为他是个军官呢。

可笑的是，葛鲁式尼茨基告诉我，他疯狂地爱上了玛丽公主，并请我替他观察一下玛丽公主对他是否有意。晚上，我到公爵夫人家去同维拉坐在一起悄声谈话，公主看到很生气，故意与葛鲁式尼茨基亲热，想引起我的妒嫉。我心中暗笑。以后几天，我按照计划，对公主展开了攻势，使公主开始讨厌葛鲁式尼茨基了。

葛鲁式尼茨基被提升为军官了。他穿着军官制服去参加舞会，想获得公主的青睐。我约公主跳舞，并讥讽地说，葛鲁式尼茨基穿上这身衣服显得年轻了些。葛鲁式尼茨基听后愤怒地说:"我真没想到你会这样。我一定要报仇。"

全镇的人都在传说，我要与玛丽公主结婚了。我知道这是葛鲁式尼茨基造的谣。他一定要为此付出代价。

我和公主一起到断崖去观落日。在过溪流的时候，我抱住她吻她。公主又惊慌又激动，她期待着我对她说"我爱你"，可我只是在暗中冷笑。她问我:"难道你要我先说我爱你吗?"我不吱声。她骑着马跑了。想到夜里她将失眠、啜泣，我感到无限快活。

第二天我在井边碰到了公主，她又一次表达了她对我的爱。我说："我并不爱您。"然后转身走了。任何一个女人，不论我如何爱她，只要她想同我结婚，我的心就会变成一块顽石，除了说再见，别无他路。

维拉给我捎来字条，说她丈夫出门了，要我夜里到她家里去。我在她家呆到夜里两点，然后从阳台上跳了出去。突然有人抓住我的肩膀，我一拳打倒了他，向树林中跑去。原来是葛鲁式尼茨基和骑兵上尉在监视我，他们大喊："捉贼呀！"并向我开了一枪。我溜回住处，脱下衣服，钻进被窝装睡。

第二天，葛鲁式尼茨基逢人就说，我钻进了玛丽公主的房间，半夜三更才出来。我要求他收回这话，否则我将与他决斗。他说："我怎么想的就怎么说，我准备领教一切。"

于是，就决定了进行决斗。决斗的前一夜，我睡不着。其实，死就死吧，我早已厌世了。回想我这一生，我醉心于情欲的诱惑，心却又冷又硬。我从来没有为我所爱的人牺牲过任何东西。我为了自己快活才去爱，我为了满足自己的欲望才去爱，但我却从来没有使自己满足过。在死亡到来之际，我只想到我自己。至于女人，当她们抱着别人的时候，会拿我来取笑的。

决斗前，我说，只要葛鲁式尼茨基取消他的话，决斗就可以取消。他拒绝了。我们掷骰子决定谁先开枪，葛鲁式尼茨基占了先。我说；"如果你打不死我，我可不会射不中。"他脸红起来。杀死一个赤手空拳的人，他觉得可耻。他举起枪故意把子弹打飞了，只擦伤了我的膝盖。轮到我了。我举起枪，说："现在取消你对我的诽谤还不迟，我会饶恕你的。"他说："请开枪吧。"我开枪了，击中了他的胸部，他倒下去，死了。

公爵夫人听说我为了她女儿的名誉与人决斗，很感动。她明白地对我说，她愿意把女儿嫁给我。我没有答复她，请求与公主谈谈。

我对公主说："我一直在戏弄你，你不能爱我。"公主面色苍白，两眼却奇妙地闪着光彩。她说："我恨你。"

我说谢谢她。然后鞠了个躬，就走了出来。

（孙淑珍）

亚历山大·奥斯特洛夫斯基

亚历山大·尼古拉耶维奇·奥斯特洛夫斯基(1823—1886)是俄国杰出的现实主义剧作家。

他在莫斯科出生和长大。父亲在法院供职,一心希望儿子成为法官,先让他进莫斯科大学学法律,后又坚持让他在法院供职数年,这使他认识了社会的黑暗。原已为文学所吸引,放弃了学业的他,此时决心当一名作家。

他的喜剧《自己人——好算账》(1849)轰动了俄国剧坛,却遭到禁演的厄运,使他一度动摇,这反映在《各守本分》(1852)、《贫与罪》(1853)中。50年代下半期起,他接连写出《代人受过》(1855)、《肥缺》(1856)、《女学员》(1858)、《大雷雨》(1859),使他的创作达到高峰。之后,他又写了《一个旧友胜过两个新友》(1860)、《沉重的日子》(1863)、《闹市》(1865)、《深渊》(1866)等反映现实生活的剧本及《火热的心》(1868)、《来得易去得快》(1870)、《森林》(1871)、《狼与羊》(1875)、《没有陪嫁的女人》(1878)等有强烈政治意义的剧本。

他一生写了近五十个剧本,至死手中仍握着笔。

大 雷 雨

19世中叶,在俄国辽阔的伏尔加河边,坐落着一座景色秀丽、环境静谧的小城镇。如果拿这旖旎的风光去比较城里人们的生活,你会惊异地发现,两者是多么的不协调!在这小城镇,专横、粗暴、愚昧、贫困、落后,比比皆是。城内有个名叫提郭意的富商,是个心狠手毒的恶人。为了发财致富,他恨不得吸干别人的血,吸尽穷人的骨髓。他欠下了许多人的债,却从未见他跟人家结清。他手下的雇工很多,光是从每个人身上克扣一戈比,他就能得到好几千卢布。

在这里,凭着良心干活的人,最多只能挣到一口饭吃。有钱有势的富人把穷人当作牛马,贪得无厌地从他们身上榨取油水。尽管这样,商人们之间却还要尔虞我诈,以得到更多的钱财。公务人员为了一点贿赂,不惜对自己的亲朋好友栽脏陷害。人们就是在这样一个"黑暗王国"里生活着。

有一天,提郭意的侄儿鲍里斯来到了这个小城镇。他是一个受过教育的青年。他到这里来,是为了所得财产的事情。因为按照祖母的遗嘱,提郭意应该分给鲍里斯一部分财产,唯一的条件就是鲍里斯应该尊重叔父。可是,提郭意是个一毛不拔的铁公鸡,鲍里斯要分享他的财产,简直像是要扒他的皮,抽他的筋,他实在无法忍受。谁要是对他提到钱的事情,他就会火冒三丈无缘无故地整天骂个不停。鲍里斯住在叔父家里,成天挨骂,他知道自己是个不受欢迎的累赘,因为人们都对他冷眼相待。鲍里斯心想,自己的青春将要在这丑恶的环境中白白地糟蹋掉,那将多么可惜和遗憾啊!正当他心情十分苦闷的时候,一个偶然的机会,他认识了卡捷林娜。卡捷林娜是城里另一个富户卡巴诺娃家的年轻媳妇,美丽妩媚,十分可爱。鲍里斯爱上了她。

卡捷林娜是个感情十分丰富的年轻女人,秉性天真,她从小过着田园诗式的生活，而且富于幻想。自从嫁到卡巴诺娃家后，所有的一切都发生了巨大的变化，她有些难以忍受。婆婆卡巴诺娃是一个专横、守旧的人，对媳妇百般挑剔，整天指桑骂槐。婆婆总是怀疑，是媳妇离间了她和儿子季洪之间的关系。于是，她大骂儿子不像个男子汉，对媳妇不打不骂，一点也没有威风。她认为，要是媳妇不怕丈夫，那就更不会怕婆婆了。有时，卡捷林娜一为丈夫说情，便遭到婆婆的冷讽热嘲："哎哟，要叫大家都知道你多么疼爱丈夫吗？我知道你这是做给人看的，表面上装得甜蜜蜜的！我问你：为什么别人老是看你？"

在这样一个凶神恶煞般的母亲面前，季洪只是一味地顺从。他明明知道母亲无理，妻子受了委屈，但也不敢回驳半句。他胸无大志，没有头脑，也从不想过独立的生活。只要能背着母亲喝上几杯酒，他宁肯让母亲把他当作傻瓜一样保护起来。他自认为是爱妻子的，但有时遭到母亲的无端责骂后，也迁怒于妻子，抱怨老是为她挨骂。他没有一点骨气，不仅不帮助、安慰受委屈的妻子，反而要妻子忍受，再忍受。

一天，季洪有事要出远门。临行前，母亲要他教导妻子：丈夫出外，做媳妇的更要听婆婆的；不要无事闲坐；不要往窗外眺望；不要看青年小伙子……卡捷林娜忍受不了这种侮辱，她苦苦哀求丈夫不要离开她，可是，季洪为难地说："妈妈让我走，我怎么能不走呢？"卡捷林娜便大胆地提出，要同丈夫一道走，可季洪不仅不体谅她，反而愤愤地斥责说："你们把我折磨得够苦了，我现在只想逃出去，你不要死缠着我！我不是不爱你，但为了逃避这种奴隶般的生活，无拘无束地过一段日子，我哪还管得了什么妻子呢？"季洪的一席话，像尖刀一样，刺在妻子的心上，卡捷林娜绝望地哭了，哭得很悲伤。

在樊篱般的家中，只有小姑子瓦尔瓦拉同情卡捷林娜。看到嫂子万般苦恼的样子，瓦尔瓦拉的心里很不好受，她认为嫂子没有理由再爱这样不近人情的哥哥。而恰在这时，鲍里斯突然出现在卡捷林娜的面前，使卡捷林娜心中产生了巨大的波澜。在感情上，她偷偷爱上了这个青年人；在理智上，她要爱护自己的名誉，要对自己的声望、家庭负责。她反复地问瓦尔瓦拉："我不爱丈夫，爱别人，难道不是一件坏事，一桩可怕的罪行吗？"瓦尔瓦拉否认这是一件坏事，更否认这是罪行，她勇敢地鼓动嫂子去追求新的生活。趁哥哥出远门之际，她设法安排嫂子同鲍里斯幽会。可是，这种日子没过多久，季洪就突然回来了。卡捷林娜感受到巨大的精神折磨，她觉得自己是有罪的，上帝一定会惩罚她，大雷雨就要来了，雷电将劈死她。她六神无主，痛苦万分，终于把自己跟鲍里斯幽会的经过全部告诉了婆婆和丈夫。结果，瓦尔瓦拉由于参与这事受到母亲的痛骂和驱逐，她被迫同情人一起逃到远方去。卡捷林娜则不仅遭到婆婆的厉声怒斥，还遭到丈夫的无情痛打。

事情发生以后，鲍里斯的叔父提郭意知道了，便要把鲍里斯遣送到很远的地方去。鲍里斯无力反抗，他很想在离开前同卡捷林娜见上一面，告别一番，但苦于无门。正当他极度焦急、失望之际，卡捷林娜却冲出家庭的牢笼，找到了鲍里斯，幻想着同他一起离开这困境。但鲍里斯拒绝了。

卡捷林娜的最后一线希望破灭了。她怀着痛苦绝望的心情祝鲍里斯一路平安，一直目送他消失在心头。尔后，她走到悬崖边，悲愤地呼喊着："我的朋友，我的欢乐，再见吧！"于是，年轻美貌的卡捷林娜投入了伏尔加河的急流之中。一个年轻女子的生命就这样结束了。

当人们将卡捷林娜的尸体从河中打捞上来时，季洪再也控制不住自己了。他扑在妻子的尸体上，哭喊着卡捷林娜的名字。而卡巴诺娃则站在一旁，冷冷地说："得了，哭她才罪过呢！"这时，素来逆来顺受的季洪像火山爆发一样，他冲着自己的母亲高声喊道：

"是您毁了她！您！您！您！"

（小　雪）

欧 文

华盛顿，欧文(1783—1859)是美国第一位获得国际声誉的作家，有"美国文学之父"之称。

他出身于纽约一个富商家庭，父亲是苏格兰人。欧文自幼喜读英国文学作品，中学毕业后，遵父嘱在律师事务所学习，但兴趣仍在文学上。1802年他开始在报上发表书信体散文。1804年因病赴欧疗养，遍游法国、英国和意大利，沿途作了大量笔记。1806年回国，翌年因哥哥及姐夫创办《萨尔蒙冈迪》杂志，开始了文学生涯。

他的第一部作品《纽约外史》(1809)使他蜚声文坛，可以说这是第一部具有美国民族特色的作品。1815年，他再赴英国，经商失败后以写作为生；他遍游名胜古迹，写出《见闻札记》(1819—1820)和《布雷斯勃列奇田庄》(1822)。随后又到德国，写了《游客谈》(1824)。《见闻札记》是他的代表作，包括小说、散文、杂感共三十二篇，出版后备受重视，遂奠定了他在美国文学史上的地位。其中最精彩的便是《瑞普·凡·温克尔》和《睡谷的传说》等故事，前者堪称美国的第一个短篇小说，其主人公形象已成为美国文学中著名典型之一。

1826年他到西班牙搜集有关哥伦布的资料并研究西班牙历史。

1829年他在美国驻伦敦大使馆任职，前后写出三部关于西班牙的作品：《哥伦布传》(1828)、《攻克格拉纳达》(1829)和《阿尔罕伯拉》(1832)。

1832年他回到美国，写了《草原·漫游记》(1835)、《阿斯托里亚》(1836)等。晚年除去担任过几年驻西班牙公使外，多在家乡度过。1848年起，除修改文稿，重版了十五卷的全集外，写出了三部传记：《哥尔斯密传》(1849)、《穆罕默德传》(1850)和五卷本的《华盛顿传》(1855—1859)。

睡谷的传说

在赫德森河岸的附近，有一条幽静的狭谷，人称"睡谷"。住在那儿的人平日嗜睡，常有幻觉，并且特别喜欢讲鬼神、星星和幽灵的故事。他们最津津乐道、并不时地重复的莫过于讲一个骑着马四处游荡的无头的幽灵，这位骑士的头在一次战斗中失去了，所以他一直骑着马，到处寻找……

很久以前，睡谷出了一个叫伊卡博德的先生，这位先生高高的，瘦瘦的，像个稻草人。

伊卡博德先生在村子里教孩子们识字、读书，课堂上极其严厉，但课外，他常和孩子们玩耍；如果小点的孩子家里有位漂亮的姐姐或美貌的妈妈，并且她们有一手好的烹饪技术，他也常会送他们回去。在多余时间里，他经常帮村民们干点农活，或教年轻人唱歌。

在跟他学唱歌的青年人中，有一个叫卡特里娜·范·塔赛克的美丽姑娘，这是一个富有农场主的独生宝贝，被村里许多小伙子追求。伊卡博德先生自从见了卡特里娜小姐，又看到小姐的父亲拥有那么富饶宽广的农场，心便动了起来，他给自己描绘了一幅画，一幅很美的画——自己和小姐结婚了，住进了范·塔赛尔农庄，拥有了自己的牲畜、房舍……从此，教书先生的平和心境被打破了，他日思夜想要去赢得姑娘的爱情。

但伊卡博德先生遇到了最强劲的情敌——布朗·博恩，一个也深深爱着卡特里娜小姐的男子汉。布朗是大家公认的英雄，不仅强壮，而且外貌悦人，骑技高超。尽管他喜欢拿别人开玩笑，喜欢参加各项比赛、各种竞争，但不妨碍他受到人们的钦佩和赞颂。伊卡博德先生也清楚自己不是布朗的对手，但他仍不屈不挠地、斯文地追求着姑娘，少女的芳心看来开始向他倾斜了。

一天，伊卡博德先生应邀参加了范·塔赛尔农庄举行的晚会，布郎也去了。舞场里，伊卡博德和卡特里娜小姐翩翩起舞，秋波频送，坐在屋子的角落里的布朗却痛苦地忍受着爱情和妒火的折磨……

夜深了，大家围在火炉旁边，开始讲那些神秘的故事。大家又谈起了那个无头鬼。这时，布朗挤了进来，讲了一段令人刺激的亲身经历，他说曾经在一座桥旁，遇到了无头的幽灵，于是在马背上和无头骑士展开了决斗……"

晚会散了，伊卡博德先生留下来，想跟他的情人说几句话。离开那座房子时，他的神情悲哀极了，看来不妙，小姐多半拒绝了他的请求。他一路伤心着，骑着马慢慢地走，他要回到睡谷的学校里去。树林中不断传来鸟和昆虫奇异古怪的叫声，这叫声和沿途见到的黑暗中树木的影子使人毛骨悚然。关于无头幽灵的故事又在脑中浮现起来，伤心透顶的伊卡博德先生陡增了惧怕。当他就要越过小溪上的木桥进入睡谷村，突然他看到一棵树下站着一个巨头、漆黑但又隐约可见的怪物，一个似乎等在那儿准备扑来的怪物，这一惊非同小可，伊卡博德先生汗毛根根竖起，他颤抖抖地问道："是什么人？"没有回音，伊卡博德先生恐惧地闭上了眼睛，魂都没了，只晓得猛打胯下的老马，他要快点离开这里，但怪物的影子始终尾随不去。他慌乱中朝后看了一眼，惊呆了，跟在身后的分明是一个骑士，一个没有头的骑士，故事中讲的骑士，马鞍前放着一颗头，传说的成了事实。绝望中他没命地狂奔，但那骑士却把头扔过来了。他惊得从马背上重重地跌了下来。

第二天，睡谷的人惊奇地发现伊卡博德先生失踪了。在教堂的附近，找到了他的帽子，还发现了一只摔碎了的南瓜。人们说一定是无头骑士的幽灵把他掠走了。

不久，布朗·博恩和卡特里娜小姐结了婚。布朗十分得意，而且，只要谈到伊卡博德的话题，他总要捧腹大笑一场，特别是提到那只破碎的南瓜时。聪明的人渐渐感到，他是最知道这个故事的每一个细节的。

几年过去了，一个村民说他在另一个镇上碰到过伊卡博德先生。据伊卡博德先生说，他离开睡谷除了惧怕无头骑士的幽灵外，还因为卡特里娜小姐拒绝和他结婚。但不论怎样，睡谷里的那些主妇们是不愿相信那个村民说的话的。直到今天，她们还有滋有味地说伊卡博德是被无头的幽灵带走的。她们总是爱讲这个故事，在冬天的晚上，围着一个火炉。

（陈锡智）

阿尔罕伯拉玫瑰的传说

西班牙人从摩尔人手中夺得了格拉纳达城之后，格拉纳达城便成为西班牙王室非常喜爱的游乐场所。可是，不久那里发生了地震，王室们吓得再也不敢去了。虽然格拉纳达的一些宫殿完整无损，但是其中最精致的阿尔罕伯拉宫，连同它那座幽美的花园却一直被深深锁着，无人涉足，而一度为三位美丽的摩尔公主住过的琼楼也无人再去观赏，只有让鸟儿在那里营巢做窠的份了。据说死在那高阁上的那位年轻的公主索拉海达的幽灵仍不时在月光下显现，她不是坐在大厅上喷泉旁，便是在那座石墙边饮泣。据说发自她那把银筝的哀音，每逢月夜还被邻近的人听到。

过些年之后，格拉纳达城终于又被王室贵宾所眷赏。全世界的人都熟知国王菲利普五世和美丽的帕玛公主或伊莉莎白拉(她们是同一个人)结婚这件事。每次这对贵宾光临，阿尔罕伯拉宫总要整修一番，变得焕然一新。同时，管弦之声重振于耳，骏马奔驰于道，古墙上也再度飘起五彩锦旗。然而，宫内却一片冷寂，只偶尔听到长裙曳地的咝咝声和随侍国王、王后身旁的侍者们低声语和脚步声。不过花园中有时却会飘扬着一片悠扬的乐声和王子王妃们的轻言细语声。

在那些随侍在国王王后身侧的人中有个名叫亚拉孔的年轻人，他是个深获王后恩宠的侍从。他恭而敬之地侍候着王后，不过他一点也不像看上去那么纯真，他了解妇女比与他相仿年龄的青年人多得多。

一天早晨，这青年侍从到阿尔罕伯拉宫附近的一座小山上散步。为了消遣，他随身带了一头小猎鹰，这是王后最心爱的玩物之一。他走着走着，忽见一只鸟打草丛中飞起，他于是拉去猎鹰的眼罩，放它去追捕那只鸟儿。谁知那只猎鹰一获自由，便拒不听他的使唤，飞往一座墙上停下。墙内有着一座高阁，这就是那座著名的"公主阁"。

这青年侍从走进园子，只见满园都是玫瑰花丛。他走到阁前，阁门紧闭。从门上一条隙缝中他依稀看到内部情景。原来这是一间摩尔式大厅，颇富丽堂皇，当中有座喷泉，围以花草。靠近喷泉，在一张椅子上睡着一只黄猫，它身下摊着些刺绣的绸制品。靠着喷泉还倚着一把乐器。亚拉孔发现这里竟有着这么许多妇女生活的迹象，殊出意外，他原以为这儿是无人居住的。他不禁想起有关这座阁子的传说来。他真的相信这只黄猫是位公主的化身了。

他轻轻地敲了下门。一张秀丽的面庞从上面一扇窗子里向外张望了一下，随即就不见了。他等了会儿，巴望能有人来开门，但他失望了，一点声音也没有。难道那张秀丽的面庞是出于他的幻觉，还是这座高阁真是座魔阁？他又敲了两下，更重了些。过了一会儿，那张令人喜悦的面庞又显了显，这是位比他自己更年轻的姑娘的面庞。他随即取下帽子，要求她让他入内寻找他的猎鹰。

"我不敢开门，先生。"那姑娘低声回答，"我姑妈不让开的。"

"我恳求你，姑娘，我把王后的一只心爱的猎鹰给丢了，没有这只鸟我不敢回王宫了。"

"那你是王宫里的一位贵人了？"

"是的，姑娘。如果我丢失了这只猎鹰，那我将得罪王后，失掉我的职位。"

"哟！我姑妈特别叮嘱我要对王宫里的来客一律挡架。"

"啊，你姑妈确是很有见地，宫里不少人确实会伤害你们年轻姑娘的，可是我并不这样。姑娘，我是王后的一名单纯、善良的侍从，如果你不答应我的请求，我将祸事临头！"

这姑娘心地很软，看到他彬彬有礼，而且长得清秀，心想他决非姑妈所说的那些危险人物，她于是心动。这时，青年侍从也有些看出姑娘内心的松动，因此再度哀求。于是，姑娘怀着几分恐惧走下楼来，颤抖着双手将门打开。

侍从原来看到的只是她的面部，现在看到了她的全身，更为倾倒。她正值豆蔻年华，衣着又十分淡雅贴身，头发乌黑，在额际分开，上面还插了一朵玫瑰花，更增加了她的丽色。

亚拉孔匆匆瞥了一眼。他深知，他不能与她呆在一起过久，因此咕噜了一声，便一跃攀上了扶梯去寻找猎鹰去了。

不多一会，他手里拿着那只鹰走下来楼来。这时姑娘正坐在喷泉池旁绣花。她虽然显得镇静自若，但一见他来到，还是将手上一块正在绣制的绸料落在地上。他连忙趋前，像在宫里所惯常做的那样，一条腿跪下，将绸子拾起，双手递给她。当她伸手去接时，他忙用嘴唇吻了一下她的手，吻得比过去吻王后的手要激动得多。

"哟，先生！"姑娘惊嚷道。她从没有如此感到别扭过，因为她从来未被一个男人这样吻过她的手。

侍从忙向她道歉并向她解释：这在宫里只是一种表达诚挚谢意和敬意的举动。

她的怒意尽消了，但还有一点不安。她想做活，但针线都不听使唤。亚拉孔深知她这时的心情，但却无法运用他惯用的那一套。在这位年仅十五岁的姑娘面前，他竟显得既胆怯又口齿不灵了。过了会儿，他逐渐渐恢复了他的镇定和自信，这时忽听得远远地有人有叫嚷。

"我姑姑从教堂回来啦！"这姑娘十分胆怯地嚷道，"对不起，先生，请你赶快离开!"

"请把你头上那朵玫瑰花送给我,做个纪念。如果你不同意,我不走。"

她连忙取下那朵玫瑰,羞答答地递给了他,并央求他赶快离开。

他取过了花,随即在她手背上连吻了几下,接着将花别在帽沿上,带着那只猎鹰,还有杰辛塔一颗甜美的心,匆匆忙忙地走出了花园。

那位深怕出事的姑妈一走进门,注意到她侄女有些局促不安。她听姑娘解释,是有只猎鹰飞进阁楼里来了。

"天哪!"姑妈嚷道,"王宫里的鸟儿竟敢闯进我们阁楼上来。它们来啦,可不得安宁了。"

这位弗雷德翁达姑妈没结过婚。她对异性始终敬而远之。这倒不是由于她怕男人纠缠,而是由于她的生相不引人注目。凡是这些不为自己担心的女性,都特别为别人担心。

她侄女父母双亡,现受她的照顾。说这姑娘好像一朵玫瑰,这可不是随意吹捧,她那花容月貌确曾惹人注目,哪怕现今被深藏在这座高阁上,偶一被人瞥见,仍被视作天仙,当地居民颇富有诗意,称她为"阿尔罕伯拉玫瑰"。

这位小心翼翼的姑妈,在国王逗留在格拉纳达期间,一直监护着她这侄女,自以为很成功。每当良宵月夜,阁外飘来阵阵乐声和歌声,这位好心的姑妈便督促杰辛塔紧闭双耳,不要去听。并且告诫她这原是异性挑动单身姑娘走向错路的一种手段。可是,哎!这种说教怎能把一位姑娘的注意力从那动人的月夜情歌中吸引得过来呢?

终于,菲利浦国王决定离开格拉纳达,把所有的随行人员全带走。弗雷德翁达站在路边观望,一直等队伍消失得无影无踪,方高兴地回到她的古阁。可是刚走到花园门口,一件事使她大吃一惊:一匹阿拉伯种的高头大马正拴在她门前。恍如置身在一场恶梦之中,她透过玫瑰花丛的隙缝,发现有个身穿宫廷制服的青年正跪在杰辛塔脚前。那青年听到她姑妈的足音,匆忙道了声别,便一耸而跨上了马,顷刻间便消失得无影无踪。杰辛塔心里十分难过,竟不顾姑妈的不快,一头扑向她怀里,痛哭起来。"啊!"她哭着说,"他走啦,他走啦,他走——啦!我将不能再看到他了!"

"走啦!谁走啦?谁是那跪在你面前的年轻人?"

"他是王后的一个侍从,他来向我告别的。"

"王后的侍从!"姑妈没精打采地重复了一句,"你怎么结识了王后的侍从的啊?"

"就是猎鹰飞进阁楼的那天早晨。那只猎鹰是王后的,他是来寻找它的。"

"啊,多愚蠢啊!愚蠢的丫头!一头猎鹰倒没什么了不起,可这班俊俏的侍从可危险哩!他们没有比捕捉你们这些头脑简单的姑娘更感高兴的了。"

姑妈很生气。但她看到侄女并未受到损害,自以为对她的谆谆告诫已收到了效果,又很感自慰。而这时她侄女想着的都是那青年所讲的种种甜言蜜语和他将爱她到底的诺言。

日子一天天过去,那侍从真的一去杳无消息。害得小杰辛塔终日愁肠满腹,日形消瘦,更无心再去弹筝绣花了。

"呀,傻丫头!"弗雷德翁达看到她愁眉不展,忍不住说,"我不是告诫你不要相信男人吗?这人出身贵族,而你父母双亡,毫无财产,对他你怎能高攀得上?纵使这青年是真心,他父母也不会同意。放坚强些,不要再想他了。"

这话对她只起到相反效果,使她更感悲伤。有天夜间,杰辛塔等她姑妈入睡后,去到大厅喷泉旁坐下。正是在这儿,那负心侍从曾吻过她的手并向她许下诺言。想到这些往事,她不禁泪滴池中。说也奇怪,那一滴滴泪水竟化在一片片烟雾,雾中突显出一位穿着富丽摩尔族服饰的女郎,其形象越来越清晰。

杰辛塔惊恐万状,连忙奔出大厅。次日将所见告诉了她姑妈。姑妈认为这可能是因她听说过有关三位摩尔公主在这阁楼中住过的故事而产生的幻想。"什么故事啊,姑妈?"杰辛塔问,"我可没听说过啊。"

"你肯定听说过三位公主,也就是绥达、索雷达和索拉海达三人的故事。她们被父亲关在这座阁楼上,后来她们同意跟三个信奉基督教的武士逃跑,但结果只两位公主逃脱,第三位因胆小留下,最后死在阁楼中。"

"哦，我想起来了，"杰辛塔说，"我还为索拉海达哭过哩。这么说，我所看到的绝不是幻想了。我看得清清楚楚，果真这是索拉海达的灵魂显现，我不用害怕啊。我今晚在池边等她，她可能还会来的。"

半夜时分，她又来到大厅。当阿尔罕伯拉宫的午夜钟声刚一敲响，泉水便开始动盈起来，接着那位摩尔少女又显现了。她手上还拿着一把银筝。杰辛塔一见，双目有些发眩，但幽灵那轻柔的话语、忧郁的神色使她镇静下来。

"不要苦闷，"这秀丽的幽灵说道，"你的苦恼会消失的。我是摩尔公主，我和你一样，也曾情场失意。一位基督教武士，你的祖辈，曾使我倾心，他打算带我回国，但我胆小，一再犹疑，结果告吹。而这时却有某种魔力控制了我。你愿意帮我挣脱掉这魔力吗？"

"可以！"杰辛塔颤抖着回答。

"那么，请你靠近我一些，不要害怕。请将手伸进泉水，将水洒一些在我衣上，然后念两句你信奉的真言。这样，魔力将会解除掉，而我的精神也将恢复正常。"

姑娘胆怯地向幽灵洒了一些泉水。说也奇怪，幽灵真的脸上罩上了笑容。她将她的银筝往杰辛塔脚前一掷，双手放在胸前便隐去了。

杰辛塔惊异地急忙退出大厅，回到房里，整夜未眠。次日一早，她去看姑妈，并让她观看了那把银筝，以证明她所言不虚，随之将筝弹弄了几下，出乎意外，那弦上发出的声响，简直如同仙乐一样！

很快，这消息便传开了，大家都来请杰辛塔为他们弹奏。官家富户更不惜以上宾相待，邀她去表演。当然，不管她去到哪里，她姑妈总紧密相随，以防有何意外。

正当整个地区都为这一奇迹着了魔之际，另一与此完全不同的魔力却笼罩了西班牙王宫。原来菲利浦五世是个忧心忡忡的人，他总疑虑自己患有不治之症将不久于人世，有时甚至要传位给别人。对此他妻子很感不乐，果真那样，她将当不成王后，手无寸权了。

最近，国王着魔得厉害了，即使听了意大利名歌唱家伐林耐里的演唱和王宫里所有乐师的演奏都毫无助益。拖延了一些时日，国王断定自己已经死了，下令为他举行丧礼。这可怎么办呢？不能拒不执行国王命令；执行了，又会犯杀害国王之罪！正当这进退两难之际，传来了有位美丽的弹筝能手能弹奏美妙乐曲的消息。王后遂遣人快速前往将乐手请来。

不几天，这位小乐手便由她姑妈陪同被带进宫见了王后。王后告诉她："如果你名不虚传，且能将国王身上的魔气冲散，我保证你后福无穷！"说罢，引她去见国王。

杰辛塔随着王后身后在一排排卫士身前走过，最后来到一间大卧室，里面满布着黑布，几支蜡烛闪着昏暗的幽光。当中摆着灵床，上面正躺着那要求埋葬的国王。他双手放在胸前，毫无动静。

王后指着一张椅子命杰辛塔坐下，接着命她开始弹奏。一开始，她有些胆怯，接着奋勇地拨动了一下筝弦，信心随着加强，于是弹了起来。说来奇怪，那乐器竟发出如此迷人的音调，致使所有在场的人都为之倾倒，不相信这竟出自一个凡人之手。不仅如此，弹者竟附和着曲调唱了起来，唱的是一支摩尔人的名曲。她唱时，倾注了她全部感情，因为阿尔罕伯拉宫和她自己的一段爱情往事是紧密地结合在一起的。这样，那停尸间顷刻间掀起了音乐的浪潮，它激动了那位既悲观又愚蠢的国王的心。他不禁抬起了头，向四周环视了一下。接着坐了起来，双目闪着光彩，最后竟立了起来，叫人将他的佩剑给他佩上。

乐曲到此已取得全胜，魔气已被驱除，确确实实，一个死人已经复活！于是窗户全部打开，灿烂的阳光射了进来，所有的目光都向着这位令人倾倒的乐师。但忽然间，她怀中的银筝坠地，她自己则坍倒在地。这时很快跑过来一个青年，将她一把抱住。他便是亚拉孔。

没多久，这幸福的一对便举行了婚礼。而这朵阿尔罕伯拉的玫瑰也成了王宫中的珍宝了。

读者也许要问：亚拉孔为什么长期不回到杰辛塔身边，而杰辛塔一来便与她结了婚呢？还有那只银筝后来的变化又是如何呢？

关于亚拉孔，那是因为他父亲身为贵族，反对这门亲事，等到后来相见，由于他们曾经真诚相爱，所以很快便结合了。

至于那只银筝，几经转折，终于落到意大利著名乐师帕格尼尼手中。

（曹明远）

库 柏

詹姆斯·费尼莫·库柏(1789—1851)是19世纪前期美国浪漫主义小说家的重要代表,他第一个采用民族题材,被誉为"美国的司各特。"

他父亲是富有的土地所有者,创建了纽约州的库柏镇。他在耶鲁大学被除名后当了水手,婚后成了农场主,三十一岁时开始写作。不久即获得了成功,不但在国内书籍市场上抵消了庸俗的英国流行小说,还轰动了欧洲。

他最初的三部长篇小说在美国文学史上开创了三种类型:以《间谍》(1821)为代表的革命历史小说,以《开拓者》(1823)为代表的边疆生活小说和以《水手》(1824)为代表的航海小说。

在他三十年的创作生涯中,总共发表作品有五十余部。他是个勤奋的作家,即使在旅欧和出任驻外使节时也从不辍笔。除长篇小说外,还有旅行札记、政论、讽刺小品、寓言故事、欧洲题材的浪漫传奇,以及一部美国海军发展史和一部哥伦布传。

他笔下的人物以绰号"皮袜子"的纳蒂·班波最为著名。这个中心人物的活动构成了他的五部以开发边疆为题材的小说的内容。这五部小说按情节顺序为:《丁鹿将》(1841)、《最后的莫希干人》(1826)、《探路者》(1840)、《开拓者》和《草原》(1827)。

最后的莫希干人

　　1757年，在蛮荒未辟的北美大地上，残酷的殖民战争方兴未艾。由于法国殖民军统帅蒙卡姆率领大军进逼英军威廉·亨利要塞，镇守要塞的苏格兰老将孟洛上校不得不向爱德华要塞的魏勃将军发出告急文书。英军总司令部于是决定选派一支队伍迎战法军。破晓时分，战斗部队的主力列成纵队，慢慢地向森林深处进发。与此同时，海瓦特少校奉命另择小道秘密护送柯拉和爱丽丝回到她父亲孟洛的身边。他们的向导是印第安人马古亚，绰号"狡猾的狐狸"，是自愿前来引导这三位英国人通过一条鲜为人知的捷径到威廉·亨利要塞去。爱丽丝虽然一见马古亚就甚感厌恶，但在海瓦特和柯拉的劝说下，也就不再犹豫，扬鞭策马第一个跟在向导后面进入荆棘遍地的幽暗森林。

　　途中，他们遇见英军的一位圣歌教师大卫·格姆。此人虽然虔诚，却有点古怪，骑着一匹鹿似的小马。他正巧也去威廉·亨利要塞，故而要求与他们作伴同行。海瓦特傲慢地拒绝大卫的请求，但是爱丽丝喜欢大卫的歌声，所以把他置于自己的特别保护之下。于是，大卫毫不迟疑地跟着爱丽丝，同时放开了歌喉。在幽静的森林里，歌声传得很远很远。海瓦特不免担心起来。密林赶路，小心为妙，他赶紧打断了大卫的歌声。这一小队人马默默地在林中行进。从清早到黄昏，一个个腹饥人乏，却不见要塞的影子。

　　就在人困马乏的时候，他们遇见了在英军中担任侦察的"鹰眼"纳蒂·班波和他的印第安朋友秦加茨固和恩卡斯父子。父子俩就是最后的莫希干人。纳蒂得知海瓦特一行虽有印第安向导仍在林中迷路时，就对马古亚产生了怀疑，因为印第安人决不会在林中迷失方向。当海瓦特警觉到自己已经受骗，正欲抓拿向导时，狡猾的马古亚一声尖叫，纵身跃进了树丛。纳蒂的长枪虽然随即开火,却未能击中敌人。

经验丰富的纳蒂知道,森林四周一定还潜伏着敌人。为了摆脱险境,必须马上转移。足智多谋的纳蒂在转移时又巧设妙计把敌人引向错误的道路上去。他带领众人乘独木舟逆流而上,在格伦兹瀑布的脚下找到了安全的隐蔽处;一个又窄又深的石窟。

马古亚纠集一伙印第安人,赶来搜索英国人的踪迹。他们偶然发现了大卫的身影,立刻开枪打伤了他。纳蒂他们被迫回击,子弹交叉着飞来飞去。海瓦特抓住一个机会,救下大卫,交给爱丽丝姐妹照料。马古亚一伙虽然死伤甚多,但仗着人多势众,仍不甘罢休。马古亚还狡猾地偷盗了纳蒂存放火药的小舟。当纳蒂发现弹药告罄,只得准备最后的拼杀时,柯拉前来劝说,恳求他不要束手待毙,而应冲出重围去搬救兵。纳蒂觉得姑娘说得在理,就与秦加茨固父子商议对策。随后,他们三人先后潜入河里,悄悄离去。

海瓦特四人藏身的石窟很快就被马古亚发现,在印第安人的团团包围之下,英国人成了战俘。当这个突如其来的灾难所引起的惊恐渐渐消退之后,海瓦特开始冷静地观察那些胜利者,并试图以重金贿赂马古亚,以换取柯拉和爱丽丝的人身安全。但是,马古亚曾经挨过孟洛一顿鞭笞,现在执意要娶柯拉为妻以雪旧恨。柯拉毅然拒绝这种无耻要求。马古亚恼羞成怒,煽动印第安人用古老的残酷手段杀害俘虏。在这生死关头,纳蒂三人突然杀入敌群,救出了正在受难的海瓦特四人。原来,纳蒂他们放心不下四位英国人的安全,所以未去搬讨救兵,而是紧紧尾随马古亚一伙。在这一场殊死搏斗中,除马古亚装死而后潜逃外,他手下的人全部丧命。

纳蒂先把众人带到他第一次参加战斗的地方,因为那里有一间破烂不堪的木屋,权且可做休息之用。入夜,他们侥幸地避开了另一伙亲法印第安人的搜寻,在月光下启程向威廉·亨利要塞悄悄进发。英军要塞虽然已被法军团团包围,但是侦察员纳蒂和海瓦特少校用法语与敌人周旋,他们顺利地穿越警戒线,抵达要塞。孟洛终于与女儿们团聚。

在要塞里,海瓦特向孟洛提出要娶爱丽丝为妻。孟洛心中虽然希望他娶柯拉为妻,可又不便直言,只得推说由爱丽丝自定终身。事实上,柯拉虽是他的长女,身上却流有印第安人的血液,故而一直是他的一块心病。而更使孟洛忧心忡忡的是，法军兵临城下，而魏勃将军的援兵仍然迟迟未到。亲法印第安人在森林里不断呐喊，常使英军将士胆战心惊。出于无奈，孟洛与法军统帅蒙卡姆进行了谈判，并接受了法军提出的宽大而体面的投降条件：英军放弃要塞，但是撤离时可以保留武器、军旗和行李。

英军及其家属开始撤退，车辆上挤满了伤病人员。当队伍通过隘道口时，妇女的行列走近了亲法印第安人的身边。马古亚突然把手放在嘴唇上，吹出一声凄厉而可怕的哨音，分散各处的印第安人立刻无视协议，像饿狼一般扑向英国人。孟洛向蒙卡姆求救，但是法军无动于衷地袖手旁观。死亡笼罩着每一寸土地，鲜血像洪水般流着。待到复仇的贪欲获得满足之后，死神才渐渐地收起它的利爪。柯拉、爱丽丝和大卫再次落入马古亚的魔爪，被他秘密押到休伦族营地。

几天后，孟洛、海瓦特、纳蒂和莫希干人来到鲜血染红的地方，找寻着失踪的姑娘。孟洛没有发现女儿的尸体，虽感宽慰，可是一想到她们可能落入野蛮的印第安人手中，忧伤再次袭上心头。在仔细搜寻之后，恩卡斯发现了柯拉骑马时用的那块绿面纱。大家于是就跟踪追击，摸到休伦族营地的外围，遇见了身穿印第安人服装的大卫。大卫告诉众人，柯拉和爱丽丝虽然精神上备受痛苦，但是肉体尚安全。她们被马古亚分置两处。爱丽丝住在休伦族营地，而柯拉则被借到莱那普人村落里。在那个村落里还杂居着一些德拉瓦尔部落的人。因为秦加茨固曾是德拉瓦尔血统的酋长，所以他决定前去营救柯拉。与此同时，海瓦特乔装打扮成法军派遣的医生，混入休伦族营地，给受伤的休伦人进行治疗。但是恩卡斯一不小心，掉进了陷阱而被俘，休伦族人在马古亚的挑唆下决定第二天把他处死。

纳蒂披上熊皮潜入营地，与海瓦特一起努力，先制服了马古亚，将他绑住手脚留在原地，然后救出了爱丽丝。纳蒂让海瓦特和爱丽丝逃离险境，自己留下，在大卫的配合下，救出恩卡斯。然后，恩卡斯披上熊皮，纳蒂穿上大卫的衣服，两人混出了营地。但是身穿纳蒂衣服断后的大卫却被人发觉而受绑。

马古亚挣脱绑绳以后来到莱那普部落，因为他的英国对手为救柯拉已经全都赶到那里。马古亚要求这个部落的酋长处置英国人。莱那普人起初支持马古亚，但当他们发现恩卡斯胸前的乌龟图腾时，立刻拥他为首领，因为按照印第安人的传统，乌龟族是一切民族的祖先。可是，根据印第安人的规矩，柯拉是马古亚借给莱那普部落的，所以仍属马古亚所有。海瓦特试图用金钱和子弹来交换柯拉，被马古亚一口拒绝。纳蒂提出以自己的人身自由来交换柯拉也未被接受。恩卡斯遵循印第安人的法规，看着马古亚带走柯拉，消失在林中之后，这才组织部落里的人发起追击。恩卡斯和纳蒂分兵两路狙击马古亚和他手下的休伦族人。激战多时，各有伤亡。一个休伦族人在退却绝望时挥刀砍死了柯拉。恩卡斯急于扑上去报仇雪恨，却被暗处的马古亚刺中要害而死。马古亚拼命向对面的悬崖跳去。他狠命抓住了悬崖边上的一株灌木，才侥幸未落入深渊。纳蒂怀着满腔怒火，向他射出了复仇的子弹。马古亚饮弹后一个倒栽葱掉下山崖，粉身碎骨。人们首先安葬了柯拉，然后用印第安葬仪送走了恩卡斯这位最后的莫希干战士的英灵。

（吴定柏）

雁鸣/文辉/武夫/宗义◎编

SHIJIE WENXUE MINGZHU JINGHUA

世界文学名著精华

【下册】

山西出版集团·北岳文艺出版社

目 录
CONTENTS

霍桑(美国) ··· 1
 红字 ··· 2
罗曼·罗兰(法国) ··· 9
 约翰·克利斯朵夫 ·· 10
韦科尔(法国) ··· 22
 海的沉默 ·· 23
哈代(英国) ·· 28
 远离尘嚣 ·· 29
 儿子的否决权 ··· 41
高尔斯华绥(英国) ·· 46
 福尔赛世家 ··· 47
毛姆(英国) ·· 52
 人生的枷锁 ··· 53
皮兰德娄(意大利) ·· 57
 西西里柠檬 ··· 58
黑塞(德国) ·· 62
 纳尔齐斯和歌尔德蒙 ···································· 63
布莱希特(德国) ··· 67

三分钱歌剧 …………………………………… 68
茨威格(奥地利) ………………………………… 73
　　　象棋的故事 …………………………………… 74
迪伦马特(瑞士) ………………………………… 78
　　　诺言 …………………………………………… 79
　　　物理学家 ……………………………………… 87
列夫·托尔斯泰(俄罗斯) ……………………… 90
　　　战争与和平 …………………………………… 91
柯罗连科(俄罗斯) ……………………………… 125
　　　盲音乐家 ……………………………………… 126
契诃夫(俄罗斯) ………………………………… 131
　　　樱桃园 ………………………………………… 132
高尔基(俄罗斯) ………………………………… 138
　　　二十六个和一个 ……………………………… 139
肖洛霍夫(俄罗斯) ……………………………… 143
　　　静静的顿河 …………………………………… 144
帕斯捷尔纳克(俄罗斯) ………………………… 162
　　　日瓦戈医生 …………………………………… 163
埃泽拉(拉脱维亚) ……………………………… 170
　　　湖畔奏鸣曲 …………………………………… 171
艾特马托夫(吉尔吉斯) ………………………… 176
　　　查密莉雅 ……………………………………… 177
麦卡洛(澳大利亚) ……………………………… 185
　　　荆棘鸟 ………………………………………… 185
蒙哥马利(加拿大) ……………………………… 192
　　　绿山墙的安妮 ………………………………… 192
马克·吐温(美国) ……………………………… 220

败坏了赫德莱堡的人……………………………… 201
亨利·詹姆斯(美国)……………………………………… 205
　　贵妇人画像……………………………………… 206
欧·亨利(美国)…………………………………………… 208
　　麦琪的礼物……………………………………… 209
　　最后一片藤叶…………………………………… 211
德莱塞(美国)……………………………………………… 215
　　珍妮姑娘………………………………………… 216
　　"天才"…………………………………………… 221
杰克·伦敦(美国)………………………………………… 226
　　马丁·伊登……………………………………… 227
福克纳(美国)……………………………………………… 232
　　喧哗与骚动……………………………………… 233
　　熊………………………………………………… 236
海明威(美国)……………………………………………… 242
　　太阳照样升起…………………………………… 243
斯坦贝克(美国)…………………………………………… 248
　　愤怒的葡萄……………………………………… 249
辛格(美国)………………………………………………… 253
　　市场街的斯宾诺莎……………………………… 254
塞林格(美国)……………………………………………… 258
　　麦田里的守望者………………………………… 259
森鸥外(日本)……………………………………………… 263
　　舞姬……………………………………………… 264
夏目漱石(日本)…………………………………………… 269
　　心………………………………………………… 276
樋口一叶(日本)…………………………………………… 274

  十三夜…………………………………………………… 275
芥川龙之介(日本)……………………………………………… 279
  地狱图…………………………………………………… 280
川端康成(日本)………………………………………………… 289
  雪国……………………………………………………… 290
  古都……………………………………………………… 293
松本清张(日本)………………………………………………… 300
  点与线…………………………………………………… 301
深泽七郎(日本)………………………………………………… 305
  楢山小调考……………………………………………… 308
水上勉(日本)…………………………………………………… 313
  五番町夕雾楼…………………………………………… 314
台木尔(埃及)…………………………………………………… 317
  小清真寺的长老………………………………………… 318

霍桑

纳撒尼尔·霍桑(1804~1864)是美国19世纪后期浪漫主义的主要代表。

他生于新英格兰地区萨莱姆镇，祖辈是移民望族。大学毕业后，霍桑便开始写作，一生中除短期担任海关职务和出任过海外领事外，始终都以写作为主要工作。他的最早作品是短篇小说集《重讲一遍的故事》(第一集1837，第二集1842)和《古屋青苔》(1842)，从此开始出名。这些短篇小说表现了他的思想和艺术特色，如：《白发英雄》、《年轻小伙子希朗》、《教长的面纱》、《通天的铁路》等。他的长篇小说以《红字》(1850)为代表，从而成为当时公认的最重要作家。他的另外三部长篇是：《七个尖角阁的房子》(1851)、《福谷传奇》(1852)和旅居意大利时所写的《玉石雕像》(1860)。此外还有札记和未完成的作品多种。

霍桑生于加尔文教影响较深的地方，在18世纪40年代又接触了超验主义，因此思想中有神秘和保守的成分，作品中也常用象征手法，时而又探讨抽象的概念，开掘了心理分析的新深度。

红 字

两个世纪以前,一个夏天的早晨,波士顿牢狱的门突然打开了。一个面目狰狞的狱吏左手举着警棍,右手抓住一个青年妇人的肩膀,将她推出门来。

她紧紧抱住一个三个月的婴儿,沿着人群让开的一条小路,一直走上市场西端的绞刑台。人们的目光都盯着她。在她衣服的胸部有一个鲜红的"A"字(A 是英文"通奸"的第一个字母)。她尽一个女人的最大力量支撑着自己。她面孔发烧,却显出高傲的微笑,用一种盛气凌人的眼光,环视着居民们。

忽然,她从人群外圈辨认出一个身材矮小、面孔多皱、穿着怪模怪样的人。

陌生人也早已盯住了她。他带着惊恐不安的表情,像是一条蛇正迅速地移过去。他发现她认出了他,便缓慢地举起一只手,在空中做了一个手势,又把手指压在唇上。

"听我说,海丝特,"露台上,波士顿最年长、最受人景仰的威尔逊牧师在唤她。他的手放在青年牧师丁梅斯代尔肩上。丁梅斯代尔才华横溢,被公认为将在宗教职业中得到显要的位置。现在,他要在全体民众的旁听下,来追究海丝特的罪恶,盘问她灵魂的秘密了。因为海丝特曾被指定在他宣教的教堂里听讲。

"海丝特,"青年牧师倚着会议厅的露台,俯身凝视着她的眼睛,说:"如果你想让你的灵魂平静,让你所受的惩罚更有效地拯救你,那么我命令你供认出共同的罪人!虽然他将同你一起站在耻辱的刑台上,但那总比一生隐藏着一颗罪恶的心要好一些。"

海丝特摇摇头。

老牧师厉声叫道："说出那个人的名字来！那样，再加上你的悔悟，将可以去掉你胸上的红字！"

"决不会的，"海丝特回答，并不看他，却一直望着青年牧师深邃而忧郁的眼睛，"那烙印是太深了。你们除不掉它的。但愿我能忍受住他的苦痛及我的苦痛！"

"说出来，女人！"陌生人也从人群中走到台边，声音冰冷而严峻。

她的脸色变成死灰一般，可仍然答复了那个她十分熟识的陌生人："我的孩子要寻求一个天上的父亲，她永远也不会认识一个世上的父亲了！"

海丝特回到监狱后，精神陷入极度兴奋，必须有人不离左右地看守她。狱卒领来了那个陌生人。据说他叫罗格，是位医生。

他们面面相对了。很奇怪，医生一进来，海丝特马上安静了。医生给她摸了脉，并给她调了一剂药。

海丝特缓慢地接过杯子，在喝掉它之前小声说："杯子里若是装着死亡，我请你再好好想一想。你看！它已经到我的唇边了。"

"喝吧，蠢女人！"他说，"即使我心里有复仇的计划，也只有让你活着，使这个火红的耻辱仍然燃烧在你的胸上。"他用长长的食指摸了一下那个红字，红字立刻像烙铁般烫了她一下。他望着她那惊恐的姿态，微笑了。海丝特不再拖延，一口喝干了那杯药。

"我知道，像我这样一个年老、阴沉、身体畸形的书呆子，是不能把你的青春与美丽留在身旁的。但你要告诉我，那伤害了我们两个人的男人是谁？"罗格说。

"你永远也不会晓得的！"海丝特回答。

"好吧。我将寻到这个人，我将看见他颤抖！既然你替你的奸夫保密，也要为我保密！在这块土地上没有一个人认得我。不要对任何人泄露：你曾经管我叫丈夫！如果你泄露出去，你要当心，你奸夫的名誉、地位、生命，都攥在我的手心里！"海丝特恐怖地望着这个她从不曾爱过，而他也并不懂得什么是爱的人，终于答应为他保密。罗格带着满意的微笑说："现在，太太，我叫你一个人去生活，带着你的婴儿和那个红字。"说完，便离开了牢房。

拘禁的期限满了。海丝特带着孩子——珠儿,走出狱门。她在镇郊的一间茅屋里住下。靠着一手刺绣技艺,她过着最俭朴的生活,还常把多余的钱财施舍给贫苦人。可人们一旦知道她胸上有个红字,便像害怕传染病似的逃开了。海丝特感到,她的耻辱已被传到每一个角落,那个红字已烫进她的灵魂。她时时不由地想要用手掩盖那个符号,然而却又总是不让自己那样做。

罗格也在波士顿城居住下来。这位陌生的医生选中丁梅斯代尔牧师做他的精神导师。青年牧师的博学在波士顿城很负盛名。不过,青年牧师的健康已开始变坏了。他的双颊日见苍白,时常彻夜不眠。每逢他略受惊恐或是突然遇到什么意外,手便拢在心上,脸上先是一阵红潮,然后便是满面苍白。医生追随在牧师左右,对他的健康表示了极大忧虑。终于,他成了牧师的顾问医师,和他搬在一起居住。

罗格开始探究牧师的心灵。他的眼睛,有时会燃烧起凶险的蓝色火焰。他时常想偷偷摸摸走到牧师的床边,但无论他怎样小心,地板发出的响声,衣服发出的窸窣声,或是他的身影,都会使牧师锐敏的神经产生直觉的反应,从而向罗格投以惊恐的目光。丁梅斯代尔朦胧地感觉到,有一种与他为敌的东西在向他袭来。

有一天,牧师在窗口同罗格谈天,海丝特和那个女孩子——小珠儿,正走在穿过场院的小径上。珠儿已经七岁了。她摘了一大把牛蒡果,沿着母亲胸前红字的笔划比划着,把它们插在上面。

"那边走着一个妇人。"罗格一边摆弄着采集来的草药,一边说,"她无论犯了什么罪孽,总不会像那个隐藏自己罪恶的人更叫人难于忍受。"

牧师的手又拢在心上,脸色由白变红,又由红变白。

牧师的双颊越来越苍白了。他把自己锁在密室里,时常一面苦笑,一面用一条血淋淋的鞭子抽打自己的肩膀。有时他又对着镜子,用最强烈的光照自己的面孔。镜子里像有许多幻象在飞舞,有时他会看到海丝特和小珠儿飘浮过去,那孩子扬起食指,先指一下母亲胸上的红字,然后又指指他的胸膛。

在一个漆黑的夜里,牧师从椅子上惊跳起来,悄悄走下楼梯,打开门,来到外边，走到好久前海丝特第一次忍受公众侮辱的地方，登上那台阶。在这黑沉沉的午夜里，牧师站在刑台上。他的心灵突然感到一阵极度的恐怖，仿佛全宇宙都在凝视着他赤裸裸的胸膛，盯住了他心房上那个红字标记。他抑制不住地大声吼叫起来，狂叫声在夜空震响。

蓦然有人发出了响亮的笑声，他听出那是小珠儿的声音。"珠儿！小珠儿！"喊完，他又放低声音，"上这儿来，海丝特，你，还有小珠儿。你们从前都在这里站过，可是我没有同你们在一起。再上来一次，我们三个人全站在一道。"

海丝特默默登上台阶，牵着小珠儿，站在刑台上。牧师摸到孩子的另一只手，就在这一瞬间，一股新生命的汹涌潮水，如激流般注入了他的心胸。

牧师仰望苍天。忽然，他注意到小珠儿正用手指着老罗格，他就站在离刑台不远的地方。

"尊贵的先生，"罗格这时已走近刑台，"虔诚的丁梅斯代尔牧师！果真是你吗？喔，喔，真的不错！来吧，好先生，我亲爱的朋友，让我来领你回家吧！"

牧师浑身麻木地从恶梦中醒来，心里沮丧，直打冷战，他任凭那个医生领自己回去。

海丝特和丁梅斯代尔奇特地会面后，看到牧师身体的衰弱和精神上的崩溃，大为震惊。她决心向他讲明罗格的真实身份。

几天以后，她带着珠儿来到森林深处，坐在一堆青苔上，她看见牧师独自一人慢慢往前走着，手里拄着一根树枝削成的拐杖。眼看牧师就要走过去了，海丝特终于嘶哑地喊了出来："亚瑟·丁梅斯代尔！"最初声音很低，后来就响亮一些，"亚瑟·丁梅斯代尔！"

"谁在说话？"牧师问道。他像是突然受了一惊，急忙振奋精神，站得更直一些。他不安地把眼睛转向发声的方向，朦胧地望见树下有一个人影，穿的衣服那么幽暗。他走近一步，便发现了那个红字。

"海丝特！海丝特！是你吗？"他伸出冷得像死人般的手，去摸海丝特冰冷的手。"海丝特，你公开戴着那个红字是幸福的！我的红字在秘密燃烧！经过七年欺骗的痛苦之后，如果有人看出我的真相，知道我是一切罪人中最卑劣的人，我会感到安慰的。"

海丝特说道："亚瑟，你早有了这么一个敌人。和你住在一个屋子里的那个老人，那个医生，那个人们都管他叫罗格的人，他就是我的丈夫！"

牧师跌坐在地上，双手捂住脸。海丝特倒在他身旁的落叶上，张开双臂抱住他，反复请求牧师的饶恕。"愿上帝饶恕我们两个！海丝特，"牧师说，"我们不是世界上最坏的罪人！那个老人，装扮成朋友的敌人，侵犯了神圣的人心，比我们的罪恶要更深重。"

他们手握着手，在那铺满青苔的横倒的树干上并排坐下来。从来没有过比眼前更阴郁的时刻。四周的森林是朦胧的，一阵旋风吹过，吱喳作响，他们决定从海上离开这无边的苦恼，到德国、法国或者意大利去。

从森林回来后，牧师好像变了一个人。他感到很幸运，因为一艘船三天后要开往英国布里斯托，海丝特弄到了两个大人和一个孩子的舱位。而在第三天头上，在人们庆祝新州长上任的这一天，他要宣讲庆祝选举的说教。这是新英格兰牧师一生中最光荣的时刻，也是他结束牧师生涯的最适当的方式和时间了。

新州长就职的那个早晨到了。海丝特和小珠儿很早就到了市场上，那里早已挤满了人群。人们看见医生老罗格陪着那个去英国的航船的船长，亲密地交谈着。

医生走开后，船长漫步走过市场，来到海丝特身旁。他告诉她，要在她预定的床铺外，再预备一个位置，因为有位医生要上船。海丝特心里非常惊慌。就在这一瞬间，她见老罗格正站在市场最僻静的角落，向她发出一种神秘的、可怕的微笑。海丝特还没来得及考虑怎样对付这个新局面，就听见了军乐队的声音。执事们与市民们的队伍正向着会议厅走来。在那儿，丁梅斯代尔牧师要宣讲一篇选举说教。

队伍过来了，丁梅斯代尔走在青年牧师中间。自从他踏上新英格兰海岸以来，人们从没见过他的步态像现在这样有精神。他的身躯没有弯曲，手也没有拢在心上。

当音乐声又一次响起时，牧师雄辩的宣讲停止了。四面八方都有人赞美牧师。神圣的丁梅斯代尔达到了他一生中空前绝后的光明时刻。当人们又迈着整齐的步伐，向市政厅走去时，人们突然发现牧师脸上燃烧着的那片红光，已经变成一种死灰色。他有气无力地跟跄着，不知道要跨向哪里。他走到久经风吹日晒的刑台对面停住了。虽然乐队还在演奏庄严欢欣的进行曲，队伍还在前进，他却对着刑台伸出了双臂。

"海丝特，到这边来！过来吧，我的小珠儿！"他注视着她们，脸色非常可怕，但同时又含有温柔和奇异的胜利神情。珠儿像鸟儿般扑到他身前，两手抱住他的膝部。海丝特被不可避免的命运推动着，走了过来。正在这一瞬间，老罗格从人群里钻出来，抓住牧师的胳膊，不让他做他想要做的。然而牧师又对那个佩戴红字的妇人伸出了手。群众骚动起来。那些在牧师四周站着的显贵们，震惊异常。他们呆立在那里，眼看着牧师倚在海丝特的肩上，走近刑台，踏上台阶，同时牧师的一只手紧握着珠儿的小手。老罗格随在后面。

"除了这个刑台以外，你再也找不到一个隐秘的地方，使你能够逃得过我了！"罗格阴气森森地望着牧师说。

"感谢上帝领我来到此地！"牧师答道。说完，他转身对着海丝特，唇边露出微笑，"这，比我们在森林中曾梦想过的不是更好吗！"

丁梅斯代尔牧师一面由海丝特扶持着，一面牵着小珠儿的手，转脸对着波士顿城的长官与市民。

"新英格兰的人民！"他喊道，"你们曾经爱过我，把我看做是神圣的！请看我在这里，一个世界的罪人！总算到了这一天！我终于站到我七年前应当同这个妇人一起站立的地方了。看哪，海丝特佩戴着的那个红字！你们全都畏避它！不管她走到哪里，不管她负着多么悲惨的重担，多么希望得到安慰，但她得到的总是使人畏惧使人厌恶的目光。可你们对我的罪恶与耻辱的烙印，却未曾躲避过！"

他痉挛地用着力，扯开了他胸前的饰带，一个刻在肉上的"A"字显露出来了。面对着呆若木鸡的民众，牧师脸上泛着胜利的红潮。然后，他倒在刑台上了！海丝特稍稍把他扶起，让他的头靠在她的胸上。老罗格跪倒在他身边，不住地念叨："你已经逃开了我！"

牧师不再看那个老人，转过来注视着妇人和孩子，"亲爱的小珠儿，现在你愿意吻我吗?"

珠儿吻了他的双唇,眼泪滴在她父亲的脸上。

"海丝特"牧师说,"别了!"

牧师断气了。始终沉默着的人们,突然发出一种异常深沉的敬畏和惊愕之声。这声音随着逝去的灵魂轰响着。

丁梅斯代尔先生死后,罗格也突然凋萎了。这个实行报复的人,等到完全胜利、再也找不到对手时,也就没有了生命力。不到一年,老罗格也逝世了。州长根据他的遗嘱,把他的一笔巨额财产,遗赠给海丝特的女儿小珠儿。但是在医生死后不久,佩戴红字的人就不见了,珠儿也跟着她去了。有好多年,虽然时时有一些模糊的消息越海传来,然而关于她的确切消息却从没有得到过。

(晓 露)

罗曼·罗兰

罗曼·罗兰(1866~1944)是法国现代著名作家。

他生于一个律师家庭,父亲是激进共和党的后裔,母亲却是虔诚的让森派教徒,罗兰自幼便受到两种传统的熏陶。他心灵敏感,从小就迷恋文学艺术,莫扎特和贝多芬的音乐、莎比亚的剧本都对他极有吸引力。1882年入巴黎圣路易中学后,罗兰又开始了对托尔斯泰和雨果的崇拜。1889年从高等师范学校毕业后,公费到罗马研究历史。1892年回国后在巴黎教授音乐史。他始终关心政治,支持正义,反对暴力,主张宽容。1915年获诺贝尔文学奖,30年代出任国际反法西斯委员会主席。他在探索和斗争中度过了一生。

罗曼·罗兰初期的作品是历史剧。曾写过两出"信念的悲剧":《圣路易》(1893)和《阿埃尔》(1898);四出前期的"革命戏剧":《群狼》(1898)、《理智的胜利》(1899)、《丹东》(1900)和《七月十四日》(1901)。随后写了三部"伟人传":《贝多芬传》(1903)、《米开朗基罗传》和《托尔斯泰传》。同时还陆续发表了他的第一部也是代表作的长篇小说《约翰·克利斯朵夫》(1904~1912)。这部十卷巨著以交响乐般的结构叙述了一个音乐家奋斗、痛苦、流浪和创造的一生。中篇小说《柯拉·布勒尼翁》(1914)发表之后爆发了第一次世界大战,其间他既写了"反战"又写了"超然"的文章。他的另一部四卷长篇小说《欣悦的灵魂》（1921~1934）表现了作者走过的思想历程。而他继续写的"革命戏剧"，从《爱与死的搏斗》、《列昂尼得》（20年代）到最后一部《罗伯斯庇尔》（1939）也展示了他对革命态度的最终转变。

约翰·克利斯朵夫

德国莱茵河畔的一座小城市里，住着一家姓克拉夫脱的人家。祖父和父亲都是亲王的乐师。这本来是个音乐世家，但父亲曼希沃一时心血来潮娶了女佣人鲁意莎，生下三个孩子，他并不认真教育，还很后悔娶了一个女仆便常常酗酒。

三个孩子中，老大约翰·克利斯朵夫倔强而孤僻。两个弟弟奸滑顽劣，在家里捣乱，总让克利斯朵夫当替罪羊。

六岁的克利斯朵夫到阔人家去找当厨娘的母亲，被阔人家的孩童耻笑踢打。一怒之下，他还了手，反被母亲揍了一顿。开始他恨母亲，后来才慢慢懂得母亲的苦衷。

祖父送给孩子们一架旧钢琴，是别人要扔而祖父花心血修好的。它给从小在贫困中挣扎的小克利斯朵夫带来无限快乐。一天，家里人出门去了，克利斯朵夫坐下偷偷玩钢琴。突然父亲回来了，克利斯朵夫抱住脑袋准备挨打。出乎意料，父亲十分喜欢，主动要教他弹。

父亲有小算盘，想把儿子教成"神童"，名利双收。他教课十分严厉，因此克利斯朵夫的音乐基础相当扎实。

祖父带他去听音乐会，让他受到更深的音乐教育。

一天，全国闻名的音乐新秀哈斯莱由亲王陪同，与本地各界名流见面。克利斯朵夫也被祖父带去看他。哈斯莱抱起克利斯朵夫，听别人说这小孩十分"崇拜"他，便哈哈大笑，让克利斯朵夫长大后去柏林找他。小孩心里充满幻想，立志将来当一名音乐大师。

不久，祖父为了鼓励他，以克利斯朵夫的名义作了一阕协奏曲。克利斯朵夫大为感动。父亲却强迫他登台表演，并恳请亲王光临。

他的表演极为成功，亲王赏了他，并半开玩笑地称他为"再世的莫扎特"。

克利斯朵夫十一岁时，提琴居然也拉得很好，还被正式任命为宫廷第二小提琴手，开始挣钱养家了。因为家庭生活不宽裕，他还到别人家当家庭钢琴教师。

祖父去世之后，父亲胆子更大，整天泡在酒里，发酒疯，连工作时也疯疯癫癫的。克利斯朵夫觉得很羞耻。父亲为了喝酒，卖了家里不少东西。有一天把旧钢琴也卖了。克利斯朵夫疯了似的扑向父亲："你是贼！偷盗我们和母亲，出卖祖父的贼！"父亲酒醒了，十分内疚，把钢琴赎了回来，并痛哭流涕，说对不起亲人，让克利斯朵夫掌握他的薪水。没过几天，他旧病复发，还不付酒钱。因为他酗酒误事，乐队不要他了。克利斯朵夫也早已成了第一提琴手。十四岁便成了一家之主。

孤僻的克利斯朵夫在家里得不到温暖。一个偶然的机会，使他结识了一个叫奥多的富家少年。因为他们截然不同的家庭和性格，奥多和他的友谊没维持多久。

邻近一座美丽的别墅里搬来了母女二人，是新寡的年轻贵妇克里赫太太和她女儿弥娜。受过上等教育的克里赫太太厌倦了官场生活，到这里躲清闲。她看见一个大孩子爬上别墅墙头朝里望，那正是克利斯朵夫，克里赫太太去听音乐会，发现爬墙头的邻居娃娃竟是宫廷乐师，便邀他到家里做客。克里赫太太很喜欢这个大孩子。弥娜在跟克利斯朵夫学弹钢琴的日子里也渐渐爱上了这粗野的大孩子。他俩年龄相仿，两小无猜，萌生了爱情。

克里赫太太极聪明，看透了两个孩子的秘密。她虽然喜欢克利斯朵夫，但决不肯把女儿嫁给他。为了割断他们感情上的往来，克里赫太太用挖苦讽刺的口气向女儿指出克利斯朵夫鞋子太大，衣着难看，内地人口音等，来伤弥娜的自尊心。这些小伎俩成功了，弥娜很痛苦，生克利斯朵夫的气，弄得他莫名其妙。克里赫太太带女儿外出旅行,弥娜终于疏远了克利斯朵夫。

正当他难过徘徊的时候,父亲曼希沃死了。两个兄弟在父亲死后各自外出谋生,撇下母亲由克利斯朵夫照料。克利斯朵夫无暇为失恋悲伤,埋头为家庭生计而忙碌。同时,他还陷入了信仰危机。为什么他努力工作、勤奋学习而看不到出路,灾难总是接二连三找到他头上?他对宗教怀疑了,什么也不信了。

一天,又一个新寡的美丽的少妇搬来作邻居。她叫萨皮纳,柔和、娇弱,惹人爱怜。但其他爱嚼人舌根的邻居总在背后说她的闲话。克利斯朵夫见这弱女子无助受欺,便同情她,接近她。这一来更激怒了舆论,倔强的克利斯朵夫蔑视舆论偏见,公然陪同萨皮纳到她哥哥家旅游做客。回来的路上,他和萨皮纳淋了寒雨。克利斯朵夫身体强壮,一回来便随乐团到外地巡回演出。不料他返城后急匆匆去访萨皮纳时,得知她由感冒转肺炎医治无效,已经死了几天了。克利斯朵夫回家痛哭了一场。

克利斯朵夫成人了。精神上他要求解除压抑,开拓出一条路,身体里也有一股强烈的欲望冲击着他。

一天,他在山上散步,见到一个金发碧眼的姑娘上树摘枣吃,下不来了。她喊克利斯朵夫帮忙,这样两人认识了。她叫阿达,丰满健壮,长得不丑,是个女店员。他们一见如故,误了回城的船,便留在山脚下的人家里过夜。克利斯朵夫在这个夜晚第一次与女性接触了。

以后,他们成了好朋友,一有空就见面。阿达头脑空虚,只想着吃喝玩乐,嬉笑睡觉。她只是个庸俗的小市民,把伤害克利斯朵夫感情当作游戏,总想刺伤他的心,玩弄他的感情,耻笑他的艺术。

这时,克利斯朵夫的小弟弟恩斯特在外面工作处处碰壁,回到故乡。恩斯特为人狡诈,只想敲哥哥一些钱花。克利斯朵夫出于手足之情,往往迁就他。

恩斯特在家闲住,找了个女友。一天兄弟俩带各自女友一起郊游。克利斯朵夫和恩斯特都说认识爬山的近路,阿达支持恩斯特,说和克利斯朵夫比比谁先到山顶。忠厚的克利斯朵夫和恩斯特的女友米拉到山顶等了好久不见阿达他们来,米拉告诉他,他们商量好互换朋友,只瞒着克利斯朵夫一人。

克利斯朵夫从极大的震惊和愤怒中清醒过来，回想起与阿达交往的经过，内心十分难过："我要变成什么样子？我和什么人往来呀？"从此他开始酗酒了。

一天，他醉醺醺地碰见了舅舅——一个正直善良的劳动者。舅舅瞅了他半天，说："你好，曼希沃。"果真，克利斯朵夫从咖啡馆的玻璃窗上认出当年父亲失魂落魄酒醉回家之态。

他彻底反省。他找舅舅谈心，问怎样做人。舅舅回答："竭尽所能。"克利斯朵夫记住了这句话，决心开始新的人生。

克利斯朵夫从情欲的束缚下解脱了，他将全部身心投入了音乐研究。他的进步是飞快的，对音乐理论的研究已有了较深的造诣。

他翻看自己的作曲，感到脸红，那纯粹是无病呻吟。他又研究了其他人以至大师们的作品，发现其中既有真挚感情的表达，也有虚假空洞的花腔。他意识到自己成熟了，对过去崇拜的作品不再盲目了。他感到门德尔松、勃拉姆斯、舒曼的音乐有很多虚假的装腔，德国式的做作。

观众对平庸音乐的赞赏，在他看来几乎不能容忍。为音乐他和乐团的人争执不休，和歌手争执不休。一个叫曼海姆的犹太青年找上门来，拉他给报社投稿，发表对音乐理论的见解。

克利斯朵夫初出茅庐，不知深浅，痛快淋漓地对庸俗音乐骂了一顿。

整个批评界哗然，叫倒好的，喝彩起哄的，拍案而起的，一窝蜂朝他袭来。曼海姆乐不可支，唯恐天下不乱。论战越来越大，克利斯朵夫得罪了不少各界人士，连发表他文章的报纸也受到同行的攻击。办报的人劝克利斯朵夫含蓄些，可他坚持要辩论清楚真理在谁手里。

曼海姆悄悄把克利斯朵夫的文章大段删去，改成阿谀奉承的话。论战渐渐缓和了。克利斯朵夫的论敌见了他或道谢或致敬，粗心的克利斯朵夫根本不看报纸，所以莫名其妙。

克利斯朵夫在前进中障碍重重，四处碰壁。这时一个法国的戏班子来到当地演出。克利斯朵夫有两张票，入场时见一个姑娘在等票，便把票送给她一张。克利斯朵夫看戏时像往常似的，时而叫好，时而大骂，引得旁人嘘他，弄得同座的姑娘十分尴尬。克利斯朵夫这才想起她，向她道歉时，发现她是法国人。这姑娘稳重严肃,不像一般法国人那么轻浮。

这姑娘是克利斯朵夫的论敌葛罗纳蓬的家庭女教师。主人见到她和克利斯朵夫一块听戏便把她辞了。

不久,更严重的事情发生了。曼海姆继续删改克利斯朵夫的文章,攻击亲王,亲王把克利斯朵夫叫去,臭骂一顿,命令他"滚。"别的与亲王对立的报社马上找他。阅世不深的克利斯朵夫把情况告诉了记者。第二天,报上添枝加叶,用卑鄙的语调骂亲王和宫廷,克利斯朵夫找报社质问,马上,报纸又骂他奴性十足,被主子撵走奴性不脱。

克利斯朵夫被各种报纸形容成疯子、怪物、小丑。克利斯朵夫很苦恼,只好硬着头皮顶住,让作品说话。他把自己的新作付印了,结果没人买。克利斯朵夫躲开报界的人不来往,另找了一对忠厚的夫妇作朋友。谁知有人到处寄匿名信,诬指克利斯朵夫跟那家主妇有不正当关系。于是他彻底孤独了,一个朋友也没有了。

他突然想起小时候祖父带他去见哈斯莱。哈斯莱曾约他长大去柏林找他,如今哈斯莱已是大师了。

当他千里迢迢跑到柏林找到哈斯莱,发现哈斯莱养尊处优,目中无人,早已锐气丧尽,根本不记得他了。克利斯朵夫愤然离去。回家后,克利斯朵夫因无工作想到外边去闯闯。年老的母亲哭着不愿身边无人,弟弟恩斯特早就溜了。克利斯朵夫只好答应不走。

他因没事可干,到乡下酒店喝啤酒,看姑娘小伙子跳舞。碰上一群耀武扬威的普鲁士大兵,喝得晕头昏脑调戏姑娘,克利斯朵夫打抱不平,双方动了手。农民帮助克利斯朵夫把几个大兵打得重伤垂死。克利斯朵夫只有潜逃国外。他告别了哭泣的老母亲,在农民协助下逃往法国。

他来到巴黎,愣头愣脑,语言不通。工厂、电车、喇叭声搅得他头脑一片混乱。他在这儿只知道有个奥多,奥多胆小,讲绅士派头。见了他不肯帮忙,克利斯朵夫气得不再理他了。

克利斯朵夫租了间小阁楼住下来。他一边给人家教钢琴谋生,一边了解法国的艺术,认识巴黎。靠了他的演奏才能及他与日俱增的艺术修养,他小有名气了,在音乐上已具有了自己的风格,并由人介绍到了某些沙龙里。

他的女学生中有个叫高兰德的少女。她从未见过克利斯朵夫这种性格的人。于是便企图试试自己吸引男子的手段。克利斯朵夫并不太买她的账，可是当他得知高兰德还另外有个追求者雷维葛，还是略微有些难过。

雷维葛是社会党党员，一个专在女人身上下功夫的暴发户，搞些贵族文学，克利斯朵夫不喜欢他。

社会党议员罗孙也结识了克利斯朵夫，还邀克利斯朵夫上门做客。罗孙也爱音乐，也喜欢在沙龙谈艺术。克利斯朵夫对巴黎和法国已有了一定认识，觉得法国并不像他在德国时想得那样好，这是个女性化民族，是衰老的、淫欲的地方。虽然不像德国那样沉闷，可克利斯朵夫觉得这里有股垂死的气息。

克利斯朵夫像在德国时一样举办了音乐会。一次，他反对一位哑嗓女歌手登台，得罪了罗孙。原来那女人是罗孙的情妇。克利斯朵夫忠于艺术，与罗孙及其党徒闹翻了，并受到雷维葛的攻击、报纸的围剿，仿佛局势又回到在德国的老样子。他的钢琴作品演奏，听众却发出嘘声。克利斯朵夫愤然中断演出，弹了一段低劣的法国小调后喊："这才配你们的胃口！"观众登时闹了场子。第二天，巴黎各报齐斥这粗野的德国佬。克利斯朵夫再次孤独了。

高兰德的表妹葛拉齐亚，是个可爱的意大利小姑娘，悄悄爱着倔强的克利斯朵夫。这朵南国美丽柔嫩的花厌烦巴黎的喧嚣，怀着对克利斯朵夫悄悄的爱，回阳光明媚、田原诗一般的意大利去了。克利斯朵夫却根本没有察觉。

因为孤独贫穷，克利斯朵夫搬到更差的阁楼里，大病一场。亏了穷苦邻居照料，他才康复。从这些人身上，克里斯朵夫认识了法国的又一面，懂得了劳动人民才是真正的法兰西。

议员罗孙和情妇吹了，想与克利斯朵夫和好，约克利斯朵夫去他家做客。

一进门，克利斯朵夫便被一双熟悉的眼睛吸引住了。他撇下众多宾客直接走到那人面前。那是个腼腆的青年男子，罗孙夫人介绍他是诗人，十分崇拜克利斯朵夫的音乐，甚至为了克利斯朵夫而同雷维葛吵架。克利斯朵夫大为感动。

　　这青年诗人叫奥里维·耶南。

　　他就是那个同克利斯朵夫一同看戏的法国家庭女教师安多纳特·耶南的弟弟。安多纳特回国后，将事情告诉了弟弟，不久就病死了。

　　克利斯朵夫与奥里维结成密友，决心合租一间房住。搬到一块后，克利斯朵夫才知道安多纳特是奥里维的姐姐。他更加疼爱照顾奥里维，像个兄长，以完成安多纳特的遗愿。克利斯朵夫渐渐改了些脾气，变得开朗顺和得多了。他和奥里维从性格上讲，一个是盲目乱撞的瞎子，一个是头脑清楚的瘫子，合在一起恰好是个完善的健康人。两人结成生死之交。奥里维领着克利斯朵夫深入地了解了法国的社会及文艺，克利斯朵夫更加成熟。

　　奥里维无意间把他与克利斯朵夫的一些私事向高兰德说了。她把话传给雷维葛，雷维葛添枝加叶造谣闹得满城风雨。被激怒的克利斯朵夫与雷维葛决斗，但因枪法太差，没打中对方，对方朝天开了枪，表示不伤害他。狂躁的克利斯朵夫恨透了虚伪的雷维葛。

　　不久，他收到母亲病重的信，克利斯朵夫决心冒险回国看望。奥里维怕他因过去打伤士兵的案子被通缉，也跟着去了。母亲鲁意莎孤苦一辈子，临终见了儿子一面。奥里维在这个德国小镇上想起来此教书的姐姐，大家十分伤感。

　　回法国后，克利斯朵夫不断发奋，居然名气越来越大，超出了法国范围。而奥里维也认识了一个美丽任性的富家小姐雅葛丽纳，并与她结了婚。新婚的奥里维不觉之间疏远了克里斯朵夫，而克利斯朵夫心中充满对他的祝愿。

　　克利斯朵夫在事业上依然不顺利。出版商为了卖钱，篡改他的作品。他一闹，反得罪了曾扶持过他的人。报纸上又玩起老一套的诽谤攻击的把戏，使他又一次面临困境。

　　突然，报上汹涌的攻击浪潮停顿了，甚至有人转而称赞他的才华与作品。克利斯朵夫正猜不透这些家伙在捣什么鬼，德国驻法使馆人员来找他，说："有个地位很高的人物关心你。若是你想回国看看，那个人可以使通缉令不产生效力。"克利斯朵夫猜不出那地位很高的人是谁，决定回故乡看看母亲的坟墓再说。

故乡一如他少年时所见。他这次回国在心灵上重新体验了儿时的天真与单纯。祖父、父亲、母亲和萨皮纳这些熟悉的人，一一躺在静静的墓地里。猛然，他瞥见一块石碑上熟悉的名字——阿达。她也找到了归宿。克利斯朵夫无意中遇见了少年时的恋人弥娜。弥娜早已结婚，变得鲜艳肥胖，仍然咋咋唬唬。这德国小城里，除了克里斯朵夫，谁也没有大变化。

回法国不久，他得知奥里维与雅葛丽纳吵翻了。雅葛丽纳扔下未满周岁的儿子离家出走。奥里维抱着孩子回到克利斯朵夫身边，他感情上受到了巨大的打击。本来他就不如克利斯朵夫坚强，现在灰心失望，精神萎顿，大病了一场。克利斯朵夫托一个相识的好心女人照料婴儿，尽心地服侍奥里维。

一天，克利斯朵夫不得不应邀参加奥地利驻法使馆的晚会。他听着女歌手唱舒伯特及他自己写的歌，为自己的成功而喜悦。他的作品已逐渐被人们熟知，他的名字也有了号召力。雷维葛之流想压他是再也办不到了。克利斯朵夫分析自己近年的成功，老觉得有什么人在暗中帮了他的大忙，却始终躲着不露面。

他坐在小客厅里，躲开晚会上的其他人，听着舒伯特的"菩提树"。那歌声唤起了回首往事的惆怅。在往事的回忆中，一个"女朋友"的眼睛在对他望着。她是谁呢？她在微笑。这些念头在他脑中一闪即逝。他站起身，向坐在一群漂亮妇女中间的她走去。那贵妇的微笑始终是对他发出的。

克利斯朵夫犹犹豫豫走近她时，她问道，"您不认识我了吗？"

克利斯朵夫一震，立即喊出："葛拉齐亚……"是的，她就是早年悄悄爱过他的南国花朵、意大利姑娘葛拉齐亚。她如今是裴莱尼伯爵夫人、奥地利首相的亲戚。她已从当年的小毛丫头长成了一个极有理性全无荒唐幻想的成熟女人，并且如今已有很大权势。

克利斯朵夫终于明白了自己的保护女神。葛拉齐亚约他去做客，克利斯朵夫如约前往，她正要随丈夫调任驻美国使馆工作。谈话中，葛拉齐亚感到克利斯朵夫的热烈中含有爱的成分。葛拉齐亚和克利斯朵夫都已成熟，立即克制住了各自的感情。他们天真愉快地谈着，心里充满友谊和快乐。

诸圣节的夜晚，阴天寒风，克利斯朵夫心情很好。他要弹一支勃拉姆斯的歌给奥里维听。奥里维惊异地问："勃拉姆斯不是你的死冤家么？""今天是诸圣节，对谁都应宽恕。"克利斯朵夫抱着奥里维的小儿子，低声唱着老歌谣：

感谢你曾经爱过我

愿你在别处更幸福

固执孤僻血气方刚的克利斯朵夫历尽人生的酸甜苦辣，变得平稳宽和得多了。

克利斯朵夫不愿为浅薄的布尔乔亚们创作，他希望创作出为广大群众欢迎的隽永的作品。他开始深入到巴黎的劳动人民中去，结识了不少工人。

"五一"节时，巴黎的工人阶级进行了总罢工。克利斯朵夫和奥里维也被卷入了流血的战斗。警察和工人发生了激烈的冲突，克利斯朵夫和奥里维被人群冲散了。克利斯朵夫与其他工人一起杀了警察，而奥里维被警察打成重伤。警察派人增援，工人撤退了。克利斯朵夫被工人带离城市，登车避难。途中他得到奥里维死亡的消息，大闹着要回巴黎，可是没有火车通向那儿，一切都因罢工中断了。

克利斯朵夫靠别人帮助，逃回德国境内，在一个当医生的同乡家里躲起来。医生的妻子叫阿娜，因幼年受到刺激脾气古怪，思想保守。这里远离政治，风平浪静。克利斯朵夫平时练习钢琴，琴声使医生妻子阿娜入迷，克利斯朵夫成了阿娜的朋友。

克利斯朵夫了解了她少年的不幸很同情她。她也因克利斯朵夫的艺术魅力唤醒了麻木的灵魂。在这宁静的世外桃源里，克利斯朵夫早已压下去的情欲又复苏了，像囚笼中的野兽，急欲破笼而出。

一天夜晚，医生被请去出诊，阿娜闯进克利斯朵夫的卧室……

灵魂苏醒的阿娜与做了情欲俘虏的克利斯朵夫控制不住感情，一任它发展，但两人都为欺骗了忠厚的医生深受良心的谴责。阿娜精神支持不住崩溃了，像疯了似的大病一场。克利斯朵夫对自己的作为深感羞耻，无脸见医生，便逃离了此地，到瑞士汝拉山脉的一户孤独的农家隐居下来。在那儿他反省了自己，又度过了一次精神危机。

他得到消息：奥里维死后不久，他的妻子雅葛丽纳把孩子带走了。雅葛丽纳离开奥里维以后曾闹了一起桃色事件，许多朋友都不理睬她，她落魄失魂地远离了人们。

克利斯朵夫重新埋头于自己的艺术，年华如水流逝而去。

他终于得胜了，声名稳固了，可也快老了。德国的旧案早已撤销，法国的流血也早被遗忘。他可以自由自在地到任何地方去，人们会热烈欢迎他。

一天，他突然见到了从美国回来的葛拉齐亚。她丈夫与人决斗死了，剩下了她和孩子。两人他乡重逢，非常真诚地相敬。

奥里维给予克利斯朵夫的是法国文化，葛拉齐亚给他的是意大利文化，使克利斯朵夫受益匪浅。在葛拉齐亚旅居瑞士的日子里，克利斯朵夫在这优美秀丽的山国度过了平静美好的愉快时光。葛拉齐亚是个极有理性的妇女，跟她在一起使人更加理智坚强。他们俩的友谊越来越深厚，但从不提爱情。

巴黎艺术界请克利斯朵夫回去，葛拉齐亚也认为在巴黎对克利斯朵夫的艺术有益。于是他在奥里维死后第一次回到这令人充满回忆的都市。葛拉齐亚和克利斯朵夫之间每隔几天便互通一封信。从葛拉齐亚的信里，克利斯朵夫获得了巨大的精神支持。

再次在巴黎生活，克利斯朵夫并不满意。新思想得到不少，新朋友却没有。巴黎的风格还是老样子。他取得了轰动的成功，但他觉得自己老了，与新起的一代合不上拍了。

一天，一个少年敲门，原来是奥里维的儿子乔治。他常听母亲雅葛丽纳讲克利斯朵夫与他父亲的友谊，便来找他。克利斯朵夫十分喜爱乔治，把他当自己的儿子看待。

不久，在瑞士的葛拉齐亚带着孩子来到巴黎。长期的情谊感动了葛拉齐亚，她发现自己始终在爱克利斯朵夫。她正要下决心与克利斯朵夫讲明，但她的聪明的小男孩看破了母亲的内心。小孩子竭力从中破坏，刻毒地对待克利斯朵夫。只要葛拉齐亚一和克利斯朵夫讲话，这九岁的娃娃便大哭大闹，装病要死，搞得大人心神不宁，无法来往。葛拉齐亚和克利斯朵夫都明白彼此相爱，可目前状况使他们很痛苦。后来那小孩得了肺炎，葛拉齐亚带他去阿尔卑斯疗养。

克利斯朵夫与葛拉齐亚的通信口吻变得沉着含蓄，好似一对久经爱情磨炼的夫妇。他们都很坚强，足以支持对方；又都很柔弱，需要对方的支持。

乔治对克利斯朵夫也像奥里维一样，感情很好。他是年轻人，有股冲劲，长得也像父亲奥里维。乔治从年轻人角度看，觉得克利斯朵夫像个糊涂的老叔叔。一天报纸上攻击音乐大师克利斯朵夫压制新星，乔治找到写文章那家伙，扇了他一嘴巴，决斗中又给了他一剑。克利斯朵夫听说乔治为了他和人决斗，找到乔治千责万怪，不让他再去玩命。乔治只笑不答。克利斯朵夫仿佛听见奥里维在冥冥中说："让孩子去吧，克利斯朵夫，我欠你的债应该由他来偿还。"

葛拉齐亚依然给克利斯朵夫写信，她在艺术上、精神上指引着他，给他以信心。葛拉齐亚知道自己的作用，她是在鼓励、鞭策他攀登更高的境界，她给于克利斯朵夫的是平和的心情。但她时时受到小儿子的精神折磨，后来孩子真得了重病，不治而死，她深受刺激，病倒了，来不及向任何人告别便离世了。

朋友们都以为克利斯朵夫承受不住这巨大的悲哀，克利斯朵夫神色像往常一样开朗平静。他呆坐在自己房间里，几星期不与外人来往。他觉得不再有束缚了，不用再等待什么了。他以前认为自己马上就会登上艺术的顶峰，现在明白永远也走不到那里。他解脱了，精神上彻底解脱了。

在他最痛苦的几天里，他创作出了本人全集中最完美的两部交响乐，成为当时世界音乐的最高成就。作品把德国的亲切深奥、意大利的热情、法国的细腻丰富，用层次极多的和声，融洽地综合起来。

克利斯朵夫在欧洲各地旅行，他的音乐脱离了早年的激烈，境界变得恬静了。

乔治也长大成人，认识了一个漂亮姑娘，准备结婚。克利斯朵夫见到这对小青年天真无邪，心里十分愉快，像个老父亲，心里充满对子女的柔情。

克利斯朵夫人生的路快走完了。有人说他真幸福，从来看不见困难与黑暗。克利斯朵夫说："我在黑暗中摸索太久了，像猫头鹰，在黑夜中能看见前进的路。"

他旅游到莱茵河畔的小镇，见到了医生妻子阿娜。阿娜成了个虔诚的教徒，容貌老多了。阿娜没认出他，他也没与她说话。

当年的老敌人雷维葛有个女儿，克利斯朵夫很嫉妒。雷维葛的女儿才二十岁，患病死了。克利斯朵夫心想：如果我的女儿死了怎么得了？他同情起雷维葛。路上见了他，克利斯朵夫主动伸过手去："你的孩子多可惜！"雷维葛十分感动，两人之间的隔膜消除了。

乔治结婚时，克利斯朵夫便感到身体不适，他卧床不起，头脑中昏昏然。

他做了许多古怪的梦。梦见人们在争论艺术，梦见了亲人好友。耳边是雄浑优美的乐章，眼前闪过莱茵河、巴黎、瑞士、罗马。妈妈鲁意莎、萨皮纳、葛拉齐亚，甚至还有阿娜……"亲人！朋友！你们在哪儿？等等我！"

门好像开了，和弦的声音更优美动听了。"我曾奋斗、曾痛苦。让我安歇一下吧，我太累了！"一股宏大的乐曲响在他心上："你将再生！"

圣者克利斯朵夫渡过了河。他在逆流中跋涉了一夜，肩上扛个娇嫩的孩子。出发时，人们笑他，他坚定地向前走。肩上的孩子也催促他"快点儿。"他艰难伛背前行，早祷钟声响了，天将复旦，快倒下的克利斯朵夫已见到对岸。他对孩子说："咱们到了。唉，孩子，你多沉重，你究竟是谁？"孩子回答说："我是未来。"

（刘小江）

韦科尔

韦科尔(1902~)是当代法国小说家和散文家。

他生于巴黎,原名让·布吕莱。第二次世界大战前从事绘画和雕刻,著有《关于绘画业余爱好者设想》(1927)和《切成薄片的人》(1929)等文。

1942年他以韦科尔的笔名发表第一部小说《海的沉默》,时值法国沦陷,该书由地下的"子夜"出版社秘密出版后即在群众中悄悄传阅,并流传国外获好评。第二年他又发表了中篇小说《走向星形广场》。

战后他继续创作,较为出色的有:《沉思》、《黑夜的武器》、《时间的沙粒》、《眼睛和光明》、《变性的动物》等。

海的沉默

最初走来几个士兵，他们望了望我的房子没有进来，过了一会儿，又来了一个下级军官。他们跟我说了话。他们说的法国话，我一句也没懂，但我把空着的几个房间指给他们看了，他们好像很满意。

次日晨，一辆灰色巨型军用鱼雷式汽车开进了花园。开车的和一个士兵把两只箱子和一个大包袱抬上楼，放在最大的屋子里。几个钟头以后，三个骑兵连人带马进了我平常当工场的仓房。

第三天早晨，那辆鱼雷式汽车又回来了，一个士兵扛起一只皮箱送到卧室里。然后又拿了他自己的背包，放到隔壁的卧室里。一个军官走下楼来，说着一口标准的法国话跟我侄女要床单。

天已经黑下来了，不太冷，我的侄女已把门打开，她一声不响，挨墙站着，任什么也不看。我呢，喝着咖啡。那军官就站在门口，他说："对不起。"他微微点了点头，好象在估量这种沉默的分量，然后他进来了。

他行了个军礼，转过身对着我的侄女，似笑不笑地笑了一下，随后他面对着我，向我行了个比较严肃的礼说："我叫威纳·封·埃勃伦纳克。"他的头稍稍有点向前探着，他的细腰和窄肩特别引人注目。他面孔漂亮，带着男子的雄姿，两腮有两个深的凹坑，头发是棕色的，而且柔软。

沉默仍在继续着，他的眼光终于落在我侄女身上，最后他转移了眼光说："对那些爱自己祖国的人，我是十分尊敬的。"说完他突然抬起头说，"我现在上楼到我的卧室去了。"

第二天早晨我们正吃早点的时候，军官走下楼说，"我很好地过了一夜，我希望你们过得一样好。"他微笑着望了望我们这间宽大的屋子，接着说："你们的老市长说我可以住那个古堡，"他指着小岗上面的那座大楼，

"幸亏我的部下弄错了,这儿是一座比那边更美丽十倍的古堡。"然后他回身关了门,隔着玻璃向我们行了礼,走了。晚上他就在头天晚上那个时候回来了,他穿过了屋子,向我望了一望说:"我祝你们晚安。"我跟侄女在彼此不言不语中做了一个决定,就是丝毫不改变我们的生活,就仿佛根本没有那个军官。一个多月的时间里,每天都重演着这一场,军官敲敲门,进来说几句关于天气、关于气温或是其他无关紧要的话,这些话有一个共同点,就是并不需要回答。他总要在门前停留一下,向四周望一望,随后一弯腰说:"我祝你们晚安。"

有一天晚上事情突然改变了。外面下着夹了雨的小雪,这种雪特别冷。随着一轻一重的脚步声,军官顺着楼梯下来了,他穿了便衣,说道:"请原谅我,我有点冷,我在你们这里烤几分钟火吧。"他很费力地在火炉前蹲下来说:"冬天在法国可以算是一个温和的季节,在我的老家可就厉害多了。在我的老家,大家心里想着的是一头短粗强壮的水牛,必须有它那种力量才能活下去。此地呢,是精神,是缥缈的带着诗意的思想。"

他站起来了,一动不动地持续了好久,我的侄女跟机器那么快地织着毛线,眼睛从不看他,我半躺在大靠背椅里抽烟。军官说:"我一直爱着法国,一直爱着的。上次战争的时候,我还是个小孩,从那次起我就一直爱着法国,跟爱那'远方的公主'一样。那是因为我父亲的缘故,他是一个非常爱国的人,那一次我们的溃败使他非常痛苦。然而他是爱法国的,他常说'我们与法国会夫妇似的联合起来的'。"

他微笑一下,然后说:"我是音乐家,我专门作曲,这是我的生命,所以现在当了军人,我自己看着都觉得怪模怪样。但我相信许多伟大的东西要从这个战争里产生出来。"他走了两步,说:"我祝你们晚安。"然后走了。我不声不响地抽完一斗烟,说:"像这种样子一句话都不肯施舍给他,也许有点不近人情吧。"我的侄女抬起了头,把眉毛耸得老高老高,眉下一双充满愤恨的眼睛炯炯闪光,我差不多感到自己脸红了。

从这天起他的拜访换了新方式了。我们很少看见他穿军装,他并不绝对地每晚都来,但我不记得有他来了不和我们说话就走开的那么一晚。他总是挨着火。无尽无休地独白,涉及他心里存着的种种问题——他的祖国、音乐、法国。

有一次他这样说过:"我老家的火和这个火,有什么区别呢?当然,木柴、火苗、壁炉都是相像的,但是亮光可就不同了。为什么我这么爱这间屋子呢?这间屋子有它的灵魂。"他那时是站在书架的前面,他的手指轻轻地抚摸着那些书脊说:"巴尔扎克、巴来斯、波特莱尔、博马舍、布洼洛、布封、夏多布里昂、高乃依、笛卡尔、福楼拜、雨果、莫里哀、司汤达、蒙田……多么响亮的名字呀!还有好多人都没数到呢。"他转过身来,郑重其事地说:"不过提到音乐,那么就得到我们那里去找了,巴赫、贝多芬、亨得尔、瓦格纳、莫扎特……哪个名字应该排在第一呢?"他又慢吞吞摇着头说:"我们现在可打上仗了,当我走进法国小城三德的时候,我很高兴看见当地人民很好地接待我们,我很高兴在这里遇见了一位有道德的老人,和一位沉默的小姐。将来必须战胜这种沉默,必须战胜法国的沉默。"他住声了,长长地喘了口气,然后弯下腰说,"我祝你们晚安。"

有一晚我正上楼到我卧室去取烟叶,听见弹风琴的声音,弹的正是大崩溃前我侄女所练习的那一段。他只弹了前奏曲,就站了起来说;"没有比这个再伟大的了,巴赫,他只能是德国人。"他转身背着我们,声音更沉闷更含混不清了,他说:"现在我需要法国,不过我的要求很大,我要求它接受我,肯于跟我们联合在一起。"他不说了,转身面向我们,他的嘴微笑着,他看着我侄女说:"真诚永远能消除障碍,我祝你们晚安。"

到了今天,我不可能全部记得那一百多个冬夜他所说的话,说真的,我佩服他了,我们三个人中他像是最悠然自得。他常常谈到自己"在我的老家附近古堡里,有一个年轻女子,她美丽温柔,我父亲想我或许能娶到她。有一天,我们在树林里,兔子、松鼠在我们面前窜来窜去,那姑娘快活极了。小鸟在枝间飞来飞去,姑娘忽然叫了起来:'哦,它咬了我的下巴!'随后我见她用劲一甩手说:'我逮住一个了,我要收拾它,我要一个一个拔下它的爪儿来。'她真的这么做了。从此,我对年轻的德国女子就有了戒心。"他若有所思地说:"我们那里搞政治的人也这样,因此我一直不愿意跟他们一起混。我知道我们元首的主张是最伟大最崇高的主张,但我也知道他们也要拔下蚊子的爪儿来。"

春天漫长的日子来到了,现在那个军官在夕阳残辉未散尽的时候就下楼来了,他说:"我应该通知你们,我要离开此地两星期,我很高兴要到巴黎去,轮到我休假了。在巴黎,我想我可以见到我那些朋友,他们当中不少是参加我们跟你们的政治家正在进行的谈判的,这个谈判会为我们两个民族达到奇妙团结做准备。我实在替法国高兴,从来没有人能像德国这样把法国的伟大性和自由退还给法国,而从这一义举中得到了这么多的收获。我祝你们晚安。"

他回来的时候,我们并没有看见他,但我们知道他在楼上,可总有一个星期我们没有看见他。他这样避而不见,有点使我心神不安了。到了晚上,我们听见楼上脚步声沉重响起。有一天,因为报告橡皮轮胎的事我不能不去一趟德军司令部,正当我填写他们给我的表格的时候,威纳从他的办公室出来了。起头他没看见我,我听见了他的沉闷声音,我心里很奇怪地激动着,他抬起了眼皮,碰到我的眼光,我们对看了两秒钟,随后他走回办公室,不出来了。

这件事我一点也没对我的侄女说,三天之后,我们刚刚喝完咖啡,就听见我们所熟悉的脚步声响起来了,军官慢慢走下楼梯,我侄女抬起了头,望着我,等到楼梯的末一级也吱吱响过了,跟着好半天静悄无声,这时我侄女的眼光才离开,头也低下去,整个身子极疲惫似的倒在椅子背上。我仿佛看见他正预备敲门,但又迟缓下去,他只要一敲,他的前途就成为赌注了。最后他还是敲了门。我望望我的侄女,想从她眼里捞出一种对我的鼓励或是一个信号,但我只能看到她的侧面,我失去了我最后的力量了。这时外面又敲了两下门,我的侄女低声说:"他快走了。"我不能再多等了,我用一种响亮的声音说:"进来吧,先生。"他今天有意穿了套军装进来了,脸是那样冷酷,他说:"我要跟你们谈几句正经话。"我的侄女低下头去,她拿起一个毛线球往自己手上绕线,同时毛线球滚到地毯上慢慢地小起来,在她不能专心做活的时候这种毫无意义的工作当然是唯一适合的工作。军官吸了一口气,很费力地说:"所有我在这六个月中说的话,都应该把它忘掉。"

我侄女的两手慢慢地落在她的两膝之间裙子的坑儿里,慢慢地抬起了头,于是第一次把她的眼光赏给军官。军官用德语非常小声地说:"多么亮的光呀。"真仿佛他的眼睛经受不住这一道亮光似的,他用手腕遮上了眼。然后他说话了:"我见着那些打胜仗的人了。我跟他们谈了话,他们都笑话我,他们说政治不是诗人的一种梦想,我们现在有了毁灭法国的机会,就一定要毁灭它。他们责备我说,'你知道你是多么爱法国吗?危险就在这儿。'"他的眼光从我头上扫过,好像一只迷路的夜鸟。

沉默又一次降临了,在这一次沉默中,有一种强烈非凡的压迫……

他的声音终于打破了这个沉默,"我有个弟弟,我们当初在一起读书,我在他面前练音乐,他读他的诗给我听。他那时是富于情感的,但是他忽然离开了我,他跑到慕尼黑给新同伴们去朗诵他的诗了,他变成了最狂热的人。"军官的眼睁得很大,仿佛见了一种可怕的凶杀案的场面。我看见他慢慢地弯了弯上身,随后他按住自己的两个太阳穴和前额,伸长了两个指头,紧紧地按住了上眼皮,忽然他的神色好像舒展了,他抬起头说:"我提出了我的权利,我要求参加一个正在作战的师团,这个要求已得到批准,明天我就可以动身了,动身到地狱去。"

我侄女那张脸真叫我看了心里难过,我看见她前额头发边儿冒出来一粒一粒的汗珠。

我不知道威纳是否也看见这个,他慢慢地把门往他自己身边拉着,他的声音很奇怪,没有任何表情,"我祝你们晚安,"我以为他要关上门走了,可是不然,他还是望着我的侄女,他看着她低低地说:"永别了。"他一动不动,死盯着我的侄女,这样拖延,一直拖延到最后,那个年轻姑娘的嘴唇终于动了一动才完,于是威纳的眼睛发出了光芒。

我听她说"永别了",但必须注意听才听得见这句话,总之我是听见了;威纳也听见了,于是他微笑了,把门关上,他的脚步声在屋子的那头消失了。

(李 玉)

哈 代

　　托马斯·哈代(1840~1928)是英国批判现实主义文学的最后一名代表。

　　他生于英国南部多塞特郡,父亲是建筑师。1861年他去伦敦学建筑,同时研究文学、哲学和神学,并尝试写作。回乡后先当了几年建筑师,随后即专心写作。他一生基本在家乡度过,对那一带的古老风土人情十分熟悉,眼看这最后一块宗法社会的"净土"终于被资本主义入侵而心怀感伤,作品中常蒙上悲观宿命的色彩。他写有长篇小说、短篇小说、诗歌和剧本等多种体裁的作品,而以长篇小说流传最广。

　　哈代把自己的小说分为三类:"罗曼史和幻想"、"爱情阴谋故事"和"性格和环境小说。"最后一类体现了他的最高成就。其中包括:《绿荫下》(1872)、《远离尘嚣》(1874)、《还乡》(1878)、《卡斯特桥市长》(1886)、《德伯家的苔丝》(1891)和《无名的裘德》(1895)。这些作品都以作者的家乡为背景,被他叫做"威塞克斯小说"。

　　他还写了不少中短篇小说,有《一个改变了的男人》、《晚餐及其他故事》等汇集,多属于上述第二类。由于他那些出色作品所受到的攻击,最后的三十年他只写过一些抒情诗和一部剧本。

远离尘嚣

初冬的午夜,满天星光闪烁。英格兰西南部威塞克斯郡的广袤大地已万籁俱寂。

从山林边牧羊人的小屋里传出悠扬的笛声。这是二十八岁的牧羊人奥克在吹长笛,他凭着多年的辛劳积蓄最近才租到这片小牧场,养上了二百只羊。他陶醉在自己的梦想里。

破晓前,奥克赶羊下山路过山腰牧场。忽然,往日沉寂的牛棚里传出悦耳的歌声。他向窗里张望,发现邻居贺斯特太太家有个陌生的挤奶女工。她边熟练地挤牛奶,边唱古老的民歌。黎明,奥克正倚着灌木丛放牧,他惊奇地发现那新来的姑娘正策马急驰,在穿过低矮而绵长的树篱时,敏捷地往后平躺在马背上,头靠马尾,脚蹬马肩。她骑术高超,灵活得像一只翠鸟。当她恢复侧身直立的骑姿时,帽子被风刮跑,他拾起飞滚到脚旁的帽子送还给她。当他看到她容貌娇艳,身材窈窕时不禁激动得脸都红了。双方经过简短的问候和自我介绍,他方始知道这标致而能干的姑娘刚二十一岁,是贺斯特太太的侄女。不过直到临走她还调皮地说:"我不能告诉你我的名字,由你自己去猜吧。"此后,连着五夜,奥克都有母羊在产仔。他借贺斯特太太的牛棚安置怕冻的羊羔。这姑娘每晚都按时来挤奶,照料病牛。奥克内心有了一种潜在的热情越烧越旺。第六天晚上,他来到牛棚生起炉火后竟忘记打开通风孔。不久,他就昏沉沉睡去,等迷迷糊糊醒来时,发觉自己的头正枕在姑娘的膝盖上,脸和脖子上都是湿雪。他非常感激这姑娘抢救他。她说是老牧羊狗的狂吠传到山下引起她的警觉才慌忙赶来。他长久地紧握着她的手,心潮起伏,想吻又畏怯不前。他又追问她的名字。她揶揄地说:"要你自己去打听呀!"

终于他打听到她的名字叫蓓姬。新年过去,奶牛断奶,她也不再露面。奥克在初恋热情的冲击下壮胆向贺斯特太太郑重地提出求婚。势利的姑母鄙夷地回绝道:"她有知识,要做小学教员,追求者都快一打了。"当他怀着凄苦的心情返回牧场时,蓓姬飞跑着追来,真诚地解释,"绝对没有十几个人追求我,只有你是第一个。不过,我一文不名;你也刚刚开始创业,应该慎重行事。我想你应该娶一个有钱的女人资助你……我对你也有好感,但那还不是爱情,所以,我不会嫁给你。"奥克热切地说;"你先不要马上决定,好吗?我将永远爱你、渴慕你,一直到死都盼望得到你……"哀伤使他双手在索索发抖。

离别,是她使他忘情的一种手段。她不辞而别投奔年迈的叔叔到十英里外的韦德堡去了。解脱情网却没有任何捷径,加之,老牧羊犬又死去,奥克陷于忧伤、孤独与痛苦之中。某夜,拂晓前,他猝然听到羊铃声异常,不断震响,越来越强,显然这是羊群在迅跑,可是,猛然间又杳无声息了。他一跃而起,披衣出屋。在漾漾雾气中,羊栏倒塌一大片,而羊则全部失踪!他找遍山坡丛林,连一个羊蹄印都不见。这时,新牧羊狗小杰克站在山顶上狂吠不止。奥克觉得混身软绵绵,心惊肉跳。他走上峭壁探身一看,哎呀,羊全都躺在谷底成为血肉模糊的一片。正是这只小牧羊狗咬得羊夜里炸了群,窜到山顶坠崖而死!

从十八岁到二十八岁这十年间,他的精力和耐心几乎已耗尽,省吃俭用积蓄下来的一切今朝尽付东流。他的希望、梦想全都破灭了。他俯倒在羊栏上用双手捂住脸呜呜痛哭。

"感谢上帝,我没结婚!不然,我成了一个穷光蛋,蓓姬将会怎样啊!"晓风残月里,他在恍惚中只吐出这一句话。

奥克处理完善后,还清债务,已贫无立锥之地。两个月后,他出现在卡斯特桥镇的雇工市场上,他又成了流浪的牧羊人。一天过去,没有人雇他,他只好吹起长笛,才挣到几个钱。晚上,有人告诉他,第二天在韦德堡还有雇工集市。他想起蓓姬就在那里,于是搭一辆运干草的车星夜兼程进发。连日的劳累使他很快沉入梦乡,不知睡了多久,他被刺鼻的焦糊味惊醒,只见远处的谷场草垛像雪茄烟头,忽明忽灭腾起一股股浓烟,他知道遇上了火灾，跳下车就向火场奔去。他临危不惧又具有救火的经验，农庄上的雇工们都夸奖这外来的羊倌。火情消除后，有人叫他留下来，这时，农庄主人骑着一匹高头大马来了。他毕恭毕敬摘下帽子迎上去："您可需要一个牧羊人，主人？"主人撩开面纱，惊得两眼发直，奥克正和蓓姬——这冷漠的心上人面对面凝视着。她无法开口。他用羞愧而悲伤的声音机械地重复着："您可需要一个牧羊人，小姐？"她几天前才继承了已故叔父的遗产成为农场主人。她正在为自己的地位，为自己命运的转机而得意，可是，眼下的场面使她也觉得很尴尬。她可怜奥克的处境却又不愿屈尊当众重叙旧交，就装出一种高不可攀的神态喃喃地说："我倒是需要一个……"

奥克就这样在雇工聚居的小村里安顿下来。他和大家亲密无间地用一个大酒杯开怀畅饮麦芽酒，从众人的闲谈中他弄明白蓓姬命运的变化后，又惊异又高兴。他以诚恳而勤奋的态度开始了新的生活。

奥克因为每日都见到蓓姬而心情亢奋。某夜，他难以入睡，独自外出散步，从小教堂墓地的古树丛中闪出一个苗条而孱弱的少女。他俩互相探询着。"我叫奥克，是新来的羊倌。""我叫芳丽……"她央求道："请您跟谁都不要说见到过我，我是一个穷姑娘，不想让人知道我的事，我要离开这里。"她在寒夜里战栗，泪水滴到怀里的小包袱上。他把身上仅有的钱都给了她，遥望着她的身影融进茫茫夜路。第二天，农场里的人都在议论刺绣女工芳丽突然失踪的事。有人说是失足落水淹死了，更多的人却说她有一个情人在卡斯特桥镇的驻军里，她私奔了。

年已四十的农场主波德是个孤僻狷介的单身汉。他焦灼地骑马前来拜访从未晤面的邻居蓓姬并探询芳丽的下落，蓓姬未及梳妆婉谢了来访。女仆莉娣说："芳丽是个孤儿。波德收养过她，送她上学，成年后介绍她到咱们农场来做刺绣女工。"蓓姬感到婉惜。

飞雪迷漫的黑夜，芳丽在卡斯特桥镇数英里外的荒原上蹒跚。她到兵营外用小雪团向一扇窗子一次又一次打去。很久，那扇窗才打开一条缝。"谁？""是特洛伊中士吗？""是的。你是谁？""啊，你竟认不出我了？我是你的芳丽啊！""你来这里干什么？""你开拔也不告诉我，我们什么时候到教堂去结婚?我已经怀孕了。"她泣不成声，而特洛伊却在敷衍拖延。

卡斯特桥粮食市场上有史以来清一色都是男人。今天，蓓姬一进门，乱哄哄的谈话声立即停止了，所有的面孔都像向日葵似的转向她。她举止优雅，精力充沛，和粮商们讨价还价，自己要价咬得很紧，天生一个精明的买卖人。她谈生意不显得固执，具有女性的灵活手腕，引起了轰动。她觉得自己像鸡窝里的凤凰，不禁得意洋洋。可是，在喧嚣的人群中有个庄严、伟岸的绅士根本不为所动，他就是一向对女士十分冷淡的波德。

归途上，虚荣心膨胀的蓓姬在马车里闷闷不乐。波德的轻便马车超过她时，凝神远方，连眼珠都没向她转一转。她愈发好奇地琢磨着这谜一样的男人。

英俗2月14日是情人节。情人们互赠贺卡，也可以寄诙谐的便笺给陌生的异性。蓓姬和女仆莉娣商量着要和波德开个小玩笑。当晚，波德正独坐壁炉前进餐，仆人送上一封匿名贺卡。香馥馥的信笺上写着"玫瑰花火红，罗兰紫盈盈，石竹香浓艳，君亦似蜜甜。"封缄的火漆上，印章竟是四个红字"和我结婚"！他不由得坐立不安。

清晨，波德在原野上漫步，心情迷乱而烦躁。邮车驰近，赶车人又交给他一封信。他匆匆打开后才看清这是芳丽写给奥克的。正巧，奥克放羊途经此地，他交给奥克。信中，芳丽声称即将和中士特洛伊结婚，并已在镇上小店里安顿下来做女红谋生，现把借款如数寄回。她说她不能把奥克的血汗钱当礼物收下……奥克和波德知晓芳丽已有归宿深感宽慰。波德判定奥克是个忠厚诚实的青年，便把匿名贺卡拿给他看，请他协助辨识寄信人的笔迹。奥克只扫了一眼立即回答："蓓姬小姐的。"他以为蓓姬热恋着波德，痛苦得头晕目眩。

在卡斯特桥镇的教堂里，芳丽按约定的时间等待特洛伊来举行婚礼，可是直到正午十二点教堂关门也没见他的影子。她失魂落魄地走到街上……

在卡斯特桥镇粮食市场，蓓姬见到波德神思恍惚，目不转睛地瞪着自己，心下窃喜。不过，在整个交易会期间，波德都失魂落魄，她又后悔不该任性妄为，搅乱这陌生男子平静的心。她打算单独见面时正式道歉。仲春时节很快来到，她在草场上放牧，波德在远处逡巡，打量着她的一举一动。她决定对他不理睬，然而，这种羞涩的神态又那么像是在传情。五月，草场上正忙着洗羊，蓓姬在四下查看，波德正巧遇上她，便鼓起勇气严肃地道早安。蓓姬十分慌乱。他向她倾诉了自己炽热的恋情，庄严地提出求婚。蓓姬大吃一惊，浑身颤抖，语无伦次地说："原谅我吧，先生，都怪我鲁莽！我不该和你开玩笑，寄那张画片……我并没有爱上你呀！"波德却仍滔滔不绝地表白：他决定改变独身生活方式，做个体贴入微的丈夫。她对这种坦率和深挚的感情充满了敬意和同情，悔愧地说："别说了，别说了。请你把这事放下吧，我配不上你……""啊，你并没有完全拒绝我，让我抱着希望耐心等你，无论多长时间都可以！我只要爱着你就是幸福！""我不能回答你……"随后，两人都激动不安地走开了。

　　转天，当她和奥克一起磨镰刀时，主动征求奥克对波德求婚的看法。奥克深知事态发展到这一步，起因就是那张情人节的匿名贺卡。他坦诚地说，一个聪明、漂亮又有身份的女人干那种事是有失尊严的。她听了不禁大发雷霆。"我失身份？就因为我没和你结婚？""绝不是。""你也不抱希望了，是吗？""我早已不想这件事了。"她原在期盼着奥克仍能热切地追求自己。现在，他竟当面指责她，怎不叫她怒火中烧。"你仅仅为了虚荣和好奇就挑逗一个你并不喜欢的男人的感情，这是轻佻！""我不允许任何人责备我！请你在周末离开我的农场！""好，我现在马上就走。""请！请！别再让我看见你！"奥克平静又肃穆地离开了她。

　　到了礼拜天下午，六七个牧羊人急急忙忙来找女主人。有七十多只羊吃了三叶草胀坏了肚子，已气息奄奄。农场上除了奥克没有人会治这种病。她急得如热锅上的蚂蚁。"这可怎么办——怎么办？"羊群在可怕地抽搐，有的腾空一跃，四肢一伸，便狠狠摔到地上死掉了。"奥克在什么地方？""在山那边小镇上。""快骑上我的马去找他。请他务必回来！"病羊在陆续死去，只剩下五十多只。送信人只身回来道："奥克说除非你客客气气、体面地请他回来，否则他决不再返回。"蓓姬大声痛哭着，不顾失态，匆匆写了一个便条：别抛弃我吧，奥克！

　　奥克纵马急驰而归。她眺望着愈来愈近的身影在微笑，心里充满感激。等奥克下马后，她说："奥克，你怎么能够对我这样狠心？你继续留在我这里好吗？"

六月初，剪羊毛接近尾声。奥克以他纯熟的技巧成为剪羊毛的冠军。蓓姬赞赏他，共同的劳动与工作使他俩的心息息相通。波德前来参观奥克剪羊毛，女主人优礼有嘉。奥克却神不守舍，失手剪破羊的腹股沟。他连忙用油膏抹上伤口，但他感到这伤口是割在自己心上。晚上，整个农场沉浸在欢乐的氛围里，共祝剪羊毛的结束。晚宴上，女主人原定奥克坐在长桌的下首。这时，波德又前来祝贺，奥克只好把席位让给贵客。

晚上，波德再一次狂热地提到求婚，神情诚笃而又虔敬。女主人已失去自恃："我不想今晚就给你正式许诺，请你再等几个星期，我就能答复你，我要慎重考虑……"欢腾的夜，人们在尽情地饮酒、跳舞、唱歌。女主人送走贵客，来到大厅请奥克吹起长笛。她又像在遥远的山村之夜那样唱起古老的民歌，对奥克倾吐着情愫。

午夜，她提灯去农场巡查。当她路过树林时觉得裙带被挂住了。她举灯一照，猛吃一惊，身后竟站着一个魁梧英俊的士兵。这人蹲下故意把挂在马刺上的裙带越弄越乱。"我见过许多女人，但从没见过你这么美丽的。你就是生气也那么漂亮。""你是谁？怎么这么厚脸皮？""不是生人。我是镇医生的儿子特洛伊。"在她的催促下他才放开裙带。"我倒希望这结中之结永远解不开。谢谢你，能让我离你这么近欣赏你的花容月貌。美人儿，晚安。"这个浪荡鬼说着又风度翩翩地深深一鞠躬。

女主人回到卧房问莉娣，这特洛伊是什么样的人？女仆说那是个伶俐乖巧的花花公子。蓓姬想到无论是奥克还是波德都从来没有这样热烈地赞美过她的容貌和仪态，相比之下特洛伊这种谄媚的赞颂挺让人受用。

几天后的一个中午，特洛伊借口来帮忙晒干草。他见到蓓姬立刻大献殷勤，并奉承道："原来您就是大名鼎鼎的卡斯特桥'谷物市场女王'，久仰，久仰。那天晚上我失敬了。"蓓姬虽存有戒心，但又极想听下去。他便使出浑身解数进攻："你是天仙，也是世人的祸害。这世界上至少会有一百个男人爱上你，而你只能嫁给一个，那九十九个都得痛苦而死。我只见了你一面，就疯狂地爱上你了！""这不可能，假话，骗人！""不，闪电就是在一瞬间击倒一棵大树。你的美丽已让我失魂落魄。"她满面绯红，心怦怦乱跳，方寸已乱，说道："时间不早了，我还有重要的事去处理，再见。"

"怎么,你没有表?""没有。"他飞快解下表链,双手捧着金表说:"这是父亲留给我的唯一纪念。我爱我的父亲,但我更爱你,请你收下。""不,你太慷慨了。我不能这么轻率,再见。"她半信半疑地离开了他。

六月下旬。蓓姬给蜜蜂移巢。特洛伊又来帮忙举蜂箱。忙完后,他说:"这活比我在兵营练剑术还累啊。"她感到好奇,请他操演一番。在平展的蕨丛地里,他把银剑舞得如闪电,让人眼花缭乱。她看得如醉如痴。最后他竟猛地照面一剑,嗖地一声削落她的一缕黑发。"嘿,你的头发乱了。"她惊魂未定,一低头又见只毛毛虫在胸口爬。"别动!"他又一剑刺来。她吓得紧闭双目,真以为被杀死了。等她睁开眼,那死虫正穿在剑尖上。他立刻夸赞她勇敢无比。这一切卖弄和狡计赢得了她的欢心。他把飘落的头发小心翼翼地在指尖缠好,珍藏进胸袋里。她觉得好像被一阵醉人的热风凶猛地憋住了呼吸,他吻住了她。她只觉得被一团红雾包围着,这吻已烙在心上,她觉得连脚心都燃烧起来。

奥克看透了特洛伊的狡狯无耻,更在蓓姬的沉溺中看到她性格中的愚蠢。他夜不成寐,万分苦恼。他主动而诚恳地对她表白:"你应该答应波德的求婚,那特洛伊毫无价值,根本配不上你。我对你的感情是永恒的,但我不想高攀你,只希望你别受到伤害。""别说了。我希望你到别处去,离开这农场!""瞎扯淡,"他镇定地说,"我在这里顶一个总管。我不忍眼睁睁看你毁掉。我是个傻瓜,就是不会对你甜言蜜语献殷勤!"谈话不欢而散。她回到屋里,感到冲动是比慎重更让人喜欢的生活向导。她不停笔不改动一个字,三分钟后就给波德写好了信——拒绝求婚。

几天后,波德在山路上终于遇到她,乞求道:"对于我炽烈的感情火焰,一封信是扑不灭的。真的不能挽回了吗?""我什么也没答应你。当你把深沉的感情给了我时,我不是泥塑的女人,曾流露出一些感激之情。现在,请你理智些。""有一件事是肯定的,你移情别恋。特洛伊到处张扬他吻过你了!""他是吻过我。"她承认。"啊!这坏蛋抢劫了我。我诅咒他,用鞭子狠抽他……"他狂暴激怒。她惊慌地离去了。

深夜。一场暴风雨过后,奥克巡夜发现马车丢了。他马上带个老雇工循着辙迹去追寻。穿过草原,跨过山谷……他们追到卡斯特桥大路栅栏时,在守路人的小房里出其不意地竟见到了自己的女东家! 蓓姬遮掩道: "我到镇上办一件急事。我已用粉笔在车房里留了话。你们还追来,给我添麻烦!"

一个礼拜过去了,蓓姬音讯渺然,她是赶去给特洛伊送信,告诉他避开与波德的冲突。这是决定性的一步,宣告她已落入陷阱。

波德四下寻找蓓姬。某夜,在去韦德堡的路上他遇到了特洛伊。波德质问他: "我和奥克都知道你和芳丽的事,你为什么不和她结婚?" "我太穷了,没钱。" "我给你钱。先给你五十镑,婚后再给你五百镑安家。"他接过金币后嘲笑道: "芳丽早就离开我了,蓓姬已成了我老婆啦!"波德扑过去扼住他的喉咙。"你杀了我,蓓姬将恨你一辈子! 还是杀了你自己吧!"波德颤抖着瘫软了。他从怀里掏出结婚公告,包上金币扔到路上,恶狠狠地说: "我已教训了你!"他狂笑着扬长而去。波德整夜在荒原上、山谷里游荡,像个凄楚的幽灵……

新婚夫妻双双回到农场。新娘用钱为中士买到了退役,尊他为农场的新主人。新主人从窗口往院中扔金币,请雇工们喝喜酒,得意洋洋。

八月金秋刚过,这天夜里农场欢庆收粮归仓。新主人和全体雇工狂歌滥饮,已烂醉如泥。只有奥克望着山雨欲来的沉沉夜空和一座座麦垛默默地说: "我将尽全部力量帮助我曾深深爱过的女人。"他孤独的身影穿梭般地跑来跑去,搬梯子,拖盖苫布。在飞砂走石中他爬上麦垛,暴雨夹着霹雳闪电滚滚而来。蓓姬惦记着一年的收成也焦急地赶来,协助奥克抢险。在共同的劳动中,他俩又感到亲近了。炸雷滚来,闪电像大火剥去了院中白杨的树冠和树皮。他拉着她奔进谷仓,喃喃地说: "我们真是死里逃生!" "奥克,我真不配你对我这样好。"她内心充满矛盾: "那天夜里我赶车出去决不是为了结婚,是以后发生的……我怕我一死你会永远误解……我万分感激你的忠诚。"

深秋的傍晚,新婚夫妇驾车从卡斯特桥市场回家。途中,丈夫责怪妻子失去闯劲,生意打不开局面。妻子哭泣着哀求丈夫不要再去赌赛马,免得一输就是一百镑。马车驰上山坡,从阴森森的寒林里走出一个衣衫褴褛面容凄苦的女人,问道, "先生,您可知道卡斯特桥济贫院晚上啥时关门吗?"特洛伊扭头一看,不禁直打冷战。这憔悴的病妇正是他抛弃了的芳丽。"我不知道。"他急速转脸答道。芳丽打量着他,脸顿时扭歪了。那样子既高兴又悲惨,挺吓人。她神经质地喊了一声,就摔倒在路旁。"噢,可怜的女人!"蓓姬说着想立刻下车。"呆着别动!把车赶过山坡去,我来关照这女人。"他专横地命令着,把缰绳马鞭都扔下,跳下车来。马车继续前行。

"你怎么到这儿来了?我以为你在老远的地方,或许死了呢!我已结婚,给你这点钱,没办法,我现在是花老婆的钱。"他压低声音打发她。芳丽百感交集,满腹苦水,千言万语不知从何说起。最后,他约她星期一早上在镇外绿桥见面。他惴惴不安地登上马车。"你认识那个女人?""认识。""她是谁?""我只是跟她面熟而已,至今不知她姓何名谁。"蓓姬怒冲冲盯着他。

天色漆黑,芳丽蹒跚着,她贫病交加即将临盆,虚弱得像根干枯的芦苇。旷野上传来狐狸的嚎叫。她栽倒在卡斯特桥上……静寂的夜,只有一条野狗跑来舐着她的手和脸,这才给了她些许活力。她挣扎着爬起来,倚着这野狗在夜路上爬着,天亮时跌进卡斯特桥镇济贫院的门洞。她已气息奄奄……

星期一早晨,特洛伊向蓓姬要钱。蓓姬盘问他是不是去赌赛马。他不耐烦地打开表盖看时间。她猛地看到表壳里藏着一绺金发。"那头发是谁的?""当然是你的。""多可笑的瞎话,我的头发是黑的。你不应该保留别的女人的头发。把它烧掉好吗?你不再爱我了?""别强迫我好不好?"他急躁地说:"结了婚,爱情也就结束了。"他拿到钱,甩开她赶往绿桥。他等了很久没见芳丽的踪影。他感到烦闷,就奔向赌场。

蓓姬强做镇静信步走向农场。她发现奥克把一切管理得井井有条,她感到奥克有如兄长。在返回途中,她看到有辆灵柩车驶出波德家,忙去问询。仆人说:"咱们的芳丽今天早晨死在镇上济贫院,先生派人去把她拉回来安葬。""啊,太惨了。芳丽是我叔叔的女工,我虽没见过她,可她是从咱农场走的,我应该负责丧葬。快,带上万年青和红色鲜花去接她。"奥克忐忑不安地望着这蒙在鼓里的女人。

芳丽的灵柩运回来了,人们窃窃私语,说棺材里还有个难产的死婴。人们用异样的目光望着女主人。蓓姬怀着莫名的恐惧问莉娣:"芳丽的头发是什么颜色的?""金黄色的。""她的情人是个当兵的吗?""是的。"蓓姬战栗着，呻吟着，把断断续续的印象、记忆、细节都串连起来后恍然大悟。

夜深人静，蓓姬打开棺材，眼前的一切证实了她丈夫的丑行与罪恶。此刻她才明白自己被骗得多么惨！特洛伊默默走来，屈膝跪下吻着芳丽。"别吻她们，噢，我受不了。"她从内心深处嘶吼。"无论过去、现在或将来，她比你都要宝贵得多。"他冷冰冰地说："举行仪式并不就是结婚，我在道义上并不属于你！"她承受不住这么猛烈残酷的打击，发疯似的撞开门，向茫茫荒原跑去。她跑啊，跑啊，跌进灌木丛里，晕过去了。到天亮时她才慢慢醒过来，挣扎着悄悄回到自己家的阁楼上。她不想再见到任何人。

特洛伊早已厌倦了单调的农场生活，芳丽的死使他悔恨；蓓姬的怨使他反感，他决定浪迹天涯，一走了之。行经海湾旁时，他脱掉衣服，跃入浪花畅游，不料，急流把他卷向汪洋……

特洛伊出走后的第一个星期六，蓓姬照例到谷物市场做生意。海岸警察找到她说，特洛伊已溺亡，并交给她他的衣物等。她觉得自我控制的薄冰被击碎了，眼前一黑就倒了下去。波德抱住她，就像孩子托着一只被冰雹打伤的小鸟。

波德驾车把她送回农场。他很兴奋，觉得一切又变得美妙而幸福。他不久就拜托莉娣征询女主人有没有再婚的打算，耐心静候佳音。

奥克正式担任了总管的职务，天天骑着马，精神抖擞地在方圆一千英亩的田地里督察农务。这时，波德因前度精神受创，已无信心经营农场，请奥克兼任自己的管家。

时光荏苒。转年夏末，波德邀蓓姬去韦德堡绿山赶集散心。他买了马戏票，请她看马戏。遐迩闻名的大驯马师弗兰西斯出场前在帷幕边向外窥望。他瞧见蓓姬不由得打起冷战，立刻戴上个大黑面罩外加一件大黑斗篷才出场献艺。他的精彩表演博得掌声如潮。谢幕时他悄悄把手上的戒指摘下，拴在胸前的玫瑰花上抛进蓓姬敞开的手提袋里，弄得她异常慌乱。马戏散场后，波德请蓓姬去吃茶点。她刚坐定，身后的帐篷一动，一个人又偷走了她的提袋。

原来驯马师和小偷并非陌生人，就是特洛伊其人。他自从海上遇险后被一艘驶往美洲的客轮救起。他凭着过去在军队中训练有素的骑术、剑术、射击等技巧加入了江湖马戏班。他见到蓓姬旧情复发，表演后扔给她结婚戒指，意在暗示他尚在人间。过后，他又惧怕她对自己的鄙视，决心向故乡的人隐瞒这段流浪艺人的生涯。

月光下，波德送蓓姬回家，又向她提出求婚。她说："我的丈夫只是失踪……""即使是失踪，按法律规定六年后你也可以再婚！""我已没有爱情可言。让我考虑一番，到圣诞节再答复你。"

某天，她和奥克在查账时倾吐了苦恼："波德的脾气阴郁古怪，异常执拗，如果我不答应他，他将会发疯。"奥克说："我觉得真正的罪过是嫁给你并不真心实意爱慕的男人。"她内心渴盼着奥克能说："我会和他一样等待你。"他要是再谈起初恋的往事那会使她感到甜蜜，但是，这种漠然而冷淡的建议只会使她生气。

圣诞晚会来临了。波德穿着新装，胸袋里装着大钻石订婚戒指冒着纷扬的雪花徘徊在大门外、村路上……蓓姬姗姗而来，激动而不安。"发发善心吧，屈就我一次，我愿为你献出生命！""好吧，如果特洛伊六年后仍无音讯，我将同你结婚。"他为她戴上了钻戒。她踩着地板，哭泣着跌坐在椅子里。舞曲悠扬，波德恳求道："只今晚戴上这个信物，让我在节日里高兴高兴。"此时，仆人突然通报："有个陌生人在找特洛伊太太。"波德兴高采烈，喝道："请他进来，一起干一杯！"

不速之客是个蒙面人。他摘下了面罩，大厅里死一般寂静。"蓓姬，来，跟我回家！"特洛伊干笑着，她惊骇地僵立着，已无法挪步。他奔过去蛮横地拉扯她。她急促地呼唤，尖叫。几秒钟后，响起一声震耳欲聋的枪声。波德的手指抠动扳机，特洛伊倒在地上，抽搐着死去了。波德举枪瞄准自己，他身旁的仆人一掌打去，子弹射进天花板。人们拥过去夺下了枪。"咳！我还有另一种死法。"他夺门而出，自首去了。

半年后，波德被判处绞刑。然而，许多人，特别是奥克挺身而出为他申诉，证明他确实有些精神失常。奥克请来两位巡回法官，当面打开波德的壁橱，拿出许多昂贵的衣料、皮货及珠宝。大包小包上都写满"蓓姬·波德"的标记。最后，波德终于被改判为长期监禁待赦。

蓓姬长期低烧不退，一病半年，卧床不起。奥克独自经营着两个农场的庞杂事务,必要时才来和她商量做出决策。

又是一年春草绿,蓓姬已康复。奥克向女主人说:"我打算到美国去,不久将停止照料你的产业了。"她大吃一惊:"我已无依无靠,你却要走?""不幸之处,正是这一点!"这一年,奥克又夺得大丰收,与此同时,他也做好了移交工作的准备。

圣诞前夕,蓓姬正式收到奥克的辞职书。她悲怆万分地哭了,除夕夜,她来到奥克独居的小屋,她要把一切都倾吐出来。"奥克,经历过这段坎坷人生,我终于明白,你是我的良师益友。我万分感谢你的诚实和你对我的帮助。请告诉我你离去的原因,""人们在说闲话,说我兢兢业业操持一切是为了和你结婚。这影响了你的名誉……你是一个有才干能做出一番事业的女人。""结婚?太早一点。我是你初恋的人,我第一个爱上的人也是你……"两条奔突的小溪终于汇合了,流进一条深沉宽阔的大河。

他陪伴她走上银白的山坡。"我跟着你的脚跟转了多少漫长的道路,你才给了我这最后的拜访和答复啊!"奥克坦诚地说。蓓姬紧握着他的手默默无言。他俩没有互诉衷情,两人的命运已扭结在一起。从严酷而平淡的生活中,从友谊中升华出很充实的爱情。

雾濛濛的早春之晨,蓓姬的面颊又恢复了红润,她把头发重新梳成几年前和他初次相识时的发型。她挽着他的手臂不事声张地双双来到卡斯特桥镇的教堂举行了虔诚的结婚仪式。这一对经过忧患的夫妻重新焕发出青春的气息。

结婚的喜讯不胫而走。春夜,农场上的雇工们自发地在蓓姬窗下用简陋的乐器吹奏起古老的婚礼喜歌。奥克迎出门伸开双臂说,"请进来,伙计们,让我们一起吃点东西,喝几杯酒……"

(王在桢)

儿子的否决权

离开伦敦四十英里，靠近阿伯力坎镇，有个美丽的该米德村，村里有一个教堂。在一个春天的傍晚，主持教堂工作的牧师夫人不幸逝世。他家里收拾房间的女佣——一个十九岁的姑娘索菲，当晚回家去看父母并告诉他们这一不幸消息。她走近家门时，看见篱笆墙边站着个人。这人是她熟识的青年园丁山姆。他们两人原本互有好感，山姆问她："牧师夫人已去世，你是不是还是照旧在他家待下去？"又对她说："亲爱的索菲，也许你该有一个家了，我准备送你一个家，只是现在还没准备好。"说着偷偷去搂她的腰，索菲要他别这样。她说，在今天这样的夜晚，应该严肃一些。

索菲回到牧师家，有一天她对牧师说她想离开他，因为山姆向她求婚，她虽不很愿意，但她已听说牧师想辞去一些仆人，总有人得离开。新近丧偶的这位牧师，四十来岁，没有子女，夫人死后，仆人们没多少事可做，他确实在考虑辞掉几个仆人，但没想到索菲先说要离开。过了两天，索菲又对牧师说，如果他不情愿她走，她也不想马上离开，因为最近山姆跟她闹了点别扭。

索菲是牧师最接近的一个仆人，她去收拾房间，他觉得房里添上一股温暖，他本来就不愿让她离开，索菲现在不想马上就走，他很高兴。

索菲不走了，走的是别的仆人。

后来，牧师生病了，索菲端饭给他吃，有一天，她刚走出房外，牧师就听到楼梯上砰的一声响。原来她连人带饭盘滑倒了，脚也扭伤，站不起来。牧师请医生给她治伤。牧师的病痊愈后，索菲的伤还没有好，不能像往常那样走动干活。她对牧师说，她的脚要跛了，医生嘱咐她不要多走动，她也真的不能多动，她应该离开他家了。

牧师觉得她是因自己而遭到苦痛，内心深感歉疚，他很动情地求她别这么想，说，"跛也好，不跛也好，我不能让你走，你千万不要离开我！"接着就挨近她，吻她，要求索菲嫁给他。索菲虽说不上对他有爱情，但她一向尊敬他，甚至崇拜他，对着这样庄严可畏的一个人物，简直不大敢拒绝，于是就答应了。

牧师考虑到索菲虽纯洁无瑕，但社会地位低下，他与她结婚，婚礼应悄悄举行。婚后也应搬离该米德村，免得招人非议，影响自己的前途。所以他们举行婚礼时，只请了附近一位副牧师和索菲的母亲和姑母到场，别人几乎全不知道。婚后他设法调到伦敦南部一个教堂，很快搬了过去。他们原来的住处环境优美，房屋宽敞，现在住的却是一所单调乏味的窄小房子，他们觉得这样做是值得的、必须的，因为只有这样才能离开那些知道她以前地位的人。

他们平淡、安静地过了十几年。索菲是个好主妇，牧师对她很满意，遗憾的是索菲文化低。牧师为她的教育，花了不少心血，但她不够努力，进步不大，因此别人不尊敬她，连他们的独生儿子，也为这个生她气。

后来牧师生了一场大病，逝世了。丈夫逝世时，索菲还有孩子的天真，大家对她就像对待一个孩子。丈夫生怕她不谙世故，被人欺骗，逝世前就尽可能把他的财产都托人去保管。她无权支配亡夫的财物，家里的用度由别人来安排。孩子上公立中学，接着进牛津大学，毕业后向教会申请任命一个教会的工作。所有这些事情和费用，牧师已预先筹划，安排妥贴。她活在世上无需烦神，只是吃吃喝喝，找点儿消遣，高兴时就靠在二楼窗槛上，俯视街上往来的车辆和行人。她儿子在学校里受的是贵族教育，对她的文化程度和家庭出身感到脸上无光，跟她愈来愈疏远，她很苦恼，加之她的脚伤一直不曾复原，行动不便，更觉得生活枯燥乏味。她夜里老失眠，常半夜或清早起身俯视窗下的大街，那街上每天夜里一点钟光景，便有一辆辆装满蔬菜的车子，从乡间经过这里，驶往邻近的市场。那些戴着绿色货品的车子在街灯下前进，拉车的马匹淌着汗，身上冒出热气，放出生命的光辉。她看了这些，反倒得着些安慰。有一天夜里，她看见有辆黄色的式样陈旧的蔬菜车边，走着一个人，这人经过她家门口，瞪着眼老是望，模样似很面熟。这以后第三天夜里,她又见到这辆车,于是留心观察,认出车旁的人原来是以前一度想娶她的园丁山姆。

她过去不曾怎样怀念过他,如今境遇凄凉,有时也想到他,还设想过如能跟他一起住在乡间,生活也许会幸福些。如今见到了山姆本人,往日他对她的恩情一时令她回味无穷。她知道那些蔬菜车一般都在中午时分空车经过她门前回转乡间,她想再看到山姆。一天将近中午,她打开窗坐着往外望,眼睛始终没离开过窗下那条街。见到山姆赶着空车像在想什么似的出现在归途上,她忙喊了声"山姆!"山姆转过头来一望,脸上一阵子欢喜,随即下车走到她窗口下站着。她告诉他,她下楼不大便当,否则她就下楼了。又问他是否知道她住在此地?他说他知道她住在这一带,他老是在找她。接着说一两年前,他在阿伯力坎的报上见到前任该米德的牧师死在南伦敦的讣告,这消息重新唤起了他一直未能消除的心念。他为找寻她的住处,老在这一带转来转去。还说,他早已离开该米德村,现在就在伦敦南部管理一个菜圃,一星期有两三次要赶车装运产品去市场销售,所以特地来到这儿。

他们很怀念昔日在该米德村相处的情景,她说话时声音悲怆,眼泪盈眶。他知道她心中有着悲哀,就问她愿不愿意回到家乡去。她想到丈夫死了不到两年,家里还有儿子,只能压住自己的感情,说:"这里就是我的家,是我一辈子的家了。"

山姆不再多说,只说了声:"我忘了你已做了这么多年的贵妇人。"然后依依难舍地与她告别。

这次重逢后,两人都缅怀旧情,她常探首窗外,见到他就跟他谈几句话,双方感情发展很快。一天清晨,她临窗张望,见山姆已走过来。山姆车上只装了半车东西,蔬菜堆上铺了个口袋,准备好一个座位。山姆请她跟他一起坐车出去透透空气,说这样调剂一下也许能减轻她一些苦闷,而且清晨别人还没起身,出去遛一下后,就让她坐辆马车回家,对她也没什么不合适。她起先不肯,但很是激动,后来还是打扮了一下,拄着手杖侧身走下楼来。开门后,山姆立即抱她上了他的车子。他们在车上像往日一般谈话,山姆对她很亲昵,她则心存疑惧地对未来产生了幻想。车到市场附近,他把她安置到一辆马车里,他俩分手时彼此深情相望。

新鲜的空气,还有和山姆的会面,恢复了她的生命力。她觉得除掉儿子以外,还有旁的事物,值得她活下去。

几天后,应山姆的邀请,她又和他一同外出。山姆说他永远也不会忘记她,还告诉她:他们家乡有家商店,老板年纪大了,现在想歇业,他想在那里自己搞一家蔬果店,问她愿否跟他回家乡一起干。她便将难处讲出,说她有个正在受高等教育的儿子,这事得看儿子是否同意。她要他等着。

她找了个适当的时机,对儿子说,等他能独立生活时,她打算再嫁。儿子认为她的主意倒也合理,问她有否选定什么人?她踌躇起来,这时儿子似乎担了心,说他希望做他继父的是一位上等人。

她胆怯地回答:"他不是你希望的那种上等人,倒像我认识你爸爸从前的我自己。"随后说出详情。她儿子听后呆了半晌,接着涨红了脸,伏在桌上痛哭起来。过了许久,他厉声对她说:"我替你害臊!原来竟是个下贱的乡巴佬!这会毁掉我,英格兰所有的上等人都会看不起我了!"她哭着请求他别再说下去。

那年夏天,在她儿子暑假期满前,山姆给她去了封信,说他已经把那家店铺弄到手,他是店主,店铺相当大,他认为总有这么一天,这店够得上做她的家。信中还问,他可否去她那儿看她?

她偷偷会见他,告诉他还须等她最后的回答。秋天捱过,到了圣诞节,她儿子放假回家,她又谈起这桩事,可她儿子没改变原来的看法。

这桩事又搁下了几个月。此后几番重提,她儿子态度依然,就这样过了四五个年头。这时忠诚的山姆,毅然决然地再一次求婚。趁复活节的假期她儿子从牛津回来,她又向他重提旧事,说他临近毕业,已经接受教会委派的职位,跟着就该成立自己的小家庭,而她文化水平这样低,又愚昧无知,倘若还待在这种家庭里,岂不有碍他的体面,不如把她丢开不管。她儿子见她这回喋喋不休不肯退让,发起火来了,甚至怀疑自己不在家的时候,她是否还能被信任。他认为母亲的这种想法可鄙可恼,越发要维持自己的否决人权利。他把母亲带到自己卧室里作个人祷告用的装有十字架的基座前,要她发誓:没有得到儿子的允许,决不和山姆结婚。他说:"我对我的父亲负责,所以必须这样做!"

这可怜的妇人发了誓。她思忖着她儿子干了教会的工作后，事情一忙，也许对这事会放松一些。然而，他并没有放松。

往后的日子，她带着备受折磨的心灵活得更凄苦。又过了四年，人们看到有个送殡的队伍从市区前往该米德乡间去。送殡的车厢里，有个青年牧师。送殡队伍走过阿伯力坎一家水果店时，店门口站着一个中年男子，他身着黑衣，满眼是泪，低头致哀，不胜悲怆。

（方　方）

高尔斯华绥

约翰·高尔斯华绥(1867~1933)是近代英国杰出的现实主义作家。

他父亲是伦敦的大律师,家中富有。中学毕业后,高尔斯华绥即入牛津大学攻读法律,并于1890年获律师开业执照。在出国旅行途中他结识了小说家约瑟夫·康拉德,并在其影响下开始文学创作。

高尔斯华绥是个十分认真严谨的作家,在花费了五年时间掌握了基本的文学技巧后开始发表作品,又过了七年才为《法利赛人岛》(1904)署上真名。他一生的写作以第一次世界大战为界,分为前后两个阶段,前一段批判锋芒尖锐,后一段增加了忧郁情调,连笔下的人物也改恶从善了。

为他赢得巨大声誉的作品是《有产业的人》,该书与《骑虎》(1920)和《出租》(1921)合称《福尔赛世家》三部曲。而《白猿》(1924)、《银匙》(1924)和《天鹅之歌》(1928)则合称《现代喜剧》三部曲。这六部系列小说描写了福尔赛世家几代人的生活,成了英国资产阶级形象的兴衰史。此外他还写了多部长篇小说,如《庄园》(1907)、《友爱》(1909)、《弗里兰一家》(1915)等。

高尔斯华绥是位高产作家,还写过大量的短篇小说和剧本。他的作品强调真实,笔调冷隽,他注重塑造典型性格,语言准确简练,是位出色的文学家。1932年获诺贝尔文学奖。

福尔赛世家

福尔赛一家祖祖辈辈都是泥腿子农户,到了第三代乔里恩的时候,才开始兴旺发达起来。他们六个兄弟四个姐妹,经过多年苦心经营,积聚了一百多万英镑的财富,成了一个显赫而庞大的家族。

1886年6月15日,长房老乔里恩的孙女琼举行隆重的订婚仪式,琼的堂叔、二房詹姆士的儿子索米斯照例带着妻子伊琳前来恭贺。在席间,伊琳结识了琼的未婚夫、年轻的工程师波辛尼。

索米斯被人们戏称为"有产业的人"。他是一位职业律师,广有资产,嗜好收藏艺术品。昂贵的名画在他的眼睛里只不过是一笔永久性的投资,而他年轻美貌的妻子伊琳,则是他在全伦敦人面前引以为豪的活"产业"。

伊琳是一个穷教授的女儿,长得俊俏可爱,为了摆脱继母的虐待,就嫁给了索米斯这个毫无感情的丈夫。从结婚第一天起,她就后悔万分。

索米斯始终也不明白,自己在物质上时时处处满足妻子的要求,为什么却还是难以赢得伊琳的心呢?为了笼络妻子,也为了断绝妻子同那些不安分守己的朋友们的来往,索米斯终于想出了一个怪主意:在远离闹市伦敦的罗宾山上,建造一座与众不同的别墅,并将全家迁居到那里去。

于是,索米斯请来了工程师波辛尼,让他承担这所别墅的设计、筹建等具体工作。

波辛尼年轻有为,长得英俊且才华横溢。他的出现犹如投石击水,顿时打破了这个家庭的表面的平静。伊琳被波辛尼深深地吸引住了,两人如干柴遇到烈火,热恋起来,难分难舍。这一风流韵事不胫而走,大家族里很快就人人皆知。索米斯的父亲詹姆士对此深感不安。为了重整门风,他特意找伊琳长谈了一次,却没什么结果。琼也因此痛苦万分,曾试图努力将波辛尼从伊琳身边拉回来，但没有成功。琼的痛苦深深刺痛了老乔里恩的心。自从老伴去世、独生子乔里恩离家出走后，他身边只剩下琼这个与他相依为命的孙女了。经过反复考虑，老人写了封信给儿子乔里恩，让他设法说服波辛尼回心转意。

十四年前，乔里恩因为遗弃了琼的母亲离家出走，与一个外国女子私奔，被开除出福尔赛家族。八年之后，琼的母亲去世了，他才跟那女子正式结婚，有了儿子乔里和女儿好丽。多少年来，生活无论多么艰难，多么窘迫，乔里恩始终没有向福尔赛家族低过头。这次，他接到父亲的来信后感到很是为难。很显然，他和波辛尼有着共同的经历和体验，相互只能产生理解和同情之心。

贪得无厌的索米斯不肯把美貌绝伦的妻子这一宗"财产"让给别人。他恼羞成怒，在一天夜里，他不顾伊琳的自尊心，施用暴力，对不肯驯服的妻子行使了丈夫的"占有权"。为了报复波辛尼，他还以房屋建筑费用超过计划为由，向法院提出起诉，要求波辛尼承担超支的四百英镑。

伊琳忍受不了索米斯的肆意凌辱，一气之下终于离家出走。但不幸的是，法院宣判波辛尼败诉。波辛尼因此遭到社会的指责和舆论的围攻，竟被弄得精神恍惚，被汽车撞死在公路上。

听到这一噩耗，伊琳极其悲伤。她走投无路，只好回到索米斯家里。她与丈夫过着同床异梦的生活，索米斯仍然无法占有伊琳的感情。

波辛尼去世后，索米斯觉得这罗宾山的别墅不太吉利，不愿再在这里住下去，于是就将别墅卖给了他的伯父老乔里恩。老乔里恩与儿子恢复关系后，一家人就住进了罗宾山的别墅，过着静谧的生活。

几年后的一天，老乔里恩在园中突然遇见前来凭吊波辛尼的伊琳，才知道她早已离开了毫无感情的索米斯，以教授音乐课度日。虽然伊琳曾给琼的生活带来过极大的不幸，但好心肠的老乔里恩还是原谅了她，而且非常同情她孤独的处境。因此，他在遗嘱里特地给伊琳留下了一笔赠款，使她能够维持生活。过了不久，老乔里恩安然去世。

父亲去世后，乔里恩的妻子也因病离开人间。乔里恩独自一人，带着儿女艰辛地生活。

一晃十二年过去了，索米斯已经四十五岁了。眼看二十万英镑的家产无人可以继承，他心中焦急万分。为了不使自己的财产死后流落到他人手里，他只好准备同伊琳解除婚约，娶法国房东太太的女儿安耐特作妻子。按照当时英国的法律，必须有事实证明一方通奸或有情人才能解除夫妻关系。索米斯无法拿十二年前的旧事作为今天离婚的理由，又不愿给别人留下话柄，他希望伊琳能够主动承担法律上的责任。于是他去找伊琳，发现她依然容颜娇美。他那可鄙的占有欲又冒了出来，他对安耐特弃之不顾，重新向伊琳大献殷勤。他特地买了一枚价值四百五十英镑的钻石别针，送给伊琳作生日礼物，而且发誓说："我可以给你一切满足……我只求你一件事情，我要——我要一个儿子！"他的要求遭到了伊琳的断然拒绝。为了避免日后索米斯再来纠缠，她毅然决定到巴黎去。

临走时，伊琳前去跟乔里恩辞别，感谢他对自己无微不至的关怀与帮助。

乔里恩自从妻子去世后，一直鳏居着。他虽然出身福尔赛家族，但他十分憎恶福尔赛精神。老乔里恩去世后，他接下去承担伊琳的忠实保护人。如今，他已情不自禁地深深爱上了伊琳，就跟着伊琳一起到了巴黎。乔里恩在这场纠纷中本来处于骑虎难下的地位，现在他对伊琳的感情日益炽烈。他们决定将命运的红线紧紧地拴在一起。

索米斯对此嫉妒恼恨不已，他想用强大的社会舆论和法律，制裁乔里恩和伊琳的婚姻，但没有成功。在无可奈何的情况下，索米斯被迫做出了让步，同伊琳离了婚。1901年，索米斯娶了漂亮的安耐特为妻，并生了个女儿，取名芙蕾。乔里恩与伊琳结婚后，生了个儿子，取名乔恩。

人世沧桑，不堪回首。时间又飞快地过去了十多年。在这许多年间，索米斯和伊琳两家从没来往过。

五月的一天，风和日丽，索米斯和芙蕾在街上一家画店里同伊琳和乔恩邂逅相遇。十分任性的芙蕾对乔恩一见钟情，两人暗送秋波，弄得旁边的索米斯和伊琳十分尴尬。回到家后，芙蕾追问父亲今天为什么陷入窘境。索米斯因触及隐痛竟支支吾吾，不愿回答。伊琳回家后，也同乔里恩讲起今天的遭遇，两人隐约感到有一种不祥的预兆。

虽然两家父母心存芥蒂,但年轻人的爱情如火如荼,无论如何都是关不住的。应好丽夫妇的盛情邀请,乔恩与芙蕾双双来到他们家做客。没几天工夫,乔恩和芙蕾就难分难舍了。芙蕾还小心翼翼地关照乔恩,千万不要让两家的父母亲知道他们的关系,免得他们干涉。

索米斯为了这件事整日愁眉苦脸,忧心忡忡。伊琳也因儿子跟芙蕾热恋感到不安。为了让儿子忘却刚刚萌发的爱情,伊琳决定带乔恩到国外旅行两个月。

年轻的男爵孟特对芙蕾一见倾心,由于他出身名门望族,索米斯很乐意芙蕾同他交往。孟特一再向芙蕾表白自己诚挚的爱情,但芙蕾的心早有所属,对他的大献殷勤一点也不加理睬。她遵守乔恩分手时的诺言,时常给身处国外的乔恩写信,倾吐自己的衷肠。

乔恩虽身在国外,心里却老是惦记着芙蕾,不免归心似箭。于是,他借口身体不舒服,说服母亲结束旅行,一起提前回国。

回国后,乔恩约芙蕾在公园里相会,尔后,又带着芙蕾去罗宾山别墅做客,从罗宾山回来后,芙蕾到姨妈家吃晚饭。她对存在于两家之间的纠葛追问不休,终于彻底弄清了事情的前因后果。然而,她大有乃父之风,对占有乔恩的决心丝毫也不动摇。她在心里说:"我一定要得到乔恩!"

芙蕾心生一计,就和乔恩约会,想引诱乔恩同她发生关系,造成既成事实,再慢慢劝说双方父母,可乔恩觉得这样做不符合道德规范,死死不敢应允。芙蕾气急败坏,回家后忍不住把这一切都告诉了父亲,让索米斯替她拿主意。

而这时,索米斯正在为自己的事情烦恼不堪。因为他刚刚收到一封匿名信,得知安耐特和比利时一个名叫普罗法的人私情很深。听了女儿的话后,他一筹莫展。

过去的那一段隐情,像幽灵一样时刻折磨着伊琳的心。有一天,在板球比赛场上,乔里恩发现伊琳遇见索米斯时,脸上露出万分痛苦的神情。他明白,事情再也不能拖延下去了。他咬了咬牙,下狠心给儿子写了一封信,将过去所发生的一切和盘托出,并要求儿子彻底断绝同芙蕾的关系。

过了不久,乔里恩心脏病突然发作,猝然去世。乔恩受到这双重打击后，就写信给芙蕾，婉言谢绝了芙蕾对他的爱情。

接到乔恩的绝交信后，芙蕾痛苦万分。她请求父亲亲自为她上门求亲。索米斯拗不过她的纠缠，竟厚着脸皮来到罗宾山别墅向伊琳提亲。

两个家庭的两代人在这样的场合相聚了，涌上人们心头的是爱还是恨？可命运总是很难如愿的，生活又制造了一幕残酷的爱情悲剧。

伊琳对索米斯厌恶之至，一见到他，脸色变得死灰一般难看。乔恩目睹了索米斯给母亲带来痛苦的情景，他的孝心终于战胜了私情。他决定按照父亲生前意愿行事，当着大家的面，一口回绝了芙蕾姑娘的求爱。

芙蕾因此感到绝望，她急忙跑下山去，立即答应了孟特男爵的求爱，很快举行了仓促的婚礼。

为了避免见物伤情，过了不久，乔恩就和母亲一起离开罗宾山别墅，迁居到加拿大去了。而罗宾山上那座带有讽刺意味的豪华别墅门前，终于挂起了一块随风飘荡的招牌："此宅出租！"

（小　舟）

毛 姆

威廉·萨默塞特·毛姆(1874~1965)是现代英国小说家和戏剧家。

他生于巴黎,父亲是律师,父母相继去世后,由伯父接回英国,入寄宿学校。后肄业于法国海得尔堡大学,1892年至1897年在伦敦学医并取得外科医师资格。从第一部长篇小说《兰贝斯的丽莎》(1897)开始,他就确立了自己的风格:以清新的笔调嘲讽地审视人生。

1903至1933年间,他写出了近三十部剧本,最著名的是《圈子》(1921)。这些受王尔德影响的喜剧,构成了当时上流社会的一系列风俗画。

毛姆的主要成就在小说,他一生的丰富经历和广泛旅行为他的小说积累了素材,并常有异国情调,因此很受读者欢迎。如带有自传成分的长篇小说《人生的枷锁》(1915),反映他在第一次世界大战中担任间谍和密使的间谍小说《艾兴顿》(1928),中国游记《在中国的屏风上》(1922)和长篇小说《彩巾》(1925),写塔希提岛的代表作《月亮和六便士》(1919),反映英国文坛面貌的长篇小说《大吃大喝》(1930),宣传二战联合抗德的《刀刃》(1944)等。

毛姆深受莫伯桑的影响,其短篇小说颇有建树,在多达一百篇的短篇小说中，都以故事不落俗套，情节曲折多变而吸引读者，尤以写海外英国人最富特色。他的短篇小说集有《叶的震颤》(1921)、《卡苏里纳树》(1926)和《阿金》(1933)等。

他还写过回忆录及文艺批评文章，如《总结》(1938)、《作家笔记》(1949)、《流浪者的心情》(1952)、《观点》(1958)、《回顾》(1962)等。

他的作品拥有广大读者，曾被译成多种文字。1952年牛津大学授予他名誉博士称号，1954年女王授予他"荣誉侍从"称号，并成为皇家文学会会员。

人生的枷锁

菲里普的母亲去世了，菲里普只好同伯父凯里先生一起生活。凯里先生是教区牧师，生活刻板，对人冷漠，菲里普的童年生活很不幸福。他稍大一些，伯父送他到坎特伯雷皇家公学念书。这是一所培养牧师的学校。菲里普一进校，他天生的跛足就成为同学们嘲笑的对象，为此菲里普的幼小的心灵受到极大的伤害。他虔诚地向上帝祷告，请求他创造奇迹，使他的跛足能在一夜之间变为正常。然而奇迹始终没有发生，菲里普不再相信上帝。他不想做牧师，中途退出了公学，到德国学习德语。从德国回来后，伯父把他送进伦敦的一个会计事务所做学徒，他很快发现自己不适合干会计这一行。他决心做个画家，于是到巴黎去学画。在巴黎他认识了没有绘画天赋、饿着肚子也要学画的普赖斯小姐。普赖斯小姐最后因饥饿而死，她的死终于使菲里普意识到，自己没有成为艺术家的天分，他便返回伦敦，进了圣路加医学院学医。

学医之余，菲里普与朋友常常到一家点心店用茶点，菲里普爱上了店里的女招待米尔德丽德。米尔德丽德正与一个德国人相好,对菲里普既冷淡又傲慢。为了讨得她的欢心,菲里普请她看歌剧,请她吃饭,满足她的各种要求,甚至低三下四地愿意忍受她给他的任何屈辱。痛苦的相思,使得菲里普无心学习,以致考试没有及格。

米尔德丽德只有在收到菲里普的礼物时才会流露出一些温情。菲里普明知她不喜欢自己,但偏偏想从她那得到爱情。他想只有使米尔德丽德成为自己的情妇,才能摆脱卑劣情欲的折磨,但米尔德丽德对他丝毫不感兴趣。为了达到与米尔德丽德同居的目的,菲里普邀请她去巴黎旅游。虽说这要花一大笔钱,但为了她,他心甘情愿。可有一天,米尔德丽德突然对他说:"我要结婚了。"她要嫁给那个德国人。菲里普受到了深深的伤害,但他很快就厌倦了这段恋情,一想到他同米尔德丽德这种女人有过纠葛,就不寒而栗。他重新埋头学习,并结识了一个新朋友诺拉。

诺拉是个已婚妇女,通情达理,善解人意。她既当情人,又像母亲,温柔地爱着菲里普。菲里普并不爱她,但很喜欢她。诺拉帮助他重新树立起生活的信心,治愈他心灵的创伤,使他的生活充满了欢乐。

菲里普患了重病,他的朋友格里菲斯和诺拉精心地照料他。一天,米尔德丽德突然来到菲里普的寓所。她一见到菲里普,就失声痛哭,姿态里带有一种令人讨厌的谦卑。

"出了什么事?"菲里普问。

"他遗弃了我。"

菲里普的心怦怦直跳,他意识到自己仍一如既往地狂热地爱恋着她。

"当初我要嫁给你该有多好,"米尔德丽德悲戚地说。她依偎在菲里普的怀里,诉说那个德国人已经结婚,还有三个孩子。他发现米尔德丽德怀孕了,一分钱也没留下就走了。"菲里普,假如你仍然要我,凡是你喜欢的事情,我都愿意做。"菲里普的心倏忽停止了跳动,她的话使他感到很恶心。

米尔德丽德还有三个月就要生孩子,为了支付她的生活费用,需要一大笔钱。而菲里普父亲留下的一小笔遗产已所剩无几,他必须严格节约,才能使他的钱维持到取得医生资格。但为了米尔德丽德,他很大方地花费这笔钱。

现在他对诺拉感到厌恶了。为了摆脱她,他给诺拉写了一封信,声明断绝与她的关系。但过后他又感到心情很沉重。

米尔德丽德生下个女孩,她把孩子送到乡下,交给一位保姆照看。菲里普为她支付保姆费和孩子的生活费。菲里普沉浸在爱情的喜悦之中,他把自己与米尔德丽德的关系全都告诉了格里菲斯。他用充满眷恋的口吻详详细细地描绘米尔德丽德的外表,连一个细节也不漏掉,因此格里菲斯对她那双纤细的手是啥摸样以及她的脸色有多苍白都知道得一清二楚。他也向米尔德丽德讲述格里菲斯的风流韵事,夸赞他的英俊和洒脱,口气中充满了羡慕与赞叹。不久,米尔德丽德与格里菲斯见面了,两人十分投机。菲里普很快意识到格里菲斯对自己爱情的威胁,他哀求格里菲斯:"你已经玩了那么多女人,千万不要把她从我身边夺走。"说着他抽抽噎噎地哭起来。"她,我根本看不上眼,我以我的名誉担保。"格里菲斯安慰他。可是米尔德丽德却拿出格里菲斯写给她的情书让菲里普看,并明白地告诉他,她爱格里菲斯。米尔德丽德一方面与格里菲斯鬼混,一方面又毫无愧色地向菲里普要钱,好支付房钱饭钱和孩子的领养费,米尔德丽德与格里菲斯拿着菲里普的钱去牛津玩去了,菲里普伤心地哭了很久。他又想起了诺拉,思念着她那诚挚的几乎带着母爱的温情。于是他去找诺拉,而诺拉已经同另一个男人订婚了。

米尔德丽德与格里菲斯到了牛津只过了两天,格里菲斯就对她厌倦了,他独自返回家乡,还给菲里普写了一封信,请求他的原谅。而菲里普永远不会忘记他的背信弃义。

菲里普到医院门诊部学习,后来又到住院部当助手,并与一位叫阿特尔涅的病人成了好朋友。阿特尔涅出院后,菲里普成了他家的常客,一天在去阿特尔涅家的路上,他碰到已成了妓女,正在街上拉客的米尔德丽德。

"我的上帝!"菲里普哀叹道,"你为什么不写信给我,孩子呢?"

"我手头没钱,孩子我只能自己带了。我不想让你知道我陷入了困境,你会说我是罪有应得。"

"到现在你还是不了解我,"菲里普说。他知道自己再也不爱她了,为自己摆脱了与她的一切纠葛而感到庆幸。

"你能借我几个钱吗?"她红着脸问。

菲里普把身上仅有的几镑钱都给了她。为了使她摆脱目前的困境，菲里普让她带着孩子到自己的公寓住，米尔德丽德可以代替佣人为他打扫房间、做饭，而他供她们母女吃喝。米尔德丽德惊喜地向他扑过来，菲里普匆忙伸出手说："别过来！"他不能容忍米尔德丽德来碰他，"我只想让你做佣人。"

米尔德丽德带着女儿搬进了菲里普的寓所，菲里普待她像朋友一样。一天晚上，她要与菲里普同房，被拒绝了。菲里普对她的身体有股厌恶之感，但对孩子却一往情深，表现出做慈父的天性。

米尔德丽德并不爱菲里普，可她已决心跟他过一辈子了，她要尽力打破他们之间的冷漠。两三个星期之后，菲里普对她还是那样友好而疏远，她心里开始积聚起对他的仇恨。一天深夜，她再次向菲里普求爱，她眼里那猥亵的目光使菲里普心里充满了恐惧，他粗暴地推开她："你真让我讨厌！"

米尔德丽德站稳了身子，发出尖利愤怒的笑声。"我还讨厌你呢！"她说着扯开嗓门破口大骂起来，"我从来没有把你放在眼里，一直把你当傻瓜耍。我恨你！要不是为了几个钱，我决不会让你碰我一指头，蠢驴！"她甩出一连串下流话。她知道有一句话是菲里普最忌讳的，就憋足气骂了句："瘸子！"她在毁坏了屋子里所有的东西后，带着孩子离开了。

菲里普用仅有的一点积蓄买了南非矿业股票。不久，波尔战争爆发，股票急遽跌价，他损失掉了手里的最后一点钱，不仅无力继续学业，连吃饭都成了问题。

正当他最困难的时候，阿特尔涅一家给了他巨大的帮助。阿特尔涅安排他到一家商店当了几个月的店员，终于熬到了伯父凯里先生去世，为他留下一小笔遗产。靠这笔钱，他返回医院，完成了学业，获得了行医资格。阿特尔涅的大女儿莎莉爱上了他，当他得知莎莉已经怀上了他的孩子时，便向莎莉求婚。他有过许多梦想，一直按照别人灌输给他的理想行事，如今他终于认识到，一个男人来到世上，干活，结婚，生儿育女，最后悄然去世，这是最简单也是最完美的人生格局。

(竞　反)

皮兰德娄

路易吉·皮兰德娄(1867~1936)是意大利20世纪初著名的小说家和西方荒诞戏剧的奠基人。

他出生在西西里岛一个商业资产阶级家庭。他在家乡中学毕业后曾先后在西西里首府和罗马的大学读书,后到德国,入波恩大学攻读文学和语言学。1892年回意大利后边在大学教授文学和修辞,边为文艺刊物撰写评论。

他在大学时开始写作抒情诗,后来发表小说而出名。皮兰德娄一生创作短篇小说近三百篇,编成十五卷,定名为《一年的故事》;还写了长篇小说七部,如《被抛弃的女人》(1901)、《已故的帕斯加尔》(1904)、《老人与青年》(1913)、《一个电影摄影师的日记》(1915)等。

他的主要成就是剧作。最初他将自己反映西西里生活的短篇小说改编成剧本,如《西西里柠檬》(1910)、《利奥莱》(1916)等,但成绩平平。给他带来世界声誉的是他的荒诞剧,最著名的有:《六个寻找作者的剧中人》(1921),《亨利第四》(1922)等。皮兰德娄的剧作发展了他后期小说中的主题:人给"自我"戴上种种假面;然而在现实或虚构的世界里都无处容身。1926~1934年间率剧团到各国演出,进一步扩大了影响。1935年他获诺贝尔文学奖。

西西里柠檬

密库乔是一个乡村长笛手。他拿着一只肮脏的口袋,去找未婚妻——著名的女歌唱家苔莱季娜·马尔尼小姐。当他两手练得发僵来到苔莱季娜的住处时,不巧她和她母亲马尔塔大婶都到剧院去了。趾高气扬的佣人以为他是苔莱季娜的堂兄什么的,就把他引到厨房隔壁的一个又暗又小的房间里,让他坐下。厨房里正在准备晚餐,烹调的香味袭进他的鼻子。他从清晨起,几乎不曾吃过东西。他是从家乡墨西哥来的,在火车上已足足待了两天一夜。

密库乔目送着佣人走到灯火辉煌的客厅深处,那里摆着华丽的餐桌,他以惊讶的眼光欣赏着。他简直不相信,这就是苔莱季娜的房子。他不由自主地摇了摇头:见鬼,这是真的吗?发家啦!好家伙!这位像高贵的老爷似的佣人,厨师和他的下手,还有在帷幔后打鼾的女仆——他们全都听从苔莱季娜的使唤,谁能想得到呢?

密库乔想起了苔莱季娜和她母亲在那遥远的墨西哥曾经住过的简陋的小阁楼。若不是亏了他,五年前,母女两人早就在那座冷落的小阁楼里饿死了。是他发现了苔莱季娜的那副金嗓子。当时的苔莱季娜,为了忘却贫穷,排遣烦恼,像小鸟一般不停地歌唱。四月里一个春光明媚的日子,在镶嵌着明净瓦蓝的天空的阁楼窗子前面,苔莱季娜唱着一首充满柔情的西西里民歌——不久前,苔莱季娜的父亲去世了,她唱这首民歌,心里充满悲哀,因而唱得十分真挚,这给他留下了深刻的印象。

第二天,他就把他的朋友——乐队指挥带到阁楼里来,为她开始了初步的练唱课程。他不顾父母的竭力反对,为她租赁钢琴,买乐谱。两年来,他几乎把自己的全部收入都为她花掉了。那时,她曾表示了多么炽热的深情啊!苔莱季娜全身心都燃烧着展翅高飞、奔向光辉灿烂前程的愿望,他俩一起憧憬着幸福的未来。为此，他不惜跟双亲争吵，把教父遗留给他的一点财产变卖了，送苔莱季娜到那波里去接受音乐学院的高等教育。

从那以后，他再也没有见到她。他收到过她从音乐学院寄来的信。后来，苔莱季娜在圣卡尔洛举行首次演出，大为轰动，受到许多大剧院的邀请，开始了演员生涯。此后，他收到的信，便是马尔塔大婶寄来的了。可怜的老太婆，虽然极力把信写得工工整整，却是闪烁其辞，流露出惶惑不安的心情。苔莱季娜总是挤不出时间写信，只好在妈妈的每封信末尾附上一笔："亲爱的密库乔，妈妈写的一切我全同意。祝你爱我。"他们早就约定，他要等她五六年，等她开辟了前程。

后来，密库乔病了，几乎死掉。苔莱季娜给他汇来一笔数目颇为可观的款子。他的双亲在他病中用了一些，余下的他硬从双亲贪婪的手里夺了过来。如今，他要把这笔钱还给苔莱季娜，他连自己也说不清这是为什么，他已经等待了多少年，自然还可以再等下去。但是，既然她已有了余款，那就是说，锦绣的前程已经展现在她的面前，自然，从前的许诺也该实现了……

一串紧急的门铃打断了他的思路。"小姐回来了！"佣人高声喊着，赶忙理理燕尾服，跑去开门，但是发现后面跟着密库乔，便骤然止步，拦住了他："您在这里等一会儿，让我先通报一声您来了。"

佣人的阻拦使受压抑的密库乔产生了一种惊惶不安的预感。这时，他听到了马尔塔大婶尖声尖气的话音，"放到客厅那边，放到客厅那边！"

佣人和女仆从他面前走过，捧着色彩缤纷的花篮。他伸着脖子望着里边灯火辉煌的客厅，看到许多身穿燕尾服的男人，听到含混不清的寒暄声。他两眼发黑，他是那样惊奇，那样激动，不知不觉地眼睛里充满了泪水。他眯上眼睛，在黑暗中全身紧缩，仿佛坚决不向那刺耳的阵阵笑声在他内心所引起的痛楚的感情屈服似的。苔莱季娜的笑声？我的上帝呀，她干嘛在那个房间里这样笑呢？

"怎么，密库乔……是你在这儿？"一声压低的呼唤使他睁开了眼睛，他看见马尔塔大婶站在面前。

"马尔塔大婶……"他大叫一声，吃惊地望着她。

"你怎么能这样呢，连个信儿都不给，什么时候到的？噢，天啊！天啊!"她激动地说。

"我是来……"他嘟嘟囔囔,不知说什么好。

"现在怎么办,怎么办呀?今儿是她的大喜日子,是她的纪念演出,你看来了多少人呀……等一下,在这儿稍微等一下。"

"您若是,"由于恐惧,他的嗓子都不好使唤了,"您若是觉得我该走……"

"不,稍微等一下。"马尔塔大婶向他做了个手势,便走进了客厅。突然客厅一片沉寂,然后他清清楚楚地听到苔莱季娜的声音,"稍候一会儿,先生们!"

在等待苔莱季娜来临的时候,他的眼前又是一片漆黑。然而她没有来,客厅里又喧哗起来。过了一会儿,好像过了几百年,马尔塔大婶来了。我们在这儿等一会儿好吗?他们在吃晚饭。待一会儿,我们在这儿吃,你知道,那里有多少客人。她,可怜的孩子,要想走红,不能不应酬啊!"

"她会来吗?我想见她一面。"

"还用说吗?一腾出身就来,她亲口说的。"

佣人端来了晚餐,他感到安定自如了些,于是放开胃口大吃起来。

每一次,佣人推开客厅的玻璃门进出的时候,总是传来喧闹的谈话声和一阵阵爆发的欢笑声。

"你不喝点酒吗?"马尔塔大婶说。

密库乔伸手去取酒瓶,这时,客厅的门开了,听到了丝绸的窸窣声和匆忙的脚步声。突然,有什么东西闪了闪,仿佛房间里骤然大放光明。"苔莱季娜……"由于惊奇,话到唇边又吞下肚去,简直是个女王!

他满脸绯红,两眼瞪得溜圆,大张着嘴巴呆若木鸡地望着她——袒露的胸部、双肩、两臂……全身珠光宝气……不,不,他不敢相信,然而这是真的!

"日子过得好吗?你现在身体健康吗?密库乔。好,我们一会儿见……让妈妈先陪你一下,好吗?"说完,她回到了客厅。

"你不再吃点?"马尔塔大婶怯生生地问,想使他从木然发呆中解脱出来。

"她变了样了……"

在黑暗中,他看到他们中间出现了一道深深的鸿沟。不,这不是她……不是她——他的苔莱季娜。这一切已经结束了。他在这所住宅里扮演着什么样的角色?如果这些先生们,知道他乘坐了三十六个小时火车,满以为自己是这个女王的未婚夫,那他们一定会哈哈大笑的!如果苔莱季娜拖他到客厅里说:"看吧,这个可怜的长笛手,竟想当我丈夫!"那他们会把大牙笑掉!是的,是她亲口答应他的。可是她又怎么会想象到,她会变成这样子呢?是的,是他为她找到道路,可如今,她走得那么远,而他依然原地没动,每个礼拜日在小广场吹奏长笛!是的,他为她花掉几个钱,可对于这位高贵的小姐来说,这又有什么了不起呢?于是他想起,他口袋里装着他在病中她寄去的钱,他感到羞愧。他把手伸进装钞票的口袋里摸索着。

"我这次来,马尔塔大婶,"他慌忙说,"想把你们寄给我的钱还给你们……这件事我已经没什么好想的了……可是钱,一定要还给你们……病中用了一点……我该走了"。

"你怎么这样快就走?你不是听见的吗,她还要见你,我去告诉她一声……"

"不,不必了,让她陪她的先生们吧。我已经看见她啦,我已经心满意足了……我走了。"

善良的马尔塔大婶感到了内心的悲痛,说:"可是我,已经不能保护她了,我的孩子……"说着,眼泪夺眶而出。

密库乔看着她悲哀的样子,不觉怜悯起她的不幸,于是,他按捺着感情,换了另一种声调说:"那么,就是说,她……她配不上我了?够了,够了,反正我要走了。"

他走到了门边,突然想起口袋里装着从家乡给苔莱季娜带来的鲜美的柠檬,说:"我这些柠檬,我本来是给她带的,可是,现在我只留给你一人,马尔塔大婶。这柠檬还带着我们家乡的泥土味……"

他走了,走到楼梯口时,一种痛苦的惆怅的感情攫住了他的心,孤单单的一个人,背井离乡,在黑夜,被遗弃在这陌生的大城市……外面,正下着倾盆大雨,他支起两只胳膊,头垂在两手上,悄悄地哭泣起来……

(邵作彦)

黑 塞

赫尔曼·黑塞(1877~1962)是现代德国著名小说家、诗人和散文作家。

他出生于南德一个新教牧师家庭,自幼即幻想能当上诗人,十五岁时迫父母之命进入神学院,接受摧残人身心的经院教育,不到一年他就逃离出来,干过各种活计,一边辛勤劳动谋生,一边刻苦自学,钻研德国诗人的作品。

1899年他在经营一家书店时出版了两部诗集:《浪漫主义之歌》和《午夜后一小时》。1904年出版了长篇小说《彼得·卡门青特》,一举成名。这本书和后来的长篇小说《盖尔特鲁特》(1910)和《罗斯哈尔德》(1914)都写的是艺术家的孤独心灵。

1912年,在长达八年的悠闲的乡居生活因家庭和疾病而无法继续之后,他到印度旅行,一心"寻求东方的智慧",后来还写了一部苦行僧解脱精神困惑的《席特哈尔他》(1922)。返欧后定居伯尔尼,研读中国的宗教和哲学,尤其是老庄思想。

第一次世界大战期间,他积极反战,加之家庭也最终破裂,他精神上十分孤寂痛苦。长篇小说《德米安》(1919)出版后,他迁居瑞士南部,优美的环境使他重新振奋起来,并开始学习绘画。

1927年,刻画一位因怀有正义感而遭冷遇的作家心理的长篇小说《草原狼》出版。1943年,他写了十一年的最后一部长篇小说《圜中妙戏》在瑞士问世。该书深奥玄妙,既有传统的欧洲文化,也有中国的老庄哲学等古代东方思想。

1946年获诺贝尔文学奖。

纳尔齐斯和歌尔德蒙

中世纪的德国,文化教育事业主要掌握在教会的手里。玛利亚布隆修道院就曾经培养出了一代又一代的修士和学者。眼下,在这所修道院里,就有一位才华出众的试修士纳尔齐斯。这位年轻人风度不凡,聪明绝顶,博学多才,品格十分高尚,被破例任命为该院的教师。

有一天,这修道院里来了一个名叫歌尔德蒙的学生。他的母亲出身于异教徒家庭,是一个漂亮迷人而放荡不羁的女性。他的父亲觉得妻子的行为是对上帝的亵渎,便竭力给儿子歌尔德蒙的脑子灌输一个信念:他必须献身于伟大的上帝,以赎补母亲的罪孽。歌尔德蒙是一个俊美的少年,小小年纪就表现出了极少有的虔诚。他志愿永远留在修道院里,把自己的一生都奉献给上帝。

纳尔齐斯和歌尔德蒙这两个气质高贵、才华超群的少年碰到一起,互相倾慕,很快成了知心朋友。

一天,歌尔德蒙在一个同学的引诱下,到邻近的村里去寻欢作乐。一位少女亲吻了他,在他年轻的心中唤起了强烈的爱情的欲望。同时,他也陷入了绝望的境地,因为他所信仰的一切,他自以为注定要担负的一切神圣使命,都让那一吻从根本上给破坏了。他因此忧郁成疾。纳尔齐斯从歌尔德蒙身上明白了一个事实:自己这辈子注定要当修士和苦行者,要终身追求神圣的生活,这是他的天性;而歌尔德蒙的天性乃是自己所失去的另一半——自然的本性。纳尔齐斯要完成上帝赋予他的使命：把这个秘密昭示给歌尔德蒙，将他从那个坚硬的外壳中解放出来，还他以自然的本性。他对歌尔德蒙说："你们这些天生有强烈而敏锐的感官、灵感充沛的人生活在充实之中，富有爱和感受的能力。我们这些崇尚灵性的人，尽管看来常常在指导和支配其他的人，但生活却不充实。充实的生活，甜蜜的果汁，爱情的乐园，艺术的美丽国土，统统都属于你们。你们的故乡是大地，我们的故乡是思维……"在尊师爱友的劝导下，也由于爱欲的觉醒，歌尔德蒙离开修道院，走向了广大的世界。

寒来暑往，不知过去了多少个春秋。靠着乞讨和布施，歌尔德蒙历尽了人间的艰难。但同时，他却赚得逍遥自在。他饿着肚子饱览了大自然的无限风光，豁着生命领略了人生诸多滋味。萍水相逢的女性在他的脑海中铭刻了许多美丽、善良的形象。

一天晚上，歌尔德蒙投宿在一所修道院里。第二天一早，当他做完弥撒准备离开时，突然被一尊晨光照耀下的木雕圣母像吸引住了。他伫立良久，目不转睛地凝视着神像，他觉得这圣母就是自己在睡梦里和预感中已经多次见过的形象。童年的回忆和对母亲的臆想冲击着他的心灵，于是他拜倒在这圣母像的雕塑师门下当了一名学徒。经过几年的刻苦努力，他掌握了高超的雕刻技艺。他以自己的爱友纳尔齐斯为原型雕刻了一尊圣约翰像，得到师父的高度赞赏。师父提出要将自己的爱女嫁给歌尔德蒙，意在使他成为自己事业的继承人。然而，现在的歌尔德蒙却被一种欲望紧紧地缠绕着。他不是通过语言或者意识，而是通过血液更深刻地感受到，他心里存在着一个形象，一个非人的形象，一副他最为憧憬的人类之母的容颜。他要把她表现出来，但他对她尚不可企及，他要在生活中苦苦寻找。于是，歌尔德蒙又开始了流浪生涯。

离开师父不久，歌尔德蒙闯入了一个瘟疫流行地区。他目睹了一幕幕家破人亡、田园荒芜的凄惨景象，审视了一张张面对死亡而变得恐怖、愤怒和充满求生欲望的面孔。在一座小城里，他救出一个年轻的姑娘，他带着她逃难。但是那个年轻姑娘，也终于在他宽大的怀抱里被瘟疫夺走了生命。歌尔德蒙眼巴巴地看着死亡给了她最后的解脱。他无处可去，又回到他曾经学艺的城市。没料到，他的师父也早已死于瘟疫了。他只好远走他乡，在路上遇到了总督的情人，歌尔德蒙被她的妖娆风骚所吸引，在与她偷情时被总督抓住了。总督恼羞成怒，准备把他当成小偷处死。

绞刑执行的那天早上，一个教士来给他办理告解。当那教士走进他的囚室时，歌尔德蒙惊奇地发现，站在自己面前的竟然是与他分别多年的爱友纳尔齐斯。这时的纳乐齐斯已经当上了玛利亚布隆修道院的院长。在纳尔齐斯的再三请求下，总督释放了歌尔德蒙。于是，他们两人骑着骏马回到了玛利亚布隆修道院。

在修道院里，纳尔齐斯为歌尔德蒙准备了一个设备完善的工作间。歌尔德蒙用了两年多的时间，为修道院雕刻了神龛、祭坛和许多艺术品。尔后，他又专心致志地投入到雕刻一尊圣母像的工作中。他望着圣母像的胎型，心里产生了一种既疼又喜的悸动。他觉得它与他生命中最宝贵的东西，与他的青春，他的初恋，与他最亲切、最甜蜜的回忆有机地融合在一起了。

纳尔齐斯看着歌尔德蒙精心雕刻圣母像，听着他滔滔不绝地叙述这些年的经历，心里涌起了阵阵波澜。他回忆起早年自己给歌尔德蒙以引导与指点的情景，脸上泛起了苦笑。歌尔德蒙从自己的生活与痛苦中，无声无息地创造出了这些作品，没有言语，没有说教，没有解释，没有规劝，但都实实在在地丰富了生活。相比之下，他自己的知识、苦修又是多么平庸啊！道行高深的纳尔齐斯不禁扪心自问："难道人就该过这种循规蹈矩的生活，一切时间和行动都让祈祷的钟声来支配吗？难道人生在世就只为了研究亚里斯多德和圣托马斯，就为了学习希腊文并禁欲遁世么？难道人身上的感官、欲望、血液的神秘冲动，犯罪的行乐本能，产生绝望心理的能力，不全是上帝创造的吗？

歌尔德蒙望着眼前这位自己早年的导师、纯粹精神的代表满意地笑了。纳尔齐斯崇尚理智，克服一切欲望，终身奉献于宗教事业，到头来，除了院长的头衔，又得到了什么呢？现在，歌尔德蒙可以心安理得地在这个一直被自己认为是神圣的、比自己优越的精神人物这里做客，因为他从纳尔齐斯的眼神中早已看出，纳尔齐斯已经承认他们是平等的人。

歌尔德蒙意识到，一旦离开现实生活，自己的创作源泉就会很快枯竭。

于是，他请人做了一套骑士服和一双靴子，又开始了他的流浪生涯。到来年秋天，他突然衣衫褴褛地回到修道院。原来，他得知了总督情人的下落，又准备去和她幽会。可是，他再也不是充满青春活力的小伙子了，已经不能引起她的任何欲望。歌尔德蒙心力交瘁，在归途中翻身落马，竟折断了肋骨。

倒在纳尔齐斯怀里的歌尔德蒙的眼前，又出现了那萦绕脑海的形象——母亲的形象，神秘的人类之母夏娃的面孔。蓦地，他似乎听到了一个声音在笑，一个从他童年以后就不曾再听过的声音。这是母亲的声音，一个低沉的女性的声音，充满着欢娱，充满着爱。他喃喃地对纳尔齐斯说："我早就怀着一个梦想——雕一尊母亲的像，她对于我是最神圣的。在心里，我一直带着她四处漂泊，她是一个充满着爱和神秘的形象。现在，她引诱着我向死亡走去，而我的梦想也要跟我一起死去，那美丽无比的形象——伟大的夏娃母亲的形象也就死了。眼下，我仍然看得见她，要是我还有力气的话，就可以把它塑造出来……她宁愿我死，我也心甘情愿地死，她使我死得很轻松，很轻松……"

（小　雪）

布莱希特

贝托尔特·布莱希特(1898~1956)是现代德国著名戏剧家和诗人,"史诗剧"理论和以"间离效果"为核心的表演体系的创立者。

他出生于奥格斯堡,父亲是一家造纸厂的老板,他很早便厌恶那种家庭生活。1918年作为医学院的学生到战地医院看护伤员,但他竟自编自弹自唱《死兵的传说》,在伤员中鼓动反战情绪,同年11月参加工人起义并当选为医院的士兵委员会代表。起义失败后他创作了剧本《夜半鼓声》,经他人修改推荐后于1922年上演,并获当年的"克莱斯特奖金"。从此受到德国戏剧界的瞩目,开始了他的戏剧生涯。

1923年起,他接连应聘担任导演和剧评,他以革命的艺术见解和不懈的创作热情,团结了一批戏剧工作者,开始探索戏剧革新。这期间他创作了歌剧《马哈哥尼城的兴衰》(1927)、《三分钱歌剧》(1928)和话剧《屠宰场的圣约翰娜》(1931)、根据高尔基的同名小说改编的《母亲》(1932),以及一系列教学剧。

1933年希特勒上台后,他被迫离开德国,开始了长达十五年的流亡生活。他辗转欧洲各国后,经苏联到美国。此间他写了《老子出关著道德经的传说》一诗,把自己的被迫流亡比做老子出关。他一生中的代表性剧本、诗歌和小说，多是在这一时期创作的。如独幕话剧《卡拉尔大娘的枪》(1937)，《伽利略传》(1938～1939，1945年改写)，《大胆妈妈和她的孩子们》(1939)以及短剧集《第三帝国的恐怖和灾难》，讽刺法西斯必然灭亡的喜剧《阿图罗·魏的有限发迹》、《西蒙·玛卡尔的梦》、《第二次世界大战中的帅克》、《蓬蒂拉老爷和他的仆人马狄》、《高加索灰阑记》等优秀剧作。

1947年离开美国，在瑞士写出了改编的剧本《(巴黎)公社的日子》，总结了戏剧理论，整理出《戏剧小工具篇》。1948年他返回东柏林，1956年逝世。

三分钱歌剧

十九世纪末，在英国伦敦的索霍小区，活动着大小匪徒几十人。他们的头儿名叫麦克希思，此人来无影去无踪，整天怀揣一把尖刀在大街上寻觅"猎物"。他干的坏事数不清，于是人们把他比做传说中的魔王麦基，称他为"尖刀麦基"。麦基把抢劫到的财物用来逛妓院、诱骗妇女，被他玩弄过的女子不计其数。

一天，他在大街上看见了乞丐王皮丘姆先生的独生女儿波莉，就谎称自己是个"上尉"，向波莉求婚。其实麦基还真当过上尉，只不过那是以前他在印度打仗的时候。波莉涉世不深，经不起"上尉"的甜言蜜语的诱惑，欣然允婚。皮丘姆开着一个小小的店铺，名叫"乞丐更衣所"。这个更衣所是专门为那些已经丧失自食其力能力的城市贫民服务的。贫民们在更衣所登记，领取"执照"，然后就可以换上一身破衣烂衫，坐到街上去等那些阔人们大发慈悲地赏给几个小币。因此，皮丘姆的事业虽然不算崇高而伟大，但他在乞丐当中却很有威望，足以做到一呼百应。

皮丘姆和他的太太不同，他死活不准女儿跟"上尉"交往，女儿波莉只好离家出走，和"上尉"私奔。这下可把皮丘姆先生气得死去活来。

结婚那天晚上，波莉知道上尉要在一个马厩里和自己举行婚礼，大为失望，感到自己受骗了。正当她后悔之际，忽见一辆卡车在马厩门口停下，麦基手下的门徒把抢来的沙发、地毯、床铺、餐具等各种家什抬下卡车。眨眼工夫，马厩里面已摆置得满满当当，马厩门口还有两个持枪的小匪站岗，好不气派！波莉见此情景真是快乐极了。她现在明白了"上尉"是个什么样儿的人。她心想：管他哩，只要跟他有吃有喝玩得痛快就行。

匪徒们向麦基夫妇道喜完毕，就听见马厩门外传来脚步声——那是金布尔牧师按时赶来为麦基主持婚礼。大家欢快地唱起了《穷人婚礼歌》。

婚宴还没有结束，门外站岗的小匪突然进来报告说，"警察来了！"众匪吓得四处藏身，只有麦基安然地坐在那儿一动不动。

"慌什么，那一定是布朗，我的老朋友。"

麦基估计得一点不错，来人正是布朗，布朗是伦敦市最高刑事司法长官，以前和麦基同在印度打过仗。他们是多年的患难朋友了，私下来往甚密。因此，布朗虽在中央刑事厅身居要职，却对老朋友麦基的所作所为睁一只眼，闭一只眼，甚至几乎成了麦基为非作歹的护身符。麦基多次被捕，布朗每次都能找到充足的理由宣布麦基无罪释放。如果麦基有一天真的被处死，那么他这位司法长官的财源也就被断送了。因为麦基抢劫到的财物大多是同布朗私分的。布朗今晚的"私下访问"就是专来参加老朋友的婚礼的。

麦基很高兴地起身迎接布朗："哈罗，布朗，我很高兴你来参加我的婚礼。"随后，他把新娘介绍给布朗。

躲藏起来的小匪看清来的这位警察并不可怕，还和自己的头儿以老朋友相称，于是，他们先后从角落里出来拜见布朗。麦基把他们一一介绍给布朗，布朗很客气地向他们招呼："诸位先生们，不必害怕，都是自己人，请坐，请坐。"

匪徒们重新入座，举杯同饮。半夜时分，布朗起身告辞，他还有公务缠身。几天之后，新一任英国女王将举行加冕典礼，那时女王的安全保卫工作就要落在布朗这位中央行政司法长官身上，他需要提前做好准备。

婚后第二天,波莉回到娘家拜见父母,皮丘姆得知女儿嫁给了一个强盗王,气上加气,把女儿狠狠臭骂了一顿。皮丘姆太太也对女儿劝说道:"波莉,我的女儿,你想嫁人,为什么偏偏挑中了一个偷马贼和强盗呢?一旦他上了绞刑架,你不就成了寡妇?波莉,我亲爱的女儿,你赶快提出离婚吧。"

"绞刑架?对。"乞丐王皮丘姆一经老伴提醒,心里立刻有了主意,他知道,要女儿向自己爱着的丈夫提出离婚,那是不可能的。倒不如跑到警察局告发那个家伙,这样,那个强盗就可能被抓获而被绞死,女儿也就会重新回到自己的家里,而且还会因为举报有功而得到政府的四十镑的奖赏,这种两全其美的事何乐而不为呢?皮丘姆美美地想着,随即打发妻子向附近的警察局跑去。

伦敦刑事厅长官布朗得到皮丘姆太太的举报以后,一面布置警察倾巢出动缉拿尖刀麦基,一面又悄悄把消息透露给了尖刀麦基,让他设法躲避一下。

麦基准备逃往海格特沼泽地。他向妻子告别说:"波莉,亲爱的,很可惜我立刻就要同你分手了,因为我突然想起要去外地作一次短期旅行。"

可是麦基临时又改了主意,他自恃有布朗暗中庇护,不把警察的追捕当成一回事,再说到了沼泽地那没有人烟的地方,生活各方面都有困难。他想自己还不至于要受那样的罪,于是决定先到妓院暂避一时。

没想到妓女詹妮恨麦基除了自己还跟别的女人来往,一气之下就向警察出卖了麦基。警察得到詹妮的密告,迅速赶到妓院,看到正在陪妓女们跳舞的麦基。警官史密斯用手拍了一下麦基的肩膀:"喂,伙计,你的舞跳得不错嘛!快歇口气跟我们下楼去吧。"

麦基从狂欢中突然明白过来,他看了一下由几名警察堵塞的门口,不慌不忙地对史密斯说:"警官先生,您以为这个窝儿只有一个出口吗?"

"铐上!"史密斯命令警察上前给麦基上手铐,麦基把双手合上送到警察面前:"来吧!"一名警察胆怯地向麦基走来。这时,只见麦基对准那警察当胸一拳,随即一个鲤鱼打挺,从二楼上破窗而出。谁知他刚落下地面准备逃跑,却发现皮丘姆太太领着警察们早已等候在窗下。

麦基只好自认倒霉。他平静而十分礼貌地向皮丘姆太太招呼道："夫人，您好！"

皮丘姆太太很得意地回答说："您好，亲爱的麦基先生。我的丈夫曾经这样说过，世界历史上最伟大的英雄也会在小小的窗户底下栽跟头的。想不到，这事在你堂堂的麦基先生身上灵验了。"

正当布朗为老朋友能顺利地逃出伦敦而祷告的时候，六名警察押着五花大绑的麦基来到他的面前。布朗喝退了警察，想亲自向老朋友解释——这不是我布朗的过错，而是由于妓女的出卖。然而，麦基全然不听布朗的解释，只是用那锐利的谴责的目光狠狠地盯着他，这种目光直刺得布朗十分内疚以致哭泣。

麦基被送进了牢房。布朗的女儿露茜听到这个消息后，赶忙来牢房看望他。他们共同回忆以前有过的那段甜蜜的浪漫史。最后，麦基向露茜说："露茜，亲爱的，我要靠你救命。"

"亲爱的，我该怎样帮你呢？"

"把你爸爸用的手杖扔进来，然后你就走开。"

露茜照麦基的要求做了。她一走开，一名牢房的巡警就发现了麦基手里的拐杖，巡警开门对麦基厉声喝道："放下手杖！"麦基举起手杖朝巡警的脑门打去，随即冲出铁栅逃了出去。

皮丘姆先生兴冲冲地跑到警察局讨要四十镑赏金时，司法长官布朗耸了耸肩膀，装成一副无可奈何的样子告诉他说："麦基又跑了。"

"啊？"皮丘姆大为恼怒，他认定准是布朗暗里放走了麦基。他要求布朗迅速下令捉拿麦基归案，布朗却推说因忙于女王加冕典礼的事情而暂时没空顾及此案。皮丘姆威胁道："布朗先生，想必你知道我是个干什么的。告诉你，如果你不在女王加冕典礼前绞死这个魔鬼后果将不堪设想！尤其对于你个人！"

"我不明白你的意思。"

"那就让我对您讲一个故事。在基督降生前一千四百年，埃及王拉姆齐斯第二驾崩时，开罗的警察头子尼尼夫，因为得罪了下层居民而给自己留下了隐患，致使在王位继承人赛米拉米斯的加冕典礼的行列中，下层居民踊跃加入,结果酿成了一场灾难。你知道赛米拉米斯怎样对警察头子惩罚的吗?据史书记载,是用毒蛇来吸吮他的血。告诉你,如果不迅速抓到麦基,我的乞丐更衣所的十一家分店的一万一千四百三十二名职工也将会加入到女王的加冕典礼的行列中去。"

布朗了解皮丘姆在穷人中间的威望,为了避免可能发生的灾祸,他不得不立即下令采取紧急措施缉拿麦基。

女王加冕的日子来到了。就在这一天的早晨五点钟,伦敦警察局的警察们再一次在妓院逮捕了尖刀麦基。这一次,麦基将真的被送上绞刑架。

麦基将被绞死的消息一下子在整个伦敦炸开了,中央刑事厅附近的所有街道都被市民们挤得水泄不通。布朗为了保证七点钟的女王加冕典礼按时举行,下令警官史密斯必须在此之前绞死麦基,以便市民们能够转而去欢迎女王。

由于来围观的市民太多,造成街道阻塞而使行刑的队伍走得很慢很慢,史密斯急得满头大汗,他只好命令警察在前面鸣笛开道。

时间一秒一秒地向七点靠近,而麦基离他的目的地还有一大半的路程。就在史密斯警官因为不能按时完成任务急得要自毙的时刻,忽见一骑马使者抄小巷赶到囚车前当即宣布:"女王命令:立即释放麦基上尉,请市民们迅速赶到中央广场参加女王的加冕典礼。"

(丁庆之)

茨 威 格

斯蒂芬·茨威格(1881~1942)是奥地利现代著名作家。

他出生于维也纳一个工厂主家庭,少年时代即酷爱文学,博览名著。青年时代在柏林和维也纳攻读哲学和文学。早期的诗集《银弦》(1901)是模仿法国印象主义诗歌的作品;后从事文学翻译并到欧洲其他国家北非、印度和美国等地旅行。第一次世界大战后流亡瑞士,所写《先知》一剧表明了他的反战立场。

1902~1933年间是他创作的巅峰,撰写了许多名人传记,如:《三大师》(巴尔扎克、狄更斯和陀思妥耶夫斯基传,1920)、《同恶魔战斗》(荷尔德林、克莱斯特和尼采,1925)、《三大诗人》(卡萨诺伐、斯汤达和托尔斯泰,1928)、《玛利亚·安东尼特》(1932)和《苏格兰玛丽皇后传》(1935)等。这些传记不拘泥史实,别具一格。

茨威格的另一成就是他的中短篇小说,他笔下的人物多是任神秘的命运和不可捉摸的力量摆布和捉弄的对象。其中最著名的有:《一个女人一生中的二十四小时》、《一个不相识女人的来信》、《看不见的收藏》、《家庭女教师》等。他从1927年出版小说集《混乱的感觉》享有国际声誉以来,始终是世界上最受欢迎的德语作家。

1933年法西斯上台后，他被迫流亡国外。其间不断撰文表明自己反法西斯的立场。1940年写下最后一篇反法西斯小说《象棋的故事》。1942年在巴西因绝望而自杀。

《焦躁的心》是他的长篇小说，创作于1938年。

象棋的故事

我从纽约乘船到布宜诺斯艾利斯去，恰巧与世界象棋冠军琴多维奇同船。旅途中，我和船上的象棋爱好者邀请象棋大师对弈赐教，但琴多维奇提出，只能进行有报酬的表演赛。他在下棋时以极端无礼的态度对待了我们，第一盘棋只走了二十四着，我们就失败了。下第二盘时，突然出现了一位B博士，由于他的指点，使我们已经输了一半的棋奇迹般地与世界冠军走平。

我们被这一战果激动了，特别是受了琴多维奇的侮辱后，我们希望看到这个傲慢者的失败。于是，我受大家委托，请B博士与琴多维奇对弈。

我在甲板上找到了匆匆溜走的B博士，向他转达了大家的请求。他犹豫了一会儿，同意了，但他让我向大家说清楚，对他不要抱太大的希望。

"因为，"他梦幻似的说道，"从中学时代起，二十多年来，我没有动过棋子。"

他大概看出我的疑惑，继续说道："的确，在象棋上我花了非常多的时间，不过那是在一种绝无仅有的情况下发生的。这是一个相当错综复杂的故事，要是您能忍耐半小时的话……"

我充满好奇地听他开始讲述。

"战前我继承父业，主持一个律师事务所。我们只局限于充当法律顾问和管理一些大修道院的财产，此外，我们还受托管理皇室某些成员的资产。希特勒上台后，开始侵吞教会和修道院的财产。由于需要从我们这些人身上敲诈金钱或勒索重要材料,我被逮捕了,被安置在'大都会饭店'——盖世太保的总部——独自住一个单间。

"我周围和我身上空空如也,我与外界完全隔绝,只是有时被突然提审。

"这种难以言传的状态延续了四个月之久,四个月!这是向谁也讲不清的:当你成天对着的老是那空空的四壁,一片寂寞,看见的老是那一个低垂着眼皮从门口把饭塞进来的看守时,孤独是如何使人颓唐和毁灭的。

"我从某些征兆中可怕地意识到,我的脑子正在失去正常的思考能力。

"在这极度困危的时刻,发生了一件预料不到的事。那是七月底一个阴沉昏黑的雨天,我被提审。像每次一样,我站在审讯室的外屋等候。

"这次他们让我等的时间特别长,我的脚完全麻木了,尽管如此,这却是一种恩典,我毕竟是置身于另外一个房间里了!我仔细观察着屋里的陈设,最后把目光落在衣架上几件湿漉漉的军大衣上。

"我仔细地看着军大衣的每一道褶皱,数着军大衣的扣子,比较几件军大衣的翻领。忽然,我发现一件军大衣侧面的口袋稍稍有点鼓。我向它挪近了一点,根据口袋里所放东西的直角轮廓,我猜想那是一本书。我的双膝开始哆嗦起来,书呀!我手不拿书已经四个月了!

"我像着了魔似的瞧着那个鼓起的口袋,最后,我把身体又挪近了一点。幸好,看守没有注意到我的不太寻常的举动。我把双手抄在背后,碰了一下口袋后完全相信,那里面确实是一本书。

"一个念头突然从我脑子里闪过:'把这本书偷走!'这个念头一出现,就像剧毒素似的立即发生了作用。我用藏在背后的手由下往上把书从口袋里托起来,然后轻轻往外一抽,一本小册子就到了我手里,我赶紧小心地把书藏到衣服里。

"然后审讯开始了。幸好这次审讯的时间不长,我终于把书带回房里。

"我在房里充分品味着有书的喜悦,又猜测它是一本什么书,最后实在无法控制好奇心,才把书拿出来。

"我第一眼看去,不禁大失所望。我冒那么大险偷来的书,原来是一本棋谱。我恼火地把小书翻来翻去,想找点可读的文字,然而没有。书里只是一盘盘棋局,一些莫名其妙的符号。

"无聊之中,我把方格床单叠成一个棋盘,用面包渣儿捏成一个个棋子,试着复制小书上的棋局。我用了六天时间才毫无差错地走完了一盘棋。

"过了八天,我只用一次床单,便能记住棋势,又过了八天,我不用床单也可以想出棋子的位置。又过了两个星期,我可以毫不费力地凭记忆下完小书中的任何一盘棋。这时我才认识到,我偷来的东西是一件多么出色的礼品,它抵抗了压迫我的时间和空间的单调。

"我一天天地下着这一百多盘棋,幸福的时光延续了三个月之久。可是后来我眼前又是一片虚无,因为每盘棋我都仔细研究了二十次到三十次,新鲜的吸引力丧失了。

"我在绝望中想出一个办法:自己同自己下棋。'我'向'我'挑战,两个'我'都急不可耐地想赢棋。每次总是一个'我'被另一个'我'打败,于是就要再来一盘,报仇雪恨。我的怒气,我复仇的渴望都狂热地贯注在这种毫无义的棋戏之中。

"在我被囚禁的最后几个月里,我自己同自己也许下了一千盘,也许更多。我像着了魔似的,脑子里想的只有象棋、棋步、棋术。

"慢慢地我一分钟也坐不住了,考虑一着棋时,我不停地来回走,越接近结局,我就转得越快。渴望赢棋,渴望战胜我自己,已使我达到了疯狂的程度。

"我无法说清这种可怕的状态是什么时候急转直下而发生危机的。一天早晨我醒来后,发现自己躺在医院里,整个右臂都被包扎起来了。一位好心的医生把发生的事告诉了我。

"看守听见我在房里大叫大嚷,就打开房门来看。他刚走到门口,我就向他扑去,冲他狂叫,'下呀!你这恶棍!你这胆小鬼!'然后我狠狠卡住他的脖子,他高喊救命,我被拉去检查身体时,在走廊里一下挣脱了,我想从窗子跳下去,把玻璃打碎了,手上划破了许多口子。

"由于医生的帮助,我被释放了。后来,我离开了奥地利。"

B博士讲完了他的故事,又补充说道:"我能不能正常地下棋,面对一个活生生的对手,这对我是个考验。另外,请您对大家说,我只能下一盘,我不想再让自己患上象棋狂热病。"

第二天下棋时,开始 B 博士轻松自如,然而,随着下棋时间的拉长,他显得越来越神魂不安。他在椅子上不停地扭动,一支接一支地吸烟。在琴多维奇思考时,他变得急不可耐。突然,他站起来,开始踱步。步子越走越快,但完全是在一定范围里来回走着,似乎有堵看不见的墙迫使他转身。

这一盘 B 博士赢了,我们都高兴得从椅子上跳起来。可琴多维奇冷冷地说:"再来一盘。"

"那还用说!"B 博士大声应道。他马上坐下,快得出奇地摆起棋子,他那样急躁,以至一个兵两次从他哆嗦的手指间滑落到地板上。

我在他耳边低声说:"别下了,今天就到此结束吧。"他却像没听见一样。

第二盘,琴多维奇故意拖延时间,棋赛以慢得要死的速度进行着。B 博士的举动更令人奇怪了,他一动不动地坐着,两眼无神地望着前方,嘴里不断地自言自语,看来他的心思已完全不在这盘棋上了。

走到第十九着,琴多维奇刚放下棋子,B 博士突然将象推进三格,大声叫道:"将,将——军!"

琴多维奇露出嘲笑的神情。我们看看棋盘,琴多维奇的王有兵保着,象根本将不着它。B 博士急急地说道:"王站错位子了,这棋盘上所有的棋子都站错位子了,这完全是另一盘棋。这……"

他突然顿住了,我在他胳臂上拧了一把,他回头像个梦游者一样看着我。"记住,"我只说了两个字,同时摸了一下他手上的伤疤。

他机械地重复着我的动作。忽然,他打了个寒噤,苍白的嘴唇发出低沉的声音:"难道我又做了什么蠢事吗?"

我低声说:"您必须立即停止下棋!想想医生跟您说的话吧!"

B 博士一下子从椅子上跳起来。

"请原谅,"他对琴多维奇彬彬有礼地说,"这一盘自然是您赢了。"

然后他转过身来对大家说:"先生们,也请你们原谅,不过我事先已提醒过你们,对我不要寄予太大的希望。"

他鞠了一躬就走了,态度还是那么谦逊和神秘,就像最初出现在我们中间那样。

(马 丽)

迪伦马特

弗里德里希·迪伦马特(1922~1990)是当代瑞士剧作家和小说家。

他出生于一个牧师家庭,曾先后在伯尔尼和苏黎世学习文学、神学和哲学,毕业后当过新闻记者和剧场解说词作者,后在苏黎世《世界周报》任美术和戏剧评论编辑。

1947年他发表第一部剧本《立此存照》后,陆续写出了《盲人》(1948),使他闻名世界的《老妇还乡》(1956)和确立他在西方文坛地位的《物理学家》(1962)等。他的剧作往往借用题材,以喜剧形式反映现实的社会悲剧。

他还用"犯罪小说"的形式反映现实,如《法官和他的刽子手》(1952)、中篇《抛锚》(1956)、代表作《诺言》——以犯罪小说形式写的安魂曲(1958)等。

他的作品初看荒诞、夸张,却都反映了严肃的社会问题。

他还建立了自己的悲喜剧理论,如《论喜剧》(1952)、《戏剧问题》(1955)、《弗里德里希·席勒》(1960)等。

诺 言

一

犯罪学家马泰依博士正在苏黎世警察局清理办公桌。他是一个五十开外的中年人。由于他天才的头脑,他就要应邀去约旦王国整顿那里的警察局。这时,桌上的电话铃响了。

电话是一个叫封·龚登的小贩打来的,在梅根村通往森林的小径上,他发现一个叫葛丽特丽的小姑娘被杀害了。

飞机票已订好,三天后即可飞往约旦,马泰依对离任前的最后一个下午还要处理公事实在没兴趣。但局长不在,案件需要立即采取恰当措施,他不得不亲往现场。

这是四月末的一天,从阿尔卑斯山刮来的风暴刚袭击过这座城市,然而丝毫没减弱使人窒息的燥热。穿过潮湿的草地,森林小径把马泰依带到一具小小的尸体前。枯叶中,这残缺不全的小身体浸透了血和雨水,一条小红裙扔在一边,大雨冲掉了一切可疑的线索。这是同类案件中的第三起,凶器是一把剃刀。

"答应我,找出杀我孩子的凶手!"一个女人疯狂地抓住马泰依,"答应我,探长!以你灵魂得救的名义答应我,要找到凶手!"

令人窒息的邪恶的燥热使每一个人都恼火、心烦、想发脾气。村民们纠集在一起,他们听说小贩封·龚登有点牵连,便认为他是杀人犯。一种朦胧的、不可抑制的愤怒使他们围住警车:"警察不起作用,我们要自己伸张正义……"

小贩缩在两个挺立的警察中间,打着颤,一见马泰依,便死死抓住不放:"救救我,凭你从未失误的天才,你会清楚我是无辜的……"

"我相信你。"马泰依说,想带走小贩,但骚动的村民围住不放,检察官气得用食指戳着村长的胸口咆哮,威吓着要动用增援部队。

这时,教堂的钟猛烈撞响了,大量村民涌来,决定向警察进攻,将小贩抢来吊死。

马泰依站了出来,走到死者母亲面前:"乡亲们,我以灵魂得救的名义起誓,一定查出罪犯,为你们伸张正义!"

"那——你们走吧!"女人果断地命令道:"探长,你已以灵魂作但保许下诺言,可以走了!"

二

局长一回来便找到马泰依:"很抱歉,你在任的最后半天还碰上这倒霉的事,不过,我已让汉齐少尉接你的工作,这年轻人很能干,你尽管放心去约旦任职!"

汉齐少尉喜出望外,独立办案,这可是大出风头的事。他立刻提审报案的小贩,据查,这人从前因强奸一少女判过刑,这次出事时,有人看见他在树林里。

一被提进审讯室,小贩便苦苦哀求少尉,"不是我杀的,长官先生!你去请马泰依探长来,他知道我讲的是真话……"

"马泰依就要乘飞机出国了,现在我是探长!"少尉和蔼地解释道。在他精明的攻势下,只一昼夜工夫,小贩便完全垮了,承认是凶手。

马泰依闻讯赶来问局长,"听说,这小贩被连续审讯了二十多小时?"

"这虽然不合法,但我们毕竟不能太拘泥法律条文,"局长称赞道,"汉齐这小子第一次独立工作就颇为出色,难道你不觉得吗?"

"你认为小贩是有罪的吗?"马泰依毫无信心地问。局长立刻顶了回去:"难道你不认为吗?"

"我觉得……小贩会翻供的,"马泰依迟疑地说。

"可能的。"局长阴郁地说:"然后我们再重新让他承认!"这时,汉齐少尉没敲门便走进房间，郁郁不欢地报告说，小贩自杀了。

"我想就把这案件告一结束吧！"局长点燃雪茄，少尉忙向马泰依递过香烟："我希望你飞往约旦的旅途一路愉快。老师！"

三

报纸刊登了凶犯服罪的消息，人们普遍有一种目的已达到的满足情绪。正义得到伸张了，村民们决定为葛丽特丽举办一个隆重的葬礼。死者双亲特意找到即赴约旦的马泰依："你遵守了诺言，谢谢你！"女人仰着头，显出非常骄傲的样子，而她那丈夫却成了个非常衰老的垮掉了的人。

机场候机室里，马泰依正在看当天的《新苏黎世日报》，上面登了他的照片和事迹，并报道他最近接受了约旦王国光荣的委任，正一级级往上升，前途无量。

但小贩真是杀害葛丽特丽的凶手吗？

乘客已上机了，空中小姐伸手来接马泰依的飞机票。他再次转过身，望着那群朝即将起飞的飞机快活地挥着手臂的孩子们，谁是杀人凶手的疑问向他重重一击，他突然改变了上机的主意。

"为了那些被害和即将被害的孩子们，我不去约旦了。"马泰依来到局长办公室，"杀害葛丽特丽的凶手还没找到呢！"

局长冷冷地站起来："你去约旦的事政府和约旦王国是签了条约的。我们都是司法人员，我用不着说得更明白了吧？"

"但小贩是无罪的，我不能走。"马泰依道，"他一定是吓坏了才承认的。现在，我要求你再把这案子交给我办，局长！"

"这我做不到！小贩本人已承认犯罪了。"局长道，"你已辞退了警察局的职务去约旦赴任，如果再启用你，就是支持你违反国际协议了。"

"看来，我只能作为个人来调查这案子了，"马泰依坚持道。局长尽量不让恼火的情绪显露出来："那么，我请求你别再拿这事来烦扰我们。"

四

没有公家的汽车和设备供马泰侬使用,他感到极不方便。但恼火的还是每遇到一个熟人都使他狼狈,因为大家都已经庆贺过他的高升出国了,对他没走大惑不解。

梅根村村长打电话给局长,埋怨马泰侬硬闯进小学教室,偷走被杀死的葛丽特丽的一幅画。他不希望警察局还派人来村里捣乱,并威胁说,若马泰侬再来,就要放狗把他撵出村去。

这时,马泰侬却在著名的精神病专家洛希尔教授面前摊开一幅儿童画请求帮助。教授奇怪地望着这稚拙的儿童画:森林中,一个个比树还高的黑衣男人,正在给一个小女孩小刺猬;旁边,画着一辆黑色汽车和一只山羊。

马泰侬指着画上的巨人对教授道:"小贩是无罪的,真正的凶手在这儿,他有一辆旧型号的美国汽车,葛丽特丽曾对同学说,树林里有一个巨人给她小刺猬,后来她就画了这张画。但我看不懂它,需要你帮我解释这上面反映的儿童心理……"

"真是胡说八道,马泰侬!怪不得你们局长要我关照一下你的精神问题!"教授愤怒地反对说:"像这样一张画是不会向你透露凶手的情况的。我是医生,不是会召唤鬼神的巫师,走吧!"

"请帮助我。"马泰侬请求道,"你是科学家,知道什么是暂定的假设。请考虑我的假设,用你的精神分析学顺着这画,去追捕凶手。"

"好吧!"教授忍耐着拿起画沉吟道:"从你的推论和画上来看,这刺猬巨人可能是个性虐狂杀人者,是个简单低能的性反常者……"

"奇怪的是,这小姑娘并没被真正强奸。"马泰侬说,"但残杀的方式与圣高尔和希伏兹那两个地方发生的却一模一样,也是用剃刀。"

"这么说,称之为性谋杀就不合适了,可能是性冲突。"教授分析道,"这人受一个女人的压迫或利用,这种压抑就会形成一种病态,他想杀那女人却又不敢,于是这小姑娘就成了那女人的替身。第一次谋杀在五年前,第二次在两年前,你瞧,间隔时间越来越短了,这就说明凶手的病态加重了,这就可能导致他在短期内再次杀人。"

"他的病态会逐渐增加，"教授思索道，"新的复仇欲要发泄，他便会在有孩子的地方徘徊，找一个小姑娘交朋友，然后，发生又一次谋杀……"

谈到喜爱的精神分析学，教授便滔滔不绝了。外面已是黑夜，马泰依将画叠起来："祝我在搜寻时交好运吧，我的教授！"

"探长！"教授的声音既疲乏又悲痛，"这只是我的猜想，如真有这样一个凶手，你也是永远找不到的。你说你准备装疯卖傻，我向你的勇敢致敬，可这方法如不奏效，你的假疯将变成真疯。"

马泰依的行动使局长感动，局长便下令重新搜查梅根村附近，这使检察官大不高兴。结果什么成果也没有，只发现五年中被杀的三个小姑娘模样都明显相似。

"哼！"汉齐少尉从烟盒里拿出一支喷了香水的烟卷，"寻找根本不存在的凶手，我看，不是马泰依疯了，就是我们疯了。"

人们看到，马泰依常去动物园，又买了一辆旧汽车。不久，又在附近开起加油站。局长大光其火，让闻名国内外的犯罪学家当加油站老板，这无疑是给警察局抹黑。然而，最令局长发窘的，是马泰依跟妓女海勒同居，还收养了她的女儿安妮玛丽。局长不得不出面干预。

"非常简单，局长，我在钓鱼！"马泰依拿出那幅儿童画，"我已琢磨出这画的大部意思了。这野山羊，是格劳本顿的州徽，凶手汽车上的州徽引起小姑娘的注意，因此她画了一头野山羊。但对凶手我一点不了解，又无法主动去搜他，我只能为他准备好另一个对象，即海勒的女儿安妮玛丽，用她作钓饵。"

"你未免一厢情愿。"局长的目光落在院里那个抱洋娃娃的小姑娘身上，金黄色小辫，小红裙，确像被害的葛丽特丽。局长劝道："就算凶手从这儿经过，也不一定来咬你的钩。这样你就会一直等，一直等……"

"一个钓鱼者必须学会等待。"马泰依固执道。他执拗、热情地等着，伺候着各种主顾，抄下所有格劳本顿的车号，从人名录里打听车主情况。海勒在附近工厂做工，安妮玛丽每天放学回来，都和他在一起，抱个洋娃娃又跳又跑，小辫子和小红裙在加油站飞舞。

他和安妮玛丽一起玩,给她讲童话。海勒为女儿得到父爱陶醉了。开车人对这幅天伦之乐图颇为感动,他们送糖给小姑娘,逗她玩,而马泰依则站在旁边窥伺着,脑子里只想着一件事:那个凶手一定会出现。

五

一年过去了,马泰依仍顽强地等待着,安妮玛丽每天走着去上学,马泰依在中午和傍晚去接她。他的计划一天比一天显得没意义,但是,等下去是他唯一的出路。常有好几小时,好几天,他会变得心如死水,一杯接一杯地喝烧酒,呆呆瞪视空中,让烟蒂在脚下积成一小堆。

直到有一天,他满身油渍傻呆呆地坐了好久,蓦然想起,安妮玛丽还没从学校回来呢。

穿过干枯的田地,马泰依发现安妮玛丽坐在小溪边,洋娃娃和书包放在地上,口里唱着《玛丽坐在石头上》。

"安妮!"他喊道,"你在这儿干什么呀?"

"等魔术师呢!"小姑娘脑袋里装满了童话,有时她等仙人,有时候等魔术师,这简直是对他等待的一种讽刺。

失望袭过马泰依的全身,但他的目光落在安妮玛丽手中那带刺的酒心巧力球上时,突然想起葛丽特丽画上巨人给小女孩的那小刺猬。马泰依一愣,立刻意识到他等待的事终于发生了。他好不容易才控制住自己,小心翼翼地拿过巧克力糖,问:"是那个魔术师给你的吗?"

安妮玛丽没回答。

"是魔术师不让告诉别人的吧?"马泰依和颜悦色地说,"其实你是不用保密的,他是一个好魔术师,你明天再来看他好了。"安妮玛丽立刻喜不自胜,高兴地抱住了马泰依。

早上八点,警察局长刚上班,马泰依就把两只巧克力球往他面前一放,"那张儿童画的谜破了,凶手给葛丽特丽巧克力,她把糖画成刺猬。"

局长终于相信了,通知检察官,叫来汉齐少尉和四个警察立刻把小树林监视起来。

下午两点,林中传来教堂的钟声。这时安妮玛丽出现了,她穿过灌木丛,蹦跳着到小溪边坐下玩洋娃娃,耐心地等待她的魔术师。

一切安排得很周密,警察们打开了枪栓。安妮玛丽坐在小溪边,焦虑地等待着。一会儿,她唱起了《玛丽坐在石头上》来,唱了一遍又一遍。

薄暮悄悄来临,一切都变得灰蒙蒙的,两小时等待就如等了一世纪。小姑娘站了起来,焦急地望了一会儿,便匆匆离去。

"我们明天还来,"局长道,"不管怎样,我们总算见到了画上的刺猬,也亲眼见到小姑娘来这儿等魔术师,凶犯说不定会来的。"

晚上,检察官打电话给局长,从愠怒到抗议到威胁,说这完全是胡闹,是马泰依编的童话,然后又勃然大怒,要大家回去,看见马泰依憔悴的脸,局长实在不忍让他前功尽弃。

接连几天下午,他们就这么藏在灌木丛里,好几小时一动不动,呆瞧着那逃学的安妮玛丽,听着那没完没了的《玛丽坐在石头上》,心里恨恨地忍受这折磨。

第五天下午,检察官来了,和大家守了一会儿,他终于忍不住了,突然大踏步走到安妮玛丽面前咆哮道:"你到底在等谁——回答我呀,你听见没有,你到底在等谁!"

警察们纷纷从隐蔽的地方跑出来,安妮玛丽坐在石头上抱紧了洋娃娃,被这群突然现身的人吓得目瞪口呆,一双眼睛充满了恐惧,说不出话来。

大家恨不得揍她一顿。

"小姑娘!"局长的声音因难熬的等待而愤怒得发抖,"几天前,有人给你像刺猬样的巧克力,是不是一个穿黑衣服的人送的?"

安妮玛丽没回答,眼里满是泪水。马泰依蹲下来轻声道:"你告诉我是谁给你糖的。从前,有个穿黑衣服的大个儿送糖给另一个小姑娘,然后哄她到林里杀了。"

安妮玛丽仍不说话,检察官再次发火了,抓住孩子的胳膊拼命地摇她:"你这蠢丫头,你快说知道些什么,马上说!"

"你们胡说,胡说,胡说!"安妮玛丽厉声尖叫着跑了。检察官瞪着马泰依,似想狠狠训他一顿,但却恨恨地转过身,与汉齐少尉踩着重重的步子走了。

"我真蠢!"局长终于动怒了,对马泰依嚷道,"孩子到这儿来等魔术师,只因听多了你的童话!可笑的是我们也信了你的天方夜谭。你给我回到现实中来,凶手就是那个小贩!"

"不,不是的,马泰依无力地说,"凶犯会来的,局长,我们必须等待、等待,假如你能坚持,我相信……"

"这完全是胡闹!"局长再也控制不住大喊道:"你疯了,不会再有人相信你的童话了!"

"不,凶犯会来的,我要等待,等待……"马泰依喃喃地说,迈着蹒跚的步子走回加油站,拿瓶酒往桌上一放,一杯接一杯地喝起来。

六

八年后,一个侦探小说家来到加油站,看见一个老人坐在一条石凳上,满面胡子,穿一身满是油垢的工装在那儿自言自语。一个衣饰不整的丑女孩在为他照料顾客。

一说到凶犯,老头立刻握紧拳头,表情中充满一种无法估量的信念,一边晃着拳头一边诉说着什么,反反复复就是几个字:"我等着,我等着,他会来的,会来的。

这老头不知道,在苏黎世教会医院,一个垂危的老贵妇正在向神父忏悔:她年轻的丈夫因犯病,曾先后三次杀死小女孩。第四次犯病时,在去杀一个叫安妮玛丽的小孩的路上,他遇到了车祸,当场死亡……

(薛元敬)

物理学家

默比乌斯静静地躺在病床上,两眼直勾勾地望着天花板,像个地地道道的疯子。怪可惜的,一个天才的核物理学家,竟默默地在这里住了十五年!他曾经发明了一种能够据以发明一切的万能体系,可他突然发觉他的科研项目将要被政治家们利用。他唯恐这一科学成果被人用于军事目的,导致人类的毁灭,怀着挽救人类的正义感,他毅然放弃了一切研究,选择了装疯卖傻的办法,住进了这家疯人院。

开办这家私人疗养院的是五十多岁的驼背老处女玛蒂尔德。半个西方世界里的精神病患者络绎不绝地来到这里,人们敬佩这位具有世界声誉的女精神病医学博士。

一天,罗泽太太领着三个男孩子朝这儿走来,她永远不会忘记中学时代那个刻苦好学的孤儿。她偷着把家里的钱给了他,设法帮助他读书;后来,她不顾一切地同他结了婚。为了他的事业,她不怕生活的清苦,历尽了艰辛。终于他成功了!然而,他却突然疯了。她为他支付了十五年昂贵的住院费用,如今,她一贫如洗,为了孩子们,她不得不改嫁给一个穷苦的教士。据说教士谋到了外地一个挣钱的职务,现在,他们全家就要到马里亚纳群岛去定居了。怀着极度复杂的心情,她要最后见一眼她过去的丈夫默比乌斯。

默比乌斯呆呆地凝视着她,愣愣地看着她抚养大的三个儿子,许久许久,忽然,他跳了起来,癫狂地掀翻了桌子,坐在桌子腿上,学着所罗门国王的样子,高声吟唱起来。罗泽太太和孩子们惊骇不已。默比乌斯咄咄逼人地站起来,向他们跟前冲去,吼叫着让他们滚!滚到太平洋去!罗泽太太泪流满面,离开了这里。

夜晚,恐怖重重,各式各样的怪声搅得人心神不宁,不知谁先发现的,二号房间的一个病人勒死了女护士。刑警们火速赶来了。玛蒂尔德情绪沮丧地站在一旁，这种杀人案件在她这里还是第一次发生。

事情过去三个月了。一天，聪明美丽的女护士莫尼卡像往日一样来照料默比乌斯。她轻轻地推开房门，一朵羞红的花朵缀上了她的面颊。

"您没有病，我感觉到了。我想求您和我一起离开这里。"莫尼卡满怀信心地说出了心里话。

原来，玛蒂尔德医生决定把她调走，将由男看护来照管默比乌斯。莫尼卡难以抑制自己对默比乌斯的眷恋，终于向他吐露了衷情，她早已深深地爱上了他。她看出了他在罗泽太太面前的慷慨激昂是装出来的，他是想用这种方式让她心安理得地忘掉他。莫尼卡不愿让他永远呆在这里，她责备他没有生活下去的勇气。她想给他温暖，希望他的天才能够得以发挥。

"你这样做，是在毁灭自己。你把我看做疯子，也许更明智些，赶快离开这里吧。"默比乌斯反复地劝导着她。

莫尼卡告诉默比乌斯，她准备把自己的想法告诉玛蒂尔德医生，她要和默比乌斯结婚。这一切的一切，太出乎意料了！心中的秘密终于被人发觉了。默比乌斯无可奈何地凝望着窗外。天，渐渐地黑了下来。莫尼卡正准备去开灯，默比乌斯把她拉到了身边。冷不防，他把窗幔扯了下来，蒙住她，迅速地把莫尼卡勒死了。

检查官暴跳如雷，对这里的安全表示了极大的不满。玛蒂尔德立即把这里所有的女护士全部换成彪形大汉，并且把两个危险病人的房间严密封闭起来，使他们与其他病人隔离。这使两个病人有了相处的机会，有一天，借着吃晚餐，看看四周没有旁人，二号病房那个杀人犯向默比乌斯亮了身份。原来，默比乌斯的发明被西方科学情报机构获悉后，情报机关派出了他——一个科学间谍装疯打进这里，探悉默比乌斯疯的背景，同时也为了能得到默比乌斯的手稿。没想到被身边的女护士看出了破绽，为了完成情报机关的秘密任务，他才把女护士杀了。他劝默比乌斯跟他逃离这里。默比乌斯却用自己的信念和观点说服了他，让他秘密地告诉他的上司，就说默比乌斯真的疯了。"我们不住疯人院，世界就要变成一座疯人院。"两个科学家紧紧握了握手。

玛蒂尔德像幽灵一样突然出现在他们面前,她已经窃听到了他们的谈话内容,其实她早就怀疑上那个科学间谍了,是她暗中派了手下的女人去监视他,结果那女人露馅被杀死。"逃跑是毫无意义的,看护你们的男护士是我公司里的警卫人员,你们将被永远关闭在地牢里。"她撕下了假面具。默比乌斯万万想不到,玛蒂尔德医生是一个强大的托拉斯的股东,她偷拍了他发明的体系的所有资料,并利用这些资料开办了许多工厂,建立起更加强大的托拉斯。

一座座青翠的山峦环绕着广阔的平原,在幽静的湖岸旁,坐落着名叫樱桃园的私人疗养院。人们慕名而来,玛蒂尔德仍然忙碌着。大概只有被关押在这里的物理学家才知道这家疗养院和那位女医学博士的真相。这座疯人院将是她的托拉斯的取之不竭的金库。

(张益芝)

列夫·托尔斯泰

列夫·尼古拉耶维奇·托尔斯泰(1828~1910)是俄国 19 世纪后半期最伟大的作家。

他出生于莫斯科附近一家地主庄园内,父母双方的家庭都是贵族。托尔斯泰十岁前父母双亡,但他的童年生活仍十分优越。1844 年他入喀山大学东方语系,一年后改读法律,这期间接受了法国启蒙主义思想,1847 年退学回家。这位年轻的伯爵在自己的领地尝试改革,但以失败告终。1851 年起在军中任下级军官,参加过 1854~1855 年的克里米亚战争。1857 和 1860~1861 年两次赴欧洲考察。

托尔斯泰从 50 年代初开始文学活动,1862 年婚后更把主要精力集中于创作。他的作品反映了他走过的道路,揭露了沙俄帝国的种种弊端——尤其是农奴制的黑暗。他宣扬"勿以暴力抗恶"的基督教"博爱"精神,主要作品有:中篇小说《童年·少年·青年》(1852~1856)、短篇小说集《塞瓦斯托波尔的故事》(1855)、日记体小说《琉森》(1857)、长篇巨著《战争与和平》(1864~1869)、《安娜·卡列尼娜》(1873~1877)、《复活》(1898~1899)等。他的这些史诗般的杰作,不仅是"俄国革命的镜子",也使俄国文学登上了欧洲批判现实主义的高峰。

战争与和平

第一卷

十九世纪最初的几年里,拿破仑当上了法国皇帝,率军攻占了周围的国家并自封为意大利王。他的做法引起了其余国家的不满与恐惧。俄国认为他损害了自己在土耳其的利益,于是联合了英国、奥地利、瑞典等国共同反对拿破仑。拿破仑面临东西两面夹攻,就做出与英国和谈的姿态,以便从西部抽调军队投入东方的多瑙河流域迎击俄奥联军。在俄国,到处可以听到人们在议论着即将爆发的战争。

此时彼得堡的上流社会,出现了一位年轻人,他叫彼尔,是别楚霍夫伯爵的私生子。伯爵是已故女皇叶卡捷琳娜时代相当有权势的名门贵戚,如今老得躺在床上等死。

彼尔十岁时被父亲送到法国受教育,今年他快二十岁了。伯爵感到自己将不久于人世,让他回来谋个职位安身立命。彼尔回国后住在亲戚瓦西里亲王家。亲王的两个儿子一个比一个无耻,女儿爱伦风流俊俏,引得男人们大献殷勤。

彼尔在彼得堡第一次参加上流社会的聚会,就遇见了儿时好友、年轻英俊的安德烈亲王,他们热情地攀谈起来。安德烈的父亲——包尔康斯基老亲王,也是叶卡捷琳娜女皇时代的重臣。他是全俄总司令,脾气暴躁,为人耿直,凡人瞧不起,只和彼尔的父亲别楚霍夫伯爵推心置腹。

聚会之后,彼尔随安德烈亲王回家。安德烈的家里荡漾着新婚气息。彼尔他们谈到战争和拿破仑,安德烈天真娇艳的小妻子伊丽莎白埋怨安德烈只顾自己军人荣誉,要离开她去前线,说安德烈待她不如婚前温柔体贴了。安德烈厉声喝住了她，又对彼尔叹息道："朋友，千万别结婚！人一结婚就毁了，整天是客厅、唠叨、闲话、琐事，虽然我妻子很规矩很善良，是个出色的女子，我仍然希望自己不曾结婚。"

安德烈听彼尔说住在瓦西亲王家，就告诉他，瓦西里亲王一家人的品德都不好。彼尔答应搬出来单过。

离开安德烈之后，彼尔无处可去。意志薄弱的他，忘记了对安德烈的许诺，去了瓦西里亲王小儿子阿纳托尔的住处，并且立刻被那里胡闹的气氛吸引，同他们喝起酒来。这群流氓无赖中有个叫朵罗豪夫的军官，精通各种赌博，只赢不输，脑子越喝越清楚。今天朵罗豪夫的花样是和一个英国军官打赌：他能坐在三楼朝外倾斜的窗台上，两脚垂在外边，手不扶任何东西，喝光一瓶酒。

为了不让他有东西可扶，阿纳托尔命仆人拆去窗扇和窗框。最后，朵罗豪夫按他夸下的海口做成了，赢了英国人五十块金币。众人又跳又叫，带了一只狗熊，坐上马车去看女戏子。警察拦住这帮酒鬼，喝得迷了心窍的公子哥们把狗熊和警察背对背绑起来扔进运河。狗熊驮着警察往岸上游去。

事后，朵罗豪夫被降为士兵；彼尔被轰回莫斯科他父亲那里；阿纳托尔由父亲瓦西亲王包庇，送离彼得堡去了部队。上流社会议论着这些浪子，凡是家里有未婚小姐的母亲，都表示决不招揽他们上门。

瓦西里亲王有位远亲，是位寡妇太太。为了她独生儿子包力斯能出人头地，托瓦西里亲王向皇上推荐包力斯去当近卫军，继而又提出让包力斯去库图佐夫的总司令部。瓦西里亲王是个见便宜就占、见麻烦就躲的人，推三推四地不肯帮忙，最后只满足了她第一个要求。寡妇太太怀着不达目的誓不罢休的决心，来到莫斯科活动，住在另一门亲戚罗斯托夫伯爵家。

罗斯托夫伯爵有一大家子人，热热闹闹地在一起生活。伯爵豪爽好客，挥金如土。寡妇太太知道他这一点，所以在包力斯小时候，曾把他送到伯爵家居住，好为自己节省开支。

这天罗斯托夫家在庆祝两个娜塔莎的命名日，母亲和小女儿同名。伯爵夫人与寡妇谈天时笑着说："小女娜塔莎也许爱上了你的包力斯。我们母女无话不说，每天晚上她都来坦白她对世界的感受。"

深受父母宠爱的娜塔莎今年十二岁，瘦瘦小小，尚未发育。她开朗活泼，一双大眼睛又黑又有神，感情丰富而热烈。家里准备给她请一位意大利音乐老师指点她，因为她有令人入迷的歌喉。

伯爵上大学的儿子尼古拉和包力斯谈着战争和军队上的事。娜塔莎跑了进来，后边跟着小弟弟加。娜塔莎把洋娃娃给母亲看，她叫它"咪咪"，告诉母亲今天"咪咪"如何如何。

包力斯说，他五年前就认识"咪咪"女士，那时它还十分年轻漂亮，谁想衰老得这么快，才几年光景，鼻子掉了，头也两半了……大家笑了起来。气得娜塔莎跺跺脚，跑了出去。

躲在花房里生气的娜塔莎听到表姐桑妮亚在哭泣。桑妮亚是伯爵的外甥女，父母双亡，寄居在舅舅家，与伯爵的长子尼古拉相爱。方才尼古拉与别的年轻女客说说笑笑，她很嫉妒，便在花房外独自伤心。

娜塔莎正要出去劝她，忽然听到哥哥赶来安慰桑妮亚，向她解释道歉，请她宽恕。娜塔莎模模糊糊觉得，这就是大人们所说的"爱情"。

包力斯见惹恼了娜塔莎，也想来向她赔不是，在花房里，受刚才所听到的"爱情"的感染，娜塔莎命令包力斯吻洋娃娃，向她道歉。包力斯只笑不答。娜塔莎激动得发烧，说："那么你吻我吧！"包力斯脸红了。娜塔莎跳到一个花桶上，以便使自己的个头高一些。她伸出赤裸的细胳臂围住包力斯的脖子，把自己的长鬈发甩在背后，端端正正地吻在包力斯唇上。

包力斯说："我爱你，四年之后我来求婚。"脱离了童年尚未进入少女时期的娜塔莎掰着指头计算着，十三、十四、十五岁、十六岁……她要求包力斯爱她到"永远永远，"然后满足地挽着他回客厅去。

在和客人谈天时，罗斯托夫伯爵听到彼尔把警察和狗熊绑在一起的故事，开心地大笑。他认为这没有什么了不得的，所以在他家晚上举行的聚会上，他邀请了别人唯恐躲避不及的彼尔。

舞会开始前，桑妮亚在伤心，因为战争临近了，尼古拉也将在一周内入伍出发。娜塔莎陪着桑妮亚掉泪，但当她听从父母安排，在舞会上照应彼尔，和那个从巴黎回来的年轻人跳舞时，她又觉得自己像个成年女子，兴奋得容光焕发。

一曲舞罢,她轻轻摇动着打开的折扇,用它遮着下半个脸,从扇子上边露出明亮的大眼睛,做出含情脉脉的样子同坐在身旁的彼尔交谈。伯爵夫人一进舞厅就发现了女儿的做作,指着她说:"哎呀呀,大家快瞧她那副样子吧!"娜塔莎脸红了,大笑着对母亲说,"妈妈,这有什么可值得大惊小怪的!"

别楚霍夫老伯爵病危了,豪华的府邸上一片忙乱,一大堆平时不上门的亲戚挤破了门,希望能从这孤老头子的巨大遗产中挖一块。这些亲戚包括瓦西里亲王、钻营的寡妇太太、彼尔的三个表姐——某亲王后裔。他们彼此瞧不起,显示着自己与老伯爵的血缘及感情多么亲近。没人把彼尔放在眼里,他只是个名不正言不顺的私生子罢了。

别楚霍夫伯爵死了。他的遗嘱令所有人大吃一惊——四万名农奴和遍布南北方的所有大小庄园、六七百万的家产和府第,悉数留给彼尔,并正式承认彼尔为嫡子,继承世袭爵位。

亲戚们又气又恨,脸上却不表现出来,只是曲意逢迎彼尔·别楚霍夫伯爵。他在彼得堡的行为被上流社会忘了,认为那是过剩的青春力量的发泄。实际上是他的钱在转变人们对他的态度——他已成为俄国最富有的少数人之一了。

瓦西里亲王立刻动了脑筋,决定用漂亮的女儿爱伦作钓饵,钓彼尔这条大鱼。

安德烈要上前线了,他带着怀孕的妻子去父亲庄园告别。他想把伊丽莎白留在那儿,由父亲和妹妹照顾。

包尔康斯基老亲王住在童山,和女儿在一起。老头子极精明,能透过错综复杂的表面现象,一眼看到事物的本质。他把女儿玛丽小姐管得严严的,要她学习高等数学和各种其他学问,要她弹琴,不许出门参加社交活动,一心要把她培养成旧派女子。

幼年丧母的玛丽小姐在父亲面前从来都是战战兢兢,不知什么是慈爱。她笃信宗教,心地善良。老亲王收养了一个与小姐年龄相仿的法国孤女,把她送给玛丽小姐当女伴,对外则称其为小姐的"法语教师"。

安德烈到了童山,玛丽出来迎接,姑嫂两人又哭又吻,没完没了,安德烈觉得女人真是奇怪得很。

钟声一响，老亲王像往日一样，准时出现在餐厅。父子相见，话题很快就转到战局上。公公的刻板和威严给伊丽莎白留下了深深的印象。想着安德烈要把她留在这个环境里，她不由得紧张害怕。医生说过，她将来可能会难产，她多么希望安德烈呆在她身边，伴着她。

玛丽小姐在哥哥脖子上挂上银链金耶稣圣像，求上帝在战场上保佑他。老亲王希望儿子不要玷污家族的姓氏。安德烈请求父亲照顾伊丽莎白，对她宽和些。生下的孩子也托父亲和妹妹抚养教育。老亲王只催他快走：好军人是不恋家的。

安德烈告别妻子时，伊丽沙白昏倒在他怀里。老亲王对着失去知觉的儿媳直摇头，表示出极大的不满。

第二卷

安德烈在司令部里受到库图佐夫的器重。俄军驻扎在奥地利，与奥军联手，准备对抗拿破仑。

尼古拉在谢苗诺夫兵团当见习军官，属另一位俄国元帅统辖。这元帅叫巴格拉齐昂。

尼古拉在军官宿舍里结识了一位好朋友捷尼索夫。捷尼索夫比尼古拉年纪大、资格老，处处照顾指点他，尼古拉很喜欢这位兄长。

奥地利军队一与法军接触就败了，绝大部分奥军缴械投降，俄军被暴露在法军面前。

法俄军队相遇后，猛烈的炮火压得俄国人抬不起头。俄军在撤退时，需要烧毁一座桥阻遏追兵。尼古拉与其他人冲去烧桥，密集的枪炮打来，他负伤倒下，被别人从火线上拖回来。

库图佐夫的三万多人马沿着多瑙河往俄国方向撤，跑了两个星期后停下来与法军交战，击溃了法军一个师。库图佐夫派安德烈把打了胜仗的消息报给奥地利皇帝。

库图佐夫决定趁短暂的胜利与法军谈判休战问题，甚至提到了俄国投降的可能。暗地里他却加快撤退,以求付出最小的损失安全退回国去。双方达成了休战三天的协议。

拿破仑闻讯大怒,他写信派人急送前线,责备法军元帅上了狡猾的俄国人的当,命令他立即攻击俄军,不使一人逃脱。拿破仑写了信还不放心,亲自率军赶来。

法军元帅接到拿破仑的信,满心羞愧,急于弥补自己的过失,他派兵猛击俄军中央,包抄其两翼。安德烈正好从奥军那儿赶回俄军,未遇库图佐夫部队,留在另一位元帅巴格拉齐昂的身边,参加了战斗。

法军突入俄军阵地,引起战场上的混乱,许多俄国士兵恐惧地逃跑,也有人顽强抵抗。安德烈冒着炮火去炮兵部队查看,使官兵受到感动。炮兵部队抵抗最顽强,撤在最后边,损失也最为惨重。路上,炮兵部队的图辛长官搭救了再次负伤掉了队的尼古拉。但当图辛千辛万苦赶到巴格拉齐昂元帅临时司令部时,元帅却问他为什么丢了许多炮。战场上的一切,与安德烈原来的理想有着天壤之别,他感到消沉。

巴格拉齐昂元帅的残兵随后与库图佐夫元帅会合了,安德烈回到自己的司令部。

第三卷

瓦西里亲王想着彼尔的巨大财产,向彼尔透风,要把漂亮迷人的女儿爱伦嫁给他。

彼尔听到过关于爱伦不检点的传闻,想起安德烈对这一家人的评价,不想结这门亲,但被瓦西里亲王串通好了的上流社会的贵妇们一个劲地灌迷魂汤,爱伦也在他面前搔首弄姿,彼尔被搅得昏头昏脑,娶了爱伦。

瓦西里亲王办完了女儿的婚事,又为小儿子阿纳托尔物色有钱有势人家的姑娘,目标是包尔康斯基亲王家的玛丽小姐。他写了封信给老亲王,随后带着阿纳托尔去童山求婚。

女仆人听说有人来向小姐求婚,兴奋地按着她们对时髦的理解,为小姐整理发型、更换衣服。

老亲王对两位来客十分反感，出于礼貌，不得不出来应酬。他一见女儿的发型和衣服就有气。当察觉阿纳托尔用贼溜溜目光看着漂亮的法国女教师时，老亲王更坚定了拒绝的念头。

第二天一早，老亲王告诉女儿：一小时后，她得亲口答复求婚者同意还是不同意，婚姻大事自己做主。

玛丽小姐听出了父亲对这桩婚事的不满。老亲王一针见血地说道："他还会把女教师带去呢。到时候她当太太，你……"小姐恳求父亲别再说下去。

仿佛上帝特意要证实老亲王的话一样，在花园里，玛丽小姐见到阿纳托尔搂着女教师，两人低头叽叽咕咕。他们突然发现小姐就在面前，女教师做出抵抗男人的样子，叫了一声，挣脱了阿纳托尔的手跑掉了。阿纳托尔朝小姐嘻皮笑脸地鞠了一躬，耸耸肩。

一小时后，玛丽向瓦西里父子宣称：她不能离开父亲，她要永远陪伴他。老亲王紧紧抓住女儿的手，三言两语把瓦西里父子打发出了门。小姐心里有一种说不出来的悲哀与失望。

童山庄园还有一位感到不愉快的人——小亲王夫人，美丽的伊丽莎白。自安德烈走后，她感到孤单。她与公公之间有隔阂，彼此间有些不满。每当公公因为什么事暴跳如雷时，她都吓得躲在房里不敢出来。她只与小姑和女教师作伴，聊聊天。她日夜想着安德烈，为他流泪，又为自己被他孤零零地扔在这里而悲哀。

罗斯托夫伯爵家收到儿子尼古拉的来信，信中说他打了许多仗，负过伤，立过功，被提升为正式军官，结识了好友捷尼索夫。尼古拉在信中问候每一个人，请大家替他吻吻桑妮亚，因为他"爱"她。桑妮亚羞红了脸，独自跑到小舞厅转了起来，她的裙子像气泡一样涨开飘起。

尼古拉的信被伯爵夫人拿给每个来宾传看。全家都在议论他，忙着给他回信。伯爵准备了六千卢布寄给儿子当零花。

娜塔莎问桑妮亚给尼古拉写信害羞不，桑妮亚笑着说："不。"娜塔莎说自己如果给包力斯写信的话，会害羞的。

刚和姐姐拌过嘴的九岁小弟弟别加听后，撇撇嘴说："姐姐当然会害羞，因为她先爱过包力斯，又在舞会上爱过彼尔，现在又对意大利音乐教师有好感……

娜塔莎说别加"蠢"，别加顶嘴说："小姐您也强不了多少。"

尼古拉收到家信和钱，见到了母亲托人情写来的推荐信，想把他调到司令部去。尼古拉耻于靠关系升官，正想把推荐信撕掉时，包力斯来看他，把信要去了。

包力斯找安德烈帮忙，谋到了一个较好的职务。他不满足，仍注意着一切可以往上爬的机会。

俄国皇上亚历山大到前线来督战。俄军向前推进了两天的路程，来到了奥斯特里齐。在这儿，发生了激战。

战前，安德烈参加了军事会议。他为指挥的混乱而惊奇，为元帅们不敢对皇上提不同的意见而困惑，觉的这样打仗是在拿几万人的性命开玩笑。他提出了自己的意见，库图佐夫拨给他一个师的兵力，随他去实现自己的作战意图。

激战开始了，俄军的中央和左右两翼都遭到猛烈炮轰。稠密的法国军队一片片一团团冲上来，俄军士兵胆怯了、慌乱了，个别人的逃跑牵动了全局，变成了大规模的溃败。

安德烈举起一面军旗，喊着"乌拉"向法军冲去。他周围的士兵为自己的逃跑行为感到了羞愧，越来越多的俄军站住脚，转过身来随着安德烈冲向敌人。两军互相交错，射击着、搏斗着。

安德烈觉的头被什么猛击了一下，大地在他面前翻转。他多想再看战场一眼，但他见到的只是奥斯特里齐高远的天空，天上有白云在飘……他失去了知觉。

法军炮弹每十秒就落下炸开一颗，俄军全线崩溃了，败兵一直退回俄国才停下来。

拿破仑视察奥斯特里齐战场，在横七竖八的尸堆中看到手执军旗的安德烈。拿破仑称赞道：死得英勇。

搜刮死人财物的法国士兵听到皇帝的夸奖，忙把从安德烈身上摘下的金耶稣像又挂到他脖子上。拿破仑发现安德烈动了一下，便命令御医抢救这个勇敢的俄国军官。

能走的俘虏都被法国人押走了。受了致命伤的俄军官兵，包括安德烈在内，都被法国人扔给当地的居民来照料，随他们去生或去死。

第四卷

尼古拉回莫斯科休假，邀请捷尼索夫到他家去住。伯爵全家热烈拥抱亲吻长成英俊军官的尼古拉。桑妮亚已十六岁了，出落得十分美丽，含情脉脉地望着归来的心上人。当尼古拉向全家介绍好朋友捷尼索夫时，天真烂漫的娜塔莎跳上去搂着捷尼索夫就亲了一下："原来你就是亲爱的捷尼索夫！"大家为她的越轨行为吃了一惊。

老伯爵举行了一个三百人的盛宴，为某个打了胜仗、被选为莫斯科英雄的亲王接风。来宾们为了皇帝，为了胜利而干杯，气氛十分热烈，只有彼尔一个人低头吃喝，心事重重。在前线立了功、重获官职的朵罗豪夫现在正住在他家，向他借钱，吃他喝他还勾引他的妻子爱伦，引得四下冒出许多肮脏的流言蜚语。此刻，朵罗豪夫恰好坐在宴会餐桌他的对面，刚刚还故意用"为漂亮女人和她们的情人干杯"来气他。仆人把宴会歌词发给重要来宾，彼尔拿到一份正要看时，朵罗豪夫隔着桌子一把抢过去读了起来。忍无可忍的彼尔向欺人太甚的朵罗豪夫提出决斗。

第二天在效外的雪地上，现学开枪的彼尔居然打倒了朵罗豪夫。回家后彼尔挨了老婆的臭骂："有你这样丈夫的女人没有不偷汉子的！"彼尔提出分居，爱伦说："没那么便宜！你得给我赡养费。"彼尔把大量财产的管理权交给爱伦，独自去了彼得堡。

库图佐夫元帅向老亲王写信报告了安德烈亲王在奥斯特里齐战场失踪的消息。老亲王硬装得很镇定，实际上内心非常悲痛，脾气越发古怪。玛丽小姐怀着一线希望：哥哥只是失踪，也许在哪养伤复原。谁也没把小亲王失踪的消息告诉怀孕的小亲王夫人，怕她承受不住。

临产时，小亲王夫人仍在盼望安德烈归来。她因难产而死，生下了一个男婴。安德烈亲王在妻子去世时赶回家，见到了亡妻哀怨的面孔，悲痛不已。他对一切都失去了兴趣，默默地在乡下养伤，隐居起来。

决斗受伤的朵罗豪夫在伤好之后成了尼古拉家里的常客。年轻人聚在一起，伯爵家里弥漫着爱情的气氛。一天，娜塔莎告诉哥哥，朵罗豪夫向桑妮亚求婚。尼古拉听后心中一惊，虽然他故意装男子汉风度，不屑于向桑妮亚表示爱情，但他内心还是爱着表妹桑妮亚。

娜塔莎又告诉哥哥，桑妮亚拒绝了朵罗豪夫。尼古拉去找桑妮亚，向她表白了自己的爱情。

跟尼古拉到莫斯科休假来的捷尼索夫被小小的娜塔莎迷住了。她那动人的半童音歌喉，未发育成熟的胸膛，瘦瘦的胳臂，都那么惹人爱怜。特别是她有意无意地在捷尼索夫面前卖弄风情，使捷尼索夫陷入了情网。终于，他向娜塔莎求婚了。兴奋的娜塔莎跑去告诉妈妈。伯爵夫人大吃一惊：娜塔莎才十五岁呀！

伯爵夫人委婉地谢绝了捷尼索夫。捷尼索夫感到不好意思，仿佛做错了事情似的求伯爵夫人原谅，然后告别尼古拉，提前回联队去了。

朵罗豪夫在向桑妮亚求婚失败后也不再登尼古拉的家门，而是拉住尼古拉在外赌牌，一步步激尼古拉的火，使尼古拉在几个小时里就输给他四万三千卢布。这可不是个小数字！朵罗豪夫还阴阳怪气地说："情场得意，赌场失意嘛！"暗指桑妮亚因为爱尼古拉而拒绝了他。

尼古拉满怀羞愧向父亲要钱还债。他落下了悔恨的泪，决心以后省吃俭用把钱还给家里。很快，他也回联队去了。

第五卷

彼尔在去彼得堡的路上遇见了共济会的巴兹吉耶夫。这位著名的老导师劝彼尔皈依上帝，重新做人。他还劝彼尔关心、帮助自己的农奴，爱周围的人。彼尔听得入了迷，他反省自己，愿意做个有道德的人。到了彼得堡，他通过一种神秘仪式，成了共济会员。该会的纲领是：保守本会的秘密，服从会内上级，讲道德，爱人类，勇敢，慷慨，不怕死亡。

彼尔在家学习共济会的材料时，他岳父瓦西里亲王找上门来，责备他遗弃妻子，并保证爱伦是清白无辜的。彼尔忘掉了共济会"要谦恭"的会规，把瓦西里亲王轰出门。他向共济会慷慨地捐了一大笔钱之后，动身到南方的基辅和奥德萨他的庄园上为农奴谋福利去了。

彼尔到了基辅，把各庄园的管事叫到总办事处来，告诉他们他要解放农奴，不让他们过度劳苦，不让喂奶的女人下田做工，停止拷打农奴，要为他们建立学校和医院，等等。

起初管事们很害怕，以为主子不喜欢他们的管理，还要清查他们中饱私囊的行为。当他们明白了主人的意思以后，都暗中嘲笑他。他们知道彼尔没有务实的能力及恒心，决定随着主人的心意，做做表面文章，哄主人高兴。庄园总管吩咐所有庄园都盖些大房子当学校、养育院之类，还投合主人所好，吩咐各庄园迎接主人时尽量搞得简单。当彼尔坐着马车驶过一片片土地，见到了一处美过一处的田园风光，看到农奴们向他献上面包和盐表示敬意的质朴举止时，感到愉快与欣慰。他觉得自己在落实"爱人类"的理想，成了"有道德"的人，不由产生了一种重生的幸福感。

彼尔满怀欣喜从南方回来，途中去访问住在乡下的安德烈亲王，他们都察觉到对方有了极大变化。在去童山看望安德烈的父亲老亲王时，两人在渡口上倾心交谈。安德烈"见到"了振作起来的彼尔，彼尔"见到"了忧闷烦恼的安德烈。

尼古拉回联队后，仍与捷尼索夫在一起，两人关系更密切了，只是不提娜塔莎。联队常常作战，军需供应却不好，联队断了粮，军心在动摇。捷尼索夫带了几个骑兵抢来了一车送给步兵的粮食，把饼干分给大家。步兵将此事告到了军事法庭。捷尼索夫一想到要被判刑就感到窝火——他毕竟是为了皇上的军人不至挨饿，毛病出在军需官的身上。他写了申诉状，尼古拉自告奋勇替他呈交皇上。

俄法两国皇帝要在提尔西特会晤，尼古拉请假赶到那里，碰见了四处钻营的包力斯作为皇帝的侍从也在场。他想托包力斯帮忙，包力斯拿架子不想管。尼古拉很生气，转向值日官请求递呈申诉状，不料却挨了训斥。一位相识的将军同意替他说话。皇帝出门上马时，将军走上前低声向皇上恳求，尼古拉紧张地注视着。皇上高声说："不行！法律比我更有威力，在法律面前人人一样。"将军只好恭敬地低头后退。尼古拉的心凉了，感到朝廷的昏暗不明，动摇了对皇上的盲目的忠诚。

第六卷

灰心丧气的安德烈亲王在隐居乡下的两年里，做了彼尔想做而没做好的事。他有彼尔所缺乏的坚韧性。亲王解放了三百名农奴，出钱为他们的孩子办学，同时，他密切注意着国内外动态和战局变化。

春天，他为了梁赞庄园的事务去造访当地的伯爵，那正是尼古拉的父亲。进庄园时，他遇见了两个未把他放在眼里，只顾自己嘻嘻哈哈玩耍的少女——娜塔莎和桑妮亚。夜晚，亲王不得不留下来过夜，柔和的夜风轻轻摇动树叶发出沙沙声，亲王听到楼上少女的歌声和娜塔莎赞美窗外皎洁明月的感叹声。

回家路上，亲王见到路旁老橡树长出新芽，不禁回忆起奥斯特里齐战场的夜空、爱妻死时充满哀怨的面孔、渡口上诚恳的彼尔、被美丽的月夜撩动了心扉的少女娜塔莎。"不！我还年轻，"他对自己说，"才三十一岁，不能就这么过一生。"这年秋天，他重返彼得堡，参加了起草民法和人权条款的工作。

彼尔已经成为共济会彼得堡分会的重要人物，他逐渐察觉到会员的吝啬，全靠他一人出钱为共济会建贫民院。他发现大多数会员是为了巴结有权有势的阔佬才入会的，另一部分会员热衷于搞神秘主义。一切都离他的理想很遥远，他的老导师又早已去世。他担心俄国的共济会走入了歧途，便决心到国外去学习共济会的真正精神。

他学习回来，由于外国共济会的信任，他在会内的地位又升高了一个档次。可是他在宣讲从国外带回的精神时，却遭到全体会员的抵制。他被指责为"光明教"——即用共和制取代君主制的政治活动分子。带回的精神得不到认可、贯彻，彼尔感到沮丧，躲在家中不会客。他岳母瓦西里亲王夫人哭哭啼啼来找他，说被他"遗弃"的爱伦在受苦，让他把爱伦接回家来，重归于好。彼尔正在苦闷中，没力气为这事烦恼，就没进行抵制。爱伦便回来了,但彼尔不和她同居一室。

爱伦在上流社会的名声越来越大。在国外时,连拿破仑都在剧院里注意过她,称她为"超级生物"。她更漂亮了,包力斯这些年一直围着她转。彼尔不大理睬爱伦。在世俗的评价中,彼尔是位显赫女人的糊涂丈夫、一个君子、好脾气的阔佬。

包力斯自从吻过娜塔莎至今已四年。四年里,他从来未登过伯爵的家门。当伯爵全家在彼得堡居住时,包力斯曾礼节性地去拜访。他发现他想象中的毛丫头娜塔莎已成了亭亭玉立的少女,不禁勾起了对往事的回忆。此后他不再去找爱伦,不顾她一天一封责备他负心的信,而天天往伯爵家里跑。娜塔莎悄悄向母亲谈起包力斯,既高兴又遗憾。高兴的是有人在追求她;遗憾的是包力斯的性格、为人,都好似缺少些什么。

新年之夜,老贵族们举行盛大的舞会,皇上和外交使团都将光临。伯爵一家打扮得漂漂亮亮前去赴会。娜塔莎年龄太小,没人邀她下场去跳舞,她难过得快要哭了出来。虽不会跳舞,但十分心细的彼尔注意到了这一情景,就请安德烈亲王去"照顾"他的"小保护人"。

亲王前去邀请娜塔莎,他俩跳得极好,引起了全场注意。随后,一个又一个的名人邀娜塔莎共舞,她快乐极了。当亲王再次和娜塔莎跳舞,感到她娇小的身体颤抖地挨着他,笑脸离他那么近时,他觉得自己又年轻了。他向她提到春天的庄园,那个月夜,以及她对夜景发出的赞叹,娜塔莎羞红了脸。亲王不禁心中一动,开始留意这个使他精神振作,给他留下愉快印象的天真少女。

舞会的第二天,亲王去造访伯爵,他希望见到娜塔莎。饭后,娜塔莎应大家要求唱了一首歌。亲王听着,不知怎的,泪水流了下来,喉咙哽咽,他感到自己在恋爱。过了几天亲王又来了,全家已察觉亲王是为谁而来。伯爵夫人认为这是天定的婚姻,娜塔莎也感到自己当初一见亲王就爱上了这位高贵正派的、有点忧郁的人了。

亲王告诉彼尔,他想娶娜塔莎为妻。彼尔联想到自己婚姻的不幸,叹了口气对亲王说:"娶她吧!这是个少有的女孩子。"

为了征求父亲的同意,安德烈返回童山。脾气古怪的老亲王勃然大怒,反对这门婚事,他不想让孙子有后娘,最后他要求安德烈到国外去住一年,既养养伤,又冷静一下。如果一年后这爱情不变,就随他去结婚。

安德烈亲王一到彼得堡,立刻向伯爵夫人提出娶娜塔莎的愿望。娜塔莎为自己突然长大成人而落了泪,伯爵夫妇对女儿订婚感到高兴,安德烈强调婚礼在一年后举行,在此期间娜塔莎不受婚约的束缚,娜塔莎说:"我能等。"

亲王出国前告诉娜塔莎,有事可与彼尔商量。还说:别人都认为彼尔荒唐糊涂,其实他最善良,是最值得信赖的朋友。

老亲王在儿子走后脾气更坏了,每天都找茬闹事,在精神上折磨女儿玛丽小姐来出气,他耻笑她的宗教感情,还宣称:安德烈敢给儿子娶后妈的话,他也给安德烈娶个继母来。果真,老爷子当着玛丽小姐的面故意亲近法国家庭教师,弄得玛丽小姐不知所措。

第七卷

在联队上的尼古拉收到母亲的来信,说由于伯爵的慷慨,大手大脚,不善于管理,庄园总管欺骗他们,把家产糟踏得差不多了,希望尼古拉赶快回来重振家业。尼古拉请假回家,把各庄园的管事叫来,臭骂了庄园总管一顿。但对账目之类的事情,尼古拉和父亲一样一窍不通。对财产状况与损失,他管不了,也查不清。尼古拉坐着生闷气,烦了,就带上仆人们到冰天雪地的林中去打猎。

娜塔莎和弟弟别加也跟着骑马来凑热闹,有时年轻人化了装到邻近的庄园上去跳舞。尼古拉在苦闷中看到了桑妮亚的美丽和对他专一的爱情,决心退伍回来后娶他为妻,重整家业。娜塔莎越来越烦恼,认为自己在辜负大好的青春时光,焦急地盼望安德烈早日回国。

圣诞节后,尼古拉把要娶桑妮亚的决定告诉了父母。伯爵夫人坚决反对,她认为在家业败落之时,儿子应娶一个有地位的富家女。尼古拉和母亲激烈争吵后,愤然离家回了联队。

老伯爵考虑安德烈快回来了,而娜塔莎连嫁妆还没有,于是决定带她和桑妮亚去莫斯科，卖掉那里的几处庄园，为娜塔莎置办嫁妆。

第八卷

冬天，贵族们都搬到比彼得堡暖和一些的莫斯科来过冬。善于钻营的包力斯也来了，并缠上了一位有巨额遗产的贵族老小姐订了婚。老伯爵因为自己宅上没有准备过冬的燃料，便来到莫斯科，住到贵族玛丽亚老太太的家里。这老太太以热情耿直闻名，全城没人敢惹她生气。很快，她就为娜塔莎置办好了全套嫁妆。

老亲王也到莫斯科来了。老伯爵带娜塔莎去拜访，怪老头子宣称："不见！"娜塔莎回来就哭了，认为自己受到了屈辱。玛丽亚老太太为了让她散心，订了剧院包厢，请伯爵一家去看戏。剧院里的人们注意到许久未在莫斯科露面的伯爵一家，评价着娜塔莎与桑妮亚的美貌，议论着安德烈亲王的婚约。娜塔莎见到了许多名人和熟人：彼尔、包力斯、朵罗豪夫……

旁边包厢里坐着彼尔的太太爱伦。她向伯爵称赞两个女孩子的美丽，并别有用心地把自己的哥哥阿纳托尔介绍给娜塔莎。

阿纳托尔是个浪荡公子，总是与朵罗豪夫之流鬼混。他在波兰驻军时与当地女人胡搞，不得不与之结婚，现在跑到莫斯科来冒充单身汉。他有丰富的搞女人的经验，一眼就看透了单纯的娜塔莎，看出了她涉世不深和苦闷的心情，决心把她骗到手。他坐在娜塔莎身边，用痴迷的眼光和热情的语言向毫无经验的娜塔莎进攻。娜塔莎让他搅得脸红心跳，连台上演些什么都不知道。

看戏的第二天，爱伦请伯爵父女到她那里吃饭。伯爵一进门就发现所请的客人都是些行为不检点、名声不太好的人。老伯爵吓得寸步不离宝贝女儿，急于回去。爱伦不答应他们离开。跳舞时阿纳托尔紧紧搂着娜塔莎的腰，说他爱她。

耿直的玛丽亚老太太亲自登门为安德烈和娜塔莎的婚事向老亲王疏通，老爷子大发脾气仍不同意。老太太回来劝伯爵别理睬那"老糊涂"，说可以到乡下庄园去举起婚礼。伯爵暂离莫斯科，回乡去做准备。

娜塔莎收到玛丽小姐的来信，信上说希望未来的嫂嫂原谅老亲王的怪僻，并祝兄嫂幸福。娜塔莎正愁如何回信时，阿纳托尔火烫的情书也到了。这天真的少女在苦闷的期待中，在受到老亲王的屈辱后，在父亲不在身边时，遇上了情场老手，不能自持了。她相信阿纳托尔爱她，在少女的骄傲思想作怪下，她复信给玛丽小姐说，她不再想做什么亲王夫人了。

娜塔莎反复读着阿纳托尔的情书，简直像着了魔似的。桑妮亚在娜塔莎睡着时发现她手中的情书，惊得哭了出来。她叫醒娜塔莎，责备她变得太快，求娜塔莎别毁自己，娜塔莎已鬼迷心窍，赌气说就是毁了自己，也用不着别人管。

桑妮亚怕娜塔莎闹出丑闻丢全家的脸，密切注意着娜塔莎的举动。不久，她发现阿纳托尔阴谋诱拐娜塔莎与他私奔。

这坏主意是流氓军官朵罗豪夫为阿纳托尔策划的。他们已经准备好了雪橇和快马，还找了位被开除了教籍的牧师来证婚。

桑妮亚急得直哭，玛丽亚老太太看出问题，追问出了一切。晚上阿纳托尔和朵罗豪夫用雪橇来接娜塔莎，埋伏好的仆人上前去抓他们，吓得这些坏蛋抱头鼠窜。

玛丽亚老太太见一切属实，大发雷霆，骂娜塔莎是不要脸的贱货，"居然敢在我家干出这等见不得人的丑事！"骂过之后，老太太吩咐任何人不得再谈此事，也不许告诉伯爵，要顾全家人的名誉。娜塔莎此时伏在床上痛哭，她认为别人干涉她追求幸福，故意把她推到出丑的地步。她哭得很厉害，谁也劝不住，老太太只好请来彼尔，谁让彼尔是罪魁祸首的妹夫呢。

当彼尔告诉老太太阿纳托尔结过婚时，老太太气得说不出话来。娜塔莎这才明白阿纳托尔的真面目，顿时大哭。这是羞愧的哭，她痛感身败名裂，无脸做人。

彼尔为娜塔莎和安德烈而难过，血涌上了这老实人的头顶。他在太太住处找到了阿纳托尔，愤怒地抓住他脖领使劲摇晃，逼他交出娜塔莎写的信或字条，喝斥他"滚"。阿纳托尔耍无赖说没钱，彼尔给了他路费，把他赶到彼得堡。怒火在彼尔心中燃烧，他一想起老婆和舅子的无耻，就高声骂道："呸！这可恶的没良心的一窝子！"随后传来了娜塔莎服毒自杀被救的消息。

不久，安德烈返回了莫斯科。安德烈托彼尔把娜塔莎的信和物品退还给伯爵家。老亲王显得比较高兴，因为他从来就反对这门亲事。彼尔请安德烈宽恕娜塔莎，伤了心的安德烈坚决地摇了摇头。彼尔见没有丝毫缓解的余地，就去玛丽亚老太太家给娜塔莎退信件。

凡人不见的娜塔莎叫家人请彼尔说话，彼尔来到这可怜的孩子身边。娜塔莎浑身颤抖地说："我知道一切全完了，我为伤害了亲王而痛苦羞愧。请转告他，求他饶恕我……"彼尔答应转告。这时，对不幸少女的怜悯涨满了彼尔的心，他说："你有什么想不开的事情要找人说的时侯，如果找我来谈，我会感到幸福……"娜塔莎拦住他，怀着自卑和羞惭说："我不配，我的一生已经毁了。"彼尔抓住她的手说："不！你没毁，振作起来吧！假若我是未婚的，而且是世界上最聪明漂亮的男人，我会趁现在的好机会跪下来向你求婚呢！"

听了这鼓励她活下去的话，娜塔莎先是一怔，随后热泪夺眶而下。这是多少天以来她第一次因感激、高兴而落泪。她深深地望了彼尔一眼，走出了房门。

第九卷

1812 年俄法之间爆发了战争。拿破仑率领着人数众多的欧洲联军到达了俄国边境的尼门。当拿破仑站在陡峭的河岸上，用望远镜观察河对岸辽阔的草原，想着在这巨大草原中央的圣城莫斯科时，从他身后的森林里，军队像溪流一样源源不断地涌出，士兵们向他欢呼。拿破仑下令从浅滩渡河，为了表达对皇帝的忠诚，几百名波兰骑兵要求放弃半里地以外的浅滩，就近渡河。他们扑向冰冷湍急的河水，不少人当场溺毙。拿破仑对他们连看都不看一眼，他早就清楚自己的号召力：无论他在什么地方出现，足以使人们惊惶失措，并把他们驱入疯狂忘我的境地。

俄皇亚历山大对这场人人早已预料到的战争毫无准备，全军找不出一个最高统帅，俄皇本人也挑不起这副重担。军中对作战的战略战术及方针意见分歧很大，谁也不听谁的。拿破仑大军压境时，俄皇正在边境城市维尔纳视察。他周围的达官贵人除了争权夺利、勾心斗角之外，只会一个劲地哄皇上高兴，为了让他忘掉迫在眉睫的战争烦恼，维尔纳城终日是宴会舞会。

拿破仑军队渡过尼门河的那天，俄皇又在参加一个舞会。舞会上聚集着许多俄国贵妇，爱伦在其中熠熠生辉。爱伦主动请她的旧情人包力斯跳舞，一心钻营的包力斯却专注着皇上的行动和谈话，对爱伦只是应付。巴拉谢夫将军有急事要见皇上，包力斯设法跟踪偷听，得知法军已大举入侵。包力斯并不关心战局，他只想获得往上爬的机会。这次，他成了第一个知道最新军情的人，可以向高级人物、显赫们炫耀，借此抬高自己。

俄皇写了封信要求拿破仑撤军。巴拉谢夫将军离开维尔纳前往法军送信。

巴拉谢夫几经周折，被法军转来转去，也未见到拿破仑。四天之后，法军攻占了维尔纳，他被法军带回到他出发送信的地方。在几天前俄皇住过的行宫里，他受到了拿破仑的召见。巴拉谢夫被拿破仑的奢华和排场镇住了。

拿破仑对着他大发了一顿脾气，责备亚历山大不讲信义，还问了一些去莫斯科走哪条路最近之类的挑衅性问题。之后，巴拉谢夫带了拿破仑的回信返回朝廷，向俄皇禀报了一切。战争正式开始了。

安德烈回国不久就去了彼得堡，他要找侮辱了他的阿纳托尔决斗。阿纳托尔溜到摩尔达维亚的军队中躲避。安德烈遇见了库图佐夫元帅，后者刚被任命为摩尔达维亚总司令，他请安德烈做他的司令部值班将军。安德烈觉得有了个找阿纳托尔算账的好机会，便同意了。可是当他到了土耳其，阿纳托尔又像兔子一样溜回了俄罗斯。安德烈只好待下去，拼命工作来使自己得到精神解脱。俄法战争开始后，安德烈感到在南方打不上仗，要求去西部前线。库图佐夫理解他并放他前往。

安德烈路过童山，去看望父亲。脾气古怪的老亲王向儿子抱怨玛丽小姐迷信宗教、娇惯侄儿、对法国女教师态度恶劣无礼……安德烈第一次顶撞父亲说："妹妹没有错，都怪那个法国女人不好。"老亲王勃然大怒，跳起来喊："你滚！我不想见到你！"

安德烈怀着人生没意思的心情离开了童山庄园。他到了西部的俄军大本营，发现皇上的宠臣和谋士们对战术指挥意见不一，彼此争论不休。安德烈亲王感到很失望，觉得这样下去打不好仗。

在联队上的尼古拉收到家信，知道了亲王与娜塔莎解除了婚约，家里希望他退役回家。战争爆发了，尼古拉没走成。这时他已是位老资格的军官了。战斗中，尼古拉一马当先，砍伤并俘虏了一名法国军官，因而得到了圣乔治勋章并被派去指挥一个骑兵大队。

回到乡下庄园的娜塔莎病了很久。她病得那么重，以至于人们不再去计较她的过去，大家只盼望她能活下来。

各种医生留下了五花八门的药粉、药丸，其实娜塔莎用不着这些药。她只需要心灵的抚慰，家里人都尽量安慰她。

她逐渐恢复起来，青春的活力占了上风。她的悲哀被日常生活渐渐冲淡，不再时时刻刻压在她心上。她放弃一切娱乐，有时想独自唱唱歌，可一开口，悔恨的泪就哽住了她，使她回忆起永不复返的纯洁少女时代。她开始每天去教堂忏悔。

战局越来越不利。皇帝发了"告民众书"，说俄军要大规模撤退。全国人心惶惶。彼尔在一位共济会教友的神秘主义影响下，按一种奇特的字母排列方法算命，居然从自己姓名的字母组合上得到某种玄妙的启示：上天将派他杀死拿破仑，拯救俄国。这一发现使彼尔激动不已。

他去伯爵家吃饭，大家讨论了战局。彼尔告别时，伯爵说："为什么不留下来和我们共同消磨一个晚上呢？近日你不常来了，而我女儿，"他和蔼地一指娜塔莎，"只有你的到来，才使她能高兴一些。"娜塔莎也问："您为什么说要走？"彼尔很想说"因为我爱你呀！"但他说不出口，红着脸快要掉下眼泪。

尼古拉的弟弟别加已满十五岁，一心要从军报国。伯爵认为他还是个孩子，不让他去。别加跑到街上，到克里姆林宫外边去看接受老百姓欢呼的皇上，被疯狂的人流挤得东倒西歪，还狂热地跟着众人高喊"乌拉"。回家后他宣称，父母不让他入伍的话，他将离家出走。

两天以后，莫斯科的贵族和大商人集会，讨论如何效忠皇室，为扭转战局出力。会上彼尔发表了不合时宜的观点，受到其他贵族的抨击。

一会儿，皇上驾临。他谈到了帝国面临的巨大威胁以及他寄托在莫斯科贵族身上的厚望。他用颤抖的声音结束演讲时,老伯爵早感动得流下了眼泪。有个大商人哭得像个孩子:"我们的生命与财产——请拿去吧,陛下!"有个伯爵当场表示供给一个联队。彼尔觉得自己作为一个伯爵不能不表示一下,就同意提供一千名农奴当兵,并提供他们的给养。会场上一片沸腾,人人出钱出兵。皇上达到了目的。

老伯爵回家后流着泪向夫人讲述了会场上的情景,同意别加去入伍。

第十卷

在部队上的安德烈亲王想起离家前与父亲的争吵,写信回家请父亲原谅。老头子立刻回了封热情的信并主动疏远了法国女教师。安德烈马上又去了第二封信,告诉家里局势严重,斯摩棱斯克保不住了。老亲王简直不能相信——他还沉浸在辉煌的叶卡捷琳娜女皇时代的荣耀中。他派管家到斯摩棱斯克去探听虚实,管家赶到斯摩棱斯克,见到正要撤退的总督。总督让他禀报亲王:"赶快撤向莫斯科,万勿迟疑!"随后战斗就打响了。混乱中,管家遇上了小主人安德烈亲王。安德烈说如果他本月十号得不到家里撤退的消息,就扔下一切,赶往童山。

十号那天,安德烈随撤退的部队经过童山,回庄园看到人去楼空,心里才踏实了。他根本没料到父亲和妹妹并未去莫斯科,而是停留在附近的包可查洛夫庄园——几年前他隐居的地方。

原来,老亲王听到斯摩棱斯克失守,非常愤怒,认为当权的人们毁了俄国。他表示要与法军血战到底,他到儿子的包可查洛夫庄园征集农奴,准备武装他们进行抵抗。不料由于过分激动,突然脑溢血,瘫了两天就去世了。临死前的夜里,玛丽小姐几次想进屋照顾他,又怕父亲脾气古怪不高兴。早上,老亲王格外和蔼,告诉女儿他整夜盼她进来。他断断续续说:"我的亲人,原谅我……"小姐从未受过父亲的慈爱,正在感动时,老亲王咽了气。玛丽小姐一下子昏了过去。

玛丽小姐埋葬了父亲之后,想按哥哥的要求去莫斯科,但是农奴们不肯给她马,不肯为她装车,村长推托说马都被军队征走了。小姐决定开仓放粮,并动员农奴们和她一起走,说他们可以暂避在莫斯科附近亲王的其他庄园上。农奴们嘟囔说:"到哪儿不也是给你当奴隶么?"玛丽小姐进退不得,只得坐以待毙。

正巧尼古拉骑马来征粮草。玛丽含泪述说了自己的困境,尼古拉决意帮忙。他召集了全村的人,告诉他们,周围有大批俄国军队,不许轻举妄动。他痛骂了在战乱中带头抗命的村长,打了这个"造反的叛徒"一顿。吓呆了的农奴立即恢复了奴性,迅速地为小姐套马备车,送她去莫斯科。

坐车离去的小姐确认尼古拉是位高尚仁慈的青年。"天意呀!"她对自己说,"他妹妹拒绝了我哥哥,而他又闯到我的生活里。"随行的贴身女仆发现小姐的眼睛中流露出了从未有过的光彩。

小姐也给尼古拉留下了完美无缺的印象。同事们开玩笑说,他找的哪里是什么粮草,分明是全俄国最富有的女继承人。他自己也不由得想象着与亲王小姐结婚的情景。但桑妮亚呢?——尼古拉一想到这儿,心乱如麻。

俄军一再退却,法军一再前进,战线已逼近莫斯科。战局严峻,彼尔决心到前线去。他忘不掉算命时得到的启示,认为他有责任拯救俄国。

他在总司令部里见到了库图佐夫。尽管宫廷内有不少反对意见,认为库图佐夫懒惰、迟钝、好色,但他仍被任命为全俄最高军事统帅。库图佐夫相比之下比其他将领强一些。彼尔在那里遇到了安德烈亲王、包力斯等一些熟人,还遇上了流氓军官朵罗豪夫,这家伙打仗挺勇敢。朵罗豪夫见到彼尔,主动上前握手说:"马上要打大仗了,上帝才知道谁能话下来。你我之间的事情,请宽恕我,别对我有恶感。"他俩拥抱时,朵罗豪夫眼中含泪,战争改变着人。

彼尔一到前线就遇上了著名的波罗狄诺大会战。波罗狄诺是去莫斯科的咽喉重地,谁掌握了它,谁就等于占有了莫斯科。

清晨的枪声使彼尔醒来,他跑出帐篷观看。昨天还十分空旷的田野上,已密密麻麻地布满了双方的军队。半空中的炮火,炸开一团团的白花,烟雾笼罩大地,嘶喊声、枪炮声震耳欲聋。彼尔根本不懂打仗,他只是到处瞧瞧。在司令部里,从不断汇报战况的下级军官和不断发出命令的将领口中,彼尔听出"山丘炮台"是全战场的关键所在。彼尔向别人要了一匹最老实的马,骑上它跟随增援的部队去了炮台。

炮台四周躺着双方几万名军人的尸体,硝烟弥漫。列成方阵、敲鼓进攻的法国人一批批地往上涌,炮台里大炮不断向外轰击。炮台里的士兵见到非军人的彼尔都很意外,觉得这不怕死的老百姓可能精神不正常。炮弹供应不上了,彼尔自告奋勇去搬。他还没走到弹药车旁,就被法军一炮击中了。

彼尔感到眼前一亮,猛听"轰"的一声,被袭倒在地。他爬起来跑回炮台,发现炮台上的上校被打死,法军冲了进来,双方在肉搏。彼尔还没站稳,便和扑过来的一个法国军官厮打在一起。彼尔翻来翻去,终于掐死了敌人,逃出了炮台。

彼尔还没有下到山脚,就遇上了一大群俄军反攻过来。很快,俄国人又夺回了炮台……

俄法自开战以来还从未有过如此规摸巨大的持久的阵地战。俄国人虽然一败再败,但在波罗狄诺却进行了顽强拼搏,出乎法国人的意料,但这很好理解,因为波罗狄诺的后边就是母亲城、众城之母——莫斯科,俄国人激发出了极大的荣誉感和爱国热情。

战场上的死人越来越多,双方都已精疲力竭。整个战场僵持住了,谁也无力再打,谁也不敢妄动。

法军将领纷纷向拿破仑请求增援,这是拿破仑横扫欧洲时从未遇到过的现象。拿破仑见到双方如此惨重的损失,犹豫了、迟疑了。实际上他还有两万多近卫军完好无损地等待投入战斗,而俄国基本上已用了全部兵力。

拿破仑想到此地离故乡有八百里之遥,怎能轻易地拿近卫军冒险呢?万一投入战场,白白损失了,怎么回去呢?拿破仑看不透波罗狄诺这个"深潭"能吞没多少兵力。他否决了部队增援的请求,上帝使他失去了彻底摧毁俄军,取得胜利的机会,最终导致法军在冬天狼狈退出俄国。

整个战场的僵局在下午三点打破,法俄两军停止了相互的攻击。扔下了几万尸体的战场恢复了平静。

就在战斗结束之前不久,安德烈所在的部队遭受了猛烈的炮轰,一发榴霰弹不声不响地落在安德烈身边炸开。官兵们朝他跑来,看到他的内脏被炸出,身上涌出的血染红了地面。在倒下的瞬间,安德烈自问:"这就是死么?来得这么快。"随后他什么也不知道了。

在临时救护所中,他被一阵痛苦的呻吟声唤醒。安德烈用力睁开眼,见到一个奄奄一息、被截去腿的人在低哑地哭泣。亲王认出那正是他到处寻找的、破坏了他幸福的阿纳托尔。

亲王由此联想到娜塔莎。在昏迷中,他断断续续想起了舞会上初遇娜塔莎的情景,又看到了她苗条的脖子与胳臂、她那露出陶醉感的惊喜的脸。

爱心与柔情在他心中觉醒,在他临死之前表现得格外强烈。"这是爱,是上帝宣扬、玛丽教我而我当时不懂的爱。"亲王再次昏死过去。

波罗狄诺大会战使拿破仑损失了二十位将军,俄军伤亡过半数。几万名穿不同军服以不同姿势躺在田野上的死者,使活下来的人感到战争的残酷。这一仗,法军取得了形式上的胜利,俄国人取得了心理上的胜利——他们打破了拿破仑不可战胜的神话。

第十一卷

库图佐夫率军退出莫斯科,直奔梁赞。波罗狄诺会战后,放弃莫斯科已不可避免。

当彼尔在战场上的时候,他的妻子爱伦正在筹划办理离婚。爱伦有个在宫廷里当高级官员的情夫,不过年龄比较老;她还在国外引诱了一位年轻的外国亲王。爱伦觉得嫁给这两人中的哪一个,都比做彼尔的太太强。由于俄国东正教规定夫妻不许离婚改嫁,爱伦改信了允许夫妻离异的天主教。爱伦写信通知了彼尔,要求他回来办理离婚手续。

彼尔跟随士兵撤退,路过莫斯科时,他回了家。全城大部分人忙于逃难,罗斯托夫伯爵一家也在收拾物品。娜塔莎已从她的不幸和痛苦中恢复过来了,在慌乱的逃难中,她显示出了人们不曾知道的治家本领和镇定。她亲自动手并指挥仆人把别人认为装不了、带不走的东西一一装到马车上。

当伯爵家的四辆马车出城之际,车上的娜塔莎瞥见了人群中的彼尔。

彼尔决定留下来,上次算命的启示仍激励着他,他要留下来刺杀拿破仑。他穿着平民的衣服,买了手枪和匕首,到共济会已去世的老导师家,坐在积满浮尘的书房中静心思索。

一批批撤退的俄军从莫斯科带出了一批批逃难的居民。部队要求平民协助照看伤员,负责把他们转移到安全地带。安德烈的仆人把昏死的安德烈放在轻便马车上找到了伯爵一家。全家都瞒着娜塔莎,怕她受刺激,一面给予安德烈最好的照顾。而娜塔莎整天忙于照料别的伤员,没想到昔日的未婚夫就在她身边。

大批居民逃跑以后,拿破仑的大军随后进了莫斯科城。拿破仑原以为他能像占领其他国家的首都那样,发号施令、树立权威、大搞慈善事业……当他发现莫斯科是座空城,绝大多数居民早已撤离时,极为扫兴。他感到了俄国人对抗到底绝不屈服的精神力量。

撤退的途中,娜塔莎已经知道了安德烈就在身旁。晚上宿营之后,娜塔莎趁大家入睡之际,偷偷跑去看安德烈,她在昏迷不醒的亲王身边跪下来,望着他失血过多惨白的面孔低声哭泣。

亲王迷迷糊糊以为自己看到了娜塔莎的幻影,便向她伸出手去。娜塔莎捧着那只手轻轻放在自己嘴边,小声说:"饶恕我。"

亲王清醒了一些,意识到眼前出现的是活生生的娜塔莎,他没感到惊奇,只是努力现出微笑,他说:"我爱你。"娜塔莎更伤心了,又说:"饶恕我。"亲王问:"饶恕什么?"娜塔莎说:"饶恕我所做的对不起你的事……"安德烈亲王顿了一下,说:"我比以前更爱你。"

从此,娜塔莎天天陪伴着亲王。连医生都赞叹这少女的细心周到和温柔,他甚至觉得在这少女的照料下,也许会出现奇迹,能使亲王活下来。

彼尔在老导师家呆了两天,还没想好如何完成刺杀拿破仑的壮举,已先见到了一个来寻住处的法国龙骑兵军官和几个普通士兵。老导师的弟弟喝醉了酒,举枪向龙骑兵军官开火。一刹那间,彼尔"爱人类"的信仰占了上风,他忘了自己的本意,推了那醉汉一把,枪打偏了。

军官感谢彼尔的救命之恩,根据彼尔的请求,放过了醉汉不追究。军官请彼尔共进晚餐。席间,他滔滔不绝地与彼尔聊天,说自己姓兰博,讲了自己的故乡,恋爱经历,法国的文化……兰博见了彼尔破衣服内的精美衬衫和他手指上戴的戒指,猜出彼尔必是贵族。当听说彼尔参加过波罗狄诺会战,而且就在炮台时,兰博对他大为敬佩,极口称赞俄国士兵的勇敢顽强。兰博问到彼尔的爱情,彼尔说,自己从年轻时就爱上了一个女孩子,因为她太年轻,再加上自己是个私生子,对她想都不敢想。到后来他有了财产和名望,还是不敢想她,因为他把她看得高于一切。兰博说:"唉,这是柏拉图式的爱,太虚无缥缈。"

那天晚上,他们喝得很畅快,成了无话不说的朋友。彼尔觉得这些法国人不过是些善良的普通人。

第二天早上,莫斯科不少地方起了火,这是留下的一些居民干的,他们怀着对法国人的仇恨,想采用"焦土政策"对付占领军。彼尔上街去寻找拿破仑行刺。一个女人向他哭诉,她的小女孩还在几条街之外的大火中。彼尔动了侠义心肠,放下行刺的事,去救火中的孩子。

当他从大火中把小女孩救出来去寻找她母亲时,见到几个法国兵在街上扒一个老头的靴子,动手抢一个格鲁吉亚年轻女人的项链,那女人在喊叫。彼尔放下小女孩去阻拦法国兵,双方扭打起来。骑马挨街巡逻的法军把彼尔抓住,从他身上搜出了武器。法军认为他是个明显的敌对分子,有纵火的嫌疑,必须立即予以逮捕。

当他要被带走时,一个女人抱起彼尔从火中救出的小女孩问道:"可怜的好人,这孩子可怎么办哪?"骑在马上的法国军官听不懂俄语,问道:"这女人想要干吗?"

彼尔一见自己从火中救出的孩子,不禁像喝醉了酒的人一样得意洋洋。他突然用法语说:"这女人想把我从火里救出的女儿交还给我。"他也搞不懂自己怎么会随口扯谎,但他很愉快,为自己的所作所为而自豪。

彼尔昂起头,在法国兵的押解下,迈着坚定的步伐走了。

第十二卷

在彼得堡,上流社会照样说着法语,勾心斗角,吃喝玩乐,顶多在餐会上来点不痛不痒的爱国朗诵。彼尔的妻子爱伦在两个情人的争夺和猜疑下,精神压力过大,生了重病。医生开了新药,她对药性不大了解,服过了量,因而暴亡。

波罗狄诺大会战的当天，最高统帅库图佐夫从战场上向皇上仓促发出战况急报，声称法军损失极其惨重而俄军一步也未后撤。彼得堡的贵族们据此纷纷庆贺，以为打了胜仗，甚至还谈论到拿破仑下台的问题。

谁料一连几天再也收不到库图佐夫的战报，反而由逃难来的人们带来了莫斯科失守的消息。于是群情激愤，前几天还称赞库图佐夫的人们转过来说：这个堕落的、瞎了一只眼的糟老头子，什么好事也干不出来，只会毁掉和断送俄国。

九天以后，库图佐夫的信使抵达彼得堡，报告皇上，莫斯科失守，全城在大火之中。皇上问信使，军队真的一仗也没打就放弃了莫斯科么？信使解释道，统帅不得不在二者中挑一个——要么单单失去莫斯科，要么连城带军队全部丧失。

尼古拉被派往伏郎涅什为部队征购战马，所以他没赶上波罗狄诺的会战。在后方的伏郎涅什，他又遇到了玛丽小姐。玛丽小姐是按哥哥的要求，在莫斯科失守前，到伏郎涅什投奔姨妈的。

总督夫人按老姨妈的旨意，撮合尼古拉和玛丽小姐，两人相亲相敬。小姐的沉稳端庄和丰富细腻的内心世界，再次给尼古拉以强烈印象。他收到母亲的来信，信中写道，亲王负了伤，正在他们家治疗。还提到财产已损失殆尽，表达了希望儿子娶玛丽小姐的心愿。桑妮亚也有信来，是在伯爵夫人的哀求和压力下写的。她表达了对尼古拉的爱，又说，正是因为这爱，因为盼他幸福，所以不束缚他，随他选择。只要他过得好，她甘愿牺牲自己。

彼尔和其他俄国人被法国人关押在一个堡垒里，受到初步审讯。不久又被带到修道院附近的一所房子里，由以残忍刻薄出名的法国元帅达武提审。

达武用威慑的目光瞪着彼尔，一上来就说他是个俄国间谍。彼尔说："大人，我不是间谍。"接着彼尔开始述说他救龙骑兵军官兰博，救大火中的孩子以及与法国兵发生冲突的经历。正说着，有个传令官进来说了些什么，达武显得很高兴，穿上军服要离开。有人问他怎么处置彼尔，他心不在焉地说："是啊，当然。"

彼尔听不懂这模棱两可的"当然"是什么含义。达武一出发，彼尔与其他五个人就被带到修道院外的菜地里。

地上挖好了埋人的深坑,彼尔的感官麻木了。他茫然地看着法国兵一对一对轮流出列,举枪向死囚射击。那五个人全被打死了,只剩下彼尔。一个法国人告诉他,他被免了死罪,但要关到战俘营去。

彼尔与三十来个被俘的俄国军官和士兵关在一个棚子里,开始了战俘生活。在那儿他结识了一位难友——一个名叫普拉东的纯朴士兵。

玛丽小姐从尼古拉那儿得知哥哥负伤的消息,决意带上小侄儿前往遥远的亚罗斯拉夫的伯爵庄园去看哥哥。她不顾梁赞附近有法国兵出没,毅然坐车走了两个星期,终于抵达亚罗斯拉夫。她见到伯爵夫妇,娜塔莎和桑妮亚,猜到了桑妮亚是尼古拉幼年时的情人。

亲王兄妹见面了。玛丽望着病情恶化的垂死的哥哥,落下了伤心的泪。亲王的小儿子亲了亲父亲,然后跑到娜塔莎身边,靠着她,哭了起来。

安德烈知道自己快要不行了,内心十分平静。前几天他做过一个恶梦,梦见屋外有什么东西非要进来不可。他梦见自己十分恐惧,拼命去关门、顶门,不让它进来。但他浑身的力气用尽了,两扇门还是不声不响地被撞开,那东西挤了进来。他一下子明白了,那进来的无形的东西就是"死亡"。

在妹妹到达后不久,安德烈亲王离开了人间。

第十三卷

拿破仑占领莫斯科之后,派出部队去侦察俄军动向,谁知俄军已逃得无影无踪。失去了打击的对象,法国将军们便停止了追赶。

库图佐夫的部队见法国人不再进攻,纷纷就近转向富庶地区进行休整和补充供给。彼得堡的谋士们鼓动皇上发来各种不切实际的作战方案,库图佐夫装聋作哑,概不理睬。这使皇上有些不高兴。

拿破仑在莫斯科发出公告,要求逃离的居民尽快返回。他答应迅速恢复秩序,保证居民生命及财产的安全,许诺可以建立自治政府,可以自由地生产和贸易;同时,拿破仑下达了禁止士兵抢掠的命令。但是法国近卫军仍然一伙伙地外出抄抢,并把赃物带回克里姆林宫。

彼尔在被押期间受尽屈辱和饥寒，没事可做时，他就反省自己，回想件件往事。过惯了奢华生活的他，从贵族转眼沦为囚犯，这丰富了他的经历，使他的性格受到磨炼，精神境界有了很大提高。他对人生又有了新的更深刻的理解。在被俘期间，他内心感到了前所未有的宁静与自由。由于他的渊博的学识和特有的气质，他受到法国看守和俄国难友们的敬重。

拿破仑的妹夫，所向无敌的那不勒斯王缪拉，凭着优秀军人的敏感，像在大海中捞针一样，"捞"到了失踪多时的俄军。一个因提升无望，愤而叛向俄国军队的波兰军官给俄军带去了法军的兵力部署和作战计划。勇敢善战的哥萨克们在夜间偷袭了法国人，一下俘虏了一千名法军，缴获了几十门大炮。要不是哥萨克爱马如命，乱哄哄去分抢战马的话，必定能生擒缪拉。那不勒斯王带着少数人马落荒而逃。

这本是兵家常见的小输赢，却使拿破仑犯下了一个致命错误。他见到那不勒斯王都战败了，大吃一惊，于是，下令立即集合军队撤回国去。拿破仑如果坚守莫斯科，熬过冬天最艰难的时刻，历史便会改写。

冬初，俄国的田野上到处是皑皑白雪。法国人携带着大包小包抢来的物品，押着俘虏，沿着来路往回撤。彼尔与难友们在挥着刀的法军的粗暴吆喝声中离开了烧得面目全非的莫斯科。

在一个雨雪交加的寒夜，通信兵骑马闯入库图佐夫的营地，带来法军已退的情报。元帅满怀激动地走到神像面前，合着掌颤抖地说："主啊，感激您！您听到了我们的祈求，拯救了俄国……"大颗的泪珠落在他布满皱纹的脸上。

由于法军比俄军人数多十倍，库图佐夫只率军追赶，禁止部下与法军硬拼。他的决定是正确的，做出欲打的样子，摆开全歼的架势，使法军愈加慌乱，忙不择路，丢盔弃甲地拼命逃窜，正所谓"兵败如山倒"。法军的惶恐情绪毁了自己，还不到斯摩棱斯克，法军一仗没打，就损失掉了三分之一的军队。

第十四卷

法军谁也不顾谁地往回逃，凡是落在后边与大部队失去联系的小股队伍，几乎一转眼就被俄国人展开的游击战"吞掉"了。

捷尼索夫和朵罗豪夫碰到了一起，共同率领一支部队追袭法军。一天，有位年轻军官带来将军的命令，捷尼索夫高兴地认出这个年轻军官是娜塔莎的弟弟别加。他热情地招待别加，把他留在自己的队伍上。别加仍是一个孩子，很喜欢这个追求过自己姐姐的好人。他孩子气地掏出一把葡萄干递过去，又怕捷尼索夫不要，他说："给，上好的葡萄干，我吃惯甜东西了，你拿去……"

彼尔和难友们被押解着走向斯摩棱斯克。一路上，他与难友普拉东互相关心互相鼓励。他从普拉东身上看到了俄国农民的纯朴善良。普拉东患了重病，彼尔想照顾他，但法国兵把彼尔轰开，一枪打死了走不动的普拉东。

朵罗豪夫带着别加化装成法国军官去刺探情报。深入虎穴的别加非常紧张。他看见朵罗豪夫冒充法国军官那么从容镇定，对答如流，十分佩服。他俩掌握了这支法军的情况后返回驻地，军官们决定次日黎明发起进攻。

天刚一亮，别加就备好了马，要求捷尼索夫让他去参战。捷尼索夫同意带他去，不过，他要求别加听话，不许往前跑。

俄法的这两支部队发生了短暂而激烈的枪战。兴奋中别加忘记了捷尼索夫的劝告，骑马随着哥萨克们冲锋，一粒子弹飞来射穿了他的头骨。

法军头目把白手帕系在枪上摇动，表示投降。捷尼索夫下马扶起别加的尸体，望着他惨白的沾了泥和血的脸，想起他掏葡萄干时孩子气的表情，站起身来发出一声悲愤大吼。

被救的战俘中有彼尔，他拥抱了他见到的第一个哥萨克士兵。

第十五卷

安德烈亲王的死，使玛丽小姐和娜塔莎陷入了极大的悲痛中，特别是娜塔莎，又开始苍白、消瘦。玛丽小姐提出带娜塔莎去莫斯科，找个好医生认认真真治一下。

她们正要动身时，传来了别加阵亡的消息。伯爵夫人痛哭起来，变得神志不清。娜塔莎日夜陪伴着母亲。无论是伯爵还是桑妮亚，在此时都代替不了娜塔莎的作用。娜塔莎感到了自己肩上的担子，体会到了做人的责任。

她不倦不厌，不屈不挠地照料母亲，直到伯爵夫人清醒过来。玛丽小姐和娜塔莎推迟了一个月才动身去莫斯科，这时，娜塔莎已经心力交瘁，瘦得好像变成了另外一个人。

俄军以每天三十里的速度追赶着法军，追得精疲力竭又缺吃少穿，真正苦不堪言。十万俄国人追到现在，甩下了一半跑不动的人，其损失也不比法军少多少。到了克拉斯诺耶，双方自法军退出莫斯科以来真正面对面地打了一仗。法国人打过之后又跑，扔下了更多的残兵败将随俄国人去收拾。

法军再也不能被称为军队了，残余的法国兵冻僵冻伤饿得半死，在深深的大雪中连滚带爬。在斯摩棱斯克，他们无缘无故地放火，如同一个摔倒的孩子，拿地板出气一样。

库图佐夫跟在他们后边，不费一枪一弹，收复了一座又一座城市。法军撤过了尼门，彻底退出了俄国领土。库图佐夫在边境城市维尔纳迎接了到前线视察的亚历山大皇上。皇上颁给他一枚一级圣乔治勋章。

皇上周围的人一直说库图佐夫的坏话，说他先前作战指挥失当，以至丢掉了莫斯科；继而他对拿破仑只追不打，使他们得以逃出俄国。总之，库图佐夫是个昏聩无用的老家伙。

皇上对库图佐夫的不满在维尔纳增强了，因为皇上发表讲话，希望"拯救了俄国和欧洲"的军官们乘胜追击时，库图佐夫却提到俄国的国力、人民所受的苦难、征兵的不可能，到国外作战的不必要，以及失败的可能性……

在皇上的眼里，这老家伙已经成了他称霸欧洲的障碍。老家伙的角色已经演完，该换个演员上场了。库图佐夫永远搞不懂，在敌人被赶出境外，祖国已获解放之后，作为一个俄国人，还有什么可做的。

正因为他搞不懂，他的归宿也由此而被确定，没有事再需要他去做了，只有一死。不久之后，库图佐夫死了。

彼尔被释放之后大病了一场。他在病中听到了一连串想不到的事：法军战败了，安德烈亲王去世了，给亲王造成不幸的阿纳托尔死在战场的救护所里，他妻子爱伦也不在人间了。养病期间，彼尔回想起难友普拉东，认为代表纯朴俄国农民的普拉东，他心中的上帝比共济会承认的造物主更博爱、更伟大。彼尔进一步认识了俄国。

居民、官吏、教士和商人们，纷纷涌回莫斯科。人们动手修补这古老的城市，使它很快恢复了往日的面貌。彼尔复元之后就去了那里。

他听说玛丽小姐也在莫斯科，想起他与亲王的友谊，觉得有必要上门去表示哀悼并安慰玛丽小姐。

玛丽小姐正在与一个黑衣女子谈话，彼尔走进她的房间。他把那黑衣女子认作小姐的女伴，所以只对着小姐聊了起来。那黑衣女子默默地听着。他们谈了许多，小姐始终带着惊讶的表情。当他们谈到伯爵一家，小姐再也忍不住了，她问彼尔："难道你真的认不出这位女士了么？"

彼尔听了玛丽小姐的话，心不禁猛跳起来。他看到那女子望着他的亲切的目光，好像意识到了什么。他想："不，不会是她。她怎么如此憔悴衰老。"及至听玛丽小姐清清楚楚地说道："这是娜塔莎呀！"彼尔这才从那张脸上认出了往日熟悉的可爱的痕迹。

他慌乱了，脸涨得通红，说话变得结结巴巴。娜塔莎对他投以成熟而深沉的微笑。

当晚，他们谈到深夜。他们发觉彼此都有了极大的变化，战争改变了每一个人。玛丽小姐猜出了彼尔对娜塔莎的感情。

彼尔要去彼得堡。他在向玛丽辞行时，对她倾吐了自己的苦恼和对娜塔莎的爱。他表白说："我一生始终只爱着她一个人。我从不敢说出来，可现在……我怕失去她。"玛丽小姐回答道："此事交给我，你放心去吧。她会爱您的。"

总结之一

1813年，彼尔·别楚霍夫伯爵与娜塔莎举行了婚礼。老伯爵同年去世。他的家业由于管理不善败落下去，战争又毁掉了他剩余的一切。

尼古拉成了一家之主，在提升上校时退伍回家，父亲留下的债务压得他喘不过气来。为了不使母亲感到生活的下降，为了保持家族的名誉，他刻苦勤奋地学习着治家的本领。

怀着对尼古拉的爱情，玛丽小姐来伯爵家看望。尼古拉待她出乎意料地冷淡疏远。玛丽小姐判断这是因为他男子汉的虚荣心，他不想让外界认为他在追求富家女子以改善家境。玛丽小姐几次与尼古拉接触都没进展，尼古拉表现出异乎寻常的坚决。

小姐只得辞别。她伤心地说："我生活中的幸福本来就很少，现在又要失掉你的友谊，我简直承受不住。"她含泪出门时，尼古拉叫住了她。两人默默相对。于是，先前几乎绝无可能的事变得有可能了。年底，玛丽小姐嫁给了尼古拉·罗斯托夫伯爵。

婚后尼古拉夫妇带着伯爵夫人和桑妮亚搬到老亲王的童山庄园。四年后，尼古拉没动妻子一点财产，不但偿清了父亲的债务，还买回了父亲当年卖出去的祖产。

尼古拉变成了一个富有、能干、务实的庄园主。他和妻子相处得非常和谐。玛丽热爱丈夫和孩子，给孩子作教育日记，尼古拉很受感动，很高兴自己有幸娶这么一位聪明高尚的太太。

安德烈亲王的遗孤也叫尼古拉，一直跟着姑姑姑父生活。姑父尼古拉照料着亲王留下的产业，准备待他成人时交给他。这孩子已经十五岁了，死去的父亲在他心目中是位神秘的英雄。在他幼稚的心里，彼尔是父亲最好的朋友，好到父亲临死前把自己热爱的娜塔莎托付给他。所以这孩子眷恋彼尔，崇拜他，为他的言谈举止着迷。

桑妮亚仍住在这个家庭里，也不结婚。她是一朵不结果的花。她的情况符合《圣经》中的一句话："对那有的人，还要赐给他；对那没有的人，连他现在已有的都被剥夺了。"她原来写给尼古拉的信，成了她后来生活的预言：她真的为了这个家庭，为了对尼古拉的爱，牺牲了自己，成全了别人。她每日和孩子们在一起，爱他们，教他们学习和玩耍。

伯爵夫人老了，常常回忆过去，变得唠唠叨叨，动不动就找茬儿发脾气。大家都理解她，让着她，因为人人都明白，自己早晚有一天会老成她现在这个样子。

娜塔莎在婚后七年里生下三女一男。她长宽了，变胖了，成了丰满成熟美丽的妇女，谁也不能想象这竟是原来天真烂漫的苗条少女娜塔莎。她从不修饰自己，谢绝了社交活动，甚至连歌也不唱了。她只与亲戚们往来，粗声地讲话，拿孩子的尿布给他们看，津津乐道地谈论孩子们的每一点进步。

在家里，她以丈夫的奴仆自居。凡是彼尔的愿望，她都要求全家服从。彼尔读书写东西用脑子时，她踮着脚走路。彼尔刚表示出一个意思，她会跳起来跑去执行。人们谈到妇女解放之类的话题，她听不懂，也不想懂。她只知道该珍惜自己的家，要用全力去维护它。

结婚时，娜塔莎对彼尔提出了必须遵守的要求。彼尔感到新奇，一丝不苟地执行了。他不敢在俱乐部里吃饭，不敢含笑同别的女人谈话，不敢乱花钱，在外面被人视为"怕老婆"。但在家里，他过得像位皇帝。与和爱伦毫无感情、充满精神折磨的生活相比，彼尔感到有地狱天堂之别。他完全变了一个人，从没想到世上还有这么美好的生活属于他。

彼尔知道自己的弱点：有时观点变得太快，经常有一百八十度大转弯。娜塔莎不声不响地改变着他，坚持他提出的正确意见，留下他真挚善良的愿望加以光大。

捷尼索夫已是退休的将军，他到童山庄园来看望当年的老伙伴尼古拉，见到了在这儿过冬的娜塔莎。娜塔莎正焦急地盼望去彼得堡开会的彼尔早日归来，她流露出的寂寞和心绪不宁，令捷尼索夫感到惊异和陌生。而当彼尔回到家里，看到娜塔莎变得生动快活的神色，捷尼索夫又认出了从前的娜塔莎。

在全家快乐的气氛中，彼尔拿出太太要他买的各种礼品，分送大家，连仆人都没有忘记。人人都感到满足。

当房间里只剩下彼尔夫妻时，娜塔莎把彼尔的头抱在胸前说："此时此刻，你完全属于我了。"

总结之二

路易十四把法国搞得一团糟，他的后代又是那么的软弱无能。

巴黎有少数人起而鼓吹自由平等，引得全法国的人互相攻打，彼此为敌，国王也被杀死。

一个叫拿破仑的人控制了局势，对北非进行战争之后，登上了法国皇帝的宝座。他攻占了意大利、奥地利、普鲁士等一个又一个国家，欧洲在他面前发抖、弯腰。

他曾与俄皇亚历山大一世当了一阵朋友，随即又翻了脸。于是他率领六十万欧洲联军大举入侵俄国。在占领莫斯科之后，又退了回来。

亚历山大一世鼓动全欧洲反对拿破仑，于是盟国联合起来打到了巴黎，强迫拿破仑退位。人们把他送到厄尔巴岛，保留他的皇帝称号，给了他几百万的金钱。被法国人和盟国一直当作笑料的路易十八钻出来执政。

当盟国为了些小利益争吵不休的时候，拿破仑逃离厄尔巴岛返回法国。他所到之处，一呼百诺，迅速组成一支大军回到巴黎复辟，重当皇帝。法国人立即伏在他脚下。

盟国大怒，纠集军队，用了一百天时间把拿破仑再次打败。他们不再叫他皇帝，而叫他强盗、骗子、阴谋家。他们把他送到大洋中间遥远的圣海伦岛，让他慢慢地、孤零零地、凄惨地病死在那儿。

于是世上的人都把他叫做强盗骗子阴谋家，好像他从来如此。

俄皇亚历山大一世刚死，人们就议论起他的反动：成立神圣同盟啦，给波兰立宪啦，宠信阿拉克切夫之流啦，宣扬神秘主义啦，等等。

拿破仑究竟是利用了历史偶然性的天才还是强盗，亚历山大究竟是伟大还是反动，没人讲得清楚。

至于是什么力量推动历史前进发展，不同的历史学家有不同有解释，五花八门。哪怕是看似最合理的观点，也会随时间的推移，日益显示出其历史局限性。

（刘小江）

柯罗连科

符拉基米尔·迦拉克切昂诺维奇·柯罗连科(1853~1921)是19世纪末20世纪初俄国批判现实主义文学中独具特色的中短篇小说家。

他出生于乌克兰,父亲是县法官,母亲是波兰地主的女儿。在1863年波兰人民反俄起义中,他有好几位亲友牺牲或被捕,从此给他埋下了斗争的火种。1876年他被大学开除,三年后被流放西伯利亚,1884年获释后继续从事反对沙皇统治的活动。1896年起长期担任民粹派喉舌《俄罗斯财富》的主笔,在这个阵地上不断揭露和抨击沙皇专制统治。其间曾和契诃夫一起辞去俄国科学院名誉院士的职位,以抗议当局对高尔基的迫害。

他在流放期间开始写作,一生所写多是中短篇小说和散文特写,由于他对社会深入剖析,在人物身上寄托未来理想,加之情节动人,故事完整,手法清新细腻,语言简洁明快,而引人入胜。

除晚年新著四卷回忆录《我的一个同时代的人的故事》之外,作品都很短小精炼,著名的有:《奇妙的姑娘》(1880)、《马卡尔的梦》(1883)、《索科尔岛人》(1885)、《丑恶社会》(1885)、中篇小说《弗洛尔·阿尔希普和耶纳古达之子梅纳赫姆的故事》(1886)、心理小说《盲音乐家》(1886)、特写《巴甫洛夫村札记》(1890)、短篇小说《嬉闹的河》(1891)、《语言不通》(1895、1902)等。

盲音乐家

深夜，俄国西南边区一个富裕的家庭里，诞生了一个男婴，取名彼德。几星期过去了，无论是射进房来的阳光和树影，或是鸟儿的鸣啭，都不能吸引婴儿将凝定的瞳孔移动一下，他总是木然地朝一个方向望着。多么不幸！多么可怕！孩子从生下来就是瞎子！年轻的母亲像被射伤的小鸟似的哭着、哆嗦着，把孩子紧紧搂在怀里。

她认为孩子的不幸的原因，就在给予他生命的父母身上。于是，儿子成了全家至上的宠儿。孩子任何任性的举动和要求，全家人都得百依百顺。孩子的不幸容易使他无缘无故地凶狠暴怒，周围的一切也都促使他越来越自私自利，幸亏马克辛舅舅的高瞻远瞩，否则这个孩子将成为一个什么样的人，简直不堪设想。

马克辛舅舅年轻时曾只身到过意大利，加入了加波里的烧炭党，英勇顽强地和奥地利独裁者战斗。在激战中他身负重伤，侥幸被战友从死人堆里拖出来……当他几年后出现在妹妹的庄园里时，已是一个严肃而温厚、右腿被齐根切掉拄着拐杖的残疾人了。

马克辛看着彼德沉思着："唔，是啊，小彼德也是个残疾人。如果我们俩合在一起，也许还可以成为一个完整的人。"他向妹妹说："安娜，小孩子的神经组织很敏锐，他完全有时间发展自己的其他禀赋，在一定程度上弥补失明的缺陷。但是，非得经过一番苦练。你的溺爱娇惯，将使他丧失自我约束和追求，丧失获得较完满的人生的一切机会。"

彼德的父亲整天忙于农业生产和经营，教育的事情完全由舅舅承担下来。从孩子一学步，他们就带他去田野、河岸、森林、瀑布……让他用眼睛以外的其他感官去感知具体的世界。彼德有着敏锐的触觉和听觉，他的眼睛时闭时睁,眉毛惊惶不安地耸动,他在不停息地辨识着纷繁喧闹的大千世界。夜里,他不肯安睡,饶有兴味地久久地谛听着农舍传来的民歌与笛声。马克辛认为音乐不仅是艺术,也是一种伟大的力量,它能够掌握人的心灵。他要发展孩子的音乐天才,使他为追求美好的生活而奋斗。

从基辅订购的钢琴送到了。可是当这庞然大物在妈妈弹奏下轰鸣时,彼德却胆怯地走开了。安娜和马克辛进行了各种诱导和启发。开始,他们用徐缓的单声部,弹奏彼德夜里倾听过的乌克兰民歌的旋律,继而高八度、低八度,再高八度、再低八度的反复弹奏。终于,彼德悄悄走近,试着用灵敏的小手去触摸琴键。他就这样开始了学习弹奏钢琴。

彼德的乐感很强,他一听到迷人的调子,就能把旋律记住,为曲中的喜悦或忧郁所感染。他善于将自然界的声音,与故乡的民歌曲调糅合成流畅的即兴演奏。马克辛教他熟悉祖国的历史,让他聆听民间艺人演唱的史诗,于是,多种历史人物的故事和祖国的命运,在他的心灵深处编织成一套恢宏的乐曲。

然而,他的性格毕竟带有某种奇特的、不是儿童应有的忧郁。有一天傍晚,小彼德独自来到河畔山岗上吹笛子。一个小姑娘在采集野花,她从来没有见过这么文静优雅的男孩。很快他俩就熟识了。

"你喜欢这些花吗?哎哟,你这人真是怪极了……""这是矢车菊,"他说,"这是紫罗兰。"他的手指异常灵巧地轻轻摸着花枝的叶子和花冠,马上回答了。

后来,他想用同样的方法认识认识和自己坐在一起的小姑娘。他左手搭着她的肩膀,右手摸着她的头发、眼皮、面庞,指尖忽快忽慢地滑过,这些动作来得太突兀,小姑娘睁大眼睛瞪他,开始感到恐惧,因为他的眼睛一动不动望着火红的落日。她挣脱着,跳起来,放声大哭。"你为什么吓唬我?我怎么你啦?"

他尴尬地坐在那里,低垂着头,烦恼与屈辱混在一起深深刺痛了他稚嫩的心。他初次体会到残疾不仅惹人怜悯,并且有着某种令人恐惧的丑陋。他趴在草地上哭起来,阵阵抽泣使他浑身颤抖。小姑娘悄悄走过来同情地说:"喂!别哭了,我对谁都不说。"她轻轻抚摩他的头发,用手帕给他擦眼泪,"你现在后悔刚才吓唬我了吧!"

"我没吓唬你,"彼德脸上是那样悲惨、痛苦,"我……"我是瞎子!"

"瞎子?瞎——子?"这两个字仿佛给她天真的柔情以狠狠的一击。她忽然搂住他的脖子凝视着他,接着便痛哭起来。

第二天,她一早就找他去玩。从此,佃农的女儿艾威琳娜成了彼德的好朋友,也成了马克辛的第二个学生。

清静的封闭的庄园生活,又过了几年。

马克辛的头发变白了。彼德长得修长而匀称,苍白清秀的面貌和一双乌黑不动的眼睛,使他具有一种与众不同的神情。老师认为必须让青年人有沉着的精神和健全的心灵,去迎接外界沸腾汹涌的生活。时机到了,他打开了温室的门。

马克辛第一个步骤是让他的老朋友们带着自己的儿子来串门。这些思想活跃的大学生们的谈话和争论像一股沸腾的洪流冲击着彼德,起初他又兴奋、又惊讶地倾听着,但不久他就发现这些全与他不相干,人家不问他,也不想了解他的意见。他感到庄园的生活越热烈,他就越凄惶。

一个初秋的午后,他和新相识的青年朋友们去参观一所古老的闻名遐迩的修道院。当人们都走下钟楼时,彼德驻足谛听到广袤的平原上传来一种旁人听不见的声音。他说:"远处在敲钟。""这是十五里外教堂的钟声,"管钟楼的年轻僧侣说。"他们那边总比这里早半个钟头做晚祷"……你听得见吗?你也和我一样是瞎子吗?一般人可听不见……"

"是,我天生就这样。"彼德说。

"对,我也是天生就瞎。只有天生就瞎的人才能听到这钟声。我们这儿有一个瞎子叫罗曼,他七岁才瞎,他就听不到。可他是幸运的,他见过五光十色的世界,他记得母亲的样子,他会在梦里见到妈妈。咱们却不会做梦……"

彼德面色阴晦地僵立着,好像罩上一团乌云。

彼德变得暴躁易怒。艾威琳娜满怀深情向他倾诉了爱情。彼德却忧伤地说,"从前我深信我爱你胜过世上的一切,现在,我只有一个愿望,我想看见!如果我能看一眼母亲、父亲、舅舅和你,我死也会幸福的……"当马克辛告诉他黑色是永恒的夜和死亡的象征时，他战栗了："死亡！而我的一切全是黑的，永远是，到处是……"

"不对，"马克辛正色答道，"对你来说有声音，有温暖，有爱情……你太执拗、太自私了，念念不忘自己的痛苦！"

"是的！"彼德狂喊着，"我的痛苦是不由己的，我该怎样躲避它呢？"

"如果你懂得世界上还有比你苦上百倍的痛苦就好了，你过着安适的处处受照顾的生活……"

"不对，不对！"彼德仍气冲冲地喊叫，"我情愿做一个瞎叫化子，那样我就一心只想怎样要饭，整日受饥寒的痛苦，也比现在整天受折磨的强！"

"我不跟你争论了，"老人冷冷地说，"也许你是对的，也许生活环境不好你会更好受些。"

早春的节日，小教堂外成了闹市。马克辛拄着拐杖，领着彼德慢慢走来。教堂外石柱的柱基边有一群瞎眼乞丐，捧着木碗高声呼喊："看在上帝的面上，给瞎子施舍点钱吧……"彼德站住了，面色灰白。"你怎么害怕啦？"马克辛问道，"你不久前曾羡慕他们的幸福呀！人都有权支配自己的命运，你已成年了，如果你要把你从摇篮里开始享受的一切交给命运，如果你想经历这些瞎乞丐的境遇，我，一个老战士，一定会尊重你，帮助你，支持你的！"

这天夜晚，马克辛又和彼德谈了很久。几个星期以后，彼德觉得自己枯萎的心灵长出了嫩芽。他向母亲提出春暖后便到基辅去跟一位著名的钢琴家学习。他只跟马克辛同去。

一个温煦的春夜，套着两匹马的敞篷马车停在林边。次日破晓时，两个瞎子从林间小路走来，当瞎子们走上大路时已变成三个人。前面走的是个白发老头，拿着一根长棍探道；第二个瞎子是身材魁梧的麻子；第三个瞎子很年轻，穿一身新买的农民服装，他脸色苍白、惊慌、脚步不稳。老瞎子拉长声调："给可怜的瞎子施舍几个钱吧……"第三个瞎子用异常优美的嗓子唱起了古老的民谣，双手急促地拨着琴弦。

三个瞎子走过乡村，走过城市，走过教堂，走过墟集，走过草原……年轻的瞎子每向前走一步,便感觉到迎面传来一种不可思议的广阔世界的新的声音,像大海般咆哮的声音。这些声音涤尽了幽静庄园里的萧瑟……

深秋。彼德忽然衣衫褴褛地带着两个瞎子沿着积雪的道路回家了。庄园里的人们惊讶万分。到处传说他为了眼睛复明到远方的圣母那里去还愿了,然而他的眼睛依然是失明的。不过,那双眼睛变得清莹、深邃。无疑的,那是他的心病痊愈了。

安娜见到马克辛就说:"我永远永远不会原谅你。"但她的神情是欣慰的。

基辅之行延缓了一年。

过了三年,在基辅举行了一场别具一格的钢琴独奏会。无数的听众涌来欣赏他的演奏。他是瞎子。关于他音乐天才和他个人的命运,有各种传闻。有的说,他幼年曾被瞎子抱走,一直在流浪;有的说,他是因为罗曼蒂克的追求而离家远行。

马克辛走进来了,他等待着。

彼德在台上一出现,大厅里便寂静无声了。富有色彩的,悠扬的乐曲像泉水般涌流,有时像草原的风在蔓草里、在丘陵上飒飒悲鸣,有时像狂风暴雨响彻云霄,在茫茫的空际滚动。忽然,音乐家的手指下,又像少年时飞来呻吟……过了片刻,从庄严的民谣里响起宏伟的盲人歌,在如醉如痴地震荡:"给瞎子施舍点钱吧……看在上帝的面上。"

然而这已不是乞讨的祈求,也不是湮没在街头喧闹声中的悲恸啜泣,它是心头已经战胜的隐痛,它是惊心动魄的生活真相,它像一声声霹雳,使每一颗心都在颤抖。乐曲早已奏完,但人群还保持死一般的寂静,接着爆发了山呼海啸般的掌声和欢呼声。

马克辛低头想:"是的,他复明了……生活的感受在心灵中代替了自私的不可抑制的失明的痛苦,他感受到了人生的痛苦和欢乐。他复明了!他能够唤醒幸福的人想起不幸的人……"

老战士的头低垂着,他含着热泪笑了,他总算完成了自己的事业,没有白白虚度此生。

(王天桢)

契诃夫

安东·巴甫洛维奇·契诃夫(1860~1904)是俄国19世纪末杰出的短篇小说家和优秀的剧作家。

他出生于塔干罗格,祖父是赎身农奴,父亲是小店主。他从小就要和几个兄弟站柜台,学习欺骗顾客,还要在教堂唱诗、做祷告,而学校的气氛更令人窒息。1876年其父破产,举家迁居莫斯科,他独自留下继续学业,并靠做家庭教师谋生。他自幼生活在小市民的庸俗氛围中,因此在后来的作品中最长于揭示日常生活中的悲剧,以其含蓄隽永的韵味发人深省。1879年,他进莫斯科大学医学系,同时开始创作短篇小说。1884年毕业后行医兼写作。

他在二十四年间写了大量的短篇和中篇小说及十几个剧本。早期的幽默小说因出于糊口而写作,未免量大而质粗。但《变色龙》、《普里希别叶夫中士》(1885)等已由幽默转为讽刺。之后他的作品日益深刻,如:《万卡》(1886)、《草原》(1888)、《没意思的故事》(1889)、《第六病室》(1892)、《跳来跳去的女人》(1892)、《带阁楼的房子》(1896)、《套中人》(1898)、《带狗的女人》(1899)等都是脍炙人口的名篇。他是俄国文学史上第一个以写短篇小说载入世界名家史册的作家。

他的剧作如《蠢货》、《求婚》(1888)、《结婚》(1889)、

《海鸥》(1896)、《万尼亚舅舅》(1897)、《三姊妹》(1900)、《樱桃园》(1903)等也都是传世佳作。

他的短篇小说和剧作都具有世界影响。

樱 桃 园

五月的一天，樱桃花都开了，可天气依然寒冷。这一天，樱桃园的主人柳芭夫人就要从法国回来了。家里做着迎接她的准备，商人罗巴辛特意赶来迎接柳芭。女仆杜尼亚、管家等一大早就忙活。五年前柳芭的丈夫去世，她又爱上了一个人，这时她只有七岁的儿子却落水淹死了。柳芭伤心之极，于是和她的情人一起到巴黎去医治心灵上的创伤。她的情人是个不名一文的花花公子，到了巴黎又和别的女人鬼混，加上她挥霍的天性，五年来她不仅身无分文，还欠下了一大笔债，逼得她不得不离开那个男人，变卖了所有能卖的东西，才凑足了路费，带着女儿安妮，回到久别的老家——樱桃园来。柳芭的哥哥加耶夫驱车将她们一行接了回来。她们都很疲倦，但杜尼亚却忙着宣布管家向她求婚的事。柳芭看到了幼儿室，想起了淹死的儿子，泪流满面。安妮的男朋友大学生彼佳也赶来了，这可忙坏了柳芭的养女瓦里雅。她要照顾回来的人，又要照顾那些前来的客人，而近百岁的老仆费尔斯更是碍手碍脚的。他的耳朵已不好使，不断地唠叨着："谢天谢地，太太可回来了，现在我死也甘心了……"他一定要亲自为夫人送咖啡，柳芭对他说："谢谢你，费尔斯，我的可爱的老人家，我回家看见你还活着，多么高兴呐！"但她心里却想着："上帝阿！我真想睡，我累坏了，这一切多么讨厌啊！"偏偏这时，罗巴辛急切地对她说："我必须搭四点钟的火车去哈尔科夫，所以有件事我必须马上告诉你。你一定早已知道了，你们的樱桃园就要被抵押，在8月22日拍卖。可是，亲爱的夫人，你不用着急，有办法……

我有个建议,这片地产离城里才二十里,附近又刚刚修了一条铁路,只要你把这座樱桃园和沿河边的那块地皮,划分成若干建筑地段,分租给人家去盖别墅,那么,你每年至少有二万五千卢布的收入。"

"对不起,你说的都是些废话。"罗巴辛的提议首先遭到了加耶夫的反对。这座樱桃园是他家的祖产,更是柳芭的生命。果然,柳芭说:"把樱桃园的树木都砍掉?对不起,你根本就不懂,全省之内唯一出色的就是我们这座樱桃园了……"罗巴辛却不屑地说:"这樱桃园有什么出色,隔两年才结一回樱桃,结了也没人买……"

"连安德烈耶夫的《百科全书》里,都提到了我们这座樱桃园呢!"加耶夫争辩说。

罗巴辛看看表,做着走的样子,一边强调说:"你们要不想个办法,一到8月22日,这座樱桃园,连这一带的地产,可就全部都要拍卖出去了。快下决心吧,我起誓,这是唯一的一条出路。"说着他告别了大家走了。

"势利小人!"加耶夫不满地说,"不过,瓦里雅就要嫁给他了,他是瓦里雅未来的……"

"不要说废话,舅舅!"瓦里雅严肃地说。

"怕什么,瓦里雅?嫁给他,我才替你高兴呢!"柳芭说。这时他们的朋友皮希克跑来借钱。瓦里雅生气地说:"不行!我们没有钱!"柳芭已经累得有气无力了,摆摆手说:"真的,我一个钱也没有了。"皮希克只好扫兴而去。人们终于去睡了,柳芭很累,却睡不着。她打开窗户,望着花园,自言自语道:"啊,我的童年,我那纯洁而快活的童年啊!"她看那满园白色,不禁轻轻喊起来:"哦,我的樱桃园,天使的降福并没有抛开你啊……"一想到这座园子要拍卖了还债,她就仿佛看到了去世的妈妈在园子里散步,穿着白衣裳……

为了樱桃园的事,在另一间屋里的加耶夫也是一夜未睡,他想:用期票去借一笔款子来付银行的利息,不知成不成。他又想让瓦里雅去找外祖母要点钱来应急。

一晃就是两个多月,一天傍晚,柳芭在樱桃园散步,不知不觉就走出了围墙,来到一个小教堂门前。她刚走进去,罗巴辛就起来喊住她。罗巴辛非常急切地说:"你非得最后下决心不可了,时间可是不等人的。这个问题其实极简单,你肯不肯把地皮分租给别人去盖别墅?只要你回答一个字:肯,还是不?只要一个字。"

"噢,我多想进城去吃顿饭啊!"柳芭只顾打开自己的钱袋看着,"昨天我还有不少的钱呢,可是今天就差不多都花光了。"罗巴辛急得直跺脚:"夫人,只要一个字,你倒是回答我呀!"柳芭仍在翻着自己的钱袋,好像什么也没听见。罗巴辛说:"那位富翁捷里想买你这份地产,据说他要亲自去拍卖。"

"你怎么知道的?"柳芭问。

"城里有人这么说。"

"那我们该怎么办呢?"

"按我说的去办,把樱桃园分给大家去盖别墅。而且要快,拍卖的日期马上就到了!"

"原谅我吧,什么别墅、租客呀的,哎……这多俗气!"柳芭拿起架子来说。罗巴辛简直要气晕过去了。柳芭却从口袋里掏出一封电报:"是他从巴黎发来的……他求我饶恕他,请我回去……"罗巴辛却低声咕哝着:"我只知道,为了一笔钱,德国人会把俄国人变成法国人。"

柳芭突然盯住罗巴辛说:"我的朋友,你应该结婚了。"

"是的……这是实话。"

"为什么不娶瓦里雅?她是个好姑娘啊!"罗巴辛搪塞着。这时老仆费尔斯给夫人送外衣来,紧接着,安妮、瓦里雅,彼佳等一伙年轻人都来了。太阳落山了,大家坐在那里一动也不动,各想着自己的心事,只有费尔斯在嘟囔什么。忽然间,仿佛从天边传来了一种类似琴弦绷断的声音,然后忧郁而缥缈地消逝了。柳芭打了个冷战:"这是什么?这声音有点怕人!"

"也许是猫头鹰……"安妮说。这时来了个流浪汉,他冲安妮伸出一只脏兮兮的手来说:"小姐,施舍给这个饿着肚子的俄国同胞三十个戈比吧……"安妮吓得尖叫起来。柳芭却在钱袋里乱摸一阵说:"我连一个银的都没有啦……算了,就拿这个金的去吧……"说着将唯一的一枚金币给了流浪汉。人们吃惊地瞪大眼睛。瓦里雅埋怨说:"家里连吃的都快没了,可您还拿金卢布给人，我真受不了……"

"是啊！您妈是个老糊涂……罗巴辛，再借点钱给我吧！我要把瓦里雅嫁给你……"罗巴辛却装做没听见地大声宣布："走吧，朋友们，回家吃晚饭了。"然后转头又对柳芭补了一句，"别忘了，8月22日，樱桃园可就要被拍卖了！"

8月22日，这个决定柳芭命运的日了终于到了。她的哥哥进城一天了，她在家里举办了一个小型舞会，自己却躲到卧室里。

皮希克坐在椅子上不停地打鼾，只要他一睁开醉眼，就叫着："钱，钱啊！我满脑子想的只是钱……我只有造假钞票的道儿了。后天我非得付三百一十卢布不可……我已经凑足了一百三十个，……谁再借给我点啊……"

瓦里雅在担心着如何给乐队付钱，她去找妈妈。瓦里雅从外婆处只要来一万五千卢布，连付银行的利息都不够。柳芭看着这个三十一岁的养女，慢悠悠地说："我亲爱的孩子，你嫁给罗巴辛吧。"

"又不是我不愿意，整整两年了，别人总和我谈这件事，就是只有他不谈求婚的事，您叫我怎么办？"瓦里雅的眼泪涌了出来。柳芭的眼睛也湿润了，她掏手绢时又带出了一封电报："我心里今天有多苦，你连想象都想象不到啊！这样乱哄哄的，我简直受不住。可是我也不能把自己关在屋里，我怕一个人待着寂寞。"她拾起电报说，"他每天都从巴黎打来一封电报，他求我回去，他病了……"

"妈妈，他是个骗子，无赖，他把您都骗光了，只有您自己看不出来。"瓦里雅忿忿地说。

"我爱他……这就像是我脖子上挂着的一块石头。即使它把我都坠入水底了，可我还是爱我这块石头。没有这块石头，我活不了……不要怪我，瓦里雅，什么话也不要对我说了……"这时安妮气喘喘地跑进来说："刚有个过路的人在厨房说，樱桃园今天卖出去了。"

"卖了？卖给谁了？真把我急死了，到底卖给谁了？你舅舅怎么也不快回来？"柳芭急得在屋中走来走去。大厅里的喧闹声，使她忍不住砰地将门关上。门却又被罗巴辛推开。柳芭一见他赶紧握住他的手叫道："罗巴辛，亲爱的，快告诉我谁买了我的樱桃园？"

罗巴辛得意地一笑，说："我！樱桃园是我的了。"柳芭愣住了。罗巴辛却更加滔滔不绝："也许我是在做梦吧！要是我的祖父和父亲能从坟里爬出来看看这件事，那可多好哇！要是他们看看这个差不多一字不识的、挨着巴掌长大的孩子，今天居然买了这么一块全世界都找不出第二份的产业，那可多好哇！这块地产，是从前我父亲和我祖父当奴隶的地方，是连厨房都不准他们进去的地方，现在居然让我买到手了……"他捡起了瓦里雅扔下的一大串钥匙，把钥匙摇得叮当响，"她们把钥匙扔在地上，想来表示她们已经不再是此地的主人了……活该，这又有什么关系。"说着他又冲入大厅，大声地吼道："音乐家们，奏吧！让大家都来看看罗巴辛用斧子砍这座樱桃园吧！都来看看这些树木一根根地往下倒吧！我要叫这块地方盖满别墅，要叫我们的子子孙孙在这儿过起一个新生活来！……奏起来吧，音乐！"刚才停止了的音乐又奏起来了。柳芭全身缩在圈椅的深处，伤心地抽泣着。安妮来到母亲面前说："妈妈，我的好妈妈！樱桃园卖出去了，用不着哭啊！咱们离开这儿……再去开辟一座新的花园……亲爱的好妈妈，咱们走吧！"

　　樱桃园换了主人，柳芭一家只得打点着准备离去。她决定再去巴黎。罗巴辛举着一瓶香槟酒来为她们送行，但是没有人喝。园子里传来了一阵阵的砍树声，震得柳芭的心直发颤。罗巴辛跑里跑外地催促着："离开车只有四十六分钟了，该动身了，快着点吧……"安妮走过来冷冷地对他说："妈妈请你在她没走之前，先不要叫人砍园子里的树木！"

　　"好吧——"罗巴辛不情愿地说，"我就去叫他们打住，我就去……这些人多么蠢啊！"

　　终于要动身了，老仆费尔斯却病倒了。柳芭吩咐人把他送往医院，但仍放心不下，不断地问："费尔斯送进医院了吧？把写给大夫的信带去了吗？"直到加耶夫走来说："该走了，没几分钟了。"柳芭仍恋恋不舍地四下看着房子："再见了，亲爱的老房子，再见了，老人家！等这个冬天过去，新春一到，你可就不会存在了，人家已经把你拆掉了。唉，你们当初可看见过多少沧桑啊！"她流下了眼泪。安妮安慰她说："妈妈，我们会开始一个新生活的。"

　　"是啊，我的心思平静多了，宝贝！"她拼命地吻着女儿。但她心里明白,用外婆给她的那一万五千卢布在巴黎是支持不了多少天的。正待出发,那个到处借债的地主皮希克闯来了。他一见这情形吃惊极了,但很快拿出一大口袋钱来说:"幸好还见到了您,亲爱的柳芭,拿去,这是我欠您的钱……"原来负债累累的皮希克一夜之间发了大财。他的地上出了一种白胶泥,被几个英国人发现了,一下子就租下了这块地皮,签了二十四年的合同。到处欠债的皮希克今天背起钱口袋到处还起债来。柳芭看看表说:"现在可该走了,我只有两件心事放不下,一是生病的费尔斯,一是瓦里雅,她应该嫁给罗巴辛的……"

"算啦!这所房子里的生活,就算是结束啦!"罗巴辛打断柳芭的话,指挥着仆人搬行李,封门窗。安妮说不上是悲哀还是高兴地喊着:"永别了,我的房子,永别了,我的旧生活!"柳芭却默默地说:"唉,我亲爱的,甜蜜的、美丽的樱桃园啊!……我的生活,我的青春,我的幸福啊,永别了,永别了……"她又围着房子走了最后一圈,她仿佛又看见了那去世的母亲,在房间里走来走去……

一道道门陆续地锁上,马车走远了,一片寂静。突然,寂静中响起斧子砍树的沉闷的声音,显得那样的凄凉、悲怆。

身穿病号服的费尔斯走了进来,但他碰到了一把把大锁,无法进屋里去。他咕哝着:"锁了,都走了……他们把我忘了……生命过去得真快啊,就好像我从来没有活过一天儿似的……我要躺下……我怎么身上一点力气也没有啦!什么都完了,都完了……"费尔斯终于身体不支,倒在台阶下,再也不动了。

远处,仿佛从天边传来了一种琴弦绷断似的声音,忧郁而缥缈地消逝了,又是一片寂静。打破这个静寂的,只有园子深处,斧子在砍伐树木的声音。

巴黎,等待着柳芭的命运又将是什么呢?

(王　扶)

高尔基

阿列克塞·马克西莫维奇·高尔基(1868~1936)是苏联无产阶级文学的奠基人和杰出代表。

他出生于俄国中部一个木工家庭,四岁丧父后随母寄居于外祖父家。他在苦难中度过"童年",十岁便走向"人间",当学徒、做工人,干过多种职业。他只读过两年书;1884年到喀山后,靠自学和投身社会活动,完成了他的"大学"。1892年发表处女作短篇小说《马卡尔·楚德拉》,并决心专门从事写作,这时他当了报纸编辑,写了不少杂文和小品。1898年他的《特写与短篇小说集》出版,开始引人注目。

进入20世纪后他的作品更富战斗性,如名诗《海燕》(1901)、剧本《小市民》(1901)、《底层》(1902)等,而《母亲》和《敌人》(1906)则标志着他的创作达到了新高峰。

此后为避迫害先后到法、美、英等国,最后旅居意大利(1906~1913),写出《奥库洛夫镇》、《夏天》、《马特维·克日米亚金的一生》、《意大利童话》、《俄罗斯童话》等。后来又写了自传体三部曲《童年》、《人间》(1913—1916)和《我的大学》(1924)、《阿尔达莫诺夫家的事业》(1925)。

1922年~1928年他在国外养病,回国后在国内两次作长途旅行，此后的八年中除写出特写《苏联游记》、《英雄的故事》及一些剧本外，还写了长篇巨著《克里姆·萨姆金的一生》，从某种意义上说，这是高尔基全部创作生活的总结。

二十六个和一个

我们二十六个人，被关闭在阴湿的地窖里，从早到晚揉面粉，做花卷和面包圈。老板把窗户都钉死，使我们不能把食品递给外面的乞丐和那些因失业而挨饿的伙伴。老板只给我们吃些发臭的杂碎。

我们在石头箱子里生活又憋气又拥挤，每早五点钟就得起床，昏昏沉沉，没精打采，日复一日在面粉的尘雾里干着。我们彼此熟而又熟，已经没有什么可交谈的了，因此常常保持着沉默，要不就开口骂人，因为一个人总有什么可以骂的。我们有时也唱歌，我们用他人的词句唱出自己的隐忍的悲哀，唱出活着却被剥夺了太阳的人们的沉痛。除了唱歌之外，还有着一种美好的、我们把它当着太阳看待的东西。在我们房子的二楼上有一家金绣作坊，作坊里的女工中间有个十六岁的使女叫妲尼亚，每天一清早，在我们作坊关着的门上开的小窗洞里，就有一双快乐的蓝眼睛和一张玫瑰红的小脸蛋儿出现，一个爽朗亲切的声音向我们喊道："囚犯们，给点小花卷儿呀！"

我们大家都向爽朗的声音转过身去，高兴而和善地望着向我们妩媚地笑着的纯洁的少女的脸。我们一窝蜂地给她去开门，烤花卷司务从炉子里拿出一铲烤得最好的红喷喷的花卷，灵巧地扔到妲尼亚的围裙里。"看着点儿，别碰见老板！"我们提醒她，她狡黠地笑着，像小耗子般溜掉了。

每次离去后很久，我们还在谈论着她。我们平时谈论起女人来，话总是粗野无耻，然而我们从来不讲妲尼亚的坏话。我们大家都把她当成了自己人，当成一个仿佛只靠我们的花卷才能生存的人了。我们还常常给妲尼亚许多劝告,叫她穿暖和些,不要在楼梯上跑得太快,不要扛大捆的劈柴。

她常常向我们提出各种请求,譬如替她开酒窖笨重的门,替她劈木柴。我们高兴地、而且甚至带了几分骄傲去替她干这一类事。有时候我们中有人不知为什么突然开始这么议论:"我们为什么要宠这个姑娘。她算个什么,嗯?我们为她忙得够呛了!"对于那个敢说这种话的人,我们马上不客气地把他顶了回去。我们二十六人所爱的,每个人都应奉为圣物,不可动摇。

除了花卷作坊,我们老板还有个面包作坊,和我们的地窖只隔一堵墙,不过那四个面包工认为他们的工作比我们的干净,不到我们作坊来,我们也不上他们那儿去。有一天,他们中有一个喝多了酒,老板把他开除了,另外又雇来一个大兵。那大兵穿着缎子背心,挂着带金链的表。他却上我们作坊来了,笑哈哈地站在门槛上说:"上帝保佑,弟兄们,好哇!"

这个大兵,他真漂亮,眼睛看起人来很动人,既亲切又明朗。我们的烤花卷司务恭恭敬敬地请他关上门。他不慌不忙地把门关上,向我们打听起老板的事情来。我们抢着对他说我们的老板是个骗子,那大兵不出声地听着,温和明亮的目光望着我们。

"你们这里姑娘可真不少……"他突然说。我们中间有些人恭敬地笑了起来,告诉他这里的姑娘共有九个。"你们跟她们胡搞吗?"大兵眯起一只眼睛问。我们又笑开了,低声说:"我们哪儿会……""是呀,干这种事你们可不容易!"大兵凝神注视着我们说:"你们不会,女人喜欢男人的外表,而且还要穿得像个样子。拿我来说吧,娘儿们都爱我。不用叫唤,不用招手,一下子就会有五六个吊到我的脖子上来……"他一屁股坐到面粉袋子上,讲了好久娘儿们怎样爱他,他又怎样大胆跟她们周旋。后来,他走了,我们沉默了好一阵子,立刻发现我们大家都喜欢他,这个单纯又讨人喜欢的家伙。"可是别让他也把妲尼亚给糟蹋了!"烤花卷司务突然很担心地说。我们被他的话吓住了,大家决定注意大兵和妲尼亚的行动。

时间过去了一个月,那大兵每天烤面包,陪着金绣女工们游荡,不过绝口不谈他对姑娘们胜利的事,妲尼亚每天到我们这里来讨花卷,我们试着跟她聊起大兵,她只管他叫"爆眼睛的牛犊子"和别的外号,这使我们放下了心。

有一天，大兵喝了点酒来看我们，他坐下后笑着说："两个女的为了我打起架来了……太有意思了。"他坐在长凳上，显得那么健康、干净、开心、笑个不停。

我们的烤花卷司务忽然嘲笑地说道："弄倒一棵小杉树费不了多大的劲，可是你弄倒一棵松树瞧瞧。""你这话是冲我说的？"大兵问，"什么松树？"我们烤花卷司务没有搭理。"不行，你得说出来她是谁?没有一个女人逃得出我的手。"大兵说。

烤花卷司务转身问他："你认识妲尼亚吗？你试试看……"大兵说："两个礼拜，我让你们看！"

大兵一走，有人喊司务："巴维尔，你捅娄子了！""干你的活儿！"烤花卷司务恼火地回答。我们非常想考验我们的女神，看她是不是坚强，从这天起我们开始了一种神经紧张的异样的生活。我们觉得我们是在跟魔鬼进行着一场赌博。

有一天，烤花卷司务停下活儿来说："弟兄们！今天到期了！"我们很快就听到了她的声音："亲爱的囚犯们！我来了……"我们赶忙放她进来，大家一反常态，用沉默来迎接她。"你们这……是怎么回事？"妲尼亚说："得快些把花卷给我……"她以前从来没有催促过我们。"着什么急！"烤花卷司务说，眼睛盯住她的脸，于是她突然转过身一溜烟走出门去了。司务拿起铁铲平静地说："看样子吊上了！"

中午吃饭的时侯，大兵来了，像平常一样干净漂亮，笑着说："请你们到过道里去，从板缝上瞧瞧。"我们出去了，贴在过道的板墙缝上朝院子里瞧着。很快就看见妲尼亚走过院子，步子急迫，消失在通往酒窖的门洞里。随后，大兵不慌不忙地走进去了，他双手插在口袋里，小胡子颤动着。正在下着雨，雨声很凄凉，我们又冷又难受。

首先从酒窖里出来的大兵，他慢腾腾地走过院子，后来，妲尼亚也出来了，她那眼睛闪耀着快活和幸福的光芒。

大伙儿一下子都冲到门口，围住了她，幸灾乐祸地用下流话骂她，向她报复，因为她掠夺了我们。我们放声大笑，吼叫，斥责。突然间她的眼睛闪出了亮光，笔直地向我们不在乎地走过来，直到走出我们的圈子。并且骄傲、轻蔑地高声说:"嘿,你们这些畜生、混蛋……"就这么走了。我们却留在院子里,站在泥泞里,淋着雨,在没有太阳的天空下。

(李 玉)

肖洛霍夫

米哈依尔·亚历山德罗维奇·肖洛霍夫(1905~1984)是原苏联一位重要作家。他的个人经历和创作活动在相当的程度上体现了苏联国内政治和文学的关系。

他出身于顿河哥萨克，父亲贩过牲口、当过磨坊和商店经理，十月革命后是政府基层粮食部门的职员。他曾在莫斯科和本地的小学、中学读书。1918年因德军入侵而辍学，两年后参加苏维埃政权的粮食征购队，后到莫斯科当过泥水匠和房产部门的财务。这些早年的经历为他积累了丰富的创作素材。

1923年他开始文学创作，翌年被接纳为俄罗斯无产阶级作家协会会员，成为专业作家。

他的早期作品大都收在1926年出版的中短篇小说集《顿河故事》和《浅蓝的原野》中。那些出奇不意的情节、严谨的故事结构、鲜明的人物个性和富有感情色彩的语言，都表现出了他的独特风格。

1926至1939的十四年时间，他写出了长达四部的巨著《静静的顿河》。

他从1931年起担任《十月》杂志的编委，1932年加入苏共，同年写出他的第二部长篇名著《被开垦的处女地》第一部。该书及时地反映了农业集体化的进程。

他于1934年出席全苏第一次作家代表大会，1937年成为最高苏维埃代表，1939出席联共第十八次代表大会，同年被选为苏联科学院院士。卫国战争时期，他以《真理报》和《红星报》等报的军事记者身份奔赴前线，写出不少杂文和特写。1956年以后他发表的主要作品有：《一个人的遭遇》(1956)、《被开垦的处女地》第二部(1959)和《他们为祖国而战》的部分章节(1969)。先后获得过列宁奖金、列宁勋章和"社会主义劳动英雄"称号。赫鲁晓夫当政以来，他一直是苏共中央委员和作协理事会书记。

他在1965年获诺贝尔文学奖金。

静静的顿河

顿河边上一座小村子里，住着麦列霍夫一家。家长潘捷烈是有名的倔老头子，他的大儿子彼得罗同村里的青壮年一块上部队集训去了，剩下小儿子格里高力在家闲逛。格里高力爱上了邻居司切凡的老婆——丰满漂亮的少妇阿克西妮亚。

阿克西妮亚和丈夫没感情，当初她丈夫娶她进门时，曾有计划地痛打了她一顿，以树立男人的威信。天一黑，司切凡便把她锁在小黑屋里，自己跑去喝酒搞女人，所以，当刚成年的格里高力用火辣辣的黑眼睛盯着她的时候，她既心慌害怕，又怀着愉快和期望。一旦两人相爱，迟来的爱情烧得她如醉如痴，根本不顾忌村民的指指点点。

倔老头子听到儿子的丑事气得不行，拦住阿克西妮亚骂道："你男人一走，你的尾巴就歪了。我要揍死格里高力，你也别进我家院子勾引男人……"阿克西妮亚把裙子一抖，一股女人气息直扑老头子的鼻子。她说："我的苦日了过够了!我爱格里沙,你管得着吗!滚你的蛋吧。"

老爷子气得跑回家,要打儿子又打不过,大声喊:"我不能让人指脊梁说闲话!立刻给这小子娶媳妇,给他找个傻子……"

气话归气话,娶媳妇要好好选择。老爷子为格里高力订了村里富户人家的闺女,漂亮的娜塔莎,婚礼定在开斋节的前一天。格里高力倒无所谓——反正和有夫之妇搞下去也非长久之计。阿克西妮亚十分伤心,说:"你这个冤家,当初干嘛缠上我?去部队的人快回来了,司切凡会打死我的。"

老婆不贞的事儿被探亲的人传到部队上,司切凡恨得牙痒痒,找茬和格里高力服兵役的哥哥彼得罗打了一架,弄得彼得罗摸不着头脑。集训结束后,哥萨克们骑马回乡,司切凡下马就打老婆,打得阿克西妮亚跑到院子里。格里高力和彼得罗跳过篱笆墙,哥儿俩合伙揍了司切凡一顿,从此两家人结下了仇。

司切凡每晚爱过老婆之后又折磨她,逼问她和格里高力私情的细节。阿克西妮亚不说,被司切凡掐得浑身青紫。她战战兢兢地活着,决心把格里高力从那个没有受过爱情痛苦折磨的娜塔莎手中挖回来。

婚礼按哥萨克的传统习俗热热闹闹地举办了。婚宴上,客人一喊"苦啊!"格里高力就公事公办地吻一下子新娘子。婚后他不由自主地拿妻子与阿克西妮亚进行比较,阿克西妮亚成熟的毫无羞耻的疯狂之爱与娜塔莎的处女特有的对夫妻生活的羞涩与冷淡成了鲜明的对照。格里高力叹着气对妻子说:"你爹准是从冰窟窿里把你捞上来的,一点热乎劲儿也没有。"

村里搬来一个拉脱维亚人,姓施托克曼。这里比较闭塞,新来的人像怪物一样引起村民注意。一天,为了磨面排队加塞这样的小事,引起哥萨克和外来的塔甫里亚人(乌克兰移居顿河的后裔)发生械斗,双方大打出手。最玩命的是娜塔莎的哥哥米佳,一个蛮不讲理的年轻哥萨克。新搬来的施托克曼跑来劝架:"大家都是穷哥儿们,干嘛手足之间互相残杀呢?"

施托克曼和穷苦的哥萨克交朋友,向他们讲些新道理,使穷哥儿们很信服。他们一块读《顿河哥萨克简史》,讨论历史上反沙皇的哥萨克英雄斯切潘·拉辛和普加乔夫,他们的觉悟提高了,渐渐形成小团体。其中骨干分子是村里叫伊万的中年人和小伙子米沙。不久,沙皇的警察抓走了施托克曼,原来他是布尔什维克，受党的派遣来此地传播革命，为大革命做准备。

格里高力婚后有时碰见阿克西妮亚，彼此都有点尴尬。阿克西妮亚含情脉脉又酸溜溜地问："你好，格里沙。和新媳妇还热乎吧？"格里高力含含糊糊回答："凑合过呗。"他们俩谁也忘不了谁。娜塔莎听说了丈夫婚前的行为，也亲眼见到下地干活时丈夫投向阿克西妮亚的渴求的眼神，她心里很难受。公公婆婆心疼她，感到儿子与阿克西妮亚旧情未断，对不起娜塔莎。

冬天，在白雪皑皑的荒野中，格里高力偶然同阿克西妮亚相遇。阿克西妮亚两眼含着妩媚的火焰说："格里沙，没有你，我活不下去呀！"格里高力忘情地把她抱在怀里。

娜塔莎回娘家去住了，老爷子臭骂儿子："你媳妇没错儿，毛病全在你这狗崽子身上！"格里高力身体里流的也是哥萨克的血，不示弱地顶嘴："我不爱她，是你给我娶的亲，她爱走不走。"老爷子和儿子大吵一场，让儿子"滚"。格里高力真的"滚"了，还带走了阿克西妮亚。阿克西妮亚已怀了孕，连她自己也弄不清这到底是格里高力的还是司切凡的。她听到格里高力的声音，抄了几件随身衣服，头也不回地随心上人而去。司切凡喝到半夜三更回家，见到箱子开着，地上散乱地扔着老婆未带的衣物，愣了一会儿才醒悟到老婆与人私奔了。他从墙上拔出挂着的马刀，乱挥乱舞，气得发抖。

格里高力带阿克西妮亚给外村的一家地主干活，住在主人的庄园里，地主老爷是个退休将军，少爷是个中尉军官兼色鬼。少爷屡次挑逗阿克西妮亚，惹得格里高力想揍他。在庄园里，格里高力当马夫，阿克西妮亚给佣人们做饭，日子过得还满意。

回了娘家的娜塔莎听到丈夫和姘妇过得不错的消息，备感酸楚。她托家里的老长工给丈夫捎封信，信中说："如果她有不对之处，请丈夫多担待，并请丈夫给她句话，他们夫妻关系到底怎么办。格里高力回了一张字条，冷冰冰一句："你自己过吧。"

可怜的娜塔莎痛苦极了，跑到教堂去寻求活下去的信心。不料却听到无知的村妇们的瞎议论："她身子有毛病，所以男人不要她……""不对！是她和公公搞上了，丈夫一气之下才走的……"娜塔沙跌跌撞撞回到家，径直跑到仓房内，抓起一把锋快的镰刀往喉上一割，血喷出来，但人却没死。

阿克西妮亚生下一个小丫头，开始几天看不出模样，长大一点之后，又像格里高力，又带点司切凡的影子。格里高力到了服役的年龄，被编入战斗部队，像别的哥萨克一样，没事时在家干活；有事一叫，就必须赶回部队。

父亲来看过儿子一次，劝他回家，格里高力不同意。老爷子发誓要把自杀未遂的儿媳接回家，养活她一辈子。

很快，第一次世界大战爆发了，大批青年上了前线，顿河流域的青壮年哥萨克全走了，格里高力也告别阿克西妮亚，跟着部队越过波兰进入罗马尼亚，转战南北，经历了多次战役。在行军途中他遇见了同村的哥萨克乡亲们，见到了哥哥彼得罗。仗越打越大，俄国的运兵车一辆接一辆向西开去，到处是穿灰大衣的军人。战争是严酷的，每天都有大量士兵战死，格里高力经历了冲锋杀人，天天与死神作伴。俄国大兵们谁也不知自己哪天被打死，活一天是一天，在战争空隙里抢劫，侮辱妇女。格里高力看不惯。一次战斗中，一发炮弹落在他身边，他被掀下战马……

格里高力的阵亡通知书送到了顿河故乡，老父亲惊呆了，娜塔莎一句话都说不出来。又过了十多天，传来彼得罗的家信，告诉父母，弟弟格里高力还活着，只是受伤住了院。

彼得罗的老婆是个泼辣漂亮的风流娘儿们，不能安心"守活寡"，见男人们全打仗去了，便唉声叹气，梳妆打扮瞎串游。回家厚着脸皮问娜塔莎："没男人亏你能熬过来。"

娜塔莎决心找阿克西妮亚"谈判"，她见到了丈夫与外人生的孩子，心如针刺。阿克西妮亚也不肯放弃自己争来的幸福："格里沙是我的！谁也抢不走。"

格里高力被弹片打中后直到天黑才苏醒，他从死人堆里挣扎爬起来，一步步向东方走。碰上个受伤的俄国中校，格里高力把他拖回来，因此受到一枚十字勋章，还被提升了军衔。住院治伤时，同病房的伤员——一个布尔什维克，向他讲了他闻所未闻的革命道理，使格里高力心中原有的哥萨克军人的荣誉感和对沙皇的忠诚动摇了，他开始思考这场不义的战争，反对沙皇专制的事儿。

在故乡顿河边，阿克西妮亚在格里高力当兵的几年中艰难地拉扯着孩子。不幸小丫头得了猩红热，村子里医疗条件差，孩子死了，阿克西妮亚像丢了魂。中尉少爷从部队回家休假，借口安慰阿克西妮亚，奸污了她。阿克西妮亚不知格里高力何年何月才能回来，在痛苦中屈从了。

格里高力伤好回家刚到庄园，老仆人便告诉他：阿克西妮亚每天陪少爷睡。这消息对于为了爱情而抛弃父母妻子、久经生死磨难、千里迢迢回来的格里高力无异当头一棒。他撕碎了珍藏在背包里准备送给她的纱巾，没和阿克西妮亚交谈一句。阿克西妮亚彻夜痛苦地站在院中，任寒风吹袭。

第二天清早，少爷要出门，格里高力为他赶车。少爷以为格里高力还不知道那事，没防备。在野外，格里高力一鞭又一鞭打得那家伙满地滚，一脸的血。格里高力回去又揍了阿克西妮亚一顿，骂她"骚母狗"，打完就向故乡的村子大步走去。阿克西妮亚可怜巴巴地追在他后边哀求他原谅，他一言不发。一进村，阿克西妮亚不敢再追了，站在村外向他伸出双臂，格里高力停都不停。

他进了自家院，上房传来母亲悲喜的痛哭声，全家出来迎接这回头的浪子。娜塔莎扶着墙，脸上浮现出难过的笑容，让人看了怪惨的。格里高力心慌意乱地瞥了她一眼，娜塔莎再也支撑不住，晕倒在地。

半夜，老头子捅醒老太婆，叫她去看看。一会儿，老太婆悄悄回来说："他们睡在一起。"泪水涌上了倔老头子的眼睛，他哽咽了几下，在胸前划了个十字。

格里高力休完假，又返回欧洲战场。一次，哥萨克们在进军途中路过一座阴暗潮湿的密林，发现了被德军用瓦斯毒死的大批俄军。尸体一具挨一具，无人掩埋，散发着尸臭，令最勇敢的士兵都胆颤心惊。死者中甚至有十五六岁的少年兵。哥萨克们议论着：这孩子，连女人还没碰过就死了。

战争旷日持久，格里高力他们过着艰苦的军旅生活。士兵们对这场不义之战与军官的贪污腐败深恶痛绝，他们接受了部队中布尔什维克的宣传，从内心反战。

一次战斗中，司切凡的马被打死了，他爬起来往回跑，德国人的子弹在他身边呼啸并且打中了他。格里高力一时心动，冲上去，帮司切凡爬上自己的马,格里高力抓着马镫子跟着马跑,一直跑进树林里才停下。司切凡的马靴中都是血,但保住了命。他对格里高力说:"早上冲锋时,我朝你背后开了三枪,没打中,怕是天意。现在你又救了我。虽然我要谢你,可夺妻之恨我永远不能忘,为此我心里憋得痛,实在咽不下这口气。"

男人们外出打了几年的仗,故乡顿河田园荒芜,村庄凋敝,到外都显出败落的迹象。娜塔莎为怀孕而吃苦,又黑又瘦,脸上却带着幸福的微笑,忙里忙外不停手。产期到了,娜塔莎怕羞,跑到林子里自己生。天黑时,她抱着一对双生的孩子进了家门。老爷子高兴得哭了起来:"我家绝不了后啦!儿媳给我们添了个哥萨克和一个姑娘。"

司切凡回村养伤,伤好返回战场,在连队里散布闲话,说跟彼得罗那个丰满漂亮的风流老婆睡觉的滋味特别美。格里高力的哥哥彼得罗气坏了。开始他还不信,后来亲眼见到司切凡衣兜里的手绢是自己老婆绣的。彼得罗策划杀死司切凡,可司切凡却在战斗中被德国人抓走了。

一个突来的消息惊呆了所有的前线士兵——沙皇被推翻了。新成立的临时政府要求士兵们继续战斗以"保卫祖国",可没人愿意再打下去了。格里高力的同乡、深受当年外来户施托克曼革命影响的伊万,率连队冲破层层阻力,硬扒上东去的列车,不顾一切地回国了。战场上人心浮动,大家都要求回家。

当临时政府被革命的水兵用大炮轰垮之后,欧洲前线彻底崩溃,俄国部队全撤回国内,顿河的哥萨克们也在1917年冬天站到自家门前。亲人团聚之处就有欢笑,妻子忙于和丈夫修好,忘掉男人不在家时自己的不妥行为。失去亲人的家庭,就哭声动天、凄凄惨惨,没有生的乐趣。

格里高力比别人回家晚得多,他所在的部队撤回国后,分裂为两派。一派由波得捷可夫领导,拥护布尔什维克;另一派由旧军官领导,拥护白色政权。两派迅速发展到水火不相容的地步,组成革命军事委员会的波得捷可夫发起突然袭击,把试图拉队伍反苏维埃的旧军官抓住,当场处死。格里高力赞同布尔什维克的理论,可他眼见波得捷可夫处死被俘的旧军官又于心不忍,一个白头发上尉被战士砍倒之后,腿还在蹬动,格里高力看不下去。革命军事委员会率部改编为红军,格里高力成了革命战士,在和拥护沙皇和拥护临时政府的各色反动武装力量战斗时负了伤。

　　此时，国内很混乱，除新建立的苏维埃政权之外，各种势力都趁机乱拉山头，搞武装。各地纷纷独立，谁也不服谁，都不听中央的。格里高力故乡的十二个乡镇，居然也联合在一起，自称"上顿河洲"政府，闹起独立来了。

　　格里高力回家养伤，进了村。娜塔莎跑得比婆婆还快，抢在最前边迎接他。她得意洋洋地把儿子递给男人："瞧！这孩子长得多壮实！"父亲和哥哥认为格里高力当红军是糊涂。他们按传统观念，把俄国农民看做低下的庄户人、乡下佬。老爷子说："咱们是哥萨克，不缺土地和马匹。你跟乡巴佬瞎混什么！他们想分地是他们的嘛，犯不上为他们流血卖命。"

　　格里高力把带给亲人的礼物拿出来：老母亲得到一条围巾，她披在肩上，对着镜子左转右转，引得老爷子骂道："老妖精还臭美，呸！"老爷子得到一顶皮帽，十分高兴："唉！我简直没件像样的衣物，上教堂都不好意思。现在好啦……"他也站到镜子前边，招得老太太骂："还说我呢！你又照个什么，老东西！"家里充满欢快。

　　红军和白军的战斗十分频繁。红军成立不久，其中难免混入一些异己分子和有恶习的人。一天，一支红军在顿河驻扎，一个红军士兵强奸了村里的女人，另几个红军抢了老百姓的东西。哥萨克被激怒了，仅用了一个小时，几百名红军不分良莠，全部被哥萨克杀害。哥萨克毕竟受过多年军事训练，而且有几百年桀骜不驯、动不动就造反的历史。这支红军的所有军械都落入当地哥萨克手中。马上，白色政权的人就来拉拢哥萨克加入反布尔什维克的阵营，"劝告"他们成立地方部队，"保卫"家园，和红军干到底。

　　哥萨克计划开村民大会决定自己的行动方向。受革命外来户影响的伊万和米沙决定离开村子去投奔红军，临走前他俩想拉上干过红军的格里高力一块儿走。

　　格里高力被父亲盯住脱不了身，不得不参加了村民大会。会上，村民们决定成立哥萨克武装和红军开战。格里高力和彼得罗都是少尉，被推选为部队的头领。有人提出异议，说格里高力骄傲自大，还当过红军，不应让他带队伍；当哥哥的彼得罗倒是真正的哥萨克，可以当头。为了考验格里高力，必须让他下连当兵。

格里高力打了多年仗,刚回到亲人身边,一时舍不得离开他们远去。为形势所迫,他与乡亲们一起,当了白军。

第一场硬仗是同格里高力原在的红军部队进行的。波得捷可夫率红军英勇冲杀,终因人少而被俘。胜利的哥萨克也付出了沉重的伤亡代价。哥萨克组成了军事法庭,宣布枪毙近百名红军军官,为首的波得捷可夫被判处绞刑。这些红军,从战士到军官全是土生土长的顿河哥萨克,和胜利者都是乡亲,只是他们坚信列宁和革命,被胜利者宣布为"哥萨克的叛贼"。

村里的妇孺见到血流成河的枪决红军军官的场面,都捂上了眼睛;男人们也憎恶这可怕的情景。波得捷可夫眼看战友牺牲,毫无畏惧地走向绞架。他从白色哥萨克中认出格里高力时,脸上浮现出轻蔑的神色:"你也加入了敌人一伙?"站在绞架下,他高喊:"乡亲们!你们太落后了,你们鼠目寸光。今天你们杀了我,明天会有人杀掉你!这是你死我活的斗争,但全国的苏维埃肯定会建立起来的,任何人也阻挡不了。我们为穷人流血而死,要知道,你们今天杀的都是哥萨克的精华。"

半个月以后,死难者的坟上长出了小草,邻村的一个老头子悄悄前来,插下一块木牌,上边写着:"弟兄们哪,在这兵荒马乱的年月里,别过分责怪自己兄弟们吧。"

顿河的哥萨克分化了,经过血与火的战争磨练,越来越多的人认识到共产党是正确的。有半数的哥萨克跑到北方,投奔了红军,为了真理、为了建立苏维埃政权,他们回过头来和剩下的那一半哥萨克兄弟拼杀。剩下的那一半哥萨克属于克拉斯诺夫将军领导,这个将军从外国得到金钱援助,一心想把仗打到底。所以,红白两军反复进行拉锯战,顿河被糟踏得破破烂烂,民不聊生。俘虏往往被当场处死。否则释放之后,白军仍跑去当白军,红军仍跑去当红军,干脆抓一个杀一个,杀一个少一个,战争真严酷。

格里高力当过马夫的那家少爷中尉,在第一次世界大战和国内战争中一直是保皇反共的,打过几次仗,升为上尉,在同红军作战中被打掉一条胳膊,因而万念俱灰,不再想复辟反共,只想过平静日子。他曾到一个好友——一个旧军官家去做客,十分眼馋主人年轻漂亮的妻子。这个好友在战斗中被打伤，临死前把自己的妻子托付给少爷上尉。少爷离开部队，把那寡妇带回故乡，正式娶她为妻。

阿克西妮亚仍在庄园上，一心想保持住少爷姘头的地位。但少爷两口子一进门，那女人一眼就盯上了阿克西妮亚，问："这妖艳的女人是什么人？"少爷十分为难，感到阿克西妮亚是个累赘，想甩掉她。

一天，少爷向阿克西妮亚摊牌。阿克西妮亚可怜巴巴地说："少爷，原谅我，我想男人想得发疯，你再爱我一次吧。"少爷挡不住她姿色的诱惑，带着她钻进树丛。

司切凡因大战结束，被德国人放回家。他回到故乡几年无人住过的烂屋子前，心里很伤感。他决心找阿克西妮亚，请她回家。阿克西妮亚正处在走投无路的状况中，便和司切凡回到故里，这个破裂的家勉强合到一起。

格里高力仍在白色哥萨克部队上。战争使人野蛮，使人贫困，使人丧失良知。白军所到之处，红军家属怕受迫害，不但好吃好喝供着他们，甚至不惜让家中年轻女人陪白军军官睡觉，格里高力就遇上过这种事。他所接触到的女人大都既怀恐惧，又有久别男人渴望爱抚的热情。格里高力不禁想到娜塔莎，盼她别碰上这种事。

国内战争又打了几年，没人种地，什么都缺乏。白军见什么抢什么，大包小包往家送。老爷子带上大儿媳妲丽亚赶着马车来找格里高力，说人人都往家里拉东西，彼得罗也捞了不少，就是格里高力不顾家。格里高力痛感战争在改变着人们，连老爷子也变得贪心，没廉耻了。老爷子抢了红军家里的东西，连洗澡盆也拆下来装到车上，拉了满满一大车回家去了。

战线来回推动，当红军打过来时，哥萨克被打散，就跑回家装作老百姓。白军一来，这些哥萨克拿起枪又加入了白军。一次，红军打来，参加过红军的伊万被选为乡苏维埃主席，正当他为自己能力不足苦恼时，施托克曼——当年的革命外来户，又被党派到顿河来开展工作。伊万感到有了主心骨。施托克曼坚定地贯彻中央指示，镇压富农，毫不手软。格里高力是白军骨干，是镇压对象，他不敢像别人一样在村里装老百姓逃走了。娜塔莎的父亲是富农，不愿向苏维埃政权交钱交粮，被施托克曼下命令抓走枪毙了。苏维埃政权勒令当过白军的人们交出枪械，以绝他们再次暴乱的可能。

不久，白军又打过来。参加苏维埃政权的伊万、米沙跟着施托克曼随红军撤退；剩下的哥萨克再次与白军勾结。有些老头子们煽动说："你们的父老兄弟被人杀死，你们无动于衷，还像哥萨克吗？"不少哥萨克青年死心塌地当了白军。格里高力因被苏维埃通缉，当年被白色政权不信任的因素已消失，这次受到重用，当上了部队首领。这一回，哥萨克暴乱的规模相当大，喊出一些奇怪的口号，像什么"拥护苏维埃，反对共产党"等等，反映了哥萨克的思想混乱与不切实际。"拥护苏维埃"，是表明他们不喜欢沙皇的专制，渴望民主自治；"反对共产党"是表明他们一心维持传统的顿河生活，反对分田分地，保护现有的富农利益。

彼得罗在一场战斗中开头打得很顺手，火力压得红军抬不起头。很快他发现被人抄了后路，他率领手下的人躲进山沟。突然有人喊他的名字，他想：一定是自己人，否则红军怎么会晓得他呢？哥萨克们爬了出来，彼得罗也跟出去了。一看，完了！米沙带着红军等着他们。米沙命令彼得罗脱下衣服、靴子，站在雪地上，举枪瞄着他的心脏开了枪。其余的哥萨克也被枪决。红军撤退后，彼得罗的尸体被运回村，全家痛哭，妲丽亚更是哭得死去活来。

杀死彼得罗的米沙是哥萨克，而且是本村人，与格里高力从小是好朋友，当年还想拉他去投红军。米沙甚至还爱着格里高力的妹妹，但为了各自的信仰，哥萨克们在战场上毫不留情地互相厮杀着。

格里高力已是白军的团长了。哥哥的死，使他心硬如铁。凡他部下所俘的红军，均被用马刀劈死，连子弹也不使。他表现得冷酷无情，有很强的指挥作战能力，不久被提升为师长。

暴乱的哥萨克的战线快与其他白军战线联成一体了，苏维埃中央派出大量久经沙场的生力军投入顿河，支援红八军、红九军与白色势力决一死战。

又到了春天，原野上色彩格外绚丽，野鸭在河边嘎嘎叫，杨树发出嫩芽，可战争的前景更加严酷。哥萨克想回家春耕，因面临决战，暴乱军司令部下令："宁肯颗粒不收，也不许擅自回家，违者枪决！"这时，格里高力却回家过了几天。

村里没有成年男人，连老父亲也被征去当兵，和红军打仗。司切凡回来还没过上两天平静日子，也被重新编入部队。娜塔莎见到丈夫时，没感到有什么欢悦，因为她听说格里高力当了官，在外边酗酒、玩女人。她责备格里高力。格里高力才不听她的呢，两人又开始闹别扭。

格里高力没和妻子睡在一起，他到河边饮马，遇到了挑水的阿克西妮，他主动向阿克西妮亚问好。心怀惭愧、羞于见格里高力的阿克西妮亚为此深受感动，回家想起他们俩前前后后的恩爱与翻脸经过，哭了一夜。她发现内心深处只爱格里高力一人，与别人，包括丈夫在内，可能有欲望，但绝无如此刻骨铭心的难分难舍的情感。

她向格里高力的寡嫂妲丽亚请求，让她向小叔子透个信，妲丽亚背着娜塔莎悄悄告诉格里高力，那个"她"在等他。

晚上，当娜塔莎和孩子们睡熟之后，格里高力到原野上与等着他的阿克西妮亚相会。

红军部队有一个团，主要的领导人由沙皇的旧军官和富农分子组成。他们密谋叛向哥萨克暴乱军。施托克曼发现了这个阴谋，正要制止时，被叛变者开枪打死，部队被拉到白军方面。

白军只保护了叛变的军官，对士兵却极其野蛮，打耳光、抢他们的钱物。这时，士兵才知道被叛变的军官出卖了。他们奋起反抗，被已有所准备的白军开枪扫射，死了不少人。

那天正好下雨，天色阴沉。活着的约八百名红军战士都成了俘虏，被缴获的枪支弹药、军需用品堆在地上像座小山，在雨中淋得发亮。有二十来名共产党领导干部被叛变的军官指出，被押解着，沿顿河徒步走向维奥申镇，其中就有伊万。路上，共产党员受到非人折磨。每到一个村子，就被村民当做哥萨克叛徒、害民贼而殴打。党员含泪看着这些被蒙蔽、不醒悟的乡亲。

一次，到了一个小村子，一个婆娘为了表明自己与共产党不共戴天，拿着粗木棒准备像别人一样打这些俘虏。她的孩子拉着她的衣襟大哭："妈妈呀，别打他们呀，我怕！他们满身是血呀！"那女人"哇"地一声哭了出来，扔下木棒，抱起孩子跑回家。村民们都垂下手里的棍棒。

俘虏们终于走到格里高力他们村，伊万是本村人，他担心不能活着走过这里，只盼别让老婆孩子看见伤心。村里人和别人一样，对他们又打又踹。

格里高力的寡嫂妲丽亚抓住伊万喝斥道:"你打死了我丈夫!"伊万说:"干亲家,那是米沙开的枪,我们都在战场上,不是我们打死他,就是他们打死我们。"妲丽亚不听,夺过押解人的枪打死了伊万。

格里高力回村听说此事后,怒不可遏。他认为,伊万、米沙虽然坚定地拥护共产党,当了红军,毕竟还是乡亲。再说战场厮杀古来如此,一个娘儿们掺合老爷儿们的事,还开枪杀人,简直不能容忍。他跑去责骂嫂子时,发现她喝醉了酒躺在地上。格里高力踢她的身子、蹋她的脸,骂道:"好你个狠毒的娘儿们!"

又过了几个月,红军在波罗的海和黑海水兵的增援下,把暴动的哥萨克赶到顿河左岸,暴乱军元气大伤。哥萨克骑着马争先恐后泅过顿河逃命。他们心里都明白,几年的内战,到今天大局已定。害怕红军报复的老百姓们跟在哥萨克后边,带着家产逃跑,形势一片混乱。

阿克西妮亚惦念格里高力的安全,撇下家,到部队去寻找他,不离他左右。

当红军的米沙随军前进,从村子不远处经过时,他向领导提出回去看看。被批准后,他背枪回到故乡,放火烧了几家富农的庄园。娜塔莎的爷爷在责骂米沙时,被米沙开枪打死。

漆黑的夜色里,烧房子的火焰格外红亮,连顿河的流水也映着那熊熊的大火,水面上闪动着千万点金光。

战斗中格里高力和阿克西妮亚失散了。格里高力力图阻止溃逃的哥萨克,他朝一个逃跑的背影追去,骂道:"站住!兔崽子!再跑我劈了你。"那个哥萨克回过身来,原来是自己的父亲。

打胜的红军进行战术撤退,格里高力他们才得以回家看看。当他要走时,懂些事情的孩子拉着娜塔莎的裙摆哭道:"妈妈,别让爸爸去呀,他会被打死的!"

娜塔莎的哥哥米佳也回了一次村,他是个残忍的白党。他带人把米沙的老母亲吊死,使村里人很反感。随后,米佳来看望妹妹。老爷子潘捷烈关上大门不让他进来:"你这刽子手,别弄脏我家的地板。动手杀妇女孩子算什么人嘛!要是红军也这么干,冲着格里高力,恐怕我们家早叫红军杀光了。"米佳骂道:"他们烧我家的房子,杀了我父亲和我爷爷,我还对他们客气什么!你这老狗,八成投降了红党!"骂完后走了。娜塔莎也看不上哥哥残杀无辜的行为。

自从彼得罗死后,妲丽亚难过了一阵。不久就又打扮得花枝招展,利用一切可能和随便什么男人睡觉,最终被一个军官传染上了梅毒。她担心早晚会烂身子烂鼻子,很后悔,把实情告诉了娜塔莎。

娜塔莎也有自己的烦恼,她听说丈夫又和阿克西妮亚混到一起去了,心里很难过,便去找阿克西妮亚。阿克西妮亚说:"是啊,咱们俩都爱他,又不能把他分成两半。所以只能有一个女人幸福。你好过我必难过。"娜塔莎说:"你欺侮了我一辈子!我不会像过去那样求你,我已有两个孩子,我会为自己、为孩子说话的。你并不爱他,你只是个跟什么人都睡觉的坏女人。"阿克西妮亚喊道:"他都没这么骂我,你凭什么说这些话,说说你嫂子妲丽亚吧!咱俩别吵了,你有本事就好好抓住他。愿圣母保佑他平安归来,让他自己挑选决定吧。"

娜塔莎心里怨恨格里高力,不想为他再生孩子,决心到镇上把肚子里的胎儿打掉。手术是找一个老太婆做的,愚昧的老太婆用铁钩子勾下了胎儿,也毁了娜塔莎的身体。当娜塔莎满脸惨白、深更半夜回到家时,血浸透了裙子,她因失血过多而昏倒。婆婆叫醒老爷子去请大夫。大夫赶来后直摇头,说:内脏全被勾烂,没办法救了。

娜塔莎没活过第二天中午,临死前把她儿子叫到身边,听到儿子的小心脏像只被逮住的麻雀那样怦怦地跳。她俯在儿子耳边悄悄叮嘱了些什么之后,又痛苦又可怜地问儿子:"记住了吧?"小孩子点点头。

娜塔莎下葬三天之后,格里高力才闻讯赶回。孩子们扑到他怀里,他忍住眼泪问母亲:"她为什么不想生下那孩子?"老太太顿了一下,说:"她找过阿克西妮亚,知道你又和她往来。"格里高力的脸红了又白,一下子显得老了十岁。

吃饭时,儿子畏畏缩缩爬上格里高力的膝头,腼腆地搂住他的脖子,使劲亲了他的嘴。格里高力很感动,忙问:"怎么啦,孩子?"儿子小声说:"妈妈临死前叫我告诉你:'你爹回来,替我亲亲他,叫他疼你们'。她还讲了些别的什么话,我给忘了。"

格里高力放下手里的酒杯,把脸转向窗子,半天半天,屋里静得让人难受。

格里高力深感对不起妻子。他检查自己,尽管对妻子爱得不深,却从未想过让阿克西妮亚取代她。他拼命干农活,想忘掉悲痛,然而妻子的音容笑貌总浮现在他眼前。阿克西妮亚深知格里高力此时的心情,她不敢主动招惹他,生怕引起他的反感,给他们之间的关系留下伤痕。不久,格里高力返回部队。

妲丽亚的病情迅速恶化,无法控制。她决心去死。在洗澡时,她故意沉进河里。老爷子叹息道:"死神看上我们家了,唉!"家里的劳力只剩下格里高力的妹妹杜尼亚。

一大,老太太发现孙子撕破的小褂被缝好了,还钉上了贝壳纽扣,衣兜里还有糖。一问,才知孩子去了阿克西妮亚那里。老太太找上门去骂街:"臭不要脸的!"阿克西妮亚问:"我怎么你了?""你害死娜塔莎还不够,还要招她的孩子,想缠上我家格里沙。"老太太命令孙子不得去那"坏女人"家。

老爷子潘捷烈又被征去打仗。几天之后他开小差跑回家,浑身肮脏又饿又累。他刚藏起来,就被抓逃兵的人搜出来,押去审判。因为他是格里高力的父亲,没有被判处鞭刑,只被撤销了军衔。老头子出了审判所之后,心里高兴:"什么他妈的军衔,我才不稀罕哩!这回还开小差,再不怕他了,还能撤我什么!"他索性不去当兵,叫也不去。

村里隔几天就有运送阵亡哥萨克尸体的马车到来。一天,远远而来的马车上拴着格里高力的马,老太太立刻晕倒了。车到了门前,勤务兵普罗霍尔说:"没事儿,得了伤寒,还没死。"杜尼亚抓起头巾,去请大夫,一出门就看见焦急的阿克西妮亚站在那里向这边凝望。杜尼亚见到这挚爱着哥哥的女人,十分同情地说:"他还活着!"

格里高力在床上躺了一个多月才能下地活动。儿子缠着他讲打仗,问他为什么要打红军。格里高力发现他居然连这么一个简单的问题也答不上来。

从前线回来的哥萨克常来看他,告诉他,布琼尼的骑兵如何把哥萨克打得四下溃败。独立的"上顿河州"政府如何动摇了，这次的溃败会使这个小小的政府永久消失。村民们议论着战线的临近，议论着要随哥萨克逃亡。

格里高力觉得自己强壮了些，便叫勤务兵普罗霍尔和他一起重返部队。这是冬天，他们准备了一套爬犁，因为格里高力要带上阿克西妮亚一块儿走。

一路上尽是全家逃跑的难民，路上泥泞不堪，爬犁走走停停。过了几天，阿克西妮亚病倒了，发高烧说胡话，他们逗留在一个小村子上。格里高力不得不走了，阿克西妮亚又不能走，格里高力决定托房东夫妇照看她。房东乘机敲了他们一笔竹杠。

格里高力随着潮水般的难民往前走，有个熟人叫住他，告诉他：他那老父亲死在逃难的路上。格里高力跑去看，只见躺在地上的老爷子干瘪的两腮上布满杂乱的白胡子茬儿，头发和胡子里还有虱子在爬动。格里高力十分心酸，想起留在故乡的母亲、妹妹、孩子们和扔在路上的阿克西妮亚。

白军兵败如山倒，形势骤变，民心也倾向共产党政府一边。格里高力随白军军官们逃到海边。军官多得像蚂蚁，人人都急于登船逃往国外。格里高力在这人海中只是小萝卜头而已，根本挤不上船。有时，船开了，会有个别人跳进海里毫无希望地跟在后边游。知情人说：这小子杀红军太多，留下也是死。

格里高力发现船上拥挤的人群里有阿克西妮亚的丈夫司切凡，可格里高力却滞留在岸上没能挤上去。这时，最后的几只船突然仓皇离岸，原来红军部队攻进了城里。格里高力骑上马，转身逃命去了。

春天又来了，残雪在融化，高高的杨树和广阔的原野都被笼罩在茫茫的雾气和新鲜的泥土气息之中。阿克西妮亚大病初愈，一步步走回故乡。格里高力的母亲向她打听儿子的下落，她说不清。没人知道他在哪儿，有人说，他被红军砍死了，也有人说他得伤寒病死了，还有人说被红军关在监狱里。

对格里高力的共同关心，使阿克西妮亚与格里高力母亲之间的隔阂消除了，老太太再不阻止孩子们去阿克西妮亚那儿，杜尼亚也因为阿克西妮亚爱哥哥，把她当半个嫂子看。每逢见到路过的哥萨克，阿克西妮亚总会拐弯抹角不好意思地问道："你见过我家邻居格里高力没有？他的母亲想他都想病了。"

直到夏天，格里高力的勤务兵普罗霍尔断了一条胳膊回村，才给阿克西妮亚带来她心上人的消息。原来，格里高力和普罗霍尔走投无路，便参加了红军，被编入布琼尼的第十四骑兵师，格里高力是连长。部队到乌克兰去打波兰白军，所以好久都没有和家乡通消息。格里高力作战英勇，连布琼尼都和他握手呢。

当红军的米沙回了村，成了格里高力家里的常客。他帮杜尼亚干活，什么割草啦、修院墙啦，像家里的男人一样坐下来吃饭。老太太恨这个杀死大儿子的人，但女儿杜尼亚喜欢他。终于，米沙娶了杜尼亚。

新娘坚持要在教堂举行婚礼，米沙捏着鼻子忍着气同意了。神父说："年轻的苏维埃同志，瞧，去年你烧了我的房，今年我却给你举办婚礼。"米沙咬牙切齿地回答："亏你跑得快，要不连你一块烧死，我才高兴呢。"气得神父直眨眼。

老太太不喜欢杀死儿子的人当女婿，所以心情不舒畅，常常叫阿克西妮亚反复给她念格里高力的来信，老太太心里唯一惦念的就是他。深夜人静时，老太太会摸索着站到门外，望着一黑漆漆的草原，低声叫着："格里沙，我的孩子，你在哪儿？"阿克西妮亚有时怕她出什么事，偷偷起来看着她。见到老太太这么痛苦地喊儿子，阿克西妮亚简直听不下去，十分难过。不久，老太太也离开了人世。阿克西妮亚征得杜尼亚同意后，把两个孩子接到自己身边抚养。

米沙当了乡苏维埃主席。格里高力当上红军团长时间不长，就复员回到家乡。

当妹夫的米沙对格里高力十分冷淡，命令他去维奥申镇的肃反委员会报到，等待对他的历史问题进行审查。问题严重的话，格里高力有可能被判刑，也有可能被枪毙。

米沙因为和格里高力同住一个屋檐下感到不舒服，要带着妻子回自己的破家。他家自从他母亲被吊死后再没住过人，格里高力决定和孩子们一块住在阿克西妮亚家。

杜尼亚夹在丈夫和哥哥中间十分为难，她流着眼泪，劝格里高力娶了阿克西妮亚,好安顿下来。

一天夜里,杜尼亚慌慌张张跑来,说城里肃反委员会来了一些带枪的人找米沙商量,要逮捕格里高力。她劝哥哥快跑。

阿克西妮亚平静的生活刚开始就结束了,她十分悲哀,紧紧搂住格里高力不放。他感到她热乎乎的泪水沾湿了他的脸。格里高力骑上马消失在夜幕里。

现在,全国形势大局已定,白军基本已被消灭,只有小股残存的匪帮。国外对苏联实行经济封锁,政府因经济状况不好,便派出大量武装的征粮队到农村征收粮食。

格里高力不是碰上征粮队就是遇上剿匪的正规红军,只有东躲西藏。最后,一小股残匪收留了他。他们靠劫掠为生,骚扰政府,在草原上东游西荡。

格里高力深知这些兵油子、痞子、吊儿郎当的哥萨克素质不高,又常常搞内讧、火併杀人,成不了什么气候。再说,老百姓不像前几年那样狂热了。村民们只想过平静生活,他们拥护共产党,对土匪不支持、没好感,常说:"这些家伙怎么还没死绝?还让不让人安静?"所以,格里高力他们被红军和征粮队打得像丢了魂的兔子,四下乱窜,没吃没喝,常常在野外露宿。几个月以后,他们又吃了败仗,人被打散。格里高力决定回村去看看。

阿克西妮亚担惊受怕地带着孩子生活。白天锄地时,女人们唱:"灰鹅呀灰鹅,回家吧回家吧。你还没游够吗?我这个女人可哭够啦!"高高的领唱女声反复哀怨地唱着,阿克西妮亚想起有家不能回的格里高力,想起年华的流逝,想起一生的不幸,禁不住伤心地大哭起来。

深夜,她见到从窗子爬进来的格里高力,抱住他就掉泪。格里高力亲了亲熟睡的孩子,让阿克西妮亚叫来妹妹杜尼亚,告诉她们,他不愿再当土匪了,但为了活下去,他要带着阿克西妮亚远走他乡,隐名埋姓,了此一生。请妹妹好好抚养两个可怜的孤儿。

三人痛哭一场之后,格里高力和阿克西妮亚骑马悄悄离开了村子。他们昼伏夜行,白天躲在荒野上睡觉,当月亮升起来之后,他们上马又走。

一个夜晚,他们路过一个小村子时,猛地有人喝问:"站住!什么人?"那是征粮队。格里高力让阿克西妮亚将身子伏在马背上,两人驱马狂奔。子弹从背后尖叫着追上他们。突然,阿克西妮亚向一边歪过去,格里高力一把拉住她，没让马停下来。直到无人追赶时，他才把马拐向一条山沟，把她轻轻抱下马。

子弹打碎了她的肩胛骨，喉中的血随着喘息呼噜噜作响，她伤口和嘴里流出的血渗进了格里高力的衣服。她已经昏迷，既不睁眼也说不出一个字。格里高力一直抱着她，天亮前，她死在格里高力怀中。

格里高力用马刀挖个坑，在她冰凉的、被血浸咸了的嘴上吻了吻，把她放进坑里，用纱巾盖住她的脸，埋上土，用手把坟拍结实。

他感到自己也死了，生命于他不再有什么意义。他不必再逃了，哪儿也无所谓了。他在草原上毫无目的地流浪了三天，既不回家也不去自首。最后，他把马扔了，过了顿河，来到一片树林里，那里有所破房子，他就住在那儿。周围的村民给他一点吃的。

秋雨之后，一天冷过一天，随后下了雪。一冬天他哪儿也不去，逃亡的白军或哥萨克来找过他，拉他出山一块再干，他摇头拒绝。他真希望什么也不想，但办不到。夜里，孩子、阿克西妮亚、妻子、母亲都出现在他的梦中，他强烈地希望回家。

冬天快完的时侯，不管什么前景等着他，他都不顾了，他决定动身回去。踏着三月青绿色的残冰，他徒步走向故乡顿河边那熟悉的小村子。

岸边的冰正在融化。格里高力把枪和子弹全扔进冰冷的河水中——再也不用它们了。远远地他看见一个小小的人儿站在河边看着冰块顺水漂流，他的心一下子提到嗓子边，那是他的儿子! 他强忍着，控制着自己没跑过去，只是一步步走向孩子。到了小孩身边，他才低哑地喊，"米申卡，我的儿子。"

半天，孩子才惊骇地认出这衣衫褴褛、满脸胡须、蓬散着花白头发的人是自己的父亲。格里高力跪下身抱着儿子，结结巴巴一遍遍地叫道："我的儿子，我的孩子……"

儿子小声说："米沙叔叔又当兵去了，杜尼亚姑姑在家，妹妹秋天害白喉死了……"

格里高力抱着儿子站在自家门前。广阔的原野上虽然寒冷，但他毕竟回到了故乡。

(刘小江)

帕斯捷尔纳克

鲍利斯·列昂尼多维奇·帕斯捷尔纳克(1890~1960)是原苏联持不同政见的作家的代表。

他出生于莫斯科一个知识分子家庭,父亲是著名画家和哲学家,母亲擅长钢琴。1913年他大学毕业后赴德攻读哲学。

他从中学时代就写诗,自幼形成的文学艺术修养主要表现在诗作上。他早年的两部诗集是《云中的双生子》(1914)和《在街垒上》(1916);十月革命后写了长诗《施密特中尉》(1926)和《一九○五年》(1927)。他的诗作始终表现个人命运,与当时苏联的现实格格不入,如《诗人之死》(1930)把马雅可夫斯基的逝世与普希金之死相提并论,抒情诗集《重生》(1932),强调投身革命便带来个人悲剧。甚至在卫国战争中仍置反法西斯主题不顾,写出诗集《在早班车上》(1943)。

长篇小说《日瓦戈医生》(1957)使他引人注目,为此他被原苏联作协开除会籍,却获得诺贝尔文学奖,但他拒绝接受。

日瓦戈医生

一

秋雨不停地下着,墓地里更添了几分凄凉。

雨点敲打着一座新坟,坟前,一个孩子失声痛哭。刚刚下葬的是他的母亲,她终于彻底摆脱了不幸的命运,却把十岁的尤拉孤单单地留在可怕的世上。

舅舅领走了这个可怜的孤儿,不久又把尤拉托付给亚历山大·格罗梅科教授。命运似乎特别照顾尤拉,格罗梅科一家人有着金子般的善良心肠。亚历山大的女儿东尼娅是一个善良的小姑娘,文静可爱,她把尤拉当成了自己的亲兄弟。尤拉非常感激这个姑娘。后来他们一起上了大学,东尼娅读法律,尤拉读医学。尤拉还喜爱文学和哲学,并且还会写诗,东尼娅和同学们都爱读他写的诗歌。

1911年,尤拉已经二十一岁。文学天赋和独立的个性使他在同伴中显得格外突出,格罗梅科一家也为他而感到骄傲。11月末的一天晚上,尤拉下课回到家里。一进门,便感到气氛有些异样,一家人忙乱着,见他回来便悄声地说:"夫人等你呢。"

尤拉走进格罗梅科夫人的卧室。东尼娅已经在里面了,惊恐地坐在母亲的床头。格罗梅科夫人让尤拉靠近些,并让尤拉和女儿各伸出一只手来。尤拉和东尼娅照办了。她紧紧攥住他们的手,对他们说:"我的病恐怕好不了啦,如果我死了,你们俩可不要分开呀。你们是天生的一对,毕业后就结婚吧,我替你们订婚啦。"

尤拉和东尼娅,两小无猜,一直以兄妹相待。现在突然成了未婚夫妻,两人心里又羞涩又激动，欣然领受了老夫人的遗命。

圣诞节来临了，他们两人被邀去斯文季茨基家赴舞会。舞曲悠扬欢快，尤拉和东尼娅完全沉溺在青春的幸福中。

突然，小客厅传来一声枪响。

音乐戛然而止，人们拥向小客厅。开枪的是一个姑娘，尤拉觉得在什么地方见过这位漂亮的姑娘。客厅里一个矮胖男人跑来跑去，嘴里不停地说着什么。姑娘要开枪打的人，正是这个矮胖子，但她没有打中，却伤了别人。当尤拉看清这个男人是著名的律师科马罗夫斯基时，他想起了那个开枪的姑娘叫拉拉。

二

拉拉的母亲几年前服毒自杀，尤拉曾跟另一个照看他的人到她家看望过。那时他就觉得这个漂亮的姑娘和灰发的矮胖子之间有暧昧关系，后来他还听说，这个矮胖子姓科马罗夫斯基，是一个骗子、阴谋家、恶棍。他曾是尤拉的父亲安德烈·日瓦戈的私人法律顾问。他怂恿安德烈·日瓦戈寻欢作乐，挥霍无度。尤拉很小的时候就同母亲一起被父亲抛弃，对父亲没有什么印象。但是尤拉知道，父亲的堕落，万贯家财被挥霍一空，父亲最后跳火车自杀，实际上都是这个科马罗夫斯基怂恿的结果。

然而，此刻尤拉还不知道，这个漂亮姑娘拉拉也是科马罗夫斯基的牺牲品。

拉拉的父亲本来是科马罗夫斯基的好友，但是这个恶棍在好友死后不久，就以照看为名占有了拉拉的母亲。这时拉拉才十六岁，但她已出落得很迷人了。她同母亲刚从乌拉尔搬到莫斯科便引起了邻里的注意。少年帕沙·安季波夫一见到她，便深深地爱上了她。恶棍科马罗夫斯基对她也起了歹心，他尽管同拉拉的母亲鬼混，但贪婪的目光却盯着拉拉一天天隆起的胸脯。他像野兽一样寻找着机会。而他的目的终于达到了。

拉拉痛苦万分，她恨使她失身的科马罗夫斯基，又恨自己软弱。她无法忍受母亲情人的情妇的处境，便从家里出走了。

她给人家当家庭教师，用挣来的钱替帕沙·安季波夫付食宿费。帕沙这时更爱拉拉了，拉拉也幻想着他们大学毕业后结婚，然后一起到故乡乌拉尔去教书，开始新的生活。但是她无法向帕沙倾吐内心的痛苦。1911年冬天，拉拉的生活遇到很多困难，她教的学生已经长大，不再需要她。这时科马罗夫斯基又因拉拉弟弟借钱之事向拉拉要挟。爱情的周折、生活的贫困和少女时的屈辱终于使拉拉再也无法忍受了，她决定报复，向科马罗夫斯基讨还一切。

拉拉不顾圣诞之夜莫斯科的严寒，手笼里藏着一把手枪，来到科马罗夫斯基家。守门人告诉拉拉，主人到斯文季茨基家去了。拉拉毫不迟疑，直奔灯火辉煌的斯文季茨基家，走进大厅。

三

拉拉刺杀科马罗夫斯基未遂的消息使恋人帕沙陷入痛苦之中，这几乎证明拉拉和科马罗夫斯基有外人不知的隐情。他们之间到底是什么关系？帕沙不敢想下去。事后，诚实的拉拉向帕沙坦白了真情，她说："我是一个坏女人，我配不上你，你离开我吧。"帕沙不肯离开她，他深深地爱着拉拉，没有改变初衷。圣灵降临节的次日，帕沙和拉拉结婚了。这一夜帕沙达到幸福的顶点，也陷入绝望的深渊，拉拉向他坦白了一切，她的每一句话，都使帕沙的心往下一沉。事实太残酷了，帕沙无法接受，在他心里出现了一堵高墙。帕沙理智上完全清楚拉拉没有任何过错，但心理上却把那个从小热爱的拉拉阻拦在高墙外面，高墙里面，只剩下供认了"污点"的拉拉。帕沙完全变成了另一个人。十天之后，他们俩同时大学毕业，按原来的计划，一齐到乌拉尔尤利亚金市当教员，不久他们有了个女孩。表面上帕沙和拉拉彬彬有礼，谈话时总怕对方误解，双方尽量表现得高尚。这种虚伪的关系，使共同生活变成了他们的负担，窒息了他们年轻的生命。

秋天了，秋夜的星空是那么明净，然而帕沙的内心却布满了乌云。他仰望着繁星思索着："你爱你的妻子吗？你和你的妻子有纯真的爱情吗？不，没有，这不过是虚伪的责任感罢了。"应该摆脱这种虚伪，最好的办法是投考军校,想到这里帕沙露出了笑容。

他找到了摆脱虚伪处境的出路。帕沙走了,拉拉的希望破灭了。

四

斯文季茨基家圣诞舞会之后不久,尤拉和东尼娅举行了婚礼。此时尤拉已毕业,成了日瓦戈医生;东尼娅也大学毕业,生下一个男孩。他们尽管是夫妻,但东尼娅对日瓦戈仍然像对一个亲兄弟那样爱护和照顾;日瓦戈对既是恩人又是妻子的东尼娅也怀着同样的尊敬和感激。他们是按老夫人的遗命结婚的,如果没有什么变故,他们会一直这样"恩爱"到老,这时,第一次世界大战爆发了。

日瓦戈应征入伍,他离开温柔体贴的东尼娅,在战场上又一次遇见了拉拉。

拉拉是到战场上找帕沙的。帕沙考入军校后,很快被调到作战部队。远离妻子女儿使他清醒,他认识到自己全错了,他内心深深爱着拉拉和孩子。为了能同妻子女儿团聚,他甚至希望负伤,以便获得休假的机会。但他很快便同拉拉失去联系。帕沙的悔悟,又燃起拉拉的希望。她决定离开尤利亚金市到帕沙作过战的地方去找他。为了寻找方便,拉拉在救伤列车上当了一名护士,后来她被调到日瓦戈所在的野战医院。

在拉拉到达医院的前几天,日瓦戈被霰弹炸伤,这个医生反而成了伤员躺在自己的野战医院里。一天病房里来了一个新护士,日瓦戈立即认出她便是拉拉。拉拉神秘的生活,她那迷人的容貌曾经深深触动过日瓦戈敏感的心灵。

同病房人中还有一人认出了拉拉,他是帕沙童年的伙伴,曾在帕沙家里见过拉拉。他告诉拉拉,他亲眼看见帕沙被奥军包围,倒在弹坑里。

拉拉的希望再次破灭,她想返回尤利亚金市,但没有走成。1917年的革命爆发了。

拉拉和伤愈的日瓦戈都暂留在一个小镇里,一起在那里工作,他们的接触多起来。日瓦戈聪明博学,他写的书已经在莫斯科出版,并得到好评。他给拉拉留下很好的印象。拉拉更喜欢日瓦戈的诗,喜欢他对周围一切的独立态度。日瓦戈也很喜欢拉拉,觉得她与众不同。他们之间并没有个人交往,日瓦戈连拉拉住的地方都不知道。只是在日瓦戈决定要回莫斯科的前一天,他才委婉地向拉拉表达了自己的心意。"只要您的目光不忧郁……我……"拉拉没有让他说下去。

五

日瓦戈回到莫斯科同家人团聚。他积极地为苏维埃政权工作,热烈地欢迎革命带来的新生活。但是莫斯科的生活太艰难了,日瓦戈一家贫困到了快要饿死的地步。东尼娅想让全家到乌拉尔的瓦雷金诺外祖父家避难,日瓦戈只好同意。从莫斯科到乌拉尔,遥遥千里,日瓦戈一家一连几昼夜在列车上颠簸。车窗外是内战、饥饿、流血的俄罗斯大地;车厢内是逃难的人们和抓来的劳工。看到这些,日瓦戈思想发生了变化,他无法理解暴力革命带来的一时困难。

乌拉尔的瓦雷金诺俨然是个世外桃源,尽管白军和红军仍在附近战斗,但日瓦戈一家生活有了保障,他可以坐下来读书写作了。瓦雷金诺离尤利亚金市不远,日瓦戈常到市图书馆里借书,一天他在图书馆又看见了拉拉。日瓦戈异常兴奋,从借书卡上找到拉拉的地址,立即去找她。

此次重逢,拉拉非常高兴,她热情地同日瓦戈讲述别后的遭遇。上次分手之后,拉拉也很快回到尤利亚金。帕沙没有死,只是被奥军俘虏了,他一听到俄国爆发了革命便从国外逃回祖国参加了红军。拉拉告诉日瓦戈:"帕沙就在附近作战,但却从不来看我们,我去找他,他竟然不见!"拉拉不理解丈夫,把自己的不幸全怪罪在帕沙和革命身上。

日瓦戈同拉拉更加亲近了,他觉得拉拉更能理解他的思想。他越来越频繁地到拉拉家里去,热情地同拉拉谈论革命,谈论俄国,谈论哲学和艺术,向拉拉朗读自己的诗歌。他在拉拉家里待的时间也越来越长,一天,他们谈得很晚了,日瓦戈起身告辞,拉拉却意味深长地说:"你真的要走啦?"那天日瓦戈便留在拉拉家里过夜。

后来，他回家后，向家里人说了谎话。他觉得自己像个骗子，对不起东尼娅。然而他在心里谴责自己的时候，头脑里却出现了拉拉那双忧郁的眼睛，亲切的面容。他去尤利亚金的次数越来越多了。

六

一天，日瓦戈从拉拉那里返回瓦雷金诺的时候，路上被三名游击队员截住，他们强迫日瓦戈到游击队当医生。日瓦戈卷入残酷的厮杀中，这同他的世界观格格不入。无论游击队长怎样证明革命暴力的正义性，他都无法接受，他觉得游击队射击的年轻的白军士兵都是他的小兄弟。一次遭遇战，日瓦戈被迫开枪射击，当他看见被打死的白军还是孩子时，他觉得自己一生都不可饶恕了。一年之后，他逃离了游击队。他穿越荒无人烟的雪原，一个半月才回到尤利亚金。他找到拉拉的家，打开房门，但屋里没人。

日瓦戈被游击队绑架后，东尼娅便和父亲、孩子回了莫斯科，后来又去了国外。他们走后，瓦雷金诺的房子荒废了。拉拉坚信日瓦戈一定会回来，便到瓦雷金诺收拾房子等待他回来。但她无法断定日瓦戈什么时候回来，便又回到尤利亚金。这时她才发现日夜思念的日瓦戈昏倒在她床上。

日瓦戈同死神搏斗着，拉拉日夜精心照料他，日瓦戈渐渐康复。他们的心贴得更紧了，这时他们才明白，他们俩都是科马罗夫斯基的牺牲品，而相同的命运，更加深了他们之间的感情。日瓦戈四处寻找工作，既当医生，又在培训班讲课，艰难地，同时又幸福地同拉拉一起生活。

七

冬天，乌拉尔冷得可怕，白雪封住了没有其他居民的瓦雷金诺。饿狼夜里钻进村子，冲着全村唯一露出灯光的窗于嗥叫。油灯下坐的是日瓦戈，拉拉和孩子已经入睡了，他在寒冷的冬夜写作，幻想挣些稿费，度过严冬。他们是躲到瓦雷金诺来避难的。拉拉很早就听说帕沙因为是党外军事专家而遭到怀疑，有人要清洗他，于是帕沙从红军中逃走了。这给拉拉和日瓦戈带来了极大危险。日瓦戈提议回莫斯科，拉拉不肯走，她觉得帕沙的命运将在这里决定。一旦帕沙需要她，她好出现在他身边。她忘不掉帕沙。日瓦戈理解并尊重拉拉的感情，于是跟她一起来到瓦雷金诺。

但是帕沙并未出现，恶棍科马罗夫斯基却出现了。他告诉日瓦戈，帕沙已被处决，拉拉处境十分危险。他请日瓦戈和拉拉跟他一起到远东去，他将到那里担任远东共和国的司法部长。日瓦戈决不想跟他走，但是为了保护拉拉，日瓦戈谎说他也同意去远东，骗拉拉跟科马罗夫斯基走。他让拉拉和科马罗夫斯基先走，他随后追上。拉拉坐的雪橇远远离去，望着拉拉消失的身影，日瓦戈低声说："永别了，我唯一的爱人。"他一个人留在了瓦雷金诺。

这次，科马罗夫斯基又欺骗了他们。帕沙当晚就来到了日瓦戈和拉拉的住所。当日瓦戈告诉帕沙拉拉一直爱着他时，帕沙激动得说不出话来，只是叨念着"拉拉，拉拉……"但一切都已经迟了。他再也忍受不了逃亡的生活，第二天便开枪自杀了。

拉拉又一次被科马罗夫斯基占有，直到红军消灭了远东共和国，拉拉才从他的魔爪下逃出。拉拉为了寻找她和日瓦戈生的孩子，从伊尔库茨克来到莫斯科。一天她无意之中经过帕沙上学时住过的房子，便走了进去。里面有很多人，桌子上放着一口棺材。她近前一看，棺材里面躺着的竟是日瓦戈。

原来日瓦戈与拉拉分手之后不久，也离开乌拉尔，徒步横穿俄罗斯回到莫斯科。好心的姑娘马林娜做了他的妻子，同父异母兄弟叶夫格拉夫帮他找到了工作。但是日瓦戈的身体已经垮了，在第一天上班的路上，死神终于夺走了他的不幸的生命。

拉拉望着他的尸体痛哭。但厄运也没有放过她。不久她失踪了，作为科马罗夫斯基——远东共和国部长的夫人，她必定是被捕了。

这个恶棍竟毁了拉拉整个的一生。

(李正荣)

埃泽拉

列金娜·埃泽拉是拉脱维亚当代女作家。她的创作独具个性,在原苏联文学中着意描写人与自然的联系的潮流中,她很有代表性。

埃泽拉从20世纪60年代末开始发表作品,主要有:中篇小说《无月之夜》(1971)、幻想体长篇小说《看不见的情火》(1972)、长篇小说《暴力》(1982)和《背叛》(1982),以及正在陆续出版的新著——四部曲的长篇《你将听到自己的心声》等。《湖畔奏鸣曲)(1972)是她的成名作,原名《水井》,1976年由她亲自改编成电影,并用了这个名称。

湖畔奏鸣曲

鲁道夫慢腾腾走在通往托马林田庄的林荫道上,他是为了借船才到这个面对"游蛇湖"而远离集体农庄中心的住家来的。原以为将会与一个男人交涉此事——那样事情就简单多了,结果遇着个女的——劳拉,当时,她正在用一把相当钝的锯子锯一块厚木板。她穿着一件褪了色的短上衣和一条带铆钉的破劳动布牛仔裤,只有用一条黑橡皮筋束在后脑勺上的一缕栗色的长发显得蓬松秀美,与她的全身上下很不协调。

"有事吗?"她抬起头。那张长方的、没有完全晒黑的面庞上一双明亮的大眼睛,令鲁道夫感到几乎是一副绝世禁欲的神情。

"是艾迪斯派我来的,维亚泽村的船全都坏了,所以让我……"

劳拉稍稍思索了一下,说:"我答应您用到明天晚上。当然,这时间太少了,但星期一早晨我必须去滨湖镇。"

"我一定按您说的时间放回原处。"

劳拉微微一笑,她把围裙解下来,拿着钥匙,两人一同向暮色渐浓的湖边走去。湖畔的景色,连同那些黑沉沉的树木、小船和系留小船的处所,就像一幅杰出的漆画。

鲁道夫出于礼貌,道了声:"那好,明天见!"就迈步上船,撑离了湖岸。

"再见,医生!"

鲁道夫心里一惊,原以为邻近各村对他都还不了解,看来他未免有点天真。乡下的一切事情都传得很快。

小船伴随着轻轻的潺潺水声远离了湖边小栈桥,那女人还一直站在原处。她那匀称的身影掩映在深暮时分忧郁、晦暗的光线之中。鲁道夫向她挥了挥手,她没回答。

劳拉是村里的女教师,她的丈夫里奇因酒后打猎,误将同伴当猎物打死,被判了刑,还在狱中。劳拉带着一双儿女马里斯和扎伊加,跟婆婆和小姑住在托马林田庄。很显然,这个由老弱妇人组成的家庭,主要的劳动和家务都落在劳拉的身上。眼下因水井上的辘轳坏了,明天早上做早饭的水也没有了,她必须趁天还看得清楚,把辘轳修出来。哧——哧——锯在木板上面像搔痒似的直打滑。在婆婆的帮助下,两人架起了新的辘轳,打上了一桶沉甸甸的井水,婆媳俩都高兴地笑了。

忙完一家人吃晚饭,安顿好孩子们睡下,劳拉坐在沙发上等着外出跳舞未归的小姑。不知不觉地,她进入了沉沉的梦乡。

第二天天刚破晓,鲁道夫已经到了湖上。钓了七条斜齿鳊后,太阳出来了,放射着犹如印象派画上的那种橙黄色的光芒,湖水也因此变成了一泓橘子汁。置身在这样一个明媚的夏日里,他真希望自己能成为大自然的一部分,如同湖岸上的一棵树,如同一条鱼,如同一只苹果。

直到天快黑了,他才把钥匙还给劳拉的婆婆,当时只有她一个人在家。

鲁道夫是里加来度假的医生。他被那种疯狂的生活节奏、病人、女人折磨得疲惫不堪之后来到这里,钓鱼、采蘑菇、劈木头、打水、收拾房顶,或赤露着晒得黑黝黝的身子,在荒僻、杂草丛生的湖畔走走,精神得到暂时的休息。他从来顾不上寂寞,只要那种习惯的苦闷心情一露头,他立刻就走。

走?到何处去呢?

他究竟能到何处去,又为什么要走?他前天才刚刚来到这里,此刻却躺在床上辗转反侧,心乱如麻地想着……

鲁道夫的思绪突然被打断了——电光一闪,他看到苹果树之间有个打着漂亮雨伞的人影。接着,地面上又像被黑水淹没了一段,罩起了一片黑暗。他倾耳听听,只有雷声,鲁道夫以为是自己错了。马上他又听到了狗叫声,接着有间房子的灯开了。房东叫了声他的小名,鲁道夫一边穿衣,一边下楼梯。

"托马林家的劳拉,她孩子病了,所以才来请你。"房东在下面大声说道。

"晚上好!"劳拉说了一声。她虽戴着头巾也照样淋湿了头发。"扎伊加……我的女儿突然发烧,差点不到四十度……对不起,打扰您了。"

"好,稍等一下,先看看我的急救箱,我们开车去。"

小车在坑洼不平的道路上徐徐地向前驶去。劳拉就像怕冷似的缩成一团,紧靠在角落里坐着。

到了家,劳拉领着鲁道夫给扎伊加检查病情。当劳拉坐在那儿,俯身看着小女儿时,长长的头发垂到枕头上,衬托着她那副洋溢着无限温存的面孔。鲁道夫心中一动,"我在哪里才能看到这种……"做完了检查,鲁道夫嘱咐劳拉该怎么做时,他的眼睛一直没有离开劳拉的面孔,它依旧闪耀着一种内在的光彩。

婆婆和小姑很热情地送鲁道夫上车,而他总有一种若有所失的感觉,劳拉始终没有再出来。

雨终于停了,太阳出来了,又是一个晴朗的早晨。劳拉划船来到了湖上,转过半岛,维亚泽村展现在眼前。随着锤子的声音望去,劳拉看到了待在屋顶上的鲁道夫。此刻鲁道夫也看到了远处船上的劳拉,很想从高处向劳拉招招手,但又觉得,她未必能看得到自己。

一个小时后,鲁道夫把房顶收拾好了,匆匆吃过早饭,就一个人悠闲地沿湖岸向滨湖镇走去。在镇上乱转的时候,他忽然从背影认出了前面走着的那个女人,便加快了脚步。

"您好,劳拉!"

她蓦地转过身来,脸一下红了。两人你看着我,我看着你,一时不知说什么好。

最后还是劳拉开了口,问鲁道夫是开车来的吗,得到回答是"乘11号",便说:"如果您愿意的话,我可以捎您回去。"

鲁道夫撑船离开了湖岸,风很大,船在湖面上一起一落。劳拉去扶倒了的提兜,一阵风吹来,把她一头披散的长发拂到了鲁道夫的脸上。

"哎哟,对不起!"她两手按着头发,几乎带着一种惊恐的神情看着鲁道夫。

"没什么,"鲁道夫微微一笑,"没什么,"不知怎么他心不在焉地又重复了一句,心里却在想,她的头发真像丝一般的柔软。

劳拉脸上泛起的红晕渐渐消褪了,又恢复了平素那样的平静,还带点伤感。鲁道夫觉得她就像一幢上着护窗板的房子,只能从外边看看——偶尔从里边闪出一道情不自禁的微笑般的亮光,随即又熄灭了。

晚饭是在劳拉家吃的,大家围着鲁道夫说笑成一片。到了道别的时候,劳拉借故给病中的女儿端饭送水,没去送客,但她久久地站在窗前,看到鲁道夫第三次回过头来时,猜想到他是在找她,心头顿时涌起一种喜悦之情。

鲁道夫又有两次在镇上"遇着"了劳拉。他们同车回家,两人的谈话越来越随便,有时竟像孩子般大笑起来。有次他们在车上分面包吃,两人的手碰到了一起,一种突如其来的亲近感顿时传遍了全身,两人不约而同地产生了舍不得离开的念头。后来,鲁道夫把手伸给劳拉,顺势搂住她的肩膀,两人紧紧地依偎在一起,待了很久很久才开车回家。

在空旷的院子里,劳拉坐着想了很久,"到底发生了什么事?"一个模模糊糊的念头闪过她的脑际,仿佛觉得有必要在某某面前为自己辩白清楚。"什么事情也没有发生!"她坚定地说服自己,可往深里一想,又觉得毕竟还是……发生了,而且发生了某种比两个几乎陌生的人的嘴唇贴在了一起更为严重的事,这也可能是没有任何意义的。这一发现又使劳拉再度充满了既是懊悔,又是幸福的感情。

这天,鲁道夫用小车带着劳拉的一对儿女来到滨湖镇接劳拉回家。一见到鲁道夫,劳拉就笑逐颜开,他一只手握住她瘦小的手掌,喜形于色地看着她那变成绯红色、显得分外年轻、洋溢着幸福的面庞。劳拉再也不能隐藏自己幸福的心情——她仿佛豁然开朗了。鲁道夫简直不晓得该说什么,一种情投意合的电流在他们之间流动着,似乎他们俩都感觉到了这一点。

快到托马林田庄时,女儿突然对妈妈叫了一句:"别坐在信上。"

"你们去邮局了?"

小姑娘点点头,把一叠东西递给劳拉:

"一封是给维娅姑姑的,另一封是爸爸来的。"

劳拉连看都没仔细看一下,就把信放到了手提包里。她一直注视着前方,仿佛在深思什么。鲁道夫猜想不到——她刚才表情还那么坦率的脸上,此刻就像垂下了一层面纱。"喂,看我一眼吧,"他无言地请求着,极力设法恢复那种令人激动和高兴的亲切感。但是,劳拉这次并没有感觉到他的目光,他俩就像两颗行星,一分钟之前它们处在一条直线上,相距是那么近,但现在它们却缓慢地、彼此远远地离开了。

下车时,劳拉把手伸了过去,她的面容是疲惫不堪的。告完别,她就一次也没有回过头。鲁道夫望着她远远离去的身影,他已经多少次这样忍受痛苦了。他在想:之所以感到痛苦,是因为他预感到不可避免地要失去劳拉,所以从一开始他就本能地害怕这样的结局。于是,一种他习以为常的孤寂感,又袭上了心头。

走进托马林田庄,劳拉觉得院子里一片死一般的寂静,就像她自己变聋了一样。远处的大地上,空荡荡的苍穹仍是那样广阔无垠。劳拉就这样一动不动的站着,怀着宁静、欢愉和深沉的忧郁心情回想起那已经遥远的往事。她之所以忧郁,是因为它已成为了过去;她之所以欢愉,是因为它确曾发生过。

鲁道夫也一动不动地伫立在湖畔。最后一个窗口的灯光也熄灭了,他仿佛还极力想留住这已彻底从他身边溜走的一切,但他无能为力,因为他没摧毁劳拉内心的某种东西……

(晓 文)

艾特马托夫

钦吉兹·艾特马托夫(1928~2008)是吉尔吉斯作家。

他出生于一个农牧民家庭,幼年在家乡山区度过。1952年开始发表作品。农学院毕业后又进高尔基文学院,毕业后即从事文学创作。1957年发表中篇处女作《面对面》,翌年的中篇《查密莉雅》使他一举成名。这部作品后来与短篇小说集《草原和群山的故事》(所收小说有:《我的包着红头巾的小白杨》、《第一位教师》、《骆驼眼》等)一起,获1963年度列宁奖金。此后发表多部中篇小说,其中《别了,古里萨雷!》(1966)获1968年国家奖金,《白轮船》(1970)改编的同名电影获1976年全苏电影节大奖。他的第一部长篇小说《一日长于百年》于1980年问世。他的创作汲取了民间文学的传统,并善于用自然景物烘托人物内心世界。他曾获"社会主义劳动英雄"称号。曾任苏联作协书记,作协戏剧、电影和电视委员会主席。

查密莉雅

　　这幅镶着简单画框的小画把我带回了我的少年时代,那是战争的第三个年头。我们的父兄在遥远的前方苦战,我们——当时都还是一些十四五岁的少年——在集体农庄里劳动。本来都是成年人干的重活儿,如今压在我们的两肩。收割时几个星期不回家,日日夜夜在田野里、打谷场上,或在往车站运粮的路上。

　　一天,我从车站坐空车回来,路上决定顺便回家去看看。村头有两座围着坚固的土墙的院落,这就是我们两家。我是大房的孩子,我有两个哥哥,他们还没结婚,都上前线去了。我父亲是个老木匠,在工场木工间做工,很晚才回家。家里就剩下母亲和一个妹妹。

　　旁边的院子里,或者照村里叫法,小房里,住着我们的近亲。早从游牧时代起,我们就是亲族住在一起。后来,小房的家主去世了,留下了妻子和两个很小的儿子。依照世代相传的族法,族人让我的父亲娶了小房的寡妻。于是,我们就有了第二个家。小房表面上家业独立,有自己的宅院和牲畜,但实际上我们是一块儿过日子。

　　小房的两个儿子也参了军。老大萨特克是刚结婚不久就走的。家里只剩下婆婆——我唤她婶娘和儿媳,即萨特克的妻子。她叫查密莉雅,和婆婆一样肯操劳,心灵手巧。

　　两房的家务都由我母亲经营。村里公认她是最值得尊敬的一位心地好、见识广的贤主妇。

　　我从车站回家,正看到生产队长奥洛兹马特在院子里和母亲说话。我听见母亲的声音:"不行!别胡闹,哪儿见过女人赶车运粮食?"

　　奥洛兹特马说:"我要是有腿,而不是这条拐杖,我会来求您?这不是女人干的活,我知道,可到哪里找男人去?您不准儿媳妇赶车,可战士们需要粮食,我们却完不成计划。"

我朝他们走去,队长看见我,高兴起来:"好啦,您要是担心媳妇的安全,瞧,有她小叔子保驾,他决不会让谁靠近她。"

母亲刚想说什么,奥洛兹特马又接着说:"谢依特,今天你就留在家里,把马喂一喂,明天一早我就派给查密莉雅一辆车,你一块儿赶车。要记住,你可得负责她的安全。家主娘,您就别担心啦。我还再派丹尼亚尔同他们一块儿。您是知道他的,是个很老实的后生,……就是刚从前方回来的那一个。三个人一块儿往东站运粮食,谁还敢动您的儿媳妇?"

我想像着能和查密莉雅一块儿赶车该有多好,因为我挺喜欢她。我对妈妈说:"保证没事儿,怎么,会有狼来把她吃掉还是咋的?"

妈妈最后还是答应了队长的要求。然而,无论是妈妈还是我,自然都丝毫没有想到,这一切将会有什么样的结局。

我一点也没担心查密莉雅能不能驾驭得了双套的马车,因她是巴开尔山庄一位牧马人的女儿。我家的萨特克也是牧马人。似乎有一次春天赛马时,他落在查密莉雅后边。人们都说,赛马之后,恼羞成怒的萨特克就把她抢来了,还有一些人说他们是恋爱结婚的。可是他们婚后只有四个月,萨特克就参军走了。

查密莉雅性格粗犷,干起活来一阵风,有男子气概。爸爸和姊娘对待查密莉雅从不挑鼻子挑眼儿。他们对她和善,心疼她,就只希望她一点——对真主虔诚,对丈夫忠实。

查密莉雅来到我家后,尊敬长辈,可在他们面前从不肯低头弯腰,也不像别的年轻媳妇那样背后喊喊喳喳。我感到,妈妈已看出她是一个和自己一样的人,想有朝一日把她放到自己的位子上,成为当家人。

但是查密莉雅有的地方使两个婆婆感到不以为然,她快活起来像个孩子,有时侯,好像无缘无故就笑起来,而且笑得那么响。每当收工回来,总是一路跳过沟渠,跑进院子。她还喜欢唱歌,长辈面前也不回避。

可对我来说,世界上没有人比查密莉雅再好的了。她长得很美,身材匀称、苗条,又长又密的头发,编成两条粗粗的长辫子,黑中透蓝的一双眼睛，闪耀着青春和热情的光彩。

我时常发现，男子汉们，特别是返乡的战士们，爱用眼睛盯她。查密莉雅自己也爱玩爱闹，可是对那些放肆的家伙决不给好颜色。

萨特克时常来信。他的信总是以"平安家书"几个字开始，然后永远不变地写道："此信烦寄安居于塔拉斯区的余之阁家，至亲至爱的父亲甲日楚拜……"然后是我的母亲，随后是他的母亲，再后依照严格的长幼顺序写着我们所有的人。只是在最末尾，才像仓促想起似的附笔写道："并向余妻查密莉雅致意……"

妈妈总要让我把信给她多读几遍，要是查密莉雅在家，也把信给她看看。每次她接过信，都是那么激动。她默读着，贪婪地、急不可待地用眼睛扫过字里行间。但是，越接近结尾，她的肩膀垂得越低，脸上的热情渐渐熄灭。她紧皱起那倔强的眉头，不等读完末后几行，便把信还给妈妈，神情那么冷淡，像是交还借用的一件东西。

萨特克最近一次来信说，他负了伤，住在萨拉托夫的野战医院里，到秋天就可以回家了。

丹尼亚尔也是因为受了伤，不久前来到我们村里的。他本是我们村里人，老人们说，他在童年便成了孤儿，过了几年乞讨的生活，后来四处谋生，后来又进了军队。

他回到了家乡，受伤的腿还没有痊愈，因此割草他不行，就把他派到我们孩子们这儿来，在割草机上工作。丹尼亚尔很少说话，干起活儿来却又快又利落。傍晚，他常常爬到守望台上，在那儿坐到天黑。

有一次，我出于好奇心，也跟着丹尼亚尔爬上了守望台。这里似乎没有什么特别的，附近山脚下那一片笼罩在暮色中的草原，辽阔地扩展开去。丹尼亚尔抱膝坐着，沉思地望着前方，有时他侧耳谛听，凝神屏息，睁大眼睛。我觉得，似乎有一种巨大的东西在激荡着他的心。

有一次吃过晚饭，我们坐在篝火旁。我请求说："丹尼克，讲讲战争吧，趁大家还没睡。"

丹尼亚尔起初没有讲话，甚至似乎很生气。他久久地望着火堆，然后抬起头来，声音低沉地说："不，最好你们还是不要知道战争！"

不过这一切都已消失了。第二天一大早,我和丹尼亚尔将马带到打谷场上,这时查密莉雅也来了。她像车把式似的一本正经检查车辆,然后对我们发布号令:"动作快些,好在天热前赶过草原!"

查密莉雅的果敢和自信,显然使丹尼亚尔感到惊讶。当他一声不响地从磅秤上搬起粮食袋,举向车上时,查密莉雅朝他奔去:"不成,伙计,这么干不行,快把手给我!喂,小兄弟,发什么呆,到车上把袋子摆好!"

查密莉雅抓住丹尼亚尔的手,当他们一块儿手攥手地将粮食袋朝上摔的时侯,他羞得脸都红了。查密莉雅却毫不在乎。车子装好后,她调皮地眨眨眼睛说:"呃,你叫什么,丹尼亚尔,是不是?看样子你像是个男子汉,出发!"

我们要走的路很远,一天的工夫只能来回跑一趟。我们早上出发,来到车站已是过午了。车站被运粮的马车挤得水泄不通。粮站大门口悬着一条横幅:"将每一颗粮食支援前方!"

顺着木板往粮仓上面扛粮袋时,有多少次,半路上我感到力气不支,粮袋从背上往下滑。查密莉雅走在前面,粮袋压得她像弹簧似地一弯一弯的。"坚持一下,小兄弟,剩不几步了!"她自己的声音也并不响亮,下气不接上气的。

当我们倒掉粮食,往回走的时候,迎面碰上丹尼亚尔。他微微瘸着腿,迈着坚强而均匀的步子走着,像平常一样孤孤零零,一言不发。当我们走近时,丹尼亚尔向查密莉雅投过忧郁而炽热的一眼,查密莉雅却弯腰抻抻衣裙。

丹尼亚尔每次望她,她要么就嘲笑他,要么就不理睬他,可一次也没有惹恼丹尼亚尔。

在我们的粮袋中,有一只很大的,平常我们是两个人对付它,一个人是吃不住的。有一次,车快卸完的时候,查密莉雅调皮地捅捅我,朝丹尼亚尔指指。他站在车上,犯愁地打量着那只粮袋。

"把裤子紧一紧,要不,半路上会掉的!"查密莉雅喊道。

丹尼亚尔朝我们投过狠狠的一瞥,然后吃力地把粮袋挪到车厢沿上,跳下车,将它背起来。当他走到木板跟前时,查密莉雅撵上了他:"扔下吧,我是开玩笑的!"

"走——开!"他斩钉截铁地说,于是登上了木板。我发觉他的伤腿越来越瘸得厉害。

"回来吧!"查密莉雅带着苦笑喊。可丹尼亚尔挪动着那条伤腿,慢慢地走着。每走一步,他都感到极大的痛楚。爬得越高,身子朝两边晃得越厉害。

突然查密莉雅重重地抓住我的手,抓得我骨头都疼,直到丹尼亚尔喘着粗气、一瘸一拐地往下走,她才松开手。

第二天一整天,丹尼亚尔照样心平气和,不言不语,只不过瘸得更厉害了。查密莉雅也尽量装出若无其事的样子,可是我看出她整天都不自在。

我们很晚才从车站回来,丹尼亚尔走在前头。夜色显得无限美好,空气清新而凉爽。查密莉雅四下望着,轻轻哼着什么。接着,她唱起了吉尔吉斯山歌。歌喉嘹亮而感情充沛。突然她止住歌声,喊道:

"喂,丹尼亚尔,随便唱点什么吧!"

"你唱,查密莉雅,我在听你唱呢!"丹尼亚尔勒住马,不好意思地回答。

查密莉雅又唱起来。没过多久她又朝丹尼亚尔喊道:"丹尼亚尔,你什么时候恋爱过吗?"

丹尼亚尔什么都没回答,查密莉雅也没有讲话。我们默默地走着。

我们过了一条小河,丹尼亚尔给马加了几鞭,冷不防地用那束缚已久的颤抖的嗓音唱了起来:"头戴白帽、身披青衣的高山,你养育了我世世代代的祖先……"

这歌声嘶哑而又深沉,有着一种特别激动人心的东西,简直不能相信这是丹尼亚尔在唱。

查密莉雅甚至惊叫起来:"你这一手以前怎么不露啊?快唱吧,好好唱下去!"

我们走出峡谷,进入平川。丹尼亚尔回旋舒展,变幻自如地唱着。

我忽然明白了他为什么好遐想、爱孤独和沉默不语。这是一个爱得很深沉的人。他所爱的,我感觉到,不仅是一个什么人,而是一种另一样的伟大的爱——爱生活，爱大地。

丹尼亚尔久久地忘情地唱着。迷人的草原八月之夜，安静下来，听他的歌声。

突然，他在一个最高亢的响亮的音节上中止了歌唱，吆喝一声，打马飞奔。丹尼亚尔走远了，我和查密莉雅直到进村，也没讲一句话。

从这一天起，我们的生活似乎有点变了。一早我们就到打谷场上装车，去车站，然后迫不及待地离开车站，好在归途倾听丹尼亚尔的歌唱。他的歌声在我心中生了根，在我所看到和听到的一切之中，我都觉得有丹尼亚尔的歌声。听着丹尼亚尔歌唱，我真想匍匐在地上，像儿子对慈母那样紧紧拥抱她。

我从小就爱画画，丹尼亚尔的歌声激动了我的心灵，使我想拿起颜料和画笔。

查密莉雅突然变得多么不同了啊！一丝朦胧的惆怅的阴影笼罩在她那光彩敛去的眼上。走在路上，她老是在想着什么，一种缥缈的梦幻般的微笑，荡漾在她的嘴角。她有时候躲避着丹尼亚尔，不敢直望他。

有一天，在打谷场上，查密莉雅用一种有气无力、极不自然的抱怨语气对他说："把你那军装脱下来行吧？让我给你洗洗！"

然后，她把军装上衣在河里洗过，摊开来晒，坐下来久久地用手掌将它抹平，就着太阳瞧瞧磨穿的两肩，摇摇头，又忧伤地抚摩起来。

他们的关系我还不是全都十分清楚，而且我怕去想这些。

在峡谷中查密莉雅老是坐在车上，进了草原便下车来步行。我也步行，在路上边走边听丹尼亚尔唱歌。一开头我们各靠各的车子走，但是一步一步地不知不觉地越来越走近丹尼亚尔。

查密莉雅往往十分激动，十分动情，不觉慢慢向他伸过手去，但他却没有看到。查密莉雅的手便犹豫不决地落到车厢板上，神情沮丧，茫然若失，对着他的背影望很久。

有时候查密莉雅突然扔掉木锨，拉着我在阴凉里坐下来，像要告诉我一件重大的事情。但是她什么都没讲，只是一面望着远处，一面揪弄着我那毛扎扎的头发，用颤动、滚热的手指抚摸着我的脸。我觉得，她正被一种东西折磨着,那种东西在她心中蕴积已久,渐渐成熟了,要求出头。

那一天,我们像往常一样,从车站赶车往回走。夜幕已经来临,丹尼亚尔的歌声打破沉寂,声声扬起。我和查密莉雅走在他后面。

他的声调中有那么多柔情的动人肺腑的烦恼和孤独感,使人对他无限同情和怜惜。

当丹尼亚尔的歌声再度提高时,查密莉雅抬起头来,走着走着,跳到车上,和他坐到一起。丹尼亚尔在唱着,似乎没有发觉查密莉雅坐在他身旁。她将头轻轻地靠在他的肩上。他的声音只颤动了一小会儿,又带着新的力量响亮起来,他在歌唱爱情!

我深受感动,这是两个新的无比幸福的人。查密莉雅娴静而羞怯,眼睫毛上闪着泪花。丹尼亚尔把自己对故土对草原整个伟大的爱,全部献给了她,他为她歌唱,他赞美她。

我真想把他们画下来,画成幸福的一对儿。

第二天我看到愁眉不展的查密莉雅,看样子她一夜没睡,眼圈发黑。这一次我们到车站比平常早得多,丹尼亚尔一路都在催赶马匹,查密莉雅一言不发,弄得我神魂不定。

我们卸完了车的时侯,一个伤兵找到查密莉雅,交给她一封信,说是萨特克要回来了。

查密莉雅抓住信,表情激动,随后脸色灰白,小心地瞅了瞅丹尼亚尔。他孤零零地靠近车子站着,用失望的眼睛望着查密莉雅,然后突然上车打马急驰而去。

"走吧,嫂子,"我说。"你走,让我一个人呆一会儿!"她痛苦地回答。

我们第一次分头而行。天黑了,查密莉雅还没回来。我在打谷场的麦秸上躺下来,渐渐睡意朦胧……

雷声把我惊醒。在闪电的光亮中,我看见查密莉雅和丹尼亚尔坐在我的旁边不远处。

"难道你以为我会舍了你,去爱他?"查密莉雅热烈地悄声说,"不会的,决不!他什么时侯也没爱过我。我爱你,我永远不离开你!"

"查密莉雅,亲爱的!"丹尼亚尔叫着她:"转过脸来,让我好好看看你!"

大雷雨倾盆而下,闪电照彻大地和天空。

很快,秋天来了。一个黄昏,我坐在河边柳丛中,看见有两个人徒步过河,这是丹尼亚尔和查密莉雅。丹尼亚尔背着行李包,急匆匆地走着。查密莉雅提着个小包袱,另一只手拉着丹尼亚尔。他们在谈着什么,背影渐渐远去。

我站起来,大声呼喊:"查密莉雅……雅!"草原上响起回声。我流着眼泪,呜呜地哭着。

我就这样和我最亲最爱的两个人告别了,也告别了我的童年。

村里人议论纷纷,女人们争先恐后地数落查密莉雅。后来,萨特克回来了。时间一长,人们就把他们淡忘了。

我不久就出外学习了,艺术学校毕业之后,我被送进美术学院。我的毕业创作是我幻想了很久的那幅画。

不难猜到,这幅画画的是丹尼亚尔和查密莉雅。他们走在秋日的草原上,远方辽阔明朗。

我常久久地望着他们,和他们交谈:

"如今你们在哪里?我的查密莉雅,让丹尼亚尔为你唱起他那歌唱爱情、歌唱大地、歌唱生活的歌!朝前走吧,查密莉雅,不要后悔,你已经找到了你那来之不易的幸福!"

(代 其)

麦卡洛

科林·麦卡洛(1937~　)是当代澳大利亚女作家。她本来一心想学医,但因筹措不到学费,只好从事各种职业糊口,她先后担任新闻记者、图书管理员、学校教师,最后以神经生理学作为正式职业。但她一直在业余时间勤奋笔耕,迄今已发表过好几部长篇,处女作为《廷姆》,代表作为《荆棘鸟》。

荆棘鸟

麦琪是全家六个孩子中唯一的女孩子,其中她最喜欢她的大哥弗兰克。弗兰克虽然已经能够帮助父亲打铁了,但仍时常遭到父亲的冷眼。每当弗兰克痛苦时,麦琪就以女性的方式——拥抱来安慰哥哥,好几次他们都彼此感到了人类本能的一种爱而不忍分手。原来,弗兰克不是父亲帕德的亲生子,母亲菲早年是一个富家小姐,可她却喜欢上了一个已经结过婚的政治家而有了身孕,这在当时是败坏家庭名声的,于是她的家人不得不赶紧很随便地找了一个下贱工人将她带走,这个下贱工人便是帕德,第一个过早出生的儿子,便是弗兰克。他们这一家住在新西兰,靠打铁为生,孩子又多,日子过得很艰难。

突然有一天收到了一封信,给这一家带来了好消息。原来帕德的姐姐也就是麦琪的姑妈玛丽·卡森在澳大利亚发了大财,已经拥有了一个叫德洛耶达的大牧场。如今她年纪已老身边又无其他亲人,来信叫弟弟带着他的一家人前去那里继承遗产。这消息就如一缕春风,吹得全家人心花怒放,他们立即动身前往。

他们来到德洛耶达,看到的全是草和羊的世界。接待他们的是一位高大英俊的年轻神父,他一眼看见七岁的麦琪,就特别显出了仁慈的爱,将她抱在怀里。从此这一家便到了一个新的世界。

一晃七年过去了,小麦琪由一个小女孩长成了十四岁的少女了。拉尔夫神父也已三十三岁。七年中,他一点都没改变他的英俊和对待任何人都一样热情的态度,他除了在本教区传教以外,其余时间都用在照顾老玛丽·卡森夫人和帕德一家上,特别是对麦琪小姑娘,神父对她怀有一种特殊的深厚感情,常常带她去骑马、游乐,参加集会,而麦琪也觉得,她越来越离不开神父了,生活里不能没有他——小姑娘恋爱了。

一天,拉尔夫神父从老卡森夫人那里来到麦琪的家,发现麦琪愁眉不展,好像变成了另外一个人。他很不安,将她带到坟地,在一尊复仇女神雕像下询问了她。开始,麦琪什么也不说,后来拉尔夫把她抱到神像石阶上坐好,努力劝说,麦琪才紧紧握住神父的手,说她患了癌症,有大量的血从下身流出来。神父第一次感到不安,他尽量克制住想要亲吻她的冲动,向她解释了这是女子成熟的生理现象,而不是癌症。

"那么,孩子也是从那里出来的?神父,我真想要一个孩子,你给我一个孩子吧!"麦琪快活地说。

拉尔夫想把她抱下来,麦琪乘机扑进他的怀抱。

从此之后,这一对本来不能相爱的人彼此深深地相爱了。当然,神父的爱是一种穿着神的外衣的高尚的爱,因为自从成为神父那天起,他就不能再爱别的女人,而只能爱上帝。所以当拉尔夫神父与小麦琪在一起过分亲热时，人们，包括麦琪的父母和哥哥们都不以为怪。然而，这一切，却没有逃得过那位时刻注意拉尔夫的老卡森夫人的眼睛。

一天，拉尔夫正在教小麦琪骑马，卡森夫人失望的眼里不由露出一丝阴险的冷笑，因为她十分了解拉尔夫神父的内心，她决定要惩罚他，用地位或是女人的选择来考验这位美男子神父。于是，她立即动手写了一份遗嘱，遗嘱的内容是答应将德洛耶达的财产在她死后全部送给这位拉尔夫神父。另外有一封信，也是写给拉尔夫的，说她原来已立过一份遗嘱，放在哈里办事处，答应将遗产传给她的亲弟弟帕德，也就是麦琪的父亲。信中还明白地告诉拉尔夫，她立两个遗嘱的原因，是因为她深爱着拉尔夫而不能得到，就以第二份遗嘱生效，来使拉尔夫继承一千三百万英镑财产，以使他在教会中功劳显著出人头地，从而永远不能与麦琪结合来惩罚他。如果拉尔夫不为金钱、地位所动或是还俗与麦琪结合，那就可以烧毁第二份遗嘱而使第一份遗嘱继续有效。卡森夫人将信和遗嘱放进大信封里封好。然后，她召聚了一次盛大的家庭宴会，请来了弟弟帕德和弟媳菲以及侄女麦琪，还有神父。宴会之后又是热闹的舞会，直到深夜。老夫人叫神父扶她上楼休息，把信封交给了拉尔夫，叫他务必天亮以后再读。就在这天夜里，老卡森夫人安详地死去了。

安葬了老卡森夫人，神父读了信，惊得目瞪口呆。他原来到德洛耶达来传教的目的，就是想取信于卡森夫人，然后得到一笔可观的遗产，作为进入教会高层次的阶梯，可是后来老夫人的弟弟前来继承了遗产，他几乎失去了希望，幸亏又有了一个小天使麦琪，才使他有了另一种打算。然而今天，他面对的是两种令人痛苦的选择。他诅咒那位有一脸老斑的已死的女人，为么将他虚伪的灵魂看得如此一目了然？他咬咬牙，闭上眼睛，左思右想，决定去当红衣大主教。因为广阔的德洛耶达大牧场和那笔巨大遗产，足可以买来一个红衣大主教的职位。尽管在几个小时前麦琪那句"神父，没有你我真不知该怎么活"的话还回响在耳边，那拥抱的温馨还能感觉得到。

拉尔夫顺利地成为了澳大利亚的罗马天主教会红衣大主教，德洛耶达牧场和大部分遗产也划归了教会。麦琪一家因为老卡森夫人的遗嘱而被允许永久居住在德洛耶达，他们只负责管理牧场，每人每年可领到二千镑的家庭款。

随着与拉尔夫的分离，麦琪的爱与日俱增。可是，不幸接二连三而来。这年牧场起了一场大火，她的父亲帕德被火烧死；弟弟斯图为寻找父亲而惊动了野猪，在搏斗中死去。一下子失去了两个亲人，整个德洛耶达都在悲哀，她的母亲菲哭得死去活来。当人们都外出忙着收拾尸体的时候，拉尔夫神父悄悄地来了，同样带着悲伤。他首先遇见了麦琪，她一下子投入到了他的怀抱，她不知道怎样才能说出她此时的痛苦与惊喜。除了拥抱和抚摸以外，麦琪袒露了她的大部分肌肤，希望得到神父更多的东西，但神父强忍着没有吻她，他说：

"麦琪，我爱你，但我是教士，我不能……"

她失望了，她起先以为他的到来是她的力量打败了上帝，现在才隐约觉得他是出于礼貌，以管理人的身份对业主的不幸表示关怀来了，她怅惘万分。

办完葬礼临别的时候，拉尔夫神父对麦琪的母亲说："菲，答应我一件事，照应一下麦琪，让她去参加地方舞会，认识年轻人，考虑成家吧。"

满脸憔悴的菲答应了他。

马厩里，神父上马告别的时候，麦琪送给他一朵灰色的玫瑰花，她要他别忘了她。

神父收了玫瑰花步履艰难地骑马走去。

就在火灾后的这一年，麦琪终于有了一个新的男朋友，他叫卢克，是一个新来的优秀的剪羊毛工。麦琪第一眼就喜欢上了他，因为他的模样很像拉尔夫神父。

麦琪和卢克结婚了，原打算在教堂里由拉尔夫神父主持婚礼，但遭到了麦琪强烈反对，所以婚礼办得并不热闹，而且事情一完麦琪就让卢克带她离开德洛耶达，她要借度蜜月离开这个家。

他们前往北昆士兰，卢克很高兴，他说他早就想去那里割甘蔗赚钱。麦琪告诉他自己有一笔可观的遗产可以领取，完全可以不干繁重的体力劳动，但卢克恼怒地告诉她，他们必须省下每一分钱，将来要买一个牧场。一路上他们坐的是三等车厢，吃的是最坏的食物，住的是最差的房间，他果然是个爱钱胜过爱妻的人。还是在家时麦琪就想要一个孩子,以解除心中的忧愁,此时身处异地,跟着一个异乡人,越发希望得到一个孩子,但是卢克却不要,他狠心地说要等他们将来有了自己的牧场,才能有孩子。麦琪心中好不失望,她觉得自己没有家、没有钱、没有孩子,甚至可以说没有丈夫,她什么都没有。

卢克却不管这些,他果真很快找到了割甘蔗赚钱的工作,并且试用的第一天他就割了五吨。他还替麦琪找到了一份免费住宿替人做帮佣的工作,那是甘蔗田主缪勒的家,他的妻子安妮是一个行动不便的女人,需要照顾。

卢克将麦琪留在缪勒家,常常几个星期甚至几个月都不来看望她,好像他没有这么个妻子。即使卢克偶尔顺便来看一次麦琪,也只是散散步说几句话从不过夜就走了。连缪勒夫妇也同情起麦琪来,他们也痛恨这个为了挣钱而不要亲人的家伙。麦琪越来越思念过去,但她没有回到德洛耶达去,因为她舍不得缪勒夫妇,他们对她太好了。有一次她母亲菲寄来一封信,说到拉尔夫大主教曾来过一次德洛耶达,当他发现麦琪已不在那里时,立刻像失去了什么似的,彷徨不定,没住几天就走了。这封来信给了麦琪说不出的辛酸,她痛苦不已,悔恨难当,但她又毫无办法,唯一的希望是赶快生一个孩子,以作为精神上的寄托。

机会终于来了,有一次卢克病了,不得不打电话,叫麦琪去医院照顾他。回来之后,她惊喜地发现自己怀孕了。

然而卢克一点都不知道,他依旧爱他的甘蔗去了,麦琪将这消息告诉他时,反倒招来他一顿埋怨和训斥,他又走了。麦琪原打算用孩子来拴住卢克的希望破灭了,她彻底失望了,她反倒恨起肚子里的婴儿来,因为他不是拉尔夫的,一旦生下来就是对拉尔夫的背叛。

在要生孩子的节骨眼上,卢克没有回来,除了缪勒老夫妇,身边没有一个亲人。她难产了,在生与死的关头,她梦呓般地呼唤"拉尔夫"。就在所有的人都急得团团转的时候,一个高大的黑发男人驾着一辆赛车来了。他不是卢克,而是拉尔夫。神父是在澳大利亚度假时打听到麦琪的住处碰巧来的。他的到来,使麦琪顺利地生下了一个女婴,人们叫她贾斯丁。

拉尔夫神父走后,麦琪将她如何与神父相爱而不能结合的事都告诉了缪勒夫妇，老人们很同情她，决定帮助她。他们把麦琪安排到一个叫大堤礁的岛上去疗养，麦琪顺从地去了。没想到驾着赛车的拉尔夫也随后而来，他是听了缪勒夫妇说过了卢克的无情和麦琪对他的思念后而来的。这对情人终于在这世外桃源合二为一了。这时，相距他们的第一次亲吻，已经有整整十六年。

当麦琪惊喜地发现她已成功地从上帝那里偷来了拉尔夫的儿子时，她毅然地离开了卢克，回到了德洛耶达亲人们的身边。不久她又在母亲菲的帮助下顺利地生下了一个儿子，取名叫做丹尼。菲一眼就看出，这孩子是拉尔夫的，另外一点是麦琪爱丹尼超过了爱女儿贾斯丁。菲明白了：麦琪结婚出走是因为她失去了拉尔夫，如今她能回来，是因为她得到了拉尔夫——小丹尼是神父的翻版。

生活逐渐安定下来，拉尔夫神父也偶尔悄悄地来与麦琪同居一两个晚上。麦琪的哥哥、弟弟们都是不肯结婚的老男人，对此也无异议。小丹尼和姐姐贾斯丁一起长大，整个大牧场就只有他们两个小孩子，他们总是形影不离。他们在一起重演了当年麦琪和哥哥弗兰克那样的相亲相爱的故事，并且觉得彼此谁也离不开谁。但自从他们分别被送到两所外地高级学校读书后，他们的信仰就不同了。丹尼一心要学红衣大主教拉尔夫，立志将来当一名教士；而贾斯丁，则想去当一名最能表现自己的女演员。无论麦琪和外婆菲如何反对，两个孩子都坚持自己的理想，他们要离开德洛耶达。

麦琪毫无办法，只好向远在罗马当上了教会国务大臣的拉尔夫写信，要将丹尼放到他身边去，但她没有说明丹尼就是他的亲儿子。事情当然非常顺利，丹尼进了罗马的神学院，他遵照母亲的说法称拉尔夫为舅舅，人们也毫不怀疑，因为丹尼和拉尔夫十分相像。而贾斯丁，先在悉尼当了几年配角演员，过早地失了身，并没有出名，后来也来到了罗马，凭着她与议员雷的亲密关系，终于成了红极一时的电影明星，入了英国籍。

通过八年的学习后，丹尼终于当上了一名神父，一个外貌英俊无比的神父，就像当年的拉尔夫一样。不过有一点不同，丹尼是最纯洁的，除了对母亲和姐姐贾斯丁的爱以外，他把爱都集中在上帝身上。不幸就在他作为神父去希腊克里特传教的时候发生了，有次他在海边游泳，有两个姑娘看上了他也去下水，结果丹尼为救她们而被激流卷走了。

　　麦琪接到这个不幸的消息真是悲痛万分，丹尼是拉尔夫的一部分，是她好不容易从上帝那里偷来的，长大后却要离开她去信奉上帝，这还不够，如今却全部由上帝收去了。她忍住悲痛，决定立刻去找拉尔夫，要他通过与希腊大使馆交涉，将丹尼的尸体要回来。然而她一到罗马见到拉尔夫，她就忍不住诉说了一切。听到丹尼死了，拉尔夫惊得不能自持，当她最后告诉他，丹尼是他亲生儿子时，他如五雷击顶，放声大哭，无力地倒在麦琪的怀里。不久，拉尔夫红衣大主教就去世了。从此，麦琪也麻木了，人世间的一切情爱，她一无所获。

（谢　繁）

蒙哥马利

露茜·默德·蒙哥马利(1874~1942)是加拿大的一个有地方色彩的浪漫派女小说家。

她曾当过记者和教师,《绿山墙的安妮》一书出版后在各国成年和儿童读者中十分有名。

绿山墙的安妮

一

离阿冯利镇不远的绿山墙农舍住着一对年迈的兄妹,哥哥马修未娶,妹妹玛丽拉未嫁。他们决定从孤儿院领回一个十一二岁的男孩抚养,可是没想到,接受拜托的斯潘塞太太却领来了一个女孩。当马修把这位红头发、多雀斑的尖下巴女孩从车站领回家里时,轻快地迎上来的玛丽拉惊奇地收住了脚步。小女孩诧异地瞪大明亮的眼睛,她全明白了,女主人不喜欢她,于是,她绝望地哭了。

玛丽拉劝她别哭,说犯不着这样伤心。小女孩骤然抬起头,露出一张满是泪痕的脸,颤抖着嘴唇说:"为什么犯不着?如果你是孤儿,来到一个你本以为将成为自己家的地方,结果因为不是男孩子而不被接受,那么,你也会哭了。"

这个女孩叫安妮·雪莉,她出生刚满三个月时,父母接连病逝。穷苦的托马斯太太收留了她,拉扯她到八岁。托马斯先生被火车压死后,他的母亲把托马斯太太及四个孩子接过去,却不收留安妮。锯木厂的哈蒙德太太又收养了她,让她照看家中的一对双胞胎。后来,哈蒙德先生也死了,她只好进了孤儿院。

来到马修的家时,她刚满十一岁。看见女人就低头的马修,却对这位小姑娘很感兴趣,想劝妹妹留下她。但是玛丽拉不动情,声称要找斯潘塞太太,让她把这女孩带回孤儿院。

安妮不情愿地跟着玛丽拉来到斯潘塞太太家,恰巧彼得太太也在这里。彼得太太正想要个女孩当帮手,她说可以把安妮转让给她。安妮直愣愣地盯着彼得太太,心想假如把她移交给这位尖嘴猴腮、目光尖刻的女人,无异于跌进痛苦的深渊。她伤心得默默流泪。玛丽拉忐忑不安地意识到,将这个敏感而善于激动的孩子交给这个女人,那将是不负责任。

安妮又回到了绿山墙农舍,玛丽拉决定留下她,并且承担起把她调教成有用的人的责任。

二

第二天上午,玛丽拉让安妮做各种事,她在一旁用挑剔的目光监视着。到了中午,她终于得出结论,安妮顺从听话,手脚麻利,接受新事物敏捷。但有个缺点,干活时易耽于幻想,忘记工作,直到被厉声斥责或出了差错,才猛然回到现实中来。下午,玛丽拉宣布留下安妮。安妮心花怒放,幸福地流下热泪。她感到做绿山墙农舍的安妮,比做其他任何地方的安妮要好上一百万倍。

两个星期来,安妮每天清早起床,外出探路,熟悉环境,学看诗句,浪漫地随处命名:"情人的小路"、"森林女神"、"柳池"、"天湖"……她爱这里的农舍风光和这里的人。但是玛丽拉的朋友雷切尔太太却叫她恨透了,因为她挖苦她的雀斑,嘲笑她的红头发,说她瘦骨嶙峋、容貌丑陋。安妮面对雷切尔太太,双手攥成拳头,满腔的激愤像一股气流似的从她内心喷射出来:"你怎敢说这些话来评论我!如果别人说你既肥胖又笨拙,一点想象力也没有,你作何感想?你严重伤害了我的感情,我永远不会原谅你,永远,永远!"接着是跺脚,跺脚!吓得雷切尔太太不知所措,赶忙离开这儿。

玛丽拉虽然为此感到惭愧和沮丧,但却用温和的语气开导安妮:雷切尔太太是过分了些,但也不能对一位陌生人、长辈这样鲁莽。她要安妮上雷切尔家去赔礼道歉。安妮却说,宁可被关进住着蛇和癞蛤蟆的潮湿地窖,也不去请求宽恕。马修去做安妮的思想工作,安妮这才同意先向玛丽拉检讨,再向雷切尔太太道歉。

玛丽拉带着安妮来到雷切尔太太家里。安妮诚恳地说:"雷切尔太太,我难过极了,你对我的评论都是实话,可我的态度很恶劣,请您原谅。"雷切尔太太原谅了她。

回家的路上,玛丽拉严厉地要求安妮不要再做更多这样的道歉,要竭力管住自己的脾气。安妮只说:"只要人家不嘲弄我的长相,做到这点并不难。"

三

安妮上教会学校了。她觉得很乏味,牧师缺乏想象力,课文又长,所以,她经常让自己的思绪自由飞翔。这一时期最大的收获是玛丽拉带她到巴里太太家里,认识了同伴黛安娜。

黛安娜是个非常漂亮的小姑娘,一看到安妮到来就放下书本,带她到花园玩个不停。玩到后来,安妮顺着黛安娜的建议发誓:忠实于知心的伙伴黛安娜,海枯石烂不变心。安妮为交上一个"灵魂的知音"高兴异常。

教会学校要举行一次野餐活动,规定每人带一篮子食物。一个星期以来,安妮念念不忘令人向往的"悠闲旷野",她和黛安娜有许许多多的话要在野餐活动时相互倾诉呢。可是，这时玛丽拉心爱的紫晶胸针不见了。她问安妮动过没有。安妮承认曾经偷偷地试别在自己的胸前，但已放回了原处，并保证说，就是上断头台，她也说没偷。玛丽拉认定这是违抗的谎言，令她呆在房间里，直到坦白交代。天哪！野餐活动也不能参加了吗？安妮只好向玛丽拉做这样的交代：为了能在野餐活动上炫耀，她偷偷戴着胸针先到小湖边风光风光，心想回来放回原处，再和玛丽拉商量，谁知在拱桥上看鱼时，胸针滑到水底里了。

这个坦白没过关，玛丽拉还是以不让安妮去野餐作惩罚。安妮的心沉了。马修想去说情，正好，这时玛丽拉意外地在自己的披巾上发现了胸针。这是怎么回事？玛丽拉奔到哭着的安妮面前。安妮又做了一次坦白交代：为了野餐活动，昨晚只好在床上编了一段供词，并尽量编得有趣可信。可结果还是不能去，一番辛苦白搭，怎不叫人伤心。其实，胸针是玛丽拉自己疏忽，被勾到披巾上去的。

玛丽拉听了情不自禁地想笑，又感到自己的良心在隐隐作痛。她要求安妮原谅她，并允许安妮去参加野餐活动。安妮提着玛丽拉给她装满的一篮子食物，箭一般地冲了出去。不知怎的，玛丽拉很自信，安妮会有出息，只要有她在，一家人也不会单调沉闷。

四

九月的一天，安妮去上阿冯利学校。她和黛安娜是顺着"情人的小路"、"紫罗兰溪谷"走的，说是这样可以丰富她们的想象力。

一天，上菲力普斯先生的数学课。安妮托着下巴想她的心事，没注意到比她大两岁的吉尔伯特在做鬼脸设法让她看他。吉尔伯特认为安妮目中无人，下课后特意来到她身旁，拉住安妮那条红色长辫子的末梢，尖了嗓子低声说："红发鬼！红发鬼！"安妮狠狠地瞅住他，拿起小黑板敲在他的脑勺上。许多同学幸灾乐祸地"噢噢"哄叫。菲利普斯先生看见了，重重地把手按在安妮的肩膀上。吉尔伯特勇敢地大喊是他自己不对，可老师还是罚安妮下午第三节课站在黑板前，在黑板上写道："安妮一定要学会克制自己的脾气",而且向大家读了一遍。安妮宁可被鞭子抽打一顿,也不愿受这种处罚。她站在那儿没有哭,也没有低下头,心里记恨着吉尔伯特。

坏事成双。第二天,菲利普斯先生宣布下午谁迟到,谁就要受罚,孩子们中午照常到水杉林里去玩。安妮和一群男孩子是在老师到了教室正在挂帽子的时候才冲进去的。菲利普斯先生不想费劲去惩罚十几个学生,但要顾全威信,需要选择典型。他扫视四周,发现安妮跌坐在座位上,一只耳朵上还歪挂着一串百合花环,显得散漫放荡。她当了替罪羊,被罚和吉尔伯特坐在一起。一群男生捂嘴窃笑。安妮在吉尔伯特身旁坐下,把脸埋在臂弯里趴在桌上。在她看来,心灵的受辱简直达到无法忍受的地步。十多个人唯她被挑出来受罚已经够惨了,还要和讨厌的吉尔伯特同座。羞愧、愤怒和耻辱渗透她的全身。放学后,她带回自己所有的东西,不打算来学校了。

安妮在家里学习功课,做家务,傍晚和黛安娜一起玩耍。玛丽拉遵照雷切尔太太的建议,不强迫安妮回学校,等待她冷静下来自愿提出。安妮有时会在路上碰到吉尔伯特,他往往竭力想使她息怒,黛安娜也努力从中调解,但都不能缓和安妮的态度。

有时,安妮在家里也有失落感,而更大的打击还在于她失去了黛安娜。

事情是这样:十月里的一天,黛安娜应邀到玛丽拉的苹果园吃苹果,随后,玛丽拉吩咐安妮请黛安娜喝木莓甜酒,说甜酒就放在食品柜里,玛丽拉说完有事出去了。安妮拿酒给黛安娜喝,很合胃口,黛安娜连喝三杯,回去醉倒了。原来,玛丽拉放在食品柜里的是酿过三年的葡萄酒,而不是甜酒。黛安娜的母亲巴里夫人硬说安妮有意把黛安娜灌醉,玛丽拉和安妮怎么解释她也不信,从此禁止黛安娜和安妮接触。

玛丽拉睡觉前悄悄走进安妮的房间,她发现安妮是哭着入梦的,心中不由涌起一种不同寻常的温情。

五

为找回黛安娜的友谊,安妮回到学校。她埋头学习,下决心不让吉尔伯特任何一门功课超过自己。竞争很快变得明显起来,吉尔伯特宽宏大量,安妮显然存有怨恨。黛安娜和安妮天天想见,但只能通过信件谈心。终于有一天,明尼·梅患喉炎,她的父母又不在家。黛安娜作为邻居,跑去找安妮,因为安妮以前在哈德蒙太太家带双胞胎,有过治喉炎的经验。安妮让明尼·梅服用土根制剂,缓解了病情。接着,马修请来医生。大家都夸奖安妮,巴里太太很感动,检讨自己错怪了安妮,当场宣布安妮可以重新和黛安娜成为好朋友。安妮兴奋得容光焕发。黛安娜送给她一张玫瑰卡片,上面的诗句是:你爱我,正如我爱你,除了死亡,什么也无法使我们分离。

新的学期开始了,来了位新老师斯塔西小姐。斯塔西小姐美丽聪明,深受学生爱戴。她组织学生朗诵、野营、举办音乐会,发挥学生的聪明才智。在这种健康的环境里,安妮像鲜花舒展花瓣那样尽情发展。她加入了斯塔西小姐组织的"女王班",准备投考女王专科学校。

六

暑假一过去,所有的学生都埋头在功课里,特别是"女王班"的学生,更是在积极准备升学考试。

安妮个儿蹿得很快,变成目光严肃的颀长的十五岁姑娘。她发誓要在升学考试中胜过吉伯尔特,为玛丽拉和马修争光。

紧张而叫人揪心的升学考试过去不久,录取名单在报上公布了:安妮高居榜首,吉尔伯特屈居第二,"女王班"的学生全部录取。

安妮告别老师和黛安娜,就要去女王专科学校上学了。临走的前夜,安妮穿上新衣服,为马修和玛丽拉朗诵《少女的誓言》,还亲吻了玛丽拉。玛丽拉为离别伤感掉泪,安妮真挚而柔情地劝慰,说她将永远是绿山墙农舍的女儿。

七

在女王专科学校,安妮又盯住更高的目标。和吉尔伯特的竞争依然是那么激烈,两人的成绩时常交替名列榜首,又同时被批准提前学习二年级的课程。安妮对于吉尔伯特的怨恨消失了,但是周末回家两人始终各走各的。吉尔伯特经常和全班最俏丽的鲁比姑娘一同走,并且为她提书包。安妮没有妒嫉,不过她想,要是能跟吉尔伯特走在一起,准能从他的许多独到见解中得到启迪。

学年考试成绩公布了,安妮和吉尔伯特一年完成两年学业,荣获一级地方教师合格证书。吉尔伯特荣获优秀奖章,安妮的英语和英国文学两门功课成绩取得全年级最高分,荣获艾弗里奖学金,可直接升入雷德蒙德学院深造,奖学金每年二百五十加元。毕业典礼在学校大会议厅举行,马修和玛丽拉应邀参加。看到安妮在讲台上高声朗读论文,并接受奖学金荣誉证书,他们感到十分荣耀。

吉尔伯特家里供不起他上大学,他申请受聘在阿冯利学校教书。安妮曾指望吉尔伯特也会到雷德蒙德上大学,现在缺少了这样一位竞争对手,不免感到平淡无味。

就在安妮将去上大学的前夕,马修心脏病复发,突然去世。玛丽拉为哥哥的突然去世流干了眼泪,头痛病也加重了。医生检查后,发现她的头痛病源于眼病。医生告诉她,不能看书、不能干费眼神的活,不能再伤心掉泪,否则,半年之内,眼睛会瞎掉。可是,马修死了,安妮去读大学,让人怎么能不操劳伤神呢。唯一的办法是把整个农舍卖掉,投靠远亲。可这样,安妮放假就无家可归啦,玛丽拉又伤心落起泪来。

为了绿山墙农舍,为了玛丽拉,安妮决定不去上大学了,留下来教书。吉尔伯特知道后,把阿冯利学校里的职位让给安妮,自己到边远的白沙镇去教书,好让安妮工作靠近绿山墙农舍,更好地伺候玛丽拉。

雷德蒙德学院开学这天,安妮手捧学院奖学金证书,又到马修的坟头献花。回家途中,她遇到吉尔伯特。她绯红着脸,感谢他为了她放弃教学条件好的阿冯利学校。吉尔伯特热情地握住安妮的手,请求原谅他过去的错误,恳求与她结成真诚的朋友。他俩走在"情人的小路"上,回忆过去,畅谈未来,约定在工作中比赛,在自修大学课程中竞争,互相帮助,携手前进。两人驻足在绿山墙农舍的大门口谈到夜幕降临。玛丽拉看到了,没有惊动他们,只在心里这样想着:"安妮十七岁了,她懂得支配自己。"她觉得一股欣慰的暖流渗入自己干涸的心田。

这天夜晚，安妮怀着一种心满意足的喜悦在窗口坐了很久，心想纵然脚下的路是窄的，恬静的生活之花也会一路开放。她希望年年都有一朵生活的玫瑰被编进一只不朽的花环。

(苏　民)

马克·吐温

马克·吐温(1835~1910)是美国杰出的幽默讽刺小说家。

他出生于密苏里州,原名塞缪尔·朗荷恩·克列门斯,父亲是地方法官,曾破产,在他十二岁时去世,他从此独立谋生。先后当过印刷所学徒、送报人、排字工、水手和舵手。1861年南北战争爆发后他去西部找矿,后来当了记者,开始用"马克·吐温"笔名写通讯报道和讽刺小品。"马克·吐温"原为水手用语,意为"两哗",等于十二英尺,是说水深足以让船只安全通过。

他开始文学创作时,正是西部幽默文学的繁荣时代,但他把逗乐提高到讽刺,使他的幽默高人一等。后来随着他对社会阴暗的认识不断加深,作品也愈见深刻隽永。1895年他经营失败,负债累累,为偿还债务只好到澳大利亚、新西兰、非洲、印度等地讲演,使他认识到帝国主义侵略行径,1900年后积极参加反帝活动,发表了不少政论文章。晚年撰写了《自传》。

他的作品广为流传,颇受读者喜爱。如短篇小说《竞选州长》(1870)、《哥尔斯密的朋友再度出洋》(1870)、《百万英镑》(1870)、《傻瓜威尔逊》(1893)、优秀中篇《败坏了赫德莱堡的人》(1900)等。他的长篇小说以《汤姆·索亚历险记》(1876)及其姐妹篇《哈克贝利·费恩历险记》(1884)为代表,其他著名作品还有《镀金时代》(1874，与他人合写，后来历史学家沿用这一名称来概括美国的19世纪70年代)、《王子与贫儿》(1881)、《在亚瑟王朝廷里的康涅狄格州美国人》(1889)等。

败坏了赫德莱堡的人

赫德莱堡是邻近一带最诚实，最清高的一个市镇。它长期保持这名声，珍爱这荣誉，以此自豪，并经常提醒人们洁身自好，以求万世不朽保有这种光荣。然而曾几何时，有人下了决心要败坏这个市镇的荣誉。原来有个异乡人曾在赫德莱堡受过委屈，他要对它进行报复。

一天，他乘一辆小马车又去赫德莱堡，夜晚十时左右车停在银行老出纳员理查兹的家门前。他从车上取下一只口袋，肩扛着跟跟跄跄地走去敲门。听到门里传出请进声后他就进去，把那只口袋放在客厅内火炉背后，接着很客气地对屋里一位老妇人说："夫人，我可以见见您的先生吗？"

"不行，他到别处去了，恐怕要到后半夜才会回来。"

"那没有关系。我只是要把那只口袋托他保管一下，等找到了合法的物主，就请他转交给他。口袋上系着一张纸条，一切都在上面说明了。"他说了声再见就离开了。

理查兹太太的好奇心被勾引起来了，她走向那口袋去看纸条。

那纸条上写明：他是个外国人，马上就要回本国去，以后就永远在那里住下去了。他原是个赌徒，旅美很久，一两年前他输得倾家荡产后晚上来到赫德莱堡求助。遇到一位好心居民，给了他二十块钱，还对他说了句话。他拿了那笔钱又去赌场，发了大财。他记住了好心人对他说的那句话，从此不再赌博。好心人救了他的命，还给他带来财运，是他的恩人，但不知道那位恩人是谁。口袋里装的是重一百六十磅的金币，准备赠给恩人，以表明他的感恩之意。现在他即将离美，不能亲自去寻访，但那没有关系。他知道赫德莱堡是个诚实的、不可败坏的市镇，他可以信托它代他寻访恩人。私访或登报公开寻访都可以。有人能说出当时对他说的那句话，就可证明是他的恩人。口袋里有一只密封的信封，装着那句话，可以核对是否相符。如果登报公开寻访，要说明要求申请人在登报起三十天内，将他当初所说的话密封交给柏杰士牧师，最后请牧师当众将钱袋启封，核对那句话是否相符。如果相符，这笔钱即可交给已经证实的恩人。

十一点钟，理查兹回来了，太太兴奋地把这件怪事告诉他。理查兹看过那纸条后说："这事太奇怪了！实际生活中哪会有？"随后，又对老婆开玩笑说："哈，玛丽，我们发财了！我们只要把这些钱藏起来，把那纸条烧掉就行了。这事别人不知道，那赌鬼如果再来查问，我们白起眼睛对他，说他说的是一派鬼话，他能有什么办法对付我们……"玛丽要理查兹别开玩笑，赶紧决定该怎么办。理查兹觉得采取登报公开寻访的办法较好，这样可以传得满城风雨，一个外方人把这么一桩事托给赫德莱堡，简直等于给这镇子大登宣传广告。他随即赶往一家报馆，把那纸条交给主笔柯克斯，要他写新闻稿发表。

理查兹回到家里，又和妻子谈起这神秘的趣事，他们兴奋得不想睡觉。先谈拿二十块钱给那个异乡人的公民究竟是谁，两人一致认为是已故的固德逊，因为全镇只有他是慷慨行善的。后来又谈到那袋金子，他们沉思起来，那袋金币值四万多美元，诱惑力很大，他们有点后悔刚才的行动太急了。他们想，最好能猜出固德逊对那个外方人所说的是句什么话，那笔钱便能为他们享受。

柯克斯从报馆回家后，把那桩奇怪的事情告诉了他的妻子，他们也热烈地谈论了一阵，猜想唯有已故的固德逊才会那么慷慨地拿出这么多钱去救济一个遭难的异乡人。后来谈话中断，转入沉思，情况与理查兹夫妇相同。

柯克斯报馆里的领班是美联社的地方通讯员，他把有关钱袋的怪事用电报传给美联社供稿。第二天赫德莱堡就以诚实可靠闻名于世。镇中十九位头面人物和他们的太太，彼此道贺，说赫德莱堡简直可作为"不可败坏"的同义词。很多人都去银行看那钱袋，赞誉赫德莱堡的光荣名声。一星期后，这种情况平静下来，之后，镇上的情绪逐渐发生变化，人们变得郁郁不乐，若有所思，甚至苦恼不堪。大家都猜那位恩人是固德逊，都想猜出死去的固德逊说的究竟是一句什么话，又都为猜不出而叹气。

这样过了三个星期，理查兹收到一封笔迹陌生的远方来信。信里说他们素不相识，他刚听到那件新闻，他知道那句话是固德逊说的。有一天晚上他去固德逊家做客。路上遇到固德逊与一个外方人说话，他在旁边听见那句话是："你决不是一个坏人，快去改过自新吧。"后来他听固德逊说起他并不喜欢这镇上的人，不过有一个人曾帮过他大忙，他希望有笔财产能在死后归那人所有。此人是谁，听固德逊说过，好像便是收信人，所以他把那句话告给收信人，使收信人得到这笔钱财，也就使固德逊得以报答所受恩惠……

在这同一天，镇上十几位头面人物也收到内容相同的信。他们收信后都用了全副精力，要想出他们无意中曾给固德逊帮过什么大忙，想得都很吃力，然而都想成功了。

那几天，柏杰士牧师无论去哪儿，总感觉有人跟踪，一到僻静的地方定会出现一人鬼头鬼脑地塞给他一封信，并悄声说："请在礼拜五晚上在镇公所拆阅。"接着就溜开。他原来猜想或许会有一个人申请领取那只钱袋，却想不到居然有那么多人申请，几天来他一共收到十九封信。

揭晓那天，很多人去了镇公所。大厅讲台前小桌子上放着那个钱袋，十九对夫妇以亲切爱抚的眼光，物主般地定睛望着那袋宝贝。会场内起初喊喊喳喳一片谈话声，待牧师柏杰士在讲台上站起，手按那只口袋发言时，全场立即肃静下来。柏杰士简短致词后，从衣袋里取出一摞信，拿起上面的一件拆阅，说："毕尔逊先生签名的信，信上说他对那位遭难的外方人说的那句话是'你绝对不是一个坏人，快去改过自新吧'，这句话与钱袋里封藏的词句是否相符，让我开袋对证。"袋还未拆，就听见会场内乱起来，律师威尔逊站起来说此信是他写的，问牧师是否念错了签名。柏杰士再看了看那信，知道并未念错，心想着自己太性急，来信有十九封，不该拆了一封就宣布内容和签名，急着拆袋对证。于是就请求大家注意会场秩序，他要把所有来信全都拆阅，宣布内容和签名。十九封信全部拆开了，只见内容相同，签名不同，签名人都是本镇头面人物。事情可太怪了。这时会场上仍乱哄哄，他用力拍拍手,高声嚷道:"信的内容完全相同,我不宣读了,只报报签名吧。"报过签名后,紧接着拆开那钱袋,见上面放着张字条。柏杰士宣读道:"关于给行乞的异乡人赠款等事,全是我捏造的,为的是对赫德莱堡进行报复。因为你们这镇子素有诚实、高尚的美名,而我曾在某一个时候路过你们镇,遭到一次很大的侮辱。你们以享有美名自豪,我却发现你们的美德还不曾受过烈火试炼,你们的美名是脆弱的。因此我想出了报复的办法。在确知固德逊已亡故后我下手了……我相信我的目的能达到。还有一点要说,这袋里装的黄色大块钱币,都是镀金的铅饼……"柏杰士抓起一把钱币察看,说了声"果真如此!"再也说不出什么别的话。会场中有人懊丧,有人面露羞色,有人幸灾乐祸地哄闹着。赫德莱堡的声誉已败坏,这市镇看来得改名了。

(天　旭)

亨利·詹姆斯

亨利·詹姆斯(1843~1916)是美国著名小说家。

他出生于纽约，祖父是爱尔兰人，移居美国后积累下大笔家产，父亲是宗教哲学家，哥哥是美国实用主义哲学的创始人。优裕的生活和良好的教育使他崇尚欧洲文明，长期旅居欧洲，与屠格涅夫、左拉、莫泊桑等人交往，后来定居伦敦，第一次世界大战后加入英国籍。他的作品多反映欧洲文明的世故与美国人的天真之间的矛盾，他善于对人物心理进行细致入微的分析，并从人物的角度观察一切。他在手法上的这些创新以及在小说理论上的见解，对现代小说，尤其是意识流小说，产生了很大影响。

他的成名作是中篇小说《苔琴·密勒》(1879)，后来的长篇小说《贵妇人画像》(1881)、《波英顿的珍藏品》(1897)及后期的"三大小说"《鸽翼》(1902)、《使节》(1903)和《金碗》(1904)，都以婚姻为线索，以妇女为主人公，用细腻的描写表达了文化冲突的主题。这些作品在他生前并没有受到重视，但在他诞生百周年之后却备受推崇，而且声名日益显赫。

贵妇人画像

伊莎贝尔是个年轻美貌的美国姑娘,在她父亲死后,姨妈杜歇太太将她带到英国去接受欧洲文化的熏陶。

杜歇太太的丈夫杜歇先生是个有钱的老银行家,身旁只有一个重病缠身的儿子拉尔夫,拉尔夫初见伊莎贝尔,就被她的美丽温雅所吸引。他们经常在一起畅谈,伊莎贝尔常这样说:"一个女人有许多事可以去做,所以我不愿以结婚开始我的生活。"

伊莎贝尔到英国后不久就收到古德伍德先生从美国来的求婚信。古德伍德是个青年企业家,很早就钟情于伊莎贝尔。伊莎贝尔没给他回信,古德伍德又专程赶到英国。伊莎贝尔告诉他,她不会嫁给他,因为她需要的是人格的独立。

与此同时拉尔夫的好友沃顿勋爵也向伊莎贝尔求爱。沃顿勋爵是个温文尔雅、品德高尚的贵族,他也遭到伊莎贝尔的婉言拒绝。

年迈的杜歇先生因痛风病急性发作生命垂危,临终前,他对儿子拉尔夫表示,希望拉尔夫能与伊莎贝尔结婚。拉尔夫虽然非常喜欢伊莎贝尔,但他患有严重的肺病,不能再活多久,因此他一直把伊莎贝尔当作他心目中美的象征,同时希望活着看到她找到归宿,不致为金钱而结婚,从而取得人格的独立。为此他恳求父亲把原来给他的遗产分一半给伊莎贝尔,老杜歇点头同意后安详地闭上了双眼。一夜间伊莎贝尔忽然变成了巨额遗产继承人,这是她万万没有想到的。

老杜歇死后,杜歇太太经常与女友莫尔太太来往消遣。莫尔太太是一个精明强干,喜爱物质享受,但钱袋拮据的寡妇,她处处讨好伊莎贝尔,短时间内两人便成莫逆之交。

一天，一个单身美国艺术鉴赏家奥斯蒙特来看望莫尔太太。莫尔太太告诉奥斯蒙特，伊莎贝尔不但年轻美貌，而且是一大笔遗产的继承人，她建议奥斯蒙特向伊莎贝尔求爱。奥斯蒙特高雅的艺术修养和怡然自得的悠闲生活方式很快赢得了伊莎贝尔的爱情，她希望能在他身上发现她在贵族和资本家身上找不到的生活的真正价值。对于这桩婚事，拉尔夫感到十分失望。

结婚三年后，伊莎贝尔发现平庸而自私的奥斯蒙特并不是她理想的丈夫。他老企图强求伊莎贝尔顺从自己。在修道院中，他还有一个女儿——潘西，这就使得他们的感情日趋破裂。

此时拉尔夫的健康状况越来越坏，他渴望在死前与伊莎贝尔再见一面，但遭到奥斯蒙特的百般阻止。

就在伊莎贝尔万分痛苦之际，奥斯蒙特的姐姐伯爵夫人盖米妮到奥斯蒙特家来了，她与奥斯蒙特早有龃龉，并知他与妻子感情已趋破裂，她对伊莎贝尔深表同情，因此把奥斯蒙特的丑恶秘史，详细告诉了她。原来奥斯蒙特在前妻去世后，和寡妇莫尔太太同居了六七年之久。潘西实际上是莫尔太太的私生女。奥斯蒙特一直不肯正式娶莫尔太太为妻，而莫尔太太也嫌奥斯蒙特贫穷，不肯嫁他。因而两人达成一种默契，即双方都不干涉彼此的行为，同时尽可能互相帮助。莫尔太太有意亲近伊莎贝尔，把伊莎贝尔介绍给奥斯蒙特固然是想助自己旧日的情人一臂之力，但更重要的是她相信伊莎贝尔的财产将来会大大的有利于自己的亲生女儿潘西的前程。听到这些伊莎贝尔面色苍白，心如刀割。她毅然离开了奥斯蒙特，直奔拉尔夫的床边。但此时拉尔夫已昏迷不醒，伊莎贝尔扑在他的身上大声痛哭。拉尔夫因回光返照而清醒了一段时间，伊莎贝尔告诉他，她的丈夫之所以和她结婚是贪图她的财富。她问拉尔夫，是不是他让她变成了一个富翁。拉尔夫无限悔恨地说，正因为他做了这些，才毁了伊莎贝尔。不久，拉尔夫与世长辞了。

沃顿勋爵赶来吊唁故友拉尔夫，他告诉伊莎贝尔，他已与一个贵族小姐订了婚，并邀请伊莎贝尔到他家做客，伊莎贝尔谢绝了他的邀请。

古德伍德也来了，他再次要求伊莎贝尔和他结婚，伊莎贝尔仍严辞拒绝了他。

伊莎贝尔走了，她踏上了新的旅程。

（乔　军）

欧·亨利

欧·亨利(1862~1910)是美国20世纪初著名的短篇小说家。

他原名威廉·锡德尼·波特，生于北卡罗来纳州一个小镇，父亲是医生。他读书不多，十五岁起在叔父的药房里当学徒。1882~1884年在西部牧牛两年以恢复健康。后在银行工作。1896年因款项短缺涉嫌候审，便逃往拉丁美洲避难，次年因妻病回国，终被判五年徒刑。他在狱中任药剂师，得以听到众多离奇的故事，从那时起，便以欧·亨利笔名发表短篇小说。三年后提前出狱，混迹于下流社会，以几乎每月一篇的速度发表短篇小说，直至逝世。

他的短篇小说约三百篇，从题材上可分为三类：即分别描写中美洲、美国西部和纽约(尤其是曼哈顿区)。其中以写纽约的最出色，他曾为该集取名《四百万》，因为他着眼于四百万市民，而不是四百个富翁，并宣称自己是四百万之一。他的不少作品有消遣性，但由于他同情小人物，使幽默之中见辛酸，故极受读者欢迎。

欧·亨利是个很有才华的作家，他的小说常以意想不到的逆转结局而点出深刻的含义。他的几十个名篇至今仍广为传颂，如《麦琪的礼物》、《警察与赞美诗》、《最后一片藤叶》、《带家具出租的房间》、《市政报告》、《没有完的故事》、《黄雀在后》、《我们选择的道路》等都是经常入选的故事。

麦琪的礼物

好几个月来德拉省吃俭用，把能攒起来的钱都攒下了，为的是想买样东西送给她的丈夫吉姆作为圣诞礼物。明天就是圣诞节了，她数了数攒下的钱，一共只有一块八毛七分，数了三遍，还是这个数目。她伤心地哭了，因为她打算买件精致的、有价值的、能让她丈夫喜爱的东西，这点儿钱绝对不够。

哭了一阵后，德拉对着壁镜望了望自己的容颜，眼睛晶莹明亮，可脸已黯然失色。她往脸颊上扑了些粉，随即解开头发，让它披落下来。美丽的头发披散在身上，像一股褐色的小瀑布，奔泻闪亮。头发一直垂到膝盖底下，彷佛给她铺成了一件衣裳。她又神经质地赶快把头发梳好，静静站着踌躇了一会儿，随后就穿上褐色的旧外套，戴上褐色的旧帽子，下楼跑到街上。

她走到一家经营头发用品的商店前气喘吁吁地让自己定下神来，然后进店。店主是位夫人，模样冷冰冰。

"你肯买我的头发吗？"德拉问道。"脱掉帽子"，夫人说，"让我看看头发的模样。"

那股褐色的小瀑布泻了下来。

"二十块钱，"夫人很在行地抓起头发说。

"那好，赶快把钱给我。"德拉说。

头发卖掉后，德拉就去别的商店买礼物。买什么东西作礼物，她已经筹划了好些日子。吉姆有一块三代祖传的金表，但没有表链，只用一条旧皮带代替，要看表时，往往只是偷偷瞥一眼。德拉打算买条合适的表链作礼物。她在商店里花了两个钟头，终于见到有条合适的表链，式样简单朴素，不以装潢取胜，但是质地很好，如同吉姆的为人文静而有价值一样，也配得上他祖传的金表。那表链售价二十一块钱。她买下了。回家途中，她想着吉姆今后不论在任何场合都可毫无顾虑地抽出表来看钟点,不必再躲躲闪闪偷瞥一眼了事,觉得这事干得很好,心中不禁有些陶醉。回家以后,她的陶醉有一小部分被审慎和理智所替代。她拿出卷发铁钳,点着煤气,着手补救由于爱情加上慷慨而造成的损害。没多久,她头上布满了紧贴着的小发鬈。她对着镜子小心而挑剔地照了又照,觉得自己的发型竟像是游乐场里卖唱姑娘的,心想吉姆看到后定会生气发怒,不禁自言道:"唉!只有一块八毛七分钱,叫我有什么办法?"

到了七点钟,咖啡已经煮好,煎锅也放在炉子后面热着,随时可以炸肉排。

德拉把表链对折握在手里,在门口桌边坐下。接着,楼梯上响起脚步声,门打开了,吉姆走进来,随手关上门,纹丝不动地站住,带着一种奇特的神情凝视着德拉。

德拉随即走近他身边。

"吉姆,亲爱的,"她喊道,"别那样盯着我。我把头发剪掉卖了,因为不送你一件礼物,我过不了圣诞节。头发会再长出来的,我的头发长得极快,说句'恭贺圣诞'吧!让我们快快乐乐的。我给你买了一件多么好的东西,你怎么也猜想不到的。"

对德拉所说的这个显而易见的事实,吉姆仿佛弄不明白,他好奇地向房里四下张望,发起愣来。德拉又一次告诉他,她为了他已把头发卖了。并说:"虽然没有了头发,我还是我。"

"我的头发也许数得清,但我对你的爱情谁也数不清。"话说得很温柔,接着说:"我把肉排煎上好吗,吉姆?"

吉姆好像从恍惚中突然醒过来。他把德拉搂在怀里,随即从大衣口袋里掏出一包东西,把它扔在桌上。

"别对我有什么误会,德拉。"他说,"不管你的头发怎样,我对你的爱情是绝不会减少的。刚才我为什么愣住了,只请打开那包东西,你就会明白。"

德拉敏捷地打开纸包,发出一声狂喜的呼喊,紧接着,她"哎呀!"一声,突然神经质地落泪和号哭。

摆在眼前的是德拉渴望已久的东西——全套的发梳,两鬓用的,后面用的,应有尽有。这套发梳德拉曾在一家大商店里见过,非常美丽,纯玳瑁做的,边上镶着珠宝,与她原有的美发相配,真是再合适也没有了。她知道这套发梳很贵重,虽心向神往了好久,但从来没有存过占有它的希望。现在这居然为她所有了,可是那佩带这些渴望已久的装饰品的头发却没有了。

德拉把这套发梳搂在怀里不放,过了好久,才泪眼迷濛地含笑对吉姆说:"我的头发长得很快,吉姆!"接着突然叫道:"喔!喔!"她想起吉姆还没见到她买给他的礼物,就热切地摊开手掌递给他,说:"漂亮吗,吉姆?我费尽劲才找到的。现在你要看表时可毫无顾虑了。把你的表给我,我要看看它配在表上的样子。"

吉姆并没有照她的话去做,却笑了起来,说:"德拉,我们把圣诞礼物搁在一边,暂且保存起来。它们实在太好啦,现在用了未免可惜。我是卖掉了金表,换了钱去买你的发梳的。现在请你煎肉排吧。"

基督初生时有三贤人,给生在马槽里的圣子耶稣送去礼物,这三贤人,后人称为"麦琪"。他们的礼物很可贵。德拉和吉姆为了给对方馈赠圣诞礼物,各自牺牲了仅有的宝贵东西。礼物虽然只能暂且保存起来,但毫无疑问,他们的礼物像麦琪的礼物一样可贵,可以称之为"麦琪的礼物"。德拉和吉姆就是麦琪。

(方　方)

最后一片藤叶

女画家苏艾和琼珊一起租住在华盛顿广场西面一个小区内一座矮墩墩的三层砖屋的顶楼上。天气转寒后,那一带流行肺炎,受害的人总有几十个,琼珊也被感染患上此病。她躺在床上,一动也不动,望着小窗外对面砖屋的墙壁。

一天早晨,来看病的那位忙碌的医生扬扬眉毛,招呼苏艾到过道上去。

"依我看，她的病只有一成希望。"医生说，一面把体温表里的水银甩下去，"那一成希望在于她自己要不要活下去。病人不想活，这种精神状态使医生一筹莫展。你的这位小姐满肚子以为自己不会好了。她有什么心事吗？"

"她——她希望有一天能去画那不勒斯海湾。"苏艾说。

"绘画？——别扯淡了！她心里有没有值得多想的事——比如说,男人？"

"男人？"苏艾哼了一声说，"难道男人值得——别说啦，不，大夫，根本没有那种事。"

"那么，一定是身体虚弱的关系。"医生说："我一定尽力治疗她。希望你能想个办法使她对生活产生兴趣，盼望病能好，这样，她恢复的可能将大大提高。"

医生离去之后，苏艾在工作室里哭了一场。然后，她拿起画板，昂首阔步地走进琼珊的房间。

琼珊躺在被窝里，脸朝着窗口，一点儿动静也没有。苏艾以为她睡着了，架好画板开始替杂志画插图，正画着，忽然听到一个微弱的声音重复了几遍。她赶紧走到床边。

琼珊眼睛睁得大大的望着窗外，在计数——倒着数。

"十二。"她说，过了一会儿，又说"十一"；接着是"十"、"九"；再接着是几乎连在一起的"八"和"七"。

苏艾关切地向窗外望去，外面见到的只是一个空荡荡、阴沉沉的院子和对面一幢砖房的墙壁，半墙上攀着一株极老的常春藤，寒风把藤上的叶子差不多全吹落了，只剩下几根几乎是光秃秃的藤枝依附在那堵砖墙上。有什么可数的呢？她问琼珊："怎么回事？"

"六"。琼珊像耳语似的低声说。"它们现在掉得快些了，三天前差不多有一百片，数得我头昏眼花。现在可容易了，喏，又掉了一片，只剩下五片了。"

"五片什么？亲爱的。"

"叶子，常春藤上的叶子。等最后一片掉下来，我也得去了。三天前我就知道了。难道大夫没有告诉你吗？"

"哟，我从没听过这样荒唐的话。"苏艾装出满不在乎的样子数落她说。"老藤叶同你的病有什么相干？别发傻啦。大夫今天早晨告诉我，你的病不久就会康复的。"琼珊仍然凝视着窗外。"又掉了一片。只剩四片了。我希望在天黑之前看到最后的藤叶飘落下来。那时候我也该去了。"

苏艾弯下身子对她说："琼珊，亲爱的，我得去画画了。请答应我，在我画完之前，别睁开眼瞧窗外。那些图画我明天得交。我需要光线，不然我早就把窗帘拉下来了。"

"你一画完就告诉我，"琼珊闭上眼睛说。她脸色惨白，静静地躺着，"因为我要看那最后的藤叶掉下来。我等得不耐烦了，也想得不耐烦了，我想很快能摆脱一切。"

"你争取睡一会儿。"苏艾说，"我要下楼去叫贝尔曼上来，替我充当画中那个老矿工的模特儿。"

老贝尔曼是住在楼下底层的一个画家，是个失意的人，耍了四十年画笔，仍没获得什么艺术成就。他老是说就要画一幅杰作，可是始终没有动手。除了偶尔涂抹一些商业画或广告画之外，几年来他没画过什么。现在他替小区内一些雇不起职业模特儿的青年艺术家充当模特儿，挣几个小钱过活。

苏艾在楼下那间灯光黯淡的小屋子里找到贝尔曼。她把琼珊的想法告诉了他，又说她很担心那虚弱得像枯叶一般的琼珊抓不住她同世界的微弱牵连，真会撒手去世。

老贝尔曼对这种白痴般的想法大不以为然。

"什么话！"他嚷道，"难道世界上竟有这种傻子，因为可恶的藤叶落掉而想死？唉，可怜的小琼珊，她脑袋里竟会有这种傻念头！"嚷过后就跟着苏艾一起上楼。

他们上楼时，琼珊已经睡着了。苏艾把窗帘拉上，做手势让贝尔曼到另一间屋子里去。他们默默无言地对瞅着，窗外寒雨夹着雪花下个不停。他们担心地瞥着窗对面的常春藤，然后开始了工作。

第二天早晨，苏艾睡了一会儿醒来时，看到琼珊睁着无神的眼睛，凝视着放下来的绿窗帘。琼珊用微弱的声音命令道："把窗帘拉上去，我要看。"

苏艾照着做了。

可是,看哪!经过一夜风吹雨打,仍旧有一片常春藤叶子贴在墙上。它是藤上最后的一叶了,它靠近叶柄的颜色还是深绿的,但边缘已是枯败的黄色,它傲然挂在离地面二十来尺的一根藤枝上面。

"那是最后的一片叶子。"琼珊说,"我以为昨夜它一定会掉落的,我听到刮风的声音。它今天会脱落的,同时我也要死了。"

那一天总算熬了过去。黄昏时,她们看到墙上那片孤零零的藤叶仍旧依附在茎上。

天色刚明的时侯,狠心的琼珊又吩咐把窗帘拉上去。

那片常春藤叶仍在墙上。

琼珊躺着对它看了很久。然后对正在煤气炉上搅动鸡汤的苏艾说:"冥冥中有什么力量使那最后一片叶子不掉下来,给我启示,我过去不想活下去是个邪恶的念头。现在请你拿些汤来,再弄点掺葡萄酒的牛奶。"接着又叫苏艾等一下,先拿面小镜子给她。她坐起来对镜瞧了一阵,说:"苏艾,我希望有朝一日能去那不勒斯写生。"

下午,医生来了。"好的希望有了五成。"医生对苏艾说,"只要好好护理,她会康复的。现在我得去楼下看看也是搞艺术的贝尔曼。他也患肺炎,病势来得很猛,他已年老体弱,他可没有希望了。不过今天还是要把他送进医院,让他舒服些。"

第二天,医生对苏艾说:"她现在已脱离危险了。只要营养和调理就行啦。"

那天下午,苏艾跑到床边对琼珊说:"我有些话要告诉你,"她说,"贝尔曼先生今天在医院里去世了。他害肺炎,只病了两天。头天早上,看门人发现他在房间里痛苦万状,他的鞋子和衣服都湿透了,冰凉冰凉的。他们想不出他在凄风苦雨的夜里,究竟去了什么地方。后来,他们找到了一盏还燃着的灯笼,一把挪动过的梯子,还有几枝散落的画笔,一块调色板上面和了绿色和黄色的颜料。亲爱的,你纳闷地看到墙上最后的一片叶子,啊,那是贝尔曼的杰作——那晚最后的一片叶子掉落时,是他画在墙上的。"

(又 明)

● 德莱塞

西奥多·德莱塞(1871~1945)是美国20世纪前半叶现实主义作家中伟大而杰出的代表。

他出生在印第安那州一个德国移民家庭,父亲时乖运蹇,又笃信宗教。家中十多个孩子,生活贫困,又受到严格家教,这使他在财产、地位、宗教、民族诸方面,都有一种被排斥的心理感觉。他从少年时起就独立谋生,当过学徒,也在街头流浪过。1892年发表第一篇论文《天才的再现》后,便开始了记者生涯,从芝加哥开始,走遍中西部各城市,最后于1894年来到纽约,仍以卖文为生。他的见闻为他积累了素材。

他的第一部长篇小说《嘉莉妹妹》(1900)问世后即受到百般阻挠,致使十年后才重新出版。1911年发表了《珍妮姑娘》。此后他去了一次英国,回来后便动手写《欲望》三部曲——《金融家》(1912)、《巨人》(1914)、《斯多噶》(1947),这是一部探索金融帝国奥秘的史诗巨著。此外,他还写了自己最满意的长篇小说《"天才"》(1915)和代表作《美国的悲剧》(1925)以及《堡垒》(1945)。这些作品显示了他的才华,反映了他思想上的极度矛盾,也说明他始终在苦苦思索左右人的命运的力量到底何在。他的其他作品有中短篇小说集《妇女画廊》(1930)和许多政论文。他还积极投身社会活动，参与反法西斯斗争。1941年他被选为美国作家协会主席；1945年8月加入美共，同年12月逝世。

珍妮姑娘

1880年的秋天，俄亥俄州科伦坡市玻璃厂工人葛哈德一家的生活实在维持不下去了。玻璃工厂没有开工，葛哈德病倒在床，眼看妻子和六个孩子缺衣少食，他却一筹莫展。医生的诊费，房子的租金，肉店、饼店的欠债，一拖再拖，无法偿还。虽然人家知道他诚实可靠，但后来也不能信任他了。家里的面包没有了，他老婆——葛婆子把找事的门路都走遍了，也没有找到工作。绝望之余，葛婆子领着十八岁的女儿珍妮姑娘，无可奈何地走进了一家大旅馆，问旅馆经理这里是否需要佣人。主人见了这母女俩的窘况，特别是看到珍妮姑娘的美貌，产生了恻隐之心，就把她们留下来，做每礼拜三天的擦洗活儿。

这个大旅馆，是本州的风云人物经常光临的地方，住的都是上流人。有好几个州长，在任期间都将这里当作固定的住所。还有两个合众国的参议员，每次有事到科伦坡来，也总在这里开个有会客室的房间。其中有一个参议员白兰德，差不多是这个旅馆的永久顾客，因为他是本城人，而且是个没有家室的单身汉。

母女俩工作十分辛苦。一次，她们从楼上一路擦地板下来，直到五点钟光景，外面天都黑了，大厅里亮起了辉煌的灯火，她们才擦到接近楼梯脚。

这时，经过大旋门，从外面寒冷的世界进来一个身材魁梧的绅士。他从写字台旁边经过，顺手拿起事先给他准备好的钥匙，就走向楼梯，拾级而上。

珍妮直起身来让路，触到他的视线。从她那惶恐的眼光里显示出她生怕自己挡住了别人的路。于是，在无意中，他看见了珍妮那白皙的额头，蓝色的眼睛，暗自为她的美貌所吸引。他鞠了个躬，欣然地微笑了。

"你不必劳驾!"他说。

珍妮只是微微一笑。

他走到楼梯顶，禁不住又回过头来看了一眼。她非常动人的面貌，蔚蓝的双眼，白皙而娇嫩的皮肤，魅人的体态，已经深深印在他的脑海里。看过之后，他就庄严地向前走去了。这个人就是青年议员白兰德。

后来，账房看到珍妮一家生活实在困难，就介绍她们去替白兰德浆洗衣服。在与白兰德先生接触中，珍妮第一次大开眼界。名贵的摆设、豪华的生活，使珍妮从心眼里羡慕。珍妮虽说是穷家的女孩，但她却有一颗充满幻想的心。她喜欢奇异的色彩，她喜欢天空变幻的彩云，甚至为一只蜜蜂"营营"的叫声而感伤。

白兰德待她们不仅热情恳切，而且还非常慷慨大方。他经常周济珍妮一家，给钱，送衣服。圣诞节快到了，他令一位店老板，买了好多礼物，悄悄送到了珍妮家中，使得他们全家人意想不到的惊讶和欢乐。珍妮对他渐渐产生了好感。她那时正在成长，相貌、身材也日臻丰满娇美。她的眼睛皎洁光亮得出奇，她的牙齿洁白而匀整。近日以来，她每隔半个星期到旅馆里去送一次衣服。白兰德总是和颜悦色地对待她，还常常把一些小东西送给她和她的弟妹。白兰德为她父亲在本地工厂找到了一个看门的职务，而且对她的母亲也很关心。有一次，他送给葛婆子一套衣服，又有一次，送给她一条围巾。珍妮感激他对她以及她一家人的关照，而白兰德也越来越感到他离不开珍妮了。

此后，由于白兰德多次领珍妮夜晚在街上散步，引起旅馆、街坊的议论纷纷。葛哈德闻风后十分气愤，断然辞去了白兰德给找的职业。他坚决反对珍妮和白兰德接近。珍妮柔顺地听从了父亲的意见。但就在这时候，珍妮的哥哥西巴斯因为偷煤被警察抓住，险些被判了徒刑，结果罚了款。全家人都想弄点钱把他救出来，可上哪儿去弄钱呢?在这走投无路的情况下，珍妮想起了白兰德，只有去找白兰德求助才有办法。她瞒住了一家人，独自悄悄地跑到大旅馆去找白兰德。白兰德慷慨地资助了她好多的钱，他花了前后不到一刻钟的工夫，西巴斯就被释放了。

这天晚上，珍妮站在白兰德面前，眼中流出了感激的热泪，一句话也说不出来。白兰德看见她流眼泪，就向她走近了一步。"珍妮，你千万别哭！"他祈求道。他把她拉近身来，于是乎数十年来的一切谨慎都离开了他，他心境里只有需要和满足需要的意识。就这样白兰德占有了珍妮。事后，白兰德频频对她保证他的爱情始终如一。

"我告诉你，珍妮，我是因为感情实在压制不住了，不过我总要弥补我的过失。你现在回去，什么都不要说起，你要自己拿主意。将来我要跟你结婚，并且要带你走的。可我不能立刻办，我不愿意在这儿办。我马上要到华盛顿去，然后再来接你。"

翌日，白兰德就动身去华盛顿了。谁知他竟在跟珍妮别后的六个星期后得了心脏麻痹症，死了。

听到这突如其来的消息，已怀身孕的珍妮无法镇定。想到未出世的孩子，她心里有说不出的痛苦。未来的日子可怎么过呢？不久，她的事情终于让父亲知道了。这个性格倔强的老人气急败坏，一怒之下将女儿赶出了家门。后来，在母亲的照料下，珍妮顺利地生下了一个女孩，取名为维丝塔。为了替珍妮变换一下环境，在克利夫兰工作的西巴斯叫她上他那儿去。到了克利夫兰之后，她被有钱的联桥夫人雇为佣人。接着，她哥哥和她商量把弟妹以及她的小孩全接去居住。

在联桥夫人的公馆里，珍妮在这个有教养的家庭里学会了好多知识。她常常引起男客们的注意，有不少人借故来向她献殷勤，使她不胜其烦。有一个从辛辛那提来的名叫雷斯脱·甘的客人，是一个车辆制造商的儿子，三十五岁，中等身材，生得秀目方颐，勇武而矫健。他言辞简洁，声音低沉而宏亮。这一天，在联桥夫人热情欢迎这贵客时，珍妮仍旧做她的事。但她发现他用一种凝滞而锐利的目光看着自己。她胆怯起来，于是找机会溜走了。又有一次，他想要对她说几句话，她也装着有事情赶快走开。

雷斯脱·甘曾经结识过各种女人，富的、贫的，却从未见过一个理想的女人能兼有同情、温存、年轻、美貌四种特质。一旦遇到这样一个理想的女人，他就无论如何也要把她弄到手。他的打算是，如果要结婚，那当然应该从他自己的阶级里去找一位这种理想的女人；若是为暂时图个快乐，那是无论在什么地方遇到都可以的。

雷斯脱·甘一见到温情美丽的珍妮，就立刻为之发狂。珍妮虽然也真心地爱他，但一想到自己以往的过错就不寒而栗。珍妮控制自己的感情，极力回避他，雷斯脱·甘却死死纠缠不放，坚决要和她在一起。有一天，联桥夫人出去了，他抓住了珍妮，直截了当地说："你是我的人，我一直都在找你。"珍妮朝他看看，眼睛大大地睁着，充满惊异和畏惧。雷斯脱·甘想不到自己会向一个女佣人正式求爱；不过，珍妮又当别论，他从来没有见过像她那样的女佣人。她很像一个上等人，而且从来没有意识到自己是那样的惹人怜爱。她是一朵珍贵而难得的鲜花！他为什么不该弄她到手呢？无限惊惶的珍妮挣脱了，跑到女主人屋子里随手把门锁上了。

过后的一个星期里，葛哈德在玻璃厂被滚烫的玻璃水烫伤了手臂，病情严重，急需钱用。雷斯脱·甘早从珍妮忧郁的神色中看出了她的心事，就设法给她家以资助。于是，他们的感情越来越深了。与此同时，珍妮又陷入异常复杂的痛苦之中。她想，关于这男人，她将怎样向家中解释呢？如果雷斯脱·甘知道了她过去的历史还会娶她么？于是，她对他产生了朦胧的幻想，而不去寻求问题的解决了。为了替父亲治疗受伤的双手，为了付房租，买煤，维持弟妹的生活，她答应了他的要求，跟他上纽约同居去了，此后三年，葛哈德一家的境况渐渐好转起来，这完全是由雷斯脱·甘慷慨资助的缘故。

他们以后又在芝加哥生活了很长时间，珍妮生活得十分舒适而且满足，但一想到寄养在别人家中的孩子，她就暗暗伤心和害怕，能把这事告诉他吗？她怕被抛弃，几次要说都没有勇气。有一次，一个陌生人来找珍妮，在她耳边悄悄细语，雷斯脱·甘疑心地问道："到底出了什么事？"珍妮惊慌了，在他的威逼下，她不得不说："我的孩子要死了！"雷斯脱·甘大为吃惊："你说的什么鬼话，这到底是怎么回事？"原来，珍妮的孩子患了喉炎，病情十分严重。珍妮立刻跑到孩子那里，直到孩子脱离了危险。她回来后，不得不将真相说出来。雷斯脱·甘对珍妮的不诚实很是不满，原想结婚的念头在他心中彻底崩溃了，但他又不愿意将珍妮丢弃。珍妮对他的体贴、照顾，使他简直无法离开她，而且她实在太美丽太温柔了。

后来，他们搬到海德公园居住。为了驱散珍妮的愁云，雷斯脱·甘让她将孤独的父亲和她的孩子都接来，四人生活在一起。他们本来生活得不错，但社会上却出现了很多流言蜚语。雷斯脱·甘的老父亲听了十分恼火，为了维护富贵的门第，老父亲来了一个最后通牒：雷斯脱·甘离开珍妮，给多少赡养费都可以；如果和珍妮结婚，就取消他的财产继承权。整个家庭强迫雷斯脱·甘抛弃珍妮。

雷斯脱·甘始终舍不得丢下珍妮，感到十分苦恼，就带着珍妮到国外旅行。他们游历了欧洲和非洲的许多国家。一次，在伦敦的一所大戏院里，雷斯脱·甘邂逅了一位多年前要好的女朋友嫘底。在他还没认识珍妮之前，他和嫘底的关系就很密切。从门第、教育、财产各方面看，他们结婚都是合适的，但说不上为什么，他延宕又延宕，终于遇到了珍妮。几年不见，嫘底比原来更妩媚、温雅，而且她对雷斯脱·甘仍然一往情深，并再次向他倾诉了她真挚的感情。嫘底现在还有一笔相当可观的遗产，这一切不能不使雷斯脱·甘动心，他把珍妮和嫘底进行了比较。

珍妮在真正了解到雷斯脱·甘没有跟她正式结婚的打算之后，就决意离开他。珍妮在离芝加哥不远的山乌德小镇上找到了一所小屋，雷斯脱·甘也就同意她搬走了。雷斯脱·甘在跟珍妮脱离关系后的一两年中，顺利地接受了遗产，并且很快地在社交和商界活跃了起来。不久，他就跟嫘底结了婚。

在这期间，珍妮过的是另一种生活。就在她的情绪还没安定下来的时候，她钟爱的女儿维丝塔得了伤寒症死了。她彷佛觉得大地沉落了，她生活的一切维系都断了。她生活在无限的黑暗之中。为摆脱苦闷，她又搬到芝加哥，收养了两个孤儿。

这样过了几年，雷斯脱·甘和珍妮的关系更加疏远了。

在雷斯脱·甘六十岁那年，他身体不好，突然病倒了。这时，他的妻子嫘底正在大西洋彼岸旅游观光，他躺在床榻上十分痛苦，病情却一天比一天坏。此时他非常想念珍妮，就派心腹去请她。珍妮来到他病榻前，发现他的病势已经很重。他忍住剧痛对她内疚地说："我早就想对你说明，珍妮，我对于我们分离是不满意的。事实上，这样办到底也不对。我并不比以前快乐。我无时不觉得抱歉。珍妮,你是好人,现在还肯到我这里来,我是爱你的。我生平真正爱的只是你一个人,我们应该永远不分离!"从这时候开始,一直到他去世为止,珍妮寸步不离地守在他的床边。

珍妮专心一意爱着雷斯脱·甘,如今他一死,系着她生命的最后一条绳索也断了,她两眼发黑,全身麻木,就仿佛自己也死去了一半。她又想起了自己的母亲、父亲和维丝塔,他们都离开她到另外一个世界去了。在她面前,只有一个寂寞的余年。

在教堂举行葬礼仪式时,珍妮穿着黑纱。戴着面罩。一直坐在教堂的一角哭泣。她悄悄尾随在队伍的后面,直到送灵的火车开远了,她还痴痴地望着远方。

(小 舟)

天 才

伊里诺斯州的亚历山大镇,是美国的一座年轻的城市,是个避暑胜地。尤金·威特拉就诞生在这里。他父亲是个推销员,母亲是位贤妻良母,尤金是这一家庭中的宠儿。他长得眉清目秀,举止文雅,富有情感,惹人喜爱。但他自负、羞怯、敏感,对自己把握不定。他喜欢读书,但幻想太多。父亲要他学做生意,他却心不在焉。后来,他当上了报馆的排字工人,干得很出色。他爱好采访,他喜欢创造性的、富有艺术趣味的劳动,对单调、枯燥的生活感到厌倦乏味。

跨入青年行列后,尤金单枪匹马闯进了芝加哥城。他一心想进报馆工作,但失败了。为了能在大城市里立住脚,他四处奔走寻求职业,什么小工都干。在艰苦的岁月里,他意外地结识了一家公司经理的太太。他的勤奋刻苦和殷勤,使他当上了收账员。生活安定以后,尤金就利用业余时间认真学习绘画。首先吸引他的是法国著名画家布格罗的美人裸体图,那少妇丰腴的曲线美使他渴望追求美的心灵深深地陶醉了,也激发了他强烈的创造力。

尤金爱美,更爱俏丽多姿的姑娘。在少年时代,他就有过朦胧美好的初恋。他深爱过一个娇柔妩媚的小姑娘丝泰拉,还因为她在其他男性面前卖弄风情而嫉妒得生气。到芝加哥城后,他当小工时,又跟洗衣店里的女工杜佛儿热恋过一阵子,但不久就分道扬镳了。

在芝加哥城站稳脚跟后,尤金就回家度假了。在一次聚会上,他遇到安琪拉·白露。她长着一头灰黄秀发,虽然外表并不艳丽,但她那幽雅、温和的独特气质,一下子紧紧抓住了尤金。对于一个稍有点神经质、又过分自负的男子来说,安琪拉无疑是一位贤内助。尽管她比他年长五岁,但他们彼此相爱了。

回到芝加哥后,他继续学习绘画。经过多番努力,尤金终于跨进了艺术大门。过了不久,他结识了模特儿姑娘璐碧·堪尼儿。她长得非常漂亮迷人,为人处事很洒脱,且热情奔放。她教尤金跳舞,跳完了,她就倒在他的怀抱里。这多情美貌的姑娘使得他如痴似醉。

爱情上的艳遇并没有使尤金放松对学习绘画的刻苦追求。他才华横溢,他的画有一种粗犷、大胆的独特风格,开始崭露头角。于是,他充满期望地赶到纽约城。他先给几家小杂志社投稿,过了不久,他的画在大型刊物《真理》上发表了,他成了一名艺术家。

纽约是一座令尤金心驰神往的城市。除了绘画,他喜欢独自一个人在雨中、雾中、雪地里、大街上自由自在地漫步。纽约的纷繁忙碌的生活、豪华奢侈的生活气派、现代化的建筑群深深吸引着他,他那潇洒匀称的身材、画家的声望也赢得了纽约人的注目。

春风得意的尤金的社交生活已不再是洗衣店里的女工、画室里的模特儿,他常和职业女歌唱家克李斯第娜、女雕刻家密李安·芬奇频频幽会。不过,在选择妻子时,他还是决定选择贤淑温柔的,那便是安琪拉。安琪拉虽不及丝泰拉妩媚迷人,也比不上杜佛儿热情,更无法与璐碧·堪尼儿的迷人睡态相媲美,然而,安琪拉在各方面都比她们来得贞洁。她与他单独在一起时,总是以半推半却的娇柔来阻止他疯狂的动作,用深情的微笑来使他平静下来。克李斯第娜、密李安·芬奇都是相当美丽动人的姑娘,但她们太有艺术才气了。尤金不喜欢那种思想敏捷、有才华、会交际的姑娘做夫人。他理想的夫人只能是安琪拉。

在金色的秋天里,尤金和安琪拉举行了隆重的婚礼。安琪拉太爱丈夫了,她坚信,丈夫定然是未来的艺术大师。结婚以后,安琪拉表现出贤妻良母的才能,而尤金则忙于自己的画展。他要成为社会名流。过了不久,尤金的画作上了大展览会,不少名家刊物专门介绍了这位画坛新人。尤金很高兴,但又觉得自己还没有一个称心如意的工作,他忧郁,闷闷不乐。他由于纵欲过度,竟生了一场大病。

不久,家里又迭起了风波。安琪拉发现了璐碧·堪尼儿写给尤金的感情缠绵的情书。安琪拉是个守旧的女人,她万分痛苦,但在尤金的爱抚中原谅了丈夫的过去。由于世人的嫉妒,尤金在画坛上露过头角后又沉默了下来。在经济拮据的情况下,安琪拉悉心照料丈夫。他们夫妻恩爱,同甘共苦渡过难关。

几经努力,尤金终于跨进了报馆美术部的大门。后来,他又以会设计独特的广告画而进了卡尔文公司当了美术部主任。社会上的声誉与物质的不断引诱,使得尤金野心勃勃。他又被科尔法克斯联合杂志公司聘请为广告部主任。他不仅有了很高的薪俸,而且有一个极其豪华的大办公室,几十个听命于他的职员和一辆漂亮的汽车。尤金不时出入于上层宴会,声誉日高,令众人瞩目羡慕。尤金有些得意忘形了。

尤金被地位、荣誉冲昏了头脑,他已经把自己的艺术商品化了。他根本没有时间去从事真正的艺术绘画,而是忙于事务、应酬、玩乐、设计招徕人的广告。然而,他毕竟不是庸俗底级的市侩,不善于矫饰自己,又不工于心计;他的艺术气质又太露,这就引起了同事的暗中嫉妒。有一个名叫怀德的同事在暗地里诋毁尤金,并等待时机将他打倒。

这一段时间里,安琪拉和丈夫一直合作得很好。她有点小小的虚荣心,她为丈夫成为名流而感到高兴,但是她没有丈夫那样爱讲排场、追求奢侈豪华生活的嗜好。她只是希望家庭生活能安定一些,不要受到别人过多的干扰。在她看来,能够得到丈夫的爱,就是得到了一切。她想尽办法满足丈夫的要求。

　　有一次,她陪尤金一起去赴宴。宴会上,一位体态动人、神情优雅的少女闯进了他们的平静生活。

　　这少女名叫苏珊,天生丽质,比尤金小二十岁。她为尤金的才气和风度深深吸引,尤金也拜倒在她那特有的娇柔迷人的风采之中,已经怀孕的安琪拉万分痛苦,她再三恳求丈夫看在未出生的孩子的份上,不要和苏珊来住。可是,这时的尤金爱苏珊已经到了发狂的地步。他提出无论如何要和安琪拉离婚。安琪拉在绝望中将这事情告诉了苏珊的母亲戴尔太太。

　　戴尔太太简直不敢相信自己的女儿会爱上一个比自己大二十岁的已婚男子。她想方设法阻止苏珊爱尤金,又把苏珊强行带走。可是,苏珊暗中传话,与尤金立下海誓山盟。尤金也不顾身败名裂的危险,宁可失去多年追求得来的名誉、地位和家中的一切,也要和苏珊结婚。

　　戴尔太太将这事告诉了尤金工作的公司。老板已经榨尽了尤金的油水,又听信了怀德的挑拨离间,就借口社会影响不佳,将尤金给辞退了。尤金的漂亮汽车、豪华办公室、优厚的薪俸都立刻失去了。

　　对于苏珊和尤金的婚事,表面上,戴尔太太不得不应允,但她提出要带苏珊出国一次,要到一年以后才让他们举行婚礼。在强大的压力下,苏珊同意了。

　　苏珊一走,尤金才发现自己做了一个美梦。几十年的刻苦努力所得到的一切都付诸东流,他又成了一个十分可怜的角色。他没有后台,等待他的是这社会的世态炎凉。

　　安琪拉临产了,尤金赶到医院里。安琪拉在痛苦中,生下了一个女孩子。临终前,她宽恕了尤金,伤心地说,她和尤金是不相配的,她一直想抓住丈夫的心,但最终还是失败了。她只希望尤金把他们的孩子抚养成人。尤金跪在她面前,泣不成声,连连说道:"我真是对不起你!"他一再恳求医生救活安琪拉,表示从此以后一定痛改前非,和她规规矩矩地过日子。可是,安琪拉·白露已经与世长逝了。

　　两年以后,苏珊从国外回来了。尤金与她在街头邂逅,但双方都已失去往日的热情,面对面擦肩而过,连个招呼也没打,行同陌路人。

从此以后，尤金一心一意致力于绘画，于是艺术才华又回到了他的笔下，他的画又一次震动了社会。

令尤金·威特拉深感欣慰的是，他身边有一个美丽懂事的小女孩。她和母亲一样，有一头秀柔的黄发。父亲给她取了个名字，也叫安琪拉……

(金　言)

杰克·伦敦

杰克·伦敦(1876~1916)是美国重要小说家。

他出生于旧金山，父亲是破产农民，家庭动荡而贫困。他从小干活儿，卖过报，当过童工，后来又当上水手，进工厂干壮工。这期间他颠沛流离，还被罚过苦工，回到旧金山后一边拼命干活，一边拼命读书，后又去阿拉斯加淘金，因病回家乡后，决心以文为业。

他最初的作品是自称为"北方故事"的短篇小说，包括《热爱生命》(1906)、《黄金谷》(1906)、《老头子同盟》等。1903年他把在伦敦东区调查的结果写成特写集《深渊中的人们》。他还写了两部动物故事：狗变狼的《野性的呼喊》(1903)和狼变狗的《白牙》(1906)。他的四部长篇小说是政治幻想小说：《铁蹄》(1908)和代表作《马丁·伊登》(1909)，以及《天大亮》(1910)和《月谷》(1913)。1910年以后的一些优秀短篇有：《一块牛排》(1911)、《毛普希的房子》(1911)、《但勃斯之梦》(1913)、《墨西哥人》、《在甲板的天篷下》等。

杰克·伦敦的短篇善于在尖锐的冲突中表现鲜明的个性，具有一种震撼人心的力量。他的长篇则明显地反映了他的复杂的内心矛盾，即愤恨人世的不公，又相信通过奋斗可以成为"超人"。在某些作品中还流露出对人的自然属性的推崇。1913年以后他追求个人享乐,再无出色作品,最后终于精神空虚,像《马丁·伊登》这部带自传性质的小说中的主人公一样自杀了。

马丁·伊登

马丁·伊登是个二十一岁的水手,他贫穷粗鲁、健壮勇敢,喜欢大海。一个偶然的机会,他结识了罗丝一家。

当马丁作为客人第一次踏进罗丝的家门时,他觉得仿佛置身于一个陌生的世界,室内的陈设、书画使他想起了在书本上看过的上流社会。看着自己穿的带有海水气味的粗布衣裳,他觉得手足无措,无地自容。

罗丝是个年轻漂亮的姑娘,马丁一见到她便爱上了她。在马丁眼里,罗丝是一位天仙,一位女神,她有着超凡脱俗的美。可是,马丁一听到罗丝滔滔不绝地谈论文学艺术,又感到自己是那样的粗陋,没有教养,根本配不上她。这些像匕首一样,刺伤了马丁的自尊心。

从罗丝家回来,马丁久久不能入睡,一方面他感到,上流社会像一堵高大的城墙耸立在面前,使他不能逾越,他甚至为自己低贱的出身而羞愧;另一方面,对罗丝的爱又像一团炽热的烈火,在熊熊燃烧。最后,马丁决定,为了赢得罗丝,一定要跻身于上流社会。

第二天一早,马丁便到公共图书馆去,一头扎进书堆。面对这些装满智慧的书架,他一会儿高兴,一会儿沮丧。从哪儿开始呢?他想起在罗丝家自己的举止言谈,于是找了有关礼节和语法的图书,如饥似渴地读起来。

中午到了,接着是下午。他忘记了吃饭,忘记了时间。就这样,马丁把每天的时间都花在图书馆里。后来,他又办了借书证,每当图书馆关门时,就借几本带回去,在家接着看,直到深夜。

马丁戒了酒,开始天天坚持刷牙,还买了指甲刀和一条带裤线的裤子。平时待人接物,也十分注意自己的举止。

爱情在折磨着马丁,他千方百计地想接近罗丝。晚上,他经常在罗丝住的那条街上溜达,或者久久地望着罗丝住室的窗户,渴望着能看到她一眼。可是有一次,马丁在街上见到罗丝,却没有勇气迎上去,只是远远地望着她走过。

最后,马丁终于鼓起勇气,给罗丝打了一个电话。

"随便什么时候来好啦,我整个下午都在家。"听到罗丝的话,马丁欣喜若狂。

罗丝惊异的是,马丁有了很大的进步。马丁的到来,给她带来一缕新鲜空气,打破了她平静的生活,她开始喜欢起这个健壮的小伙子了。

罗丝给马丁讲解诗集,当罗丝的头发轻拂在马丁的脸颊时,马丁简直透不过气来,他一辈子只昏倒过一次,如今觉得又快要昏倒了。一股热流传遍全身。一刹那,他感到自己和罗丝那道鸿沟中间,架起了一座崇高的桥梁。

以后,罗丝经常帮助马丁学英语,矫正他的语法,教他算术,还不断借书给他看。

马丁如醉如痴地读书。白天实在太短,于是他拼命少睡觉,从每天八小时睡眠减到七小时、六小时,最后每天只睡五个小时,其他时间都用来读书。每次从罗丝家出来,他就发疯似的飞跑,为了节省时间,尽早赶回家看书。每当他合上书本睡觉时,心里都非常的难受。"时间,时间,时间",他叹息着。唯一感到安慰的是,闹钟在五个小时以后会把自己从梦幻中唤醒时,面前又有十九个小时的辉煌的一天了。

马丁的知识越积越多,钱却越来越少了,马丁不得不出海去挣钱。

航海的时间也被马丁充分利用起来。他一遍又一遍读带在身边的语法书,熟得几乎能背下来。他还研究诗歌和小说,琢磨莎士比亚戏剧。他喜欢大海,大海使他有常人没有的经历。"我为什么不把航海的经历写成小说?"这个念头一出现,就牢牢主宰了他。

八个月后,马丁回到奥克兰,立刻动手写作。他一气写了三篇,寄往杂志社。

马丁把自己立志当作家的想法告诉了罗丝。罗丝一句赞成的话也没说。在她看来，马丁当一名作家简直是不可能的。

马丁的写作很艰苦。他一边学习修辞学，一边写文章，有些文章不得不一遍一遍重写。不屈不挠的性格和对罗丝的爱，合成一股巨大的动力，推动着马丁不知疲倦地高速度运转。他一气写了四十多篇稿子，把在海上探险的经历和世界各国的风土人情都写了进去，有小说，有诗歌，还有杂文，统统贴上邮票，寄了出去。

不久，稿子陆陆续续被退回来了，马丁百思不解，刊物上登的文章那么死气沉沉，远不及自己写的精彩啊！他又买了邮票，把稿子寄往另几家报刊社。

就这样，马丁的文章像由一架机器控制着，由东海岸到西海岸，从北方到南方，在美国的大地上飞驰。四十几份稿件每变换一次地点，都要付出一笔邮资，航海赚来的钱快用光了。马丁不得不节衣缩食，设法推迟困境的来临。

随着桌子上退稿单的加厚，钱，终于没有了，马丁只好到外地一家洗衣店干活。

同马丁一起干活的人叫乔埃。乔埃朴实能干，两个人相处得很好。工作异常艰苦，他们每天都得干十四五个小时，马丁仍然坚持每天只睡五个小时，好挤出更多的时间看书。每到星期六下午，当乔埃用酒来冲刷一个星期的疲劳的时侯，马丁就骑上自己的自行车，赶往七十英里以外的奥克兰，把看完的书还掉，再借几本新书。星期天他再赶回来。

马丁健壮的体格和不同于上流社会的新鲜感深深吸引着罗丝，罗丝已经爱上了马丁。她大学毕业后，马丁回到奥克兰。在一个美丽的秋日，他们私下订婚了。

罗丝的父母对他们的婚约表示坚决地反对，但罗丝相信能够把马丁改造过来。她劝马丁去自己父亲的事务所当一名职员，将来或许能当上律师。马丁没有听，仍然专心写作，而且作品越来越多。可惜的是，这些作品的命运同以前的一样不好。

这时侯，马丁结识了社会党人勃力森登，勃力森登同马丁谈论思想，帮他修改稿子，还带马丁到工人区去，参加集会。在这里马丁看到了另外一个世界。他逐渐感觉到，罗丝同自己是两种人，不过马丁还爱着罗丝。

生活越来越艰难了，马丁不得不卖掉自行车，当掉衣服，就这样还是经常挨饿。房东玛丽亚看着日益消瘦的马丁，伤心落泪，时常从自己七个孩子的口粮中挤出一点吃的周济马丁。马丁的姐姐也背着丈夫偷偷塞给他几个钱。

渐渐地，马丁的生活无法维持了，能值一两个钱的东西都当掉了，小食品店也不再赊东西给他了。

在马丁最艰难的时刻，罗丝离开了他。一天下午，马丁接到了罗丝解除婚约的信。

马丁失眠了。他几次去找罗丝，都被无情地拒之门外。

马丁尊敬的勃力森登也死了。

马丁像被抛进了无底的深渊，他在绝望中挣扎着。

好像在故意捉弄马丁，这时，命运之神突然降落在他的头上。马丁的作品被陆续发表了，有几篇震惊文坛。很快，他的相片刊登在报纸上、杂志上，人们称他是难得的天才，可以同大仲马齐名。金钱源源而来，名声越来越响，马丁像一颗彗星在文学界倏的出现，一下子成了上流社会的名人。

接着而来的是社会名流纷纷请他吃饭，各种团体请他做报告，各种刊物请他当特约作者……

对于这一切的变化，马丁一开始感到十分不解，不久前还是个穷光蛋，一下子成了社会名人，我还是我，一点也没变，那些文章已经在各个报刊社转了近一年了，难道他们过去全是瞎子？后来他觉得一切都是那么可笑，心中不禁十分哀伤。

马丁不再写一个字。报刊社向他约稿，马丁就把过去的退稿用极高的价钱卖给了他们。他要捉弄一下这些过去捉弄自己的老爷们。

马丁用稿费给房东玛丽亚买了一栋房子，并给她的七个孩子每人买了皮鞋。过去姐姐给的钱，他用一百倍的钱偿还了。他还用一万二千元为好朋友乔埃买了一座洗衣作坊。另外，马丁还把过去一直为自己守身如玉，一往情深地爱着自己的青年女工丽茜送进了学校，并为她存了一笔钱。

罗丝的父亲请马丁吃饭,遭到了拒绝。

罗丝也亲自找上门来同马丁和解,并要委身与他。

马丁心中一阵阵难受,他今天才明白,罗丝从来没爱过自己,只不过是自己的作品发表了,她才送上门来,可这些作品正是在她抛弃自己以前就已经写好了的。同样,马丁感到自己也没有真正爱过罗丝,自己爱的是一个理想化了的天仙、女神,不是眼前这个资产阶级小姐。

马丁万念俱灰,一种幻灭感在头脑中升起。他看透了这个丑恶的世界,他憎恨这个世界。他要回到自己喜欢的世界中去。

在一个漆黑的夜晚,马丁从一艘远洋客轮上跳下,投入了他喜欢的大海的怀抱。

(雁 鸣)

福 克 纳

威廉·福克纳(1897~1962)是美国现代著名作家,美国"南方文学"的奠基人和主要代表。

他生于南方的密西西比州一个庄园主后代的家庭中,他的曾祖父在当地是个传奇式的人物,人称"老上校";到他父辈时,已经家道中落,这样一部家族盛衰史对福克纳日后的创作颇有影响。他在第一次世界大战时曾参加加拿大皇家空军,战后回家乡读了一年大学,干过多种职业。结识作家舍伍德·安德森后写出第一部小说《士兵的报酬》(1926),随后又写第二部小说《蚊群》(1927),这时他属于"迷惘的一代"。

从第三部小说《沙多里斯》(1929)开始,他写出了以家乡为背景的"约克纳帕塔法世系"小说,其中包括他创作顶峰时期(1929~1936)所写的四部最出色的长篇:《喧哗与骚动》(1929)、《当我弥留之际》(1930)、《八月之光》(1932)和《押沙龙,押沙龙!》(1936)。福克纳一生写了十九部长篇小说和七八十篇短篇小说,其中十五部长篇和大多数短篇都在这一"世系"之内。这些作品通过南方庄园主的兴衰,探讨了西方现代人所关心的一系列问题,因此引起了读者的共鸣。此外,他还写了"斯诺普斯"三部曲:《村子》(1940)、《小镇》(1957)和《大宅》(1959)及其他一些长篇。他的短篇小说中以《熊》最为著名。

福克纳的作品,结构严谨,人物性格怪诞,融有意识流、多角度叙事法等多种现代派手法。他在艺术上的创新为很多作家开辟了道路。

他于1949年获诺贝尔文学奖。

喧哗与骚动

美国南方杰弗生镇上的康普生家族是个曾显赫一时的庄园望族。在一平方英里的土地范围内，耸立着一座石柱门廊的大宅，四周是规矩平整的草坪。林荫大道和亭台楼阁，还有马厩、菜园和小木屋。这里曾诞生过州长、将军，但在南北战争时开始走向没落。如今房子里空荡荡的，只有低沉羸弱的钟声在嘀嗒嘀嗒地响着，好像这个颓败世家有气无力的脉搏在跳动。

这是1928年4月，萧瑟而寒冷，毛茸茸的桑树嫩叶在一起一伏地飘浮着，鲜艳的鲣鸟翘着尾巴在急风中聒噪着。星期天一大早，已很衰老的康普生太太穿着黑缎面棉睡袍，动作十分迟缓，气喘吁吁，在楼上一迭声地呼叫："迪尔西！"迪尔西已经成了老太婆，这个黑女佣在康普生家服侍了三十年。她生怕康普生太太吵醒班吉。班吉是康普生的小儿子，患有先天性白痴，已三十三岁。迪尔西赶忙叫自己的外孙勒斯特给班吉穿好衣服，将班吉带到厨房的火炉旁。勒斯特是服侍班吉的第三个小黑厮了。在他之前，是迪尔西的两个儿子。此时，作为一家之主的杰生起床了。他是康普生的第二个儿子，整天紧锁着自己的房门不出来。他发现自己屋子的窗玻璃被打破了，一定要叫醒住在楼上的外甥女小昆丁查问清楚。杰生不顾迪尔西的再三阻拦，用钥匙拧开了小昆丁的房门，但小昆丁不在，只有窗户敞开着。窗外是一棵开满白花的梨树。

早在1912年，康普生先生就病逝了。他在世时，虽然开设了律师事务所，但整天陪伴着的是一壶威士忌酒，为已经作古和依然健在的镇民撰写着刻薄尖酸的颂诗。面对满园青青的野草、斑驳不堪的廊柱，他愤世嫉俗，悲观失望。他闭上眼睛埋于泥土以后，康普生太太戴了面纱，拿着几枝花，坐在就要散架的破马车上，死死抱着发疯的班吉，去公墓给他上坟。

康普生太太念念不忘自己大家闺秀的身份，家里没有一个人能从她那里得到一点爱和温暖。然而，她的女儿凯蒂竟然一反她的规矩，变成了一个十分轻佻放荡的女子。凯蒂老是和衣着笔挺的推销员达尔顿·艾密司厮混在一起，从中寻找欢乐。达尔顿自己有公寓，是个寻花访柳的浪荡公子。1909年夏末的一天，凯蒂和他在中午的阳光下划着小艇出游，兴之所至，就委身于他。她回家以后，垂头丧气地靠在门旁哭泣，康普生太太哭丧着脸说："我到底造了什么孽啊，老天爷让我生下班吉，就已经够我受的了，现在又出了凯蒂的事来伤害我。我的天哪！"她派杰生去监视凯蒂。康普生知道情况后，大发脾气，他决定让凯蒂换换空气，变换一下环境，以此摆脱她与达尔顿的关系。

康普生的长子昆丁在宗教气氛浓郁的哈佛大学就读，他为凯蒂的堕落和不幸而震惊。他从小和妹妹感情笃深，决计要解脱她的痛苦和烦恼。昆丁一连三天去寻觅达尔顿，但都不见人影。后来，他们终于约定在小溪的桥头会面。昆丁要求达尔顿迅速离开杰弗生镇，可达尔顿不加理睬。"你有姐妹没有？"昆丁问达尔顿。"没有。不过女人都一样，都是些骚货！"昆丁伸手揍了过去，他要杀死达尔顿。可是，他的两只手却被达尔顿紧紧抓住了。达尔顿掏出手枪，装上子弹后递给了昆丁。昆丁遭到达尔顿的戏弄，又被打伤，而妹妹凯蒂却不能与达尔顿绝情，他非常恼怒。

为了摆脱凯蒂的困境，康普生太太把家境优裕、在银行里供职的赫伯特·海德介绍给了女儿，并想让杰生高中毕业后进他的银行供事。1910年4月25日，已有身孕的凯蒂和赫伯特举行了隆重的婚礼。康普生太太为女婿送给女儿的豪华汽车而感到很荣耀。班吉眼见经常给他带来欢乐的姐姐凯蒂走了，就悲哀地呜咽起来。班吉的一点点乐趣也被剥夺了。为了凯蒂的婚礼和昆丁进大学，康普生先生卖掉了班吉喜欢的那块林中草地。昆丁为妹妹的婚礼感到十分耻辱，妹夫赫伯特还是个因考试作弊被开除出哈佛的人。6月2日这一天，昆丁把父亲留给他的那只表，砸碎了玻璃，摘掉了指针，他期望时间停滞，永不向前。他没有去上课，整理好衣物后，就留了张字条，穿戴整齐,乘车在街上四处游游荡荡,他打算与这个鄙视自己的世界诀别。在街上,昆丁遇到了一个刚从意大利流亡到美国的穷困的小姑娘,他同情地给她买了冰淇淋,面包。不料,小姑娘的哥哥撞上了昆丁,诬告他猥亵了他妹妹。昆丁在警察局被判处罚款。昆丁心底感到无限悲凉,于是,他对生活彻底绝望了,当日就投身于郊外的河中自杀了。

凯蒂结婚后,又被发现隐情的丈夫无情地抛弃了。康普生太太觉得这太丢脸了,她不准凯蒂回娘家,也不准别人提起她的名字。于是,凯蒂不得不把私生女小昆丁寄养在母亲家里,自己只身流落到大城市,成了一个名声不好的女人。

杰生在康普生太太的娇纵宠爱下,内心更加仇恨姐姐凯蒂,是她使他失去了银行里的好职位,只好在一家杂货铺里当个小伙计。他时常虐待小昆丁,跟关心凯蒂母女的黑女佣迪尔西作对。小昆丁十七岁那年,无拘无束,脸上涂了厚厚的胭脂,常逃学,撒谎。凯蒂十分思念女儿,就与弟弟杰生商量,说哪怕看上小昆丁一分钟也行。杰生诈了她一百块钱,让凯蒂在大雨里守在路旁,杰生乘车带着小昆丁从玻璃窗上只让凯蒂瞥了一眼,便急忙催马车奔驰而去。凯蒂在车后追赶,号啕大哭。杰生撵她坐火车赶快离开小镇。他担心迪尔西心肠软,就借口凯蒂得了麻风病,不让班吉见凯蒂,但迪尔西还是让班吉见到了姐姐。杰生知道后,就以解雇迪尔西,把班吉送疯人院相威胁,甚至狂怒地要把小昆丁送进妓院。迫不得已,凯蒂答应拿出一千块钱换回小昆丁。遭到断然拒绝后,凯蒂只好经常给小昆丁寄钱,可每次钱都被凶残的杰生扣压下来。同时,杰生还用假支票欺骗眼神已经昏花的母亲。他借故班吉拦截路经门前的小女孩,不告诉母亲就把弟弟送进医院作了阉割手术。黑小厮勒斯特用钱买他的免费马戏票,他竟得意地当面将马戏票扔进火炉里。他对住在孟菲斯的情妇洛化戒备森严,只把她看做交易的一个对手。他对小昆丁以扭打进行"教育",并将她锁进屋子里。当他发现小昆丁和外地来的一个马戏演员在一起时,就驱车跟踪。小昆丁发觉后,愤怒到了极点:"我但愿自己死了拉倒,我真愿咱们这家子全都死了。"

1928年4月8日,小昆丁从杰生锁住的屋子窗户爬了出来,拉住梨树,身体一悠,攀住了杰生的窗子。她打碎了玻璃,爬进屋子,撬开锁着的抽屉，把他诈骗、截留的钱款和伪造的票据全部拿走，从楼上越窗而逃，跟那个马戏演员私奔了。

杰生用他买的汽车一直追到莫特生镇上，找到了马戏班子的大帐篷，但没有找到人，还险些丧命。他不得已求助于警察追捕，由于警长怀疑这笔钱的归属，没有协助。杰生自知丧失的七千块钱中，有四千块是他外甥女的合法财产和凯蒂十六年来寄的赡养费。当然，也有他二十年中积攒的家底。但他生怕法律追究，只得忍恨在心。

班吉照常是脑袋上下一颠一颠的。他常常拿出姐姐凯蒂那只发黄变脆白缎鞋，一边淌着口水，一边发出猴急的哼哼声。

就这样，五年以后，康普生太太去世了。杰生将弟弟班吉送进了州立精神病院，他摆脱了破败的祖宅和黑女佣迪尔西，成了一个康普生家没有后裔的棉花商人。

（小　舟）

熊

艾克·麦卡斯林十六岁了，他成为正式的猎人已经有六年。那位契卡索族酋长的儿子山姆·法泽斯是他的老师，山姆教会了他如何打猎，如何做人。另外，一个名叫布恩的猎人，性情暴烈、孤独、阴沉，但却是个真正的猎手。还有一头奔驰在荒野的大熊"老班"。一条全身闪着钢蓝色的杂交大狗"狮子"。这一切便构成了下面这个人、熊、狗的故事。

第一次打猎时，艾克还仅仅是个十岁的小男孩，他从猎人口中听到关于大熊"老班"的种种传说——大熊如何把一整只猪娃、大猪甚至牛犊拖到森林里吞吃掉；如何捣毁陷阱，打翻捕兽夹，把猎狗撕得血肉模糊；当猎人用枪向它射击时，霰弹落在它身上如同小孩子从竹筒里吹出来的豌豆，一点也不起作用。这头大熊曾被捕兽夹伤过一只脚,在森林里留下歪扭的脚印。对于想用一通吠叫把它吓住的猎犬来说,它是太庞大了;对于想用奔驰把它拖垮的马儿来说,它是太庞大了;对于人类和他们朝它打来的子弹来说,它是太庞大了。艾克没有见过大熊"老班"前,脑海里已经常常出现它的形象,而且在梦中也朦朦胧胧地梦见大熊,它高高地耸立着。这只老熊孤独顽强,没有配偶,没有儿子,也无所谓死亡,它是蛮荒生活的一个幻影。人类对古老的蛮荒生活又怕又恨,他们愤怒地围上去对着森林又砍又刨,艾克当时虽然还没有见过森林,但是他已直觉到他的感官与理性没有告诉他的东西:荒野是注定要灭亡的,其边缘正被人一小口一小口地蚕食,人们害怕荒野,因为它是荒野。人们多得不可胜数,彼此间连名字都不知道,可是那只大熊方圆百里之内无人不晓,像个活人似的享有盛名。

每年十一月猎手们带着猎狗、被褥、食物、猎枪进森林狩猎。在艾克看来,他们不是去猎熊和鹿的,而是去向那头老熊做一年一度的拜访,参加一年一度向不死的老熊表示敬意的庄严仪式。那盼望已久的一天终于来了,艾克作为正式成员随猎手们进入无穷无尽、密密匝匝的森林,山姆正在森林里等待他,他小时候追捕兔子时,也是山姆陪伴在身边。

艾克至今清晰地记得那个特殊的早晨。那天准备好了那支太长、太重、太高的猎枪,按山姆教他的方法,扳好撞针后就选定一个地方不动了。山姆让他仔细倾听一种声音:先听到狗群乱七八糟的尖叫声,比平时高八度,含着怯懦可怜,然后听到空中留下那尖细的、几乎像人类那样歇斯底里的、凄惨的、忧伤得几乎有人情味的回声。"那是'老班'。"山姆眼里闪着幽光,"它是来看看新到营地的是谁,这人的枪法行不行,有没有一只凶猛的狗。'老班'是熊的领袖,它是人。"后来山姆又带艾克来到了一块从未见过的地方,置身在原始森林的幽黑晦冥之中。当艾克低头察看时,他看到了脚下被掏空的朽木上的爪印,而旁边湿土地上留下了巨大、扭曲的两只脚趾的足印。他现在才真正相信,那天听到的叫声确实是"老班"了。他嘴里突然变多的唾液中出现了一股黄铜般的味道,他想道:"我一定要见到它,正眼盯着它看!"

第二年艾克终于实现了亲眼目睹大熊"老班"的愿望。那天天不亮,艾克就动身了,他只带了一只指南针和一根打蛇的棍子。他控制着内心的恐惧,因为山姆说过:"你可以受到惊吓,这是不可避免的,可是千万不要畏惧。只要你不把森林里的野兽逼得无路可走,只要它没有闻到你有恐惧的气味,它是不会伤害你的。"他决心把自己的一切舍弃给荒野,他把父亲传给他的一块又重又大的老银表和那只指南针解下来挂在灌木丛上,又把棍子靠在旁边,就这样不带文明的污染,进了树林。他走了两三个小时,当他在一块木头上坐下来时,发现了一只扭曲的脚印,接着第二、第三只,他热切地追随着,心脏像小锤子般急促、有力地跳动。在一片林中空地上,他看到灌木丛上那只老表和指南针正闪闪发光,就在这时候他见到了老熊,它一动不动,镶嵌在绿色的阴影中,它也盯着孩子看,然后不慌不忙穿过空地,消失了。

十三岁时,艾克已经杀死过一只公鹿,够资格做正式的猎人了。山姆还用热腾腾的血在他脸上画了纹记。后来他又杀死了一头熊,他比许多有经验的大人更优秀。现在,只要他愿意,他任何时候都可以在离营地十英里、五英里甚至更近的地方找到那只弯曲的脚印。接下去的三年里,有两回艾克看到了"老班"。一次他看见老熊像火车头似的一冲而过,快得像鹿。还有一次,双方距离太近,那只熊转过身来做困兽之斗。它背靠大树干,用后腿支着站立起来,准备拼命。在孩子的眼睛里,这头熊不断地往上长,变得越来越高。他甚至闻到了它那股浓烈的、热烘烘的、腥臭的气味。他曲身在地,抬起头来一瞅,只觉得它像从半空中打下来的一个霹雳,黑压压的高不可攀。艾克想起来了,这正是他经常在梦中见到的情景。接着,它走掉了。山姆对艾克说:"你可以放松一下,等下一次机会吧。我们必须找到一只能对付'老班'的狗。那它就必定会死在我们手中。不过,到那时'老班'自己也不想活了。"

第四年,山姆终于捕获了一条杂种野狗,它凶狠、顽强、不屈不挠,有一双冷冷的黄眼睛,里面孕藏着某种大自然的力量。它全身上下都是枪筒的那种奇异的钢蓝色。它被起名为"狮子",它就是命里注定要拦截大熊"老班"的那只狗。身上流着点印地安人血液的猎手布恩,看中了"狮子",从山姆手中接过喂养"狮子"的任务。布恩跪在"狮子"身边,抚摸它的骨骼和肌肉，体会它的力量，好像"狮子"是个女人似的——或者不如说布恩自己是个女人似的。

"狮子"终于执行了追逐"老班"的任务。狗群在林中空地不到一百码的地方撞见了老熊，狗群喧叫起来，只有"狮子"不叫。山姆说："它要咬住'老班'的喉咙时才会猎猎嘷叫，它身上有蓝狗的血统。"那天晚上十一点，布恩带着"狮子"回到营地，布恩说"狮子"真的阻截住了"老班"，可是别的狗都不往前冲，结果"老班"挣脱了逃进河里，布恩和"狮子"在河岸上紧紧追了十里路，天已经黑了，未能找到"老班"的踪迹。

第二年十一月来临，到了狩猎的最后一天，这一天是专门留给"老班"的，这已经成为一种传统了。有许多人来到营地，观看蓝色大狗如何与两趾老熊会战。这回"狮子"再一次截住了"老班"，死死缠住它，可是所有的牲畜都不敢上前，除了那头不怕血腥味儿的独眼骡，而骑在骡子上的偏偏是布恩，他的枪法之差是远近闻名的。他用老枪朝老熊开了五枪，连一根毫毛都没有打中，这时"老班"又弄死了一条猎犬，再次夺路而逃。

按说艾克应该憎恨惧怕"老班"，然而他的心中并没有这种感觉。在他看来，这里面有一种天命。他决心既要谦逊也要有自信心，因为大家认为他有资格成为这整个事件的一部分，至少够资格亲眼目击这件事情。

艾克十六岁那年的十二月，是他记忆中最最寒冷的一个十二月。他们在营地里住了两个多星期，要等天气转晴，好让"狮子"与"老班"进行它们的年赛。那惊心动魄的一天终于来了。这一天，艾克骑上了那匹见了野兽的血也不会惊慌的独眼骡子，能骑这匹骡子，是一种荣誉。他朝下看，看见了那条蓝色的大狗"狮子"，它站立的姿势像一匹马，它充满了勇气、意志和忍受折磨的耐力。它的眼睛和布恩一样深不可测，里面没有善也没有恶，既不小气也不大方，它们仅仅是冷冰的，半睡半醒的。忽然，艾克听见一声喊叫，这时"狮子"已进入森林，看不见了。不一会，艾克听见狗群提高了声调的喊叫，他看见它们了。他看见在前面二百码之外，那只老熊把身子转了过来，他看见"狮子"毫不踌躇地冲了上去，他看见"老班"一下子把"狮子"打到一边去，接着冲进狗群，几乎立即就咬死了其中的一只，接着像一阵风似的转过身去重新朝前飞奔。这时候，猎手们进入了猎狗的奔腾的潮流。布恩纵身一跳，上了骡子，坐在了艾克后面，他喊道："'老班'淌水过河了，'狮子'离它太近，我没法开枪！"

他们冲下堤岸，闯过柳丛，冲进水里，把枪高高举过头。艾克在骡子的一边，布恩在骡子的另一边，山姆在他们后面。他们爬上堤岸，冲过矮树丛。这时，他们看见了那头老熊。它用后腿直立着，背靠一棵树，那些狂吼的猎狗则围着它乱跑。又一次，"狮子"冲上前去，腾空跃起。这一次"老班"没有挥爪将它打倒。它几乎像是恋人似的用双臂抱住了那条狗，接着他们一起跌倒在地上。艾克从骡背跳下，把枪上的两支撞针扳了回来，他听不清布恩在嚷什么，但是可以看见"狮子"仍然紧紧抓住大熊的喉咙，他还看见那头半蹲半站的熊用一只爪子打中一条猎狗，把它甩到五六尺开外。接着，那头熊升高、升高，仿佛永远不会停止似的，等它又站直了身子，便开始用前爪撕"狮子"的肚子。这时候布恩冲上去了，他手中的刀闪着光，跳进了猎狗群中，像跨栏似的越过它们，一边跑一边把它们踢开，然后纵身一跃，像骑上骡背似的骑在老熊身上，两腿围住熊的肚子，左臂搂住熊的脖子，这也正是"狮子"紧紧趴住的地方，接着，随着刀的起落，艾克看见了闪闪的寒光。

有一瞬间它们几乎像一组雕塑的群像：那只趴紧不放的狗，那头熊，还有那个骑在它背上把插进的刀子继续往深里捅的人。接着，他们一起倒下去，布恩被压在底下。最先抬起来的是大熊的背，但布恩马上又骑了上去，他始终没有放开刀子。接着老熊把身子挺直了，它把人和狗带了起来。它转了身，朝树林那边走了两三步，人和狗仍然趴在它身上，它是用后腿走的，姿势和人的几乎一模一样，这以后，它就倒下去了。它不是软疲疲地瘫下去的，而是像一棵树似的作为一个整体直挺挺地倒下去的，因此，这三者，人、狗和熊，还似乎从地上反弹了一下。

艾克和其他猎手冲上前去，布恩的左耳被撕裂，血顺着他的大腿、双手和胳膊往下流，但他的脸却是宁静的。人们把"狮子"紧紧咬住"老班"喉咙的嘴撬开。布恩让他们轻一点，因为"狮子"的肠子全掉了出来。

惊心动魄的战斗结束了，这时艾克才想到怎么一直没有见到山姆？他急忙去寻找，原来山姆渡河后因体力不支，已经一动不动地躺在湿地上。人们把"狮子"、"老班"和山姆放在大车上。

医生找来了，布恩不肯让大夫看他的伤，非要大夫先料理"狮子"。大夫没有用麻药，就把"狮子"的肠子放了回去。它一动不动，黄色的眼睛睁着，不知在看什么。人们到外面的院子去看"老班"，它的眼睛也是睁着的，身上有五十二个子弹留下的痕迹，左肩底下有一个几乎看不出来的伤口，那是布恩的刀子扎的，这一刀要了它的命。人们面对它的尸体，仍然感到一种强烈的恐惧。山姆也睁着眼，但已经不再看任何人，艾克明白山姆也即将死亡了。

"狮子"在闭眼前看了大森林，看到了大森林依然存在，它在日落时死去了。布恩像对待人似的，把"狮子"放进墓坑……后来，布恩按着山姆的希望，杀死了已经不能动弹的山姆。艾克的泪水流出来，像是从整张脸流出来的汗水似的。

木材公司进入大森林，把木丁、铁轨和枕木的阴影与凶兆带进了这片注定要灭亡的大森林，山姆、"狮子"和"老班"都没看到这一切……艾克虽然看到了，但是大森林的记忆是会长期保存的，森林仍将是他的情人，他的妻子。

（森　森）

海明威

厄内斯特·海明威(1899～1961)是美国现代著名小说家,"迷惘的一代"的代表。

他生于芝加哥郊区一个医生家庭。中学毕业后曾当过见习记者。第一次世界大战时在意大利身负重伤。战后住在巴黎,刻苦习作,逐步形成自己语言简洁、含蓄、凝炼的风格。20年代末回国,定居弗罗里达。1936年西班牙内战中,他两次去报道战事。离欧后留居古巴。第二次世界大战中再赴前线任记者,战后重回古巴。

他的长篇小说有:"迷惘的一代"的代表作《太阳照样升起》(1926),最优秀的反战作品《永别了,武器》(1929),最终完成了从"我"到"我们"的转变的《有的和没有的》(1933)和《丧钟为谁而鸣》(1940),为他赢得诺贝尔文学奖(1954)的代表作《老人与海》(1952)以及遗著《海流中的岛屿》(1970)①等。他的短篇小说主要写斗牛、打猎、拳击等充满阳刚之气的活动,结集出版的有:《在我们的时代》(1924)、《没有女人的男人》(1927)、《胜利无所得》(1933)等。

海明威在作品中创造了著名的"硬汉"性格:他们忍受了极大

---

① 《海流中的岛屿》是遗作,1970年被整理出版。

的内心痛苦，临危不惧，虽败犹荣。

他由于脑部受过伤，最后终于无法忍受病痛的折磨，自杀身死。

太阳照样升起

第一次世界大战后，法国巴黎成了英、美一些青年的旅居地。我作为美国一家报馆的驻欧记者，在巴黎这一都市里结识了不少朋友。罗伯特·科恩就是其中的一位。他时常玩桥牌，打网球，嗜酒成癖，有时还要写写小说。尽管他体验过结婚和离婚的滋味，但我深信，他至今还没有从恋爱中获得真正的乐趣。

这天，风和日丽，天气很好，罗伯特突然问我："你想不想到南美洲去，杰克·巴恩斯？"我说："不去！我喜欢巴黎。不过，夏天时我准备到西班牙去。"于是，他又向我询问勃莱特·阿施利夫人的一些情况。我告诉他，勃莱特正在跟丈夫闹离婚，并且将要跟迈克儿先生结婚。

勃莱特这个女人是我在第一次世界大战期间住院的时候结识的。她很妩媚，温柔可爱，颇具魅力。那时，她是一个自愿救护队的护士。我很喜欢她，也很爱她。但从不敢企望有朝一日与她结婚——战斗负伤所造成的终生残疾已将我推到了对性爱可望不可及的可怜地步。我诅咒战争！

老实说，我深深地爱勃莱特，也曾受到过她的青睐。我知道我在她的心目中占据着重要的位置。最近，我见到勃莱特时，她兴高采烈，告诉我说，她要和迈克儿先生一起到圣塞瓦斯蒂安去。那里位于西班牙北部，是一处避暑的胜地。他们将到那里去度过一个美好的夏天。

我的另一位朋友，名叫比尔·戈登，他能够写书，有著作出版。他给我拍来电报，说他乘"法兰西号"轮船即将抵达巴黎。在六月下旬，他也要跟我一道到西班牙去。

罗伯特自从上次向我询问过勃莱特的情况后，我就没有见到他。过了不久，他来信说，他已经去了法国西南部一个叫昂代的避暑胜地。昂代与西班牙相隔只有一条国境线。我回信说，我和比尔将于25日离开巴黎，并约他在距离昂代不远的巴荣耐相聚。

我特地去看望了勃莱特和迈克儿。他们正准备直接到圣塞瓦斯蒂安，从那里再乘火车到达潘普洛耐。我们约好在潘普洛耐的蒙托亚旅馆相会。

我和比尔到达巴荣耐，见过罗伯特的翌日，我推断说，勃莱特和迈克儿今天晚上或许会到达，但罗伯特说不一定。其实，他是不愿提早看到迈克儿先生，因为他仍然深深地爱着勃莱特。这天晚上我接到了勃莱特打来的电报："夜宿圣塞瓦斯蒂安。"第二天，罗伯特启程去接勃莱特他们，而我和比尔则坐着公共汽车去布尔戈特钓鱼了。在布尔戈特我们呆了五天，一直没有得到勃莱特和迈克儿的任何音信，事后我才知道，勃莱特在火车上醉倒了，所以他们在圣塞瓦斯蒂安多休息了几天。

返回潘普洛耐时，蒙托亚旅馆的招待告诉我们，勃莱特已经到达。我和比尔去了鲁涅咖啡馆，勃莱特、迈克儿、罗伯特都在那里，在异地老朋友相聚在一起，自然十分高兴。离开咖啡馆后，迈克儿竟喝醉了。他大骂罗伯特是只蠢驴，是条犍牛，一天到晚老是跟着勃莱特转悠。我很矛盾，我喜欢看迈克儿伤害罗伯特，却又希望他不要那样做，因为事后我使我厌恶自己。回到旅馆以后，尽管大家都装成似乎什么事情也没有发生过，但彼此之间仍然显得有些尴尬。

7月6日是星期日，中午时分，圣福民节的庆祝活动开始了，这一庆祝活动将夜以继日地持续七天之久。我们几个人商量决定玩个通宵，直到第二天早晨六点钟之前去看牛群过街的情景。可是，到了凌晨四时，我实在太困乏了，就悄悄地回到房间里睡了下去。

过了不多一会儿，罗伯特就将我吵醒了。他说，刚才有一头牛冲进人群，挑倒了七八个人，很是精彩。旅馆的主人得知我们几个人都是斗牛迷，便将斗牛士罗梅罗介绍给了我们，罗梅罗是我平生所看到的最漂亮的翩翩少年。

每场斗牛,我们都去看。勃莱特和迈克儿总是坐在位于斗牛栏围栏旁的头排座席。我发现勃莱特看得非常出神。罗梅罗是斗牛赛的主角,他的斗牛使得观众真正动情。

斗牛赛的第三天,在旅馆餐厅里,罗梅罗被邀请到我们这张餐桌上来,他一点也不拘束,谈论起他的斗牛来就像跟自己毫无关系似的。大家纷纷赞赏他的潇洒,接连不断地为他祝酒干杯。迈克儿居然喝醉了,他容不得勃莱特对罗梅罗的夸奖,醋意十足。等罗梅罗走了之后,迈克儿心中的怒火又毫不客气地烧向罗伯特,气得罗伯特脸色蜡黄,很是难看。

夜幕降临之际,勃莱特避开众人,要我单独陪她到外面去走走。她对我说:"亲爱的杰克,我没有别的知心人了,那个天杀的罗伯特老是缠着我,迈克儿又那样肆意妄为,这叫我怎么受得了呢?杰克,你还爱我吗?"我说:"是的,我爱你。"可是勃莱特却叹了一口气,说:"为什么?就因为我是个坏女人,不可救药?我告诉你,我已经被罗梅罗这小家伙给迷住了。我爱上了他,我已经失去了自尊。你陪我去找他一下,好吗?"

在一家咖啡馆里,我们找到了罗梅罗,他正兴奋地和几个斗牛士、斗牛评论员在高谈阔论。我们找了个位置坐下以后,罗梅罗就走过来同我们交谈。他的英语说得很不错,且很悦耳。我借故出去了一会儿,二十分钟后,我回到咖啡馆,勃莱特和罗梅罗果然不见了。

在米兰酒吧的门口,我找到了迈克儿和比尔,我们一起到苏伊咖啡馆去。刚坐下不久,罗伯特醉醺醺地跑了进来,逼问我:"勃莱特现在在哪里?"看来他已猜了个八九不离十。我回答说:"不知道!"他便毫不客气地挥舞着拳头朝我狠狠地打来,打得雨点一般。当有人往我脑袋上拍冷水时,我才明白刚才是被这小子打昏了过去的。据说,他还把迈克儿打倒在地上。我独自一人离开了咖啡馆,刚才发生的一切完全像是一出演得很精彩的话剧。

几个小时以后,罗伯特神经质地来到了我的房间,他向我道歉,他沮丧得很,说:"杰克,你是我唯一的好朋友。你知道我是那样地爱着勃莱特。在圣塞瓦斯蒂安,我和她还同居过。可这一次,她对我很无情,待我如同陌路人,我实在受不了,我明天早晨就离开这里。"

第二天，比尔告诉我罗伯特离开我房间后的一些情况：在斗牛士的房间里，他找到了勃莱特，他要把勃莱特带走。勃莱特很恼火，把他数落了一通。罗伯特情不自禁地痛哭起来。随后，他就把满腔的怨和怒都发泄到罗梅罗的身上，打了罗梅罗。起先，罗梅罗并不想还手，但当他被击倒第十五次后，罗梅罗开始挥拳，一次又一次地朝罗伯特的脸上打过去。"现在，罗伯特已经走了，勃莱特正在护理罗梅罗这小子呢！"比尔说。

节日的最后一天，人们都沉浸在狂欢之中，迈克儿的情况却糟得很。我们在一起喝酒时，他就当着勃莱特的面大吵大闹起来，嚷道："勃莱特搞上了一个斗牛士，一个很标致的斗牛士！"勃莱特听后，干脆就不再理睬他。她拉起我的手，要我陪她到外面去散散心。自从罗伯特离开以后，我还是第一次看到她这么无忧无虑，快快活活，像过去一样。

当沸腾的狂欢活动转到斗牛场的时候，我们跟着众人也到了斗牛场。在奏乐声中，斗牛士们向我们下面的栅栏走来，罗梅罗正在其中。我们看到他脸庞青肿，两眼充着血，但斗起牛来还是那么稳健、自如、优美无比，以致于人、牛和在牛面前鼓着风旋转着的斗篷成为一组组轮廓鲜明的雕像。

回到旅馆时，我已经烂醉如泥了。不知过了多久，迈克儿带来一个消息："勃莱特同斗牛士罗梅罗走了。"吃晚餐时，只剩下我、迈克儿和比尔三人，餐桌边一下子好像少去了五六个人似的。

第二天，一辆汽车把我们送到了巴荣耐。在那儿，我们三人分了手。到巴荣耐的第三天，我同时收到了从巴黎和潘普洛耐转来的两封内容相同的电报："能否来马德里蒙大拿旅馆我处境不佳勃莱特。"

我第二天赶到马德里。勃莱特住在蒙大拿旅馆那个幽暗的长廊尽头的一个房间里。我推门进去，她在床上躺着。她看见我的第一句话便是："亲爱的！我的日子过得真够呛哪！"一阵热烈的拥抱、亲吻之后，勃莱特告诉我说，她已经把斗牛士罗梅罗打发走了。她说："罗梅罗只有十九岁，在我之前，他已和两个女人来往了。我今年三十四岁了，我不情愿当一个糟蹋年轻人的坏女人。我要回到迈克儿那里去过平静的幸福生活，不做坏女人，这使我感到很舒坦。"

我们预订了"南方快车"的卧铺票。在离开都市马德里之前，她提议坐车到市区里去好好地兜兜风。我同意了。

　　这天天气很晴朗，万里无云，一碧如洗。太阳照得人暖烘烘的。我们坐在中速行驶的出租汽车上，我用一只胳膊紧紧搂住她。她则亲密地偎依在我的身旁。"唉，杰克，"她说，"我们要是能够总在一起那该有多好哇！"我回答说："是啊！这么想想不也很好么？"

　　我望着灿烂的阳光，不管怎样，太阳照常升起，依然明亮，依然温暖……

(小　雪)

斯坦贝克

约翰·斯坦贝克(1902~1968)是美国当代著名小说家。

他出生于加利福尼亚的海边一谷地,其父是政府职员,母亲是教员。他从小劳动,并与周围的墨西哥人、印第安人及珀萨诺斯人成为朋友。这些贫苦农民成了他日后许多作品中的主人公。他家中广有藏书,使他得以阅读名家杰作,培养起对文学的爱好。他在大学期间和毕业后,曾在牧场、修路队、制糖厂和建筑工地干活,又去纽约当过记者,最后还是回到西部才有了创作源泉。

他的第一部受欢迎的小说是《煎饼坪》(1935),之后的《胜负未决》(1936)、《人与鼠》(1937)、代表作《愤怒的葡萄》(1939)、《罐头街工厂》(1944),以及短篇小说集《长谷》(1938)、中篇小说《珍珠》(1947)等作品,或者反映了农民的苦难,或者探讨金钱文明与人性的关系,是他创作生涯中成就最高的时期。第二次世界大战时,他作为战地记者,到了欧洲战场,写过《月落》(1942)等反法西斯作品。1947年曾访问苏联。后来的作品主要有《灼热》(1950)、《伊甸园以东》(1952)、《烦恼的冬天》(1961)等。

斯坦贝克1962年获诺贝尔文学奖;1964年获"总统自由奖状"。

愤怒的葡萄

俄克拉荷马的原野上,狂风卷起了稻草和土块,刮倒了干枯的玉米,到处弥漫着尘沙。

一个高大、结实的青年汤姆·约德正坐在一棵枯老的柳树下休憩。他曾因偶尔失手打死了人而被判了七年徒刑,在麦卡勒斯特坐了四年监狱后,提前获释,他这是要返回家乡。这时,浪迹异乡的牧师凯绥走来了。这个常常高呼耶稣名字的热心教士,因疑惑圣灵而不再布道了,他不知道该向何处去。两人一番交谈后,汤姆·约德就约凯绥一同回家去。

他们翻过了山岗,进了农庄,见到的是一片凄凉的景象:断壁残垣,空无人烟。一个在附近坚守的邻居慕来告诉他们说,地主们看到天灾无收,就把土地卖给了地产畜牧公司;佃农们被驱逐出走,老约德全家已迁移到八里路外的约翰伯父家去居住。于是,约德和凯绥就赶到伯父家。全家人因多年不见约德感到分外高兴。他们已经将大车、马匹、手犁和杂物全部卖掉了,还去帮工赚了些钱,才凑足了钱买了一辆旧卡车。他们听说美国西部相当富饶有钱可赚,到处是茫无边际的果园,工资也很高,就准备全家都去加利福尼亚谋生。汤姆·约德根本不相信这些传说,但他还是和父母亲、祖父母、约翰伯伯、哥哥亚诺、怀孕的妹妹罗撒香、妹夫康尼、十二岁的妹妹露西、十岁的弟弟温菲尔德,还有牧师凯绥一起挤上了旧卡车。卡车由大弟弟奥尔驾驶,在飞扬的尘沙中出发了。

横贯美国的混凝土六十六号公路,如今变成了移民干线。二十五万人、五万辆旧汽车在热风中蠕动着。奥尔紧紧把握着方向盘,所有的神经都在谛听着。车轮胎破裂了,垫圈又掉下了,车子响得厉害。于是修车轴,买汽油。祖父酷爱故土,不肯离开家乡,是用醉酒的方式把他抬上旧卡车的,结果他中风死在路上;祖母在病中呓语着。车上的人各有自己的心思:奥尔希望到西部自己能开汽车,再讨个漂亮的老婆;康尼要搞无线电工作;罗撒香希望自己住在城里,在自家的房子里生下娃娃来;老约德夫妇热切盼望这一家永远不拆散,是苦是乐都厮守在一起;牧师凯绥只想找个女人结婚,享受人生的乐趣。

汽车像硬壳虫似的向西爬去,约德一家进入新墨西哥的山区,越过了高原的峰峦,来到了沙漠地。长子亚诺不愿意跟家人一起跋涉了,他沿着河道向下游走去。约德和奥尔不时地在路上停下,排除旧卡车的故障。路上,他们碰到一个从加利福尼亚回来的衣衫褴褛的人,这人告诉他们,他的老婆和两个孩子都饿死在西部,他受骗上当了,他还说:"我宁愿回到家乡来,饿死也心甘。"这些发自肺腑的话语也没有拦住那些茫然西去的人们,人们依然往西部前进着。

约德他们越过了茫茫的沙漠,才知道,已经有三十万人来到这里。"我的天哪!快看!"果园、葡萄园、青翠的大草原、成行浓荫的树木、农家的房舍村居……这就是我们渴望已久的加利福尼亚啊!然而,祖母已经见不到这如诗似画的无限风光了,她已经死在那辆破卡车上了。汽车停靠在一片邋遢不堪的临时居留地上,他们在这里结识了一个名叫弗洛依德的青年司机,这青年已经有三个星期找不到事情干了。弗洛依德告诉他们:这里很难找到工作,得等到采摘棉花时候,向北走二百里,听说有摘梅子、梨子和装罐头的工作。

有一天,来了一个雇工的承包商。已经上过两次当的弗洛依德一定要他拿出执照和合同,说明招多少人,付多少钱。可那承包商恼羞成怒,叫出车里的警官,要把弗洛依德作为赤党分子抓去,并胁迫大家明天早晨就去上工,否则,不准在这一带地方安身。弗洛依德愤恨之至,猛一转身,狠命一拳向警官砸了过去,然后迅速逃跑而去。汤姆·约德趁势伸脚将警官绊倒,警官开枪打伤了一个妇女。他正举枪瞄准远处的弗洛依德的身影时,牧师凯绥从背后猛踢了他一脚,警官立即昏倒在地。凯绥为了不牵连其他人,马上劝约德、奥尔及早躲开,他自己却昂首挺胸,微笑着让赶来的警车带走了。弗洛依德返身通知约德说,警察在晚上会来点火报复的,得想办法赶快逃走。于是，他们决定立即逃走，一家人匆匆驱车爬上了黑沉沉的公路。

流民们从各条公路上蜂拥而来，他们的眼睛里充满了饥饿的神色，充满着求生的渴望，像饱浆的葡萄一样，愤怒开始酝酿。约德一家来到了政府开设的青草镇收容所。他们开车出去找了一天的工作，但什么也没有找到。由于贫困再也用不起汽油，他们以后就只好用两条腿到处跑。一个月里，只有约德给别人干了五天的活，其他人只好空闲着。

这时候，各种水果逐渐成熟了，小园主在盘算着今年的收成。大业主为了保持高价利润，他们想尽了办法：把火油浇在堆积成山的金色橙子上，咖啡在船上做燃料，玉米用来烧火取暖，土豆抛进大河里，宰掉的猪埋葬到泥土里，腐烂的气味弥漫了全国，很多的孩子却死于营养不良。这是一种无处控拆的罪行。饥饿得发慌的人们眼睛里闪烁着越来越强烈的仇恨的怒火，愤怒的葡萄沉甸甸地充塞着人们的内心，准备着收获期的早日来临。

汤姆·约德一家实在无法生活下去了，他们无可奈何地又开车上了路。在路上，他们遇到了一个招收摘桃工的先生，破灭的希望因此重新萌生起来。有了工作就可以喝咖啡、买面粉、租房子，甚至让临产的罗撒香喝上牛奶，奥尔还计划晚上上街看看电影，约德打算多买一包香烟。为了这些，他们向北前进，直驱葫伯农场。到了葫伯农场，只见一大群愤怒的人在挥动着拳头叫嚷呼喊。摩托车，铁丝大门，警察，戒备相当森严。约德一家被引到果园里去摘桃子，摘满一箱仅给五分钱。这是微薄得不能再微薄的劳动报酬，一家人起早摸黑，拼命地摘，只赚到一元五，刚刚够吃一顿晚饭。

下工以后，约德好奇地去到处转悠，他想知道那些喧嚷的人们为什么如此愤怒。他悄悄爬出铁丝网，却意外地在一个帐篷里见到了凯绥。凯绥见到他很兴奋，紧紧拉住他的手说："我在监狱里懂得了真理：大多数囚犯都是好人，是贫困迫使他们去犯罪，其实他们并没有罪。为了生存，只有斗争。这里正在闹罢工。"凯绥要约德把这些情况告诉给新来的人们，趁桃子成熟时，也出来做罢工斗争。

夜色苍茫，一片沉寂，只有蛙和蟋蟀的叫声。突然，远处传来"嚓嚓嚓"的脚步声，他们立刻撒出帐篷逃离。但穿过三十英尺外的桥洞时，还是碰上了武装的民团。为首的大胖子一眼就认出了凯绥，抡起一把铁锹劈头打去,凯绥当场就死了。约德见此情景,非常激愤地夺过木棒,狠命地揍那大胖子,直到大胖汪汪大叫痛死为止。可是,约德的头部也被击了一棒,他满脸都是血,踉踉跄跄地躲进林子,直至深夜才绕道回到家里。

第二天,约德把昨日晚上为救助领导贫苦农民罢工的凯绥而闯祸的事情告诉了全家人。此时,窗外有许多汽车又将大批的新工人运进果园。"我想准是他们把罢工破坏了,"妈妈非常理解自己的儿子,她说,"你做得很对。"外面又有一批汽车开过。有人说,他们又运来了二百人。

一队队警察来了,搜查约德的风声很紧。全家人都深感害怕,就把约德藏到车上,在霜冻的夜晚向南开拔了。

"招雇摘棉工人"的木牌深深吸引了约德一家人。他们全家开始摘棉度日,让约德一个人躲进柳林深处一个藤子遮盖的洞里。不料,小妹妹露西在无意之中,将哥哥打死了人的事情说了出去,晚上的时候,妈妈去通知约德,给他带去全家辛辛苦苦积攒起来的七元钱,让他逃到大城市里去。但约德决心已下,准备照凯绥说的道理去做。

约德临别妈妈时,妈妈担心地问:"往后我怎么打听你的消息呢?"

约德十分自信而豪迈地说:"到处都有我——不管你往哪一边望,都能看见我。凡是有饥饿的人为了吃饭而斗争的地方,都有我在场。当人们愤怒的时候,他们的呼声中有着我。当饿着肚子的孩子们看见晚饭而哈哈大笑时,那笑声里就有着我。我们老百姓吃到了他们自己种出来的粮食,住着他们自己造的房屋的时候——我都会在场。"

(小 舟)

● 辛　　格

艾萨克·巴什维斯·辛格(1904～1991)是美国当代著名的犹太作家。

他出生于波兰的俄统区，父母都是犹太教的拉比，四岁时举家迁居华沙。他从小受正统的犹太教育，学习希伯来文和意第绪文——后来他始终用这两种文字写作。他哥哥是作家和记者，他成年后也投身新闻界，1935年随兄至美，定居纽约，作为自由撰稿人，为犹太报刊写书评、散文和小说。他的三十余部作品译成英文的有长篇小说八部、短篇小说八集、剧本两部、回忆录一部、儿童文学作品十余部。其中以小说最为出色。

辛格的长篇小说有的概括历史，用现实主义手法；有的描写波兰犹太人的爱情和宗教信仰，用浪漫传奇和寓言形式。前者如《莫斯卡特家族》(1950)、《庄园》三部曲(1967)和《地产》(1969)，后者如《戈莱的撒旦》(1955)、《鲁柏林的魔术师》(1960)、《仇敌们，一个爱情故事》(1972)、《萨沙》(1978)及其续篇《意第绪的信仰和怀疑》。

他的八集短篇小说中有五集写波兰犹太社会，三集写美国大城市里的犹太人。这一百几十个短篇，一类用现实主义手法描写善良人受命运摆弄；一类写鬼神世界而有宗教或道德寓意。最优秀的有：《傻瓜吉姆佩尔》、《市场街的斯宾诺莎》、《泰贝利和魔鬼》、《小鞋匠》、《犹太小学生扬特尔》等。

他在1978年获诺贝尔文学奖。

市场街的斯宾诺莎

内厄姆·菲谢尔森博士对斯宾诺莎的《伦理学》的研究已有三十年了。这部著作的每一个命题，每一个论证，每一个推论，每一个注解，他都能背出来。虽然这个驼背的矮个儿，胡须已经花白，头顶也秃得很厉害，但是，他仍然在他的家中——华沙市场街的小阁楼里，继续每天都在研究《伦理学》，而且一看就是几小时，只见他瘦骨嶙峋的手里拿着一个放大镜，嘴里念念有词，看到对劲的地方，不住地点头。问题是他越研究，发现疑难的字句、晦涩费解的段落、莫名其妙的评语也就越多，他有几抽斗的笔记、草稿，他正在撰写一篇阐述《伦理学》的论文，不过，看来他的大作永远不会有完成的一天。

这几年来他一直闹着胃病，近来这病更是一天比一天厉害了。他经常打嗝，一打嗝就吐出一股难闻的气味。有时候，他感到像要呕吐；有时候，想吃大蒜、洋葱、油煎的东西。但医生给他检查后，确认他没有什么病。

可是在一个炎热的夏夜，菲谢尔森博士感到体力不行了，他坐下来想看书，书上的字母先是绿色，接着又变成了金色，眼前一片模糊，书页上忽然出现了一片空白，……他热得受不了啦，爬上四个踏级，攀着窗口，把头探到窗外的凉快的晚风里，"真愉快啊！"于是他想到斯宾诺莎，按照他的哲学，一个人最符合道德的行为，就是尽情享受并不违犯理性的乐事。

此时，他站在最高的踏级上，向窗外望去，看见一颗流星在太空中划过一条大弧线，消失了。当他抬头望向苍穹的时候，他意识到了那无限的延伸。根据斯宾诺莎的学说，那是上帝的属性之一，于是，他感受到整个身子飘飘然地打转，在与地球、与太阳、与银河中的恒星为伍……

菲谢尔森博士凝望天空，望得厌倦了，他的目光就落到了下面的那条市场街。街上，窃贼啊、妓女啊、赌徒啊、买卖销赃的人啊，都在广场上荡来荡去；小伙子们在粗鲁地大笑，姑娘们在尖叫，那卖西瓜的小贩，一股蛮劲儿地叫喊着……他的眼睛向那半明半暗的疯人院望去，他知道这些胡闹的人的行为跟"理性"正好是对立面。这些家伙满脑子都是最虚荣的激情，陶醉在七情六欲中，而按斯宾诺莎的看法，七情六欲从来就不是什么好东西。他们追求的是欢乐，结果得到的却只是疾病和监狱，羞辱以及苦难。

他年轻的时候，在苏黎世学哲学。当他回到华沙的时候，大家都说他前途无量。他担任波兰一家报纸的撰稿人，还担任了华沙犹太会堂图书馆主任。人家知道他是个单身汉，媒人给他说过几次亲，女方都是有钱人家的小姐，可是菲谢尔森博士并没有利用这些机会，他要做一个像斯宾诺莎那样的无拘无束的人。他果然做到了，但是他这种离经叛道的想法，使他跟那个拉比发生了冲突，结果他不得不辞掉图书馆中的职务。开始，他靠个别教授希伯来文、德文过日子，后来他病倒了，靠柏林犹太团体给他的一年五百马克的津贴过日子。这实在是一笔很小的津贴，所以，他把家搬进了阁楼。

对着菲谢尔森博士的阁楼房间的左面有一扇门，门里边住着一位老姑娘，邻居们都管她叫"黑多比"。她长得又高又瘦，黑得就像面包房里的那把铁铲。她的鼻梁断了，上嘴唇上长着胡子。她跟男人打过交道，可是运气总是不好，不是被欺骗就是被抛弃。她有个表兄在美国，这天下午，她接到从美国寄来的一封信，想去请菲谢尔森博士念给她听。于是，她敲了博士的房门，可是没有人应，"大概这个异教徒出去了吧！"多比心中这样想，可是她不管，她还是敲门，这一回门稍微动了一下。她推门进去，只见菲谢尔森博士和衣躺在床上，脸色蜡黄，喉结高高地突出来；他的胡须往上翘着。多比发出一声尖叫，她肯定他已经死了，可是——不——他的身子在动哪，多比拿起桌上的一个玻璃杯去盛了一杯水,泼到这个失去知觉的人的脸上,菲谢尔森博士摇摇头,睁开了眼睛。

"你什么地方不舒服?"多比问,"你得病了吗?"

"多谢你,我没有病。"

"你有家属吗?我去叫他们来。"

"没有家属。"

那天,多比不到市场去,她决定要做一件好事。她帮着病人下床来,把床上的绒毯铺平,接着她替他把衣服脱了,为他烧了一锅汤。她感到这房子比自己的干净多了。

菲谢尔森博士要看《伦理学》,她随手把书递给了他,又帮他擦了地板。菲谢尔森吃过东西之后,精神就振作了一些,多比于是要求他读信。

晚上,多比又来了,为他生炉子,又到她自己房里拿了一瓶牛奶来,替他煮麦糊。而菲谢尔森博士继续读他的《伦理学》。可是那天晚上,他对于那些定理啊、证明啊,以及证明所引用的原理、定义和其他定理啊,一点也读不进去。

现在菲谢尔森博士认定自己随时都可能死,他立了遗嘱,把他所有的图书和手稿都捐献给会堂图书馆,他的衣服和家具归给多比。可是,死亡并没有来临,倒是他的健康一天天有起色了。多比回到市场街去做买卖,每天要去看老人几次。

不知何故,多比觉得老头子的阁楼对她有一种吸引力。她还觉得跟菲谢尔森博士谈天很有意思。

有一天晚上,多比像小商贩似的捧了一叠衣裳进来,说:"我要让你看看这些衣裳,这是我的嫁妆。"于是她开始把衣裳在椅子上摊开来——羊毛的、丝的、丝绒的。她依次把衣裳一件件举起来,贴在自己的身上,说:"我不是乱花钱的人,我是一个省吃俭用的人,我有足够的钱到美国去。"

于是她不开口了,她的脸涨得通红。她胆怯地,询问地,从眼角里望着菲谢尔森博士。博士的身子突然开始颤栗起来,说道:"很不错呀,多漂亮的东西。"说着,没了牙齿的嘴浮起了一个苦笑。

黑多比要和菲谢尔森博士结婚了。这消息给市场街的人们以极大的震动。结婚的那天,多比戴着一顶阔边帽,帽子上装饰着许多樱桃、葡萄和李子,身上穿着拖着长裙的白色绸袍,脚上穿一双高跟的金色皮鞋,一串赛珍珠项链挂在她瘦瘦的脖子上,手上戴着亮晶晶的戒指和光彩四射的宝石,脸上罩着白纱,看起来,就像一个有钱的新娘在维也纳的市政大厅举行婚礼。

至于菲谢尔森博士,他穿着黑上装和一双方头皮鞋,走路几乎都感到为难。他靠在多比身上,在门口望见来了那么一群人,心里慌了,想往后退缩。

举行过婚礼以后,宾客们喝伏特加、吃家常小甜饼。多比跟她的丈夫回到六楼的房间里。在室内,菲谢尔森博士躺了下去,开始读他的《伦理学》。博士已向她说明过,他是个老头儿,又生了一场病,体力不济了,他什么也没有答应过她。可是,多比回到自己的房间里换上一件绸睡衣,头发披在两肩,脸上浮起笑容。他感到害羞、迟迟疑疑的。他发抖了,《伦理学》从他手中滑落。烛火熄灭了,在黑暗中,多比向他摸索过去,还亲了他的嘴……

当晚的那一段经历可以称之为奇迹,如果菲谢尔森博士不是深信万事万物无不合乎自然规律,他准会以为黑多比用魔法把他的心窍给迷住了,他身上长期沉睡的力量苏醒了。他仿佛醉醺醺似的,吻着多比,跟她谈起爱来,莱辛、歌德,那些早已忘得干干净净的名句此时都涌到他的嘴边来,身上的病痛一齐都消失了。他紧紧地拥抱着多比,简直就像个小伙子了。而多比,快活得神魂颠倒,甚至哭了起来。后来,他进入了沉沉的梦乡——只有青年人才能睡得这样酣畅!他梦见了他身在瑞士,他正在爬山——奔啊,滚跌啊,飞啊。

第二天黎明,他睁开眼来,多比正在打鼾,而市场街寂然无声,还没有醒来。微风吹动他的胡须,他深深地呼吸着空气,把他那发抖的手支撑在窗台上,喃喃地说道:"神圣的斯宾诺莎啊,宽恕我吧。我变成一个傻瓜啦!"

(邵作彦)

塞 林 格

杰罗姆·大卫·塞林格(1919~　)是当代美国小说家。

他出生于纽约一个富裕的犹太进口商人之家。十五岁入军校住读,1936年入纽约大学,不久即辍学,赴德国和波兰从事进口生意,后又回国复学。

他在1942至1945军中服役期间开始写作短篇小说,复员回纽约后即专事写作。他的主要作品有长篇小说《麦田里的守望者》(1951),小说集《九个故事》(1953),中篇小说集《弗兰妮与卓埃》(1961)和《木匠们,把房梁升高》、《西摩:一个介绍》(1963)。内容多写富家青少年的烦恼,反映了时代的真实。

麦田里的守望者

提起以前的倒霉事我就腻烦透了。

去年圣诞节前的周末，找领队去纽约和麦克中学比赛击剑。结果换乘地铁时，我把剑、装备等全弄丢了。返校时谁也不理我，真憋气！

回到潘西中学，校长把我叫去谈了整两个钟头，最后宣布五门课的考试我有四门不及格，开除！唉，初中还没读完，我已整十七岁，又被第四所学校踢出校门⋯⋯

十二月的小山顶冷得像巫婆的奶头。孤零零的我站在独立战争纪念大炮后面凄凄惶惶地看着山下的橄榄球赛。天慢慢黑下来，我仍流连忘返，想跟学校悄悄告别。

天黑后，我去历史教员斯宾塞家话别。他七十多岁，瘦骨嶙峋，正患着流感。他捏着我的试卷像端着臭屎，伤心地数落着。最后告别时，他悲悯地说："霍尔顿，我的孩子，人生是一场按规则进行的限时球赛啊。"唉，真后悔自己不该来听这一套。"别为我担心，先生。"我把手搁在他肩上说："我会改过来的，年轻人都有一些关口要过的，再会！"我把大红色鸭舌帽沿转到脑后，穿上风衣赶快跑了出去。

回到宿舍我打开《非洲见闻》刚看了三面，隔壁的高中生阿克莱就闯进来。他用灰指甲挤着猥琐的瘦脸上的粉刺，边挤边扯女人。过后，又剪起脚指甲，那副下流相搅得我烦透了。

突然，同屋的高中生拉德风风火火冲进来找我借人字呢短外套，说是赴女朋友的约会；临走还苦苦央求我代写一篇作文，说要描写个什么房间、屋子的。只有这阵儿，阿克莱才沉默，他最怵拉德，一物降一物。

八点三刻吃过晚饭，阿克莱去打桥牌。我换上浴衣凝神思索开始写作文。我对什么屋子、房子啦从不感兴趣。此刻,我找出弟弟艾里的垒球手套,索性写起它来。这只左手手套的指头上,指缝间到处用绿墨水写满了诗句,这是弟弟在野外练球休息时自己即兴创作的。他是全家最聪明最讨人喜欢的孩子,可是,他患白血病死了。他死后我总是恍惚见到他来到我身边,忽然又转身跑掉。那晚,我分明看见他坐在汽车里,急得我用拳头把汽车的玻璃全捣碎了。当时,他们送我去做精神分析,现在,我的右手筋腱损伤仍攥不拢拳,阴天就发疼……

"他妈的,没回家的都睡大觉呢!这宿舍静得像太平间。"拉德半夜回来后就准备洗淋浴,他脱得精光,看完作文后气哼哼地说:"天哪,这不对头,怎么写了一只混账的垒球手套呀?"我气极了,把作文夺过来撕得粉碎。

我问拉德跟谁约会。他说是借了篮球教练的汽车在里面鬼混,约的竟是我的邻居小伙伴琴妮。"你跟她干那事儿啦?"我气得发抖。"那可是职业性秘密,老弟。"我气疯了,抡拳打过去,底下的事就记不清了。等我醒来时发现自己躺在地上,满脸是血。拉德已呼呼大睡。刹那间,我打定主意,马上离校。这鬼地方太寂寞!太苦闷!

打开皮箱,看到母亲前几天寄来的崭新冰鞋,心里真难过,她还巴望着我读到毕业呢。在空荡荡的走廊尽头,我转身看了潘西最后一眼。不知怎的,我几乎要哭出来。突然,我使出全身力气大喊道:"都挺尸吧!你们这些窝囊废!"我敢打赌,这层楼的小乖乖们全都吓醒了。

在火车上意外地遇到一个同学的母亲,她喋喋不休地问我叫什么名字,怎么提前回家过节等等。我把宿舍看门老爹的名字告诉了她,说是去医院动手术切除脑瘤。她给吓傻了。一路上我尽是不断地抽烟,胡扯,嘿,蛮开心。回到纽约,我去电话亭外徘徊了二十多分钟,我不敢给家里或朋友们去电话。最后,叫了出租车直奔爱德蒙旅馆。我虽然十七岁了,可有时候还跟十二三岁的孩子一样……我开的房间十分简陋,可是能瞧见对面许多窗子。这一瞧真叫我大吃一惊,对面窗子里有个头发花白的老头穿着女人的奶罩、三角裤,在扭来扭去,那副性变态的丑样子叫人恶心死了。再一瞧别的窗户也尽是下流玩艺啊!

我换上干净衣服到楼下的"紫罗兰"酒吧去跳舞。大厅里不是王八就是妓女,只有三个西部来的姑娘还可以聊聊。我请她们喝酒、跳舞。可她们神不守舍,一心盼望能见到什么歌星、影星。真是一群土老帽!

我像飞进地狱的蝙蝠又奔进"老汤尼"酒吧。老汤尼正在假模假式地弹钢琴,他身后是雪亮的聚光灯,琴后是大镜子,活像巫师在变法术。这里是纽约大学生的天下,里面又暗又静,黑压压的都是成双成对的情侣们。"霍尔顿,你没约女朋友吗?"莉莉安从黑暗里钻出来和我打招呼。"你哥哥最近好吗?""他挺好,到好莱坞写剧本去了。""你告诉他,老莉莉安恨他!"说完她挎着个海军军官骚劲十足地走了。她的情人足有一个团了!我喝了个够,半醉半醒地走回旅馆。一进电梯间,那个叫毛里斯的家伙就涎着脸问:"多大啦?先生。""二十二。""有兴趣玩玩吗?我有小姑娘,五块钱一次。"我心里烦得要命,甚至都没思索就点了头。

一刻钟后,有个染头发的妓女走进我的房间。她进屋后马上脱衣服,边脱边问:"你有手表吗?快点,怎么样?"我傻呵呵站在一边,心情很奇特。我至今仍未失去童贞。如果一个姑娘我不是真爱她,这种事我办不到。"我们谈谈好吗?你叫什么名字?我刚刚动过手术……""我叫孙妮。有什么可谈的?"她望着我像端详一个疯子。"劳驾,把衣服递过来。"她鄙夷不屑地穿好衣服要了五块钱急匆匆走了。"再见,小瘪三!"

天亮后我才昏沉沉睡着,忽然又有人狠劲敲门。我迷迷糊糊打开门,毛里斯和孙妮闯进来。毛里斯凶横地嚷:"说好的,十块钱一次!""你说的五块钱一次,我已给她了。""十块,就是十块!"他半裸着把我打倒后抢过钱夹掏走十块钱,推搡着孙妮匆匆走了。我不想叫人把脑浆打出来,没敢声张。到十点半,我离开旅馆,乘出租汽车奔中央大车站把皮箱等寄存好,接着我给萨莉打了电话约她下午出来玩。在车站快餐店,我还向募捐的修女捐了点钱。为了消磨时间,我在百老汇穷逛,走进唱片店给小妹妹菲宓买了一张她最爱听的麦迪·杰克逊的唱片。后来,我又溜到中央公园,在音乐台附近找菲宓。这是星期天她喜欢来玩的地方,可是,她没来……

萨莉终于来了。我俩看戏、溜冰。在冰场上,她那条露屁股的小纱裙出尽了风头,傍晚,我陪萨莉在酒吧小酌。话题又扯到学校,她问我为什么痛恨它。"因为里面全是些伪君子，整天谈女人、酒和性，搞些下流的小集团。学校只要你攒学分，出人头地，以便将来买辆豪华小轿车，哼！"她和我搂搂抱抱蛮亲热。我接着开玩笑说："明天，咱们去西部，在林中小屋结婚，我找个工作，冬天亲自打柴……""你真讨厌极了！"她一下子变成了冤家对头。"你是块朽木，走开！"她气急败坏地走了。

我独自看完夜场电影，在酒吧泡到打烊。深夜，降温又刮起大风。我怕得肺炎一命呜呼，便悄悄回到家里。真是好运气，爸妈都没在家，菲宓睡得真香。我翻着菲宓的作业。她醒了，见到我，高兴得要命。我掏出唱片，可不知什么时候给碰碎了。"把碎片给我，"她说，"这终究是你送我的礼品。"她把碎片放进床头柜。她就是讨人喜欢。"你怎么提前回来了？你准又是给开除啦！"敏悟的菲宓猜到了一切当胸给了我一拳。"爸爸这次会要你的命！"她颓然躺倒把枕头压在脸上再也不拿开。我只好去甬道里抽烟。

"你不喜欢学校，不喜欢一切，你到底喜欢什么？"她执拗地追着问我。此刻，我什么也说不清。猝然，小凯瑟倒在血泊中的死相浮现在眼前：那是在纽约我读的第一所中学里，他被六个流氓学生活活打死的……

"我喜欢彭斯的诗：'你要是在麦田里捉到我……'我老是在想象有一群孩子在麦田里做游戏，我就在悬崖边守望着，孩子们跑过来，我就把他们捉住。我就喜欢干这个！""可眼下，爸爸会要你的命！"

最后，和菲宓约好，明天早晨在车站见面。我决定还是去西部，边流浪边工作。我要远远离开拉德、阿克莱、毛里斯，还有假惺惺的莉莉安、萨莉这帮家伙。后半夜，我溜进中央大车站候车室睡了一会儿。

直到临开车前，菲宓终于来了。她穿着皮大衣提着大皮箱。"你这是干什么？""我和你去西部呀！""不行，绝对不行！"争执了一会儿我还是答应了她。"如果你不带我去做麦田里的守望者，那么你带我去中央公园坐旋转木马吧！"

也不知是菲宓把我送回家还是我把菲宓送回家。反正看着菲宓在旋转木马上转圈圈我又像回到童年时代，心里快乐极了，险些他妈的大嚷大叫起来。

霍尔顿回家不久，就因精神崩溃而进了医院。

(王天祯)

森鸥外

森鸥外(1862~1922)是近代日本小说家、评论家和翻译家。

他本名森林太郎,号鸥外,别号观潮楼主人,鸥外渔夫。出生于一藩主侍医家庭,从小受到良好的国家、汉学和西学教育。1882年毕业于东京第一大学医学院,担任陆军军医。1884年赴德留学,得以广猎欧洲古今名著,并深受叔本华、哈特曼的唯心主义影响。1888年回国后历任军医学校教官、校长、陆军军医总监、陆军省军医局长等职。晚年出任帝室博物馆馆长、帝国美术院院长等职。

他回国后即以启蒙家的姿态开始文学活动。先是翻译歌德、莱辛、易卜生等人作品并创办《栅草纸》等文学刊物,推动了日本近代文学兴起。1890年发表处女作《舞姬》,该书连同他的《泡沫记》和《信伎》公认为是日本浪漫主义文学的先驱之作。

1910年前后,他写了《青年》、《雁》等现代题材小说,之后,由于政府制造了"大逆事件",遂转入历史小说创作。他的历史小说分为"遵照历史"和"脱离历史"两类。前者如《兴律弥五右卫门的遗书》和《阿部一家》,后者如《高濑舟》。他晚年埋头史料考证,也写过几位不问世事的学者的传记,如《涩红抽斋》等。他的早期作品文笔优美,抒情意味浓郁,晚期则笔调冷峻客观。

舞　　姬

　　我是一个来德留学的日本青年官员,看见浓装艳抹的女人坐在咖啡馆门口招揽客人,我不敢过去和她们亲近。遇到头戴高礼帽,鼻架夹鼻镜,一口普鲁士贵族口音的花花公子,就更不敢同他们交往了。一天傍晚,我散步正要回珍宝街寓所,走过修道院街的教堂前的时候,看见上了锁的教堂大门上,倚着一个少女,在呜呜咽咽地抽泣。她看上去约莫十六七岁,头巾下面露出金黄的秀发,衣着也还整洁。听见我的脚步声,她回过头来,只见她那泪光点点的长睫毛,覆盖着一双清澈如水、含愁似问的碧眼。她只这么一瞥,便穿透我的心底,矜持如我也不能不为之所动。一缕怜爱之情,压倒了我的羞涩之心。我不觉走上前去问道:"你为什么哭啊?我是个没有负担的外国人,或许能帮你点什么忙。"我简直为自己的大胆惊呆了。

　　她惊讶地凝目望着我的黄种人面孔,大概我的真情已经形之于色。

　　"看来你是个好人,不像他那么坏,也不像我母亲……"说道,她刚止住的泪水,又顺着那惹人怜爱的面颊流了下来。

　　"请你救救我吧!免得我沦落到不堪的地步。母亲因为我不肯依她而打我,父亲刚刚过世,明天要下葬,可是家里连一分钱也没有。"

　　我安慰她,送她回家。她叫爱丽丝,长得十分美丽。她见母亲走出屋后,这才开口:"请你理解我的苦衷,我本想去求维克多利亚剧院的老板肖姆贝尔希,我已经在他那里工作了两年。不料他竟乘人之危,不怀好意。请你救救我,哪怕不吃饭,我也要从微薄的薪金中省出钱来还你。要不然,我就只好照母亲的意思办了。"

　　说话之间,她已是泪眼模糊,浑身发颤。她抬眼看我时,眼波里含着天然的风韵,令人对她的要求不忍心拒绝。我袋里只有二三十个马克,于是,我摘下怀表放到桌上。少女显得又惊讶又感动。我伸出手来告辞时，她竟吻着我的手，点点热泪溅满我的手背。

事后，少女亲自到我寓所来表示谢意。从这时起，我与少女的交往日益频繁。连我的同胞也有所觉察，他们臆断我是找舞女来寻欢作乐。其实，我们之间完全白璧无瑕。而同胞当中的好事之徒，竟在上司那里谗言诽谤。上司本来就认为我在学问上已经走入歧途，一听说我如此，便通知公使馆将我免官撤职。公使在传达命令时说，如果立即回国，尚可发给路费。倘若在此羁留不走，将不予任何资助。

可是这时，我对爱丽丝的感情突然炽热起来，终于变得难分难舍。她爱我，理解我。看到她几缕秀发拂在脸颊上，是那么妩媚动人，使我在迷离恍惚之中，在一生的紧要关头，走出了关键性的一步……

我决计留下来，好友相泽谦吉为我从某报社弄到个该社驻柏林通讯记者的职位，负责报道政治和文艺方面的消息。

报社的报酬虽然微不足道，但我的和爱丽丝的微乎其微的收入合在一起，也使我们在穷愁潦倒之中度过了些愉快的日子……

每天爱丽丝从剧院排练回来，顺路到我工作的地方来找我一同回去。对这个体态轻盈，能作掌上舞的少女，许多人看到后感到惊讶！

我的学业荒废了。靠屋顶下一盏昏暗的灯光，爱丽丝从剧院回来坐在椅子上做针线，我则在她旁边的桌子上写新闻稿……

明治二十一年的冬天来到了，北欧的寒气透过石墙，渗过棉衣，实在叫人难受。冻饿而死的麻雀落在地上，看着叫人觉得可怜。可就在这种时候，爱丽丝在舞台上晕倒了。她说吃了东西便想吐，她母亲说可能是怀孕了。我正当前途渺茫，一身无着之际，如果真是这样，叫我怎么办呢？

恰在此时，我的好友相泽陪天方大臣到柏林来了，他写信让我去一趟。

即便是母亲打发心爱的独子出门，恐怕也不及爱丽丝这么体贴周到。她扶病起来，说我要谒见大臣，给我找了一件雪白的衬衫，拿出一向保存得好好的两排对扣的大礼服，连领带也是她亲手给我系的。

同爱丽丝吻别之后，我走下楼去。她打开结了冰的窗户，任凭北风拂弄她蓬乱的头发，目送我乘上马车离去……

我开诚布公,向相泽诉说我所遭遇的困窘,他不时感到惊讶。他正色劝了我一番,大意是这事之所以发生,是因为我天性懦弱之故。然而,一个才学兼备的人,岂能为一个少女的爱情,毫无目的地长此以往!目前天方伯爵有意要用我的德语所长,我应该斩断男女之间的情好,同爱丽丝断绝关系。

仿佛是大海上迷失方向的人望见了远山相泽给我指明了前进的方向!然而,爱丽丝的爱情使我割舍不得!我这颗软弱的心,竟一时拿不定主意。姑且听从朋友的劝告,答应他斩断这段情缘。

我告辞出来,寒风扑面,连心里也感到一层寒意。

替伯爵译完一份文件以后,我到他下榻的皇家饭店去的次数也多起来。有一天,他突然问我:"我明天要去俄国,你能随我去一趟吗?"我虽感到意外,但还是随即答道:

"敢不从命!"

当天,我领了旅费和稿费回家,把稿费交给爱丽丝。她告诉我,经医生检查,她确实怀孕了。因为贫血,需要休息几个月,剧院老板说她请假太久,已将她开除了。

这次俄国之行,作为翻译,我居然青云直上。随同大臣一行在彼得堡逗留期间,环绕我的,是王宫的富丽堂皇;是在烛光灯影中闪闪发光的勋章和肩饰,是在精工雕制的壁炉里燃着熊熊火焰,使淑女们忘记屋外的寒冷而羽扇轻摇。一行人中,数我法语说得最流利,所以在宾主之间,周旋办事的也大抵是我。

在这期间,我并没有忘掉爱丽丝。她天天寄信来,信上说,我曾经说过,家乡早已没有亲人,这里能够找到生活出路,就可以留下来,而她要用爱情把我拴住;如果这一切还留我不住,她就跟我一起回国。

看了这封信,我的心里是一片模糊。

我同大臣一行回到柏林,正是新年元旦。我让车夫提着皮箱,刚要上楼,劈面遇见爱丽丝下楼来。她大叫一声,一把搂住我的脖子:"这下好了,你可回来了!再不回来,我都要想死了!"

直到此时,我的心一直游移不定,思乡之情和功名之心,时而就压过儿女之情占了上风。唯独这一瞬间,一切踌躇犹豫全都抛置脑后,我拥抱着爱丽丝,她的头靠在我的肩上,喜悦的泪水扑簌簌地落在我的肩头。

在房间里,我看到爱丽丝用白布做的襁褓,她说:"你想想看,我心里该多高兴,生下来的孩子准会像你,有一对黑眼珠……"

一天傍晚,大臣派人来召请我。大臣说:"你是否愿意随我一起回国?我虽不知你学问如何,但仅外语一项便足可称职。你在此耽搁日久,也许会有什么牵累,不过,我问过相泽,听说倒没什么,我也就放了心。"大臣的语气神色,简直不容我有辞谢的余地。我进退维谷,也不便说相泽的话不确,而且心中掠过一个念头,机不可失!啊,我的心竟这样没有操守。我居然回答:"悉听阁下吩咐。"

纵然我有铁皮厚脸,回去见到爱丽丝又将如何开口?从旅馆出来,我的心绪纷乱已极。我不辨东西南北,倒在路边的长椅上,头靠着椅背,感觉脸热得发烫,脑子里如同用锤子敲打似的嗡嗡直响,天已入夜,雪花纷飞。

大约已经过了十一点,我步履蹒跚,向家里走去。

在四层的顶楼里,一屋灯光灿然穿过夜空,在漫天飞舞的鹅毛大雪中乍隐乍现。我疲惫不堪,开门进屋,在桌旁缝制襁褓的爱丽丝回过头来,"啊哟,"她惨叫一声,"你怎么啦?"

我的脸像死人一样惨白,头发散乱,衣服上沾满了泥雪,还撕裂了好几处。

我想答话,却语不成声,两腿索索发抖,站立不稳,一头栽倒在地上……

等我清醒过来,已是几个星期之后了。我病中发高烧,说胡话,爱丽丝一直小心服侍在侧。我第一次认出守在病床前的爱丽丝时,她已经变得不成样子,瘦得形销骨立,眼里布满血丝。相泽向大臣只说我病了,其他他都掩饰过去。相泽还在生活上接济爱丽丝,但在精神上却把她毁了……

后来听说,爱丽丝见到相泽,得知我对相泽的前约,以及那晚对大臣的许诺,便霍地从椅子上站起,叫道:"我的丰太郎,你竟把我欺骗到这种地步!"当场昏了过去。抬她上床过了片刻,她才苏醒过来,两眼直瞪瞪的,连人也不认得了。她喊着我的名字大骂,又揪头发,又咬被子,母亲递给她的东西她一件件全扔掉,可是递给她襁褓时,她轻轻摩挲着,捂在脸上,痛哭不已。

爱丽丝的精神完全垮了，痴呆呆的。医生说是极度刺激引起的一种妄想症，已无治愈的希望。她一直随手带着那幅襁褓，不时拿出来看看，看着看着便啜泣起来。

　　我的病已经痊愈。不知有多少次，我抱着虽生犹死的爱丽丝，流下无数热泪。我随大臣东归之前，经与相泽商妥，给爱丽丝的母亲留下一笔赡养费，足够她们维持起码的生活。我并托她在这可怜的疯女临产时好生照料一切。

　　唉！世上难得有像相泽谦吉这样的良朋益友，可是，我心里对他至今仍留着一点恨恨之意……

（邵作彦）

夏目漱石

夏目漱石(1867~1916)是近代日本杰出的批判现实主义作家。

他原名夏目金之助,在"明治维新"前一年出生于江户(现东京)一个多子女的小官吏家庭。1893年从东京帝国大学毕业后,担任英文教员。1900年被文部省派驻英国伦敦留学,由于助学金低微,英语又不熟练,饱尝冷落之苦,从而产生了对"文明社会"的批判思想。回国后一面在大学教授英语和英国文学,一面愤而写作。出版了长篇讽刺小说《我是猫》(1905)、中篇小说《哥儿》(1906)和《旅宿》(1906)等作品。

1907年他辞去教职,任《朝日新闻》文艺栏主编,在该报发表了三部曲《三四郎》、《其后》和《门》。1911年不顾文部省的训斥,拒绝接受文学博士称号。他的代表作有自传体小说《路边草》(1915)和未完成的作品《明暗》。后来得被评论界称为现实主义的不朽纪念碑和明治大正文学史上独一无二的心理小说家。

他"幼时熟读唐宋诗词数千首",晚年写了不少汉诗。他的作品中经常引用中国历史和文学人物,他笔下的人物也有中国士大夫的风范。他从研究英国文学转而投身创作,也接受了西方的人道主义精神,吸取了批判现实主义创作方法。

他是当年日本拥有最多读者的作家之一,对日本文学影响很大,许多作品被改编成电影,至今深受人民喜爱。

心

　　我是个不谙世事的年轻书生,在镰仓洗海水浴时认识了先生。有一次,他为抖浴衣上的泥沙而把近视眼镜抖掉了,我急忙给他找到了眼镜递上去。第二天,我就和他一同下海游泳,也就亲密了起来。

　　回到东京后,我去先生住处拜访他,但他夫人告诉我,先生给杂司谷墓地的一位故人供花去了。返回路上,我碰到他,他说他每月都去扫那朋友的墓。

　　这以后,我常上他家玩,还在他家吃饭。他说:"我是个孤独的人,尤其在年轻时更感寂寞。"夫人长得很美,但为没有孩子而惋惜。先生说:"这是老天的惩罚。"他们是一对相亲相爱、非常幸福的夫妇。先生常带她去听音乐会、看戏、旅行,然而,有时也要吵架。心情不佳时,他就喝酒解闷。

　　先生脸色时常阴沉。他大学毕业,是个完全不为世人所知的人物。他夫人名静,东京人,很贤惠善良可爱。我无法了解他们的过去,但我觉得他们幸福美满的爱情生活背后还隐藏着可怕的悲剧,他对她也隐瞒着这惨痛的秘密。有一次,我与先生去散步,看到一对情人卿卿我我依偎在花下,他说:"恋爱是罪恶。"我莫名其妙。他还直言不讳地说:"我不信任你,我对所有的人都不信任,也包括夫人。"

　　先生被朋友请去吃饭了,我应约去替他看家。我向夫人了解先生怪僻的原因。她说,他在上大学时有一个非常要好的朋友,快毕业时突然自杀死了,从那以后就变成现在这样了。

　　初冬时,母亲来信说父亲病情不好,要我回去一趟。我向先生借了钱,当天晚上坐火车离开了东京。

回家后，我发现父亲的病并不重，只是脸色难看些。为感谢先生借钱一事，我写了封信给他，并不希望他回信，可他居然回了一封简单的信。

我时常想念先生，父亲的病保持原状，我便回了东京。

六月份我要毕业了，得写毕业论文，我选择了一个与先生的专长很接近的题目。他借给我两三本必需的书，我一头钻进书库，到四月下旬写完了论文。

我很轻松，拉先生到郊外去走走。他问我："你家里有很多财产吗？"我反问道："先生您呢？您有多少财产吗？"他只说原来很阔，就换了话题，要我考虑家庭财产分配问题，还说乡下人比城市人要坏。"一提到财产的事我就要激动，受了人家的侮辱和伤害，过十年二十年我都不会忘记。"他说。

毕业典礼一完，我就去先生家吃饭。他又一次谈到财产问题，要我早些分掉。他说起自己的死，死后把房子和洋文书都分给夫人。

我回到家里，父亲为我大学毕业请了一次客。在家单调无聊时，我给同学和先生写信。我希望先生回信，但他没有。

父亲的身体逐渐衰弱。这时，天皇陛下辞世了，父亲说自己的死期也不远了。

有同学回信来，要我去当教师，但我不愿意。父母定要我给先生写封信，请他帮忙介绍个工作。我写了，我想他一定会回信的，但他没有。

9月初，我又要去东京了。动身前，父亲突然接连晕倒两回，医生命令绝对不能起床，就这样拖了一个多星期。我给兄妹拍了电报，写了长信，叫他们赶快来。我也给先生写了封长信。先生拍电报来说，想要见见我，但因父亲病危我不能去。

父亲的弥留时期快到了，他不时说胡话，说已模糊看到了死神的影子。恰在这时，我收到了先生用挂号寄来的长信。我预感到这是一封非同一般的信，也许是先生的遗书。我突然急切想见到先生，便跳上了去东京的火车。在车上我读完了先生的长信。信中，先生详尽介绍了自己的恋爱和过去——

"我在不满二十岁时失去了双亲，由叔父照顾把我送到东京念书。叔父搬进了我家的宅邸。暑假时，我和叔父一家相处得很愉快。他们曾几次劝我结婚,我拒绝了。学年结束时,我回到了故乡。叔父又向我提起结婚的事,要我马上和他女儿结婚,我断然拒绝了。因此,叔父对我毫无热情,并吞没了我的家财,我非常恼恨。从此,我怀疑社会上的一切人,不相信任何人。我自立门户,到小石川去找房子居住。经人介绍,我住进了一位军人遗孀和女儿居住的房子。

"房东太太常夸我温存、老实、勤奋好学,对我特别好。我跟太太、小姐一起喝茶、吃饭。随着接触机会的增多,我对小姐产生了爱慕之心,但由于我不相信任何人,就怀疑房东太太对我的好意也和叔父一样别有用心,因此迟迟不敢表白。

"我与K是同乡和好朋友。K是真宗派和尚的儿子,被送给一个颇有家产的医生做养子。他懂哲学和宗教,看《圣经》,研究《古兰经》,博学多才,我敬畏他,钦佩他。可他想背逆家庭,隐瞒养父母而继续读完大学。他养父母怒不可遏,马上回了封措词严厉的信,并不再寄钱了。我提出在经济上资助他,他二话没说拒绝了。他一边工作,一边不放松学习。最后,出于无奈,K恢复了和养父母的关系。这关系搞僵后,身处逆境的K意志消沉了。为了帮助他,我好不容易带他到了我的住处,但遭到太太反对。我把K的情况一一告诉了她们,她们才同意让他住下了。

"K天生聪颖,坚强,学习比我刻苦努力。为帮助生性怪僻的K,我请求太太、小姐多跟他说说话,使他愉快乐观了起来,但我好几次放学回来发现小姐和K单独在房间里谈话。我很奇怪,就约K去散步,以试探他对小姐的看法,他也没说出什么。

"我和K去房州旅行。我们神不守舍,各自想着自己的心事,什么话也没说。渐渐地,我们变得无话不谈了。我多次想向K表白自己对小姐的心迹,但由于烦恼说不出口。而看到K情绪昂扬,我就不怀疑他爱小姐了。我们去泡海水,观海景,有时为一个复杂的问题而争论不休。他说'精神上没有上进的人是废物',对此我不敢苟同。

"我们晒得黑黝黝地回到东京,太太见到我们大吃一惊,因为我们太消瘦了。小姐先照应我再照应K,我为她多给我一分亲热而暗自庆幸。

"九月中旬,我们又上课去了。有好几次,我看见小姐在K处与他单独谈话。有一次,我还碰到K和小姐在一起散步,我嫉妒极了。

"有一回,K请我出去散步,并坦率地告诉我说,他爱上了小姐,爱得死心塌地,并准备向小姐发起进攻。我震惊不已。于是,我忍耐不住痛苦装起病来,趁太太前来关心我之机抢先求婚:'太太,把小姐嫁给我吧!'太太十分干脆地同意了,小姐也同意。

"K经受不住这最后的沉重打击,在星期六晚上用小刀切断颈动脉自杀了,还给我留了封信说'自己意志薄弱,到底对前途丧失了信心,只好自杀了',没有一句刻薄辛辣的话,也只字没提小姐的名字。

"我把K自杀的事情告诉了太太和小姐,太太非常吃惊,小姐在伤心地哭着。

"我大学毕业后不到半年就和小姐结婚了。表面上,我们很幸福,但我的幸福里总伴随着K的阴影。结婚时,我与妻子到杂司谷去给K上坟。她摸摸K的墓说真漂亮。我内心将这新墓、新娶的妻子、埋在地下的K的白骨暗自作着对比,不能不深感到命运的冷嘲。

"我时时感到K的威胁,我想把这威胁跟妻子讲明白,但一到关键时刻,一种外在力量又突然压住了我,我不忍心在她的记忆里留下个阴影。一年过去了,我无法忘却K,时常怅惘不安,就拼命做学问,但心里不痛快,就袖手旁观起人世来了。

"我曾以酒灌醉自己的心,却使我更加厌世。我预感自己也将沿着K的路走下去。

"岳母去世后,我的负罪感更深了。这意识驱使我每月去K的墓地,在精神上我常常痛苦地斗争着。当我在这牢笼里呆不下去时,我只有自杀了。可因挂念着妻子才迟迟下不了这决心。天皇大葬的夜晚,我听着宣告明治一去不复返的炮声,拿着号外朝妻子喊:'殉死了!殉死了!'过了两三天,我终于下定了自杀的决心。我把自己那过去的经历,作为人生经历的一部分毫无隐瞒地写了下来。不管是善还是恶,都讲出来提供给别人参考,但对妻子是例外。我想让她对我的过去保存纯洁的印象,只要妻子还活着,请将我的秘密全部埋葬在心里。"

(执 著)

樋口一叶

樋口一叶(1872~1896)是日本女性小说家,日本近代现实主义文学早期开拓者之一。

她出生于东京一下级官吏之家,父亲弃官经商破产,患病死去。她不得不担起一家三口的衣食重担。由于贫病交加、心力交瘁,从文五年便早逝。

她在贫民区经营小生意的经历使她得以接触社会,培养起鲜明的爱憎。她的代表作如《浊流》、《十三夜》、《青梅竹马》及著名小说《大年夜》(1894)、《行云》(1895)、《岔路》等,都写的是社会底层饱尝辛酸的贫穷人家,她对自己笔下的人物寄予了深切的同情。

十 三 夜

　　旧历九月十三夜和八月十五夜都是明月夜，按老风俗都要赏月，做些点心供月亮，并给已嫁出去的女儿家送礼。八月十五阿关的娘家没给女儿家送礼，九月十三阿关的娘做了些阿关最爱吃的江米团子，叫阿关的弟弟亥子捎些给她吃。亥子嫌寒碜没有去，没想到那天晚上女儿来了。

　　阿关过去回娘家，总是坐着包车，带了礼物，那晚却是走来的，没带礼物，也没把她的孩子太郎带来。阿关的爹娘暗暗纳闷，但仍和平常一样高高兴兴地款待闺女，依旧把阿关当夫人看待。还说亥子多亏女婿原田帮忙，前些天加了薪，要女儿转达谢意，拜托他继续关照亥子的前途。又拿出江米团子，要阿关吃，还问她今晚怎么没把小外孙太郎带来，姥爷、姥姥正想他呢。

　　阿关听了心里很难过。看到双亲高兴的样子，她不忍说出她的苦痛和来意，强装笑脸推说太郎太淘气，带他同来太费神，趁他今晚睡得早，就独自回趟娘家看望双亲。她说话时神情无精打采，但她父母高兴得没注意到。老两口一面与她叙家常，说她嫁给了门第高贵的原田家，有出息了，街坊经常说他们有福气，只是他们想外孙和闺女时，也不敢去公馆串门，怕有碍她的脸面，一面一个劲儿要她多吃几个江米团子。

　　阿关说，出门坐包车，表面上很体面，可不能经常孝顺父母，远不如每天坐在双亲身边，给人做些女红什么的舒服。

　　她爹说她说的是傻话。这时已快到十点，她爹见她面无欢颜，情绪不高，想起女儿来时未坐包车，没带礼物，连一句女婿问候的话也没带来，心想定有原因，便用试探的口气问女儿能否在家过夜，说："要是回去的话，现在该是时候了！"

阿关抬头凝视着爹的脸，眼泪夺眶而出，说："爹，我是有请求您的事才回来的。"老爹顿时紧张起来，急忙问是什么事。

于是阿关吐露真情，说她今晚是抱着不再回原田家的决心出来的。以前她从没把原田横行霸道、动辄辱骂欺凌她的事对爹娘讲过，含泪苦熬了两三年，如今实在不能再忍受了，今晚下了决心，打算请求爹娘替她讨休书。从今以后她愿在家搞些副业，给亥子做个帮手奉养爹娘。

她说原田也曾宠爱过她，但嫁后半年她怀孕了，打那时起，原田变了样，不爱搭理她，而且盛气凌人，在佣人面前数说她笨，不懂礼貌，花道、茶道等风雅的事全不知晓，缺乏教养什么的，公开讥讽她出身低微。她备受折磨，忍气吞声，曾想过与原田离婚，但不忍舍弃孩子，只得委曲求全，和颜奉承，不料今天原田竟说她不配做他的夫人，他没有把她休了只是因为太郎需要妈妈，骂她厚着脸皮，靠着"太郎的亲娘"这个名义死赖在他家里，话说得毫无情义，她实在无法忍受下去了，再三考虑，觉得无论如何不应再留在原田身边。对原田，她根本没有什么舍不得；至于孩子，与其被她这个倒霉的亲娘抚养，还不如给他爹喜欢的女子抚养好，将来对孩子也有好处，所以她下决心今晚回到娘家。

老两口听了阿关的话不禁愕然。娘气得切齿咬牙，说当初做父母的因门第不相当，多次谢绝原田的托媒提亲，是原田求之又求，才答应把她嫁过去，如今原田竟嚷什么门第、教养，亏他有脸说得出来。女儿已受了这么多折磨，不能再在火坑里受罪，她要阿关的爹去找原田讲讲理，好好教训教训他。

她爹知道阿关的性子，不是忍无可忍，不会离家出走的。他听出女儿确实不留恋丈夫，但对孩子，哪能割断母子之情？于是他对女儿开导，说她与原田出身不同，心里想的自然也不同。世间那些太太们，不见得个个都无忧无虑，尤其是身份与丈夫相差太远的妻子，痛苦更会多些。原田虽然对她不好，但也还是给她弟弟帮忙，让他多挣一些薪水，全家大小无形中受到他的恩惠。说着说着她爹叹了口气，劝女儿为父母、为兄弟，更为儿子太郎，好好想想，既然能忍耐到今日，今后即使难过一些，还是不讨休书的好。否则，母子关系断了，今后就不能再去瞧孩子了，生活还是很不幸的。不如把一切都收在心里装作没事,今晚照样回去,跟过去一样谨慎过日子。

阿关觉得爹说得很对,要是讨了休书,今后连瞧太郎的脸都不能了,活着还有什么意思?还是认了自己的命苦,不去惹风波,让孩子好歹不必失去母亲,也不会连累娘家。这么一想,她觉得丈夫的折磨,怎么也能忍受下去。她含着眼泪对爹说:"您的教训我完全明白了,今后再不让爹娘听见这样的事了,请放心吧!"

之后,她爹就叫了辆过路的洋车,对女儿说:"你还是先回去吧!虽然时间晚了一些,坐上车转眼就到,你的话爹改天再去听。"阿关说了请爹娘保重身体的话,就辞别父母,上车走了。

车子还没走多远,车夫不知为什么突然把车停下,说他不要车钱了,请她下车。阿关大吃一惊,问他怎么这样不讲理,路还没走多远,又停在没别的洋车可叫的背地方,这可叫她怎么办。她恳求他帮帮忙,说回头可多给些钱。车夫却说,他不是想多讨几个车钱,只是不愿意再拉下去,请她多多原谅。说完就提起车灯,闪在一旁。阿关以温和的口吻求他再拉一段路,拉到有别的车可叫的地方。车夫同意了,阿关放下了心。她凝目望着车夫背着月光的脸,那车夫像是她幼时常在一起玩的小伙伴,家里开纸烟店的高坂录之助。他原来长得很俊,性情温顺开朗,现在又瘦又黑,闷里闷气,她试探地问他是不是高坂录之助。车夫一听,望了望她说:"原来你是阿关姑娘,拉车时没注意坐车的是谁,不知道是你,现在我落魄了,真没脸见你。"说着难为情地低下头。

他们俩幼时相好,长大后彼此都把对方视为意中人,暗自巴望以后能结为夫妻。后来阿关嫁给了原田,婚后仍想念着录之助,回娘家路过他家那个纸烟店就伸头探望,见纸烟店换了字号,也不见他人影,不知他去了哪里,以后也没能打听出他的消息,数年不见,现在突然重逢,她急切地问他这几年来的情况。他说,知她出嫁的消息后,他突然变得自暴自弃起来,整天在外游荡,吃喝玩乐,弄得倾家荡产,现在已没有安身处,晚上睡在一家小店的二楼上,要是高兴就在外面拉车,拉到很晚,否则就整天躺在小店的楼上,糊里糊涂过一天。他已把自己的生命看做累赘,压根不考虑今后的问题,任着性子过日子。没想到今晚会遇见她,她还记得他,他深表感谢,接着惨然一笑,说:"刚才没注意到是你坐车,任性停车不愿再拉,太不该了。"随即请她上车,要送她去原定地点。阿关自然不肯让他再拉她,只是这地方太背,她不敢一个人走,请他陪她一块走到有别的洋车可叫的广小路。她凄然走在前头,他拉着空车跟着。她边走边想:她嫁给原田后,念念没有忘记这个意中人,他一定以为她嫁出去是想当贵夫人,他哪里知道其实她也一样苦命!她这么想着,回头瞧了瞧录之助,看到他不知在想什么,神色茫然,显然心情十分凄苦。

到了广小路,两人告别,录之助拉着空车转身向东,阿关向南回夫家。从此,一个在一家小店的二楼上,一个在原田公馆的深院里,他们只有苦熬下去,在悲哀中追忆往事。

(天　旭)

芥川龙之介

芥川龙之介(1892~1927)是日本大正年间著名小说家,是讲究写作技巧、擅长心理刻划、冷静而理智地探讨现实人生的"新思潮派"或称"新技巧派"、"新现实主义"的代表作家。

他出生于东京,父姓新原,出生后九个月因母亲精神失常,过继给舅父做养子,遂易姓芥川。养父家境不丰,但颇具艺术气质,故他从小即接触日本和中国古典文学,学识渊博。读中学时,又广泛涉猎欧美文学,尤喜波德莱尔、法朗士、易卜生等人作品。1913年入东京大学英文系,一年后与他人复办了《新思潮》杂志,发表了处女作《老年》和剧本《青年与死》。后又在《帝国文学》上发表名作《罗生门》(1915),直到在第四次复刊的《新思潮》上发表了短篇小说《鼻子》,才一举成名,并受到夏目漱石的赞赏。同年又发表了《山芋粥》和《手帕》,从而奠定了他作为新近作家的地位。毕业后先任教三年,后进入大阪每日新闻社,成为专门撰稿人。1921年曾来中国考察四个月,并写出数篇游记。

芥川在十一年写作生涯中写出一百四十多篇小说和数十篇小品、札记、评论等。他的小说可分为历史、基督教和现代三大类题材。早期和中期以前两类为主。历史小说多为十一二世纪的传奇故事,如《罗生门》、《鼻子》和《地狱图》(1918)。基督教小说有

《烟草与恶魔》、《信教人之死》、《基督教酬劳上人传》、《南京的基督》等,或是讽刺宗权欺骗,或是赞美自我牺牲精神。他的现代作品题材广泛,并由揭露他人的利己主义,进而剖析自己的灵魂深处。

1927年他服安眠药自杀,为纪念他在文学上的功绩,文艺春秋社从1935年起设"芥川文学奖",该奖如今已成最高的优秀青年作家奖。

地 狱 图

一

说起世居堀川的老爷,恐怕找不出可以和他媲美的人了。他出生时老夫人曾梦见大威德明王站在枕边,因此二条大宫里的夜行的群鬼见老爷来了也会逃遁。老爷那堀川府邸的豪壮气势,令我们凡夫俗子见了瞠目结舌。一次飨宴,老爷赏赐的东西,仅白马一宗就有三十匹。他把最宠爱的侍童,作为长良桥的桥柱,埋到下面。在皇宫参加赏梅宴会回来,老爷的牛脱缰撞伤一个过路老人,这老人反而会合手相拜,感谢给老爷的牛撞了。但是,在众多轶事中,最使人惊心动魄的,要算老爷府上一直珍藏着的画着地狱图的屏风的来历了。

二

说起那个画地狱图的良秀画师来,大概还会有人记得他。这是个五十开外的矮个子,瘦得皮包骨头,穿着浅红透黄的官便服,戴着软乌帽,像个猴子。他傲慢自尊，目空一切，总以本朝第一画师自居。然而说起他的画来，传扬的都是令人作呕的。他在龙盖寺门上画的五趣生死图，路人在夜静时能听到上面天女的叹气和哭泣声，还有人闻到死尸腐烂的臭味儿。他奉老爷之命画的侍女肖像，被画的那些人不到三年，一个个就像被夺了魂似的害病死了。他画吉祥天的时候，就画出一副卑贱的妓女嘴脸。在画不动明王的时候，又摹绘成释放恶棍的形象。有一次，老爷对良秀说："你这个人好像特别喜欢丑恶。"他却活动着与他年龄极不相称的红嘴唇，令人可怖地笑着，傲慢自尊地说："的确如此。浅陋的画师一般说来对丑恶的美，是根本不懂的。"就凭这话，他也应万劫不复啊。

良秀简直像发疯似的爱着他那做了老爷侍女的独生女儿，一直在祈求女儿回到身边来。一天，老爷吩咐他画童颜文殊菩萨。他照着老爷宠爱的童颜画得惟妙惟肖。老爷很满意，就慷慨地说："我褒奖你，你想要什么就只管说。"

良秀恭恭敬敬，不料却不知天高地厚地脱口说："请赐还我的女儿吧！"

在老爷近侧侍奉，不管父亲是多么宠爱女儿，这么唐突地要还女儿，真是天下少见呀！何况这个女儿是个非常可爱的十五岁的姑娘呢。宽宏大量的老爷不高兴了。这种事，前后大概有四五次吧，老爷开始讨厌良秀了。为此，女儿很为父亲担忧，经常咬着衣袖暗自抽泣。

三

良秀自奉老爷之命画地狱图后，他虽那样爱女儿，却连看一眼女儿的心思都没有，就像被狐狸迷住了。有人说，良秀之所以在绘画上成名，是由于祈求了福德大神的缘故。有人证明，良秀在他那里屋作画时，周围曾出现过浑身阴气的狐狸精。

他什么奇事干不出来呀！在画那个五趣生死图时，就曾跑到一般人特意扭过脸去匆匆躲开的路上死尸跟前，悠悠然坐下来，把正在腐烂的死尸临摹得淋漓尽致。在画这地狱图时，他的劲头就更大了。在大白天也放下窗板的屋子里,借着高脚油灯的光,他一边调和着秘密颜料,一边让弟子穿上形形色色的衣服,让他把这些形象临摹下来。

自画地狱图后,良秀的小屋便一直受着鬼卒们的光顾。这天,良秀一进油灯昏暗的屋子,就像个精疲力竭的人似的,枕着胳膊酣然入睡了。不一会,守候在旁的弟子就听到了一种令人毛骨悚然的声音,就像落水鬼的呻吟:"什么?到地狱去?到凶焰烈火的地狱去?你这家伙是谁呀?——"

弟子惊慌失措地透过灯光偷看良秀的脸,只见堆满皱纹的脸变得苍白,上边渗出豆大的汗珠,嘴唇干裂,露出稀疏牙齿的嘴像喘气似的张开,断断续续地叫道:"什么,你是来迎接我的?坐这辆车到地狱去?我的女儿在等我?"

这时弟子好像看到模模糊糊的怪影,掠过屏风画面落了下来,他心惊胆颤地抓住良秀的手,拼命摇晃起来。可师傅仍做着梦,一个人继续与鬼们讲话。这弟子也顾不得什么了,将洗笔的水对着良秀劈头盖脸地泼去。好容易良秀才睁开眼睛,惊慌得像被针扎了一般,蓦地跳起来,依然张着嘴,痴呆地望着天空。后来良秀总算醒了,他特别冷淡地吩咐这弟子:"我已经好了,你出去吧!"

过了不久,良秀又把一个弟子叫进里屋,仍在那昏暗的油灯下,良秀咬着画笔,紧皱着眉说:"我想看看被铁链捆起来的人的样子,暂时委屈你,请你脱光了身子吧!"

良秀见弟子迟迟疑疑,便焦躁起来。哗啦啦地拖出一根链子,一下扑到弟子身后,扒下他的衣裤,扭住他,将铁链死死地勒这裸体。弟子像酒罐似的,"咕咚"一声跌到地板上,痛苦地扭动着胴体。良秀却细细地看着画着,全然不顾弟子是如何痛苦。

这时,墙角后边,一道黑油似的东西,细细地扭动着流了出来。初时好似发粘的东西,慢腾腾地移动着,渐渐滑溜起来,不一会便闪动着光亮,朝这光滑的胴体游来。弟子看了不禁倒吸一口冷气,嘶声喊道:"蛇呀——蛇!"

又一天夜里,良秀若无其事似的,将一个弱小的弟子叫来。灯光下,良秀手托一块血腥的肉,在喂一只猫样的怪鸟。弟子走到良秀面前,恭敬地问:"师傅,有什么吩咐吗?"

良秀好像全没听到,慢慢举起手来,顺着怪鸟脊背的毛,轻轻地倒着往上一摸。怪鸟突然尖叫一声,忽地飞起,张开两爪朝弟子的脸扑去。弟子吓得"哎呀"一声,忘了是在师傅面前,用袖遮住脸在小屋里到处躲藏。怪鸟紧紧追赶,只要有隙可乘,就骛地向小弟子眼睛啄去。可怕的翅膀发出劈哩啪啦的声响,就像妖魔鬼怪,把小弟子吓了个半死。

更使小弟子惊吓万分的,是师傅一脸冷漠的表情看着这场乱子,慢吞吞地把纸铺好,舔着笔,临摹着这个少女般的孩子恐惧的惨相。

为画这可怕的地狱图,弟子们不断受到良秀怪诞举动的惊吓。这杀千刀的,到了冬末,这画总算初具规模。在第一幅屏风的角上,描绘了冥府十大阎王和他们的家属们的小小形象,接下去就是一片可怖的烈火,好像刀山剑树也都被熔化了似的在涡漩翻腾着。除了地狱冥官穿的类似中国古装上斑斑点点缀画着黄蓝之色外,到处都升腾着凶猛的火焰之色。卍字涡漩,飞笔重墨画出的黑烟和扬撒金粉的火星子,在狂飞乱舞。

仅只这样,那笔势已够惊心动魄了。可又加上被地狱之火烧得翻滚的罪人,上至公卿贵族,下到乞食贱民,各色人物在此出现,一样在火和烟的翻卷里,受着牛头马面的狱卒的折磨。像大风扫落叶似的,纷纷向四面八方逃遁。头发被绞在钢叉上,手足比蜘蛛还要缩得紧的女人,大概是神巫一类人物吧。被长矛穿透胸膛,像蝙蝠似的倒悬起来的男人,想来是不积功德的地方官。另外,有的受到铁刑具的毒打,有的被压在千斤磐石之下,有的被怪鸟的巨喙啄住,有的被毒龙的利齿咬住——惩罚按照罪人的罪数报应,有多少种那可说不清。

但是,在画到屏风正中,獠牙踞齿般的刀锋剑林顶端,从半空中掉下来一辆燃烧着的载有宫女的牛车时,良秀画得很不如意,变得比从前更加阴郁,说话也更加粗暴。看着这毫无进展的样子,他似乎想把已经画好的也统统涂掉。吃尽种种苦头的弟子们,都怀着和老虎恶狼呆在一个笼里的心情,尽量不到师傅身边去。

四

春天总算来了。良秀这个刚愎自用的老头子,近来变得特别脆弱,不时到没人的地方哭泣,或呆站在廊下,眺望寂寞的天空,双眼含满了泪水。他那善解人意的女儿也不知怎的日渐忧郁,眼眶儿罩着黑晕。

恰巧在这时发生了一件事。一天夜里,一个女仆打走廊经过,良秀女儿那只通晓人意的波丹猴不知从什么地方跑来,露出雪白的牙齿,紧皱鼻尖,抓住女仆的裙裤发疯似的尖叫着。女仆觉得奇怪,顺着小猴拉扯的方向走了三四丈远,就听到附近房里好像有人厮斗着,慌慌张张,还带着喘息声。小猴拉扯着女仆朝里着急地尖叫着。莫非有歹人?得给他点颜色看。女仆蹑手蹑脚走到门前,猛地把门拉开,准备跳到月光照不到的屋里去。这时,有个人影在她眼前一闪。随着屋里又冲出个女子,与她撞个满怀,跌倒在门外,一边喘着气,一边颤颤兢兢地看着女仆的脸,好像看到了可怕的东西。

是良秀的女儿?但这女孩好像变了一个人,两眼圆睁,目光闪闪,双颊烧得通红。再加上拉乱了的裙裤和内衫,完全改变了平时孩儿气的样子,增添了无限艳丽。

女仆一边惊异于姑娘的美丽,一边朝着慌慌张张走远了的背影,悄悄询问是谁。

姑娘马上咬着嘴唇,长长的睫毛沾满泪水,惊恐地摇着头。女仆似乎明白了什么,不知说什么好。看到了不该看的事,心里很是不安,便悄悄地走开了。

还没走上几步,不知什么人从后边慌慌张张地扯住她的裙摆。她吓了一跳,回头一看,原来是小猴站在身边,像人一样双手支在地上,金铃响着,频频低头,恭恭敬敬地向她致谢。

五

约摸半月以后,良秀突然求见老爷。这天,良秀照例穿着浅红透黄的官便服，戴着软乌帽，脸色比平时更阴郁。他毕恭毕敬地向老爷施礼后，用沙哑的声音说："老爷吩咐画的地狱图，大致差不多了。但有重要的一处，我画不出来。"

"什么，你也有画不出来的地方？"老爷脸上浮出嘲讽的微笑。

"正是。一般说来，我不看实物，是画不出来的。"良秀舔着红嘴唇。

"那么画这地狱图，就非得看地狱不可喽？"

"我看过被铁链勒索的胴体，也详细摹写过受怪鸟折磨的人。同时也不能说我不知道地狱罪人遭受痛苦折磨的情况。还有小鬼——"说着，良秀露出令人恐怖的苦笑，还有小鬼，我在梦里已经见过多次了。牛头啊、马面呀，三头六臂的鬼，鼓掌没声音的鬼，张嘴不出声的鬼，它们几乎天天都在折磨着我呀——可是我想在屏风正中画一辆从天上掉下来的蒲葵车……"老爷曾经听说，良秀画画的时候像个疯子，这时他那眼神确是这样："车里坐着一位华丽的贵妇人，她在烈火里蓬头乱发，痛苦挣扎，脸上被烟呛得变了颜色，眉毛紧皱，朝着车顶仰着身子。在车的周围，有十几只怪鸟不停地叫，乱纷纷地打转转——啊，这牛车里的贵妇人，我怎么也画不出来！"

"那么——怎么办呀！"老爷一副奇怪的高兴样子，催促良秀。良秀鲜红的嘴唇发烧似的在颤抖着，用像说梦话的样子又重复了一遍："我怎么也画不出来！"突然他大声叫喊起来："烧一辆车给我看，行吧？如果能办到的话——"

老爷的脸好像阴沉起来，可是突然尖声大笑起来，一边笑得透不过气来一边说："好啊，一切照你的意思办！让一个华丽的女子穿上高贵的衣裳坐在一辆蒲葵车里，遭受烟熏火烧的折磨——你想画这样的形象，真是天下第一画师！应该奖赏你！噢，应该奖赏你呀！"

老爷高兴得嘴角流着白沫子，眉尖剧烈地抖动着，看去简直是受了良秀疯狂的传染。听了老爷这话，良秀骤然失色，激动得直喘气，嘴唇颤动，接着整个身子瘫软了下来。

六

三天后的夜里,老爷根据诺言,在城外融雪府山庄召见良秀,让他亲眼看蒲葵车烧起来。那晚没有月亮,好久没住过人的庭院一片荒凉。在正殿油灯照耀下,老爷身着浅黄色贵族便服,在白地织锦绣边的坐垫上盘腿而坐。五六个侍者恭敬地排成一列,力大过人的武士身穿轻便铠甲,威风凛凛地按刀而立。

良秀跪坐在廊下,照例是浅红透黄的官便服。在沉甸甸的星空重压下,显得更矮小寒碜。

午夜时刻,一辆蒲葵车拉到庭院,高高的车顶罩着很宽的阴影,车上的金属装饰像寒星闪烁。万籁俱寂,只有夜风微弱的呼声,一阵阵送来松明的烟味儿。老爷沉默地把膝盖向前挪挪,尖声喊道:"良秀,今夜我将按你的意思,烧一辆车子给你看看火焰烧腾的地狱。"

老爷身边的几个人互相会意地笑笑。良秀恐怖万分地抬起头来,往廊上看看,仍沉默着。

"你好好看看吧,这是我平时坐的车子呀!"老爷向身旁的人递着眼色,接着他忽然发出令人十分厌恶的声调:"在这辆车里绑着一个有罪的女人,这娘们儿将被烧得骨烂皮焦。为了完成你的屏风绘画,这可是再好不过的摹本了。你可别放过机会,这可是永世难见的事啊!"

老爷露出罕见的笑意一挥手:"喂喂,把帘子揭开,让良秀看看里边的女人!"

一个武士一手高举火把,一手揭开帘子,劈劈啪啪的松明火光,照在车厢内被绑着的一个女人脸上。尽管华丽的女礼服上低垂着油亮乌黑的发结,斜插着的金钗,闪着美丽灿烂的光辉,但这娇小玲珑的身段儿,雪白的脖颈,以及凄凉和恭谨的面孔侧影,无疑就是良秀那十五岁的女儿。

一眨眼功夫,惊惶失色的良秀整个身子好像被什么无形的力量给吸上半空似的,忽地跳了起来。一个武士立刻手按镶花刀把,两眼虎虎地盯着良秀。正在这时,随着老爷一声"点火!"蒲葵车熊熊地燃烧起来,蒙蒙白烟,从下往上团团地打着漩涡,熊熊蹿动的火舌燎着车格子,凶猛地冲上半空,火星子雨点似的迸飞着。

在车子着火的时刻,良秀停住了脚步,手仍向前伸着,两眼圆睁,死死盯着吞没车子的火焰。他整个身子罩在火光里,满是皱纹的丑脸,连每根胡子都看得清清楚楚:滚圆的怪眼、歪扭的嘴唇、痉挛的两颊筋肉,将良秀内心交织在一起的恐惧、悲哀、惊吓,都清楚地刻在他脸上了。那苦痛,就是被砍头时的强盗,被拉上阎王殿的罪人也是比不了的。他那样子甚至使强悍的武士也不觉变了色,不安地望着老爷。

然而,老爷紧咬嘴唇,不时发出开心的狞笑,不眨眼地盯着车子——车里的景象这时真使人看一眼便永难忘怀,像撒上金粉粒子的红火苗从火焰里窜出来,无情地围着姑娘飞舞,随着火焰缭乱的黑发与浓烟搅在一起。粉红色的女礼服转眼间变成火焰。劈劈啪啪的火声中,夹杂着从被塞住的嘴里挤出来的模糊的凄厉的呼叫。姑娘整个身子在烈焰中挣扎着,捆她的铁锁链随时都可能被她遭受痛苦折磨的身子扭断。这景象不免使人怀疑,地狱里的大苦大难显现就在眼前,令人汗毛都不由直立起来。

这时一阵夜风呼地吹过庭院树梢,这声音行将消逝的当儿,忽然一声哀叫,一个黑影像球儿似的,从正殿屋顶直跳进火焰烧得正旺的车子里。车子两侧朱红格子窗劈劈啪啪地掉下来,火光中,一个小猴抱着仰倒下去的姑娘的肩膀,发出像帛锦撕裂般的尖叫声——从浓烟里冒出来的、充满无法形容的痛苦的声音拉得那么长,接着又连叫了两三声。

但只一瞬间,好像漆器上洒满了金粉似的火星子,"噗"的一声冲上天空,姑娘与小猴都隐没到浓烟里去了。着火的车子发出可怕的响声,在猛烈地燃烧着,令人恐怖的火焰直冲云霄。

在火柱前,方才好似受地狱折磨的良秀,现在却僵直地站着,满是皱纹的脸上浮现出一种难以形容的光辉,在胸前紧抱着两臂,好像根本没看到女儿受折磨死去的样子。他所看到的景色,只有美丽的火焰的颜色,以及在火焰中显现的地狱图。在他身上不知为什么具备一种奇怪的威严。不像是凡人,倒像梦里见的愤怒的狮子。

差役和武士们都屏住气息,内心战栗,充满着异乎寻常的、激动到极点的情绪,就像看开光的佛像似的不眨眼的盯着良秀。老爷则完全变了另一个人,脸色铁青,嘴角流着白沫,像匹干渴的野兽那样不停地喘息。

女儿被烧死了,良秀却仍然专心画着屏风。这副铁石心肠,受到不少批评。人们都说,不管艺术造诣多高,一个人连五常都不辨,只能下地狱。老爷也说,他在融雪府烧车,完全是想惩罚为画屏风而不惜烧车杀人的乖僻画师。

一个月以后,屏风上的地狱图终于完成了。良秀很快送到府上,恭恭敬敬地请老爷过目。一见到那屏风,哪怕是平时多么憎恶良秀的人,也都被那不可思议的庄严所打动,而真正感受到烈火炽腾的地狱里的大苦大难。

然而对人们的称赞,良秀已听不到了。在他完成地狱图的第二天夜里,他上吊死了。

(薛元敬)

川端康成

川端康成(1899~1972)是日本当代著名小说家。

他出生于大阪,幼失双亲。在东京帝国大学国文系学习期间,发表了短篇小说《招魂祭一景》(1921),引起瞩目。毕业后即投身文坛,以短篇小说《伊豆的舞女》(1926)成名。他创办过《文艺时代》、《文学界》等杂志。受欧洲达达主义和未来派影响,早年曾同他人发起"新感觉派"运动,该运动衰落后,又参加"新兴艺术派"和"新心理主义"文学运动。

他思想上深受佛教禅宗和虚无主义哲学的影响。他的作品多为中短篇小说,约百余篇。早期的《雪国》(1937)、《母亲的初恋》(1940)主要写底层少女,晚期的《千只鹤》(1951)、《山之音》(1954)、《睡美人》(1961)、《古都》(1961~1962)描写变态的恋爱心理,明显地走向了颓废主义。

他曾任国际笔会副会长、日本笔会会长等职。1957年当选为日本艺术院会员,并获"艺术院奖",日本政府授予他文化勋章;西德政府授他"歌德金牌";法国政府授他"文化艺术勋章"。他于1968年获诺贝尔文学奖。1972年自杀。

雪 国

穿过长长的隧道，就是雪国了。在寒寂的夜空下，火车在飞快地奔驰着。

天色昏暗下来，车厢里亮起了灯，窗玻璃像一面明镜。从东京来的中年舞蹈研究家岛村，就要去会见艺伎驹子了。他心里想着远方的女人，可是，窗玻璃却出现了另一姑娘的面庞，她是女护士叶子。叶子在窗外移动的灯火映照下，幻化出一种透明而迷人的美。她一路护送的返乡休养的病人，恰恰是驹子的未婚夫行男。

叶子的温柔、体贴、殷勤，使得岛村看得入神。他渐渐忘却了窗玻璃的存在，只觉得姑娘好像飘浮在流逝的暮景之中。她一心扑在行男身上，不曾留意有人在长时间地观察她。火车奔驰了三个半小时后，没想到，叶子他们竟同岛村在同一车站下了车。

雪国。在客栈里，岛村跟前来迎接的驹子重逢了。驹子一把攥住他的手，他深情地抚摩着她冰凉的秀发。于是他的脑海里浮现出去年初次相会的情景——

那是一片嫩绿的登山季节，岛村独自一人在山里呆了七天后来到温泉场。女佣人给他领来了舞蹈师傅家的一个姑娘，这就是十九岁的驹子。她，洁净得出奇，显得很高贵。当时，她还没成为正式的艺伎。岛村潜心研究舞蹈，把她尊为大家闺秀，跟她谈得很投机。驹子婀娜俊秀的倩影和对岛村的绵绵依恋，使两人之间交融着一种游客与艺伎之间迥然不同的情感。有一天深夜，滑雪场上的一群男人将驹子灌醉了。视岛村为知己的驹子尖声地喊着他的名字，一路跑进他房间，身不由己地扑到他宽广的怀里。外面，雨声骤然大起，驹子依偎着岛村任其摆布，仿佛要许以终身似的，温柔和蔼地说起自己的身世：

她生长在雪国，从小对歌舞伎和日本舞耳濡目染。后来，被卖到东京的一家酒馆当女侍，让一个当过艺伎的舞蹈师傅赎了出来。她原打算当日本舞师傅，但刚过一年半，她的恩主就与世长辞了。在孤寂无聊中，她坚持写日记，读小说……她只顾说话，忘却了时间。她把什么都告诉了岛村，脸颊上飞起了一片红晕。

对面的层峦和山麓的屋顶浮现在迷离的雨中。天还没大亮，她依依不舍地离开了岛村。在当天，岛村回到东京。

那是去年5月23日，至今已有一百九十九天了，驹子记忆犹新。现在，他们又同居一室，可驹子已成了艺伎。宁静的雪夜、驹子乌黑的鬓发，使岛村第一次感到是那样的冰冷。然而，黎明后，从镜里的白雪中衬托出的通红脸颊，仍然使岛村看见了一种纯洁的美。

岛村从按摩女郎那里获悉，二十六岁的行男是驹子师傅的儿子，长期在东京养病。驹子和他虽然没有爱情，但为了支付他在病院里的医疗费，从夏天开始，她当了艺伎。病重的行男将不久于人世，只有叶子还真心地爱恋着他。岛村细细回味着这件事，一股凉意悄悄爬上了心头。

夜幕徐徐降落。在一片黑压压的氛围里，岛村躺在床上，陷入虚无缥缈之中。驹子来了，仿佛带来了光和热。她柔声细语地说，不知为什么，八月份她神经衰弱得简直要疯了。她还提到浜松有一个男人要跟她结婚，她却一点也不喜欢他。驹子情深意笃，像孩子似的留在了岛村身边。

第二天早晨，他们两人在洒满阳光的房间里用早餐。而后，岛村邀请驹子练三弦琴。琴声悠扬，清悦动人，岛村的心灵完全被征服了。虔诚、凄婉、高亢，"……唉，这个女人在迷恋着我呢！"他已经深切地感受到驹子狂热的爱。

岛村要回东京。在皓月清澈的夜晚，驹子坚持要和他在结冰的马路上散步。她心里很难受。"你还是回东京去吧！"刚说完，她忽又若有所悟地反问道："为什么一定要回去呢？"岛村木然地回答："就是呆下去，我也帮不上你什么忙呀。"他只是在消磨时光。

岛村终于动身了，驹子一直送他到车站。突然，叶子气喘吁吁地跑来告诉驹子说，"行男快要死了！"岛村为叶子的认真和悲切而迷惑，为驹子的坚执不返而惊讶。驹子始终站在候车室的窗边，目送他渐渐离去。

火车启动了。在亮光中闪闪浮现的驹子的脸，跟早晨映在镜里白雪中的脸一样，红扑扑的。岛村感觉到，这是一种介于梦幻和现实之间的颜色。

他失去了时空概念。那单调的车轮声，如同女子断断续续的絮语一样，这是女人竭力争取生存的象征。岛村听得十分难过，心里陡然增加了不少忧愁。

翌年金秋，岛村又来到了雪国。满山盛开的白花，好像流泻在山上的秋阳。岛村曾与驹子相约在积雪最厚时来看孩子们的赶鸟节。驹子为他没有能够赴约而柔声地责怪他。"你这人一年才来一次吗？"她带着几分稚气，从岛村的膝盖上抬起涨红的脸蛋。她跟他说起她的寂寞，告诉他，她和主家订了四年合同，若多赚些钱也可以缩成两年，可她不想勉强去做那种伤身子的事情。

第二天一早，驹子回去以后，岛村也到村里去散步。他看见叶子包着头巾在向阳的路边一边打红小豆，一边唱歌。歌声清澈而十分悲切。他听说替人帮工的叶子常常给行男上坟。有一回，他真的在坟地里看到了叶子。她蹲在坟前，双手合十，虔诚得很。

岛村关注着叶子，又时时惦念着心爱的驹子。驹子深深眷恋着岛村，每天两次到枫叶环绕的客栈，常常从陪侍的宴会上偷偷溜出来，有时醉得不省人事，也去和岛村幽会。"唯有女人才能真心实意地去爱一个人啊！"但岛村却认为驹子的爱情是"徒劳"。岛村觉得叶子的慧眼洞察了这一切，他又被叶子深深地吸引住了。

有一次夜宴，驹子脱不开身，就托叶子给岛村送一封信去。叶子像在火车上，在坟地里一样，照例用尖利而迷人的眼睛看了岛村一眼。岛村问她："听说，你在睡觉前要在浴池里唱歌，是吗？"叶子悄悄地把脸转了过去，认真地说："驹姐是个好人，可是顶可怜的，请你好好待她。"但隔了一会儿，岛村大为愕然，叶子竟颤抖着要求说："请你带我一起去东京吧！……驹姐可恨。"岛村感到了她一双泪眼的奇妙吸引力，但更燃起了他对驹子炽热的爱恋。他觉得跟叶子私奔是对驹子的亵渎，便把这件事告诉了驹子。驹子却神经质地说："想起她在你身边会受到你疼爱，我在山沟里过放荡生活才觉得痛快呢！"但岛村认为，驹子还是个好姑娘，是个好女人。他觉得自己问心有愧。

大海在呼啸，群山在呜咽，一场大雪即将降临。岛村乘车在雪国最后漫游了几小时后回到了温泉场，他准备回东京了。这时，突然响起了刺耳的火警声。火势从下面村子里的正中央蹿了上来，火舌在滚滚上升的浓烟中若隐若现——蚕房起火了！

"今晚蚕房里放电影，里面挤满了人……"驹子禁不住向火场跑去，岛村也随后跟上。辽阔的星空下，银河格外明朗可见。驹子抓紧岛村的胳膊说："你走以后，我要正经过日子啦！"

大半个蚕房的屋顶和墙壁都烧塌了，柱子和房梁的骨架屹立在那里冒烟，水泵的冰柱在摇曳着喷射。人群中发出惊叫，只见有个女人从二楼坠落下去。驹子认出了那是叶子，她捂住眼睛，喊声异常的尖利。

驹子踉踉跄跄地飞奔过去，把叶子抱在胸前，拼命地往回走。岛村望着叶子那双紧闭而又迷人的眼睛，突出的下颏和惨白的脸，突然想起几年前在火车上，当山野的灯火映照在叶子脸上时的情景。岛村的心在激烈地跳动着，一瞬间充满了无以名状的痛苦和悲哀。一群汉子蜂拥而上，去接驹子手中的叶子，岛村无法靠近驹子。他站稳脚跟，抬眼望天穹，银河变了，好像"哗啦啦"一声，向他的心坎里倾泻下来……

（小　舟）

古　都

千重子小姐是京都市中心古老批发商大街一爿绸缎批发店老板的女儿。她性情温柔，心地纯洁质朴，是父母的掌上明珠。

在一个暖风和煦的春日里，正值妙龄二十的千重子站在自家狭小的庭院里。她充满爱心地又观察起院里那棵老枫树来。枫树显得特别大，树干比千重子的腰身还粗，树皮又老又糙长满青苔，在它的老干曲屈处稍下方有两个小洼，两株长在洼眼里的紫花地丁含苞吐蕊了。千重子感到了春的温馨。这两株紫花地丁自打她记事起就有了，上面一株，下面一株，相距一尺来远。她常想：这两株地丁能相逢么？它们彼此是否有知呢？现在她为它们感叹，长在这么个地方，居然还能活下来……

正遐想间，听见店里有动静，千重子想起要与水木真一去平安神宫赏樱花，就进屋打扮起来。

水木真一是与千重子从小一起长大的同学，性情温良谈笑风趣。樱花丛中，他与千重子漫步其间。望着一簇簇红垂樱，千重子说："这些花，真想一朵朵全看一遍。"离开樱花丛，他们在一处休息。千重子问真一在想什么。真一说似想非想，只觉得挺幸福，还说："在幸福的小姐身旁，或许我也沾到点幸福？"

"你说我幸福？"千重子反问了一句，眼里忽然蒙上一层忧郁的阴影。

两人走出平安神宫的应天门出口，千重子说想去清水寺，想在那儿看看京都的黄昏和落日霞空。路相当远，他们走到清水寺，已是暮霭沉沉，这正是千重子最喜欢的时刻。千重子靠着栏杆，仰望西天，仿佛忘了真一。忽然她突兀地说："真一，我是个弃儿。"真一不相信，千重子就说："我家铺子外面古老的格子门就是明证，它知道得最清楚。"她又说道："上中学时，母亲告诉我，我不是她亲生的，她说他们在一个地方看到一个可爱的婴儿，就偷抱回了家。不过到底在什么地方偷抱的，父亲与母亲有时不留神，说法互有出入……他们准是觉得要是照实说，我是给扔在店门前的弃儿，显得太可怜……"真一听得一愣一愣的，他问道："那你现在感到失望没有，伤心了么？"千重子说："不，一点也不。"她的声音清朗悦耳，真一看到她目光闪闪。

千重子的父亲佐田太吉郎继承的是一份较丰厚的家业。他虽是老板，却把一应业务都托付掌柜，因此一天到晚无所事事，充裕的时间就靠设计和服腰带花样来打发。由于不喜欢店里的嘈杂，他来到嵯峨竹林深处的一座尼姑庵里租了一间房，这儿颇为清静。这天，他一边翻着女儿给他买的欧洲现代抽象派画家的作品，一边寻思着能否从中获得设计灵感。其实，当老板本无须设计花样，但他从小就喜欢借助麻药药劲画些花鸟图案，虽然并无这方面的天赋，但他坚持这种习惯。而今在这远离尘世的尼姑庵里，他感到一丝悲哀，觉得自己的境遇与这尼庵很相似。他设计的花样很久以来就没有什么稀罕的了，掌柜的看他老板的面子才印上二三块。其中一块，向来是女儿自动做来穿的，女儿说她喜欢。太吉郎正在构思着，女儿千重子来送他极爱吃的那种烫豆腐了。太吉郎很高兴，可女儿千重子寻思道：父亲住到这尼庵来，难道是为了忘记店里的生意么？她看到父亲的大桌子上往和服料上画花样的东西一样都没有，桌上只摆着文房四宝什么的。

回家路上，千重子想到父亲在尼庵里似乎啥也没做，就感到一阵凄凉。到了家里，千重子说了爸爸的情形。望着母亲白皙端正的面庞看不出母亲内心有何波动，晚上睡觉时，千重子脑海里总不断产生劝母亲让爸爸把铺子关了的念头。

太吉郎在庵里好不容易设计出一幅自认新颖的图案，便兴冲冲赶到西阵和服街织锦匠大友宗助的作坊间，说想拜托他给织出来。太吉郎想把这条腰带送给女儿。宗助说让大儿子秀男织更好，他的手艺比做爸的强。秀男年方二十几，他仔细看看手中这张腰带图案，说图案华丽、鲜艳，十分新颖，但缺乏内在和谐，不够柔和，略嫌火爆，带点病态……"一番评语说得太吉郎脸发白，唇哆嗦，他凝视自己的画稿，说："你说得在理。我回去琢磨一下。"说完就卷起画稿，告辞而去。走出大友家的大门，太吉郎便把画稿揉成一团，扔进门口外的小河里了。

这天，太吉郎一家三口去御室赏花。城里的樱花数御室的明樱、八重樱开得迟，像是同京都的春光做告别。太吉郎嫌这儿人太多，提议找个清静地方，于是他们来到植物园。在郁金香花圃间，他们意外地遇见来这儿散步的宗助和他儿子秀男。寒暄过后，他们一同散步浏览。出了植物园大门，宗助和秀男先回家了，佐田一家三口继续散步。太吉郎将秀男说中宫寺弥勒比不上千重子好看的话说给她们听，千重子脖子都红了。后来太吉郎与繁子说到千重子的婚事，千重子不置可否，她眼前浮现出真一的面影。

不久的一天，千重子和朋友真砂子一道去看高雄的枫叶和又直又美的北山杉。在清泷川边，她们看到一群农村女孩从松山上下来，真砂子看到其中一个姑娘时，眼都发呆了。她对千重子说："那个女孩真像你，虽然人和人有长得像的，可你们俩简直像得吓人。"那姑娘的面相千重子没看仔细，就过去了。

晚饭时谈及白天上北山的感触，千重子说："那儿的杉树又直又好看，人的心地要能长成那样该多好！"想到真砂子说的那个与她极像的姑娘，她问母亲："妈，我到底生在哪儿？"太吉郎肯定地说："是在只园的樱花树下。"繁子说："尽管你不是我生的，但确实是长在这个家的。"饱含深情的母亲又一次掩饰了千重子出世的真相。事实是：二十年前，太吉郎把被人扔在店门口的一个刚出世的女婴抱回家，这个女婴就是如今出落得如一朵芙蓉的千重子，她的亲生父母是贫苦的农民。晚上，千重子脑海里，真砂子说的那个姑娘的形象越来越鲜明起来。

鞍马寺伐竹会那天，天阴下雨。秀男走近太吉郎说，千重子小姐的腰带织好了。太吉郎正疑惑间，秀男又说他把太吉郎的那张在尼庵画的图样全都记下了，照原样织的。太吉郎对秀男的记忆力不胜惊讶。秀男严肃而认真地请千重子系在和服上，千重子试后十分高兴，秀男放下了一颗惴惴的心。

时光过得很快，七月十七日祇园节即将到来。十六日晚饭后，千重子一人去看前夜祭。她在神舆前发现有个面熟的姑娘在拜七拜，不禁也随之拜了起来。她们拜完后，那姑娘凝眸望着千重子，她正是在北山真砂子说的那个姑娘。姑娘声音颤抖着对千重子说："你就是我的姐姐，神佛保佑，让我们重逢。"原来姑娘一直在寻找自己的孪生姐妹，而千重子压根不知道自己是否还有兄弟姐妹，更不消说孪生姊妹了。她对姑娘说她是独生女，没有姐妹。姑娘便告诉千重子自己的身世。她说她叫苗子，刚出生时，父亲就在砍杉树枝时，从树上摔下死了。母亲也早已过世……听着听着，千重子肯定眼前的姑娘就是自己的孪生姐妹无疑。苗子姑娘向她发誓今晚她们相见的事绝不泄漏。她说："趁别人还没看见，咱们分手吧。"千重子想到苗子可能意识到她们二人身份特殊这一点，心中又一阵悲酸。

她们走上四马路大桥，苗子落下千重子几步。这时，一个男人对苗子喊道："千重子小姐！"原来是秀男把苗子看成千重子了。苗子很为难，但她没有点破个中奥妙，千重子则躲入人群中。秀男一个劲对苗子说话，说要给她织条锦带。苗子期期艾艾地说："哎，谢谢。"心里却想千重子为什么不来见这个人。她思忖：千重子一定因为我们是孪生姐妹，不愿让人知道，才不过来。她岔开话题，支走了秀男。她想立刻再见到千重子。走到大桥中央，她发现千重子在与两个年轻男子说话。原来千重子与苗子不期而遇后，心中激起千层浪。听苗子说她们的父母早已作古，心里感到刺痛，但对心地纯洁、人能干的苗子，她已产生了一种温暖的手足情。茫然思索间，遇到真一和他哥哥龙助。哥俩将她送回了家。这晚千重子睡下后，心里想："大枫树洼儿里两株紫花地丁不就是我和苗子么，两株花似各据一方，可今晚不就相逢了么？"她酸泪滚滚而下。

隔了几天，秀男兴冲冲拿来他为千重子设计的腰带花样图。千重子吞吞吐吐说道："你能否织成山上的青杉和红松呢？"她把前夜祭那晚的误会解释了一下。秀男怀疑千重子真有这么个相像的妹妹，但他答应千重子给苗子织腰带并将亲手送到北山杉村的苗子手中。

8月16日"大字"篝火的翌日下午，千重子去北山杉村与苗子会面。二人在杉林里说着知心话，终于姐妹俩撩开虚掩的心灵面纱相认了。千重子把她要秀男织条腰带并亲手送给苗子的事儿讲给苗子。苗子不愿因此影响姐姐千重子的幸福，就说："你让我做什么我都依你，但要我替你接受别人礼物那我可不愿意。"千重子有心为苗子与秀男搭桥，恳切地要苗子答应了下来。千重子回到家，把她与苗子的事告知母亲繁子，母女二人心贴心谈着，千重子又一次体会了养母的一片深情。

一天，千重子在龙村一家店里偶遇真一的哥哥龙助，两个年轻人一同在金鱼池边赏鱼。龙助让千重子给她家店掌柜一点厉害，看看他还老实不老实，还说到时会给她助阵。性情柔顺的千重子惊讶之余，为龙助的英武所吸引。第二天千重子对植村掌柜说要查账，以便了解一下柜上的生意。千重子异乎寻常的气色、言语，给植村掌柜来了个措手不及，使他很不自在。

秀男在作坊里精心织千重子吩咐的腰带，父亲宗助劝他别太痴心，说两家终究身份不同。秀男心中不快，一织好，便给苗子送去。苗子十分喜爱这腰带，但向秀男说明只收这一次。秀男明白她所想的，对健美挺拔的苗子姑娘产生了好感。他邀请苗子在时代祭那天在御所西门蛤御门相会。苗子红着脸答应了。10月22日时代祭一清早，苗子便来到约定地点来会秀男。熙攘人群中，秀男柔情地望着酷似千重子的苗子。

一天，千重子正在揩拭门窗，真一来电话了，说在时代祭上看见千重子了。从他那儿千重子知道苗子和秀男在一起，意外之余，她替苗子感到高兴。下午真一和龙助哥俩来到千重子家店里。龙助咄咄逼人，给植树掌柜来了一通"训话"。在一家元鱼店里，千重子告诉哥俩，他们在时代祭上看见的"千重子"不是她，而是她的孪生姊妹苗子。说到她是给扔在店门口的弃儿时，龙助一往情深地说："当初扔在我家店门口该多好……"千重子酒醒，脸色发白。

京都的气候进入地道的冬天。这天苗子约千重子到北山杉村，说有事要商量。翌日千重子早早到了车站，苗子在等候她。千重子说："我们好久没见了。"之后她问苗子有啥事。苗子很激动，她说秀男向她求婚，但秀男是把她当成千重子的替身才向她求婚的，所以她无法答复他。苗子还说在秀男的心上存在着千重子一个永远美丽的幻影，她只能是充当千重子的替身……千重子提出三个人把事情摊开，好好谈一次，但苗子说谈不出结果来的……临分手，千重子请苗子来店里一次，说哪怕她们俩一起过一晚也好。

龙助和真一的父亲，大批发商水木先生，对龙助与千重子相好很不满意，他认为门不当户不对，为此与龙助闹翻脸，废了龙助嗣子的继承权，并约请佐田太吉郎，请他接受龙助做上门女婿。第二天，龙助早早到太吉郎店里，把掌柜和伙计都招拢来，开始盘货、查账……也就是这天晚上，苗子轻轻敲开了千重子家的格子门。姐妹俩在卧室穿衣镜前，凝视着两人镜中的面庞。千重子摇着苗子肩膀说："你住下来吧，爸妈都这么说了……我一个人又孤单……"苗子动情地说："这不行，直到现在，咱们的生活境遇都不一样，教养也不一样。这儿的生活我未必过得惯。"停了停，她平静地又说："先前我说过，我苗子决不妨碍小姐你的幸福，所以，还是销声匿迹的好。"千重子用力摇着苗子说："你这样说可太不公平了……苗子，你觉得不幸么？""没有，只感到孤独。"千重子说："幸福是短暂的，孤独是长久的，对吧？"苗子叹了声说："幸福大概就是这么回事吧。"她倾听起屋檐上的声音。子重子问:"阵雨么?还是雨夹雪?"苗子说:"这么静!不是平常下的雪,实在是小极了的那种细雪,下下停停,停停下下。"

翌日清晨,苗子绝早起床唤醒千重子说:"这大概是我一生中最幸福的一晚了。趁没人看见,我回去了。"千重子起来,看到外面果真如苗子所说下了一晚的细雪。千重子嘱咐苗子以后还要再来,苗子摇了摇头。千重子扶着格子门,一直目送苗子远去……

(段晓东)

松本清张

松本清张(1909～1992)是当代日本著名推理小说家,社会派推理小说的创始人。

他出生于日本九州,因家贫,小学毕业便进电厂充当杂役,工厂倒闭后只好在街上卖饼。19岁去印刷厂当学徒,开始接触文学。后辗转入朝日新闻社福冈分社,做广告科雇员。第二次世界大战中应征到朝鲜当了两年卫生兵。战后归国,生活艰辛。

一次,应《朝日周刊》征文,写了短篇小说《西乡钞票》,于1951年入选,获三等奖。翌年,他的短篇小说《某〈小仓日记〉传》获当年芥川奖,遂引起注意。此后他的作品屡见报刊,多写小人物的悲剧,如《菊花枕》、《断碑》、《真伪森林》等。

1956年他辞去报社职务,专业写作。多年来写出各类题材和体裁的长短篇五百余,印有文集三十八卷。1957年他在《旅行》杂志上长篇连载《点与线》,后又发表连载长篇推理小说《隔墙有眼》。由此开创了"社会派推理小说",并造成"松本清张推理小说热"。之后他先后发表《零的焦点》、《帝国银行案》、《黑色的福音》、《日本的黑雾》、《球形的荒野》、《砂器》等。这些小说多依据事实,再加虚构,运用推理,找出社会之凶,无疑比旧侦探小说格调高雅。

除小说之外,他还写过一些政论和历史考证,如《现代官僚记》、《昭和史发掘》、《古代史质疑》等。

点 与 线

安田公司生意兴隆，与官方的订货也不少。正当政府调查与商界有勾结的官员贪污案件时，1月13日，三十五六岁的精明的安田，又在东京的小雪饭店宴请政府某部的司长石田。安田常来这饭店，来时总是由女招待阿时服侍。阿时已二十六岁了，但美貌仍然使她显得非常年轻。安田举止绝无半点轻浮，饭店里的女招待们对他颇有好感。

第二天，安田请几个女招待去吃西餐，赶巧阿时不在，只有八重子和富子应邀。席间，安田不时看表，显得很着急的样子。最后代请两位陪他去火车站，为他回镰仓送行。

在车站里，安田在13号月台上眺望15号月台，发现打扮一新的阿时，伴着一个男人上了去九州福冈的特别快车。他忙指给八重子和富子看。等安田上车后，八重子和富子好奇地去了15号月台，在阿时的车窗外窥视。返回饭店，老板娘听了这事后甚感意外，因为阿时从未说过她与什么男人有亲密关系。

1月21日凌晨，在香椎小车站的山脚下，阿时和她的同伴横尸海滩。两人在寒风里都双颊鲜艳，鞋袜爽洁，安详地并卧在一起。他们身旁有一个橙汁玻璃瓶。从现场看，两人是喝了掺氯酸钾的橙汁，看来是殉情自杀。

经警署验尸，推定死亡时间是头天晚上9点至10点钟之间，从他们的名片上得知，男的叫佐山，是某部某局某科的候补科长；女的叫阿时，小雪饭店招待。两人都无遗嘱。佐山衣袋里有张火车餐卡，以此可以推断，佐山是在出走一星期后死亡。老探员鸟饲重太郎对餐卡上的"客人，一位"产生怀疑，警方从照片查询，了解到佐山15日晚到20日单身住在福冈一家旅馆。鸟饲重访旅馆时，又得知此人整天阴沉地在房间里等电话。20晚上8点，一个女人来电话把他找去，从此就没有回来。鸟饲奇怪，眼巴巴等那女人五天，一见面就匆匆而死？连高兴的时间也没有，是否另有事因？鸟饲从餐卡的疑点联想到恋爱中的女儿，就去问她："一个要吃点什么，另一个咋办？""陪着就是了。这不是胃口问题，这是爱情问题。"鸟饲仍不理解，那女人一晚也未与佐山同住，这五天她去了哪里？鸟饲赶到香椎，一个水果店老板说，当晚下火车人中有一对男女；而另一青年那天晚上也在电车站见到一对乘电车来到此地的男女。男的步子较快，女的说："这地方可真静啊！"鸟饲思忖着这句话：这女人看来是初到此地，那男人定知道本地情况，女人是让男人带来的……

这案子已基本确定是情死，死者双方亲属也未有疑义。但报界仍在大肆披露，关注着某部的贪污问题，认为此案不单纯是情死。东京警视厅侦缉二科负责谋杀案的年轻警司三原纪一来找鸟饲。三原说，佐山是贪污案件的重要证人，现怀疑他是否被人强制而死。三原为了寻根问底，来到东京火车站13号月台，张望了一个多小时，也看不到15号月台的火车，因为这两个月台间火车总是运行不断。后经老铁路职工查表计算，得知只有四分钟间隙视线可不被阻断。两个女招待恰在这四分钟间由安田指点看到了15号月台上的阿时，太偶然了！三原去访八重子，了解到阿时常服侍安田。事情又牵涉到安田！三原子又去找安田。听说他去看正在镰仓因肺病而疗养的妻子了。他找到安田的妻子亮子，果然见她卧床养病。

科长让三原查清安田在案发前四十小时内的去向，这正是东京到九州福冈往返所需的时间。但安田声称，他没去福冈，而乘"球藻号"快车去了相反方向的札幌。21日晚抵达札幌时，是双叶商社的河西先生在车站候车室接的他，他在丸想旅馆下榻，25日回到东京。这些经札幌警署查证所述属实。

必须去札幌深入查证安田的口供。三原从丸想旅馆查到双叶商社，不见破绽。只有河西先生怀疑，安田的电报说要磋商要事，但见面谈的却都无关紧要。看来安田又设了一个他不在福冈的证人。安田为什么让河西在候车室里接站？安田到底是乘什么来的札幌？三原想起从东京乘火车去札幌半途中要换轮渡,便去查看旅客名单。他在名单上找到安田和与贪污事件有关的某部的石田司长。三原不觉有些沮丧。他对安田抱本能上的不信任,自信安田必然在作案现场,可时间上却有矛盾。他去调查石田,证实石田确实去北海道巡视过。使三原惊奇的是石田与安田同乘一车。安田又多了一位证人!石田说:和安田同车过小樽站以后,北海道厅的官员稻村和他同座,经他引见,安田与稻村也相识了。

小樽!三原下楼时,不觉从楼梯的最后两阶突然滑下。这些天怎么没想到呢?他几乎叫出声来。他跑回办公室,找出航班时刻表。有了安田可以乘飞机在下午四点到达札幌,从札幌机场乘长途汽车到火车站,上慢车到小樽站,再由小樽站上"球藻号"快车折返札幌,刚好晚8点40分下车,与河西会面。三原惊叹!

三原按这个时间表顺序取证,但飞机旅客名单上没有叫安田的。机上的一百四十三名旅客在调查时都承认乘了飞机。三原从河西先生那封毁掉的电报下手。该电1月21日8点50分自青森县浅虫车站拍发,查询当时途经的火车,车上工作人员说,是一位卧车上的瘦高乘客委托拍的。那乘客像个办事员,陪着一位要人。至此,三原理清了头绪,兴奋地给鸟饲写信。

转眼七个月过去了,搜查反觉为时短促。渡轮的旅客表是否为安田亲笔签字?石田的随员佐佐木供认,是安田在半月前填好的,实际替代乘船的却是佐佐木。飞机旅客按职业区别重新查实,发现都是同某部关系极深的贸易公司人员。终于有三人招认并未搭乘飞机——是安田顶替的。此事系石田秘密安排。案发当晚,香椎的火车站和电车站出现两对男女,一对是安田和阿时,另一对是佐山和亮子。亮子的医生透露,亮子有时也外出。她从19日到21日说是去汤河原亲戚家,拉她的司机说,她住了旅馆。亮子找到已在此地住了五天的阿时,便一同到了福冈。亮子打电话找来佐山。佐山是石田安排以休假为名出来避风的,因为他若被捕,石田将招致危险。石田让他在旅馆里等待安田。亮子以安田代理人的身份约佐山乘火车同去香椎海滨,并把佐山最担心的调查贪污案的事告诉了他。海边天冷,亮子把掺有氯酸钾的酒给佐山喝。嗜酒的佐山喝后即死。此时,安田也已乘飞机到了福冈找到阿时,两人又一起乘电车来到香椎。阿时和安田有很深的情意,外人不知。安田怕露马脚。离开东京后在外闲住五天，才约阿时来到海边。阿时喝了被安田掺了毒的酒也死了。安田把她的尸体放在佐山的尸体旁。亮子在现场留下了一个带有氯酸钾的橙汁瓶子，还给她死去的情敌换上了一双新袜子。

  在我前往逮捕安田夫妇之前，他俩在镰仓家中饮了氯酸钾自杀了。安田没有留下遗书。

  这样一来，人证、物证全部从地球上消失了，剩下的仅仅是推测。石田司长已转到另一个司任职，又高升一级。也许他还会继续高升……

（张建军）

深泽七郎

深泽七郎(1914~1987)是当代日本小说家。

他从中学时代就酷爱外国文学并喜弹吉他,曾在东京举办独奏音乐会,还参加过职业乐队。中学毕业后到药店和面包铺做学徒,战后还做过出售服装的行商。

1956年发表短篇小说《楢山小调考》,即为文坛所重视。1960年在《中央公论》上发表短篇小说《风流梦谭》引起一场轩然大波。他还发表过历史小说《笛吹川》(1958)、短篇小说集《东京的王子们》(1959)等。

楢山小调考

信州一带，全是山。群山中的一个小村子里住着六十九岁的老太婆阿玲。这儿穷极了，所以，古来传下的规矩：人到七十岁就该扔到山里去，当地人把这叫"祭山"。

传说楢山上住着神仙，人们对山神祭祀很认真很卖力。祭日是阴历七月十二日，正巧第二天就是孟兰盆节，所以两节一并过。

阿玲的丈夫二十年前去世的。她独生子辰平的媳妇，去年捡栗子时摔死在山涧里，留下四个孙子孙女，大的十六岁，小的才三岁，由阿玲照应。

阿玲临近七十，近来有两件心事缠在脑子里，一是该给辰平续弦，却没有合适的人；二是自己要去祭山了，又怕儿子舍不得。那天早上，一个过路人从村边走过，唱道：

三度祭楢山，栗子把花开。

这简直是向世人宣告：人活七十该到头了。阿玲听着歌声向儿子瞥了一眼，辰平怔怔地目送着那个过路人，阿玲心想："这孩子为我担心呐，是个孝子呀。"

阿玲已经托人为辰平在前村物色到一个寡妇，据说三天前刚为丈夫料理完丧事。那寡妇叫阿玉，还要守七七四十九天，才可过门。阿玲为自己祭山之前寻到儿媳而高兴，否则家里没个做饭的女人怎么过呢？

七月到了，自从阿玲那天听到过路人的"栗子把花开"之后，祭山的歌越发经常听到。

盐铺阿酉运气好，
进山那天下大雪。

传说祭山那天下雪的话，进山者运气好，有福份。现已无法考证盐铺是否曾有个叫阿酉的人，反正歌中暗示：大雪封了山，被扔到山上的老人想回也回不来。

阿玲早已坚定了进山的念头，三年前就准备了进山用的席子什么的，也准备了饯行酒。辰平的亲事订下来，阿玲没什么挂念了。但她还有个小遗憾：尽管上了年纪，她的牙又结实又整齐，给人以什么都能吃的印象。在食物极匮乏的情况下，"能吃"是件羞耻的事。因此村里人嘲笑她，"你那牙，什么松子啦、放屁豆啦，都能一扫光。"就连大孙子袈裟吉也嘲弄阿玲的牙齿好，说："奶奶有三十三颗牙。"袈裟吉在去年盂兰盆节上唱：

俺家奶奶隐私处，

虎牙整齐三十三颗。

村里人前仰后合地大笑。这原是首下流歌曲，袈裟吉篡改了歌词辱骂奶奶。其实，阿玲也希望自己由辰平背着祭山去的时候，是位掉了牙齿的体面的老太太。她在背地里常用石头敲牙，希望它们能活动或敲下来。

村里每家都有外号。阿玲家外有棵锯过的树，被叫作"树墩"。隔壁一家叫"钱屋"，因他家从越后地方带回一枚铜钱，山里人穷，谁家都没钱。再过去一家叫"烧松"，因门前有棵雷劈过的松树。烧松家过去是"雨屋"，他家祖上在巽山打死过一条两头蛇，他家的人一上山，天还准下雨。全村最大的槲树下的那家叫"槲树"。歌曰：

槲树家阿银懒女人，

儿孙满堂一窝老鼠。

阿玲年轻时刚嫁来本村，还见到过阿银老太婆。现在她早死了，却留在歌里让人耻笑。笑她家四世同堂，居然在粮食如此紧张的状况下像老鼠一样能生。

进了阴历七月，祭日临近，到处喜洋洋地准备过节。晚饭时阿玲向孙子们说："明天你们会来位新妈妈。"辰平道："那样，奶奶做饭不用愁了。"袈裟吉气汹汹地喊："不要后娘！做饭怕麻烦的话，让我娶个媳妇来做好了！"阿玲把筷子摔到他脸上："混帐！你别吃饭！"在楢山地区，这是最厉害的咒骂。十三岁的二孙子插嘴道："袈裟哥要娶池前家的阿松姐。"

袈裟吉回手打了弟弟一耳光:"少废话!"

阿玲、辰平暗暗吃惊:孩子大了,居然没想到该给他娶亲,实在过意不去。

第二天是祭祀日,孩子们吃饱了雪花米,到祭场上去跳盂兰盆舞。辰平去串门,阿玲一人在家。中午时,阿玉提着包袱来了,阿玲高兴极了,立刻请她进屋,用祭祀的饭菜款待她。

阿玉边吃边谈:"大家都说奶奶您为人好,还说,与其在家吃不如早过来,我就来了。"阿玲受到称赞,有些飘飘然,觉得眼下的媳妇比死去的那个强,她笑眯眯地望着吃得很香的阿玉,说:"一过新年,我就进山去。"暗示阿玉家里粮食会够的,请放心留下来吧。阿玉沉默了一会儿,说:"不必着急呀。"阿玲辩解道:"那怎么成?早点儿去,山神会赐福的。"她本想靠近阿玉说话,突然想起自己一口好牙,怕让新儿媳看见,连忙捂着嘴,起身说;"我去叫辰平来。"她走进仓房,闭上眼,狠狠心,对着石臼,用嘴往上猛地撞去。

立刻,一股热呼呼甜丝丝的血从嘴里溢出,她感到有牙齿在嘴里滚动。嘴和牙床全麻木了。阿玲捂着冒血的嘴到河边去漱口,两颗上门牙从嘴里掉出来。她大失所望:"怎么!才两颗?"不过,比起平日用石头敲敲、毫无动静的情况来,确是巨大成绩,血不住地涌,阿玲漱了又漱,嘴里火辣辣地疼。她希望阿玉能见到她缺牙漏齿的样子,便返回屋里,对仍在大嚼的阿玉说:"我到了进山的年纪。你瞧,牙也掉了,真老了呀。"

阿玲去祭场上找辰平,也希望让村民见到她"老态龙钟"的样儿。她上牙咬着下唇,把缺齿处显露出来,不幸,血又渗出来,但阿玲没察觉。村里的大人孩子一见她的模样,吓得"哇"地一声跑散了。

过了节,人们仍在议论阿玲,叫她"鬼老太婆"。

阿玉进门后一个月,池前家的阿松也坐到阿玲家的树墩上来了。这小丫头的肚子已不寻常——怀孕五个月了。她挨着袈裟吉坐在饭桌前,闷头猛吃,脸上浮现出从吃里体验着人生最大乐趣的神情。可干起活来,阿松根本不顶用。

现在儿媳、孙媳都有了,阿玲闲得无聊,更增加了进山的愿望。

一天，天未亮，村里传来高亢的吆喝："向山神谢罪哟！"这意味着发生了偷粮的事，小偷抓住被抄家，粮食由抓贼人瓜分。男人们疯了一样扑出门去抓贼，连阿玲都抄起木棒跌跌撞撞往外跑，小偷是雨屋家，正在偷烧松家的豆子时被捉住。他家的人大声哭着，任凭村人把家中粮食全抄走。他家十二口人，粮食不够吃。

钱屋家的儿子来串门，他正在鼓动村人杀死雨屋一家十口人。因为分掉了雨屋家的粮食，一家人没得吃，还得去偷，否则怎么活下去呢？杀人的鼓动令阿玲一家听得毛骨悚然。客人走后，过了半天，辰平终于说："奶奶，明年进山呢？"阿玲立刻回答："我奶奶进了山，婆婆也进了山，我当然也要进山。"

阿玉停下磨："'小老鼠'养下来，由我抱去扔掉好了，您不会四世同堂，被人编成歌嘲笑榧树家那样的，您放心吧。"袈裟吉不服气道："要扔由我去，不行么！"大着肚子的孙媳阿松表态："真拜托了。"一时间大家冷场。过了一会儿，袈裟吉唱：

山上起了火，枯树长新枝。

背起驮物架，快到山里去。

这是唱人们驮着老人进山的歌儿，袈裟吉这小子对曲调掌握得很好，唱得旋律动人，如诉如泣。唱到"快到山里去"，阿玲便大声喝彩："好！"

辰平躺着，用布蒙着额头和眼睛。阿玲过去掀开，见到辰平泪花闪闪，阿玉也停下磨，去河边擦脸。阿玲想："人活七十该死啦！辰平、阿玉太懦弱，哭个什么呢！"她看着辰平又想："趁我还活着，再好好看看他吧。"

过年的前四天，阿玲小声吩咐辰平："晚上请大家来喝饯别酒。"

晚上，送亲人进过山的人们被请来，他们都是有进山经验的人了，按规矩他们应向辰平进行经验传授。客人进门后向阿玲和辰平施礼致谢，阿玲拿出准备了几年的东西请大家吃，请他们喝自家酿的土酒。人们默不作声地按进山年份排出顺序坐好。最先送亲人上山的人先端起酒坛喝了一口，抹抹嘴，把酒递给第二个人时，说："祭山的规矩是——进山后不能说话。"第二个人喝了一口酒，说："祭山的规矩是——离家时别让人看见。"第三个人喝过酒说："祭山的规矩是——下山时别回头。"……每个客人的语气全都干巴巴的，一个腔调。

客人告辞时，有个人走在最后边，俯在辰平耳边低语："不愿意上楢山的话，可在七谷那个地方往回返。"虽然四周没人，讲话的人仍小心翼翼地四下望望，仿佛是在干见不得人的勾当。辰平颇为疑惑。

夜里，阿玲因马上要进山了，毫无倦意。她听到门外有哭声，还有人在扒她家的门，随后，较远处传来钱屋家儿子的歌声：

六根，六根、六根噢，

我这陪伴人看似轻松不轻松。

负担太重房难挑，

六根清净噢，六根净。

这是送父母上山的晚辈唱的歌。生活担子太重，粮食不够无法养家，只好送老人进山。"六根清净"是求得免去罪孽感的委婉说法。扒阿玲家门的是钱屋的老头子，他与阿玲同岁，也该进山了。奇怪的是他家不办钱别酒。老头子不想死，被儿子捆了几天了，今晚咬断绳子逃到隔壁来。

阿玲、辰平都起来开门看。钱屋的儿子正拿着根绳子走来，老头子伏在阿玲门前呜呜痛哭。阿玲、辰平见状不约而同骂道："混帐！"但辰平指的是当儿子的太忍心，阿玲指的是老头子贪生怕死。后来辰平帮钱屋儿子把老头扶回去了。

天快亮时，一丝月光也没有。阿玲为家人淘好了雪花米，伏在辰平背上的驮架上，辰平挪步走入黑暗中。

山路越走越陡，越来越险恶。爬上第四座山时，天亮了。举目望去，高高的楢山耸立在眼前。从这儿还要下山谷再爬楢山。四周山谷阴森寂静，黑乎乎，真像十八层地狱。

再往前就没路了——这儿平时根本没人来，到处是楢树。尽管辰平不停地与阿玲说话，阿玲遵守规矩，离家后始终缄默不语，生怕辰平心软。爬呀爬，辰平到了楢山半腰的一个小山包，岩石多起来。

辰平走过一块大岩石，发现石头后边有个人，不由吓得倒退了几步。细看，原来已经死了，双手还合十在胸前。不远的石头后边也有死人，身子还齐全，只是头骨已滚落一旁。阿玲在辰平背上向前比划，意思是：接着走，再远一点儿。

在一棵树下,一个新死不久的黑衣人歪躺着。那死人好像动了一下,辰平心惊胆颤,仔细观看——天哪!原来是站在死人胸前的乌鸦在走跳。乌鸦也是黑的,所以猛一看还以为是人在动。乌鸦已把死人的胸腹吃空了,还在里边做窝。辰平很伤感,心想:"这些人我可能还认识呐。"越走死人越多,只见零零散散的白骨。

辰平突然看到地上一只木碗,又感慨起来:曾有人为进山的老人带上吃饭的碗,想得真周到。相比之下,辰平为自己羞愧。

不到山顶处,一块大岩石附近没死人。阿玲拍拍辰平的背,意思是:就在这儿吧。

辰平放下母亲,为她铺好席子,递上包食物的小布包袱。阿玲只从中取出一个米饭团,又把包袱推给辰平。辰平好像赌气似的,硬把包袱放在席上。他盯着母亲的脸,那上边已呈现出死人的面相。辰平不禁心中燥热,冒出汗来。阿玲拍拍他的手,把他拨向下山的方向,在他背上用力一推。

辰平遵照"不许回头看"的规矩朝山下走去。才走了十来步,大滴大滴的热泪扑簌簌落个不停。他喝醉酒似的迈动双腿,不久他被死尸绊了一跤,爬起来时发现死者脖子上勒着一根绳子:"老天爷!要是我,可真下不了这个手。"走到半山腰,雪花开始在楢树间飞舞。阿玲曾说过:"我进山的时候哇,准会下雪的。"真让她说对了。

辰平再也忍不住了,什么"不回头、不说话"的誓言、规矩他都不管了,他返身向山顶攀去。雪越下越大,到了那块大石头后边,辰平偷偷向母亲望去——阿玲盘腿坐着,肩上膝头全是积雪,头发也白了,像只白狐,目不斜视地在念佛经。

辰平探出身子高喊:"妈妈!下雪了呀!"阿玲抬起头,静静地向他摆摆手,意思是"回去吧!"

"妈妈!"辰平又喊,"天气很冷啊!"阿玲摇摇头。四周一只乌鸦都不见,辰平觉得它们可能飞进村躲雪去了。他又喊:"妈妈,下雪了,您运气真好!"他接着唱了一句"进山那天下大雪",阿玲默默点头表示同意,又向辰平挥手,意思是回吧!

辰平嗓子发哽，又嚷了句："妈妈，真的下雪了呀！"便转身朝山下奔去。

下到离七谷不远处，他突然瞧见钱屋的儿子正往地上卸驮架，上边是捆得结结实实的老头子。辰平恍然大悟，昨夜有人指点他可以从七谷返回，原来是在暗示他往山涧里扔人。辰平躲在石头后边观看。钱屋的老头用唯一能动弹的几个指头去抓儿子的衣襟，儿子挣开，"砰"地一脚踹在老头肚子上，把父亲踢下深渊。

掉下去的人惊起涧底无数乌鸦，惹得它们往上涌飞，就像滚滚的黑烟在蒸腾，辰平一阵恶心。钱屋家这么干，当然不会请什么饯别酒。

日暮时分，漫天鹅毛大雪，辰平回到村里。他不敢进门，怕最小的孩子问起奶奶。他听到二儿子在教最小的妹妹唱"螃蟹之歌"：

老婆婆呀丢后山，

后山的螃蟹爬回来。

后两句就该是："爬回来也不让进，螃蟹不是夜啼鸟。"传说以前有个被扔在山里的老太婆竟然爬了回来。家里人大喊："呀！爬来了爬来了，像螃蟹一样啊！"同时紧闭大门不让她进屋，老婆婆在门外痛哭了一夜。不懂事的孩子们问："是螃蟹在哭么？"大人骗孩子说；"螃蟹夜里不哭，那是鸟在叫。"

辰平明白孩子已经知道阿玲再也不会回来了，他掸掸身上的雪，走进家门。阿松把阿玲昨天还系的腰带系在自己的大肚子上，袈裟吉喝着昨晚请客的剩酒，有点醉了。他歪着头，瞪着发愣的眼睛："奶奶运气真好，真的下了雪呀。"

阿玉不知在哪儿，是否躲着不愿见辰平，也有可能。辰平长叹一口气，心想：妈妈要是现在还没死，一定身披大雪坐在黑暗中默念"棉衣之歌"呢。那首歌是：

即使冰寒冷彻骨，

进山别给穿棉衣。

（刘小江）

水上勉

水上勉(1919~2004)是当代日本小说家。

他父亲是穷木匠,他八岁时被送到相国寺为徒。几年后逃离寺院,靠半工半读中学毕业,后肄业于立命馆大学。他曾从事过三十余种职业,熟悉下层社会生活。

他的作品多写穷苦人民的悲惨命运,如长篇小说《雾和影》(1959)、《饥饿海峡》(1962)、《红花的故事》(1969)、短篇小说《棺材》(1966)、长篇传记体小说《古河力作的生涯》(1973)等。他的不少小说以他的家乡富井县为背景,他笔下的妇女命运悲惨,如短篇小说《西阵之蝶》(1962)、《越前竹偶》(1963)等。代表作《雁寺》则揭露了僧侣生活的糜烂。

他善于安排情节,故事写得层次分明,笔调苍劲有力。

五番町夕雾楼

　　1949年冬天的日本，寒风凛冽，一片荒凉。19岁的乡下姑娘夕子由于生活所迫，跟夕雾楼妓院的老板娘三枝来到东京，卖身养家。

　　到东京后的第三天，夕子拿着一只从家乡带来的笛子去找在东京名寺凤阁寺当和尚的恋人正顺。她走进凤阁寺，看见有个小和尚正在扫地。一打听，正顺有事出去了。夕子大失所望，只好把笛子交给小和尚，让他转交给正顺，并告诉了小和尚她的姓名和住址。

　　夕子一回到夕雾楼，三枝就找到了她："今晚有个大客人来找你，你快准备准备吧！"夕子的心一下子凉了。她默默地上楼去了。

　　当天晚上，客人来了，他一见夕子就眉飞色舞，便立即拿出两万元交给三枝。已经豁出去了的夕子像只待宰的羔羊，默默地领着他到自己的房间里……

　　正顺去看夕子，已经是一个礼拜以后了。夕子满心欢喜，特意换上新装，到门口去迎接正顺。一身学生打扮的正顺进了夕雾楼，在夕子的房间里，正顺难过地问："你，你怎么到这儿来了？"夕子悲哀地说："你就别问了，我家的处境你又不是不知道。"接着夕子转了话题："我多想你呀，你早就该来。"说着就把他往身边拉，正顺不肯动，最后使劲推开她。夕子吃了一惊："你嫌我脏？"正顺板着脸说："你真不该到这儿来！"夕子沉默了一会说："我一来就想到你，想把我的身子交给你……"正顺看夕子动手脱衣服，急了："夕子，你……"夕子向他靠过来，正顺猛地跳起身，逃出了房间。正顺夺门而出时，正好一个客人进来，接着夕子擦着眼泪从楼上下来。夕子咬着牙，主动拉住客人："欢迎你，先生！"周围的人吃惊地看着一下变得大胆的夕子，感到非常奇怪。

这以后,夕子不再挑剔客人,不管什么人,她全无所谓。转眼已是1950年夏天。

这时,在战败后的日本国土上,美军正为所欲为。有一天,几个美国军官带着情妇,来到风阁寺胡作非为。正顺越看越觉得气愤,寺院是清静的场所,怎么能容他们跳舞、喝酒、玩女人呢?正顺向住持反映,住持反怪他多事,还罚他不许吃晚饭。

夜里下着瓢泼大雨,正顺向夕雾楼跑来找夕子。夕子看到落汤鸡似的正顺,把他接到楼上房间,给他擦干身子,让他暖和暖和。夕子用斗气的口气说:"你一直不来,我更脏了。"正顺说:"到处都脏,风阁寺也脏。它不是禅寺,是个只管要钱的地方。"

夕子听了他的话说:"正顺哥,咱们一起回家乡吧。我先拼命干,等把借金还清,咱们就一起回去。"他们双双躺在床上,心中充满了美好的向往。

从此以后,夕子拼命地接客,连三枝都觉得她太不要命了。久而久之,她终于病倒了,她的右肺有鸡蛋大的空洞,左肺也有空洞。夕子被平时要好的姐妹们送进了医院。

正顺在庙中也完全变了样。他热心地给外国游客当向导,收小费。正顺的妈妈和新换的住持狠狠责备了他,并让他滚。正顺听说夕子病了,赶到医院,面色苍白的夕子一见他露出了微笑。正顺扶着夕子来到风阁寺,他指着十四世纪日本室町幕府将军足利义满的塑像说:"这个风阁是足利义满为了显示他的金钱和权力而建造的。现在我明白了,与我作对的不是长老,不是和尚,而是风阁本身。夕子,它也是你的敌人。明天你在病房的窗口将可以看到我怎样对付它。夕子,你为我饯行吧……我爱你!"他紧紧地抱住了夕子那虚弱的身子。

第二天一早夕子醒来,身边的正顺不见了,只有笛子留在那里,就在这天半夜,夕子被外面消防车的叫声和人的喧闹声惊醒。她起床一看,顿时领悟了正顺昨天晚上说的话——风阁寺着火了。夕子用双手捂住脸,站不住了。

早晨,报上都登着:"佛门弟子正顺为反抗风阁放火。"与此同时,夕子也从医院失踪了。

两天后,正顺的母亲捧着正顺的骨灰盒回到家乡。在家乡的山坡上,她发现雪地上围上一群人。她走过去,看到夕子的父亲和她家里的人,夕子躺在雪地上,身上盖着雪。

"夕子……她怎么了?"正顺的母亲问。

"夕子,她死了。吃毒药死的……夕子啊!夕子……"

夕子的胸前,双手抱着正顺的笛子。

正顺的母亲突然打开正顺的骨灰盒,把正顺的骨灰撒在夕子身上。

"太太……你……"夕子的父亲不明白。

"夕子活着的时候想两人在一起……现在,就让夕子和正顺在一起吧……"

她一面撒,一面说。周围的人泣不成声。

寒风吹起旁边光秃秃的树上的白雪,使整个世界显得越发荒凉。

(贾春雨)

台木尔

迈哈姆德·台木尔(1894~1973)是近代埃及现实主义文学的重要代表。

他出生于一个土耳其血统的书香门第,父亲是著名学者和典籍收藏家,婶母是名噪一时的女诗人。他家学渊源,自幼和哥哥都酷爱文学,熟读《一千零一夜》和纪伯伦等阿拉伯诗人的诗作。早年曾赴欧研读法、俄文学,受莫泊桑、屠格涅夫、契诃夫影响尤深。

二十年代初,他开始文学创作,1925年他的第一部短篇小说集《朱姆尔大叔》问世,即引起国内文学界重视。他辛勤耕耘,作品颇丰,到四十年代已成为埃及文坛巨匠。1948年,他的小说获阿拉伯语言协会小说头等奖,1949年被任命为阿拉伯语言科学院委员,埃及艺术协会和作家协会主席,1963年又获国家奖。

他的长篇小说和剧本都很成功,但为数最多的还是短篇小说集,计二十余部,收近四百篇作品。他的短篇小说反映的生活面比较广阔,他笔下的人物几乎无所不包,主题分明、爱憎强烈,堪称本世纪中叶埃及历史的横断面。如《朱特瓦里大叔》(1925)、《沙良总督的姑妈》、《彩票》(1962)、《思乡》、《2路电车》、《乞丐》、《成功》等都是脍炙人口的名篇。

他的作品艺术上也有独特风格:结构简单,形象鲜明,语言幽默，立意深刻。他的作品在广大阿拉伯地区影响很大，并曾被译成十余种文字，广为流传。

小清真寺的长老

在买哈利克镇附近的赫里列渠右岸，有一座供祈祷用的小清真寺，寺里的长老是受人尊敬的纳伊姆教长，他名闻遐迩，深孚众望，他布道之妙有口皆碑。大家都渴望从他铿锵有力的演说中，吸取今生和来世的琼浆玉液……

纳伊姆长老仪表庄重，眉宇间显示出深沉的信仰。自青年时期以来，他祈祷比谁都早，善行比谁都多；他十分酷爱也异常精通伊斯兰教法，对宗教礼节娴熟胜任；他毫不追求舒适和安逸，却总是悠然自得……

他家里有个比他略大几岁的妻子，那是在妻子的前夫死后，他出于怜悯拥抱了她，从此她便和睦地和他生活在一起的……

这天，长老祷告完毕离开清真寺，垂头数着念珠，突然耳边响起一个谦恭的声音："我叫阿卜杜·托瓦比，我惩罚妻子，将她休了三次，现在想请您帮助寻找挽回的途径。"

长老回过头，发现一个泪流满面的男人蹒跚地跟随着他，便十分怜悯地问清了休妻的原委，然后说道："你不能和她复婚，除非她和别人再结一次婚……假如那个人休了她，她便合法地属于你了，这是真主的法律，我的孩子！"那人绝望地低下头，然后动身离去。

第二天傍晚，那个人又找长老来说起休妻的事，那人低垂着头，喃喃自语："我们的长老先生能接受这门亲事……无偿地为真主服务吗？"

长老冷不防地语塞了，他手摸念珠，内心十分矛盾，惶恐不安……那人苦苦哀求，非要长老答应不可。最后，长老说："容我一天……我要向真主祈示。假如真主示意可行，我就答应你的要求，否则你的希望便要落空……"

明天上我这儿来吧，我的孩子！"

长老说完就要走，那人让他等一等。他离开长老，回来时带着一个容貌漂亮、皮肤白里透红的青年妇女……她忸怩地走近长老，那人对她说："吻长老的手！"又转过身来对长老说："这就是被我休掉的妻子……"

夜里，长老做了一个甜蜜的梦：在他面前出现的天国草坪上，有许多仙女，其中一人的相貌酷似傍晚在他面前的青年妇女！

天刚微明，长老一觉醒来，心情欢畅。他在早祷时向真主祈示这件婚事……从他得到的各种征象看，他可以心安理得地去完成这桩使命。

阿卜杜·托瓦比按约定的时间前来打听祈示的结果，长老告诉他可以接受恳求。阿卜杜·托瓦比十分高兴，急忙去找被休的妻子，招呼他和长老举行结婚仪式……

结婚和休妻的使命都很快地体面地结束了，可是阿卜杜·托瓦比的妻子在长老的心灵里留下了美好的印象。在他的内心深处，有一种情感正在苏醒，那是一种混沌不清的情感，在他肢体内潜行，而他却讳莫如深。

那个窈窕淑女的倩影经常在长老的梦中出现，她是雪白的仙女，和他嬉笑玩耍。所以，他夜间充满了活力和情趣，但一旦醒来，就立刻陷进怅惘和沮丧……

他扪心自问："这些梦是怎么回事？是不懂哲理的象征，还是魔鬼的旨意？"

"宽心吧，纳伊姆，你不必担心魔鬼的权势，走你自己选定的路，做你力所能及的善行吧！"长老白天打瞌睡时获得真主的启示，脸上立刻洋溢着幸福和喜悦。

长老帮助阿卜杜·托瓦比的消息不胫而走，一些三次休妻的人纷至沓来，几个月时间，这件婚事还未了结，那件婚事已经在等待着了，纳伊姆长老几乎是每天晚上都当新郎……

现在他走在路上昂首挺胸，睥睨着略有姿色的女人……

现在他对自己的胡须关心备至，精心修剪，尽一切可能将花白部分染黑……

现在，他讲道的激情却减退了，声音变得柔和、乏味……

一天，长老站在屋前，青年图哈米和一个女人走来。图哈米告诉长老说，他已经休妻三次，律师说：她必须和别人结一次婚，才能和他复婚，不然就不合法。他请求长老担任这个丈夫的角色。长老大发慈悲，当即愿意把图哈米的女人萨比哈保护一段时间。

萨比哈长得眉清目秀，婀娜多姿。她伴随长老刚生活了几天，便在长老的心目中占据了最尊贵的位置。长老和她在一起不觉得时间长，有时甚至祷告都迟到了。他开始流连一个个市场，替萨比哈挑选衣服首饰，购买甜食和水果……

性格开朗、温柔听话的长老和那个只知打骂虐待的二流子青年丈夫有天壤之别，萨比哈把全部柔情和欢愉都献给了长老……

一天清晨，长老对结发妻子说他梦中得到一个真正的天启：她母亲病危，她应该采取紧急措施，赶在这不可避免的事情发生以前，带着她母亲到远处去……

长老的结发妻子走了几天后，青年图哈米找到长老家，刚谈到来意，长老的脸便耷拉下来，说希望青年再宽容他妻子几天，让她不打折扣挨到法定期限。

青年悲哀地回家了。第二天，长老通知清真寺说自己病了，要在家里休息几天。

长老偎依在萨比哈身边，久久端详着她的美貌，享受着陪伴她的乐趣，他害怕她飞走，想保护她免受他人的抢夺……他俯身亲吻她的双手，眼泪竟夺眶而出！

图哈米第二次要求长老把女人还给她，女人在长老那里已经两个多星期了，而原来规定的期限只有几天。可长老不高兴地对他喊道："我没跟你说过不要着急吗?真主和耐心的人同在!"青年无可奈何，只得与长老约定再过一个星期来领人。

一个星期后，长老和青年在清真寺门前相遇，长老抢先说道："你又来了，怎么这样厚颜无耻?"

图哈米大吃一惊，好半天说不出话来，然后对长老嚷道："谁不要脸?我是要老婆来的。"

长老用颤抖的声音，对四面八方围拢来的人们喊道："真主的崇拜者们！你们还相信不相信我？"

人们异口同声地说："我们相信你！"

长老又接着说："真主指示我拯救被这个家伙休掉的妻子，保护她不受图哈米这只恶狼的伤害，我能违背真主的命令吗？"

众口一致喊道："决不！你按真主的旨意去做吧！"

长老指着那个青年对大家说："把这个家伙给我轰走！"

长老的话音刚落，人们就把图哈米团团围住，把他从清真寺一直轰出镇子，警告他再来的话，就让他倒霉……

在一些人的前呼后拥下，纳伊姆长老一步三摇，显得那样的文雅大方，从容不迫……

（邵作彦）

图书在版编目（CIP）数据

世界文学名著精华 / 雁鸣编. —2版. —太原：北岳文艺出版社，2009.8
ISBN 978-7-5378-3152-9

Ⅰ.①世… Ⅱ.①雁… Ⅲ.①文学—作品—简介—世界 Ⅳ.I106

中国版本图书馆CIP数据核字（2009）第158256号

书　　名：世界文学名著精华
著　　者：雁　鸣
责任编辑：胡晓青
封面设计：张　丽

出版发行：山西出版传媒集团·北岳文艺出版社
地　　址：山西省太原市并州南路57号
邮　　编：030012
电　　话：0351-5628696（发行部）
　　　　　0351-5628688（总编室）
网　　址：http://www.bywy.com
E-mail：bywycbs@163.com
印刷装订：三河市华东印刷有限公司

开　　本：787mm×960mm　　1/16
字　　数：624千字
印　　张：40.75
版　　次：2009年8月第2版
印　　次：2019年1月河北第2次印刷
书　　号：ISBN 978-7-5378-3152-9
定　　价：69.00元（上下册）